"나에게 앤은 실제 인물이며, 언젠가는 꼭 만날 것이라 믿는다.
해 질 무렵 연인의 오솔길에서 상상에 잠길 때, 달빛 내리는 자작나무 길을 거닐 때
내 곁에 서 있는 앤을 발견할 것이다."

Lucy Maud
Montgomery

잉글사이드의 릴라

그토록 화려하게 젊음을 불사른 그들은
영원토록 청춘으로 남을 것이다.

- 비르나 셔드(캐나다 작가, 1862-1943)

빨간 머리 앤 전집 8

RILLA OF
INGLESIDE

잉글사이드의 릴라

루시 모드 몽고메리 | 유보라 그림 | 오수원 옮김

현대
지성

- Frederica Campbell MacFarlane(1883-1919). 몽고메리의 사촌이자 다이애나의 모델이 된 인물로 추정된다.

1919년 1월 25일 동틀 녘
우리 곁을 떠난
진실한 벗이자 보기 드문 인격자요
충실하고 용감한 영혼을 지닌
프레더리카 캠벨 맥팔레인*을 기리며

주요 등장인물

버사 마릴라(릴라) 블라이드

앤과 길버트의 막내딸이며 이 책의 주인공이다. 낭만적인 연애를 꿈꾸고 재미있는 일만을 좇으며 살아가던 철부지 소녀였지만, 전쟁이 일어난 뒤 부모 잃은 아이를 키우고 청소년 적십자단을 이끌면서 어엿한 어른으로 성장해간다. 첫 댄스파티에서 가까워진 케네스와 연인이 된다.

앤 블라이드

아이들이 자라 부모 품을 떠나는 걸 아쉬워하면서도 곁에 남아 있는 릴라에게 큰 위로를 받는다. 아들들이 전쟁터에 나가자 크게 낙심하지만 강인하게 슬픔을 이겨내고 적십자 활동에 적극 참여한다. 나이가 들어도 여전히 밝고 쾌활하며, 릴라가 올바른 판단을 내릴 수 있도록 부모로서 적절하게 조언한다.

수전 베이커

잉글사이드에서 일하는 독신 여성으로 블라이드 부부와 아이들에게는 가족 같은 존재다. 전쟁 중에도 여느 때처럼 충직하게 집안일을 해나가면서 사람들에게 긍정적인 영향을 주려고 애쓴다. 늘 전쟁 소식에 귀를 기울이며 독일에 대해서는 노골적인 적개심을 드러낸다.

월터 커스버트 블라이드

앤과 길버트의 둘째 아들로 감수성이 풍부하고 글재주가 뛰어나다. 병역기피자라는 오해를 받고 괴로워하다가 결국 전쟁터에 나가서 용감히 싸운다. 릴라와 각별한 우애를 나누며 많은 편지를 주고받는다.

제임스 매슈(젬) 블라이드

앤과 길버트의 맏아들이다. 낙천적이고 모험심이 강하다. 애국심과 낭만적인 환상을 품고 입대하지만, 전투 도중 부상을 당하고 적에게 포로로 잡힌다.

케네스 포드

오언과 레슬리의 맏아들로 잘생기고 똑똑한 청년이다. 어렸을 때부터 블라이드 가족과 친하게 지냈다. 전쟁터에 나가기 전 릴라에게 사랑을 고백한다.

거트루드 올리버

글렌세인트메리 학교 교사로 잉글사이드에서 하숙할 때 릴라와 친해졌다. 전쟁터에 연인을 보낸 뒤 늘 불안한 마음으로 생활한다.

제임스(짐스) 앤더슨

태어나자마자 어머니를 여의고 우연한 계기로 릴라에게 발견되어 잉글사이드에서 자란다. 릴라와 함께 피트먼 부인의 집에 갔다가 큰 행운을 얻는다.

길버트 블라이드

앤의 남편이며 글렌세인트메리 마을의 의사다. 아들들을 군대에 보낸 뒤에도 긍정적이고 합리적인 태도로 집안을 이끌면서 최선을 다해 환자를 돌본다.

조사이아 프라이어

'구레나룻 달덩이'라는 별명으로 불린다. 본인은 반전론자라고 주장하지만 사람들에게 독일의 첩자라는 오해를 받는다. 수전에게 청혼했다가 망신당한다.

소피아 크로퍼드

수전의 사촌이다. 우울한 성격으로 수전과 사사건건 부딪치면서도 잉글사이드를 자주 찾아온다.

차례

일러두기

1. 각주는 독자의 이해를 돕기 위해 역자가 단 것이다.
2. 어린아이의 말투나 글처럼 저자가 일부러 문법에 맞지 않는 단어 혹은 문장을 쓴 부분은 우리 문화에 걸맞은 표현으로 변형해서 옮겼다.
3. 성경에 있는 표현을 옮길 때는 우리말 역본 중 개역개정판을 기준으로 삼았고, 다른 역본을 사용할 경우 출처를 밝혔다.

1장

—

글렌세인트메리 마을 소식과 이런저런 일들

금빛 구름이 잔뜩 끼어 있지만 따뜻하고 밉지 않은 오후, 수전 베이커는 잉글사이드의 널찍한 거실에 앉아 있었다. 그동안 불길한 예감이 들어맞을 때마다 느꼈던 쏩쓸한 만족감이 그녀 주위를 오라*처럼 맴돌았다.

지금은 오후 4시다. 아침 6시부터 쉬지 않고 일했던 수전은 이제 한 시간 정도 일손을 놓고 수다를 떨기로 했다. 모든 게 더할 나위 없이 만족스러웠기에 그 정도쯤은 괜찮을 것 같았다. 오늘따라 부엌일은 사소한 문제 하나 없이 술술 풀렸다. 지킬 박사는 하이드 씨로 변할 생각이 없는 듯 수전의 신경을 긁지 않았다. 수전이 앉아 있는 곳에서는 그녀의 자랑거리인 작약 꽃

• aura. 인체나 물체가 주위에 발산하는 신령스러운 기운을 뜻한다.

밭이 보였다. 직접 심고 가꿔온 진홍색, 은빛 도는 분홍색, 겨울 눈처럼 휘날리는 하얀색 꽃들은 마을의 그 어떤 정원에서도 볼 수 없을 만큼 탐스럽고 아름다웠다.

수전은 정교하게 만든 새 검정 비단 블라우스를 입고 있었다. 풀을 먹여 빳빳한 흰색 앞치마는 가장자리에 폭이 12센티미터나 되는 레이스가 둘러져 있었고 멋진 장식도 달려 있었다.

'엘리엇 부인도 이런 옷은 평생 입어보지 못했을 거야.'

새 옷 덕분에 한껏 뿌듯해진 수전은 조금 전 코닐리어가 알려준 기사를 읽으려고 『데일리 엔터프라이즈』를 집어 들었다.

"오늘 자 신문 읽어봤어요? 마을 소식란의 반절이 잉글사이드 가족 이야기예요."

1면에는 큼직하고 시커먼 글씨로 '사라예보'라는 이상한 이름이 붙은 곳에서 '페르디난트 대공'이라는 사람이 암살되었다고 적혀 있었다.* 하지만 수전은 이렇듯 재미없고 시시한 기사에 눈을 돌리지 않았다. 더 중요한 것을 찾고 있었기 때문이다.

"아, 여기 있네. 글렌세인트메리 마을 소식란."

수전은 보물이라도 캐내듯 한 단어씩 소리 내어 읽었다.

블라이드 부인은 베란다로 통하는 문 옆에서 코닐리어, 즉 마셜 엘리엇 부인과 이야기를 나누고 있었다. 열어둔 문으로 시원하고 상쾌한 바람이 들어와서 정원의 향기를 전해주었다. 담쟁

---

* 1914년 6월 28일에 오스트리아·헝가리제국의 황태자인 페르디난트와 그의 아내가 보스니아의 수도 사라예보에서 세르비아계 청년에게 암살된 '사라예보사건'을 말한다. 이 일은 제1차 세계대전의 도화선이 되었다.

이덩굴이 늘어진 정원 한구석에서는 릴라와 월터가 올리버와 함께 이야기를 나누고 있었다. 이들의 생기발랄한 말소리가 메아리처럼 울려왔다. 릴라 블라이드가 있는 곳이라면 어디서든 웃음이 끊이지 않았다.

거실 소파 위에는 수전이 싫어하는 유일한 생명체가 몸을 웅크리고 있었다. 고양이는 원래 속을 알 수 없다지만 '지킬 박사와 하이드 씨', 줄여서 '박사'라고 부르는 이 녀석은 여느 고양이와 비교할 수 없을 만큼 유별난 존재였다. 태어날 때부터 으스스한 기운이 느껴졌고 이중성격을 지닌 듯 행동했다. 수전이 단언한 것처럼 "그야말로 악마에게 홀린 고양이" 같았다.

4년 전 릴라는 몸 전체가 눈처럼 하얗고 꼬리 끝이 검은 새끼 고양이를 키우고 있었다. 릴라는 이 고양이에게 잭 프로스트*라는 이름을 붙이고 애지중지 돌봤다. 하지만 수전은 이렇다 할 이유도 없이 잭 프로스트를 싫어했다.

"사모님, 제 말을 허투루 듣지 마세요. 저 고양이는 분명히 무슨 사달을 내고 말 거예요."

"수전, 왜 그렇게 생각해요?"

수전이 불길한 말을 할 때마다 블라이드 부인이 물었다. 하지만 수전의 대답은 한결같았다.

"그런 건 생각해서 결론짓는 게 아니에요. 그냥 아는 거죠."

수전 말고는 잉글사이드 사람들 모두 잭 프로스트를 좋아했다. 흰색 양복 같은 털에 얼룩 한 점 묻혀 온 적이 없을 만큼 깔

---

* 영국 전설에 등장하는 서리(frost) 요정

끔하고 털도 잘 골랐다. 애교가 많고 성격도 온순해서 사람만 보면 귀엽게 가르랑거리며 찰싹 달라붙어 몸을 비벼댔다.

그러던 어느 날 뜻밖의 사건이 벌어졌다. 모두가 수컷인 줄 알았던 잭 프로스트가 새끼를 여럿 낳은 것이다! 그러자 수전은 득의양양하게 말했다.

"제가 누누이 말했잖아요. 다들 저 고양이에게 속은 거라고요. 이젠 진실을 아셨겠죠?"

릴라는 그중에서 가장 귀여운 새끼 한 마리를 키웠다. 윤기 나고 매끄러운 노란 털에 주황색 줄무늬가 있는 녀석이었다. 귀가 무척 크고 비단처럼 부드러웠다. 릴라는 이 고양이를 '골디'(Goldie)라고 불렀는데, 세상모르고 마냥 즐겁게 뛰노는 새끼 고양이에게 딱 어울리는 이름이었다. 어린 시절 골디는 본성을 드러내지 않았다. 물론 수전은 사악한 잭 프로스트의 새끼에게 무엇을 기대할 수 있겠냐며 경고했지만, 카산드라°의 예언 같은 수전의 외침에 귀 기울이는 사람은 아무도 없었다.

블라이드 가족은 잭 프로스트를 너무나 친근하게 여긴 나머지 이름을 부를 때도 사람을 지칭하듯 했다. 그래서 종종 오해를 받았다. 릴라가 새끼 고양이를 가리킬 때 무심코 "잭이 낳은 아기"라고 하거나 골디에게 "네 엄마한테 가서 씻겨달라고 해"라고 말할 때마다 손님들은 화들짝 놀랐다.

"사모님, 이건 온당치 못한 일이에요."

---

* 　그리스신화에 나오는 트로이의 공주로 나라의 멸망을 예언했지만 아무도 그녀의 말을 믿지 않았다.

수전이 난처해하며 구시렁거렸다. 그녀는 잭을 '그것'이나 '저 하얀 짐승'이라고 지칭하면서 늘 거리를 두었다. 이듬해 겨울 '그것'이 독약을 먹고 죽었을 때 적어도 한 사람만큼은 가슴 아파하지 않았다.

1년 뒤 골디의 털 색깔은 '금빛'이라는 뜻의 이름과 전혀 어울리지 않게 오렌지색으로 변했다. 그래서 때마침 스티븐슨•의 소설을 읽고 있던 월터가 골디에게 '지킬 박사와 하이드 씨'라는 새 이름을 지어주었다. '지킬 박사'일 때 이 고양이는 나른한 표정으로 애교를 부리며 가족들을 잘 따랐다. 누가 토닥여주거나 안아서 어루만져주기라도 하면 자지러지게 좋아했다. 매끈한 크림색 목덜미를 쓰다듬어달라며 아예 벌러덩 눕기까지 했다. 그렇게 욕구를 채우고 나면 만족스러운 얼굴로 목구멍에 무언가가 걸린 듯한 소리를 냈다. 지금껏 잉글사이드에서 살았던 고양이 중에서 박사처럼 밤낮으로 기분 좋게 가르랑거렸던 녀석은 없었다. 블라이드 선생은 박사의 낭랑한 울음소리를 들으면서 이렇게 말했다.

"고양이한테 부러운 점이 딱 하나 있어. 바로 가르랑댈 수 있다는 거야. 세상에서 가장 만족스러운 소리거든."

박사는 위엄 있게 잘생겼으며 몸짓 하나하나가 우아했다. 검게 말린 긴 꼬리를 다리 사이에 집어넣고 베란다에 앉아 오랫동안 허공을 뚫어지게 바라보는 모습은 이집트의 스핑크스보다도

• 로버트 루이스 스티븐슨(1850-1894). 영국 작가로 교훈이 담긴 모험담과 환상적인 세계를 그렸다. 대표작에는 『보물섬』, 『지킬 박사와 하이드 씨』가 있다.

훨씬 수호신다웠다.

하지만 '하이드 씨'가 될 때면 눈빛이 바뀌면서 무척 난폭해졌다. 이런 변화는 주로 비바람이 몰아치기 전 갑작스럽게 일어났다. 그때마다 박사는 몽상에서 후다닥 깨어나 거친 신음소리를 냈고, 누군가가 자기를 붙잡거나 쓰다듬기라도 할라치면 그의 손을 사정없이 물어뜯었다. 생김새도 달라져서 털 빛깔은 훨씬 짙어졌고 눈에는 사나운 광기가 번뜩였다. 다만 그 모습에는 이 세상에서 찾아볼 수 없는 아름다움이 깃들어 있기는 했다. 해 질 무렵에 박사가 하이드 씨로 변하면 잉글사이드 사람들은 무서워서 슬금슬금 피했다. 그럴 때의 박사는 야수나 다름없었다. 그나마 릴라가 "착한 고양이가 어슬렁거리고 있는 것뿐이에요"라면서 박사를 두둔해주었다. 물론 녀석이 무슨 기회라도 노리듯 주위를 어슬렁거린 것은 사실이었다.

지킬 박사는 갓 짠 우유를 좋아했지만, 하이드 씨는 우유에 입도 대지 않고 고기를 주어도 못마땅한 듯 그르렁거렸다. 지킬 박사는 아무도 눈치채지 못할 만큼 살금살금 계단을 오르내렸지만 하이드 씨는 성인 남자처럼 둔탁한 발소리를 냈다. 저녁 때 집에 혼자 있던 수전이 이 소리를 듣고 놀라서, 그녀의 표현대로라면 "그 자리에 얼어붙었던" 적도 여러 번 있었다. 하이드 씨는 부엌 한가운데 앉아 한 시간 동안 눈 한 번 깜빡거리지 않고 수전을 뚫어지게 바라보기도 했다. 수전은 기분이 언짢았지만 겁이 나서 감히 쫓아낼 엄두도 못 냈다. 한번은 작정하고 막대기를 집어던졌다가 하이드 씨가 사납게 달려드는 바람에 밖으로 도망치기도 했다. 그 뒤로는 아무도 하이드 씨에게 맞서려

하지 않았다. 하지만 하이드 씨가 저지른 악행의 대가는 무고한 지킬 박사가 치렀다. 수전은 지킬 박사가 부엌에 코를 들이밀 때마다 맛있는 음식을 주기는커녕 매정하게 쫓아냈다.

수전은 박사에게 눈길도 주지 않은 채 신문에서 관심 있는 기사를 읽어나갔다.

"페이스 메러디스 양과 제럴드 메러디스 군 그리고 제임스 블라이드 군의 여러 친구들은…."

수전은 맛있는 음식 이름이라도 떠올리듯 입맛을 다셨다.

"몇 주 전 레드먼드 대학에서 고향으로 돌아온 세 사람을 반갑게 맞이했다. 1913년에 문학사 학위를 받은 제임스 블라이드는 의과대학 1학년 과정을 이제 막 마쳤다."

코닐리어가 뜨개질을 하면서 화제를 돌렸다.

"페이스는 몰라보게 예뻐졌어요. 이제껏 내가 본 아가씨 중에서 가장 미인이라니까요. 로즈메리가 목사관에 온 뒤로 아이들이 얼마나 달라졌는지 몰라요. 옛날엔 못 말리는 개구쟁이들이었잖아요. 지금은 옛 모습을 기억하는 사람이 없을 거예요. 로즈메리는 아이들과 잘 지내고 있어요. 새엄마라기보다는 친한 친구 같더군요. 모두 로즈메리를 좋아하고 특히 우나는 새엄마를 우상처럼 떠받들고 있어요. 우나 얘기가 나와서 하는 말인데, 그 아이가 브루스를 정성껏 돌보는 걸 보면 참 대견해요. 브루스는 희한하게도 이모를 빼닮았어요. 엘런처럼 피부색도 가무잡잡하면서 씩씩한 인상이잖아요. 어디를 봐도 로즈메리를 닮은 구석을 찾을 수 없네요. 그래서인지 노먼 더글러스는 황새가 자기와 엘런에게 물어다 줄 아이를 실수로 목사관에 내려놓

앗다고 떠들더군요."

블라이드 부인이 말했다.

"브루스는 젬이 참 좋은가 봐요. 여기만 오면 충직한 강아지처럼 젬을 올려다보면서 졸졸 따라다니거든요. 젬을 위해서라면 무슨 일이든 할 기세예요."

"젬과 페이스는 결혼할 예정인가요?"

"코닐리어, 그 아이들은 아직 좋은 친구 사이예요."

코닐리어의 질문을 듣고 블라이드 부인은 미소를 지었다. 한때 남자를 지독하게 싫어했던 코닐리어였지만 나이가 들어가면서 중매에 적극적으로 나서고 있었다.

코닐리어가 힘주어 말했다.

"물론 '아주' 좋은 친구 사이죠. 그건 틀림없어요. 젊은이들이 무슨 행동을 하건 내 귀에 다 들리니까요."

수전이 의미심장한 표정으로 말했다.

"메리 밴스가 빠짐없이 얘기해줬겠죠. 하지만 아직 아이들인데 결혼 이야기를 입에 담는 게 가당키나 한가요?"

코닐리어가 쏘아붙였다.

"아이들이라뇨! 젬은 스물한 살이고 페이스는 열아홉이에요. 명심해요. 우리처럼 나이 든 사람만 어른인 건 아니라고요."

수전은 누가 나이에 대해 언급하는 것을 극도로 싫어했다. 허영심이 있어서라기보다는 더는 일할 수 없게 된 늙은이 취급을 받을까 봐 두려운 마음이 컸다. 그래서 언짢은 표정을 지으며 신문의 마을 소식란으로 눈을 돌렸다.

"칼 메러디스 군과 셜리 블라이드 군은 지난 금요일 저녁 퀸스 전문학교에서 집으로 돌아왔다. 칼은 내년에 항구 어귀 학교에서 교사로 일할 예정이다. 그는 분명 탁월하고 인기 있는 교사가 될 것이다."

코닐리어가 말했다.

"벌레에 대해서는 가르칠 게 참 많을 거예요. 이제 퀸스 전문학교도 졸업했으니 메러디스 목사님과 로즈메리는 칼을 이번 가을에 레드먼드로 보내고 싶어 했어요. 하지만 칼은 독립심이 강한 아이라 제 손으로 얼마쯤이라도 학비를 벌 생각을 하더군요. 그 아이를 위해서라도 그렇게 하는 게 나을 것 같아요."

수전이 계속 읽어나갔다.

"로브리지에서 교편을 잡고 있던 월터 블라이드 군은 학교에 사직서를 제출했다. 올가을 레드먼드 대학에 진학할 예정이다."

코닐리어가 걱정스러운 얼굴로 물었다.

"월터가 대학에서 공부할 수 있을 만큼 건강을 회복했나요?"

블라이드 부인이 말했다.

"가을쯤에는 완전히 건강해지길 바랄 뿐이죠. 여름에 탁 트인 야외에서 햇볕을 쬐며 푹 쉬다 보면 몸도 좋아질 거예요."

코닐리어가 힘주어 말했다.

"장티푸스는 후유증이 심한 병이에요. 월터처럼 가까스로 목숨을 건진 경우는 특히 그렇죠. 대학 진학을 1년 정도 미루면 어떨까 싶어요. 물론 월터는 그럴 생각이 전혀 없겠지만요. 그러면 다이와 낸도 같이 가나요?"

"네. 둘 다 1년만 더 학생들을 가르치고 싶어 했지만 길버트가 허락하지 않았어요. 올가을에 꼭 레드먼드로 가라고 단단히 일렀거든요."

"그건 잘된 일이죠. 월터가 지나치게 공부만 하지 않도록 둘이서 잘 지켜볼 테니까요. 그런데요….."

코닐리어는 수전 쪽을 힐끔힐끔 보면서 말을 이었다.

"방금 핀잔을 듣긴 했지만, 제리가 낸을 바라보는 눈길이 심상치 않다는 말을 하면, 나더러 또 뭐라고 타박하겠죠?"

수전은 이 말을 못 들은 척했고 블라이드 부인은 다시 한번 웃음을 터뜨렸다.

"코닐리어, 솔직히 저도 참 부담스러워요. 아이들이 서로 사랑의 눈짓을 주고받으니까요. 그걸 진지하게 받아들인다면 마음이 무거워 못 견딜걸요? 하지만 심각하게 생각하지 않아요. 아직은 아이들이 성인처럼 느껴지지도 않고요. 물론 훌쩍 커버린 두 아들을 보고 있노라면 과연 이 아이들이 예전에 입 맞추고 안아주며 자장가를 불러주었던, 통통하고 보조개가 옴폭 패여서 귀엽던 그 아기들이 맞나 싶을 때가 있죠. 그 일이 엊그제같이 생생하거든요. '꿈의 집'에서는 젬이 가장 귀여운 아기였잖아요? 그런데 지금 그 애는 대학을 졸업했고, 심지어 연애를 한다는 말까지 귀에 들어오네요."

코닐리어가 한숨을 쉬었다.

"우리 모두 제법 나이가 들었어요."

블라이드 부인이 말했다.

"전 그렇게 느낀 적이 없지만, 발목만큼은 나이가 든 게 맞아요. 초록지붕집에서 살았을 때 조시 파이가 저를 부추긴 탓에 마룻대를 걷다가 떨어져서 발목이 부러졌었거든요. 바람이 동쪽에서 불 때마다 다쳤던 부위가 아프네요. 류머티즘은 아닌 것 같지만 욱신거리기는 해요. 아이들 이야기를 마저 할까요? 우리 아이들과 메러디스 목사님네 아이들은 학교로 돌아가기 전에 즐거운 여름을 보낼 계획을 세우고 있어요. 노는 걸 참 좋아하는 아이들이죠. 덕분에 이 집에서는 즐거운 일이 끊이지 않고 벌어진답니다."

"셜리가 퀸스 전문학교로 돌아갈 때 릴라도 같이 가나요?"

"아직 결정을 못 내렸어요. 저는 릴라가 안 갔으면 좋겠네요. 길버트는 릴라가 몸이 약하다고 생각해요. 체력은 그대로인데 키만 자랐으니까요. 열다섯도 안 된 아이치고는 터무니없이 크잖아요. 솔직히 저도 보내고 싶지 않아요. 이번 겨울에는 집에서 저와 같이 지낼 아이가 하나도 없다고 생각하면 벌써부터 쓸쓸해지니까요. 어쩌면 너무 지루한 나머지 수전과 몸싸움을 할지도 모르겠네요."

블라이드 부인의 유쾌한 농담에 수전이 미소 지었다.

'아무리 그래도 나랑 사모님이 몸싸움을 벌이다니!'

코닐리어가 물었다.

"릴라 생각은 어때요? 가고 싶어 하나요?"

"아뇨. 릴라는 언니 오빠랑 전혀 달라요. 야망이라곤 찾아볼 수 없거든요. 솔직히 말해서 전 릴라가 진지한 이상을 품고 좀 더 치열하게 살았으면 좋겠어요. 지금은 재미있게 사는 것에만 관심이 쏠려 있는 듯 보여요."

"사모님, 젊은 아가씨라면 그런 게 당연하지 않을까요? 라틴어와 그리스어를 배울 시간은 나중에 얼마든지 있을 거예요."

수전이 소리쳤다. 그녀는 누구든 잉글사이드 가족을 흉보면 참지 못하고 나서서 한마디씩 했다. 심지어 가족 중 한 명이 그럴 때도 마찬가지였다.

"릴라가 책임감을 좀 더 가졌으면 좋겠다는 뜻이에요. 그 아이는 허영심이 많다는 걸 수전도 알고 있잖아요."

수전이 반박했다.

"그럴 만하니까 그러는 거겠죠. 릴라는 글렌세인트메리 마을에서 가장 예쁜 아가씨예요. 항구 건너편의 매캘리스터 가문과 크로퍼드 가문과 엘리엇 가문 전부를 견주어도 릴라 같은 아이는 찾아볼 수 없어요. 그들이 4대에 걸쳐 아이를 낳는다 해도 릴라처럼 피부가 매끈한 아이를 볼 수는 없을걸요? 어림도 없죠. 분수에 맞지 않게 나선다고 하실 수도 있지만 아무리 사모님이라 해도 릴라를 깎아내리는 건 용납할 수 없어요. 그리고 이 기사 내용을 들어보세요, 엘리엇 부인."

아이들의 연애 문제를 빈정거렸던 코닐리어에게 반격할 기회를 발견한 수전은 목에 힘을 주어 기사를 읽기 시작했다.

"밀러 더글러스는 서부에 가지 않겠다고 마음먹었다. 프린스에드워드섬에서도 충분히 행복하게 살 수 있다고 생각했기 때문이다. 그는 고모인 앨릭 데이비스 부인의 땅에서 농사를 계속 짓겠다고 말했다."

수전은 고개를 들고 코닐리어를 빤히 쳐다보았다.

"엘리엇 부인, 밀러가 메리 밴스에게 청혼했다던데요."

수전이 쏜 총알이 코닐리어의 갑옷을 꿰뚫었다. 코닐리어의 쾌활한 얼굴이 금세 달아올랐고 목소리는 뾰족하게 날이 섰다.

"밀러 더글러스가 메리 주위에 얼쩡거리도록 내버려두지 않을 거예요. 그는 천한 집안 출신이잖아요. 밀러의 아버지는 가문에서 내놓은 사람이나 다름없어요. 같은 집안사람으로 치지도 않더라고요. 게다가 어머니는 항구 어귀의 그 고약한 딜런 집안 출신이에요."

"하지만 메리 밴스의 부모도 귀족이라고 부를 만한 사람은 아니라고 들었는데요."

"메리 밴스는 내가 정성껏 키웠어요. 게다가 얼마나 재치 있고 영리한지 몰라요. 타고난 재주가 있어서 무슨 일을 하든지 아주 잘해내죠. 그런 아이가 밀러 더글러스 같은 놈팡이에게 자기를 내던질 리 있나요? 말도 안 돼요! 메리는 내가 이 일을 어떻게 생각하는지 잘 알아요. 그러니 이제껏 그랬던 것처럼 내 말을 거스르지 않을 거예요."

"뭐, 그렇게 걱정할 필요는 없을 것 같네요. 데이비스 부인도 당신 못지않게 반대하고 있으니까요. 조카를 메리 밴스처럼 근본 모르는 아가씨와 결혼시킬 생각은 없다고 하던데요."

수전은 승리감을 느끼며 다시 신문으로 눈을 돌렸다.

"거트루드 올리버 양이 1년 더 교사로 일하게 되었다. 마을 사람들에게는 참 반가운 소식이다. 올리버 양은 로브리지에 있는 집에서 값진 휴가를 보낼 예정이다."

블라이드 부인이 말했다.

"거트루드가 이곳 학교에 남는다니, 정말 기뻐요. 만약 그 아가씨가 떠났더라면 우린 무척 섭섭했을 거예요. 릴라에게 아주 좋은 영향을 주고 있거든요. 두 사람은 나이 차이가 많이 나지만 단짝 친구처럼 지내고 있어요. 무엇보다 릴라가 거트루드에게 푹 빠져 있죠."

"그 아가씨는 결혼한다고 하지 않았던가요?"

"그런 이야기가 있었는데 1년 뒤로 미뤘나 봐요."

"상대가 누군가요?"

"로버트 그랜트예요. 샬럿타운의 젊은 변호사죠. 거트루드가 행복했으면 좋겠어요. 그동안 참 슬프고 힘겹게 살아왔으니까요. 그래서 그런지 모든 일을 예민하게 받아들이는 것 같아요. 첫사랑에 실패한 뒤로 세상에 홀로 뚝 떨어진 사람처럼 살고 있잖아요. 자기 삶에 새로운 사랑이 찾아오자 무척 놀라면서도 그 사랑이 끝까지 이어지리라고는 확신을 못 하는 것 같아요. 결혼이 미뤄졌을 때는 무척 낙심했을 거예요. 물론 그랜트 씨 잘못은 아니에요. 그 사람 아버지가 지난겨울에 돌아가신 뒤 상속 문제로 골치를 앓았잖아요. 문제가 해결될 때까지는 결혼할 수 없었던 거죠. 하지만 거트루드는 그걸 불길한 징조로 여기고 행복이 달아나버릴까 봐 불안해하는 것 같아요."

수전이 엄숙하게 말했다.

"남자에게 지나치리만큼 애정을 쏟는 건 결코 좋은 일이 아니에요, 사모님."

"그랜트 씨도 거트루드를 깊이 사랑하고 있어요. 거트루드가 믿지 못하는 건 그랜트 씨가 아니라 운명이죠. 그게 문제예요. 거트루드는 신비주의를 따르는 경향이 있어요. 어떤 사람들은 그녀가 미신에 빠져 있다고 말할 수도 있겠네요. 꿈을 지나치게 믿거든요. 그렇다고 우리가 그걸 웃어넘길 수는 없어요. 거트루드가 꾼 꿈 중에서 몇 가지는 들어맞았다는 것을 인정할 수밖에 없으니까요. 아, 수전. 내가 이처럼 이단적인 말을 했다는 사실을 길버트에게 말하면 안 돼요."

그때 수전이 갑자기 탄성을 질렀다. 블라이드 부인은 어리둥절해하며 물었다.

"무슨 일이에요? 뭐 재미있는 기사라도 있나요?"

"들어보세요, 사모님. '소피아 크로퍼드 부인은 로브리지에 있는 집을 처분하고 조카딸과 살게 되었다.' 제 사촌 소피아 이야기예요. 우리는 어렸을 때 '하느님은 사랑이십니다*'라는 글귀가 적혀 있고 장미꽃 봉오리로 장식된 주일학교 카드를 서로 갖겠다며 다툰 뒤로 말도 하지 않고 지내왔어요. 그런데 지금 소피아가 바로 길 건너편 집에서 살게 된 거라고요."

"이젠 둘이 화해할 수밖에 없겠네요, 수전. 이웃과 계속 불편한 관계로 지내면 좋을 게 하나도 없으니까요."

수전은 물러서지 않았다.

"소피아가 먼저 싸움을 걸었어요. 그러니까 화해도 그쪽에서 먼저 청해야죠. 그렇게만 해준다면 저도 성숙한 기독교인답게 어느 정도는 양보해줄 거예요. 소피아는 유쾌한 사람이 아니에요. 평생 우는소리만 해왔죠. 지난번에 보니까 얼굴에 주름이 천 개는 잡혀 있더라고요. 어쩌면 더 많을 수도 있고요. 걱정을 사서 하니까 그럴 수밖에요. 첫 번째 남편 장례식에서는 하늘이 무너진 듯 울고불고했는데, 남편을 땅에 묻은 지 1년도 안 돼서

•   신약성경(공동번역)의 요한일서 4장 16절에 나온 표현

재혼했어요. 그리고 다음 기사는 지난 일요일 밤 우리 교회에서 있었던 특별 예배 소식이네요. 그날 교회 장식이 무척 아름다웠다고 적혀 있어요."

코닐리어가 말했다.

"아, 그 말을 들으니 생각나네요. 프라이어 씨는 교회를 꽃으로 장식하면 안 된다면서 길길이 날뛰고 있어요. 내 그럴 줄 알았다니까요. 그가 로브리지에서 여기로 이사 왔을 때부터 앞으로 곤란한 일이 생길 거라고 내가 누차 말했잖아요. 그런 사람에게 장로 직책을 맡기는 게 아니었는데…. 우리 발등을 찍고 말았네요. 두고두고 후회할 거예요. 그는 여자들이 잡초 따위로 설교단을 더럽힌다면 자기는 앞으로 교회에 나오지 않겠다는 말도 했다더군요."

수전이 말했다.

"글쎄요. '구레나룻 달덩이'가 출석하기 전에는 교회가 잘 굴러갔잖아요. 그가 떠난다고 해서 문제될 건 없을 거예요."

블라이드 부인이 물었다.

"어머, 구레나룻 달덩이라고요? 누가 그 사람에게 그처럼 우스꽝스러운 별명을 붙여준 거죠?"

"로브리지의 남자아이들이에요, 사모님. 제가 기억하기로는 이름으로 불릴 때가 거의 없어요. 아마 그 사람 얼굴이 둥글넓데데하고 늘 벌겋게 상기되어 있는 데다 흙빛 구레나룻을 기르고 있어서 그럴 거예요. 물론 본인 앞에서 대놓고 놀리는 건 옳지 않겠죠. 하지만 구레나룻이 문제가 아니에요. 행동도 그럴뿐더러 머릿속으로 하는 생각까지 이상한 것투성이니까요. 지금

이야 장로도 되었고 신앙심이 깊다는 말도 듣고 있지만, 저는 20년 전에 그가 한 일을 잊을 수 없어요. 글쎄 자기 소를 로브리지 묘지에 풀어놓고 풀을 뜯어먹게 하다가 들켰지 뭐예요. 그때 얼마나 어이가 없었던지, 지금도 똑똑히 기억한다니까요. 그 뒤로는 그 사람이 모임에서 기도할 때마다 옛일이 생각나더라고요. 아무튼 볼 만한 기사는 이게 전부네요. 오늘은 별달리 중요한 소식이 없어요. 외국에서 벌어진 일에는 관심이 잘 안 가고요. 그런데 암살되었다는 그 대공은 어떤 사람이죠?"

"그런 게 우리랑 무슨 상관이 있겠어요?"

코닐리어가 이렇게 반문했다. 운명은 이미 수전의 질문에 소름 끼치는 답을 준비하고 있었지만 그 사실을 알 리 없는 코닐리어는 태연하게 이야기를 이어나갔다.

"발칸반도에서는 죽고 죽이는 일이 늘 벌어지고 있잖아요.* 그곳 사람들에게는 특별한 일도 아니니까 그런 끔찍한 일을 우리 신문에 굳이 실을 필요는 없다고 봐요. 저렇게 큰 제목을 붙여서 다룰 사건이 아니었는데, 『데일리 엔터프라이즈』가 지나치게 선정적으로 보도한 거죠. 난 이제 집으로 가야겠네요. 아니요, 앤. 내게 저녁 먹고 가라고 권해도 소용없어요. 마셜은 내가 집에 없으면 끼니를 거르니까요. 남자들이 다 그렇잖아요. 그러니까 꼭 가서 챙겨줘야 해요. 세상에나, 저 고양이는 왜 저러는 거예요? 발작이라도 일으키는 건가요?"

---

* 제1차 세계대전이 일어나기 직전인 1912년과 1913년, 두 차례에 걸쳐 발칸반도에서 일어난 전쟁을 말한다.

박사가 갑자기 코닐리어가 밟고 있는 깔개로 다가와 귀를 쫒히고 가르랑거리더니 창문 밖으로 후다닥 뛰어나간 것이다.

"아뇨, 지금 하이드 씨로 변신하는 중이에요. 그러니까 아침이 오기 전에 비가 내리거나 강풍이 분다고 알려주는 셈이죠. 박사의 감은 기압계만큼 정확하거든요."

수전이 말했다.

"저놈의 고양이가 이번엔 부엌이 아니라 밖에서 난동을 부려서 다행이에요. 이제 막 저녁밥을 차리려던 참이었거든요. 오늘처럼 잉글사이드에 사람이 북적거릴 때는 일찌감치 식사 준비를 하는 게 좋죠."

2장

—

아침 이슬

황금빛 햇살이 잉글사이드에 쏟아지면서 잔디밭 곳곳에 매혹적인 그늘이 드리워졌다. 릴라 블라이드는 커다란 구주소나무에 달아맨 해먹에 누워 있었고 나무뿌리 쪽에는 거트루드 올리버가 앉아 있었다. 월터는 풀밭에 몸을 쭉 뻗고 누워서 기사들의 모험담에 푹 빠져 있었다. 먼 옛날의 영웅과 미녀가 낭만적인 이야기를 거치자 생생하게 되살아났다.

릴라는 가족에게 아기 취급을 받는 것이 늘 불만이었다. 자기는 이제 어른이 되었다고 믿었지만 아무도 그렇다고 인정해주지 않았다. 이제 곧 열다섯 살이 되는 릴라는 키가 다이와 낸 못지않게 컸다. 또 수전의 눈에만 그렇게 보인 것이 아니라 실제로도 예뻤다. 담갈색의 커다란 눈동자는 꿈을 꾸는 듯했고 우윳빛 피부에는 금빛 주근깨가 점점이 나 있었다. 우아하게 곡선을 그리고 있는 눈썹은 다소곳하면서도 무언가 묻는 듯한 표정을 만들어냈다. 그래서 릴라를 본 사람들, 특히 소년들은 뭐라도 대답해주고 싶은 마음이 들었다. 머리카락은 붉은빛이 도는 갈색이었으며 입술 위쪽 작고 오목하게 패인 인중은 세례식 때 착한 요정이 손가락으로 꼭 눌러 만든 자국처럼 보였다.

친한 친구들도 인정할 만큼 허영심이 있었던 릴라는 자기 얼굴에 자부심이 있었다. 하지만 몸매에 대해서는 불만이 많았다. 그래서 어머니가 더 긴 드레스를 입지 못하게 하는 걸 두고 무척 속상해했다. 무지개 골짜기 시절의 릴라는 포동포동했지만 그사이 팔다리가 쭉쭉 자라면서 지금은 몰라보게 날씬해졌다. 비록 젬과 셜리가 '거미'라고 놀리며 릴라의 속을 긁어놓았지만 단지 비유일 뿐 진짜로 기형적인 외모는 아니었다. 릴라가 발걸음을 옮길 때면 걷는다기보다는 춤을 춘다는 느낌이 들었다. 비록 응석받이로 자라서 제멋대로 구는 면이 조금 있었고 낸이나 다이처럼 머리가 좋은 건 아니었지만, 릴라는 누구나 인정할 만큼 사랑스러운 아가씨였다.

1년 전부터 잉글사이드에서 하숙해온 올리버는 휴가를 맞아 그날 밤 집으로 돌아갈 예정이었다. 올리버를 무척 좋아하는 릴라를 위해서 블라이드 부부는 그녀를 집에 들였다. 마땅한 공간이 없어서 릴라의 방을 함께 써야 했지만 릴라는 기꺼이 소중한 보금자리 일부를 내주었다. 올해 스물여덟 살인 거트루드 올리버는 이제껏 고달픈 인생을 살아왔다. 아몬드 모양의 갈색 눈에는 슬픔이 어려 있었고, 입술은 냉소를 머금은 듯하면서도 무척 총명해 보였다. 머리카락은 검고 풍성했다. 비록 빼어나게 예쁘지는 않았지만 사람들의 눈길을 끄는 매력과 신비로움이 얼굴에 깃들어 있었고, 릴라는 이런 그녀에게 푹 빠졌다. 가끔씩 드러나는 우울하고 냉소적인 모습조차 릴라의 눈에는 무척 매력적으로 보였다. 물론 이런 모습은 피곤할 때만 나타났을 뿐 평소에는 무척 유쾌한 태도로 잉글사이드 아이들의 말동무가 되어주었다. 그래서 아이들은 자기들보다 나이가 훨씬 많은 올리버와 스스럼없이 어울렸다. 그중에서도 월터와 릴라는 올리버와 각별한 사이가 되었다. 두 사람은 남들에게 말하지 못하는 은밀한 소망이나 포부까지도 올리버에게 거리낌 없이 털어놓았다. 올리버는 릴라가 낸과 다이처럼 우아한 드레스를 입고 싶어 한다는 것도, 그런 옷차림으로 파티에 참석하고 싶어 한다는 것도 알고 있었다. 무엇보다 릴라는 자기에게 반해서 쫓아다니는 남자를, 여러 명이나 한꺼번에 거느리고 싶어 했다! 월터가 〈로저먼드에게〉라는 소네트[•]를 썼으며(여기서 '로저먼드'는 '페이스 메러디스'를 가리킨다), 유명 대학의 영문학 교수가 되고 싶어 한다는 사실도 올리버는 알고 있었다. 아름다움을 열정적으로 사랑하고 추함은 극도로 증오하는 월터의 성향도 속속들이 파악했다. 장점과 단점까지 세세히 알고 있었다.

월터는 예나 지금이나 잉글사이드 남자아이들 중에서 가장 잘생겼다는 말을 들었다. 월터를 볼 때마다 올리버는 마음이 흐뭇했다. 훗날 월터처럼 잘생긴 아들을 낳았으면 좋겠다고 생각하기도 했다. 검은 머리카락은 윤기가 흘렀고, 진회색 눈동자는

• 14행의 짧은 시로 이루어진 서양 시가

반짝반짝 빛났으며, 이목구비는 흠잡을 데 없었다. 더군다나 월터는 머리부터 발끝까지 천생 시인이었다. 올리버는 월터의 타고난 재능을 한눈에 알아보았다. 월터의 소네트는 스무 살 젊은 이가 썼다는 게 믿기지 않을 만큼 빼어난 작품이었다.

릴라는 월터를 진심으로 좋아했다. 월터는 젬이나 셜리처럼 릴라를 놀리지 않았고 '거미'라고 부른 적도 없었다. 대신 '릴라, 마이 릴라'(Rilla-my-Rilla)라고 불렀는데, 이는 릴라의 중간 이름인 마릴라(Marilla)를 변형해서 만든 애칭이었다. 초록지붕집 마릴라 할머니의 이름을 따서 지었다고는 하지만 릴라는 그 이름이 마음에 들지 않았다. 자기가 어렸을 때 세상을 떠난 마릴라 할머니에게 애틋한 감정이 복받쳐 오르지도 않았고, 무엇보다 '릴라'는 너무 촌스럽게 들렸기 때문이다.

"왜 다들 날 첫 번째 이름인 '버사'라고 부르지 않는 거야?* 바보 같은 릴라보다는 버사가 훨씬 아름답고 품위 있잖아."

월터가 붙여준 애칭이 싫은 건 아니었지만, 릴라는 월터 외에 그 누구도 자기를 그렇게 부르지 못하게 했다. 물론 올리버가 가끔씩 그렇게 부르는 것은 내버려두었다. '릴라, 마이 릴라'라고 부르는 월터의 목소리는 릴라의 귀에 음악처럼 아름답게 들렸다. 마치 은빛 시냇물에 일어난 잔물결 같았다.

월터를 위해서라면, 월터에게 조금이라도 도움이 된다면 기꺼이 죽을 수 있다고 릴라는 올리버에게 이야기했다. 또래 소녀들처럼 과장해서 말하기를 즐겼지만 그만큼 월터를 좋아한다는

---

* 릴라의 전체 이름은 버사 마릴라 블라이드(Bertha Marilla Blythe)다.

뜻이었다. 월터가 자기보다 다이에게 더 많은 비밀을 털어놓는 것 같다는 의구심이 들었을 때 릴라가 얼마나 가슴 아파했는지 모른다. 언젠가 릴라는 분한 얼굴로 올리버에게 한탄했다.

"월터는 제가 아직 어려서 자길 이해 못할 거라고 생각해요. 하지만 저도 이제 다 컸다고요! 전 그동안 월터가 해준 이야기를 누구에게도 말하지 않았어요. 심지어 선생님에게도 그랬죠. 물론 제 일은 하나도 숨기지 않았지만요. 만약 선생님에게도 말못 할 비밀을 가지고 있다면 전 절대로 행복할 수 없을 거예요. 하지만 월터를 배신할 순 없어요. 전 월터한테 모든 걸 이야기해요. 일기까지 보여준다고요. 그래서 월터가 제게 마음을 전부 털어놓지 않으면 무척 속상해요. 다행히도 월터는 자기가 쓴 시를 전부 다 제게 보여줘요. 얼마나 훌륭한 작품인지 몰라요. 올리버 선생님, 전 월터에게 워즈워스의 여동생 도로시* 같은 존재가 되고 싶어요. 워즈워스도 월터가 쓴 시 같은 작품은 남기지 못했어요. 테니슨**도 그렇고요."

"꼭 그런 건 아니야. 둘 다 졸작도 꽤 많이 남겼거든."

올리버는 별생각 없이 말했다가 상처 입은 릴라의 눈동자를 보고 아차 실수했다 싶어서 서둘러 말을 덧붙였다.

"하지만 월터는 위대한 시인이 될 거야. 언젠가는 꼭 그렇게 될 거라 믿어. 그리고 네가 자랄수록 월터도 너를 점점 신뢰할

---

* 영국의 낭만주의 시인 윌리엄 워즈워스(1770-1850)는 여동생 도로시(1771-1855)와 평생 가깝게 지냈다.

** 영국 빅토리아시대의 계관시인 앨프리드 테니슨(1809-1892)

거라고 생각해."

릴라가 과장스럽게 한숨을 쉬었다.

"작년에 월터가 장티푸스로 입원했을 땐 미칠 것만 같았어요. 얼마나 심각한 상태인지 아무도 제게 가르쳐주지 않았거든요. 아버지가 입단속을 철저히 했던 거예요. 전 월터가 완전히 회복된 뒤에야 비로소 자초지종을 알게 되었죠. 하지만 모르는 게 약이었어요. 그렇지 않아도 매일 밤 울다가 잠이 들었는데, 월터의 생명이 위험하다는 걸 알았더라면 슬픔을 견뎌내지 못했을 테니까요. 그런데 때로는 월터가 저보다 먼데이를 더 좋아하는 것 같아서 서운해요."

마지막 문장은 꼭 올리버가 한 말 같았다. 릴라는 종종 올리버의 씁쓸한 어조를 흉내 내곤 했다.

먼데이는 잉글사이드에서 기르는 반려견의 이름이다. 이 개는 어느 월요일 이 집의 새 가족이 되었는데, 마침 그때 『로빈슨 크루소』를 읽고 있던 월터가 '먼데이'(Monday)라는 이름을 붙여주었다.* 먼데이는 자기 주인인 젬뿐만 아니라 월터도 잘 따랐다. 지금도 바닥에 앉아 월터의 팔에 코를 문지르고 있었다. 월터가 건성으로 쓰다듬기라도 하면 꼬리로 바닥을 툭툭 치며 좋아했다. 먼데이는 콜리, 세터, 그레이하운드, 뉴펀들랜드처럼 이름난 품종이 아니라 젬의 말처럼 '흔해빠진 개'였다. 어떤 사람들은 야박하게도 거기에 수식어를 덧붙여서 '아주 흔해빠진 개'

---

* 영국 소설가 대니얼 디포(1660-1731)의 작품 『로빈슨 크루소』에서 주인공은 금요일에 만난 원주민에게 '프라이데이'(Friday)라는 이름을 붙여주었다.

라고 불렀다. 그만큼 생김새는 보잘것없었다. 누런 몸 곳곳에 검은 점이 아무렇게나 흩어져 있었고 그중 하나는 한쪽 눈 위에 떡하니 자리 잡고 있었다. 귀가 너덜너덜한 것을 보면 지금 껏 다른 개와 싸워서 이긴 적이 없는 듯했다. 비록 잘생기지도 않았고, 멋들어지게 짖지도 못했고, 싸울 때마다 판판이 졌지만, 먼데이에게는 불가사의한 힘이 있었다. 세상 그 어떤 개보다 사랑이 많고 충직하며 진실했던 것이다. 갈색 눈동자에는 사람의 영혼을 강력하게 흔드는 힘이 담겨 있었다. 어떤 신학자라도 먼데이의 이런 능력을 제대로 설명할 수 없을 것이다. 블라이드 가족은 물론이고 심지어 수전까지도 먼데이를 좋아했다. 하지만 먼데이에게는 몰래 손님방 침대에 올라가 잠을 자는 고약한 버릇이 있었고, 그때마다 수전은 골머리를 앓았다.

만족스러운 오후 시간을 보내고 있던 릴라는 무지개 골짜기 위에 한가로이 걸려 있는 은빛 구름을 꿈꾸듯 바라보며 올리버에게 말했다.

"6월은 참 즐거운 달이에요. 우린 멋진 시간을 보냈어요. 날씨도 정말 좋았고, 모든 면에서 완벽했죠."

올리버가 한숨을 쉬며 말했다.

"꼭 그랬던 건 아니야. 난 왠지 불길한 예감이 들었거든. 완벽한 것은 하느님의 선물이야. 그다음 닥칠 일에 대한 보상 같은 것이지. 난 지금껏 그런 일을 워낙 자주 겪다 보니, 완벽한 시간을 보냈다는 말을 들으면 마음이 편치 않단다. 그래도 올해 6월은 정말 즐겁긴 했어."

"물론 그렇게 대단한 일은 없었죠. 마을에서 일어났던 흥미진

진한 사건이라고 해봤자 고작 미드 할머니가 교회에서 기절한 일뿐이었으니까요. 가끔씩은 극적인 일이 벌어졌으면 좋겠다는 생각을 해요."

"그런 걸 바라면 안 돼. 극적인 일은 항상 누군가에게 예기치 못한 고통을 안겨주거든. 아무튼 너희는 이곳에서 정말 즐겁고 멋진 여름을 보낼 거야. 하지만 난 로브리지에서 맥없이 시간을 흘려보내겠지."

"여기 자주 들리실 거잖아요. 올여름엔 재미있는 일이 참 많을 것 같아요. 이번에는 절 끼워줄까요? 전엔 따돌림당하기 일쑤였거든요. 전 이제 어른이 다 되었는데 왜 다들 어리다고만 생각하는지 모르겠어요. 정말 속상해요."

"어른이 되려면 좀 더 기다려야 할걸? 그렇다고 어린 시절이 빨리 지나가버리길 바랄 필요는 없단다. 눈 깜짝할 새에 훌쩍 자랄 테니까. 너도 곧 인생을 맛보기 시작할 거야."

릴라가 웃으며 외쳤다.

"인생을 맛만 본다고요? 전 죄다 먹어버리고 싶은걸요. 여자로서 할 수 있는 건 뭐든 해보고 싶어요. 이제 한 달만 지나면 열다섯 살이 되는데, 그때부터는 어린아이 취급을 받지 않을 거예요. 여자의 인생에서는 열다섯에서 열아홉까지가 황금기라는 말을 들은 적이 있어요. 전 그때를 완벽하게 멋진 시간으로 만들고 싶어요. 즐거운 일로 가득 채우는 거죠."

"무엇을 하겠다고 작정하는 건 소용없는 짓일지도 몰라. 마음먹은 대로 되지 않을 때가 많거든."

"하지만 생각하는 것만으로도 참 즐겁잖아요."

"어유, 이 개구쟁이 아가씨야. 네 머릿속엔 재미있는 일밖에 없구나. 하긴 열다섯 살에 또 뭘 생각하겠니."

올리버는 응석을 받아주듯 맞장구를 치면서도 릴라의 턱이 정말 예쁘다고 생각했다.

"릴라, 넌 대학에 갈 생각 없니? 올가을부터 다니면 어때?"

릴라는 웃으며 말했다.

"없어요. 올가을뿐만 아니라 다른 가을에도 마찬가지일 거예요. 전 대학에 가고 싶지 않거든요. 낸과 다이는 무슨 '학'이니 '주의'니 하는 것에 푹 빠져 있는데, 전 하나도 관심이 없어요. 게다가 우리 집에는 대학생이 벌써 다섯 명이나 있잖아요. 그 정도면 충분하지 않을까요? 어느 집이든 한 명쯤은 머리 나쁜 사람이 있는 법이니까요. 전 기꺼이 그 역할을 받아들일 거예요. 예쁘고 인기 많고 유쾌한 사람만 될 수 있다면 바보가 된다 한들 상관없어요. 전 똑똑해지기는 글렀어요. 그렇다고 특출한 재능이 있는 것도 아니죠. 그래서 얼마나 마음이 편한지 선생님은 상상도 못 하실 거예요. 아무도 제게 큰 기대를 하지 않으니 시달릴 일도 없거든요. 저는 집안일이나 요리에도 소질이 없어요. 바느질과 청소도 정말 싫어하죠. 수전 아주머니도 제게 비스킷 굽는 법을 가르치다가 손을 들어버렸으니, 다른 사람은 오죽하겠어요. 아버지는 저더러 '수고도 하지 않고 길쌈도 하지 않는' 아이래요. 그러니까 전 '들의 백합화'*가 되어야겠죠?"

• 신약성경(새번역) 마태복음 6장 28절 중 "들의 백합화가 어떻게 자라는가 살펴보아라. 수고도 하지 않고, 길쌈도 하지 않는다"라는 구절을 응용한 표현이다.

"공부를 포기하기에는 넌 아직 어려."

"포기한 건 아니에요. 올겨울에는 어머니에게 읽기를 배울 생각이거든요. 어머니의 문학사 학위가 모처럼 진가를 발휘하겠죠? 다행히 저는 책 읽는 걸 좋아해요. 아, 그렇게 슬프고 못마땅한 눈으로 보지는 말아주세요. 전 진지하고 심각하게 굴 수가 없어요. 모든 게 장밋빛이며 무지갯빛으로만 보이는 걸 어떡해요. 아무튼 전 다음 달에 열다섯 살이 돼요. 다음 해에는 열여섯 살이 될 테고, 그다음 해에는 열일곱 살이 될 거예요. 이보다 멋진 일이 또 있을까요?"

올리버가 반쯤은 웃으면서도 반쯤은 진지하게 말했다.

"행운을 빌게. 릴라, 마이 릴라."

3장

——

달빛 내리는 밤의 흥겨운 시간

잠을 잘 때도 두 눈을 꼭 감은 모습이 웃고 있는 것처럼 보이는 릴라는 하품하고 기지개를 켜면서 거트루드 올리버를 향해 미소 지었다. 전날 밤 올리버가 집에 들르자 릴라는 포윈즈 등대에서 열리는 댄스파티에 같이 가자고 조르면서 그녀를 붙잡았다. 그런 이유로 두 사람은 릴라 방에서 함께 잤던 것이다.

"새날이 창문을 두드리고 있어요. 우리에게 무엇을 가져다주려는 걸까요?"

올리버는 몸을 살짝 떨었다. 그녀는 릴라처럼 열정적으로 아침을 맞이할 수 없었다. 새날이 끔찍한 일을 가져다줄 수도 있다는 걸 알 만큼 나이를 먹었기 때문이다. 올리버의 이런 속마음을 알 리 없는 릴라는 천연덕스럽게 말을 이어갔다.

"저는 하루가 새로 시작되는 게 참 좋아요. 전혀 예상하지 못했던 일이 벌어질 수도 있잖아요. 황금빛으로 맑게 갠 아침, 이렇게 잠에서 깨어 오늘이 어떤 깜짝 선물을 전해줄지 생각하다 보면 가슴이 무척 설레요. 저는 일어나기 10분 전쯤부터 하루가 저물기 전까지 일어날지도 모를 멋진 일들을 상상해보곤 해요."

"나도 오늘 생각지도 못했던 일이 일어났으면 좋겠구나. 독일과 프랑스가 싸우지 않기로 했다는 소식을 듣고 싶어."

올리버의 말에 릴라가 무심코 답했다.

"아, 네. 전쟁이 나면 무척 끔찍할 테니까요. 하지만 그건 우리랑 별로 상관없는 이야기잖아요. 어찌 보면 전쟁이라는 건 흥미진진한 면도 있어요. 보어전쟁*이 그랬다면서요? 너무 어렸을 때 일어난 일이라 저는 아무것도 기억나지 않아요. 오늘 밤에는 하얀색 드레스를 입을까요, 초록색 드레스를 입을까요? 물론 초록색 드레스가 훨씬 예쁘긴 하지만 그걸 입고 해변에서 열리는 댄스파티에 가려니 조금 부담스러워요. 옷이 망가지면 큰일이 잖아요. 제 머리를 요즘 유행하는 모양으로 매만져주시겠어요? 마을의 다른 여자아이들은 그런 머리를 해본 적 없으니까 틀림없이 전 사람들의 눈길을 끌 거예요."

"댄스파티에 가는 건 허락받았어?"

"아, 월터가 어머니를 설득해줬어요. 거길 못 가면 제가 얼마나 슬퍼할지 알고 있거든요. 선생님, 여기는 제가 진짜 어른이 되고 나서 첫 번째로 가는 파티예요. 생각만 해도 가슴이 두근

---

* 영국이 남아프리카에서 자원을 확보할 의도로 보어인이 건설한 트란스발 공화국과 오렌지 자유국을 침략해서 1899년부터 1902년까지 벌어진 전쟁

거려서 일주일 동안 밤잠을 설쳤다니까요. 오늘 아침 해가 떠오르는 걸 보고 기뻐서 소리 지를 뻔 했어요. 그런데 밤에 비가 온다면 얼마나 맥이 빠지겠어요. 아무튼 전 초록색 드레스를 입기로 결심했어요. 첫 번째 파티인데 가장 예쁘게 보여야죠. 사소한 위험쯤은 기꺼이 감수할래요. 게다가 그 옷은 하얀색 드레스보다 길어서 참 예뻐요. 그리고 은색 구두도 신을 거예요. 포드 아주머니가 크리스마스 선물로 주신 건데, 아직 신을 기회가 없었네요. 정말 멋진 구두예요. 아, 선생님. 남자들이 제게 다가와서 춤추자고 했으면 좋겠어요. 아무도 제게 춤을 청하지 않아 저녁 내내 벽에 붙어 있어야 한다면, 창피해서 죽어버릴지도 몰라요. 물론 칼과 제리는 목사님 아들이기 때문에 춤을 출 수 없어요. 그렇지만 않으면 두 사람은 제가 부끄러운 일을 겪지 않도록 도와줄 텐데 말이죠."

"네 상대가 될 사람은 많아. 항구 건너편 청년들은 전부 올 거고, 무엇보다 남자가 여자보다 훨씬 많이 참석할 테니까 걱정할 필요가 없단다."

릴라가 활짝 웃었다.

"제가 목사님 딸이 아니라서 참 다행이에요. 페이스는 오늘 밤에 춤출 수 없다고 부루퉁해 있거든요. 물론 우나는 그런 걸 신경 쓰지 않는 듯해요. 춤 같은 거에는 관심이 전혀 없으니까요. 춤추지 않을 사람들은 부엌에 모여서 엿을 만들기로 했대요. 그 말을 듣고 페이스가 어떤 표정을 지었는지 선생님께 보여드리고 싶네요. 아마 페이스와 젬은 저녁 내내 바위에 나란히 앉아 있을 거예요. 이따가 우리는 예전 '꿈의 집' 아래쪽 작은 개울까지 걸어가서 배를 타고 등대로 갈 생각이에요. 어때요, 정말 멋지죠?"

올리버가 살짝 비꼬는 투로 말했다.

"나도 열다섯 살 때는 너처럼 과장된 표현을 즐겨 썼던 게 기억나는구나. 이 파티는 젊은 사람들에게 무척 즐거운 자리가 될 거야. 하지만 난 지루할 것 같아. 어떤 청년이 나 같은 노처녀랑 춤을 추고 싶어 하겠니? 물론 젬과 월터가 날 가엾게 여기고 한 번쯤은 춤을 청하겠지. 그러니까 내가 너처럼 들뜬 마음으로 파티를 고대하는 건 아니라는 사실을 알아두렴."

"선생님이 처음으로 파티에 갔을 땐 어떤 기분이었어요? 무척 설레지 않으셨나요?"

"아니, 그 반대야. 아주 괴로운 시간을 보냈지. 난 촌스럽고 못생겨서 아무도 내게 춤을 추자고 하지 않았거든. 나보다 촌스럽고 못생긴 남자아이 한 명만 빼고. 그 아이가 어찌나 어색하게 굴던지 난 마음이 상했어. 그도 두 번 다시 내게 다가오지 않더구나. 난 진정한 소녀 시절을 경험하지 못했어. 정말 슬픈 일이지. 이제 와서 돌이킬 수도 없고…. 그래서 난 네가 소녀 시절을 멋지고 행복하게 보내길 바라는 거란다. 이 첫 번째 파티가 네게 평생 즐거운 기억으로 남았으면 좋겠구나."

릴라가 한숨을 쉬었다.

"어젯밤에는 댄스파티에 가는 꿈을 꾸었어요. 그런데 한창 춤추다가 문득 살펴보니, 제가 글쎄 기모노를 입고 있는 거예요. 게다가 발에 신고 있는 건 침실용 실내화였고요. 어찌나 놀랐던지 헉 소리를 지르며 잠에서 깨고 말았어요."

올리버가 멍하니 말했다.

"꿈 이야기가 나와서 말인데, 나도 이상한 꿈을 꿨어. 여느 때처럼 마구 뒤섞여 있고 깨어나면 가물가물한 내용이 아니라, 무슨 일이 실제로 벌어진 듯 선명하고 생생했지. 이유는 잘 모르겠지만 난 가끔씩 그런 꿈을 꾸곤 해."

"어떤 꿈이었는데요?"

"이곳 잉글사이드 베란다 계단에 서서 글렌세인트메리 마을 들판을 내려다보고 있었어. 그런데 갑자기 멀리서 은빛으로 반짝이는 긴 파도가 밀려오는 거야. 그 파도가 점점 가까이 다가왔어. 이따금씩 모래사장에 밀려와 부서지는 것처럼 작고 하얀 파도가 끝없이 이어졌지. 그러더니 그게 마을을 통째로 휩쓸어버렸어. 난 설마 저 파도가 잉글사이드 근처까지 오지는 않을 거라고 생각했어. 그런데 그게 더 빠른 속도로 다가오더니 움직이거나 소리칠 새도 없이 내 발밑까지 밀려오더구나. 그리고 어느 순간 모든 게 사라져버렸지. 마을이 있던 자리는 미친 듯 출렁이는 바닷물 말고는 아무것도 보이지 않았어. 난 뒤로 물러서려다가 내 옷자락이 피에 젖어 있는 걸 봤어. 그러고는 잠에서 깬 거야. 어찌나 놀랐던지 몸이 덜덜 떨렸어. 정말 기분 나쁜 꿈이었지. 무언가 불길한 의미가 담겨 있는 것 같아. 이런 식의 생생한 꿈은 꼭 현실로 나타나거든."

릴라가 중얼거렸다.

"그 꿈이 동쪽에서 폭풍이 몰려와 파티가 엉망이 된다는 뜻은 아니었으면 좋겠어요."

올리버가 헛웃음을 지으며 말했다.

"정말 못 말린다니까! 릴라, 마이 릴라. 그 꿈이 그렇게 끔찍한 일을 예언하는 것 같진 않아. 그러니 걱정할 건 없단다."

며칠 동안 잉글사이드에서는 긴장감이 감돌았다. 이제 막 삶의 꽃봉오리가 싹튼 릴라는 절대 알아차리지 못할 만큼 미묘한 분위기였다. 블라이드 선생은 날마다 신문을 보며 무거운 얼굴로 말을 아꼈다. 젬과 월터는 신문에 실린 새로운 소식을 주의 깊게 살펴보았다. 그러던 어느 날 저녁, 젬은 잔뜩 흥분한 얼굴로 월터에게 말했다.

"월터, 독일이 프랑스에 선전포고를 했어. 그건 영국도 참전한다는 뜻이잖아. 만약 그렇게 된다면…. 그래, 네가 상상했던 피리 부는 사나이가 마침내 찾아오는 거야."

월터가 천천히 말했다.

"그건 상상이 아니라 예감이었어. 그러니까 환영(幻影)이라고 해야겠지. 난 그날 저녁에 정말 그 남자를 봤거든. 아무튼 영국이 참전하면 어떻게 되는 거야?"

젬이 유쾌하게 소리쳤다.

"뭘 어떻게 해. 우리도 입대해서 영국을 도와야지. 백발의 늙은 어머니*가 북해에서 홀로 싸우도록 내버려둘 수는 없잖아. 하지만 넌 갈 수 없을 거야. 장티푸스를 앓은 사람은 징병 대상이 아니거든."

월터는 그 문제에 대해서 가타부타 말하지 않았다. 다만 글렌

---

* 영국을 가리킨다. 영연방에 속한 캐나다에게 영국은 어머니 같은 존재라는 의미가 담겨 있다.

세인트메리 마을 너머로 희미하게 보이는 푸른 항구를 조용히 바라볼 뿐이었다.

"맹수의 새끼도 가족 모두 적과 싸우고 있을 땐 이빨을 드러내고 발톱을 세워서 상대에게 죽기로 덤벼드는 법이야. 우리도 마땅히 그렇게 해야 해."

젬은 명랑하게 말하면서 햇볕에 그은 손으로 자기의 빨간 곱슬머리를 마구 헝클어뜨렸다. 평소 블라이드 선생은 젬의 강인하고 날렵하면서도 섬세한 손을 보면서 외과의사에게 딱 맞는 자질을 타고났다고 생각했다.

"머지않아 엄청난 일이 일어날 거야! 그래도 마지막 순간에는 그레이*처럼 경계심 많은 노인네들이 적당히 문제를 땜질해놓을걸? 프랑스를 곤경에 빠뜨린 채로 내버려두는 건 자기들에게도 무척 수치스러운 일일 테니까. 만약 영국이 프랑스를 버리지 않는다면 우리도 재미있는 모험을 하게 되겠지. 자, 이제 등대에서 한바탕 놀 준비를 해야겠다."

젬이 〈100명의 피리 부는 사나이〉라는 노래를 휘파람으로 부르며 떠난 뒤에도 월터는 이맛살을 찌푸린 채로 그 자리에 한참 동안 서 있었다. 모든 일이 마른하늘에 날벼락처럼 갑작스럽게 닥쳤다. 생각하면 할수록 터무니없고 기가 막혔다. 며칠 전까지만 해도 사람들은 어떻게든 이 문제가 해결되리라 믿고 있었다.

• 에드워드 그레이(1862-1933)를 비꼬고 있다. 영국의 정치가인 그레이는 제1차 세계대전 초기까지 외상(外相)으로 재임하면서 영국과 프랑스의 협상 노선을 굳게 지지하며 독일에 대항했다.

20세기의 문명국 사이에서 끔찍한 전쟁이 일어나리라고는 상상조차 할 수 없었기 때문이다. 월터는 비참한 기분이 들었다. 아름다운 삶을 위협하는 이 전쟁이 너무나 추하게 느껴졌다. 그래서 아예 생각하지 않으려 애썼다.

나무 그늘이 드리워진 낡은 농가, 경작을 마친 목초지, 고요한 정원…. 무르익어가는 8월의 글렌세인트메리 마을은 얼마나 아름다운가! 서쪽 하늘은 거대한 금빛 진주 같았다. 멀리 보이는 항구는 달빛을 받아 하얗게 빛났다. 울새의 잠투정 같은 지저귐, 해 질 녘에 빽빽한 나무들 사이로 부드럽고 애절하게 불어오는 바람 소리, 포플러 나뭇가지가 우아한 하트 모양 잎사귀를 흔들면서 바스락거릴 때 나는 은빛 속삭임, 소녀들이 댄스파티에 갈 준비를 하는 방에서 창문을 통해 흘러나오는 유쾌한 웃음소리…. 주위를 둘러싼 공기는 아름다운 소리로 가득 차 있었다. 이처럼 세상은 온갖 사랑스러운 색채와 소리에 흠뻑 젖어 있었다. 월터는 이런 것들이 전해주는 깊고 섬세한 즐거움만을 생각하기로 마음먹었다.

'어쨌든 내가 전쟁터에 나갈 거라고 기대하는 사람은 아무도 없겠지? 젬의 말처럼 장티푸스 덕분이겠네.'

릴라는 댄스파티에 가려고 옷을 차려입고 나서 잠시 창틀에 몸을 기대고 밖을 내다보았다. 그때 머리에 꽂은 노란색 팬지꽃 한 송이가 황금빛 별똥별처럼 아래로 떨어졌다. 얼른 손을 뻗어 잡으려 했지만 끝내 놓치고 말았다.

'괜찮아, 아직 머리에 남아 있는 것으로 충분해.'

올리버가 이 귀여운 아가씨의 머리를 작은 화환으로 꾸며주었던 것이다.

"정말 아름다울 정도로 고요하네요. 참 멋지죠? 선생님, 우린 완벽한 밤을 보내게 될 거예요. 들어보세요. 무지개 골짜기에서 방울 소리가 또렷하게 들려와요. 저 방울은 10년 넘게 거기 매달려 있었어요."

올리버가 대답했다.

"나는 저 방울이 바람에 흔들려 소리가 날 때마다 밀턴이 작품에서 묘사한 세계가 떠올라. 에덴동산에서 아담과 하와가 들었다는 천상의 음악*이 저 소리와 비슷하지 않았을까?"

릴라가 감상에 젖어서 말했다.

"어렸을 땐 저기서 다 같이 재미있게 놀았는데…."

이제는 떠들썩하게 노는 사람이 없어서 여름 저녁에도 무지개 골짜기는 무척 고요했다. 월터는 자주 그곳에서 책을 읽었다. 젬과 페이스는 종종 밀회를 가졌다. 제리와 낸은 사람들의 방해 없이 심오한 주제를 토론하고자 무지개 골짜기를 찾았는데, 이것이 그들만의 연애법인 듯 보였다. 릴라는 골짜기 안에 있는 작고 아름다운 물가를 찾아가 공상에 잠기곤 했다.

"집을 나서기 전 부엌에 꼭 들러야 해요. 제 모습을 보여주지 않으면 수전 아주머니가 서운해할 게 뻔하거든요."

수전은 부엌에서 양말을 꿰매고 있었다. 릴라가 맵시를 한껏 뽐내며 들어서자 어두컴컴한 잉글사이드 부엌이 순식간에 환해졌다. 릴라는 작은 분홍색 데이지 화환이 달린 초록색 드레스를

---

* 영국 시인 존 밀턴(1608-1674)의 『실낙원』에 나온 표현

입었고 비단 양말과 은색 구두를 신고 있었다. 머리와 목은 황금색 팬지꽃으로 장식했다. 빛이 날 만큼 예쁘고 싱그러운 릴라의 모습을 보면서 수전은 물론 함께 있던 소피아 크로퍼드까지 감탄사를 연발했다. 수전의 사촌 소피아는 칭찬에 인색한 사람이었다. 세속적인 것은 시간이 지나면 변한다고 믿었기 때문이다. 하지만 이날만큼은 평소와 다른 모습을 보였다.

글렌세인트메리 마을에 살게 된 뒤로 소피아는 옛일을 잊고 수전과 가깝게 지내려 했다. 마치 둘 사이에 불화가 전혀 없었던 척하며 저녁이면 마실 가듯 수전을 찾아와 시간을 보냈다. 그렇다고 해서 수전이 늘 반갑게 맞아들인 것은 아니었다. 수전이 생각하기에 소피아는 마음 맞는 말동무와 거리가 멀었다. 언젠가 수전은 이렇게 말했다.

"누군가의 방문은 축복이 될 수도 있고 재앙을 가져올 수도 있어요, 사모님."

소피아는 후자에 해당한다는 뜻을 내비친 것이다.

소피아는 전체적인 생김새가 길고 가냘프면서 창백한 인상을 주는 여인이었다. 얼굴 곳곳에는 주름이 져 있었고, 코와 입은 길었으며 입술은 얇았다. 평소에는 검은 무명옷을 입었는데, 앉아 있을 때는 야위고 까칠한 손을 무릎 위에 포개놓았다. 모든 것을 체념한 듯한 모습이었다.

애석하다는 듯한 눈길로 릴라를 바라보던 소피아가 구슬픈 목소리로 물었다.

"그게 다 네 머리카락이냐?"

릴라가 발끈해서 소리쳤다.

"당연하죠!"

소피아는 한숨을 쉬었다.

"아, 그래? 그렇지 않았더라면 더 좋았을 텐데! 머리숱이 너무 많아서 하는 말이다. 머리카락이란 사람의 기운을 빼앗아가기 마련이거든. 그런 건 폐병의 징조라고 하던데, 네겐 그런 일이 없었으면 좋겠구나. 너희 모두 오늘 밤에 춤을 추러 간다고? 목사님 아들도 거기 낀다면서? 물론 목사님 딸들은 그러지 않을 테지만. 난 원래부터 춤추는 걸 탐탁하게 여기지 않았어. 내가 아는 어떤 아가씨가 춤을 추다 쓰러져서 죽었거든. 그런 천벌이 내린 뒤에도 다들 어떻게 춤을 출 수 있는지 난 당최 이해할 수 없구나."

릴라가 당돌하게 물었다.

"그 아가씨가 춤을 또 춘 거예요?"

"쓰러져 죽었다고 말했잖니. 그러니까 다시는 춤출 수 없게 됐지. 로브리지의 커크 집안사람이었는데, 참 가엾은 아가씨였어. 너 설마 목에 아무것도 안 걸치고 나가려는 건 아니지?"

릴라가 항의했다.

"오늘 저녁 날씨가 얼마나 더운지 아시잖아요. 하지만 배를 타고 가는 동안에는 스카프를 두를 거예요."

소피아는 우울한 얼굴로 말했다.

"40년 전 어느 날에 있었던 일이다. 꼭 오늘 같은 밤이었지. 그 항구에서 젊은 사람들을 가득 태우고 나간 배가 뒤집혀버린 거야. 전부 물에 빠져 죽고 말았어. 한 사람도 살아남지 못했단다. 오늘 밤 너희에게는 그런 일이 벌어지지 않았으면 좋겠다.

그런데 넌 주근깨가 많구나. 없애야 하지 않겠니? 내가 써보니까 질경이즙이 효과가 크던데, 한번 발라보지 그러니."

수전이 재빨리 릴라의 편을 들면서 소피아를 핀잔했다.

"주근깨에 대해서는 도가 통했을 거야. 어렸을 때 두꺼비처럼 얼굴에 뭐가 많이 났었으니까. 사시사철 주근깨가 가득했고 피부도 엉망이었지. 릴라의 주근깨는 여름에만 보이니까 괜찮아. 릴라, 오늘 정말 예쁘다. 머리도 참 잘 묶었고. 그런데 설마 그 구두를 신고 항구까지 걸어가려는 건 아니지?"

"당연하죠. 항구까지는 편한 신발을 신고 갈 거예요. 구두는 들고 가려고요. 수전 아주머니, 제 드레스 어때요?"

수전이 대답하기도 전에 소피아가 한숨을 쉬며 말했다.

"그걸 보니까 내가 어렸을 때 입던 드레스가 생각난다. 그 옷도 분홍색 꽃다발이 달린 초록색 드레스였는데, 허리부터 아랫단까지 주름이 잡혀 있었지. 우린 요즘 여자들처럼 몸을 다 드러내는 옷은 입지 않았어. 시대가 변한 거야. 그런데 별로 좋은 쪽으로 바뀐 것 같지는 않구나. 내가 그 옷을 입었던 날 밤, 옷에 큰 구멍이 났고 누가 거기에 차를 쏟기도 했어. 옷이 완전히 망가졌지. 네 드레스에는 오늘 아무런 일이 없어야 할 텐데 걱정이구나. 밑단을 좀 더 길게 해놔야 할 것 같지 않니? 지독하리만치 가늘고 긴 다리를 가려야 할 것 같구나."

수전이 쏘아붙였다.

"블라이드 사모님은 어린 여자아이가 어른처럼 옷을 입는 걸 좋아하시지 않아."

수전은 소피아에게 쏘아붙일 생각이었지만 오히려 그 말을 듣고 릴라가 마음이 상했다. '어린 여자아이'라는 표현이 귀에 거슬렸기 때문이다. 화가 난 릴라는 재빨리 부엌을 나섰다.

'다시는 수전 아주머니한테 내 모습을 보여주러 가나 봐라. 아마 내가 환갑이 되기 전까지는 날 어린애로 볼 거야. 소피아 할머니는 또 어떻고. 자기도 볼품없이 생겼으면서 내 주근깨랑 다리를 들먹거리다니!'

흥이 깨진 릴라는 그대로 주저앉아 울고 싶었다. 하지만 왁자지껄 떠들며 등대로 향하는 무리에 끼자 언제 그랬냐는 듯이 마음이 풀렸다.

잉글사이드 아이들이 집을 나설 때 먼데이의 느릿하고 우울한 울음소리가 들렸다. 먼데이가 눈치 없이 등대까지 따라올까 봐 헛간에 가두어두었던 것이다. 이들은 마을에 가서 목사관 아이들을 불러냈다. 오래된 항구 길을 걸어갈 때는 다른 젊은이들도 합류해서 무리가 제법 커졌다. 레이스 달린 드레스를 입고 파란색 크레이프를 걸친 메리 밴스가 코닐리어의 집에서 나오더니 릴라와 올리버 옆으로 다가왔다. 두 사람은 메리를 썩 반기지 않았다. 특히 릴라는 메리에게 앙금이 남아 있었다. 어렸을 때 메리가 말린 대구를 들고 쫓아왔던 굴욕적인 순간은 절대 잊을 수 없을 것 같았다. 사실 메리 밴스는 친구들 사이에서 평판이 좋지 않았다. 그래도 메리의 가시 돋친 말을 들으면 후련한 기분이 들어서 그런지 다들 메리와 즐겨 어울렸다. 언젠가 다이 블라이드는 이렇게 말하기도 했다.

"메리 밴스는 우리에게 습관 같은 존재라고 할 수 있을 거야. 분명 메리 때문에 화가 머리끝까지 났는데도 그 아이 없이는 잘 지낼 수 없거든."

젊은이의 무리는 대부분 둘씩 짝을 이루고 있었다. 물론 젬은 페이스 메러디스와 같이 걸었고, 제리 메러디스는 낸 블라이드와 붙어 있었다. 릴라는 월터와 비밀스러운 대화를 나누며 걷고 있는 다이가 무척 부러웠다.

미란다 프라이어는 칼 메러디스와 함께 걷고 있었는데, 단지 조 밀그레이브의 애를 태우려는 의도일 뿐 다른 이유는 없었다. 조는 모두가 눈치챌 만큼 대놓고 미란다를 좋아했다. 하지만 수줍음이 많아서 좀처럼 미란다에게 속마음을 표현하지 못했다. 만약 어두운 밤이라면 조도 용기를 내어 미란다 옆으로 다가갔겠지만, 달빛이 환한 지금은 도저히 그럴 수 없었다. 그래서 조는 무리를 따라가는 동안 칼 메러디스에 대해 입에 담기조차 민망한 말들을 마음속으로 늘어놓았다. 구레나룻 달덩이의 딸인 미란다는 아버지처럼 욕을 먹지는 않았지만 사람들에게 호감을 얻지는 못했다. 키가 작고 창백하면서 중성적인 느낌을 주는 그녀는 신경질적으로 킥킥거리는 버릇까지 있었다. 머리는 은빛을 띤 금발이었으며, 파랗고 커다란 도자기 같은 눈은 어릴 때 무언가에 잔뜩 겁을 집어먹은 뒤로 아직 두려움에서 헤어나지 못한 것처럼 보였다. 미란다는 칼보다 조와 함께 걷고 싶었다. 칼과 함께 있으면 왠지 어색하면서 마음이 편치 않았다. 하지만 대학생이자 목사의 아들인 칼과 걷는 것 자체는 무척 영광스러운 일이 아닐 수 없었다.

셜리 블라이드는 우나 메러디스와 짝이 되었다. 두 사람 모두 과묵한 성격이라 별말 없이 걷기만 했다. 열여섯 살인 셜리는 차분하고 사려 깊은 소년이었다. 말수는 적지만 유머 감각은 뛰어났다. 수전의 '갈색 꼬마'답게 머리와 눈, 피부가 여전히 갈색이었다. 셜리는 우나와 걷는 것이 좋았다. 억지로 말을 시키거나 수다를 떨며 성가시게 구는 일이 없어서 마음이 편했다. 우나는 무지개 골짜기에서 어울려 놀던 시절과 다름없는 모습이었다. 활달하지는 않았지만 다정했으며, 짙푸른색 커다란 눈동자는 꿈꾸듯 슬픈 표정을 담고 있었다. 우나는 월터 블라이드를 좋아하면서도 그 마음을 속으로만 간직하고 있었다. 그래서 릴라 외에는 아무도 알아차리지 못했다. 이를 안쓰럽게 여긴 릴라는 월터가 우나의 마음을 알아주길 바라고 있었다.

릴라는 페이스보다 우나를 더 좋아했다. 아름답고 침착한 성격의 페이스 앞에서 웬만한 아가씨들은 기를 펴지 못했다. 릴라는 자기 존재가 다른 사람의 그늘에 가려지는 것을 달갑지 않게 여겼다.

이날 릴라는 무척 행복했다. 어둡고 반짝이는 길을 친구들과 함께 걸으니 발걸음이 가벼웠고 마음은 무척 설렜다. 길가에는 작은 가문비나무와 전나무가 군데군데 서 있었다. 나뭇진 내음이 바람을 타고 강하게 풍겨왔다. 서쪽의 비탈진 언덕 위 목장에는 저녁놀이 내려앉았고 젊은이들 앞에는 빛나는 항구가 펼쳐졌다. 항구 너머 작은 교회에서 시작된 종소리는 흐릿한 자수정빛 여운을 남기며 꿈결처럼 날아가버렸다. 항구 앞쪽 바다는 아직 남아 있는 햇빛을 받아 은청색으로 반짝거렸다. 짠맛 도는 상쾌한 공기, 전나무 나뭇진 내음, 친구들의 웃음소리까지! 모든 것이 완벽한 시간이었다.

릴라는 이제 막 꽃을 피우고 환하게 빛나기 시작한 자기의 삶을 사랑했다. 잔물결처럼 퍼져가는 음악과 즐겁게 웅성거리는 말소리가 참 좋았다. 은빛 그림자가 가득한 이 길을 영원히 걷고 싶었다. 오늘은 릴라의 첫 파티다. 멋진 시간을 보낼 것이다. 걱정거리는 남김없이 사라졌고 얼굴의 주근깨나 길쭉하기만 한 다리도 신경 쓰이지 않았다. 다만 딱 한 가지 걱정만큼은 떨쳐 버릴 수 없었다.

'아무도 내게 춤추자고 청하지 않으면 어쩌지?'

그것 외에는, 열다섯 살 꽃다운 나이의 예쁜 아가씨로 그저 살아 있는 것만으로도 충분히 만족스러웠다. 릴라는 가슴이 벅차서 숨을 길게 들이마셨다. 하지만 문득 귀에 들려온 이야기 때문에 숨을 잠시 멈추었다. 젬이 페이스에게 발칸전쟁에서 벌어진 일을 들려주고 있었던 것이다.

"그 의사는 두 다리를 모두 잃었어. 뼈가 완전히 으스러졌지. 하지만 그는 힘이 다할 때까지 부상자들에게 기어가서 그들의 고통을 없애주려고 자기가 할 수 있는 일을 다 했어. 본인의 처지는 생각하지도 않고 숨을 거두는 순간까지도 한 병사의 다리에 붕대를 감고 있었던 거야. 나중에 두 사람이 발견되었을 때, 의사는 두 손으로 붕대를 꽉 잡은 채 숨져 있었어. 하지만 그 부상자는 살아 있었지. 지혈을 한 덕분에 목숨을 건진 거야. 그 의사도 일종의 영웅이 아닐까? 난 그 기사를 읽었을 때…."

젬과 페이스가 자리를 옮긴 탓에 나머지 이야기는 듣지 못했다. 갑자기 거트루드 올리버가 몸을 떨었고 릴라도 같은 마음이라는 듯 올리버의 팔을 꼭 잡았다.

"정말 끔찍하죠? 다들 재미있게 놀고 있을 때 젬은 왜 그처럼 섬뜩한 이야기를 하는지 모르겠어요."

"끔찍하다고 생각하니, 릴라? 난 젬의 이야기가 멋지고 감동적이라고 느꼈는걸. 이런 이야기를 들으면 인간의 본성을 의심했던 일이 부끄러워지거든. 그 의사의 행동은 신을 닮았어. 자기희생이라는 인류의 이상에 걸맞은 모습이기도 해. 오늘 저녁엔 날씨도 따뜻한데 내 몸이 왜 떨렸는지는 잘 모르겠어. 어쩌면 내 무덤이 될 수도 있는 어둡고 별빛 내리는 곳 위를 누군가가 걷고 있기 때문일지도 몰라. 그런데 이건 미신을 믿는 옛사람이나 할 법한 설명이니까, 이렇게 아름다운 밤에는 그런 생각을 하지 말아야겠어. 릴라, 나는 밤이 되면 시골에 살아서 다행이라는 생각이 들어. 우리는 도시 사람들이 모르는 밤의 진정한 매력을 알고 있거든. 시골에서는 모든 밤이 아름다워. 폭풍우 치는 밤까지도. 나는 이 오래된 해변에서 불어오는 거친 밤바람도 아주 좋아해. 아, 오늘 밤은 넋이 나갈 만큼 아름답지 않니? 젊음과 꿈나라의 밤이거든. 그래서 조금 무섭기도 해."

릴라가 말했다.

"제가 그 아름다움의 일부가 된 것 같은 기분이에요."

"그래. 넌 아직 젊으니까 완벽한 것을 두려워하지 않는 거야. 자, 꿈의 집에 다 왔네. 이 집은 이번 여름에도 쓸쓸해 보이는구나. 포드 씨 가족은 아직 돌아오지 않았나 봐?"

"포드 아저씨와 아주머니 그리고 퍼시스는 아직 안 왔어요. 케네스가 먼저 왔는데, 지금은 항구 건너편의 친척집에 머물고 있죠. 올여름에는 케네스를 거의 못 만났네요. 다리를 다쳐서 잘 돌아다니지 못하거든요."

"다리를 다쳤다고? 어쩌다 그런 거야?"

"작년 가을에 축구를 하다가 발목이 부러졌다나 봐요. 겨우내 꼼짝도 못 하고 있었어요. 지금은 다리를 조금 절지만 걸어다닐 수는 있어요. 점점 나아지고 있다니까 머지않아 완쾌하겠죠. 그동안 잉글사이드에도 두 번밖에 못 온걸요."

메리 밴스가 끼어들었다.

"에설 리스가 케네스에게 푹 빠져 있어. 케네스 이야기만 나와도 정신을 못 차리지. 지난번 항구 건너편 교회에서 기도회를 마치고 케네스가 에설을 집까지 배웅해줬는데, 그 뒤로 에설이 얼마나 뻐기는지 몰라. 세상을 다 가진 것 같은 표정이더라. 하지만 케네스처럼 멋진 토론토 청년이 에설 같은 시골 아가씨를 진지하게 생각할 리 있겠니?"

릴라는 얼굴이 빨개졌다. 케네스 포드가 에설 리스를 집까지 수십 번 배웅해줬다고 해도 상관없었다. 케네스가 무엇을 하든지 그건 중요하지 않았다. 케네스는 낸, 다이, 페이스와 친하게 지내면서도 릴라를 어린아이로만 여겼다. 놀릴 때 말고는 거들떠보지도 않았다. 릴라는 에설 리스가 마음에 들지 않았다. 에설 리스도 릴라를 싫어했다. 무지개 골짜기에서 월터가 자기 오빠인 댄을 흠씬 두들겨준 뒤로 에설은 줄곧 릴라를 미워했다. 하지만 시골 아가씨라는 이유만으로 에설이 케네스 포드에게 하찮은 취급을 받을 이유는 없지 않은가? 메리 밴스는 점점 흥밋거리나 찾아다니는 사람이 되어가고 있다. 누가 누구와 집에 같이 걸어갔다는 것에만 신경이 온통 쏠려 있는 듯했다.

꿈의 집 아래 항구 해안에는 작은 부두가 있었고 배 두 척이 정박해 있었다. 한 척은 젬 블라이드가, 나머지는 조 밀그레이브가 맡았다. 배에 대해서 모르는 것이 없는 조가 미란다 프라이어 앞에서 실력을 발휘할 기회를 놓칠 리 없었다. 두 배가 항구까지 경주를 벌였고 조의 배가 이겼다.

더 많은 배가 항구 어귀와 서쪽 해안에서 바다를 가로질러 오고 있었다. 여기저기서 웃음소리가 터져 나왔다. 포윈즈곶의 커다랗고 하얀 탑 주변에는 횃불이 넘실거렸다. 회전하는 등댓불이 사람들의 머리 위로 번쩍였다. 등대지기의 친척이 샬럿타운에서 이곳으로 여름을 지내러 와 있었는데, 이들 가족이 파티를 열어 포윈즈와 글렌세인트메리 마을 그리고 항구 너머의 젊은이들을 초대한 것이다.

젬의 배가 등대 아래에 닿자 릴라는 길을 가는 동안 신으라고 어머니가 건네준 튼튼한 신발을 벗어던지고 은색 구두로 갈아 신었다. 등대까지 바위를 깎아 만든 계단을 중국식 종이 초롱이 밝혀주고 있었는데, 투박한 신발을 신고 환한 그곳을 걸어가기가 부끄러웠던 것이다. 릴라는 동그랗고 하얀 뺨을 붉게 물들이고 호기심 가득한 검은 눈동자를 반짝거리며 미소 띤 얼굴로 계단을 사뿐사뿐 올라갔다. 구두가 발에 꼭 끼어서 불편했지만 그런 기색을 내비치진 않았다.

릴라가 계단 꼭대기에 도착했을 때 곧바로 항구 건너편에서 온 젊은이가 춤을 청했다. 두 사람은 바닷가에 설치한 천막으로 갔다. 전나무 가지로 지붕을 덮고 등불을 걸어놓은 곳이었다. 앞쪽에 펼쳐진 바다는 불빛을 받아 반짝거렸고 왼쪽 모래

언덕에는 달빛이 비쳤다. 오른쪽 바위 해변으로는 잉크처럼 까만 그림자와 수정 같은 만이 보였다. 릴라는 청년과 함께 춤추는 사람들 속으로 들어가면서 기분 좋은 한숨을 내쉬었다. 글렌세인트메리 마을 위쪽에서 온 네드 버가 바이올린을 연주하고 있었다. 듣는 사람이라면 누구나 춤출 수밖에 없다는 옛이야기속 마술피리를 떠올리게 할 만큼 매혹적인 소리였다. 바닷바람은 얼마나 시원하고 상쾌한가! 세상 모든 것 위로 내리는 달빛은 얼마나 희고 아름다운가! 이것이 바로 삶, 그야말로 매혹적인 삶이다. 릴라는 다리와 영혼에 날개가 돋은 것만 같았다.

4장

피리 부는 사나이가 연주를 시작하다

릴라의 첫 번째 파티는 대성공이었다. 적어도 초반에는 그렇게 느꼈다. 상대를 바꿔가며 춤춰야 할 정도로 다가온 남자가 많았기 때문이다. 마치 저절로 춤추는 은빛 구두를 신은 듯했다. 발끝이 꽉 조이고 발꿈치에 물집이 잡혀서 아파도 릴라는 마냥 즐거웠다. 다만 에설 리스 때문에 10분 정도 기분이 상한 적은 있었다. 에설은 천막 밖으로 나오라고 릴라에게 손짓하더니 리스 집안사람답게 히죽거리며 속삭였다.

"릴라, 네 드레스 뒤쪽이 벌어져 있는 거 알고 있니? 주름 장식에는 얼룩이 져 있다고."

화들짝 놀란 릴라는 등대 안쪽 숙녀용 임시 탈의실로 뛰어 들어가 옷매무새를 살펴보았다. 얼룩이라는 것은 풀물이 찔끔 든 자국에 불과했고, 벌어져 있다는 곳도 후크 하나가 빠진 것뿐이었다. 아이린 하워드가 후크를 채워주면서 호들갑스레 칭찬하자 릴라는 금세 우쭐해졌다. 글렌세인트메리 마을 위쪽에 사는 아이린은 올해 열아홉 살이었는데, 늘 자기보다 어린 소녀들과 어울렸다. 어떤 친구들은 아이린이 경쟁 없이 여왕 노릇을 하려는 것이라며 눈꼴시어했지만, 릴라는 평소 멋지다고 생각해온 아이린이 자기를 도와주자 더욱 호감을 갖게 되었다.

아이린은 예쁘고 멋을 잘 부렸다. 매년 겨울이면 샬럿타운으로 가서 음악 수업을 받을 만큼 노래도 잘 불렀다. 몬트리올에 사는 고모가 보내준 멋진 옷들도 가지고 있었다. 비련의 여주인공이라는 소문도 있었는데, 자세한 내막을 아는 사람은 없었지만 그처럼 신비로운 면이 아이린의 매력을 더해주었다. 이런 아이린에게 칭찬을 받으니 릴라는 기분이 하늘을 찌를 것 같았다. 그야말로 '완벽한 시간'이었다.

한껏 들떠서 다시금 천막으로 달려간 릴라는 환한 등불 밑에서 잠시 멈춰 서서 춤추는 사람들을 바라보았다. 소용돌이치는 듯한 움직임이 이어지다가 잠시 틈이 생기면서 그 사이로 건너편에 서 있는 사람의 얼굴이 언뜻 보였다. 케네스 포드였다. 순간 릴라의 심장이 멎어버렸다. 과학적으로는 불가능한 일이겠지만 릴라가 느끼기엔 그랬다.

'케네스도 여기 있었구나.'

릴라는 케네스가 오지 못할 거라고 생각했다. 물론 그렇다고 섭섭하지는 않았다. 그가 자기에게 관심을 갖거나 춤을 청하지 않을 것이 뻔했기 때문이다.

'케네스는 날 어린아이로 볼 뿐이야. 석 주 전 우리 집에 왔을

때도 날 거미라고 부르면서 놀렸잖아.'

그 일이 있던 날 릴라는 자기 방에서 흐느끼며 케네스를 원망했다. 그런데 지금 케네스가 천막 주위를 빙 돌아서 릴라에게 다가오고 있었다. 릴라의 심장이 다시금 멎었다.

'케네스가 내게 오고 있는 거야? 설마….'

케네스는 릴라를 찾고 있었던 게 분명했다. 어느덧 곁으로 다가온 그가 진회색 눈동자에 이제껏 한 번도 본 적 없는 표정을 담아 내려다보자 릴라는 가슴이 터질 것만 같았다. 이처럼 놀라운 일이 벌어졌는데도 세상은 전과 다름없었다. 사람들은 빙글빙글 돌며 춤을 추었고 짝을 찾지 못한 청년들은 천막 주위를 어슬렁거렸으며, 사랑에 빠진 연인들은 바위에 나란히 앉아 있었다. 릴라에게는 아무도 관심을 보이지 않았다.

케네스는 키가 크고 잘생긴 청년이었다. 말씨나 행동거지 모두 시원시원해서 그와 함께 있으면 누구라도 뻣뻣하고 어색하게 보였다. 수재 소리를 들을 만큼 머리가 좋고 도시에 살면서 명문대에 다닌다는 조건도 그의 매력을 한껏 끌어올려주었다. 비록 여자를 잘 호리고 다닌다는 소문이 돌기는 했지만 이는 순전히 이성을 대하는 그의 태도 때문일 것이다. 벨벳처럼 부드러운 목소리로 말을 건네며 평생 동안 갈망했던 비밀이라도 듣는 듯 상대에게 귀를 기울이는 모습을 보면 어떤 아가씨든 가슴이 설레지 않을 수 없었다.

케네스가 낮은 목소리로 릴라에게 말을 건넸다.

"릴라, 마이 릴라 맞지?"

"마자(맞아)."

이렇게 대답하자마자 릴라는 당장 등대 바위에서 바다로 몸이라도 던지고 싶어졌다. 그 정도는 아니더라도 어디론가 내빼고 싶을 만큼 부끄러웠다.

릴라는 어렸을 때 혀 짧은 소리를 냈다. 자라면서 고쳤다고 생각했지만 긴장하거나 신경이 곤두서 있을 때마다 불쑥불쑥 아이 적 버릇이 튀어나오곤 했다. 그래도 최근 1년 동안은 그렇게 발음한 적이 없었다. 그런데 하필 지금, 성숙하고 교양 있는 모습을 보여주고 싶었던 바로 이 순간에 어린아이처럼 혀 짧은 소리를 내다니! 릴라는 눈물이 쏟아질 것 같았다.

'아, 케네스가 오지 않았더라면 좋았을 텐데. 케네스, 얼른 저쪽으로 가버리라고!'

모든 것이 순식간에 먼지와 재로 변해버렸고, 그렇게 릴라의 첫 파티는 엉망이 되는 듯했다.

더구나 이날은 릴라를 대하는 케네스의 태도가 평소와 눈에 띄게 달랐다. 케네스는 여태껏 그랬던 것처럼 "거미야"나 "꼬마야" 혹은 그냥 "야"라고 부르지 않았다. 그의 입에서 나온 말은 "릴라, 마이 릴라"였다. 월터가 붙여준 애칭이었고, 월터 외의 다른 사람이 그렇게 부르는 걸 싫어했지만 신기하게도 이때만큼은 괜찮았다. 도리어 케네스가 '마이'를 강조하며 낮은 목소리로 말하자 그 애칭이 참 아름답게까지 들렸다.

'아, 내가 바보처럼 말하지만 않았어도….'

릴라는 그의 눈가에 살짝이라도 비웃음이 보일까 봐 두려워 눈을 내리깔고 아래만 내려다보았다. 릴라의 길고 짙은 속눈썹, 두툼하고 새하얀 눈꺼풀은 무척 매력적이었다. 그 모습에 마음이 끌린 케네스는 릴라가 훗날 잉글사이드 자매 중에서 가장 미인이 될 것 같다고 생각했다. 그가 보기에 지금도 이 파티에서 가장 예쁜 아가씨는 바로 릴라였다.

"우리 춤출까?"

릴라는 귀를 의심했다.

'케네스가 지금 무슨 말을 하는 거야?'

그러고는 곧 정신을 가다듬고 대답했다.

"좋아."

이번에는 혀 짧은 소리를 내지 않으려고 무진 애를 쓴 탓에 말투가 무뚝뚝해졌다. 릴라는 또 속이 상했다.

'너무 뻔뻔하게 말한 걸까? 어쩌면 기다리기라도 한 것처럼 간절하게 들렸을지도 몰라. 마치 내가 춤추자고 매달리는 것 같잖아. 케네스는 날 어떻게 생각할까? 아, 하필 가장 잘 보이고 싶을 때 왜 이렇게 끔찍한 일이 일어나는 거야?'

케네스는 릴라의 복잡한 속마음을 모르는 듯 춤추는 사람들 속으로 그녀를 이끌었다.

"발목은 이렇지만 한 번 정도는 춤춰도 괜찮을 거야."

"아, 발목은 좀 어때?"

릴라는 이렇게 묻고 나서 다른 적당한 말을 떠올리지 못한 자신을 자책했다. 케네스가 발목이 어떠냐는 질문을 지겨워한다는 건 릴라도 알고 있었다. 그는 잉글사이드에서 "아무래도 '내 발목은 점점 나아지고 있습니다'라는 글을 가슴에 써 붙이고 다녀야 할까 봐"라고 다이에게 말했다. 그런데 지금 그 지겨운 질문을 되풀이하고 있다니!

케네스는 실제로 발목 이야기만 나오면 지겨워했다. 하지만 오목한 모양이 무척 사랑스러우면서 입맞춤하고 싶을 만큼 예쁜 입술로 묻는 일은 흔치 않았다. 그래서 다친 부위가 많이 회복되었으며 오래 걷거나 서 있지만 않으면 큰 문제는 없다고 성의 있게 대답했다.

"머지않아 예전처럼 튼튼해질 거라고는 하는데, 그래도 이번 가을에는 축구 경기에 나갈 수는 없겠지."

케네스와 함께 춤을 추는 동안 그 자리의 모든 아가씨가 부러운 눈으로 두 사람을 쳐다보았고 릴라도 그런 시선을 알아차렸다. 춤을 춘 뒤에는 둘이 함께 바위 계단을 내려갔다. 마침 작은 배 한 척이 있었다. 배에 올라탄 케네스와 릴라는 달빛이 비치는 해협을 따라 노를 저어 모래톱에 내렸다. 모래 위를 걷던 케네스가 발목에 통증을 느낀 터라 둘은 모래언덕에 나란히 앉았다. 케네스는 낸이나 다이와 대화할 때랑 같은 투로 릴라에게 말을 건넸다. 릴라는 입이 얼어붙은 듯 대답도 제대로 하지 못했다. 수줍은 나머지 어쩔 줄 몰랐던 것이다. 릴라도 이런 자신을 이해할 수 없었다. 무엇보다 케네스가 자기를 바보 같다고 여길까 봐 걱정되었다. 그럼에도 모든 것이 다 근사하기만 했다. 달빛이 아름답게 내리는 밤, 반짝이는 바다, 모래 위로 밀려드는 잔물결, 모래언덕 꼭대기에 난 풀 사이를 지나며 변덕스럽게 노래하는 밤바람, 해협을 건너 희미하고 감미롭게 들려오는 음악 소리…. 하나하나가 무척 황홀했다.

케네스는 월터의 시 한 구절을 부드러운 목소리로 읊었다.

"인어들의 흥겨운 파티를 비추는 달빛의 명랑한 노랫소리."

매혹적인 소리와 풍경 속에서 케네스와 단둘이 있다! 구두가 발에 꼭 끼지만 않으면 좋으련만! 올리버 선생님처럼 똑똑하게 말할 수만 있다면 얼마나 좋을까? 아니, 적어도 다른 남자를 대할 때처럼만 자연스럽게 말이 나오면 괜찮을 텐데…. 적절한 말이 떠오르지 않았던 릴라는 그저 케네스의 이야기에 귀를 기울이고 있다가 가끔씩 단순한 대답을 중얼거릴 수밖에 없었다. 그래도 꿈꾸는 듯한 눈과 오목한 입술과 가냘픈 목으로 속마음을 전달하려고 애쓰긴 했다. 어쨌거나 케네스는 빨리 돌아가자고 서두르지 않았다. 그렇게 둘만의 시간을 보내고 돌아왔을 때 다들 이미 식사를 하고 있었다. 케네스는 등대 주방 창문 근처에 릴라의 자리를 마련해주었고, 릴라가 아이스크림과 케이크를 먹는 동안 창문턱에 앉아 있었다. 방 안에서는 농담과 웃음소리가 울려 퍼졌으며 젊고 싱그러운 눈동자들이 반짝반짝 빛났다. 밖에서는 경쾌한 바이올린 소리와 음악에 맞춰 몸을 흔드는 사람들의 발소리가 들려왔다. 릴라는 주위를 둘러보며 자기의 첫 번째 파티가 얼마나 낭만적이었는지 곱씹었다.

'난 오늘을 평생 잊지 못할 거야!'

갑자기 문 앞에서 청년들이 웅성거렸다. 한 남자가 사람들을 헤치며 들어오더니 문지방에 멈춰 서서 어두운 얼굴로 주위를 둘러보았다. 항구 건너편에서 온 잭 엘리엇이었다. 맥길 의과대학에 다니고 있던 그는 조용한 성격이었으며 사교 모임에는 그다지 관심이 없어 보였다. 파티에 초대받기는 했지만 그날 볼일이 있다며 샬럿타운에 갔기 때문에 다들 그가 참석하지 못할 것이라고 생각했다. 그런데 그가 지금 한 손에 신문을 접어 들고

떡하니 나타난 것이다.

구석 자리에 있던 거트루드 올리버는 그를 보자 몸을 떨었다. 그녀는 샬럿타운에서 온 지인과 함께 앉아 대화를 나누고 있었다. 올리버의 상대도 이곳 사람이 아닌 데다 파티 참석자들보다 나이가 많은 편이었다. 그래서 조금 불편해하고 있던 차에 남자 못지않게 활력 있고 열정적으로 세상사와 해외의 여러 사건을 이야기하는 이 총명한 여인을 만나 즐거운 시간을 보내고 있었다. 올리버는 그와 이야기를 나누는 동안 아침에 들었던 불안감이 한결 누그러지는 것을 느꼈다. 그런데 잭 엘리엇이 나타나자 마음이 다시 조마조마해졌다. 그가 무슨 소식을 가져왔는지 궁금해지면서 별안간 옛 시가 떠올랐다.

밤마다 울려 퍼지는 환락의 소리.
쉿! 들어보라! 애도의 종처럼 깊게 울리는 소리를.•

'하필 지금 이 구절이 생각날 게 뭐야? 잭 엘리엇은 왜 입을 다물고 있지? 뭔가 할 말이 있는 것 같은데…. 왜 언짢은 표정으로 무게 잡으며 서 있기만 하는 거야?'

올리버가 열띤 얼굴로 앨런 데일리에게 말했다.

"무슨 일인지 가서 물어보세요. 어서요!"

하지만 이미 다른 사람이 그에게 묻고 있었다. 별안간 침묵이 흘렀다. 바이올린 연주자가 잠시 숨을 돌리려고 악기를 내려놓

• 영국 시인 조지 바이런(1788-1824)의 시 〈워털루전투 전야〉의 한 구절

자 사방이 순식간에 고요해졌다. 먼바다의 울부짖음이 나지막이 들려왔다. 폭풍이 대서양으로 불어닥칠 조짐이었다. 바위 쪽에서 한 아가씨의 웃음소리가 흘러나왔지만 갑작스러운 정적에 겁이라도 먹은 듯 금세 희미해졌다.

잭 엘리엇이 또박또박 말했다.

"여러분, 오늘 영국이 독일에 선전포고를 했습니다. 아까 마을에서 나올 때 전보로 도착한 소식이에요."

거트루드 올리버가 작은 소리로 속삭였다.

"세상에! 꿈이, 꿈이 맞았어. 첫 번째 파도가 밀려온 거야."

그러고는 앨런 데일리를 향해 애써 미소 지으며 물었다.

"이게 바로 아마겟돈* 전쟁일까요?"

앨런이 무거운 얼굴로 대답했다.

"안타깝게도 그런 것 같네요."

두 사람 주위에서 탄식이 이어졌다. 대부분은 가볍게 놀라거나 조금 흥미가 나서 그런 반응을 보였을 뿐이다. 잭이 얼마나 심각한 소식을 전했는지 깨달은 사람은 몇 없었고 이 일이 자기들과 관계가 있다는 점을 이해한 사람은 그보다도 적었다.

얼마 지나지 않아 사람들은 다시 춤추기 시작했고 왁자지껄하는 소리가 점점 커졌다. 하지만 거트루드 올리버와 앨런 데일리는 걱정스러운 말투로 이 일에 대해 이야기했다. 월터 블라이드는 얼굴이 창백해져서 밖으로 나가다가 바위 계단을 서둘러

---

* 　신약성경의 요한계시록 16장 16절에 나온 지명이다. 기독교에서는 선과 악의 세력이 싸울 최후의 전쟁터이자 사탄이 패망하는 곳으로 여긴다.

올라오던 젬과 마주쳤다.

"그 소식 들었어, 젬?"

"그래. 마침내 피리 부는 사나이가 온 거야. 만세! 나는 영국이 곤경에 빠진 프랑스를 가만히 내버려두지 않을 거라 믿었어. 조사이아 선장님에게 국기를 게양해달라고 부탁했는데, 선장님은 해도 뜨기 전에 그러는 건 적절하지 않다고 하시네. 잭이 그러는데 내일 지원병을 모집할 거래."

"별것 아닌 일로 왜들 난리야?"

젬이 급히 가버리자 메리 밴스가 경멸하듯 말했다. 메리는 밀러 더글러스와 바닷가재 바구니에 나란히 앉아 있었다. 낭만적이지도 않고 도리어 불편한 자리였지만 메리와 밀러는 더없이 행복했다. 덩치가 크고 건장하며 행동거지가 투박한 밀러 더글러스는 메리 밴스에게 푹 빠져 있었다. 그에게 메리는 세상에서 제일가는 달변가였으며, 메리의 하얀색 눈동자는 밤하늘에 반짝이는 일등성*이었다. 메리와 밀러는 젬 블라이드가 왜 등대에 국기를 게양하고 싶어 하는지 이해할 수 없었다.

"유럽 어딘가에서 전쟁이 난 게 뭐 그리 중요하다고. 우리랑은 아무 상관도 없는 일이잖아."

월터는 메리를 가만히 바라보다가 입을 열었다. 마치 누군가의 조종을 받듯 특이한 예언이 흘러나왔다.

"남자와 여자, 어린아이 할 것 없이 모든 캐나다 사람은 이 전쟁을 실감하게 될 거야. 메리, 너도 마찬가지야. 그 참혹함을 뼈

---

* 맨눈으로 볼 수 있는 별의 밝기를 여섯 등급으로 나눌 때 가장 밝게 보이는 별

저리게 느끼고 피눈물을 흘리겠지. 피리 부는 사나이가 왔어. 끔찍하지만 거부할 수 없는 연주가 세계 구석구석에 들릴 때까지 그는 계속 피리를 불어대겠지. 죽음의 무도회는 꽤나 오랫동안 이어질 거야. 엄청난 비극이 몇 년간 지속될 거라고! 앞으로 수백만 명의 가슴이 찢어질 거야."

"어머, 깜짝이야!"

메리는 달리 할 말이 없을 때 이런 식으로 얼버무리곤 했다. 지금은 월터의 말을 이해할 수 없어서 마음이 꺼림칙했다.

'어렸을 때부터 이상한 소리를 늘어놓더니 달라진 게 하나도 없네. 무지개 골짜기에서 했던 피리 부는 사나이 이야기를 지금 왜 불쑥 꺼냈는지 알다가도 모를 일이야.'

그 이야기를 다시 들으니 메리는 마음이 언짢아졌다.

때마침 곁에 다가온 하비 크로퍼드가 물었다.

"월터, 네가 지나치게 비관적으로 생각하는 건 아닐까? 전쟁이 몇 년을 끌진 않을 거야. 한두 달이면 결판나겠지. 영국은 독일을 지도에서 순식간에 지워버릴걸?"

월터가 흥분한 얼굴로 대꾸했다.

"독일은 20년이나 전쟁을 준비했어. 그런데 고작 몇 주 만에 끝날 것 같아? 하비, 이건 발칸반도 구석에서 일어난 소규모 분쟁이 아니야. 목숨을 건 총력전이라고. 독일의 선택지는 승리와 죽음밖에 없어. 만약 독일이 이기면 어떤 일이 벌어지는지 알아? 캐나다는 독일의 식민지가 될 거야."

하비가 어깨를 으쓱하며 말했다.

"글쎄, 그렇게 되려면 넘어야 할 고개가 한둘이 아닐 텐데. 우선 영국 해군부터 무너뜨려야겠지. 그다음으로는 여기 있는 밀러와 나를 쓰러뜨려야 할 거야. 우리가 나가서 싸울 테니까. 그렇지, 밀러? 하지만 독일은 영국을 상대조차 못할걸?"

말을 마친 하비는 웃으며 계단을 뛰어 내려갔다.

"세상에, 남자들은 말도 안 되는 소리만 지껄인다니까."

메리 밴스가 넌더리를 내더니 밀러를 잡아끌고 바위 해변 쪽으로 갔다. 단둘이 이야기를 나눌 수 있는 흔치 않은 기회를 피리 부는 사나이니 독일이니 하는 허황된 이야기로 날려버릴 수는 없는 노릇이었다. 두 사람이 떠나자 월터는 바위 계단에 홀로 남아 포윈즈를 향해 몸을 돌리고 서 있었다. 하지만 머릿속이 복잡해서 아름다운 풍경도 눈에 들어오지 않았다.

릴라의 가장 멋진 순간도 지나가버렸다. 잭 엘리엇이 소식을 전한 뒤로 케네스가 다른 곳에 정신이 팔려 있었기 때문이다. 릴라는 쓸쓸하고 서글퍼졌다. 차라리 케네스가 처음부터 자기에게 관심을 보이지 않았더라면 더 좋았을 것 같았다. 인생이란 이런 것일까? 좋은 일은 기뻐하기가 무섭게 모래처럼 손아귀에서 빠져나가버린다. 릴라는 애처롭게 혼잣말을 했다.

"집을 나섰을 때보다 몇 살은 더 먹은 것 같아."

그럴지도 모른다. 청춘의 고통을 함부로 비웃으면 안 된다. 젊은이들은 "이 또한 지나가리라"라는 말을 아직 실감하지 못했기에 더 큰 비애를 느낄 수밖에 없다. 릴라는 자기도 모르게 한숨을 쉬었다. 이대로 집에 돌아가 베개에 얼굴을 묻고 소리 내어 울고 싶었다.

"릴라, 피곤하니?"

케네스가 물었다. 부드러운 목소리였지만 진심이 느껴지지 않았다. 정말 릴라가 걱정되어서 한 말은 아닌 듯했다.

릴라가 용기 내어 조심스럽게 물었다.

"케네스, 정말 이 전쟁이 캐나다와 관련 있을까?"

"관련이 있냐고? 물론 참전할 수 있는 사람들에겐 그렇겠지. 아, 발목만 멀쩡했더라면 나도 한몫할 수 있을 텐데…. 난 참 운이 없나 봐."

릴라가 소리쳤다.

"왜 우리가 영국을 도우러 전쟁터에 나가야 하는지 모르겠어. 영국 혼자서도 충분히 싸울 수 있잖아."

"우리는 대영제국에 속한 나라잖아. 그러니까 영국은 우리 가족이나 마찬가지야. 서로 도와야 한다고. 난 내가 조금이나마 돕기도 전에 전쟁이 끝나버릴까 봐 걱정이야."

릴라는 믿을 수 없다는 얼굴로 물었다.

"발목이 나으면 자원입대하고 싶다는 거야?"

"물론이지. 아마도 수천 명이 나설 거야. 젬은 틀림없이 지원할 테고, 월터는 몸이 아직 회복되지 않아서 잘 모르겠네. 아마 제리 메러디스도 갈 거야. 그런데도 난 올해 축구를 못 하게 될까 봐 걱정이나 하고 있었으니! 정말 한심해."

릴라는 너무 놀라 아무런 말도 하지 못했다.

'젬과 제리가 전쟁터에 나가다니, 말도 안 돼. 아버지와 메러디스 목사님은 절대 허락하지 않을 거야. 둘 다 아직 대학을 졸업하지도 못했잖아. 아, 잭 엘리엇은 어째서 이 무서운 소식을 모두에게 떠벌린 걸까?'

마크 워런이 다가와 릴라에게 춤을 청했다. 릴라는 그를 따라갔다. 자기가 가든지 남아 있든지 케네스는 상관하지 않을 게 뻔했기 때문이다. 불과 한 시간 전 모래톱에 함께 있을 때만 해도 케네스는 세상에서 하나뿐인 소중한 사람을 대하듯 릴라를 대했다. 그런데 지금 릴라는 찬밥 신세가 되고 말았다. 케네스의 머릿속은 여러 제국이 명운을 걸고 뛰어든 피투성이 전쟁으로 가득 차 있는 듯했다. 여자는 거기에 낄 수 없고 집에 앉아 우는 게 고작이라고 생각하니 릴라는 기분이 비참해졌다. 하지만 곧 마음을 고쳐먹었다. 스스로 인정했듯이 케네스는 전쟁터에 나갈 수 없었고 월터도 마찬가지였다. 릴라는 안도의 한숨을 쉬었다. 게다가 젬과 제리는 전쟁터에 뛰어들 만큼 분별없는 사람이 아니다. 그래서 이 순간만큼은 걱정을 그만두고 즐겁게 지내기로 했다. 다만 마크 워런의 서툰 몸짓 때문에 화가 나는 건 어쩔 수 없었다. 스텝이 꼬이고 동작도 엉망이었다. 춤이라고는 하나도 모르면서 어떻게 춤추자고 했는지, 더구나 발은 배처럼 커다랗고! 춤을 추다가 밀려나 누군가와 부딪치기도 했다. 릴라는 마크와 두 번 다시 춤추지 않겠다고 마음먹었다.

릴라는 다른 사람과도 춤을 췄지만 이미 흥은 깨졌고 구두가 꽉 조여서 발이 너무 아팠다. 코빼기도 보이지 않는 걸 보면 케네스는 벌써 돌아간 듯했다. 릴라의 첫 번째 파티는 한순간 아름답게 피어났다가 금세 시들어버렸다. 머리가 어지러웠고 발바닥은 불에 타는 듯했다. 게다가 더 나쁜 일이 기다리고 있었다. 사람들이 춤을 추는 동안 릴라는 항구 건너편에 사는 친구 몇 명과 바위 해변으로 내려갔다. 상쾌하고 기분 좋았지만 몹시 지친 터라 릴라는 친구들의 대화에 끼지 않고 조용히 앉아 있었다. 잠시 후 항구 건너편으로 가는 배가 떠난다는 말이 들렸다. 릴라와 친구들은 반가워하며 자리에서 일어나 등대로 올라갔다. 천막 안에는 아직 두세 쌍이 춤추고 있었지만 수는 눈에 띄게 줄어 있었다. 릴라는 두리번거리며 글렌세인트메리 마을 젊은이들을 찾아보았다. 어찌 된 일인지 한 사람도 보이지 않았다. 등대로 달려가서 찾아봐도 마찬가지였다. 당황한 릴라는 바위 계단으로 달려갔다. 아래쪽에 배가 몇 척 보였고 항구 건너편 사람들이 서둘러 내려가는 중이었다.

'젬이 탄 배는 어디 있지? 조의 배는?'

그때 누가 말을 걸었다.

"어머, 릴라. 난 네가 벌써 집에 간 줄 알았는데."

메리 밴스였다. 메리는 해협을 빠져나가는 배를 향해 스카프를 흔들며 배웅하던 중이었다. 그 배에는 밀러 더글러스가 타고 있었다. 릴라가 숨을 헐떡이며 메리에게 물었다.

"다른 사람들은 어디 있어?"

"벌써 돌아갔지. 젬은 한 시간 전에 떠났어. 우나가 두통이 있다고 했거든. 다른 사람들은 15분 전에 조의 배를 타고 갔어. 저길 봐. 그 배가 자작나무곶을 돌고 있잖아. 난 지금처럼 파도가 높이 칠 때 배를 타면 뱃멀미를 할까 봐 같이 가지 않았어. 여기서 집까지 3킬로미터도 안 되니까 걸어갈 만해. 그런데 넌 어디 있다가 이제야 나타난 거니?"

"친구들하고 저기 아래쪽 바위 해변에 있었어. 아, 왜 다들 날 찾지 않고 가버린 걸까?"

"무슨 소리야? 다들 찾았는데 네가 안 보였던 거라고. 그래서 네가 다른 배를 타고 간 줄 알았지. 하지만 걱정할 것 없어. 오늘은 우리 집에 가서 나랑 같이 자자. 잉글사이드에는 전화로 알려주면 되잖아."

메리 말대로 하는 것 말고는 뾰족한 수가 없었다. 입술이 떨리고 눈물이 핑 돌았다. 하지만 메리 밴스에게 우는 모습을 보일 수 없어서 릴라는 힘주어 눈을 깜빡거렸다.

'이렇게 날 두고 가다니! 내가 보이거나 말거나 아무도 신경 쓰지 않았다는 거잖아. 심지어 월터마저도.'

그때 불현듯 어떤 생각이 떠올랐다.

"내 신발! 배에 신발을 두고 왔어."

"뭐라고? 이야, 넌 진짜 생각 없는 애구나. 어쩔 수 없지. 헤이즐 루이슨한테 한 켤레 빌려야겠네."

"싫어. 그냥 맨발로 갈 거야."

헤이즐을 싫어했던 릴라는 메리의 말이 끝나기 무섭게 소리쳤다. 그러자 메리는 어깨를 으쓱했다.

"자존심 때문에 아픈 걸 참겠다고? 어디 맘대로 해봐. 한번 혼쭐나야 정신을 똑바로 차리겠지. 자, 이제 슬슬 가볼까?"

두 사람은 나란히 걸었다. 마차 바퀴 자국이 깊게 파인 자갈 투성이 길을 굽이 높은 프랑스풍 구두를 신고 걷는다는 게 여간 힘든 일이 아니었다. 비록 절룩거리고 비틀대기는 했어도 처음에는 어떻게든 걸을 수 있었다. 하지만 항구 길에 이르렀을 때부터는 한 걸음도 내딛을 수 없었다. 결국 릴라는 구두와 비단 양말을 벗고 맨발로 걷기 시작했다. 조금 홀가분해졌지만 기분이 썩 좋지는 않았다. 가뜩이나 발이 퉁퉁 부르튼 데다 자갈과 바큇자국을 밟을 때마다 몹시 아팠기 때문이다. 물집이 잡힌 발뒤꿈치는 무척 쓰라렸다. 하지만 육체의 아픔 따위는 마음의 상처에 비할 수 없었다. 이게 무슨 봉변인가! 돌에 찔리고 쓸려서 절뚝이며 걷는 모습을 본다면 케네스 포드는 날 어떻게 생각할까? 아, 나의 멋진 파티는 이대로 끔찍하게 끝나버리는 걸까? 릴라는 눈물을 참을 수 없었다. 아무도 자기에게 관심을 갖지 않아 서운하면서도 비참했다.

'날 신경 쓰는 사람이 하나도 없다니. 좋아, 이슬 젖은 길을 맨발로 걸어가다가 감기에나 걸려버릴 거야. 폐렴으로 악화되면 그제야 모두 후회하겠지?'

릴라는 몰래 스카프로 눈물을 닦았다. 손수건도 구두와 같이 없어져버렸다. 그렇다고 콧물까지 마른 건 아니라서 계속 훌쩍거릴 수밖에 없었다. 상황은 점점 더 나빠지기만 했다!

"릴라, 너 감기 걸렸나 봐. 바위에 앉아서 바람을 그대로 맞으면 감기에 든다는 것쯤은 알고 있었어야지. 네 어머니가 다시는 널 안 내보내시면 어쩌려고 그래? 그건 그렇고, 참 대단한 파티였어. 루이슨 집안은 뭘 어떻게 해야 하는지 아는 사람들이야. 뭐, 나도 헤이즐 루이슨을 좋아하는 건 아니지만. 아무튼 네가 케네스 포드랑 춤추는 걸 보고 그 아이는 무서운 표정을 지었어. 화가 잔뜩 난 얼굴이었지. 말괄량이 에설 리스도 그랬고. 케네스는 정말 바람둥이인가 봐!"

릴라는 훌쩍거리면서도 그 말에 반박했다.

"난 케네스가 바람둥이라고 생각하지 않아."

메리가 잘난 척하며 말했다.

"너도 내 나이쯤 되면 남자에 대해서 잘 알게 될 거야. 명심해. 남자가 하는 말을 다 믿으면 안 돼. 케네스 포드가 마음만 먹으면 널 마음대로 휘두를 수 있다고 생각하도록 내버려두지 말라는 거야. 그러려면 정신을 똑바로 차려야 해, 이 꼬마야."

메리 밴스가 거들먹거리면서 가르치려 들자 릴라는 화가 났다. 발뒤꿈치에 물집이 잡힌 채 맨발로 자갈길을 걷는 일도 화나기는 마찬가지였다. 손수건 없이 우는 것도, 또 울음을 그칠 수 없는 것도 도저히 참을 수 없었다.

"나는, 훌쩍! 케네스 포드 따위는, 훌쩍! 하나도, 훌쩍!"

"그렇게 화낼 필요는 없어. 꼬마야, 나이 든 사람이 하는 말은 잘 들어야 하는 거란다. 네가 케네스와 몰래 모래사장으로 가서 오랫동안 같이 있었던 거 내가 다 봤어. 너희 어머니가 알면 좋아하지 않으실 거야."

"어머니한테 다 말할 거야. 올리버 선생님이랑 월터한테도."

릴라가 훌쩍거리다가 숨을 몰아쉬면서 말을 이었다.

"메리 밴스, 너도 밀러 더글러스하고 바닷가재 바구니 위에 몇 시간이나 앉아 있었잖아! 엘리엇 아주머니가 알게 되면 뭐라고 하실 것 같아?"

"어머, 난 너랑 말다툼하려는 게 아니야. 그런 일은 네가 어른이 된 다음에 해야 한다고 알려주는 거지."

메리는 자기가 수준 낮은 싸움이나 하려는 게 아니라는 듯 얼버무렸다. 감정을 꾹꾹 눌러봤지만 릴라는 더 이상 울음을 감출 수 없었다. 모든 게 엉망이 되었다. 달빛이 비치는 모래톱에서 케네스와 함께 보낸 아름답고 꿈결 같고 낭만적인 시간도 한순간 천박한 짓이 되고 말았다. 릴라는 메리가 혐오스러웠다.

메리는 남의 속도 모르고 어리둥절한 얼굴로 소리쳤다.

"어머, 너 왜 그래? 뭣 때문에 우는 거야?"

"발이, 너무 아파."

릴라는 흐느끼면서도 마지막 자존심을 꽉 붙잡았다. 발이 아파서 운다고 하는 것이 차라리 덜 창피했던 것이다. 한 남자가 자기를 가지고 놀았기 때문에, 언니 오빠와 친구들에게 잊힌 존재가 되었기 때문에, 누군가에게 어린아이 취급을 당했기 때문에 운다고 하는 것보다는 그편이 낫겠다고 생각했다.

메리가 친절하게 말했다.

"정말 그래 보이네. 걱정 마. 코닐리어 아주머니가 깔끔하게 정돈해놓은 식료품 저장실에 거위 기름 단지가 있거든. 그게 비싼 콜드크림보다 훨씬 효과가 좋아. 자기 전에 그걸 네 발뒤꿈치에 발라줄게."

'발뒤꿈치에 거위 기름을 바르다니! 그게 첫 파티와 첫 연인과 첫 달빛 로맨스의 끝이란 말인가!'

아무 소용 없이 눈물만 흘리고 있다는 것을 깨달은 릴라는 울음을 그치고 메리의 침대에서 잠을 청했다. 창밖에서는 잿빛 새벽이 폭풍우 날개를 타고 다가왔다. 조사이아 선장은 약속대로 등대에 영국 국기를 게양했다. 날이 흐리고 바람은 거세게 불었지만 깃발은 꺼지지 않는 봉화처럼 힘차게 나부꼈다.

5장

행군하는 소리[*]

릴라는 햇빛이 찬란하게 쏟아지는 잉글사이드 뒤편 단풍나무 숲을 지나 무지개 골짜기 안쪽 자기만의 장소로 달려갔다. 고사리 한복판에 놓인 돌은 초록색 이끼로 덮여 있었다. 릴라는 그 위에 앉아 두 손으로 턱을 괴고 8월 오후의 눈부신 하늘을 멍하니 바라보았다. 한없이 푸르고 평화로우면서도 한결같았다. 늦여름의 그윽한 날이면 골짜기 위로 이렇게 푸른 하늘이 둥글게 떠 있곤 했다.

릴라는 혼자 있고 싶었다. 눈앞에 펼쳐진 새로운 세상에 적응하려면 차분히 생각할 시간이 필요했다. 완전히 다른 세상으로 갑작스럽게 옮겨간 것 같아서 무척 어리둥절한 상태였다. 심지

---

[*] 구약성경(새번역)의 사무엘하 5장 24절에 나온 표현

어 자기가 누구인지도 혼란스러웠다.

'겨우 엿새 전 포윈즈 등대에서 춤을 추던 릴라 블라이드와 지금의 나는 과연 같은 사람일까? 정말 그럴 수 있을까?'

릴라는 지난 엿새 동안이 지금껏 살아온 날들보다 훨씬 길게 느껴졌다. 만약 심장박동수로 시간을 헤아린다면 분명 그럴 것 같았다. 희망과 두려움, 승리감과 굴욕이 함께했던 그날 저녁도 이제는 먼 옛날처럼 느껴졌다.

'아무도 나를 찾지 않은 탓에 메리 밴스와 걸어서 돌아가야했다는 이유만으로 그토록 서글프게 울었다니, 눈물을 허락하기에는 너무나 터무니없고 하찮은 일 아닌가!'

릴라는 구슬프고 처량했다. 물론 지금은 떳떳한 이유로 울 수 있지만 그러지 않기로 했다. 어머니가 굳은 눈으로(지금껏 한 번도 보지 못한 모습이었다) 릴라를 바라보며 파랗게 질린 입술을 열어 이렇게 말했기 때문이다.

"여자들이 용기를 잃는다면 남자들이 어떻게 두려움을 견뎌낼 수 있겠니?"*

릴라는 고개를 끄덕이면서 용기를 내겠다고 마음먹었다. 어머니처럼, 낸처럼 그리고 페이스처럼. 페이스는 눈동자를 반짝거리면서 "아, 나도 남자였다면 입대했을 텐데!"라고 외치지 않았던가. 다만 이렇게 눈이 따갑고 목이 바짝바짝 탈 때 무지개 골짜기를 찾아와 생각을 정리하면 마음이 한결 가벼워졌다. 릴라는 자기가 더는 어린아이가 아니라는 사실을 새삼 떠올렸다.

---

* 미국 시인 케이트 터커 구드(1863-1917)의 시 〈갈렙의 딸〉의 한 구절

이젠 어엿한 어른이니 이런 일도 꿋꿋하게 맞서 나가야 한다. 하지만 가끔씩은 여기서 이렇게 홀로 시간을 보내도 괜찮지 않을까? 누구의 눈에도 띄지 않을뿐더러 겁쟁이라고 놀림당할 염려 없이 마음껏 울 수 있는 곳은 여기뿐이니까.

고사리의 달큰한 내음이 바람결에 묻어왔다. 비로소 숲속에 와 있는 것이 실감 났다. 거대한 전나무 가지는 깃털처럼 부드럽게 흔들리며 릴라를 향해 속삭였다. 바람이 스쳐 지나갈 때마다 연인의 나무에 매달린 방울에서 요정이 내는 것 같은 소리가 났다. 언덕이라는 제단에 향을 피운 것처럼 보랏빛 안개가 자옥하게 끼었다. 하얗게 변한 단풍나무 잎사귀가 바람에 날리자 숲이 온통 은빛 꽃으로 가득 차 보였다. 지금껏 수백 번도 더 봤던 풍경이었지만 왠지 세상은 표정을 싹 바꾼 것만 같았다.

"뭔가 극적인 일이 일어났으면 좋겠다고 생각했다니, 난 참 못났어. 아, 예전처럼 사랑스럽고 평온하고 즐거운 나날이 다시 왔으면 좋겠다. 그러기만 한다면 다시는 불평하지 않을 거야."

릴라의 세상은 파티 바로 다음 날 산산이 부서져버렸다. 잉글사이드 가족이 점심 식사를 마친 뒤 전쟁 이야기를 하고 있을 때 전화벨이 울렸다. 샬럿타운에서 온 장거리전화로, 젬을 찾고 있었다. 그런데 통화를 마친 뒤 수화기를 내려놓고 뒤로 돌아선 젬의 얼굴이 조금 전과 확연히 달라져 있었다. 뺨은 벌겋게 달아올랐고 눈동자는 반짝반짝 빛났다. 젬이 입을 열기도 전에 블라이드 부인과 낸 그리고 다이의 얼굴은 하얗게 질렸다. 릴라는 갑자기 심장이 요동치는 것을 느꼈다. 쿵쾅거리는 소리가 다른 사람 귀에도 들릴 것 같았다. 게다가 무언가가 목을 꽉 죄는 것처럼 숨이 턱 막히기까지 했다.

젬이 말했다.

"아버지, 시내에서 지원병을 모집하고 있어요. 벌써 수십 명이 나섰다고 하네요. 저도 오늘 밤에 가서 지원할 겁니다."

"젬, 내 아가! 절대 안 된다. 제발 그러지 마!"

블라이드 부인이 더듬거리며 외쳤다. 젬이 싫은 티를 낸 뒤로 그녀는 여러 해 동안 큰아들을 그렇게 부른 적이 없었다.

젬은 뜻을 굽히지 않았다.

"어머니, 전 가야 합니다. 그게 옳아요. 그렇죠, 아버지?"

블라이드 선생이 일어났다. 다른 가족처럼 얼굴이 파리했고 목소리는 잠겨 있었지만 머뭇거리지 않고 대답했다.

"그래, 젬. 네가 그렇게 생각했다면, 그게 옳겠지."

블라이드 부인은 얼굴을 감쌌다. 월터는 우울한 얼굴로 자기 접시를 뚫어지게 바라보았다. 낸과 다이는 손을 꼭 맞잡았다. 셜리는 아무렇지도 않은 척하려 애썼다. 수전은 반쯤 먹은 파이 조각을 접시 위에 내려놓은 채로 몸이 굳어버렸다. 남은 파이를 도무지 입에 넣을 수 없었다. 그녀의 마음이 얼마나 흔들리는지 단적으로 보여주는 증거였다. 평소 그녀는 음식을 남기면 세상에 죄를 짓는 것이나 마찬가지라고 여겼다. 하지만 지금은 신념을 고집할 만한 상황이 아니었다.

젬은 다시 전화기 쪽으로 돌아섰다.

"목사관에 전화해야겠어요. 제리도 가고 싶어 할 테니까요."

이 말을 듣자 낸은 칼에 찔리기라도 한 듯 "아!" 하고 외마디 비명을 질렀다. 그러고는 자리를 박차고 뛰쳐나갔다. 다이가 얼른 그 뒤를 따랐다. 릴라는 위로받고 싶어서 월터에게 눈길을 보냈지만 생각에 잠긴 월터는 그런 낌새를 알아차리지 못했다. 지금은 누구와도 마음을 나누고 싶지 않은 듯 보였다.

"그래, 좋아. 나도 네가 그렇게 할 줄 알았어. 그럼 오늘 저녁 7시에 역에서 만나자."

젬이 통화하는 소리가 들렸다. 마치 소풍 계획이라도 상의하 듯 침착한 목소리였다.

수전이 다급하게 말했다.

"사모님, 절 좀 꼬집어주실 수 있나요? 이게 꿈인지 생시인지 모르겠네요. 저 아이는 자기가 지금 무슨 말을 하고 있는지 알 고 있을까요? 정말 입대하겠다는 거예요? 군대에서 젬 같은 아 이까지 원하는 건 아니겠죠? 말도 안 돼요! 설마 사모님하고 선 생님이 그런 걸 허락하진 않으실 거죠?"

블라이드 부인은 목멘 소리로 대답했다.

"우린 젬을 말릴 수 없어요. 아, 길버트!"

블라이드 선생은 아내 뒤로 다가와 부드럽게 손을 잡고 회 색 눈으로 가만히 내려다보았다. 지금처럼 길버트의 눈에 괴로 움이 가득했던 적은 단 한 번, 여러 해 전 꿈의 집에서 조이스가 죽었던 그날뿐이었다. 지금 부부는 그때 일을 떠올리고 있었다.

"앤, 저 아이를 붙잡을 수 있을까? 다른 젊은이들도 전쟁터로 가려 하는데, 다들 그게 자기 의무라고 생각하는데, 이런 상황 에서 어떻게 젬의 마음을 돌릴 수 있겠어? 설마 젬을 이기적이 고 소심한 남자로 만들고 싶은 건 아니지?"

"아니, 아니야! 하지만 젬은 우리가 낳은 첫째 아들이잖아. 게

다가 저 아이는 아직 어려, 길버트. 시간이 지나면 나도 용기를 낼 수 있겠지만, 지금은 자신 없어. 너무 갑작스럽게 닥친 일이라고. 내게 시간을 좀 줘."

길버트와 앤은 방을 나갔다. 젬도 가버렸다. 월터도, 셜리도 자리를 떴다. 릴라와 수전만 남아서 휑한 식탁을 사이에 두고 서로를 바라보았다. 릴라는 아직 울지 않았다. 너무나 큰 충격을 받아서 눈물조차 나오지 않았다. 그런데 멍하니 있다가 문득 정신을 차리고 앞을 보았을 때 릴라는 깜짝 놀랐다. 이제껏 눈물 한 방울 흘려본 적 없는 수전이 울고 있었던 것이다.

릴라가 수전에게 물었다.

"수전 아주머니, 젬이 정말 가는 거예요?"

수전은 충격을 가라앉히고 눈물을 훔치며 일어났다.

"난 설거지를 해야겠다. 아무리 다들 미쳐 돌아간다고 해도 집안일은 꼭 해야 하잖니. 얘야, 울지 마라. 젬은 갈 거야. 분명 그러겠지. 하지만 젬이 근처에 가기도 전에 전쟁은 끝나버릴 거란다. 그러니 너도 기운을 내야 해. 그게 가엾은 어머니를 더 힘들게 하지 않는 길이야."

릴라가 미심쩍은 얼굴로 말했다.

"오늘 신문 기사를 보면 이 전쟁은 3년 동안 계속될 거라고 키치너 경*이 말한 걸요."

---

* 영국의 군인이자 정치가인 허레이쇼 허버트 키치너(1850-1916)를 말한다. 파쇼다사건을 유리하게 해결하고 보어전쟁의 총사령관이 되어 전투를 지휘했으며, 제1차 세계대전 때는 육군 장관으로 군비 확장에 힘썼다.

"난 키치너가 누구인지 몰라. 하지만 그도 여느 사람들처럼 가끔씩 실수를 하겠지. 네 아버지는 이 전쟁이 두세 달이면 끝날 거라고 말씀하셨어. 나는 그 경인지 뭔지 하는 사람 못지않게 선생님을 믿고 있단다. 그러니 지금은 하느님께 모든 것을 맡기고 식탁이나 치워야겠다. 난 울지 않을 거야. 그래 봤자 시간 낭비인 데다 다른 사람까지 우울하게 만들 테니까."

그날 밤 샬럿타운으로 떠난 젬과 제리는 이틀 뒤 카키색 군복 차림으로 돌아왔다. 이 소식이 전해지자 온 마을이 술렁거렸다. 잉글사이드에서는 긴장감이 감돌았다. 블라이드 부인과 낸은 미소 띤 얼굴로 의연하게 행동했다. 특히 부인은 코닐리어와 함께 적십자사 조직을 세워나갔다. 블라이드 선생과 메러디스 목사는 애국자협회를 결성하려고 사람들을 모았다. 처음 받은 충격에서 어느 정도 벗어난 릴라는 여전히 괴로워하면서도 지금 돌아가는 일에 담긴 낭만적인 면을 찾아내기 시작했다. 군복을 입은 젬은 확실히 멋져보였다. 캐나다 청년들이 조국의 부름에 신속히 응했고, 무엇보다 대가 없이 용기를 낸 것은 생각하면 할수록 훌륭한 일이었다. 나라의 요구를 외면한 오빠를 둔 소녀들 앞에서 릴라는 보란 듯이 고개를 쳐들고 다녔다.

릴라는 일기장에 이런 글귀를 적었다.

내가 더글러스의 딸이 아니라 아들이었더라면 했을 일을 그는 지금 하러 간다.•

• 영국 작가 월터 스콧(1771-1832)의 시 〈호수의 여인〉의 한 구절

'만약 내가 남자였다면 당연히 자원했을 거야!'

릴라는 진심으로 그렇게 믿었다.

릴라는 월터가 장티푸스를 앓고 나서 모두의 바람처럼 빨리 건강을 회복하지 않아 오히려 다행이라는 생각이 들었다. 그러면서도 왠지 나쁜 마음을 먹은 것 같아 마음이 불편했다.

릴라의 일기는 이렇게 이어졌다.

월터가 떠나면 나는 견딜 수 없을 것이다. 어쩌면 죽어버릴지도 모른다. 물론 젬도 좋아하기는 하지만, 월터는 내게 세상에서 가장 소중한 사람이다. 그러니 월터가 떠난다는 건 상상조차 할 수 없다. 월터는 요즘 많이 변한 것 같다. 내게 좀처럼 말을 건네지 않는다. 자기도 전쟁터에 가고 싶지만 그럴 수 없어서 괴로워하는 듯하다. 그래서인지 젬이나 제리와 어울리지 않는다.

젬이 군복을 입고 집에 왔을 때 수전 아주머니가 지었던 표정은 절대 잊지 못할 것 같다. 금세라도 눈물을 쏟을 듯 얼굴을 찡그리고 입술을 실룩거렸지만, "그걸 입으니 정말 어른스러워 보이는구나"라고 말했을 뿐이다. 젬은 가만히 웃기만 했다. 젬은 아주머니가 자기를 어린아이로 취급해도 기분 나빠하지 않는 것 같다.

나 말고는 다들 바빠 보인다. 내가 할 수 있는 일이 하나라도 있으면 좋겠다. 어머니와 언니들은 온종일 바쁜데 나만 외톨이 유령처럼 빈둥거리고 있다. 어머니와 낸의 웃는 얼굴을 볼 때마다 마음이 아프다. 일부러 그런다는 걸 알기 때문이다. 실제로는 어머니의 눈동자에서 웃음기가 사라진 지 오래되었다. 어머니와 눈이 마주칠 때마다 나도 웃으면 안 될 것 같은 기분이 든다. 웃고 싶은 마음이 드는 것조차 나쁜 일로 느껴진다. 아무리 젬이 전쟁터로 간다 해도 난 웃지 않고 지내는 게 참 어려운데, 어떻게 해야 할지 모르겠다. 더욱 안타까운 점은 웃을 때조차 예전처럼 즐겁지 않다는 사실이다. 마음속에서 무언가가 나를 계속 아프게 찔러대는 것 같다. 특히 한밤중에 잠에서 깼을 때는 눈물이 난다. '하르툼의 키치너*'가 한 말처럼 전쟁이 몇 년 동안 계속되지 않을까 걱정되고, 또 젬이 만약… 아니, 그런 건 여기 적지 말자! 말이 씨가 되면 큰일이니까. 요전 날 낸은 "우리 중 누구도 예전과 똑같아질 수는 없을 거야"라고 했다. 그 말을 듣고 난 화가 났다. 왜 그럴 수 없다는 걸까? 전쟁이 끝나서 젬과 제리가 돌아오면 우리 모두 예전처럼 행복하고 즐겁게 지낼 수 있을 텐데. 지금의 고통은 한때의 악몽처럼 지나갈 것이다.

이제는 우편물이 올 때마다 가슴이 철렁 내려앉는다. 아버지는 신문을 잡아채듯 받아 든다. 지금껏 한 번도 보지 못했던 모습이다. 다른 가족은 아버지 주위에 모여서 눈을 반짝이며 기사 제목을 뚫어져라 살펴본다. "난 신문 기사를 한 마디도 믿지 않아. 앞으로도 그럴 거야"라고 말했던

---

* 키치너가 당시 영국의 식민지였던 수단에서 반란군을 격퇴하고 정세를 안정시킨 뒤 얻은 별명으로, '하르툼'은 아프리카 수단의 수도다.

수전 아주머니는 늘 부엌문 쪽으로 와서 우리가 하는 말을 가만히 듣다가 고개를 절레절레 저으며 돌아가곤 했다. 아주머니는 분통을 터뜨리면서도 젬이 좋아하는 음식을 만들었다. 어젯밤 먼데이가 손님방의 사과나무 잎사귀 모양 침대보(레이철 린드 할머니의 작품이다) 위에서 자는 것을 보고도 화내지 않았다.

"애고, 이 가엾은 강아지야. 머지않아 네 주인이 어디서 자게 될지는 전능하신 하느님만 아시겠지."

하지만 박사를 대할 때만큼은 피도 눈물도 없어 보였다. 아주머니는 박사가 군복 입은 젬을 보자마자 그 자리에서 하이드 씨로 변했다고 하면서, 그것이야말로 이 고양이의 정체를 보여주는 증거라고 말했다.

수전 아주머니는 독특한 면도 있지만 참 좋은 분이다. 셜리는 이렇게 말한 적이 있다.

"수전 아주머니의 절반은 천사고 나머지 절반은 뛰어난 요리사 같아."

그럴 만도 하다. 우리 형제자매 중에서 수전 아주머니에게 야단맞지 않은 사람은 단 한 사람, 셜리뿐이니까.

페이스 메러디스는 참 멋지다. 페이스와 젬은 약혼한 사이나 다름없다. 페이스의 눈은 여전히 반짝거렸지만 웃을 때 얼굴은 우리 어머니처럼 조금 딱딱해 보였다. 만약 내게 연인이 있고 그가 전쟁터에 나간다면, 난 페이스처럼 용감하게 이 상황을 받아들일 수 있을까? 장담 못 한다. 오빠가 가는 것도 이렇게 괴로운걸.

메러디스 아주머니의 말에 따르면, 브루스 메러디스는 젬과 제리가 떠난다는 소식을 듣고 밤새 울었다고 한다. 브루스는 자기 아버지가 말한 'K 중의 K'가 '만왕의 왕'인지 알고 싶어 한다.* 난 브루스가 정말 좋다. 어린아이를 별로 좋아하지 않는 내 눈에도 브루스는 참 귀여워 보인다. 그런데 내가 어린아이를, 특히 갓난아이를 싫어한다고 말하면 사람들은 충격을 받은 듯한 얼굴로 나를 쳐다본다. 그렇다고 해서 거짓말을 할 수는 없는 노릇 아닌가. 물론 누군가의 품에 안긴 예쁘고 깨끗한 아기를 바라만 보는 건 괜찮다. 하지만 손을 뻗어서 만지고 싶은 생각이 들거나 아기에게 관심이 생긴 적은 한 번도 없었다. 거트루드 올리버 선생님도 나와 같은 마음이라고 했다(선생님처럼 정직한 사람은 처음 봤다. 마음에 없는 말은 절대 하지 않는다). 갓난아이와 있으면 지루하고, 대화가 통할 정도의 아이라면 그나마 낫긴 한데 가깝게 지내고 싶은 마음은 들지 않는다는 것이다. 어머니와 언니들은 갓난아이라면 사족을 못 쓰는 사람들이라 그런지 이런 나를 의아하게 여기는 듯하다.

파티가 열린 날 밤 이후로 케네스를 통 보지 못했다. 젬이 돌아온 뒤 어느 날 저녁에 케네스가 잉글사이드로 찾아왔지만 하필 그때 나는 집을 비웠다. 그가 우리 가족에게 내 이야기는 전혀 하지 않은 것 같았다. 하지만 상관없다.

---

* '하르툼의 키치너'(Kitchener of Khartoum)의 약자인 'K of K'를 성경에서 하느님을 가리키는 표현 중 하나인 '만왕의 왕'(the King of Kings)과 혼동한 것이다.

지금 내게 중요한 건 젬이 군대에 자원했고 며칠 뒤면 발카르티에*로 간다는 사실뿐이니까. 멋진 우리 오빠. 아, 나는 젬이 정말 자랑스럽다!

발목만 다치지 않았더라면 케네스도 입대했을 것이다. 이런 걸 '천우신조'라고 하겠지? 케네스는 자기 집에서 하나뿐인 아들인데, 그가 떠나면 로즈메리 아주머니는 얼마나 괴로워하실까? 어느 집이든 외아들이라면 군 입대 같은 건 꿈도 꾸지 말아야 한다.

월터가 고개를 숙이고 뒷짐을 진 채 릴라가 앉아 있는 곳으로 걸어왔다. 월터는 릴라를 보고 갑자기 방향을 바꿔 돌아가려다가 문득 돌아서더니 릴라 쪽으로 다가왔다.

"릴라, 마이 릴라. 무슨 생각을 하고 있는 거야?"

릴라가 슬픈 얼굴로 말했다.

"모든 게 완전히 달라졌어. 오빠마저도 아주 딴사람이 되었잖아. 일주일 전까지만 해도 우린 모두 행복했는데, 지금은 나도 내가 누군지 모르겠어. 너무 변해버렸지 뭐야."

월터는 옆에 앉아 릴라의 예쁜 손을 잡았다.

"우리의 옛 세상이 끝난 것 같아 안타까워. 그렇지만 우린 그 사실을 있는 그대로 받아들여야 해."

릴라가 안타까워하며 말했다.

"젬을 생각하면 너무 무서워. 때로는 잠깐 동안 그게 얼마나

---

* 퀘벡주에 속한 지역으로 제1차 세계대전 당시 캐나다군 훈련소가 있었다.

끔찍한 일인지 잊은 채로 흥분해서 자랑스러워하다가, 어느 순간에는 차가운 바람을 맞는 듯한 기분이 들거든."

월터가 침울한 얼굴로 말했다.

"난 젬이 부러워!"

"젬이 부럽다고? 설마 오빠도 가고 싶다는 건 아니지?"

앞에 펼쳐져 있는 에메랄드빛 골짜기의 풍경을 물끄러미 내려다보며 월터가 말했다.

"그래 맞아. 가고 싶지 않아. 그래서 괴롭다는 거야. 릴라, 난 전쟁터에 가는 게 무서워. 겁쟁이니까."

릴라가 화를 냈다.

"아니야! 누구라도 전쟁터에 가는 건 무서워한다고. 어쩌면, 어쩌면 죽을 수도 있으니까."

월터가 중얼거렸다

"고통만 없으면 상관없어. 난 죽음이 두렵지 않아. 내가 정말 두려워하는 건 죽음 전에 닥칠 고통이야. 죽는 것으로 끝난다면 그리 나쁘진 않겠지. 하지만 죽기까지 괴로움이 이어진다면 어떨까? 릴라, 너도 알다시피 난 고통을 두려워했어. 나로서는 어쩔 수 없는 일이야. 온몸이 짓이겨지거나 눈이 멀 수도 있다는 생각을 하면 소름이 돋고, 너무 무서워서 그런 생각을 똑바로 마주할 수 없거든. 눈이 멀어버린다면, 이 아름다운 세상을 다시는 볼 수 없게 된다면, 포윈즈의 달빛과 전나무 사이로 빛나는 별과 바닷가에 자욱한 안개를 볼 수 없게 된다면 도저히 견딜 수 없을 거야. 난 전쟁터로 가야 해. 아니, 가고 싶어 한다고 생각해야만 해. 하지만 솔직히 말하면 가고 싶지 않아. 아, 이런 내가 정말 부끄러워…."

결국에는 월터마저 떠나버릴까 봐 두려워진 릴라가 슬픈 얼굴로 말했다.

"하지만 오빠는 갈 수 없잖아. 아직 몸도 성치 않은걸."

월터는 비통한 감정을 드러내며 말을 맺었다.

"난 괜찮아. 한 달 동안 많이 나은 것 같아. 그러니 어떤 신체 검사든 다 통과하겠지. 내 몸은 내가 잘 알아. 모두들 내가 아직 아프다고 생각하고 난 그 믿음 뒤에 숨어 있는 셈이지. 난, 난 여자로 태어났어야 했어."

릴라가 흐느꼈다.

"몸이 다 나아도 안 갔으면 좋겠어. 어머니는 어떻게 하라고? 젬 때문에 얼마나 괴로워하셨는지 봤잖아. 만약 둘 다 전쟁터로 가버리면 마음이 찢어져서 돌아가시고 말 거야."

"나는 안 갈 거야. 그러니 걱정하지 마. 정말 안 갈게. 사실 두렵거든. 두려워서 죽을 지경이야. 듣기 좋은 말로 나 자신을 속이고 싶지 않아. 네게라도 이렇게 털어놓을 수 있어서 얼마나 다행인지 몰라. 다른 사람에게는 고백할 수도 없어. 낸이나 다이는 날 못마땅하게 여길 테니까. 하지만 난 공포와 고통, 추악함 같은 전쟁의 모든 게 싫어. 역사책에서 읽었던 내용을 하나도 빠짐없이 기억하고 있어. 뇌리에서 떠나지 않아. 밤에 잠에서 깨어나면 지금까지 일어난 일들이 보여. 피가 흐르고, 추악하고, 비참한 사건들이 눈앞에 생생히 펼쳐지거든. 총검을 들고 돌격하는 모습까지! 다른 일에는 맞설 수 있다 해도, 그것만은 도저히 용기가 나지 않아. 생각하면 할수록 토할 것 같으니까.

내가 당하는 것보다 남을 공격한다고 생각하면 더 역겨워. 총검으로 누군가를 찌르다니, 말도 안 돼!"

월터는 부르르 떨며 말을 이었다.

"난 전쟁을 생각할 때마다 이런 장면이 떠올라. 하지만 젬하고 제리는 나랑 달라. 웃으면서 훈족°을 쏘아 죽이는 이야기만 하거든. 나는 군복 차림의 두 사람을 볼 때마다 가슴이 미어질 것만 같아. 그런데 두 사람은 내가 군에 갈 수 없는 몸이라 성질을 부리는 거라고 생각하는 모양이야."

월터는 쓴웃음을 지었다. 릴라는 월터를 와락 껴안고 그의 어깨에 머리를 기댔다.

"자기를 겁쟁이라고 생각하는 건 옳지 않아."

얼마 전까지만 해도 월터가 전쟁터에 가고 싶어 할까 봐 노심초사했던 릴라는 월터의 속마음을 확인하고 나서 마음이 한결 가벼워졌다. 월터가 감정을 솔직하게 털어놓은 것도 참 기뻤다. 다이가 아니라 자기에게 말했기 때문이다. 이제 더는 외롭다거나 쓸모없다는 기분이 들지 않을 것 같았다.

월터가 슬픈 얼굴로 물었다.

"릴라, 마이 릴라. 날 경멸하는 것 아니지?"

월터는 릴라가 자기를 업신여길까 봐 걱정스러웠다. 다이에게 경멸을 받는 것 못지않게 괴로웠다. 호소하는 듯한 눈빛과

°　중앙아시아의 평원에서 활약하던 유목민족이다. 5세기 초에는 아시아에서 유럽에 걸친 대제국을 건설했다. 제1차 세계대전 때 유럽인들은 야만성과 잔혹성을 강조하려는 의도로 독일인을 훈족이라고 불렀다.

근심 어린 얼굴이 무척 사랑스러운 여동생을 자기가 얼마나 좋아하고 있는지 월터는 새삼 깨달았다.

"절대 그렇지 않아. 수백 명이 오빠 같은 마음일 거야. 교과서에 실린 셰익스피어의 시에도 '용기란 두려움을 느끼지 않는 게 아니다*'라는 구절이 있잖아."

"아니야. 그다음에는 '숭고한 영혼이 두려움을 극복할 것이다'라는 말이 이어져. 그리고 난 그런 사람이 아니야. 그런 식으로 날 포장할 수는 없어. 단지 겁쟁이에 불과하니까."

"그렇지 않아. 오래전에 댄 리스와 싸웠을 때를 생각해봐."

"딱 한 번 용기를 냈을 뿐이야. 그런 걸로 날 용기 있는 사람이라 말할 수는 없어."

"언젠가 아버지가 하신 말씀 기억나지? 오빠는 지나치게 예민하고 상상력이 풍부한 게 문제라고 하셨잖아. 오빠는 아직 일어나지도 않은 일 때문에 괴로워하고 있어. 짐을 함께 지거나 잘 견디도록 도와줄 사람도 없이 혼자 감당하고 있는 거야. 그건 부끄러워할 일이 아니야. 2년 전 젬과 같이 모래언덕 풀밭에 불을 지르다가 손을 뎄던 일 기억나? 그때 젬이 두 배는 더 호들갑을 떨었잖아. 오빠 말고도 이 무시무시한 전쟁에 참전할 사람은 많아. 그리 오래 지속되지도 않을 테고."

"나도 그 말을 믿을 수 있으면 좋겠어. 자, 저녁 먹을 시간이야. 릴라, 어서 가봐. 난 아무것도 먹고 싶지 않으니까."

"나도 그래. 한 입도 못 먹을 것 같아. 여기 같이 있게 해줘. 누

---

* 셰익스피어가 아니라 스코틀랜드 작가 조안나 베일리(1762-1851)가 한 말이다.

군가와 이야기를 나누면 얼마나 마음이 홀가분한지 몰라. 다들 내가 아직 어려서 아무것도 모른다고 생각하거든."

이렇게 릴라와 월터는 단풍나무 숲 위에 걸린 연회색 구름 사이로 별이 빛나고 향기로운 이슬을 머금은 어둠이 잔뜩 내릴 때까지 둘만의 작은 둔덕에 앉아 있었다. 릴라는 이날 저녁 시간을 평생 소중한 기억으로 간직했다. 월터가 난생처음 자기를 어른으로 대해주었기 때문이다. 두 사람은 서로 위로하고 격려했다. 월터는 전쟁을 두려워하는 것이 그렇게까지 비열한 일은 아니라고 느꼈다. 릴라는 월터가 다른 사람이 아닌 자기에게 괴로움을 털어놓았고, 거기에 공감하며 격려해줄 수 있어서 무척 기뻤다. 누군가에게 중요한 존재가 된 것 같았다.

두 사람이 잉글사이드로 돌아갔을 때 베란다에 손님이 앉아 있었다. 목사관의 메러디스 부부와 농장의 노먼 더글러스 부부였다. 수전도 그녀의 사촌 소피아와 함께 그늘진 쪽에 앉아 있었다. 블라이드 부인과 쌍둥이는 외출했지만 블라이드 선생은 집에 있었고 박사도 계단 꼭대기에 앉아 금빛 찬란한 위엄을 떨치고 있었다. 당연하게도 전쟁 이야기가 한창이었다. 하지만 박사만큼은 자기의 속마음을 드러내지 않고 고양이 특유의 경멸하는 표정으로 사람들을 쳐다보았다. 그즈음에는 두 사람만 모여도 전쟁 이야기를 했다. 항구 어귀에 사는 하일랜드 샌디 할아버지는 혼자 있을 때도 전쟁 이야기를 했고, 자기 농장 이곳저곳에서 독일 황제에게 저주를 퍼부어댔다.

사람들 눈에 띄고 싶지 않았던 월터는 슬쩍 자리를 피했지만 릴라는 계단에 앉았다. 정원에서는 이슬을 맞아 촉촉해진 박하가 향기를 내뿜고 있었다. 황금빛 잔광이 글렌세인트메리 마을을 고요하게 비추었다. 릴라는 지금 무척 행복했다. 우울했던 일주일을 잘 견딘 것에 대해 보상받은 것 같았다. 이제 더는 월터가 전쟁터로 갈까 봐 두려워하지 않아도 된다!

"내가 스무 살만 젊었어도 지원했을 거요. 독일 황제에게 본때를 보여줘야 하는데! 지옥이 없다고 내가 말한 적이 있던가? 물론 지옥은 있어. 수십 수백 개나 있지. 독일 황제와 그 일족이 떨어질 지옥 말요."

노먼 더글러스가 큰 소리로 외쳤다. 그는 흥분할 때마다 늘 그랬다. 그러자 더글러스 부인이 의기양양한 얼굴로 말했다.

"난 이 전쟁이 일어나리라 예상했어요. 서서히 다가오는 게 보였거든요. 멍청한 영국 놈들에게 무슨 일이 닥쳤는지 알려주고 싶었다니까요. 메러디스 목사님, 몇 년 전 독일 황제가 뭘 하려고 하는지 내가 누누이 말했지만 당신은 믿지 않았어요. 도리어 세상을 전쟁으로 몰아넣는 일은 절대 하지 않을 거라고 장담했죠. 자, 누구 말이 맞았나요? 당신인가요, 아니면 나인가요? 어서 대답해봐요."

메러디스 목사가 말했다.

"그래요. 처형이 옳았습니다."

"이제 와서 인정해봐야 너무 늦었어요."

더글러스 부인이 고개를 저었다. 메러디스 목사가 좀 더 일찍 인정했더라면 전쟁은 일어나지 않았을 거라는 투였다.

블라이드 선생이 대화에 끼어들었다.

"영국 해군이 언제라도 싸울 준비가 되어 있어서 그나마 다행입니다."

더글러스 부인은 고개를 끄덕였다.

"맞아요. 많은 사람이 박쥐처럼 앞을 보지 못했지만, 그래도 선견지명을 가진 사람이 있었던 거예요."

소피아가 구슬프게 말했다.

"영국은 골치 아픈 문제에 휘말리려고 할 것 같지 않아요. 난 세상 돌아가는 걸 잘 모르지만, 왠지 무서운 기분이 드네요."

"소피아 크로퍼드, 그 말은 영국이 이미 그 골치 아픈 문제에 몸을 푹 담갔다는 뜻으로 들려. 도대체 무슨 말을 하는지 이해할 수 없는 건 예나 지금이나 똑같다니까. 영국 해군은 독일군을 보는 족족 쳐부술 거야. 우린 지금 아무것도 아닌 일로 흥분하고 있는 건지도 몰라."

수전은 이렇게 내뱉었는데, 다른 사람이 아니라 자신을 납득시키려는 듯했다. 지금껏 그녀가 인생의 길잡이로 삼아온 나름의 소박한 철학도 마른하늘에 날벼락 같은 이 일 앞에서는 제대로 힘을 쓰지 못했다. 글렌세인트메리 마을의 정직하고 성실한 장로교인 노처녀가 수천 킬로미터나 떨어진 곳에서 벌어진 전쟁과 무슨 관련이 있겠는가? 수전은 이런 일로 마음 졸이는 것은 경박한 행동이라고 여겼다.

노먼이 의기양양하게 큰소리쳤다.

"영국 육군이 독일군을 박살 낼 거요. 이들이 모이기만 하면 아무리 독일 황제라고 해도 별수 없을걸? 진짜 전쟁은 콧수염을 세우고 베를린 거리를 행군하는 것과 다르다는 걸 뼈저리게 깨달을 거라고."

더글러스 부인이 힘주어 말했다.

"영국에 육군 같은 건 없어요. 어머, 노먼. 날 그렇게 째려보지 말아요. 그런다고 밀짚을 병사로 바꿀 수 있는 건 아니니까. 군인을 십만 명 끌어모은다 해도 독일군 수백만 명에게는 한입거리밖에 안 되겠죠."

노먼은 완강하게 고집을 부렸다.

"한입에 넣고 씹으면 딱딱해서 이가 다 부러지고 말 거야. 영국인 한 명이 외국인 열 명과 맞설 수 있다는 걸 당신도 모르진 않을 텐데. 나도 독일군 열두 놈쯤은 손쉽게 해치울 수 있다고."

수전이 말했다.

"프라이어 씨는 이 전쟁을 좋게 보지 않더군요. 영국이 참전한 이유는 독일을 시기해서 그런 것이지 벨기에를 진심으로 걱정했기 때문은 아니라고 그랬어요."

노먼이 말했다.

"내가 직접 들은 말은 아니지만, 그 인간이야 그따위 헛소리를 지껄여도 이상할 것 없지. 만약 내 앞에서 그런 말을 했다간 그놈의 구레나룻 덜덩이는 망신을 톡톡히 당했을 거요. 내 친척 데이비스 부인도 얼토당토않은 말을 떠벌리더니 막상 내 앞에서는 찍소리도 못 하더군. 물론 나와 함께 있을 때 그런 말을 했다간 무슨 봉변을 당할지 모른다고 짐작했기 때문이겠지."

소피아가 무릎 위에 놓았던 창백한 손을 들어 올려 가슴 언저리에 대고 이렇게 말했다.

"저는 이 전쟁이 우리가 저지른 죄 때문에 일어난 게 아닌가 싶어요. 하느님이 우릴 벌하시는 거죠. 세상은 너무 악하잖아요.

말세라고요."

노먼이 킬킬거렸다.

"여기 계신 목사님도 당신과 같은 생각일 텐데요. 그렇죠, 목사님? 그래서 어젯밤에 '피 흘림이 없은즉 사함이 없느니라'*라는 구절을 본문으로 삼아 설교한 것 아닌가요? 난 당신 말에 동의하지 않았어요. 자리에서 일어나 당신 이야기는 전부 엉터리라고 소리치려 했다니까. 그런데 엘런이 날 붙잡더라고. 아, 결혼한 뒤로는 목사님들 말에 반박하는 재미를 한 번도 누리지 못하고 있어요."

"피 흘림이 없은즉 사함이 없느니라."

메러디스 목사가 꿈꾸듯 부드럽게 말했다. 이어지는 목사의 말은 듣는 사람들의 마음을 강하게 흔들었다.

"모든 건 스스로를 희생하는 대가로 얻을 수 있다고 생각합니다. 고통이라는 대가를 치르지 않았더라면 인류가 진보할 수 있었을까요? 우리는 한 걸음 한 걸음 내딛을 때마다 피를 흘리며 성장해왔습니다. 이제 다시 피를 쏟아야 할 때가 온 겁니다. 크로퍼드 부인, 전쟁이 죄에 대한 벌은 아니라고 생각합니다. 제 생각에 이 전쟁은 인류가 어떤 축복을 얻기 위해 치러야 할 대가입니다. 그만큼 가치 있고 위대한 진보가 기다리고 있어요. 비록 우리는 살아생전에 그것을 볼 수 없겠지만, 우리 아이들 그리고 아이들의 아이들이 그걸 물려받을 겁니다."

"제리가 죽어도 멀쩡한 기분으로 그런 말을 할 수 있겠소?"

• 신약성경 히브리서 9장 22절의 한 문장

노먼이 곧바로 물었다. 그는 평생 이렇게 직설적으로 말해왔다. 사람들이 화들짝 놀라서 말려도 무엇이 문제인지를 납득하지 못했다. 지금도 그는 아내를 보며 이렇게 말했다.

"나 원 참, 엘런. 내 정강이 좀 발로 차지 마시구려. 난 목사님 말씀이 진심인지 아니면 설교단에서 허세를 부린 건지 알고 싶을 뿐이니까."

메러디스 목사의 얼굴이 떨렸다. 젬과 제리가 시내로 갔던 날 밤, 그는 서재에 홀로 앉아 고통스러운 시간을 보냈다. 하지만 그는 차분하게 대답했다.

"기분에 따라 신념을 바꿀 순 없습니다. 많은 청년이 조국을 지키기 위해 기꺼이 목숨을 바치겠다고 나섰어요. 그런 나라는 그들의 희생을 토대로 새로운 이상을 실현시킬 겁니다. 이게 제 신념이에요."

"진심으로 한 말씀이군, 목사 양반. 난 사람들이 무슨 말을 할 때 그게 진심인지 아닌지 알 수 있어요. 타고난 재능이지. 그래서 목사들이 날 무서워하는 거요! 그런데 이제껏 당신이 거짓으로 말하는 걸 본 적 없었소. 물론 언젠가는 그런 순간을 목격할 거라 기대하고 있죠. 그래서 교회에 갈 마음이 드는 거요. 그렇게만 된다면 정말 기분이 좋을 텐데. 엘런이 날 교양 있는 사람으로 만들려고 할 때 대적할 만한 무기가 될 거요. 아무튼 난 길 건너편에 있는 에이브 크로퍼드를 만나러 잠시 다녀오리다. 여러분 모두에게 신의 가호가 있기를!"

노먼이 자리에서 일어나 성큼성큼 밖으로 나가자 수전은 그가 들어도 상관없다는 듯 중얼거렸다.

"늙어빠진 이교도 같으니라고!"

수전은 노먼 더글러스가 목사님을 모욕했을 때 왜 하늘에서 불이 내려오지 않았는지 도저히 이해할 수 없었다. 하지만 놀랍게도 메러디스 목사는 그런 동서를 무척 좋아하고 있었다.

릴라는 사람들이 다른 이야기를 했으면 좋겠다고 생각했다. 일주일 동안 귀에 들리는 것이 죄다 전쟁 이야기뿐이라 조금 지겨워지던 참이었다. 월터가 전쟁터에 가고 싶어 할까 봐 두려워하던 마음에서 벗어난 지금은 '전쟁'이라는 말만 들어도 진절머리가 났다. 하지만 아직 서너 달은 더 그 이야기를 들어야 할 것 같았다. 그렇게 생각하니 한숨이 절로 나왔다.

6장

수전, 릴라, 먼데이의 결심

잉글사이드의 넓은 거실에 눈이 내린 듯 하얀 천이 쌓여 있었다. 적십자사 본부에서 요청해온 시트와 붕대를 만들 재료였다. 릴라는 낸과 다이를 도와서 팔을 걷어붙이고 열심히 일했다.

한편 블라이드 부인과 수전은 다른 일로 바빴다. 2층 남자아이들 방에서 젬의 짐을 꾸리고 있었던 것이다. 어찌나 마음고생을 했는지 쑥 들어간 눈에서는 이제 눈물조차 나오지 않았다. 젬은 다음 날 아침 발카르티에로 떠날 예정이었다. 이미 예상한 상황이었지만 막상 닥치고 보니 말할 수 없이 괴로웠다.

릴라는 태어나서 처음으로 시트의 단을 시침질했다. 젬의 입대 명령이 나자 릴라는 무지개 골짜기의 소나무 밑에서 실컷 운 다음 어머니에게 갔다.

"어머니, 저도 뭔가 하고 싶어요. 직접 전쟁터에 갈 순 없지만,

집에서 할 수 있는 일이라면 뭐든 해야겠어요."

블라이드 부인이 말했다.

"침대 시트를 만들 천이 도착했으니 낸과 다이를 도와주면 좋겠구나. 젊은 아가씨들을 모아서 청소년 적십자단을 조직하는 건 어떻겠니? 나이 든 사람들 틈에 끼는 것보다는 젊은 사람들끼리 모여서 무언가를 하는 게 훨씬 나을 것 같아."

"하지만 그런 일은 한 번도 해본 적 없는걸요."

"앞으로 몇 달 동안은 이제껏 못 해본 일을 정말 많이 해야 할 거야. 너뿐만 아니라 우리 모두."

"그럼 한번 해볼게요. 어떻게 시작해야 할지 가르쳐주세요. 전 요즘 이런저런 생각을 하고 있어요. 지난번에는 용감하고 영웅적이며 이타적인 사람이 되겠다고 결심했죠."

릴라의 거창한 말을 듣고도 블라이드 부인은 미소 짓지 않았다. 웃고 싶은 기분이 아니라서 그럴 수도 있고, 어쩌면 릴라의 낭만적인 마음에 가려진 진지함을 느꼈기 때문일 수도 있다.

릴라는 지금 시트 단을 시침질하면서도 속으로는 청소년 적십자단을 어떻게 조직할지 계획하고 있었다. 생각하면 할수록 구미가 당겼다. 시침질이 아니라 조직을 구성하는 일 말이다. 릴라는 자기가 이 방면에 관심이 있을 뿐만 아니라 재능까지 갖췄다는 것을 깨닫고 놀랐다.

'단장은 누가 하면 좋을까? 내가 할 수는 없어. 나이 많은 언니들이 싫어할 테니까. 아이린 하워드? 아니야. 이유는 잘 모르겠지만 사람들은 아이린을 별로 좋아하지 않아. 마저리 드루? 안 돼. 마저리는 주관이 뚜렷하지 않아. 회의 때 마지막에 말한 사람의 의견을 따르잖아. 베티 미드는 어떨까? 그래, 침착하고 똑똑하고 재치도 있으니 단장으로 딱이야! 그리고 우나 메러디스가 회계를 맡는 게 좋겠어. 만약 두 사람이 부탁한다면 내가 서기쯤은 맡아도 되겠지.'

일단 청소년 적십자단을 조직한 뒤에야 임원들을 뽑는 게 순서지만 릴라는 이미 누구에게 무슨 일을 맡기면 좋을지 생각하고 있었다. 모임 장소는 돌아가면서 하면 되고, 먹을 것은 내지 않는 게 좋을 것이다. 이 문제로 올리브 커크와 한바탕 입씨름할 게 뻔하다. 따라서 모든 일은 규칙에 따라 진행해야 한다.

'내 회의록에는 적십자 마크가 그려진 흰 표지를 씌워야지. 모금을 위해 여는 음악회에서 입을 만한 단복이 있으면 좋을 거야. 산뜻하면서도 예쁜 게 좋겠어.'

그때 다이가 말했다.

"너 윗단과 아랫단을 다른 방향으로 꿰맸잖아."

릴라는 꿰맨 곳을 뜯으면서 바느질 같은 건 딱 질색이라고 생각했다. 차라리 적십자단을 어떻게 구성하고 운영할지 고민하는 게 훨씬 재미있었다.

2층에서는 블라이드 부인이 수전과 대화를 나누고 있었다.

"수전, 젬이 그 조그만 팔로 날 가리키면서 '엄마'라고 했던 날 기억하죠? 그게 젬이 처음으로 한 말이었어요."

수전이 쓸쓸한 얼굴로 대답했다.

"그렇게 자세히 말씀하지 않으셔도 우리 축복받은 아이에 대한 일이라면 저는 전부 기억하고 있어요. 죽는 날까지 절대 잊지 못할 거예요."

"수전, 오늘따라 그 아이가 엄마를 찾으며 울었던 날 밤이 떠오르네요. 태어난 지 겨우 몇 달 뒤였죠. 길버트는 저더러 젬에게 가지 말라고 했어요. 아이의 몸에 문제가 있는 것도 아니고 방도 따뜻한데 엄마가 자꾸만 살펴보러 가면 아이 버릇만 나빠질 거라고 하면서요. 하지만 난 젬에게 가서 안아줬어요. 젬이 작은 팔로 내 목을 꼭 끌어안았을 때 어떤 느낌이 들었는지 지금도 생생하게 기억나요. 수전, 만약 21년 전 그날 밤, 나를 찾으며 울던 아이에게 가서 안아주지 않았더라면 난 절대 내일 아침과 마주할 수 없었을 거예요."

"어떻게 내일 아침을 맞아야 할지 모르겠네요, 사모님. 하지만 이게 마지막 이별이라고 말씀하지는 마세요. 젬은 외국으로 떠나기 전에 휴가를 받아 집에 들르겠죠?"

"그랬으면 좋겠는데, 장담할 수는 없어요. 그저 집에 들르지 못하겠거니 생각하고 있긴 해요. 그래야 원치 않는 일이 벌어져도 실망하지 않을 테니까요. 수전, 난 내일 미소를 지으며 아이를 보내겠다고 마음먹었어요. 용기백배한 아이에게 나약한 모습을 보일 순 없죠. 젬이 좋은 기억을 안고 떠났으면 좋겠네요. 우리 중 누구도 울지 않길 바라고 있어요."

"저도 울지 않을 거예요, 사모님. 그건 장담해요. 하지만 미소 짓는 것은 전능하신 하느님의 뜻과 제 심정에 달렸겠죠? 혹시 과일케이크를 넣어둘 자리가 있나요? 쿠키는 어떨까요? 민스파이는요? 우리 축복받은 아이가 배를 곯아서는 안 되잖아요. 그 퀘벡이라는 곳에 먹을 게 있을지 없을지는 모르겠지만요. 아, 하루아침에 죄다 달라져버렸네요. 목사관에서 살던 늙은 고양이도 죽었어요. 어젯밤 9시 45분쯤에 그리 되었다는군요. 브루스가 몹시 슬퍼하고 있대요."

"그 고양이도 안식처로 갈 때가 됐죠. 열다섯 살은 됐을 테니까요. 마사 할머니가 돌아가신 뒤로 무척 쓸쓸해 보였어요."

"전 박사가 죽어도 슬퍼하지 않을 거예요. 젬이 군복을 입고 집에 온 뒤로 그 고양이는 하루의 대부분을 하이드 씨로 지내고 있어요. 거기에는 뭔가 의미가 있다고 생각해요. 젬이 떠나면 먼데이는 어떻게 지낼지 모르겠네요. 그 개는 눈이 꼭 사람 같아요. 그래서 그런지 볼 때마다 속상해서 못 견디겠어요. 예전에 엘런 웨스트가 입만 열면 독일 황제를 욕했던 것 기억나세요? 다들 미쳤다고 손가락질했잖아요. 그런데 지금 와서 보니까 그녀가 왜 그랬는지 알 것 같아요. 자, 이제 가방이 가득 찼네요. 그럼 저는 이만 내려가서 식사 준비를 할게요. 제가 또 언제 젬에게 저녁을 차려줄 수 있을지 모르겠네요."

다음 날 아침이 되자 젬 블라이드와 제리 메러디스는 집을 나섰다. 금세라도 비가 쏟아질 듯 잔뜩 찌푸린 날씨였고 무거운 회색 구름이 하늘을 온통 뒤덮고 있었다. 글렌세인트메리 마을과 포윈즈, 항구 어귀, 마을 위쪽을 비롯해 항구 건너편에 사는 사람들까지 둘을 배웅하러 나왔다. 다만 구레나룻 달덩이의 얼굴은 보이지 않았다.

블라이드 가족과 메러디스 가족은 미소를 띠고 있었다. 심지어 수전도 '전능하신 분께서 정하신 섭리에 따라' 미소를 짓고 있었지만, 차라리 눈물을 흘리는 게 낫다고 느껴질 만큼 고통스러운 심정이 표정에 그대로 드러났다. 페이스와 낸은 비록 얼굴이 창백했지만 무척 씩씩한 모습을 보여주었다. 릴라는 무언가가 목에 걸려 있지만 않았어도, 입술이 파르르 떨리지만 않았어도 이보다 더 의연한 모습을 보였을 것이라고 생각했다. 먼데이도 그 자리에 있었다. 젬은 잉글사이드에서 작별 인사를 하려고 했지만 먼데이가 어찌나 애처롭게 굴던지 마음을 바꿔 역까지 데려왔다. 먼데이는 젬의 발치에 바싹 붙어 사랑하는 주인의 일거수일투족을 지켜보았다.

메러디스 사모가 말했다.

"먼데이의 눈을 도저히 보고 있을 수가 없네요."

메리 밴스가 릴라에게 말했다.

"저 개는 사람보다 감정이 풍부한 것 같아. 우리 중에 이런 날을 보게 될 거라고 생각한 사람이 있을까? 난 젬과 제리가 떠난다고 생각하니 마음이 아파서 밤새도록 울었어. 둘 다 정신이 완전히 나간 것 같아. 밀러도 가고 싶다는 생각을 했지만 내가 말려서 마음을 돌렸지. 데이비스 아주머니도 감동적인 말을 몇 마디 했어. 내가 그분과 같은 생각을 한 건 태어나서 처음이야. 이런 기적은 두 번 다시 일어나지 않을 것 같아. 릴라, 저기 케네스가 와 있어."

릴라는 케네스가 리오 웨스트의 마차에서 내린 순간부터 그 사실을 분명하게 의식하고 있었다. 케네스는 미소를 지으며 릴라에게 다가왔다.

"용감하게 미소 짓는 여동생 역할을 잘 감당하는 중이구나. 마을 사람이 정말 많이 모였네. 아, 나도 며칠 뒤에는 집으로 돌아갈 거야."

젬이 떠날 때 들었던 것과 다른 느낌의 묘한 적막감이 릴라의 마음을 스쳐 지나갔다.

"왜? 방학이 아직 한 달이나 남았잖아."

"그렇긴 해. 하지만 세상이 이렇게 들끓고 있을 때 포윈즈에 머물면서 즐겁게 지낼 수는 없잖아. 아직 발목이 불편하긴 해도 토론토에 가면 무엇인가 도울 방법을 찾을 수 있을 거야. 난 젬과 제리를 똑바로 쳐다보지 않기로 했어. 부러워서 견딜 수 없을 테니까. 그런데 여자아이들은 정말 대단해. 울지도 않고 슬픔을 참는 기색조차 없잖아. 젬과 제리는 좋은 기억을 가지고 떠나겠지. 내 차례가 왔을 땐 우리 어머니랑 퍼시스가 그렇게 해줬으면 좋겠어."

"아, 케네스. 오빠 차례가 오기 전에 전쟁은 끈날(끝날) 거야."

이렇게 말하고 나서 릴라는 속으로 자책했다.

'이런! 또 혀 짧은 소리를 해버렸네. 인생의 중요한 순간을 또 한 번 망쳐버렸잖아. 그게 내 운명이라면 어쩔 수 없지. 그리고 무슨 상관이야. 케네스는 이미 다른 곳으로 가버렸는걸.'

케네스가 어느새 저쪽에서 에설 리스와 이야기하고 있었던 것이다. 에설은 아침 7시인데도 춤출 때 입었던 옷차림으로 울고 있었다.

'에설은 왜 울고 난리람? 저 집에는 군복 입은 사람도 없잖아. 나야말로 울고 싶은데 꾹 참는 거라고! 그런데 드루 아주머니는 저렇게 징징거리면서 무슨 말을 하고 있는 거야?'

릴라는 드루 부인이 어머니를 붙잡고 무언가 이야기하는 모습도 눈에 거슬렸다. 그때 드루 부인은 블라이드 부인을 위로하고자 나름 애쓰고 있었다.

"잘 견디고 계신 것 같네요, 블라이드 부인. 만약 제 가엾은 아이에게 그런 일이 닥쳤다면 저는 참을 수 없었을 거예요."

어머니의 창백한 얼굴에서 잿빛 눈동자가 불타올랐다.

"억지로 가는 거라면 더 괴로웠겠죠."

드루 부인은 그 말에 담긴 뜻을 이해하지 못했지만 단박에 알아들은 릴라는 뿌듯한 마음이 들어서 어깨가 으쓱해졌다.

'역시 어머니는 참 믿음직스러워. 우리 오빠는 등을 떠밀린 게 아니라 스스로 가는 거야.'

이후 릴라는 홀로 우두커니 서서 지나가는 사람들의 이야기에 귀를 기울였다.

파머 버 부인이 말했다.

"저는 마크가 이번에는 지원하지 못하도록 막았어요. 지원병을 또 모집한다면, 그땐 보낼 수밖에 없겠죠. 하지만 그런 일은 없을 거예요."

베시 클로가 말했다.

"허리띠는 벨벳으로 만드는 게 낫겠어요."

항구 건너편에 사는 어린 신부가 말했다.

"남편 얼굴을 제대로 못 쳐다보겠어요. 얼굴에 가고 싶다고 적혀 있으면 어떡해요?"

변덕쟁이 하워드 부인이 말했다.

"짐이 입대할까 봐 무서워서 몸이 벌벌 떨려요. 한편으로는 입대할 생각이 아예 없을까 봐 두렵기도 해요."

조 비커스가 말했다.

"크리스마스 전까지는 전쟁이 끝날 겁니다."

애브너 리스가 말했다.

"유럽에 있는 나라들끼리 실컷 싸우라고 해요."

노먼 더글러스가 샬럿타운의 한 고위급 장교 이야기를 큰 소리로 떠벌렸다.

"이야! 내게 수도 없이 야단맞던 아이가 어느새 거물로 성장했다니까요."

감리교회 목사가 말했다.

"대영제국의 존망이 달려 있습니다."

아이린 하워드가 한숨을 쉬었다.

"그래도 군복이 멋있긴 해."

해안가 호텔에서 묵고 있는 외지인이 말했다.

"결국 이건 돈 때문에 하는 전쟁입니다. 그것 때문에 캐나다인들이 귀중한 피를 흘리다니, 말도 안 돼요!"

케이트 드루가 말했다.

"블라이드 가족은 아무렇지도 않나 봐요."

네이선 크로퍼드가 으르렁거리듯 말했다.

"저 덜떨어진 젊은것들은 모험을 하러 떠나는 줄 아나 봐."

항구 건너편 의사가 말했다.

"저는 키치너의 말을 전적으로 신뢰합니다."

10여 분 동안 릴라는 화를 냈다가 웃었다가, 우울한 마음으로 누군가를 경멸했다가 다시금 기운을 얻는 등 온갖 감정을 경험했다. 그러면서 사람은 참 우스꽝스러운 존재라고 생각했다. 어쩌면 저렇게 이해를 못 한단 말인가! 릴라는 악몽을 꾸는 것 같았다. 저들은 불과 석 주 전에 농작물이며 물가며 시시콜콜한 일을 가지고 떠들어대던 사람들 아닌가?

'아무렇지도 않다니! 아무 말이나 지껄이면 단 줄 알아? 수전 아주머니까지 밤새 한숨도 못 잤다고! 케이트 드루는 전부터 말을 얄밉게 했는데, 나이를 먹어도 똑같잖아.'

이윽고 기차가 역에 들어왔다. 블라이드 부인이 젬의 손을 잡았고 먼데이는 그 손을 핥았다. 모인 사람들은 작별 인사를 하고 있었다. 이제 기차 바퀴는 완전히 멈췄다. 젬은 사람들이 보는 앞에서 페이스에게 입맞춤했다. 드루 할머니가 발끈해서 소리쳤다. 하지만 케네스를 비롯한 청년들이 환호성을 질렀다.

릴라는 젬이 손을 잡은 것까지는 확실히 알 수 있었다. 하지만 "거미야, 잘 있어"라고 인사하며 뺨에 입을 맞춘 사람이 누구였는지는 가물가물했다. 제리인 것 같은데 확실하지는 않았다. 젬과 제리가 점점 멀어져갔다. 기차가 움직이기 시작한 것이다. 둘은 모두에게 손을 흔들었고 사람들도 손을 들어 답했다. 어머니와 낸은 미소를 짓고 있었지만, 그 모습은 마치 미소 거두는 법을 잊어버린 사람들 같았다. 구슬픈 소리로 길게 짖어대다가 눈물을 흘리며 기차로 뛰어들던 먼데이를 감리교회 목사가 겨우 붙잡았다. 자기가 가진 것 중에서 가장 좋은 모자를 쓰고 온 수전은 모자를 흔들어대며 남자처럼 고함을 질렀다. 정신이 나갔다고 오해받을 만큼 평소와 다른 모습이었다. 이윽고 기차가 모퉁이를 돌자 젬과 제리의 모습이 더는 보이지 않았다. 두 사람은 이제 정말 떠나버린 것이다.

릴라는 겨우 정신이 들었다. 주위가 갑자기 조용해졌다. 이제는 집에 가서 기다리는 것 외에 달리 할 일이 없었다. 블라이드 부부는 나란히 걸었고 낸과 페이스, 존 메러디스와 로즈메리도 집 쪽으로 걸음을 옮겼다. 월터, 우나, 셜리, 다이, 칼, 릴라는 무리를 지어서 움직였다. 수전은 모자를 거꾸로 쓴 줄도 모른 채 우울한 얼굴로 서둘러 돌아갔다. 처음에는 다들 먼데이가 없다는 사실을 몰랐지만 뒤늦게 알아차린 셜리가 먼데이를 찾으러 역까지 되돌아갔다. 역 근처 화물 창고에서 웅크리고 있던 먼데이는 셜리를 보고 꼬리를 흔들어댔다. 그런데 아무리 달래도 꿈쩍하지 않았다. 어쩔 수 없이 먼데이를 남겨두고 돌아선 셜리는 아이들의 무리에 합류하면서 이렇게 말했다.

"먼데이는 주인이 돌아올 때까지 역에서 기다리기로 마음먹은 것 같아."

셜리는 먼데이가 하려고 했던 일을 정확히 알아맞혔다. 사랑하는 주인이 떠나버렸다. 먼데이는 젬을 따라가려고 했지만 감리교회 목사로 변장한 악마가 길을 막았다고 느꼈다. 먼데이는 연기를 내뿜고 코를 큼큼거리는 괴물이 젬을 데리고 돌아올 때까지 그곳에서 부드럽고 애절하며 어리둥절한 눈빛으로 기다릴 것이다. 이 충직한 개는 젊은 주인이 돌아오기만 고대하며 길고 쓰라린 날들을 보내야 하리라.

그날 밤 블라이드 선생이 환자를 진료하러 집을 나서자 수전은 안주인이 편안히 쉬고 있는지 살피러 갔다. 용무를 마친 수전은 침대 발치에 서서 엄숙하게 선언했다.

"사모님, 저는 여장부가 되기로 결심했어요."

그 말을 들은 '사모님'은 웃음을 터뜨리고야 말았다. 물론 불공평한 처사이기는 했다. 릴라가 거창한 결심을 털어놓았을 때는 웃지 않았기 때문이다. 릴라는 호리호리한 몸에 하얀 옷을 입었고, 얼굴은 꽃처럼 아름다웠으며 눈동자 가득 열의가 별처럼 빛났다. 이와 달리 수전은 검소한 회색 플란넬 잠옷 차림새였으며, 신경통을 가라앉히는 데 조금이라도 도움이 될까 싶어서 빨간색 머리띠로 하얗게 센 머리를 질끈 묶고 있었다. 하지만 이런 모습만으로 판단해서는 안 된다. 중요한 것은 정신이 아니겠는가? 그런데도 블라이드 부인은 웃음이 터져 나오는 것을 막을 수 없었다.

수전은 이런 반응에 아랑곳하지 않고 당당히 말했다.

"앞으로는 이제껏 그랬던 것처럼 한탄하거나 우는소리를 하거나 전능하신 분의 지혜를 의심하지 않을 거예요. 울고, 책임을 회피하고, 그분의 섭리를 탓한들 아무런 소용이 없으니까요. 이제 우리는 싸워야 해요. 양파밭에서 잡초를 뽑건 위원회를 만들건, 뭐라도 하지 않으면 안 돼요. 저는 싸울 거예요. 우리 축복받은 아이들이 전쟁터로 갔어요. 우리 여자들도 나서야 해요, 사모님. 뒤에 남아 물건을 지키면서* 우리에게 닥친 곤경에 있는 힘껏 맞서서 버텨야 해요."

<hr>

* 구약성경(공동번역) 사무엘상 30절 24절 중 "싸우러 나갔던 사람의 몫이나 뒤에 남아 물건을 지킨 사람의 몫이나"라는 구절을 응용한 표현

7장

—

수프 그릇 속 전쟁고아

"리에주와 나무르에 이어서 이제는 브뤼셀*까지! 어쩌다 이 지경에 이르렀을까? 정말 안타까운 일이야."

블라이드 선생이 고개를 저었다. 그러자 수전이 격려했다.

"선생님, 실망하지 마세요. 죄다 외국 군대가 지키던 곳이잖아요. 독일군과 영국군이 맞붙을 때까지 기다려보세요. 그러면 이야기가 달라질 거예요. 제가 장담해요."

선생은 다시 고개를 가로저었지만 표정은 조금 풀려 있었다. 블라이드 가족은 거듭된 승리에 취한 독일군 수백만 명이 몰려와도 '가느다란 회색 선**'은 무너지지 않을 것이라는 수전의 믿

---

* 리에주, 나무르, 브뤼셀은 모두 벨기에의 도시 이름이다.
** '영국군'을 비유한 말

음에 무의식적으로 공감하고 있었다. 하지만 영국군이 독일군에게 격퇴되었다는 소식이 전해지고야 말았다. 앞으로 이어질 끔찍한 날들 중 하루에 불과했던 그날, 잉글사이드 사람들은 망연자실한 채 서로의 얼굴을 쳐다보았다.

"그건, 그건 사실일 리 없어."

낸이 거친 숨을 몰아쉬었다. 낸도 뚜렷한 확신을 가지고 그렇게 말한 것은 아니었다. 단지 끔찍한 소식을 부정하면서 잠시나마 위안을 얻고자 했던 것뿐이었다.

수전이 말했다.

"오늘 왠지 나쁜 소식을 들을 것 같더라니! 저 고양이 녀석이 아무 이유도 없이 아침에 하이드 씨로 변했거든요. 그건 나쁜 징조니까요."

블라이드 선생은 런던에서 온 소식을 읽어나갔다.

"쯧쯧, '비록 패해서 물러났지만 사기는 꺾이지 않았다'라고? 영국군이 이런 말을 듣다니, 기가 막혀서 원!"

블라이드 부인이 절망스러운 얼굴로 말했다.

"전쟁이 오랫동안 이어진다는 뜻이네요."

수전은 잠시 풀이 죽었다가 곧 기운을 되찾았다.

"사모님, 너무 걱정하지 마세요. 영국 해군은 아직 건재하니까요. 게다가 러시아군도 도와주러 오고 있대요. 물론 제가 러시아 사람들에 대해 잘 모르고, 앞으로 그들과 엮일 일도 없을 것 같지만요."

월터가 어두운 얼굴로 말했다.

"이미 늦었어요. 파리로 가는 길이 무방비 상태로 활짝 열려 있잖아요. 러시아군도 파리를 구해낼 순 없을 거예요. 프랑스의 심장이 위기에 처한 거라고요. 아, 저도…."

월터는 하던 말을 멈추고 밖으로 나가버렸다.

불길한 소식을 듣고 마음이 울적해진 잉글사이드 사람들은 그날 하루를 무기력하게 보냈다. 하지만 그들은 인간이란 어떤 악조건에 처해도 환경에 적응하며 살아갈 수 있다는 사실을 몸소 체득했다. 수전은 일부러 몸이 부서져라 집안일을 했고, 블라이드 선생은 여느 때처럼 환자를 치료하러 다녔다. 낸과 다이는 다시금 적십자사 활동에 몰두했고 블라이드 부인은 샬럿타운에서 열린 적십자사 모임에 참석했다.

릴라는 북받쳐 오르는 슬픔을 이기지 못하고 무지개 골짜기에서 목 놓아 울었다. 일기장에 속상한 감정을 쏟아내기도 했다. 그러자 마음이 한결 후련해졌다. 용감하고도 영웅적으로 살겠다고 마음먹었던 일도 떠올랐다. 결심을 어떻게 실행할지 고민한 끝에 릴라는 애브너 크로퍼드의 늙은 회색 말을 타고 글렌세인트메리 마을과 포윈즈를 돌아다니면서 사람들이 기부한 물품을 모아 오겠다고 결심했다.

'이런 게 영웅적 행동 아니면 뭐겠어?'

잉글사이드에서 기르는 말은 지금 쓸 수 없었다. 한 마리는 다리를 절름거렸고 다른 한 마리는 블라이드 선생이 타고 다녀야 했기 때문이다. 그래서 크로퍼드 씨의 말을 쓸 수밖에 없었는데, 이 녀석은 천성이 얌전하면서 아주 느긋했다. 그뿐만 아니라 몇 걸음 걷다가 멈춰 서서 한쪽 다리에 붙은 파리를 다른 쪽 발로 떼어내는, 사람들 말마따나 '점잖은 버릇'도 있었다. 지금 독일군이 파리에서 겨우 80킬로미터 떨어진 곳까지 들이닥쳤는데 이렇게 굼뜬 말을 타고 가려니 복장이 터지는 것 같았다. 하지만 릴라는 놀랄 만한 사건의 서막이 될 이 일을 씩씩하게 시작했다.

그날 오후 늦은 시간에 릴라는 마차 가득 물건을 싣고 항구 해안으로 이어지는 길을 가고 있었다. 풀이 무성하고 바큇자국이 깊게 팬 오솔길 입구에 이르자 릴라는 잠시 머뭇거렸다. 이 길로 가면 앤더슨 씨 집이 나오는데, 거기 들러봤자 아무런 성과가 없을 것 같았기 때문이다.

"저 집은 너무 가난해서 내줄 게 아무것도 없을 텐데…'

영국에서 태어난 앤더슨 씨는 킹즈포트에서 일하고 있었는데, 전쟁이 발발하자 집에 들르지도 않고 곧장 모국으로 돌아가 입대했다. 자기가 없는 동안 먹고살 만큼의 돈을 남긴 것도 아니어서 그의 부인은 생활고에 빠졌다. 하지만 아무리 그렇다 해도 그 집만 건너뛴다면 앤더슨 부인이 마음에 상처를 입을 수 있었다. 릴라는 고민 끝에 가기로 마음먹었다. 훗날 릴라는 종종 그때 내린 판단을 후회하기도 했지만, 결국에는 그렇게 하기를 잘했다고 생각하게 되었다.

앤더슨 씨의 집은 좁고 답답했으며 곧 허물어져도 이상하지 않을 만큼 낡았다. 마치 자기의 부끄러운 모습을 감추려는 듯 해변 근처 가문비나무 숲에 웅크리듯 자리 잡고 있었다. 릴라는 무너져가는 울타리에 회색 말을 매어놓고 뒷문 쪽으로 갔다. 문은 열려 있었다. 집 안을 들여다본 릴라는 한동안 입을 열 수도, 움직일 수도 없었다.

맞은편 작은 침실의 열린 문으로 앤더슨 부인이 지저분한 침대에 누워 있는 모습이 보였다. 자세히 보니 숨이 끊어져 있었다. 반면 문가에 앉아 유유히 파이프 담배를 피우는 덩치 큰 여자는 살아 있었다. 빨간 머리에 얼굴은 벌겋게 달아올랐고, 뚱뚱하면서 꾀죄죄하기까지 한 그녀는 아수라장 속에서도 태연히 흔들의자에 앉아 몸을 앞뒤로 흔들고 있었다. 방 한복판의 요람에서 찢어질 듯 울음소리가 들려왔지만 신경 쓰기는커녕 오히려 귀찮아하는 기색이 역력했다.

자세히 보니 낯익은 얼굴이었다. 바닷가 마을에 사는 코노버 부인이었는데, 앤더슨 부인의 고모할머니인 그녀는 평소 술을 즐기고 담배도 피웠으며 평판도 아주 나빴다. 릴라는 당장이라도 돌아서서 도망치고 싶었다. 하지만 그럴 수는 없었다. 그녀에게 도움이 필요할 수도 있다는 생각이 들었기 때문이다. 물론 그녀가 누군가의 도움을 바라는 기색은 아니었다.

"들어와."

코노버 부인은 이렇게 말한 뒤 입에서 담뱃대를 빼고 생쥐처럼 작은 눈으로 릴라를 뚫어지게 쳐다보았다. 릴라는 문지방을 넘어 안으로 들어가면서 쭈뼛쭈뼛 물었다.

"저기, 앤더슨 부인은 정말 돌아가신 건가요?"

코노버 부인이 아무렇지도 않다는 듯 대답했다.

"그래, 완전히 가버렸지. 30분 전에 세상을 떴어. 젠 코노버더러 장의사에게 전화를 걸고 해변에서 일할 사람을 데려오라고 일렀단다. 오호, 이제 보니 넌 의사 선생 딸이군. 그렇게 멍하니 서 있지 말고 앉아라."

하지만 의자마다 물건이 어수선하게 놓여 있어서 릴라는 서 있을 수밖에 없었다.

"네, 뭐, 그러니까…. 음, 갑자기 이렇게 된 건가요?"

"그 쓰잘머리 없는 제임스란 놈이 영국으로 가버린 뒤로 계속 끙끙 앓았어. 그 인간이 떠난 건 무척 안타까운 일이야. 아마 그 소식을 듣고 나서 희망을 놓아버린 것 같아. 저기 있는 아기는 두 주 전에 태어났어. 그때부터 산모의 몸 상태가 점점 나빠지더니 오늘 아무도 모르게 죽어버렸지 뭐냐."

릴라가 머뭇거리며 말했다.

"혹시라도 제가 도울 일이 있을까요?"

"오, 기특하기도 하지. 하지만 아기를 돌보는 재주가 있으면 몰라도, 네가 딱히 도와줄 건 없다. 난 이제 어린아이를 치다꺼리할 만한 기력이 없어. 저 아기는 밤낮으로 울어대기만 하는데, 내가 뭘 어떻게 해줘야 하는지 잘 모르겠다."

조심조심 요람으로 다가간 릴라는 가만히 손을 뻗어서 더러운 담요를 살짝 내렸다. 낡고 거무죽죽한 낡은 플란넬 천에 싸인 갓난쟁이가 보였다. 만져볼 엄두는 나지 않았다. '아기를 돌보는 재주' 같은 건 아예 없었기 때문이다. 아기의 얼굴은 빨갛게 물들어 있었고 조금 일그러져 보이기도 했다. 이렇게 못생긴 아기는 처음 봤다. 하지만 릴라는 세상에 기댈 곳이라고는 없는 이 고아가 문득 가엾게 느껴졌다.

릴라가 물었다.

"아기는 앞으로 어떻게 되는 거죠?"

코노버 부인이 솔직하게 말했다.

"누가 알겠니. 저 아이 엄마인 민도 죽기 전에 그걸 걱정했었지. 했던 말을 되풀이하면서 '아, 내 불쌍한 아기는 어떻게 될까?'라고 지껄여대는 통에 나중에는 신경이 거슬려 죽을 것 같았어. 난 아기 일로 골치를 썩고 싶지 않아. 정말이야. 여동생이 남긴 남자아이를 키운 적 있는데, 이젠 좀 쓸 만하다 싶으니까 도망가버리더라고. 내가 이렇게 나이를 먹어가는데도 도와줄 생각은 전혀 없더라니까. 배은망덕한 놈 같으니라고! 나는 민한테 제임스가 가족을 건사하러 돌아올지 말지를 확실히 모른다면 아기를 고아원에 보내야 한다고 말했어. 그런데 민은 그 말을 듣고 질색했지. 그러다가 이렇게 되고 만 거야."

"고아원에 데려갈 때까지는 누가 이 아기를 돌봐요?"

릴라는 아기의 운명이 걱정되어 거듭 물었다. 하지만 코노버 부인은 투덜거릴 뿐이었다.

"내가 해야겠지, 뭐. 아마 이 아이는 얼마 못 가서 죽을 거야. 엄마가 몸이 약했으니 얘도 그렇겠지. 그렇게 오랫동안 누구를 귀찮게 하지는 않을 거니까, 차라리 그 편이 낫다고 봐."

부인은 담뱃대를 치우고 옆 선반으로 몸을 돌리더니 직접 담근 술이 있는 병을 들어 벌컥벌컥 들이켰다. 부끄러운 기색이라고는 전혀 찾을 수 없었다.

릴라는 담요를 조금 더 아래로 내렸다. 그러고는 깜짝 놀라 소리쳤다.

"어머, 아기가 아무것도 안 입고 있잖아요!"

코노버 부인이 발끈해하며 반문했다.

"꼭 내가 옷을 입혔어야 했다고 몰아붙이는 것 같구나. 하지만 난 그럴 시간이 없었어. 민을 간호하는 데 매달려 있었으니까. 이미 말했듯이 난 아기 돌보는 일엔 젬병이야. 그래서 출산을 도와주러 온 빌리 크로퍼드 할머니가 아기를 씻기고 플란넬 천으로 싸두었어. 그다음에는 젠이 좀 돌봐줬지. 옷을 입지 않았다고 해서 저 아이가 추운 건 아니야. 도리어 너무 따뜻해서 덥다고 느낄지도 몰라. 이런 날씨라면 놋쇠로 만든 원숭이 동상도 녹아버릴 테니까."

릴라는 울고 있는 아기를 말없이 내려다보았다. 태어나서 처음 마주하게 된 인생의 비극이 릴라의 가슴을 후비며 파고들었다. 아기 엄마가 이처럼 끔찍한 할머니 손에 자식을 맡겨두고 사망의 음침한 골짜기*로 들어가면서 얼마나 애가 탔을까? 생각만 해도 마음이 아팠다.

'내가 조금만 더 일찍 왔더라면 좋았을 텐데! 아니야, 그래봤자 뾰족한 수가 있었겠어? 그럼 지금은 뭘 할 수 있지?'

릴라는 당장 무엇을 해야 할지 몰라서 몹시 난처했다. 그렇다고 모른 척할 수는 없었다. 평소에 아기를 싫어하기는 했지만 저 가엾은 생명을 코노버 부인에게 맡겨두고 가버릴 수는 없는 노릇이었다. 어쩌면 부인은 다시 저 검은 병을 집어 들고 들이 켤지도 모른다. 그렇게 누가 올 때까지 몸도 가누지 못할 만큼 취해버리면 아기는 어떻게 될까?

'여기 계속 있을 수는 없어. 저녁때까지는 크로퍼드 아저씨에게 말을 돌려주어야 하잖아. 그럼 어떻게 해야 하지?'

릴라는 초조한 나머지 충동적으로 결정했다.

"제가 이 아기를 집에 데려갈게요. 그래도 되죠?"

코노버 부인의 얼굴에 화색이 돌았다.

"나야 고맙지! 좋을 대로 해."

"그런데 아기를 어떻게 안아야 할지 모르겠어요. 말을 몰고 가다가 아기를 떨어뜨리면 어떡해요? 혹시 아기를 담아 갈 바구니 같은 게 있을까요?"

"글쎄다. 이 집에 뭐 쓸 만한 게 있어야지. 게다가 민은 제임스 못지않게 아무 생각이 없었거든. 저쪽 서랍에 아기 옷이 좀 있으니까 같이 가져가도록 해."

릴라는 옷을 꺼냈다. 값싸고 초라해 보였지만 가난한 어머니가 정성껏 준비한 옷이었다. 이제 아기를 어떻게 데려갈 것이냐는 절박한 문제가 남아 있었다.

'아, 어머니만 계셨어도 금세 해결되었을 텐데. 아니면 수전 아주머니라도!'

릴라는 마음 졸이며 주위를 두리번거리다가 조리대 뒤쪽에서 큼지막한 수프 그릇을 발견했다.

"저기에 아이를 눕혀서 데려가도 될까요?"

"글쎄다. 내 건 아니지만, 가져가도 괜찮지 않을까? 되도록 깨뜨리지는 마라. 나중에 제임스가 그 일로 난리를 피울지도 모르니까. 별로 좋은 놈은 아니지만, 아무튼 제임스는 반드시 살아서 돌아올 거야. 저 오래된 수프 그릇은 제임스가 영국에서 가져온 건데, 예전부터 집에 있었던 거라고 하더군. 제임스와 민은 한 번도 쓰지 않았어. 거기에 담아둘 만큼 수프를 많이 만든 적이 없었으니까. 하지만 제임스는 저 그릇을 아주 귀하게 여겼지. 제임스도 꽤나 까다로운 편이었지만 접시에 담을 음식이 없다는 점은 별로 신경 쓰지 않았어."

릴라 블라이드는 난생처음 아기의 몸에 손을 댔다. 아기를 들어 올려서 담요로 감싸는 동안 떨어뜨리면 어쩌나, 그래서 아기 몸이 유리처럼 깨지면 어쩌나 걱정되어 온몸이 떨렸다. 그렇게 릴라는 아기를 수프 그릇에 간신히 눕혔다.

"숨이 막히진 않겠죠?"

릴라가 걱정스럽게 물었지만 코노버 부인은 태평했다.

"그럴 일은 없을 것 같은데."

겁에 질린 릴라는 아기 얼굴 언저리 쪽 담요를 조금 느슨하게 풀었다. 아기는 울음을 멈추더니 커다랗고 검은 눈을 깜빡거리며 릴라를 바라보았다. 작고 못생긴 아이였다.

코노버 부인이 주의를 주었다.

"아기 얼굴에 바람이 닿지 않도록 하는 게 좋아. 그러면 숨을 못 쉴 테니까."

릴라는 너덜너덜한 이불로 수프 그릇을 감쌌다.

"제가 마차에 타면 아기를 제게 건네주시겠어요?"

부인은 끙, 앓는 소리를 하며 일어섰다.

"그렇게 하고말고."

앤더슨 씨의 집으로 마차를 몰고 올 때만 해도 릴라는 아기를 싫어했다. 그런데 지금은 아기가 담겨 있는 수프 그릇을 무릎에 얹고 이 집을 떠나게 되었다.

잉글사이드로 가는 길은 참 멀게 느껴졌다. 이대로 영영 도착할 수 없을 것 같다는 생각도 들었다. 수프 그릇에서는 기분 나쁠 만큼 아무런 소리도 나지 않았다. 아기가 울지 않아 다행이라고 안도하면서도 한편으로는 가끔씩 응애 하고 울어서 살아 있다는 기적을 내주길 바랐다.

'혹시 아기가 숨을 못 쉬고 있는 거라면 어쩌지?'

하지만 릴라는 담요를 들춰볼 엄두조차 내지 못했다. 그랬다가 허리케인이라도 몰아닥쳐서 아기가 숨을 못 쉴 것 같아 덜컥 겁이 났기 때문이다. 아무리 끔찍한 일이 벌어진다 해도 이대로 쭉 가야 했다. 잉글사이드에 도착한 뒤에야 릴라는 비로소 안도의 한숨을 크게 내쉬었다.

릴라는 수프 그릇을 들고 부엌으로 가서는 탁자에 떡하니 내려놓았다. 그릇 안을 들여다본 수전은 태어나서 처음으로 말문이 막혀 눈동자만 이리저리 굴렸다.

블라이드 선생이 부엌으로 들어와서 릴라에게 물었다.

"도대체 어찌 된 일이냐?"

릴라가 자초지종을 털어놓은 뒤 이렇게 쐐기를 박았다.

"어쩔 수 없었어요, 아버지. 아기를 도저히 거기에 내버려두고 올 수는 없었으니까요."

블라이드 선생이 차갑게 물었다.

"앞으로 이 아이를 어떻게 할 생각이니?"

무턱대고 일을 저지른지라 아무런 대책이 없었던 릴라는 예상치 못했던 질문에 당황해서 말을 더듬었다.

"우리가, 우리가 얼마 동안 데리고 있으면 되잖아요. 상황이 정리될 때까지요. 그래도 괜찮죠?"

블라이드 선생은 잠시 동안 부엌을 서성거렸고, 아기는 수프 그릇 안쪽의 하얀 면을 물끄러미 쳐다보고 있었다. 수전은 비로소 정신을 차린 듯했다.

이윽고 블라이드 선생이 릴라 쪽으로 돌아섰다.

"릴라, 집에 갓난아이가 있으면 가족들이 더 힘들어지고 이런저런 문제도 많이 생길 수밖에 없어. 낸과 다이는 다음 주면 레드먼드로 갈 거고, 어머니나 수전은 가뜩이나 지금도 눈코 뜰 새 없이 바쁜데 다른 일까지 떠넘길 순 없다. 아기를 데리고 있으려면 네가 직접 돌봐줘야 해."

릴라는 당황한 나머지 문법에도 어긋나는 말로 반문했다.

"저를요? 저기 아버지, 저는, 저는, 그런 것 못 해요."

"너보다 어린 여자아이들도 아기를 돌보고 있어. 궁금한 점이 있으면 나하고 수전에게 물어봐라. 네가 못 하겠다면 이 아기는 코노버 부인에게 돌려보내야 해. 그러면 오래 살지 못할 거다. 병약한 아이라 특별히 보살펴줘야 하는데, 그럴 여력이 없을 테니까. 고아원에 보낸다 해도 살아남는다는 보장은 없지. 하지만 네 어머니와 수전을 더 힘들게 할 순 없다."

블라이드 선생은 엄한 표정을 지으며 단호하게 부엌을 나섰다. 이 커다란 수프 그릇 속 작은 존재가 결국에는 잉글사이드에 남을 것이라는 사실을 잘 알고 있었지만 릴라가 이런 난관을 어떻게 헤쳐 나가는지 지켜보고 싶었던 것이다.

릴라는 한동안 멍하니 아기를 바라보며 앉아 있었다.

'이 아이를 내가 돌봐야 한다니, 말도 안 돼!'

하지만 아기를 걱정하며 세상을 떠난 어머니와 끔찍한 메그

코노버 부인을 생각해보면, 자기가 어떤 선택을 해야 할지 답은 이미 나와 있었다.

릴라가 애절한 얼굴로 물었다.

"수전 아주머니, 갓난아이에게는 뭘 해줘야 해요?"

"몸을 따뜻하고 해주고 피부가 늘 보송보송하게 유지되도록 살펴봐야 해. 날마다 목욕시키는 것도 잊어서는 안 되지. 두 시간마다 우유를 줘야 하는데, 온도를 잘 맞춰야 해. 너무 뜨거운 것도, 너무 차가운 것도 아기에게 해롭거든. 배탈이 났을 때는 배를 따뜻하게 해줘야 빨리 나을 수 있지."

수전답지 않게 무심하고 심드렁한 말투였다.

잠시 후 아기가 울자 릴라가 허둥대며 말했다.

"배고파서 우는 모양이야. 뭘 좀 먹여야겠어. 수전 아주머니, 뭘 만들면 되는지 가르쳐주세요. 그러면 제가 만들어볼게요."

릴라는 수전이 일러주는 대로 우유와 물을 준비했고 아버지의 진료실에서 젖병을 가져왔다. 그런 다음 아기를 들어 가슴에 안고 우유를 먹였다. 이윽고 아기가 잠들자 릴라는 자기가 어렸을 때 썼던 요람을 다락방에서 찾아와 거기에 아기를 눕혔다. 수프 그릇은 식료품 저장실에 가져다놓았다. 모든 일을 마친 릴라는 가만히 앉아서 생각에 잠겼다.

아기가 잠에서 깨자 릴라는 수전에게 가서 말했다.

"제가 할 수 있는 일은 다 해볼 생각이에요. 저 가엾은 아기를 코노버 부인에게 돌려보낼 순 없잖아요. 그러니까 목욕시키는 법이랑 옷 입히는 법을 가르쳐주세요."

릴라는 수전이 지켜보는 앞에서 아기를 목욕시켰다. 수전은 이것저것 알려주기만 할 뿐 직접 팔을 걷어붙이고 나서지는 않았다. 거실에 있던 블라이드 선생이 언제 들이닥칠지 몰랐기 때문이다. 수전은 그가 일단 단호하게 말하면 그대로 따라야 한다는 것을 경험으로 알고 있었다. 릴라는 이를 악물고 일을 해나갔다. 그러면서 갓난아이는 왜 이렇게 주름투성이고 온몸이 구부러져 있는지 궁금해졌다. 붙잡을 만한 곳도 없어 보였다. 이러다가 물에 빠뜨릴까 봐 걱정되기도 했다.

'아기가 왜 이렇게 바둥대지? 제발 그만 좀 울었으면 좋겠어. 작은 몸에서 어쩜 이렇게 큰 소리가 나는 걸까?'

아기의 날카로운 울음소리가 지하실에서 다락방까지 잉글사이드를 가득 메웠다. 릴라가 쩔쩔매면서 물었다.

"수전 아주머니, 나 때문에 아기가 아파하는 걸까요?"

"아니야, 릴라. 갓난아이는 원래 목욕을 싫어해. 넌 처음치고는 잘하고 있단다. 아기 등을 꼭 손으로 받치고 무엇을 하든 침착하게 하려무나."

하지만 침착하게 하라는 당부가 전혀 귀에 들어오지 않았다. 릴라는 땀을 뻘뻘 흘렸다. 마치 온몸의 모든 구멍에서 땀방울이 솟아나는 것 같았다. 가까스로 목욕을 끝내고 나서 물기를 닦고 옷을 입힌 뒤 우유를 또 한 병 먹이자 아기는 비로소 얌전해졌다. 릴라는 맥이 탁 풀리면서 기운이 빠졌다.

"오늘 밤에는 뭘 해야 하죠?"

낮에 아기를 돌보는 것만으로도 녹초가 되었는데, 밤에까지 시달린다면 도저히 배겨낼 수 없을 것 같았다.

"요람을 침대 옆 의자에 놓아두고 이불을 잘 덮어두렴. 밤에 한두 번 정도 우유를 먹여야 하니까 석유난로를 2층에 가져다 두는 게 좋을 거야. 도저히 못 하겠으면 날 불러도 돼. 선생님이 뭐라고 하시든 내가 도와줄 테니까."

"만약 아기가 울면 어떡해요?"

하지만 걱정과 달리 아기는 울지 않았다. 아마도 양껏 먹고 기분이 좋아져서 그랬을 것이다. 아기는 거의 깨지 않고 잘 잤지만 릴라는 밤을 꼬박 샜다. 깜빡 잠들었다가 아기에게 무슨 일이라도 생길까 봐 걱정되었기 때문이다. 수전을 부르지 않겠다고 굳게 결심한 릴라는 새벽 3시에 혼자 우유를 준비했다. 어쩌다가 이렇게 곤란한 상황에 처했는지, 꿈을 꾸는 것만 같았다. 지금은 독일군이 파리 근처까지 와 있건 말건 아무 상관없었다. 아예 파리로 쳐들어갔다 해도 개의치 않았을 것이다. 신경이 온통 아기에게 쏠려 있었기 때문이다. 단지 아기가 자다가 울거나 사레들려서 심하게 기침을 하거나, 숨을 못 쉬거나 경련을 일으키지 않기를 바랄 뿐이었다.

'아기들은 자다가 놀라서 몸을 부들부들 떨기도 한다던데, 오늘 그러면 어쩌지? 그럴 땐 어떻게 해야 하는지 수전 아주머니에게 물어봤어야 했는데….'

아버지가 아기 때문에 어머니와 수전이 힘들어질까 봐 염려했다는 사실이 씁쓸하게 느껴지면서 서운한 마음도 들었다.

'아버진 정말 너무하셔. 어머니와 수전 아주머니는 그렇게 걱정하면서, 내가 한숨도 못 자는 건 괜찮으신가 보지?'

하지만 이제 와서 물러설 수는 없었다. 릴라는 자기가 죽는 한이 있어도 이 못생긴 아기를 잘 돌보겠다고 마음먹었다.

'아기를 어떻게 키워야 하는지 책을 보면서 알아가면 돼. 두고 봐. 아버지한테 물어보러 가는 일은 절대 없을 테니까. 어머니를 귀찮게 하지도 않을 거야. 누구의 도움도 받지 않겠어! 내힘으로 해낼 거야. 정말 어쩔 수 없을 때만 수전 아주머니한테부탁하면 되지, 뭐.'

이틀 뒤 돌아온 블라이드 부인은 릴라가 어디 있는지 물었다가 수전의 태연한 대답을 듣고 기절할 만큼 놀랐다.

"지금 2층에서 아기를 재우고 있어요, 사모님."

8장

—

릴라의 중대한 선택

개인이건 가족이건 누구나 새로운 상황을 마주하면 차차 거기에 익숙해지고 결국에는 의심 없이 받아들이게 마련이다. 일주일쯤 지나자 잉글사이드 가족은 앤더슨네 아기와 함께하는 일상에 익숙해졌다. 마치 이 집에서 태어난 아기 같았다. 처음 사흘 동안은 밤을 새우다시피 했던 릴라도 이제는 편히 잠들었다가 제시간에 일어나 아기를 돌볼 수 있게 되었다. 목욕시키고, 우유를 먹이고, 옷을 갈아입히는 등 처음에는 서툴러서 허둥지둥했던 일도 자꾸 하다 보니 손에 익었다. 그렇다고 해서 전보다 아기가 좋아졌거나 아기 돌보는 일이 즐거웠던 것은 아니었다. 릴라는 작은 도마뱀을 대하듯 조심조심 아기를 다루었다. 그러면서도 자기에게 맡겨진 일을 충실히 해냈기 때문에 아기는 마을에서 손꼽힐 만큼 깨끗했고 충분한 보살핌을 받았다. 릴라는 날마다 아기의 몸무게를 재서 그 결과를 일기장에 적어놓기까지 했다. 그러면서도 가끔씩 '왜 불친절한 운명의 손이 그날 앤더슨 씨 집으로 이끌었을까!' 하며 한탄했다.

셜리, 낸, 다이는 걱정했던 것만큼 릴라를 놀려대지는 않았다. 다들 릴라가 전쟁고아를 데려왔다는 사실에 충격을 받은 듯했다. 어쩌면 아버지에게 미리 무슨 말을 들었을 수도 있다. 물론 월터는 애당초 릴라를 놀리지 않았고, 도리어 정말 훌륭한 일을 했다고 칭찬했다.

"몰려드는 독일군을 상대하는 것보다 몸무게가 3킬로그램인 갓난아이를 돌보는 게 훨씬 더 용기 있는 일이야. 릴라, 마이 릴라. 난 네 용기의 절반이라도 갖고 싶어."

월터에게 칭찬을 듣자 릴라는 내심 자랑스러웠다. 그럼에도 그날 밤 일기장에 우울한 글을 적었다.

내가 이 아기를 조금만 더 좋아했으면 좋겠다. 그러면 모든 일을 한결 수월하게 할 수 있을 것 같다. 사람들은 아기를 돌보다 보면 정든다고 하던데, 내게는 해당하지 않는 말인가 보다. 여전히 아기는 내게 성가신 존재요 방해물에 지나지 않으니까. 하루빨리 청소년 적십자단을 시작해야 하는데 이 아기 때문에 꼼짝할 수도 없지 않은가? 어젯밤에 앨리스 클로가 열었던 파티에도 갈 수 없었다. 정말 가고 싶었는데 도저히 엄두가 나지 않았다. 물론 아버지는 꽉 막힌 분이 아니라서 미리 말씀드리면 저녁에 한두 시간 정도는 외출할 수 있다. 하지만 수전 아주머니나 어머니에게 아이를 맡기고 한밤중까지 집을 비우는 건 어림없는 일이다.

차라리 잘됐다! 아기가 새벽 1시쯤에 배앓이 같은 걸 했는데 만약 내가 그 자리에 없었다면 얼마나 난처했을까? 발차기를 하거나 몸을 뻗대지 않는 걸 보면 화가 나서 우는 건 아닌 듯했다. 모건이 쓴 육아책을 읽어서 그런 것쯤은 알고 있다. 배가 고픈 것도 아니고 옷에 꽂힌 핀에 찔려 아픈 것도 아니라면, 대체 왜 얼굴이 새빨개질 때까지 울어댄 걸까? 물을 끓이고 따뜻한 물주머니를 만들어 아기 배에 댔더니 도리어 가냘픈 다리를 움츠리면서 더 크게 악을 썼다. 혹시 화상을 입은 건 아닌가 싶어 마음이 철렁했지만 몸을 살펴봤을 때 다행히 그런 흔적은 없었다. 결국 아기를 안고 방 안을 이리저리 돌아다녔다. 모건이 절대 하면 안 된다고 신신당부한 방법이었지만 달리 뾰족한 수가 없었다. 아마 몇 킬로미터는 걸었을 것이다. 점점 기운이 빠지고 마음은 허탈해지면서 한편으로 화가 났다. 그렇다, 정말화가 났다! 조금 더 큰 아이였더라면 몸을 붙잡고 마구 흔들어댔을 것이다. 하지만 아기에게 그렇게 할 수는 없었다. 아버지는 환자를 진찰하러 가셨고 어머니는 두통 때문에 쉬고 계셨다. 수전 아주머니는 요즘 나를 곱지 않은 눈으로 바라보고 있는지라 도움을 청하기도 어려웠다. 아주머니가 알려준 방법이 모건의 책에 나온 내용과 다를 때마다 나는 모건의 손을 들어주었기 때문이다.

내가 쩔쩔매고 있을 때 올리버 선생님이 내 방으로 들어왔다. 아기를 데려온 뒤로 선생님은 낸의 방에서 지낸다.

얼마나 속상한지 모른다. 잠들기 전에 선생님과 함께 누워 도란도란 이야기를 나누던 시간이 그립다. 그때가 선생님을 독차지할 수 있는 유일한 순간이었는데….

혹시 아기 울음소리 때문에 깼을까 봐 마음이 무거웠다. 가뜩이나 걱정거리가 많은 선생님을 더 괴롭게 만든 것 같았기 때문이다. 요즘 선생님은 겉으로는 의연해 보이지만 속으로는 무척 힘들어한다. 약혼자인 그랜트 씨가 발카르티에의 훈련소로 떠났기 때문이다. 선생님은 약혼자와 영영 이별할 거라고 믿는 듯하다. 선생님의 눈을 보면 나도 마음이 찢어질 것만 같다. 이런 게 진정한 비극 아닐까?

선생님은 울음소리를 듣고 일어난 게 아니라 독일군이 파리 바로 앞까지 들이닥친 것 때문에 걱정되어 잠을 이루지 못했다고 했다. 그러고는 아기를 받아 안아서 무릎에 엎어놓고 등을 두세 번 부드럽게 토닥였다. 그러자 신기하게도 그 작은 악마는 울음을 그치고 눈을 스르르 감더니 밤새도록 순한 양처럼 새근새근 잤다. 하지만 나는 너무 지쳐서 도리어 잠이 오지 않았다.

나는 요즘 청소년 적십자단을 조직하는 일로 정신없이 지냈다. 베티 미드를 단장으로 앉히고 내가 서기를 맡는 것까지는 성공했지만, 한 가지는 내 뜻대로 되지 않았다. 내가 싫어하는 젠 비커스가 회계로 임명된 것이다. 젠은 자기가 아는 똑똑하고 예쁘고 유명한 사람들을 거론할 때 성은 빼고 이름만 부른다. 그것도 그 사람들이 없는 자리에서 그렇게 한다. 게다가 간사하고 겉과 속이 다르다.

우나는 이 문제에 대해서 별다른 불만이 없었다. 우나는 어떤 일을 맡겨도 묵묵히 해낸다. 직책 같은 것에는 아예 신경도 쓰지 않는다. 어쩜 그렇게 천사 같을까? 나와는 영 딴판이다. 물론 내게도 우나처럼 천사 같은 면이 있긴 하지만 솔직히 악마같이 굴 때가 더 많다.

난 월터와 우나가 사귀었으면 좋겠다. 하지만 월터는 우나를 단지 친구로 여기는 것 같다. 언젠가 우나를 월계화에 비유한 적이 있었는데, 그리 대단한 의미가 담긴 말은 아니었다. 그렇기는 해도 우나에게 딱 어울리는 표현이라고 생각한다. 그리고 우나는 다른 사람에게 잘 휘둘린다. 너무 착해서 좀처럼 거절을 못 하기 때문이다. 하지만 나 릴라 블라이드는 다른 사람에게 이용당하지 않을 것이다!

내 예상이 딱 들어맞았다. 올리브는 모임 때 식사를 준비하자고 제안했다. 그래서 우리는 그 문제로 격론을 벌였다. 많은 사람들이 식사 준비를 반대한 터라 찬성 쪽에 섰던 몇 명은 입이 삐쭉 나와 있다. 그중 한 명인 아이린 하워드가 그날 이후 내게 어쩌나 차갑게 대하던지, 지금도 그 아이를 볼 때마다 마음이 영 불편하다.

어머니와 엘리엇 아주머니도 적십자 부인회에서 이런저런 문제로 고생하는 건 아닐까? 그럴 가능성이 크다. 하지만 갑작스러운 사태가 닥친다 해도 두 분은 침착하게 모임을 진행할 것이다. 나도 딴에는 열심히 하고 있지만, 무슨 일이 벌어졌을 때 침착하게 대처하지는 못한다. 그래서 화를 내기도 하고 때로는 울기도 한다. 하지만 남들 앞에서는 내색하지 않고 이렇게 일기장에만 분노를 쏟아내고 있다. 모든 일을 마치면 내 일기장을 사람들에게 보여줄 생각이다. 난 좀처럼 삐치는 법이 없다. 그래서인지 작은 일에도 샐쭉 토라지는 사람을 참 싫어한다. 어쨌든 우리는 청소년 적십자단을 조직했고 앞으로 일주일에 한 번씩 모여서 뜨개질을 배우기로 했다.

셜리와 나는 역에 가서 먼데이를 집으로 데려오려고 했다. 하지만 먼데이는 말을 듣지 않았다. 다른 가족이 시도했을 때도 마찬가지였다. 젬이 떠난 지 사흘 뒤에 월터가 먼데이를 억지로 마차에 태워 집으로 데려와서는 사흘 동안 가두어놓았다. 그러자 먼데이는 단식투쟁에 돌입했고 밤낮으로 밴시*처럼 울어댔다. 어쩔 수 없이 우리는 먼데이를 내보냈다. 아마 그대로 두었으면 굶어 죽었을 것이다.

우리는 먼데이를 내버려두기로 결정했고, 아버지가 역 근처 정육점에 가서 먼데이에게 뼈와 고기 찌꺼기를 먹여달라고 부탁했다. 우리 중 한 명은 거의 매일 역으로 가서 먼데이에게 먹을 것을 주었다. 평소 먼데이는 화물 창고에 웅크린 채 앉아 있다가 기차가 들어올 때마다 승강장으로 달려가서 기대에 찬 눈빛으로 꼬리를 흔들며 기차에서 내린 사람들 사이를 이리저리 뛰어다닌다. 그러다 기차가 떠나면 젬이 오지 않았다는 사실을 알아채고 풀이 죽은 채 슬

• 아일랜드와 스코틀랜드의 전설에 등장하는 요정으로 울음을 통해 가족의 죽음을 예고한다.

금슬금 창고로 돌아가서는 끈기 있게 다음 기차를 기다린다. 역장인 그레이 아저씨는 먼데이가 너무 가엾어서 눈물이 날 때도 있다고 말했다. 어느 날 남자아이들 몇 명이 먼데이에게 돌을 던졌는데, 이제껏 모든 일에 무관심하다고 알려진 조니 미드 할아버지가 정육점에서 고기 써는 칼을 움켜쥐고 아이들을 마을 끝까지 쫓아갔다. 그 뒤로 아무도 먼데이를 괴롭히지 못했다.

케네스 포드가 토론토로 돌아가기 이틀 전에 작별 인사를 하러 왔다. 그때 나는 집에 없었다. 로즈메리 아주머니가 아기 옷 만드는 걸 도와주겠다고 해서 목사관에 가 있었기 때문이다. 그런 건 아무래도 괜찮다. 도리어 난 그가 남긴 말을 전해 듣고 충격에 휩싸였다.

"낸, '거미'한테 작별 인사를 대신 해줄래? 그리고 아기 엄마 노릇을 하느라 날 잊어서는 절대 안 된다는 말도 꼭 전해줘."

거미라니! 이런 경박하고 모욕적인 말을 남긴 걸 보면 그날 모래톱에서 보낸 아름다운 시간은 그에게 아무런 의미가 없었다는 것이 확실했다. 나도 앞으로 두 번 다시 그를 생각하지 않을 것이다.

목사관에 와 있던 프레드 아널드가 나를 집까지 바래다주었다. 프레드는 감리교회에 새로 부임한 목사님의 아들로, 착하고 똑똑하다. 코만 빼면 인물도 훤칠한 편이다. 하지만 코 모양은 정말 흉했다. 일상적인 대화를 나눌 때는 아무런 문제가 없었지만, 시나 이상을 이야기할 때는 대화

주제와 코 모양이 전혀 어울리지 않아서 하마터면 큰 소리로 웃을 뻔했다. 세상은 참 불공평한 것 같다. 만약 케네스처럼 잘생긴 사람이 프레드처럼 완벽하게 말했다면, 황홀해하며 이야기에 푹 빠져들었을 것이다. 땅을 보면서 프레드의 말을 들을 때는 나도 모르게 넋이 나가곤 한다. 하지만 눈을 들어 그의 코를 쳐다보는 순간 마법이 풀린다. 프레드도 입대하고 싶어 하지만 아직 열일곱 살이라 자격이 없다. 둘이서 나란히 마을을 걷고 있을 때 엘리엇 아주머니를 만났다. 내가 독일 황제와 같이 걷고 있었다 해도 그토록 끔찍하게 바라보지는 않았을 것이다. 엘리엇 아주머니는 감리교회 자체를 싫어할 뿐만 아니라 그곳에서 하는 일이라면 눈에 쌍심지를 켠다. 아버지의 말마따나 그런 게 바로 '강박관념'이겠지?

9월 1일이 되자 잉글사이드와 목사관은 횅뎅그렁해졌다. 페이스, 낸, 다이, 월터는 레드먼드 대학으로 갔고 칼은 항구 어귀의 학교로, 셜리는 퀸스 전문학교로 떠났다. 릴라만 잉글사이드에 남았다. 아기를 돌보면서 청소년 적십자단 활동을 하느라 눈코 뜰 새 없이 바쁘지만 않았어도 릴라는 무척 외로워했을 것이다. 무엇보다 릴라는 월터가 몹시 그리웠다. 무지개 골짜기에서 이야기를 나눈 뒤로 두 사람은 각별한 사이가 되었고, 특히 릴라는 다른 사람에게 한 번도 말하지 않았던 문제까지 월터에게 털어놓았다. 때로는 잠자리에서 눈물을 흘리기도 했다. 월터가 곁에 없어서, 젬이 어떻게 지내는지 걱정되어서, 케네스의 낭만적이지 않은 작별 인사가 떠올라서 감정이 북받친 것이다. 하지만 너무 피곤한 나머지 대부분은 실컷 울기도 전에 까무룩 잠이 들었다.

아기를 잉글사이드로 데려온 지 두 주가 지난 어느 날 블라이드 선생이 릴라에게 물었다.

"호프타운 고아원에다 아기를 보낸다고 연락할까?"

순간 릴라는 "네" 하며 고개를 끄덕일 뻔했다. 고아원에서는 당연히 아기를 잘 돌봐줄 것이다. 나는 다시 자유를 되찾고 밤에도 마음껏 나다닐 수 있다. 하지만 릴라는 어떤 생각이 머릿속에서 떠나지 않았다.

'하지만 저 아이의 가엾은 어머니는 자식이 고아원에 가는 걸 원하지 않았잖아!'

게다가 바로 그날 아침에 재봤더니 아기는 잉글사이드로 온 뒤 체중이 200그램이나 늘어 있었다. 릴라는 어찌나 자랑스러웠던지 몸에 소름이 돋았다.

"이 아기는 호프타운에 가면 살아남지 못할 수도 있다고 아버지가 전에 말씀하셨잖아요."

"그럴 수도 있지. 고아원에서는 아무리 잘 보살핀다 해도 한계가 있으니까. 약한 아기들까지 세심하게 돌봐주지는 못할 거야. 하지만 그 아기를 이 집에 계속 둔다는 게 무슨 뜻인지는 너도 알고 있지, 릴라?"

릴라가 소리쳤다.

"저는 지난 두 주일 동안 아기를 돌봐왔어요. 체중도 200그램이나 늘었다고요! 어쨌든 아기 아버지한테 무슨 소식이 올 때까지는 기다려보는 게 좋겠어요. 아기를 고아원에 보내고 싶어 하지 않을 수도 있잖아요. 조국을 위해 싸우는 동안 그런 일이 벌어진다면 무척 슬플 거예요."

블라이드 부부는 릴라의 눈을 피해서 미소를 주고받았다. 둘 다 무척 만족스러운 얼굴이었다. 그리고 호프타운 이야기를 다시는 꺼내지 않았다.

블라이드 선생의 얼굴에서 불현듯 미소가 사라졌다. 독일군 은 파리에서 30킬로미터 떨어진 곳까지 밀고 들어갔다. 벨기에 에서 벌어진 끔찍한 일들이 신문에 실리기 시작했다. 잉글사이 드의 어른들은 긴장 속에서 생활하고 있었다.

거트루드 올리버는 메러디스 부인에게 말을 건네면서 짐짓 웃어보려고 했지만 마음대로 되지 않았다

"우린 전쟁 소식에 너무 열중하고 있는 것 같아요. 지도를 살 펴보면서 훈족을 무찌를 전략을 세웠잖아요. 하지만 파파 조프 르°는 우리의 조언을 들을 수 없어요. 그러니 파리는 어쩔 수 없 이 함락될 거예요."

존 메러디스 목사가 중얼거렸다.

"놈들이 파리까지 갈 거라고 보시는군요. 하지만 결국에는 전 능하신 분의 손이 전쟁에 개입하지 않을까요?"

거트루드 올리버가 말을 이었다.

"요즘 저는 학교에서 아이들을 가르칠 때도 꿈을 꾸고 있는

• 제1차 세계대전이 발발했을 때부터 1916년 말까지 프랑스군 총사령관을 역임 한 조제프 조프르(1852-1931)를 가리킨다.

것 같아요. 집에 돌아오면 방에 틀어박혀서 한참을 서성대곤 하죠. 낸의 방 깔개에 길이 나 있을 정도라니까요. 전쟁은 무서운 속도로 우리에게 다가오고 있어요."

"독일 놈들이 상리스까지 왔어요. 이제 그 누구도, 그 무엇으로도 파리를 구할 수 없을 거예요."

소피아가 흐느꼈다. 그녀는 요즘 신문을 열심히 읽다 보니 프랑스 북부의 지리에 대해서는 빠삭하게 꿰고 있었다. 지명을 부정확하게 발음하는 건 차치한다 하더라도, 학교에 다닐 때보다 일흔한 살인 지금 배운 것이 훨씬 많았다.

수전이 고집스레 말했다.

"저는 전능하신 분이나 키치너에게 서운한 감정은 없어요. 듣자 하니 미국에서는 베른슈토르프*인지 뭔지 하는 사람이 이 전쟁은 이미 독일의 승리로 끝났다고 떠들어댄다더군요. 구레나룻 달덩이도 같은 말을 하면서 들떠 있대요. 하지만 저는 두 사람에게 꼭 해주고 싶은 말이 있어요. '부화하기 전에 닭이 몇 마리인지 세는 건 위험한 일이고, 곰은 가죽이 팔린 뒤에도 살아남는다**'라고요."

소피아가 고집스럽게 말했다.

"영국 해군은 왜 제대로 싸우지 못하는 걸까요?"

"소피아, 아무리 영국 해군이라고 해도 육지에서 항해할 수는

---

* 1908년부터 1917년까지 주미 대사를 지낸 독일 정치인 요한 하인리히 그라프 폰 베른슈토르프(1862-1939)를 가리킨다.
** 일이 일어나기 전에 성급히 예단하지 말라는 관용어로, "김칫국부터 마신다"라는 속담과 일맥상통한다.

없잖아. 난 앞으로도 희망을 버리지 않을 거야. 이거야 원. 토마슈프니 모바게*니 하는 야만스러운 이름만 잔뜩 나오잖아. 사모님, 그런데 R-h-e-i-m-s는 뭐라고 읽어야 하죠? 라임스, 림스, 레임스, 렘스 중에 어떤 거예요?"

"제 생각에는 '랭스' 같아요, 수전."

수전이 신음했다.

"아, 프랑스어 발음은 정말 어려워요."

소피아가 다시 한숨을 쉬었다.

"독일군이 그곳의 교회를 무너뜨렸다는 말이 있던데요. 예전에 저는 독일 사람들도 그리스도인이라고 생각했어요."

수전이 우울한 얼굴로 말했다.

"벨기에서 그놈들이 한 짓은 그것보다 훨씬 악랄해요. 그놈들이 갓난아이를 총검으로 찔렀다는 기사를 선생님이 읽어주셨잖아요. 저는 그 내용을 들으며 이렇게 생각했어요, 사모님. '아, 그 아기가 우리 꼬마 젬이었으면 어땠을까?'라고 말이에요. 수프를 젓다가도 문득 이 펄펄 끓는 냄비를 들어서 독일 황제에게 그대로 부어버리고 싶어졌어요. 그러면 속이 시원해지면서 보람을 느낄 수 있을 거예요."

거트루드 올리버가 입술을 떨며 말했다.

"내일, 내일이면 독일군이 파리로 들어가겠죠?"

올리버는 주위 사람이 고통을 겪을 때 함께 괴로워하는 사람이었다. 전쟁에 대한 개인적인 이해관계를 떠나 그녀는 루뱅을

---

* 　토마슈프(Tomascow)와 모바게(Mobbage)는 폴란드의 지명이다.

불태우고 랭스를 파괴한 무뢰배들의 손에 파리가 넘어가버린다는 생각을 하면서 너무나 괴로워했다.

그런데 다음 날과 그다음 날 '마른강의 기적'* 소식이 전해졌다. 릴라는 빨간 제목이 커다랗게 인쇄된 『엔터프라이즈』를 흔들며 우체국에서 집까지 달려왔다. 수전은 문 밖으로 뛰쳐나가 손을 덜덜 떨면서 국기를 게양했다. 블라이드 선생은 서성거리며 "하느님, 감사합니다"라고 중얼거렸다. 블라이드 부인은 울다가 웃었다가 또다시 울었다.

그날 저녁 메러디스 목사가 말했다.

"'네가 여기까지 오고 더 넘어가지 못하리니'**라는 말씀을 보세요. 하느님께서 손을 내밀어 그들을 막으신 것입니다."

릴라는 2층에서 노래를 부르며 아기를 재우고 있었다. 파리는 무사했다. 독일군은 패배했다. 머지않아 전쟁이 끝나고 젬과 제리도 돌아올 것이다. 어느덧 먹구름이 사라져버렸다.

릴라가 아기에게 말했다.

"이렇게 즐거운 밤에 배앓이를 하면 안 돼. 그러면 널 다시 수프 그릇에 집어넣어 호프타운으로 보내버릴 거야. 그것도 내일 아침 첫차로 말이야. 아가야, 넌 눈이 어쩜 그렇게 예쁘니? 피부도 예전처럼 시뻘겋거나 쭈글쭈글하지 않고…. 하지만 넌 아직 가느다란 배냇머리뿐이구나. 손은 작은 새의 발톱 같고.

- 1914년 9월 파리 동쪽의 마른강 부근에서 프랑스군이 자기 영토 북부에 쳐들어온 독일군을 물리친 싸움이다.
- 구약성경의 욥기 38장 11절에 나온 표현

그런데 오해하지는 마. 내가 전보다 널 좋아하는 건 아니야. 다만 네가 코노버 부인네 집에서 조금씩 죽어가는 대신 모건식 육아법이 허락하는 가장 진한 우유를 먹으며 안락한 바구니에 누워 있게 되었다는 사실을 네 가엾은 어머니가 알아주셨으면 좋겠어. 물론 처음으로 수전 아주머니 없이 나 혼자 널 목욕시켰던 날 물속에 떨어뜨려 하마터면 익사시킬 뻔했다는 건 모르셨으면 좋겠고. 넌 왜 그렇게 미끄러운 거니? 난 널 좋아하지도 않고 앞으로도 그럴 거지만, 그래도 널 예의 바르고 정직한 아이로 키울 거야. 예컨대 넌 자존심 있는 아이답게 살도 오르게 될 거고. 어제 적십자 부인회에서 드루 할머니가 말했던 것처럼 '릴라 블라이드, 네 아기는 왜 그렇게 삐쩍 말랐냐' 같은 소리는 듣지 않도록 만들어주겠어. 내가 널 사랑하지는 않더라도."

9장

박사의 운수 나쁜 날

"겉뜨기 네 코, 안뜨기 한 코…."

릴라는 이렇게 중얼거리면서 한쪽 발로 요람을 흔들었다. 모 건식 육아법에서는 아기를 요람에 눕히지 말라고 했지만 릴라는 지금 원칙을 어기고 있었다. 요람을 쓰는 게 좋다고 수전이 주장했기 때문이다. 수전의 비위를 맞추고 도움을 얻을 수만 있 다면, 이 정도쯤이야 얼마든지 타협할 수 있었다.

그때 옆에서 블라이드 선생이 탄식했다.

"이러면 내년 봄에도 전쟁이 끝나지 않는다는 말인데…."

엔강 유역에서 벌어진 전투가 교착 상태에 빠지자 걱정이 이 만저만 아니었던 것이다. 아버지의 말을 들은 릴라는 뜨갯거리 를 잠시 내려놓으며 "아, 그렇게 오랫동안 어떻게 견디지?"라고 중얼거렸다. 하지만 곧 양말을 다시 집어 들고 뜨개질을 계속

했다. 아마도 두 달 전이었다면 곧장 무지개 골짜기로 달려가서 실컷 울었을 것이다.

올리버는 한숨을 쉬었고 블라이드 부인은 두 손을 꼭 쥐었다. 이윽고 수전이 씩씩하게 말했다.

"자, 우리 마음 단단히 먹고 열심히 일하자고요. '평소처럼 행동하라!' 이게 영국인들의 좌우명이라면서요? 사모님, 저도 그 문구를 좌우명으로 삼았어요. 그보다 좋은 말은 없을 것 같으니까요. 전에는 토요일에나 먹던 푸딩을 오늘 만들 생각이에요. 손이 꽤나 많이 가지만 그래서 더 좋아요. 오롯이 그 일에만 집중할 수 있으니까요. 저는 키치너가 지휘봉을 잡아서 다행이라고 생각해요. 조프르도 프랑스 사람치고는 아주 잘하고 있죠.

저는 꼬마 젬에게 저 케이크 상자를 보내주고 양말도 한 켤레 완성할 생각이에요. 하루에 한 켤레씩 뜨는 게 고작이네요. 항구 어귀의 앨버트 미드 할머니는 하루에 한 켤레 반을 뜬다고 하던데, 그분은 종일 그 일만 하면 되잖아요. 사모님도 잘 아시죠? 그 할머니는 몇 년 동안 누워서 이런저런 걱정으로 안달복달해왔어요. 아무짝에도 쓸모없고 폐만 끼치면서 목숨만 부지하고 있다며 우는소리를 했죠. 그러더니 이젠 자기도 할 수 있는 일을 찾았다면서 기운을 차리고 일어났어요. 지금은 밤낮으로 군인들을 위해 뜨개질을 하고 있잖아요.

제 사촌 소피아도 요즘 열심히 뜨개질을 해요. 정말 다행이죠. 손을 가슴에 대고 있는 대신 바늘을 쥐고 부지런히 움직이다 보면 우울한 생각은 쏙 들어갈 테니까요. 소피아는 내년 이맘때 우리가 독일의 지배를 받을 거라고 하더군요. 하지만 날 독일인으로 만들려면 1년 넘게 걸릴 거라고 대꾸해줬어요.

릭 매캘리스터가 입대한 거 아세요, 사모님? 사람들 말로는 조 밀그레이브도 가고 싶어 한대요. 하지만 그랬다가 구레나룻 달덩이가 자기에게 딸을 주지 않을까 봐 망설이고 있다더군요.

구레나룻 달덩이는 자기 눈으로 직접 보기 전에는 독일의 만행을 믿지 못하겠다고 했어요. 다만 랭스대성당을 파괴한 건 잘한 일이라고 하더군요. 로마가톨릭교회의 예배당이니까요. 하지만 전 그렇게 생각하지 않아요. 가톨릭 신자들도 우리처럼 자기 교회에 대한 권리를 가지고 있잖아요. 독일군이 그것을 함부로 파괴하는 건 옳지 않다고 봐요. 그렇지 않나요? 아, 물론 제가 로마가톨릭교회를 편드는 건 아니에요. 전 어엿한 장로교 신자로 태어나 자랐고, 죽을 때까지 신앙을 지킬 테니까요."

수전은 비통한 얼굴로 이야기를 끝맺었다.

"하지만 독일의 포탄이 우리 교회의 첨탑을 무너뜨린다고 생각해보세요. 랭스대성당이 산산조각 난 것에 비길 수 없을 만큼 괴로울 거예요."

한편, 그 시간에도 세계 곳곳에서는 부자와 가난뱅이, 신분이 높은 사람과 미천한 사람, 살갗이 흰 사람과 검은 사람 할 것 없이 수많은 젊은이가 피리 부는 사나이의 뒤를 따르고 있었다.

블라이드 부인이 말했다.

"빌리 앤드루스의 아이들도 전쟁터로 간다고 하네요. 제인의 외아들도, 다이애나의 아들 잭도요. 일본에 있던 프리실라의 아들도, 밴쿠버에 있던 스텔라의 아들도 입대하겠다면서 돌아왔어요. 조 목사님의 두 아들도 갔대요. 필리파에게서 편지가 왔는데, 아무리 만류해도 아랑곳하지 않고 떠나버렸다네요."

블라이드 선생이 아내에게 편지를 건네며 말했다.

"젬이 곧 전쟁터로 갈 것 같아. 명령이 떨어지면 몇 시간 안에 출발해야 해서 집에 들를 수는 없을 거라더군."

수전이 화를 냈다.

"그건 말도 안 돼요. 정말 너무하네요. 생때같은 아이를 마지막으로 보여주지도 않고 유럽으로 끌고 가겠다니! 샘 휴즈 경*은 우리 기분 따위 전혀 고려하지 않나 보죠? 제가 선생님이라면 이 일이 얼마나 부당한지 써서 신문사에 보낼 거예요."

블라이드 부인이 실망한 얼굴로 말했다.

"어쩌면 잘된 일일지도 몰라요. 아이를 만났다가 다시 헤어진다면 도저히 견딜 수 없을 테니까요. 전황도 젬을 보낼 때와는 달라졌잖아요. 전쟁이 쉽게 끝나지 않는다는 것을 알면서 젬을 보면 더더욱 마음 아플 거예요. 혹시라도…. 아니에요. 그런 말은 안 할래요. 나도 수전과 릴라를 본받아서…."

블라이드 부인이 애써 웃으며 말을 맺었다.

"영웅처럼 행동하기로 결심했으니까요."

블라이드 선생이 말했다.

"대단한 사람들이야. 난 우리 집 여자들이 정말 자랑스러워. 특히 '들의 백합화' 같은 릴라는 적십자 활동을 활발히 하면서 캐나다의 미래를 위해 어린 생명을 보살피고 있잖아. 앤의 딸 릴라, 난 네가 정말 기특하구나. 그런데 네가 돌보는 아이에게

---

* 제1차 세계대전 당시 캐나다 민병대 장관

어떤 이름을 지어줄 생각이니?"

릴라가 대답했다.

"전 제임스 앤더슨 씨의 소식을 기다리고 있어요. 자기 아이 이름은 직접 짓고 싶지 않을까요?"

하지만 가을이 깊도록 제임스 앤더슨에게서는 아무런 소식이 없었다. 그는 집을 떠난 뒤로 한 번도 편지를 보내지 않았다. 아내와 아이가 어떻게 되든 상관없는 모양이었다. 더는 기다릴 수 없다고 판단한 릴라는 아기에게 '제임스'라는 이름을 붙여주기로 했다. 그러자 수전은 거기에 '키치너'를 덧붙여야 한다고 제안했다. 이렇게 해서 제임스 키치너 앤더슨은 자기 처지에 비해 거창한 이름을 갖게 되었다. 잉글사이드 가족은 아기를 '짐스'라고 줄여서 불렀지만 수전은 막무가내로 '꼬마 키치너'라고 불렀으며 다른 이름은 입에 담지 않았다. 그러면서 못마땅한 얼굴로 블라이드 부인에게 말했다.

"사모님, 짐스는 기독교인 아이에게 어울리는 이름이 아니에요. 소피아도 그 이름이 너무 경박하다고 했어요. 난생처음 분별 있게 말한 거죠. 물론 소피아가 우쭐거릴까 봐 그 말에 맞장구치지는 않았지만요. 아무튼 꼬마 키치너는 이제야 꼴이 아이다워졌네요. 릴라가 그동안 잘 돌본 건 인정해야 해요. 물론 릴라가 자만할까 봐 그런 말은 입 밖에 내지도 않았지만요. 사모님, 저는 꾀죄죄한 플란넬 천에 싸인 아기가 커다란 수프 그릇에 누워 있는 모습을 절대, 절대 잊지 못할 거예요. 이 수전 베이커가 깜짝 놀라는 경우는 아주 드물지만, 그때만큼은 혼비백산했어요. 제가 헛것을 본 건 아닌지 볼을 꼬집어볼 정도였다니까요. 그러다가 이런 생각이 들었죠. '지금껏 수프 그릇에서 헛것을 봤다는 사람이 없으니, 이건 현실이 분명해!' 그제야 비로소 정신을 차린 거예요. 선생님은 릴라더러 아기를 돌봐야 한다고 말씀하셨는데, 전 그걸 농담으로 여겼어요. 릴라가 그런 일을 할 수 있을 것 같진 않았으니까요. 그런데 지금 무슨 일이 일어났는지 보셨잖아요. 릴라는 성인 여자 못지않게 자기 몫을 톡톡히 했어요. 사람은 마음만 먹으면 뭐든지 할 수 있나 봐요."

수전이 대화를 마무리하며 제시했던 명제는 10월 어느 날 오후에 벌어진 소동으로 다시금 증명되었다. 이날 블라이드 부부는 집을 비웠고 릴라는 2층에서 짐스를 재우며 '겉뜨기 네 코 안뜨기 한 코'를 반복하고 있었다. 수전과 소피아는 뒤쪽 베란다에 앉아 콩깍지를 까고 있었다. 글렌세인트메리 마을은 평화롭고 고요했다. 하늘에는 은빛 구름이 햇빛을 받아 반짝거렸고, 무지개 골짜기에는 부드러운 자줏빛 가을 안개가 피어났다. 단풍나무 숲은 형형색색으로 불타는 덤불 같았으며 부엌 뒤뜰의 해당화 산울타리는 경이로운 색조로 물들었다. 세상 어딘가에서 전쟁이 일어났다는 사실을 실감할 수 없을 만큼 아름다운 광경이었다. 전날 밤까지 대함대가 젬이 속한 캐나다의 첫 번째 군대를 태우고 대서양을 가로지르는 모습이 떠올라 좀처럼 잠을 이루지 못했던 수전은 오랜만에 마음의 짐을 내려놓고 편안하게 있었다. 소피아도 화창한 날씨 덕분인지 평소보다는 덜 우울해 보였고, 이날따라 불평을 늘어놓는 횟수도 줄었다. 하지만 불길한 말은 빼먹지 않았다.

"지금은 폭풍 전야라서 잠시 화창할 뿐, 좋은 날씨가 오래 이어지진 않을 거야. 머지않아 무시무시한 비바람이 여기까지 몰아닥칠 거라고."

그녀의 주장을 증명하듯 갑자기 두 사람 뒤쪽이 소란스러워졌다. 부엌에서 와장창 그릇 깨지는 소리, 무언가가 쿵 하고 떨어지는 소리, 이리저리 부딪치며 덜거덕거리는 소리가 들려온 것이다. 게다가 숨 막힐 듯한 비명과 울부짖는 소리도 이어졌다. 수전과 소피아는 깜짝 놀라 서로를 쳐다보았다.

"세상에! 대체 무슨 일이야?"

소피아가 숨을 헐떡이며 묻자 수전이 중얼거렸다.

"아, 저 하이드 씨 같은 고양이 녀석이 완전히 미쳐버린 모양이군. 내 진즉부터 그럴 줄 알았지."

릴라가 거실 옆문으로 뛰어나오면서 물었다.

"무슨 일이에요?"

수전이 대답했다.

"나도 잘은 모르겠다만, 정신 나간 고양이가 사고를 친 건 분명해. 어쨌든 가까이 가지는 마라. 내가 문을 열고 들여다볼 테니까. 어휴, 깜짝이야. 그릇을 또 깨뜨리고 있잖아. 저 녀석에게는 악마가 들려 있다고 내가 누누이 말했건만…."

소피아가 심각하게 말했다.

"틀림없이 광견병에 걸린 거야. 그 병에 걸린 고양이가 세 사람에게 달려들어서 물어뜯었다는 이야기를 들은 적 있어. 그들 모두 시커멓게 변해서 죽고 말았지."

하지만 수전은 겁내지 않고 문을 열어 안을 들여다보았다. 바닥에는 사금파리가 어지럽게 널려 있었다. 수전이 반짝반짝 닦아서 기다란 조리대 위에 올려두었던 요리용 그릇들의 파편이었다. 무언가 엄청난 일이 벌어진 게 틀림없었다.

연어 통조림통을 머리에 쓴 고양이가 비명과 욕설을 섞은 듯한 울음소리를 내며 부엌 안을 마구 뛰어다니고 있었다. 앞을 볼 수 없었던 녀석은 앞발로 통조림통을 잡아 뽑으려고 애쓰다가 뜻대로 되지 않자 막무가내로 날뛰며 난동을 부렸다. 이 모습을 본 릴라가 자지러지게 웃었다. 그러자 수전은 나무라듯 릴라를 쳐다보았다.

"웃을 일이 아니란다. 너희 어머니가 결혼하실 때 초록지붕집에서 가지고 온 커다란 파란색 믹싱 볼을 저 녀석이 깨뜨렸잖니. 그건 보통 일이 아니라고. 일단 하이드 씨의 머리에서 통조림통을 빼내야 할 텐데, 어떻게 하면 좋을까?"

소피아가 외쳤다.

"함부로 만지면 안 돼. 그러다 죽으면 어떡하려고 그래? 부엌문을 꼭 닫고 앨버트를 부르는 게 좋겠어."

수전이 의기양양하게 말했다.

"난 집안일로 앨버트를 부른 적 없어. 내가 저 녀석을 싫어하긴 하지만, 그렇다고 한 생명체가 괴로워하는 걸 보고만 있을 수는 없지. 릴라, 너는 저쪽으로 가서 꼬마 키치너를 잘 돌보고 있으렴. 여기 일은 내가 어떻게든 수습해볼 테니까."

용감하게 부엌으로 들어간 수전은 블라이드 선생의 낡은 비옷을 집어 들고 고양이에게 다가갔다. 그러고는 어느 정도 거리가 가까워지자 비옷을 펼쳐서 고양이에게 덮어씌웠다. 하지만 고양이는 수전이 무엇을 하려는지도 모르고 몸부림치며 빠져나갔다. 몇 번의 실패를 거듭하다가 수전은 마침내 고양이를 붙잡았다. 그런 다음 릴라가 고양이를 꼭 붙들고 있는 동안 깡통 따개로 통조림통을 땄다. 그러는 동안에도 박사가 어찌나 끔찍한 비명을 질러대던지, 수전은 가슴이 덜컥 내려앉았다.

'앨버트 크로퍼드 가족이 이 소리를 들으면 내가 고양이를 학대한다고 오해할지도 몰라.'

얼마 뒤 자유의 몸이 된 박사는 화가 난 듯 길길이 날뛰었다. 마치 누군가 자기를 괴롭힐 생각으로 이런 일을 꾸몄다고 여기는 듯했다. 감사하기는커녕 수전을 날카로운 눈으로 쏘아보던 박사는 부엌을 뛰쳐나와 해당화가 무성하게 핀 산울타리 쪽으로 도망가더니 부루퉁한 얼굴로 온종일 그곳에 머물러 있었다. 화가 머리끝까지 난 수전은 깨진 접시를 쓸어 담으며 씁쓸하게 말했다.

"훈족이 왔다 해도 이렇게 난리를 피우진 않았을 거야. 내가 그렇게나 경고했는데도 저렇게 악마 같은 동물을 키우는 사람이라면 결혼할 때 가져온 그릇이 깨졌다 해도 아무런 불평을 못하겠지? 고작 몇 분 자리를 비웠다고 해서 악마 같은 고양이가 들어와 연어 통조림에 머리를 집어넣고 난동을 부리다니, 참 난감한 일이야."

10장

릴라의 고민

어느덧 10월이 작별 인사를 건넸고 11월과 12월의 우울한 날들
도 느릿느릿 지나갔다. 세계는 편을 지어 싸우는 소리로 요란했
다. 안트베르펜*이 함락되었으며 오스만튀르크도 선전포고를
하고 전쟁의 소용돌이에 뛰어들었다. 작지만 용감한 나라 세르
비아가 압제자에게 치명적인 일격을 가했다. 전쟁터에서 수천
킬로미터나 떨어져 있고 언덕으로 둘러싸여 고요하기만 한 글
렌세인트메리 마을에도 날마다 긴박한 소식이 전해졌다. 희망
을 주는 내용도 있었지만 때로는 간담이 서늘해질 이야기가 날
아든 탓에 마을 사람들은 늘 가슴을 졸이고 있었다.

　올리버가 말했다.

---

* 　벨기에 서북부의 도시

"몇 달 전만 해도 우린 글렌세인트메리 마을의 관점으로 생각하고 일상적인 이야기를 나눴죠. 그런데 이제는 군사전략과 외교정책에 대해서 왈가왈부하고 있네요."

하루에 한 번씩 큰 행사가 있었다. 우편물 도착 시간이었다. 우편배달부의 마차가 덜컹거리며 역과 마을 사이의 작은 다리를 건널 때부터 신문이 집에 도착하기 전까지는 다들 일손을 놓을 수밖에 없었다. 충직한 수전조차 마찬가지였다.

"그럴 때면 신문이 오기 전까지 뜨개질을 하는 수밖에 없어요. 심장이 두방망이질하고 속이 더부룩해지면서 머리가 혼란스러울 때도 뜨개질만은 할 수 있으니까요. 그러다가 신문이 도착해서 기사 제목을 보고 나면 좋은 소식이든 나쁜 소식이든 간에 마음이 차분해지면서 다시 일할 수 있게 돼요. 점심 준비로 한창 바쁠 때 우편물이 오면 얼마나 곤란한지 몰라요. 이런 건 정부가 알아서 조정해줄 법도 한데 말이죠. 아무튼 독일군은 칼레*를 차지하지 못했으니 올해도 독일 황제는 런던에서 크리스마스 만찬을 먹을 수 없겠네요. 그리고 사모님."

수전은 충격적인 소식이라도 전하려는 듯 목소리를 낮췄다.

"아널드 목사님이 매주 샬럿타운의 튀르크식 목욕탕에 간대요. 믿을 만한 사람에게 들었어요. 안 그러면 목사님에 관한 이야기를 제가 함부로 떠벌릴 수 있겠어요? 류머티즘을 치료하려고 그런다더군요. 그래도 그렇지, 우리가 오스만튀르크와 싸우고 있는데 그런 짓을 한다는 게 말이 되나요? 그 교회 집사 한

---

* 프랑스 북부, 도버 해협에 면한 항구 도시

명이 아널드 목사님의 신학은 의심스럽다고 비판했다더니, 그런 말을 들어도 싸네요. 아무튼 전 오늘 오후도 힘을 내서 젬에게 보내줄 과자를 구워야겠어요. 우리 소중한 아이가 진흙탕에 빠져 죽지 않는 한 과자를 맛있게 먹을 수 있겠죠."

젬은 솔즈베리평원*의 훈련소에 있었고 진흙탕에 뒹굴면서도 유쾌한 내용의 편지를 집으로 보냈다. 하지만 레드먼드 대학에 다니는 월터가 릴라에게 보낸 편지는 늘 우울했다. 편지가 올 때마다 릴라는 월터가 입대하겠다는 소식이 적혀 있을까 봐 마음을 졸이곤 했다. 월터가 우울해하면 릴라도 기분이 축 가라앉았다. 릴라는 요전 날 무지개 골짜기에서 그랬던 것처럼 월터를 감싸 안으며 위로하고 싶었다. 그리고 월터를 불행하게 만드는 사람들이 죄다 미웠다.

어느 날 오후 릴라는 무지개 골짜기에 홀로 앉아 월터의 편지를 읽으며 슬픈 얼굴로 중얼거렸다.

"언젠가는 월터도 떠나겠지. 그럼 난 견딜 수 없을 거야."

어느 날 월터는 누군가에게 편지를 받았다고 했다.

누군가 내게 보낸 편지를 뜯어봤더니 봉투 속에 하얀 깃털이 들어 있었어. 나더러 겁쟁이라고 욕하는 것이겠지. 난 그런 대접을 받아 마땅하다고 봐. 그 깃털을 가슴에 달고 싶은 심정이야. 그러면 레드먼드의 모든 학생이 내가 겁쟁

* 영국 잉글랜드 남부, 솔즈베리의 북쪽에 펼쳐진 평원으로 선사시대에는 여러 문화가 접촉한 지점이었으며, 신석기시대 거석기념물로 유명하다.

이라는 사실을 알 수 있잖아. 우리 학년 남학생들은 하루에도 두세 명씩 입대하고 있어. 어떤 날에는 나도 가겠다고 마음먹었지. 하지만 그때마다 적군을 총검으로 찌르는 내 모습이 떠오르는 거야. 그들은 다 누군가의 남편이거나 연인 혹은 아들일 텐데, 어린아이의 아버지일 수도 있고…. 때로는 상처투성이인 채 이슬이 차갑게 내린 들판에 누워 목이 말라 몸부림치는 내 모습이 보여. 주위에는 이미 죽었거나 죽어가는 사람들뿐이지. 그러면 모처럼 생겼던 용기도 금세 사라지곤 해. 생각만 해도 끔찍한 상황을 실제로 대면할 자신이 없어. 세상에 태어난 걸 원망할 때도 많아. 전에는 인생이 늘 아름다웠는데, 지금은 끔찍하기만 해.

릴라, 마이 릴라. 너의 사랑스럽고, 밝고, 즐겁고, 우습고, 익살맞으면서 믿음직한 편지가 없었더라면, 난 모든 걸 포기해버렸을지도 몰라. 우나의 편지도 내게 큰 힘을 주고 있어. 우나는 마음씨가 곱고 듬직한 아이야. 수줍고 사려 깊고 천진난만하면서도 그 속에 숭고하고 단호한 면이 있어서 가끔씩 깜짝 놀라곤 해. 너처럼 재미있게 글을 쓰는 재주는 없지만, 우나의 편지에는 말로 표현하기 어려운 무언가가 담겨 있어. 적어도 그 편지를 읽는 동안에는 기꺼이 전쟁터로 갈 수 있을 것 같거든. 물론 나더러 입대하라고 한 적도, 그런 암시를 보낸 적도 없어. 우나는 그런 사람이 아니니까. 편지에 담긴 건 아마도 그 아이의 정신, 즉 성품일 거야. 아무튼 난 입대할 수 없어. 그러니까 네게는 겁쟁이 오빠가, 우나에게는 겁쟁이 친구가 있는 셈이지.

릴라는 편지를 접으며 한숨을 쉬었다.

"아, 월터가 이런 생각을 하지 않았으면 좋겠어. 마음이 너무 아파. 월터는 겁쟁이가 아니야. 절대, 절대로 아니라고!"

릴라는 아쉬운 듯 주위를 둘러보았다. 숲속의 작은 골짜기와 그 너머로 외롭게 펼쳐진 잿빛 휴경지가 눈에 들어왔다. 무엇을 보아도 월터가 떠올랐다. 시냇물이 굽이쳐 흐르는 곳에 핀 해당화에는 불그스름한 나뭇잎이 아직 매달려 있었고, 나무줄기에는 조금 전에 내린 비가 진주처럼 박혀 있었다. 언젠가 월터는 이 광경을 시로 묘사한 적이 있었다. 바람은 서리를 맞아 갈색으로 바랜 고사리 사이에서 바스락거리다가 구슬프게 한숨 쉬며 시냇물을 따라갔다. 월터는 11월 어느 날에 부는 구슬픈 가을바람을 사랑한다고 말한 적이 있었다. 나이 지긋한 연인의 나무는 여전히 서로를 감싸 안은 채로 그 자리에 서 있었고, 어느덧 크게 자란 흰옷 입은 귀부인은 회색빛 벨벳 같은 하늘을 등지고 우뚝 서 있었다. 둘 다 월터가 오래전에 이름을 지어준 나무들이다. 월터는 작년 11월에 릴라, 올리버와 함께 이곳을 걷다가 잎이 다 떨어진 흰옷 입은 귀부인에 은빛 초승달이 걸려 있는 모습을 보면서 이렇게 말했다.

"흰 자작나무는 어여쁜 이교도 아가씨 같아. 벌거벗고 있어도 부끄럽지 않은 에덴동산의 비밀을 간직한 여인이지."

"월터, 그 느낌을 시로 써보겠니?"

올리버가 말하자 월터는 다음 날 두 사람에게 자작시를 읊어주었다. 비록 짧지만 구절마다 도깨비같이 천진한 상상력이 담겨 있었다. 그때까지만 해도 일상이 무척 행복했다.

릴라는 이윽고 자리에서 일어섰다.

"벌써 시간이 이렇게 됐네. 조금 있으면 짐스가 깰 거야. 얼른 점심을 준비하고 턱받이도 다려야겠어. 오늘 밤에는 청소년 적십자단 모임에 참석해야 해. 새 뜨개질 가방도 완성해야겠다. 아이린 하워드의 가방보다 훨씬 멋지게 만들어야지."

요즘 릴라는 아침부터 저녁까지 바쁘게 지냈다. 특히 짐스라는 장난꾸러기와 붙어 있는 시간이 많았다. 덕분에 짐스는 한눈에 봐도 알아볼 수 있을 만큼 부쩍 자랐다. 볼품없던 생김새도 확연히 나아졌다. 막연한 바람이 아니라 실제로 그랬고, 릴라도 그 사실을 자주 실감했다. 엉덩이를 때려주고 싶을 때도 있었지만 릴라는 짐스가 무척 자랑스러웠다. 하지만 짐스에게 입맞춤한 적은 한 번도 없었고 그러고 싶지도 않았다.

"독일군이 오늘 우치*를 점령했어요."

올리버가 블라이드 부인과 수전에게 말했다. 세 사람은 아늑한 거실에서 바느질이며 뜨개질을 하고 있었다. 올리버는 자조적인 웃음을 지으며 말을 이었다.

"전쟁이 계속되는 동안 지리 지식이 쌓여가네요. 제가 학교 선생이라고는 하지만 3개월 전만 해도 세상에 우치라는 곳이 있는 줄은 몰랐으니까요. 혹여 그런 지명을 들었다 해도 아무런 관심이 없었을 거예요. 지금은 위치나 면적을 비롯해 군사적인 의미까지 빠삭하게 알고 있죠. 어제 독일군이 바르샤바로 재진격해서 우치를 무너뜨렸다는 소식을 듣고 가슴이 철렁 내려앉

---

* 폴란드 중부의 공업 도시로 수도인 바르샤바 근교에 있다.

앉어요. 자다가 눈을 떴을 때도 온통 그 걱정뿐이었죠. 아기가 밤에 깼을 때 왜 우는지 이해할 수 있을 것 같아요. 그때는 모든 게 마음을 짓누르면서 희망 같은 건 보이지 않으니까요."

뜨개질하면서 책까지 읽고 있던 수전이 말했다.

"밤중에 깼다가 다시 잠을 이루지 못할 때 저는 독일 황제를 고문하면서 시간을 보내요. 어젯밤에는 전쟁으로 고통받는 벨기에 아이들을 생각하면서 그놈을 펄펄 끓는 기름에 던져버렸죠. 그러니까 조금은 후련하더라고요."

올리버가 웃으며 말했다.

"만약 독일 황제가 이 자리에서 어깨 통증을 호소한다면, 아주머니는 제일 먼저 달려가서 약을 발라줄 것 같은데요."

올리버가 웃으며 농담을 건네자 수전은 마음이 상했다. 그래서 퉁명스레 쏘아붙였다.

"내가요? 어림도 없어요! 약이 아니라 석유를 들이부어야죠. 물집이 생겨도 거들떠보지 않을 거라고요. 고작 어깨가 아프다니, 나 참. 그 인간은 온몸이 아파도 싸요."

블라이드 선생이 엄숙한 얼굴로 말했다.

"수전, 원수를 사랑하라는 성경 말씀도 있잖아요."

"네, 우리 원수라면 그렇게 할 수도 있겠죠. 하지만 조지왕*의 원수는 달라요, 선생님."

수전은 블라이드 선생의 말을 보기 좋게 받아친 자신이 너무나 대견해서 안경을 닦으며 미소까지 지었다. 수전은 전쟁 소식

---

* 당시 영국 왕이었던 조지 5세(1865-1936)를 말한다.

을 읽기 위해 얼마 전부터 안경을 쓰기 시작했다. 덕분에 중요한 소식을 하나도 놓치지 않았다.

"올리버, M-l-a-w-a와 B-z-u-r-a를 어떻게 발음하는지 알려줄래요? P-r-z-e-m-y-s-l˚도요."

"마지막 건 아직 아무도 풀지 못한 수수께끼네요. 다른 것도 짐작만 할 수 있을 뿐이죠."

수전이 넌더리를 냈다.

"외국의 지역 이름은 왜 이렇게 해괴망측한지 모르겠어요."

올리버가 말했다.

"오스트리아인이나 러시아인들도 서스캐처원이며 머스쿼도보이트 같은 캐나다 지명을 발음하기 힘들 거예요. 참, 요즘 세르비아군의 활약이 눈부시더군요. 베오그라드를 점령했대요."

"그것뿐만이 아니에요. 오스트리아 놈들을 괴롭혀서 다뉴브강 건너편으로 쫓아버렸다니까요."

수전은 유쾌하게 맞장구친 뒤 동유럽 지도를 펴고 각각의 지명을 뜨개바늘로 콕콕 찌르면서 하나하나 머릿속에 새겼다.

"세르비아에겐 희망이 없다고 얼마 전 소피아가 말하더군요. 그래서 모든 건 하느님의 손에 달렸다고 말해줬죠. 아무튼 거기서 사람들이 끔찍하게 죽은 모양이에요. 아무리 다른 나라 사람이라고 해도 그렇게 많은 남자가 죽었다고 생각하니 마음이 아팠어요, 사모님. 가뜩이나 지금도 남자가 부족하잖아요."

그때 릴라는 2층에서 일기장에 속마음을 쏟아내고 있었다.

• Mlawa(므와바), Bzura(브주라), Przemysl(프셰미실)은 모두 폴란드 지명이다.

이번 주는 수전 아주머니의 말처럼 정말 끔찍했다. 물론 내 잘못도 있겠지만, 이유야 어쨌든 비참한 기분이 드는 건 사실이다.

며칠 전에 새 겨울 모자를 사러 시내로 갔다. 그런데 함께 가서 모자를 골라주겠다고 나선 사람이 아무도 없었다. 이런 일은 처음이었다. 이제는 어머니도 나를 어린아이로 여기지 않는 모양이다.

상점에서 정말 멋지고 매력적인 모자를 발견했다. 짙은 초록색 벨벳으로 만든 모자였는데, 맞춘 것처럼 내게 잘 어울렸다. 직접 써보니 내 적갈색 머리카락과 올리버 선생님이 곧잘 말하는 '크림색 피부'가 한껏 돋보였다. 열두 살 때 썼던 모자가 꼭 이런 색이었다. 그걸 쓰고 학교에 간 날 여자아이들이 얼마나 부러워했는지 모른다. 그래서 이 모자를 보자마자 꼭 사야겠다는 생각이 들었고 망설임 없이 지갑을 열었다. 값은 무척 비쌌다. 얼마인지는 여기 쓰지 않을 것이다. 모두가 근검절약하며 살고 있는 전시에, 내가 모자 하나를 사느라 큰돈을 썼다는 사실을 후손에게 알리고 싶지 않으니까.

집으로 돌아오자마자 내 방에서 모자를 다시 써보았다. 그런데 왠지 불안한 마음이 들었다. 내게 잘 어울리기는 했지만 너무 요란했다. 이걸 쓰고 교회에 가거나 마을을 돌아다닌다면 사람들의 눈에 띌 게 뻔했다. 상점에서 살펴볼 때는 몰랐는데 내 작고 하얀 방에서는 객관적으로 볼 수 있었다. 더군다나 어마어마하게 비싼 가격과 지금 이 시간에도 굶주림에 시달릴 벨기에 사람들을 생각하니 마음이 불편했다. 어머니는 모자와 가격표를 보더니 아무 말 없이 나를 물끄러미 쳐다보셨다. 어머니는 이런 식으로 사람을 쳐다보는 데 도가 트신 분이다. 아버지 말로는 오래전 에이번리 학교에서 어머니가 자기를 지그시 쏘아보았다고 한다. 말만 들어도 어떤 상황인지 눈에 훤하다. 그래서 사랑에 빠졌다니, 우스울 따름이다. 또 두 분이 서로 알게 될 무렵에 어머니가 석판으로 아버지의 머리를 내리쳤다는 이야기도 들었다. 어머니는 어렸을 때 꽤나 말괄량이였던 모양이다. 잼을 배웅할 때도 어머니는 씩씩하기만 했다. 어쨌든 이제 내 모자 이야기로 돌아가자. 날 가만히 바라보던 어머니가 드디어 말을 건넸다.

"릴라, 많은 사람이 힘겹게 살아가고 있는데 이처럼 비싼 모자를 사는 게 과연 옳은 일일까?"

나는 순간 분해서 소리쳤다.

"제 용돈으로 산 거잖아요!"

"지금 그 이야기를 하는 게 아니야. 용돈은 네게 필요한 것 하나하나를 고려해서 적절하게 정해놓은 거야. 한 가지에 돈을 너무 많이 쓰면 다른 것에는 쓸 수 없을 테고, 그러면 어디선가 문제가 생길 수밖에 없단다. 하지만 릴라, 네 판단이 옳았다고 생각한다면 더는 뭐라고 하지 않을게. 네 양심에 맡겨야겠지."

어머니가 이런 일을 내 양심에 맡긴다고 말하지 않았으면 좋겠다! 아무튼 난 어떻게 해야 할지 고민에 빠졌다. 모

자를 돈으로 무를 수도 없었다. 이걸 쓰고 시내 음악회에
갔으니까. 그냥 가지고 있자니 속상하고 화가 났다. 한편으
로는 마음이 차갑게 식고 침착해졌다.

나는 조금 건방진 말투로 이야기했다.

"제 모자가 마음에 안 드시나 봐요."

"그런 게 아니야. 물론 어린 아가씨가 쓰기에는 어울리
지 않는 것 같다만, 그런 건 중요하지 않아. 난 모자의 가격
에 대해서 이야기하고 있는 거란다."

어머니가 말허리를 잘랐기 때문에 나는 더 짜증이 났다.
그래서 어머니의 말은 아예 못 들었다는 듯이 아까보다도
더 차갑고 침착하게 말을 이었다.

"이젠 모자를 무를 수도 없잖아요. 앞으로 3년 동안은
다른 모자를 사지 않겠다고 약속할게요. 혹시나 전쟁이 그
보다 길어져도 마찬가지예요. 그러면 어머니도…."

이때 내가 얼마나 배배 꼰 말투로 이야기했는지 모른다.

"제가 3년 동안 그 모자를 쓰고 다닌다면 돈을 너무 많
이 들였다고 말할 순 없을 거예요."

"아마 3년도 안 돼서 그 모자에 싫증 날걸?"

어머니가 웃으며 말했다. 하지만 나는 그 웃음이 거슬렸
다. 마치 "나는 상관하지 않을 테니 어디 한번 잘해보렴"이
라는 뜻으로 느껴졌기 때문이다.

"두고 보세요. 싫증이 나건 안 나건 저는 그때까지 이 모
자를 쓸 거니까요."

이렇게 말한 다음 씩씩거리며 2층으로 올라갔다. 하지만

곧바로 어머니에게 버릇없이 빈정댔던 일이 떠올라서 한참 동안 울었다.

이런 일을 겪고 나니까 벌써 내 모자가 싫어졌다. 하지만 앞으로 3년 동안, 혹은 전쟁이 끝날 때까지 이 모자를 써야 한다. 한번 뱉은 말을 돌이킬 순 없지 않은가. 어떤 대가를 치르더라도 맹세는 지켜야 한다.

이게 바로 앞에서 말했던 끔찍한 일 중 하나다. 다른 하나는 아이린 하워드와 싸운 일이다. 아니, 아이린이 내게 싸움을 걸어왔다. 음, 정확하게 말하자면 둘이 서로 싸웠다고 해야 할 것 같다.

어제 우리 집에서 청소년 적십자단 모임이 있었다. 2시 30분에 모이기로 했는데 아이린은 한 시간 전에 왔다. 여기와 글렌세인트메리 마을 위쪽을 오가는 마차 편이 있어서 일찍 도착했다고 했다. 아이린은 모임 때 먹을 것을 준비하느냐 마느냐를 가지고 논쟁한 다음부터 나를 부루퉁하게 대했다. 게다가 자기가 단장이 되지 못해서 화가 난 눈치였다. 하지만 난 모든 일을 순조롭게 진행하는 게 목표였기 때문에 그런 사소한 문제는 신경 쓰지 않고 있었다. 다행히 아이린은 예전처럼 착하고 상냥하게 굴었다. 그래서 난 아이린과 다시 가깝게 지낼 수 있을 거로 기대했다.

하지만 우리가 자리에 앉자마자 아이린은 날 또 화나게 만들었다. 그 아이는 내가 뜨개질하고 있는 가방을 슬쩍 쳐다보았다. 다들 아이린이 질투가 심하다고 누누이 말해줬지만 난 그 말을 믿지 않았다. 하지만 지금은 내가 사람을 잘못 보았을지도 모르겠다고 생각한다.

아이린이 우리 집에 오자마자 짐스에게 달려들었다. 아이린은 아기를 무척 좋아하는 척 호들갑을 떨며 요람에서 짐스를 안아 올리더니 얼굴 전체에 입맞춤을 했다. 그렇게 하는 걸 내가 얼마나 싫어하는지 알면서…. 무엇보다 그런 행동은 아이의 위생에 좋지 않다.

짐스가 칭얼거리기 시작했다. 순전히 아이린 때문이다. 하지만 아이린은 어색하게 미소를 띠며 이렇게 말했다.

"어머, 릴라. 왜 그런 눈으로 쳐다보니? 내가 이 아기에게 독이라도 먹일 것 같아?"

말투만 상냥했을 뿐 말 속에 뼈가 있었다. 나는 급하게 손을 내저으며 둘러댔다.

"말도 안 돼, 아이린. 다만 모건식 육아법에 따르면 아기한테 입맞춤해도 좋은 곳은 이마뿐이래. 다른 곳에 뽀뽀했다가는 자칫 세균을 옮길 수도 있다는 거야. 그래서 나는 짐스를 돌볼 때 그 규칙을 지키고 있어."

나는 한 마디 한 마디 다정하게 말하려고 애썼다. 하지만 아이린은 짐짓 애처로운 표정을 지으며 물었다.

"어머나, 넌 나를 세균투성이라고 생각하는 거야?"

일부러 내 속을 긁는 게 분명했다. 짜증이 부글부글 끓어올랐지만 겉으로 티는 내지 않았다. 저 아이와 싸우지 않기로 마음먹었으니까.

내가 별다른 반응을 보이지 않자 아이린은 짐스를 안아서 들까부르기 시작했다. 모건식 육아법에 따르면 이런 건 아기에게 치명적인 행동이다. 그래서 난 그 누구도 짐스의 몸을 흔들어대지 못하게 한다. 그런데 아이린은 지금 아주 위험한 짓을 하고 있었다. 게다가 짐스는 얄밉게도 벙글벙글 웃었다. 저런 얼굴은 처음 봤다. 짐스는 이 집에 온 지 녁 달이 지나는 동안 한 번도 웃은 적이 없었다. 어머니와 수전 아주머니가 짐스를 웃게 만들려고 애써봤지만 전부 허사였다. 그런데 지금 아이린의 품에서 저토록 활짝 웃고 있는 것이다! 아이린에게 고맙다고 해야 하는 건가?

웃으니까 얼굴이 달라 보이기는 했다. 두 볼에 귀여운 보조개가 생겼으며, 갈색 눈은 더 크고 명랑해 보였다. 아이린은 보조개를 보고 바보처럼 호들갑을 떨었다. 누가 보면 보조개를 만든 사람인 줄 알 것이다. 하지만 내가 아무런 관심도 없는 척하며 바느질에만 몰두하자 곧 싫증이 났는지 짐스를 다시 요람에 눕혔다. 짐스는 더 놀아달라며 울기 시작했고 그날 오후 내내 칭얼거렸다. 아이린이 짐스를 가만히 내버려두기만 했어도 그런 일은 없었을 것이다.

아이린이 짐스를 가리키며 말했다.

"애는 늘 이렇게 우니?"

아기 울음소리를 처음 듣는다는 듯한 말투였다. 나는 화를 꾹꾹 누르며 모건식 육아법에서 배운 대로 설명했다.

"날마다 어느 정도는 울어야 폐가 잘 자란대. 그래서 전혀 울지 않는 날도 일부러 20분씩은 울리고 있어."

"어머, 그래?"

아이린은 내 말을 못 믿겠다는 듯이 비웃었다. 육아책이 그 자리에 있기만 했어도 당장 해당 부분을 펼쳐서 아이린의 코를 납작하게 만들어줬을 텐데!

아이린은 아직 성에 차지 않았는지 짐스의 머리카락을 가지고 시비를 걸었다. 태어난 지 4개월이나 된 아기치고 머리숱이 너무 적은 것 아니냐며 마치 내 탓이라는 듯 나무라는 투로 말했다. 나는 머리카락이 늦게 나는 아기도 많다고 대꾸했다. 그러자 아이린은 무척 얄밉게 말했다.

"혹시 화났니? 오해하진 마. 그러라고 한 말은 아니야."

난 화내지도 않았는데 왜 그런 말을 하는 걸까? 그 뒤로도 계속 이런 식으로 빈정대기만 했다. 저 아이는 한번 심사가 뒤틀리면 이런 식으로 앙갚음한다고 친구들이 흉볼 때만 해도 난 그 말을 믿지 않았다. 그저 완벽한 아이라고 생각했었다. 하지만 아이린의 본모습을 보게 되자 마음이 아팠다. 나는 어려움에 처한 벨기에 아이가 입을 잠옷을 꿰매며 마음을 달랬다.

마침내 아이린은 지켜야 할 선을 넘고 말았다. 누구에게 들었다면서 월터의 험담을 늘어놓은 것이다. 어쩌나 비열하고 경멸스럽던지, 차마 여기에 적을 수 없다. 물론 아이린은 자기도 그 말을 들었을 때 화가 머리끝까지 났다고 했다. 하지만 그런 말을 내게 고스란히 전할 필요는 없지 않은가? 내 기분을 상하게 만들려고 일부러 그런 것이 분명했다. 도저히 참을 수 없었다.

"아이린 하워드, 너 대체 왜 그러는 거야? 사람들이 우리 오빠를 어떻게 욕하는지 내게 꼭 말해줘야 속이 시원하겠어? 절대로 용서 못 해! 너희 오빠도 입대하지 않았잖아. 군에 갈 생각조차 없으면서."

"어머, 릴라. 내가 그렇게 말한 건 아니잖아. 조지 버 아주머니가 한 말이라고. 그래서 내가 아주머니에게…."

"네가 그 아주머니한테 뭐라고 말했는지는 듣고 싶지도 않아. 그러니 다시는 내게 말도 걸지 마!"

물론 그렇게 말해서는 안 되지만 저절로 튀어나온 것을 어쩌란 말인가? 그런 일이 있고 나서 얼마 뒤에 다른 여자아이들이 도착했고, 나는 마음을 가라앉히면서 안주인 역할에 충실했다. 이후로 아이린은 올리브 커크와 딱 붙어 있더니, 모임을 마친 뒤 내게 눈길 한 번 주지 않고 가버렸다. 아이린은 내 말을 곧이곧대로 받아들인 모양이다. 그래도 난 상관없다. 월터에 대한 악의적인 거짓말을 퍼뜨리는 아이와는 친구가 되고 싶지 않으니까. 그렇다고는 해도 마음이 썩 좋지 않았다. 아이린은 좋은 친구였고 최근까지도 날 다정하게 대했다. 그런데 지금 내 눈에서 또다시 사람에 대한 환상이 벗겨진 것이다. 몹시 서글프면서 세상에 진정한 우정 따위는 없다는 생각도 들었다.

오늘 아버지가 조 미드 할아버지에게 작은 개집을 만들어달라고 했다. 화물 창고에서 지내는 먼데이의 거처였다. 날씨가 추워지면 먼데이가 집에 돌아올 거로 다들 생각했지만 그런 예상은 보기 좋게 빗나갔다. 어르고 달래봤지만 먼데이는 단 몇 분도 그 창고를 떠나려 하지 않았다. 먼데이는 거기 있으면서 모든 기차를 맞이한다. 그래서 우리는 먼데이가 편하게 지낼 수 있도록 뭐라도 해주려던 참이었다. 조 할아버지는 창고 안에 있어도 플랫폼을 볼 수 있도록 설계한 개집을 만들어주었다. 부디 먼데이가 그 안에서 겨울을 따뜻하게 나길 바란다.

그사이 먼데이는 무척 유명해졌다. 『엔터프라이즈』의 기자가 마을을 찾아와서 먼데이의 사진을 찍고, 충직하게 주인을 기다리고 있다는 사연을 취재해 기사로 썼다. 지역신문에 실린 이 이야기는 캐나다 전역으로 퍼져나갔다. 하지만 먼데이에게 그런 영예가 무슨 소용일까? 젬이 어디로 갔는지, 왜 갔는지 먼데이는 몰랐다. 그래도 먼데이는 젬이 돌아올 때까지 기다릴 것이다. 이 일로 나는 큰 위로를 받았다. 바보 같은 생각이지만, 만약 젬이 돌아오지 못한다면 먼데이가 계속 이렇게 기다리지는 않을 것이기 때문이다.

짐스는 요람에서 코를 골고 있다. 감기에 걸려서 그런 모양이다. 편도염처럼 심각한 증세가 없어서 그나마 다행이다. 아마도 아이린이 짐스에게 뽀뽀하면서 옮긴 것 같다.

짐스가 많이 컸다는 걸 느꼈다. 이제는 전처럼 날 힘들게 하지 않는다. 등뼈가 꼿꼿해졌는지 꽤 오랫동안 앉아서 논다. 전에는 목욕물에 닿기만 해도 몸을 버티며 울어대더니 이제는 맹랑한 얼굴로 물장구를 친다. 짐스를 돌보기 시작하고 나서 두 달 동안은 정말 힘들었다. 평생 잊지 못할 것 같다. 하지만 난 잘해냈고 짐스도 잘 버텨주었다. 우리는 앞으로도 잘해낼 것이다.

오늘 밤에는 옷을 갈아입히면서 짐스를 조금 간지럽혀

보았다. 육아책에 간지럽히면 안 된다는 내용은 없었으니까. 난 단지 짐스가 아이린한테 한 것처럼 내게도 웃어주는지 보고 싶었을 뿐이다. 그런데 내가 손을 대자 짐스가 웃었다. 보조개가 움푹 들어갔다. 아, 짐스의 어머니가 이 보조개를 볼 수 없다니, 얼마나 안타까운가!

오늘까지 양말을 여섯 켤레 완성했다. 처음 세 켤레는 수전 아주머니에게 뒤꿈치를 대달라고 부탁했는데, 그러고 나니까 왠지 내가 게을러 보였다. 그래서 어떻게 하는지 배웠고, 나머지 세 켤레는 직접 마무리했다. 썩 즐거운 일은 아니었지만, 8월 4일* 이후로 하기 싫은 일을 워낙 많이 해왔는데 하나를 더한다고 큰일이야 나겠는가? 젬이 솔즈베리평원의 진흙탕에서 보내준 유쾌한 편지를 생각하며 나도 앞으로 나아가기로 마음먹었다.

---

* 독일은 1914년 8월 3일 프랑스를 향해, 8월 4일에는 벨기에를 향해 선전포고를 했다. 영국도 이날 독일에 전쟁을 선포했다.

11장

빛과 어둠

크리스마스가 되자 대학에 다니던 아이들이 돌아와 잉글사이드
는 다시 떠들썩해졌다. 하지만 모두 모인 것은 아니었다. 식탁
에 처음으로 빈자리가 생겼다. 젬의 야무지게 다문 입매, 세상
에 두려울 것 하나 없어 보이는 눈동자가 떠올라서 릴라는 차마
빈 의자를 쳐다볼 수 없었다. 수전은 평소처럼 젬의 자리를 마
련해야 한다고 고집하면서 젬이 어릴 때부터 쓰던 물건 두 개를
식탁에 올려두었다. 구부러진 냅킨꽂이와 특이하게 생긴 물잔
이었다. 젬은 마릴라 할머니가 준 이 잔으로만 물을 마셨다.

"식탁에는 우리 축복받은 아이의 자리도 마련해두어야 해요.
사모님, 너무 걱정 마세요. 젬의 마음은 틀림없이 여기 있을 테
고, 내년 크리스마스에는 몸도 돌아올 테니까요. 봄에 대공세가
시작되면 전쟁은 순식간에 끝날 거예요."

다들 그렇게 생각하려고 애썼다. 하지만 아무리 즐거운 척하려고 해봐도 마음 한구석에는 그늘이 져 있었다. 월터는 휴가 내내 말을 거의 하지 않고 맥없이 앉아 있었다. 릴라는 월터가 받은 익명의 편지를 읽어봤다. 애국심에서 나온 분노라고 넘겨 버리기에는 내용이 자못 심각했다. 그저 악의에 가득 찬 분풀이에 가까웠다.

"그래도 여기 적힌 건 전부 사실이야."

몹시 화가 난 릴라는 편지를 낚아채서 불에 던졌다.

"이 편지에 사실은 한 마디도 없잖아. 오빠는 이 문제에 병적으로 집착하고 있어. 한 가지에 오랫동안 몰두하면 그렇게 된다고 올리버 선생님이 말씀하셨어."

"릴라, 레드먼드에 있다 보면 그런 생각에서 벗어날 수 없어. 학교가 전쟁 이야기로 들끓고 있거든. 징병 대상인 건강한 남자 중에서 입대하지 않은 사람은 병역기피자로 간주되어 손가락질 당하고 있어. 날 각별히 아껴주시던 영문학과 밀른 교수님도 두 아들이 군복을 입은 뒤로는 날 데면데면 대하시는걸."

"그건 너무해! 오빠는 군에 갈 만큼 건강하지 않잖아."

"아니, 몸은 건강해. 완벽하다고 할 정도야. 단지 마음이 문제라고. 그래서 내가 부끄러워하는 거야. 릴라, 울지 마. 내가 입대할까 봐 걱정하고 있는 거라면, 그럴 필요 없어. 난 가지 않을 거니까. 피리 부는 사나이의 연주가 밤낮으로 귓가에 맴돌지만, 난 그를 따라 나설 수 없어."

릴라가 흐느꼈다.

"어머니와 내 마음에 대못을 박진 않을 거지? 한 집에 한 명이면 충분하잖아."

크리스마스 연휴 내내 릴라는 무척 우울했다. 그래도 낸과 다이와 월터와 셜리 덕분에 그 시간을 잘 견뎌낼 수 있었다. 케네스 포드도 릴라에게 편지와 책을 보내주었다. 편지를 읽는 동안 릴라는 뺨이 발그레 물들고 가슴이 뛰었다. 그러나 마지막 부분에 이르자 심장이 얼어붙은 것처럼 오싹해졌다.

발목은 거의 나았어. 이제 두어 달만 있으면 입대해도 좋을 만큼 회복될 거야. 릴라, 마이 릴라. 떳떳하게 군복을 입을 수 있다고 생각하니 기분이 참 좋아. 그러면 나도 빚진 마음 없이 온 세상을 당당히 바라볼 수 있을 테니까. 다리를 절고 다닐 때는 사람들 앞에 나서기가 부담스러웠어. 모르는 사람들이 마치 '이 비겁한 병역기피자야!'라고 흉보듯 날 쳐다보거든. 이제 더는 그런 일이 없을 거야.

릴라는 겨울 오후의 햇빛을 받아 분홍빛과 차가운 금빛으로 빛나던 단풍나무 숲을 바라보며 비통한 얼굴로 말했다.

"난 이 전쟁이 싫어."

묵은해가 가고 새해 첫날이 되자 블라이드 선생이 말했다.

"1914년이 막을 내렸군. 밝게 솟아올랐던 태양은 피로 물든 채 가라앉았어. 1915년에는 어떤 일이 일어날까?"

"승리죠!"

수전이 단언했다. 이번만큼은 장광설을 늘어놓지 않고 간결하게 답했다. 그러자 올리버가 씁쓸한 말투로 물었다.

"수전, 정말 우리가 이 전쟁에서 이길 거라고 생각하세요?"

올리버는 월터와 다이와 낸이 레드먼드로 돌아가기 전에 만나려고 잉글사이드에 와 있었다. 그녀는 요즘 마음이 우울한 나머지 냉소적인 태도로 세상일의 부정적인 면만 보고 있었다.

수전이 소리쳤다.

"올리버, 난 그렇게 믿어요. 아니, '믿는' 게 아니라 '아는' 거죠. 그렇고말고요. 그저 전쟁 때문에 치러야 할 고생과 엄청난 대가가 걱정될 뿐이에요. 하지만 달걀을 깨뜨리지 않고는 오믈렛을 만들 수 없잖아요. 우린 하느님을 믿고 대포를 만들어야 해요."

올리버가 맞받아쳤다.

"하지만 가끔씩은 하느님보다 대포를 믿는 게 낫겠다는 생각이 드는걸요."

"그러면 안 돼요. 독일군이 마른강에 대포를 가져다두었잖아요. 그런데 어떻게 되었나요? 하느님이 그걸 싹 치워버리셨어요. 우린 그 일을 잊으면 안 돼요. 마음속에 의심이 싹틀 때마다 그 사실을 떠올려야 해요. 의자에 똑바로 앉아서 양쪽 손잡이를 꼭 잡고 이렇게 말하는 거예요. '대포도 좋지만 전능하신 분이 더 좋다. 독일 황제가 뭐라고 말하건 하느님은 우리 편이다.' 이 말을 되뇌지 않았더라면 나도 벌써 열 번은 미쳤을 거예요. 내 사촌 소피아는 당신처럼 자주 낙심하곤 해요. 어제도 이렇게 말하면서 흐느끼더라니까요. '아, 독일군이 여기까지 몰려오면 어떻게 하지?' 그래서 아무렇지도 않은 듯 말해줬어요. '묻어버리면 되지. 무덤에는 그놈들이 들어갈 자리가 아주 많으니까.' 소피아는 내가 너무 안이하게 생각한다고 하지만, 그렇진 않아요.

영국 해군과 우리 캐나다군을 믿고 있는 거예요.

나는 항구 어귀에 사는 윌리엄 폴록 영감님과 같은 심정이에요. 그분은 오랫동안 아팠는데, 지난주에는 거의 숨이 넘어갈 뻔했죠. 곁에 있던 며느리가 이젠 가망이 없다고 누군가에게 속삭였어요. 그러자 그 영감님이 '빌어먹을, 난 안 죽어!'라고 외쳤다는 거예요. 그걸로 끝이 아니에요. 이런 말도 덧붙였죠. '독일 황제가 쓰러지는 꼴을 보기 전까지는 죽을 수 없어!' 정말 존경스러운 분이에요."

올리버가 한숨을 쉬었다.

"대단한 분이네요. 하지만 저는 흉내도 못 낼 거예요. 전에는 삶이 고단할 때 꿈나라에 가서 기운을 얻고 돌아왔어요. 그런데 지금 상황은 달아날 길이 안 보여요."

블라이드 부인이 말했다.

"나도 그래요. 요즘은 잠자리에 드는 게 싫어요. 지금껏 그런 적이 없었죠. 침대에 누워서 잠들기 전까지 즐겁고 멋진 일을 상상하는 걸 얼마나 좋아했다고요. 지금도 상상은 하지만, 평소와 다른 걸 떠올리죠."

올리버가 말했다.

"저는 잘 시간이 되면 오히려 기뻐요. 어둠이 좋거든요. 어둠 속에서는 제가 하고 싶은 대로 지낼 수 있으니까요. 남의 눈치를 보느라 미소를 지을 필요도 없고 씩씩하게 말할 필요도 없죠. 하지만 가끔은 감당하기 벅찬 상상을 하곤 해요. 앞으로 닥쳐올 끔찍한 일들을 떠올리는 거예요."

수전이 말했다.

"저는 상상 같은 걸 할 줄 몰라서 얼마나 다행인지 몰라요. 그런 일을 절대 겪지 않으니까요. 이 신문 좀 보세요. 황태자가 또 죽었대요. 이번에는 사실이었으면 좋겠네요.* 우드로 윌슨**은 뭔가를 또 발표하려나 봐요. 그 인간을 가르친 선생님이 아직 살아 계신지 궁금하네요."

수전이 비아냥거리며 말을 맺었다. 그녀는 요즘 미국 대통령을 언급할 때마다 신랄하게 비판하곤 했다.

릴라는 태어난 지 5개월이 된 짐스에게 유아복 대신 아동복을 입혀주면서 새해를 축하했다.

"몸무게가 6.3킬로그램이에요. 모건의 육아책을 보면 다섯 달된 아기는 그 정도가 정상이래요."

짐스는 눈에 띄게 예뻐지고 있었다. 포동포동해진 볼에 분홍빛 혈색이 돌았고 커다란 눈은 반짝반짝 빛났다. 조그마한 손가락은 마디마디가 보조개처럼 옴폭 파여 있었다. 머리카락도 나기 시작하면서 릴라는 내심 마음을 놓았다. 민둥머리였던 자리를 곱슬곱슬 덮고 있는 연한 금발은 빛을 받으면 더욱 또렷해졌다. 짐스는 모건의 육아책에 적혀 있는 대로 잠을 자고 소화도 잘 시키는 착한 아기였다. 하지만 한 가지 문제가 있었다. 미소를 짓기는 해도 소리 내어 웃지는 않았던 것이다 누가 아무리 얼러봐도 가끔씩 빙긋 웃는 게 전부였다. 모건의 육아책에는 아

•　여기서 '황태자'는 독일의 빌헬름 폰 프로이센(1882-1951)을 말한다. 당시 황태자가 죽었다는 오보가 신문에 여러 차례 실렸다.

••　미국 제28대 대통령(1856-1924)으로 1917년 4월 독일에 선전포고를 했다.

기가 보통 3개월에서 5개월이 되면 소리 내어 웃는다고 적혀 있었기 때문에 릴라는 고민에 빠졌다.

'혹시 짐스에게 이상이 있는 건 아닐까?'

어느 날 밤 릴라는 마을에서 열린 모병 모임에 참석하고 밤늦게 돌아왔다. 릴라는 이날 애국심을 불러일으키는 내용의 시를 낭송했다. 그동안은 사람들 앞에서 무언가를 읽은 적이 한 번도 없었다. 긴장한 나머지 혀 짧은 소리를 낼까 봐 걱정되었기 때문이다. 그래서 처음 요청받았을 때는 손사래를 쳤는데, 그러고 나니까 마음이 계속 불편했다.

'내가 너무 비겁했나? 젬이 알면 실망할지도 몰라.'

이틀 동안 고민한 끝에 릴라는 애국협회 회장에게 전화를 걸어 낭송을 하겠다고 자원했다. 마음을 단단히 먹고 사람들 앞에 섰지만, 우려했던 대로 혀 짧은 소리를 몇 번이나 내고 말했다. 그날 릴라는 부끄러워서 좀처럼 잠들지 못했다. 그럼에도 이틀 뒤에 항구 어귀의 모임에서 다시 낭송을 했다. 그 뒤로는 로브리지와 항구 건너편에서 낭송하게 되었다. 가끔씩 혀 짧은 소리가 나오기는 했지만 이제는 그런 일로 속상해하지 않았다. 본인 말고 아무도 그 사실에 신경 쓰지 않았기 때문이다.

릴라가 눈을 반짝이며 진지하고 호소력 있는 목소리로 낭송할 때마다 적어도 한 명 이상의 청년이 군에 지원했다. "선조의 유해와 신들의 사원을 지키기 위해"* 싸우다 죽는 것보다 더

• 영국의 역사가이자 정치가인 토머스 배빙턴 매콜리(1800-1859)의 서사시 〈호라티우스〉에 나온 표현

고귀한 죽음이 어디 있겠으며, 이름 없이 그저 그렇게 살 바에는 영광에 찬 순간을 맞이하는 것이 더 가치 있는 일 아니겠냐는 릴라의 호소를 외면할 수 없었기 때문이다. 이런 일에 둔감한 밀러 더글러스까지도 어느 날 밤에는 마음이 불타올라서 당장 지원하겠다고 나서는 바람에 메리 밴스는 그를 진정시키느라 애를 먹었다. 메리는 몹시 분개하면서 젬이 전쟁터로 간 것 때문에 가슴 아프다 해도 다른 사람의 오빠나 친구까지 사지로 내몰아서는 안 된다고 릴라를 비난했다.

이날 밤 릴라는 피곤한 몸을 이끌고 추위에 떨면서 집에 돌아왔다. 따뜻한 보금자리로 들어가 이불을 뒤집어쓰자 마음이 놓이면서 온몸에 행복한 기운이 감돌았다. 하지만 젬과 제리가 어떻게 지낼까 생각하니 곧바로 마음이 아팠다.

몸을 녹이고 나니 나른해지면서 스르르 잠이 들려고 할 때 짐스가 울기 시작했다. 릴라는 이불 속에서 몸을 웅크린 채로 짐스를 울게 내버려둬야겠다고 생각했다. 모건식 육아법에 따르면 릴라의 판단이 옳았다. 짐스는 따뜻한 자리에 누워 있고 아픈 데도 없다. 게다가 배도 적당히 부르지 않은가. 이런 상황에서 호들갑을 떨면 짐스의 버릇만 나빠질 뿐이다.

'실컷 울고 나면 지쳐서 다시 잠들겠지.'

하지만 아이는 한참이 지나도 울음을 그치지 않았다. 릴라는 점점 불안해졌다.

'만약 내가 5개월 된 아기인데, 아버지는 프랑스 어딘가에 있고, 날 그렇게나 걱정하던 어머니는 무덤에 묻혀 있다면 어떻게 살았을까? 작고 의지할 데 없는 몸이 어두컴컴하면서 휑뎅그렁한 방 안의 요람에 누워 있는데, 주변 몇 킬로미터 안에는 인기척이 전혀 없다면 어떤 생각이 들까? 더구나 아버지는 지금껏 얼굴을 비친 적도 없고, 편지는커녕 소식도 전하지 않는다면, 외롭고 두려워 울 수밖에 없지 않을까?'

이불을 박차고 일어난 릴라는 짐스를 안아서 자기 침대로 데려왔다. 조그만 손이 어찌나 차갑던지 릴라는 가슴이 아렸다. 하지만 짐스는 금세 울음을 그쳤고, 릴라가 어둠 속에서 꼭 안아주자 까르르 소리 내며 자지러지게 웃었다.

릴라가 말했다.

"요 귀여운 녀석! 안아주니까 그렇게 좋아? 설마 널 커다랗고 컴컴한 방에 혼자 버려두기야 하겠니?"

그 순간 릴라는 짐스에게 입맞춤하고 싶다는 생각이 들었다. 그래서 보드랍고 좋은 냄새가 나는 머리와 작고 통통한 뺨, 아직 찬 기운이 남아 있는 손에 입을 맞추었다. 릴라는 평소 아기 고양이를 대할 때처럼 짐스를 꼭 끌어안고 싶었다. 즐겁고 간절하며 사랑스러운 감정이 솟아났다. 처음 느껴보는 기분이었다.

얼마 뒤 짐스는 곤히 잠들었다. 부드럽고 규칙적인 숨소리가 들렸다. 짐스는 작은 몸을 릴라에게 편안히 기대고 있었다. 릴라를 온전히 믿고 의지하는 듯했다. 그 순간 릴라는 중요한 사실을 깨달았다. 자기가 이 전쟁고아를 사랑하고 있었던 것이다.

"짐스는 참 귀여운 아이야⋯."

눈꺼풀의 무게를 이기지 못하고 릴라는 꿈나라로 들어갔다.

2월이 되자 젬과 제리 그리고 로버트 그랜트는 참호에 배치되었다. 이 소식을 들은 잉글사이드 사람들은 두려움과 긴장감

속에서 하루하루를 보냈다. 3월에는 수전이 이프레즈*라고 부르는 지역이 뉴스의 중심으로 떠올랐다. 날마다 사상자 명단이 신문에 실리기 시작했다. 잉글사이드 사람들은 전화벨이 울릴 때마다 흠칫 놀라면서 수화기에 손대기를 주저했다. 해외에서 전보가 왔다는 우체국장의 전화일 수도 있었기 때문이다. 가족 모두가 오늘 무슨 일이 일어날지도 모른다는 걱정으로 마음 졸이며 하루를 시작했다.

릴라는 한숨을 쉬었다.

"예전에는 아침을 맞이하는 게 참 좋았는데…."

그러면서도 삶은 계속되었고 사람들은 각자의 의무를 충실히 해나갔다. 글렌세인트메리 마을에서는 얼마 전까지만 해도 시답잖은 장난이나 치며 뛰어놀았던 남학생들이 한두 주에 한 명씩 군복을 입었다.

캐나다의 겨울답게 상쾌하고 별빛이 유난히 반짝거리는 황혼 녘이었다. 외출했다가 돌아온 수전이 말했다.

"사모님, 오늘 밤은 정말 춥네요. 아이들이 참호에서 잘 견디고 있을지 걱정돼요."

거트루드 올리버가 탄식했다.

"아, 어쩜 이렇게 모든 이야기가 전쟁과 이어질까요? 아무리 애를 써도 벗어날 수 없잖아요. 날씨 이야기를 나눌 때조차 그

---

* 벨기에의 도시 이프르(네덜란드어로 Leper, 프랑스어로 Ypres)를 수전이 멋대로 발음한 것이다. 제1차 세계대전의 격전지였으며 독일군은 이곳에서 최초로 화학무기를 사용했다.

러니까요. 요즘처럼 춥고 어두컴컴할 때 밖에 나가면 저도 참호 속 군인들이 떠올라요. 저와 가까운 사람뿐만 아니라 그곳에 있는 모든 군인들이요. 아마 제 주위 사람들이 군대에 가지 않았다 해도 지금과 같은 기분이었을 거예요. 침대에 누워 있을 때도, 다들 고생하는데 저만 편하게 지내는 것 같아서 죄책감이 들곤 해요. 꼭 제가 나쁜 사람이 된 것 같아요."

수전이 말했다.

"가게에서 메러디스 사모님을 만났어요. 브루스가 모든 일을 심각하게 받아들이고 있어서 걱정이 이만저만이 아니라더군요. 글쎄 그 아이는 벨기에 사람들이 굶주린다는 말을 듣고 일주일 동안 울면서 잠들었다는 거예요. 애원하듯 이렇게 말하기도 했대요. '엄마, 갓난아이까지 배고파하는 건 아니죠? 제발 아니라고 말해주세요.' 메러디스 사모님은 거짓말을 할 수도 없고 사실 그대로 말해줄 수도 없어서 무척 난처했다고 하네요. 목사님과 사모님은 브루스가 끔찍한 소식을 접하지 못하게 하려고 애쓰지만, 아이가 밖에서 어떻게든 다 듣고 온다는 거예요. 그러니 무슨 말로 달랠 수 있겠어요? 저도 신문에서 그 소식을 읽고 마음이 찢어지는 줄 알았어요, 사모님. 저는 소설을 읽다가 눈물이 나려고 할 때면 '수전 베이커, 이건 지어낸 이야기잖아'라고 하면서 자신을 타이르곤 해요. 하지만 지금 일어나는 일들은 사실이 아니라고 부인하면서 그냥 넘길 수 없잖아요. 어쨌든 우린 끝까지 잘 이겨내야 해요."

수전은 이어서 마을 사람들의 소식을 전했다.

"잭 크로퍼드가 입대한대요. 농사일이 지겨워서 그런다더군요. 전쟁터에 가서 그놈의 기분 전환이나 실컷 하라고 하죠, 뭐. 항구 건너편에 사는 리처드 엘리엇 부인은 남편이 담배를 피워서 응접실 커튼이 누렇게 바랬다고 잔소리했던 것 때문에 마음 아파하고 있어요. '이렇게 입대할 줄 알았으면 한 마디도 하지 말걸' 하면서 후회하더군요. 그리고 사모님도 조사이아 쿠퍼랑 윌리엄 데일리를 아시죠? 둘은 원래 친한 친구였는데 20년 전에 사이가 틀어진 뒤에는 말 한 마디 하지 않고 지냈어요. 그런데 얼마 전 조사이아가 윌리엄에게 찾아가 지금은 서로 원수처럼 지낼 때가 아니라고 하면서 화해하자고 손을 내밀었어요. 윌리엄도 흔쾌히 그 손을 잡았고 둘은 예전처럼 사이좋게 앉아서 이야기를 나누었죠. 그런데 30분도 채 되지 않아 다시 싸움이 났다더군요. 전쟁에 대한 의견이 서로 달라서 그랬대요. 조사이아는 다르다넬스 원정이 아주 어리석은 작전이었다고 비판했지만 윌리엄은 연합군이 지금껏 한 일 가운데 그나마 합리적인 선택이었다고 맞받아친 거죠. 그래서 두 사람은 전보다 사이가 나빠졌어요. 윌리엄은 조사이아가 구레나룻 달덩이만큼 독일 편을 든다고 욕해요. 하지만 구레나룻 달덩이는 그 말을 듣더니, 자기는 친독파가 아니라 반전론자라고 떠들고 다녀요. 반전론자가 뭔지는 모르겠지만 구레나룻 달덩이가 자기를 그거라고 말한다면, 분명 변변찮은 거겠죠? 그 사람은 뇌브샤펠에서 영국군이 승리를 거두기는 했지만 얻은 것보다 잃은 게 더 많았다고 말하더군요. 심지어 그 인간은 조 밀그레이브가 승리 소식을 듣고 자기 아버지 나라의 국기를 내걸자 그걸 트집 잡아서 조를 자기 집 근처에 얼씬도 못 하게 했다니까요. 아, 차르가 프리시라는 곳의 이름을 프셰미실*로 바꾼 건 사모님도 아시죠? 그건 차르가 러시아인이기는 해도 분별력은 있다는 증거가 아닐까요? 그리고 가게에서 조 비커스를 만났는데, 그가 로브리지에 다녀오다가 밤하늘에서 이상하게 생긴 물체를 봤대요. 어쩌면 체펠린비행선**일지도 몰라요."

"수전, 그럴 리는 없어요."

"그런가요? 뭐, 저는 구레나룻 달덩이가 글렌세인트메리 마을에 살지만 않았어도 지금처럼 불안하지 않았을 거예요. 요전 날 밤에 그 사람이 자기 집 뒷마당에서 등불을 들고 이상한 행동을 했다는 말도 들었어요. 그가 신호를 보내는 거라고 수군거리는 사람도 있어요."

"누구에게 무슨 신호를 보낸다는 거죠?"

"그거야 아무도 모르죠. 제 생각으로는 정부가 그 사람을 감시하는 게 좋을 것 같아요. 자칫하면 어느 날 밤에 우리 모두 잠자리에서 몰살당할 수 있으니까요. 이제 저는 신문을 잠깐 훑어보고 꼬마 젬에게 편지를 쓸 생각이에요. 이제껏 제가 절대 하지 않았던 일이 두 가지 있어요. 편지를 쓰는 것과 신문에서 정치 기사를 읽는 거였죠. 지금은 그 두 가지를 꾸준히 하고 있네요. 그러다 보니 정치에는 뭔가 특별한 힘이 있다는 것도 알게되었고요. 지금은 우드로 윌슨이 무엇을 하려는지 잘 모르겠지

---

* 폴란드의 도시로, 1772년 폴란드 분할 이후 오스트리아 제국의 영토였지만 1차 세계대전 당시 러시아군이 점령했다.

** 독일의 체펠린이 발명한 비행선으로 1900년에 제1호선이 제작되었으며 제1차 세계대전 때 폭격기로 쓰였다.

만, 언젠가는 알게 되겠죠."

윌슨 이야기를 늘어놓으면서 정치 기사를 읽던 수전은 무언가를 발견하고 실망해서 소리를 질렀다.

"아, 이렇게 아쉬울 수가! 악마 같은 독일 황제는 고작 부스럼이 났던 거래요."

블라이드 선생이 얼굴을 찌푸리며 말했다.

"수전, 그처럼 불경한 말은 하지 않는 게 좋아요."

"선생님, '악마 같은'은 불경한 말이 아니에요. 불경한 말이라는 건 전능하신 하느님의 이름을 함부로 부를 때나 쓰는 표현 아닌가요?"

블라이드 선생이 올리버에게 눈짓하며 말했다.

"그러니까, 그건…. 뭐랄까, 교양 있는 말은 아니죠."

"그럼요. 악마건 독일 황제건, 그 둘이 서로 다른지는 모르겠지만, 아무튼 교양 있는 존재는 아니죠. 그러니 그 둘을 가리킬 때 교양 있게 말할 수 없는 거예요. 앞으로도 계속 그럴 것 같아요. 물론 릴라가 곁에 있을 때는 그런 말을 입에 담지 않도록 조심하고 있어요. 그쯤은 선생님도 아시리라고 생각해요. 그리고 신문도 그래요. 독일 황제가 폐렴에 걸렸다면서 사람들에게 희망을 잔뜩 불어넣더니 이제 와서 부스럼이 난 것뿐이라고 말하면 기가 막힐 수밖에 없죠. 아무도 그들에게 그렇게 할 권리를 주지 않았다고요! 부스럼이라니, 기가 막혀서 원! 온몸이 아예 부스럼으로 뒤덮였으면 좋겠네요."

수전은 부엌으로 성큼성큼 걸어가서 젬에게 답장을 쓰기 시작했다. 그날 도착한 편지를 읽으면서 젬에게 가족의 위로가 필요하다고 생각했기 때문이다.

젬의 편지에는 이렇게 적혀 있었다.

아버지, 우린 지금 오래된 포도주 저장실에 있습니다. 물이 무릎까지 차 있고, 곳곳에 쥐가 보이네요. 불도 못 피우는데 비까지 주룩주룩 내리니 조금 침울합니다. 하지만 여긴 그나마 나아요. 훨씬 심한 곳도 있거든요.

오늘 수전 아주머니가 보내준 소포를 받았습니다. 맛있는 음식이 많아서 곧바로 잔치를 벌였죠. 제리는 전선 어딘가에 있는데, 거기서는 마사 할머니가 주시던 디토*보다 형편없는 음식으로 끼니를 때운다고 합니다. 다행인지는 모르겠지만, 제가 있는 곳의 사정은 그리 나쁘진 않아요. 다만 매번 똑같은 식사가 나올 뿐이죠. 원숭이 얼굴 과자를 한가득 구할 수만 있다면 1년 치 월급을 줘도 아깝지 않을 거라고 수전 아주머니께 전해주세요. 하지만 아주머니가 정말 보내지 못하도록 말리셔야 합니다. 여기엔 보관할 곳이 없거든요.

우리는 2월 마지막 주부터 공격받고 있습니다. 노바스코샤에서 온 친구가 어제 제 곁에서 숨을 거뒀어요. 근처에서 포탄이 터졌는데, 혼란을 수습한 뒤 살펴보니까 그 친구가 조금 놀란 표정으로 누워 있더라고요. 어디 다친 것 같지는

---

* 메러디스 목사의 아이들이 늘 똑같은 음식을 가리킬 때 붙인 이름이다. 7권을 참고하라.

않아 보였는데 숨은 이미 끊어져 있었죠. 그런 일을 가까이에서 본 건 처음이라 정말 끔찍했지만, 여기서는 무서운 일들도 금세 익숙해집니다. 우리는 완전히 다른 세상에 와 있어요. 똑같은 것은 별뿐이죠. 그런데 어찌 된 일인지 그 별마저 다른 위치에서 빛나고 있네요.

어머니에게 제 걱정은 하지 말라고 전해주세요. 저는 건강하게 잘 지내고 있습니다. 그리고 이곳에 오길 잘했다는 생각이 드네요. 지금 제가 있는 곳 건너편에는 세상에서 제거해버려야 하는 무언가가 있어요. 가만히 내버려두면 저들은 악을 내뿜어서 세상을 영원히 해칠 겁니다. 시간이 오래 걸리더라도, 또 어떤 희생을 치르더라도 우린 저들을 막아내야 합니다. 이 사실을 글렌세인트메리 마을 사람들에게 전해주세요. 쇠사슬을 끊고 제멋대로 날뛰는 자들의 정체를 마을 사람들은 아직 모르고 있어요. 저도 처음 입대했을 때는 몰랐습니다. 그저 짜릿한 모험쯤으로 여겼죠. 하지만 결코 그런 수준이 아닙니다. 저는 꼭 있어야 할 자리에 온 거예요. 그것만큼은 확신할 수 있습니다. 이곳의 집들과 정원들 그리고 사람들에게 일어나는 일을 볼 때마다 저는 글렌세인트메리 마을과 잉글사이드의 정원을 짓밟고 행군하는 훈족의 모습을 떠올리곤 합니다. 이곳에는 수백 년 동안 잘 보존된 정원이 많아요. 그런데 지금 그 아름다운 곳이 어떻게 되었는지 아세요? 무참히 파괴되고 폐허로 변했어요. 그 위에 잡초만 무성합니다. 그렇게 되지 않도록 우리는 지금 싸우고 있습니다. 어렸을 때 놀았던 소중한 곳을 아이들에게 고스란히 물려주고 싶어요. 아름다움과 올바름을 잘 간직하고 지키기 위한 싸움이죠.

가족 중 누구라도 역에 갈 일이 생기면 저 대신 먼데이의 등을 두 번 토닥여주세요. 그 작고 충직한 녀석이 거기서 저를 기다리고 있다니! 비록 춥고 어두컴컴한 참호 속에 있지만, 지금 수천 킬로미터 떨어진 글렌세인트메리역에서 얼룩무늬 개 한 마리가 저와 함께 불침번을 서고 있다는 것을 생각하면 마음이 따뜻해지면서 기운이 샘솟는 것 같아요.

릴라에게 전쟁고아가 아주 잘 자라고 있어서 저도 기쁘다는 말을 전해주세요. 수전 아주머니한테는 제가 훈족과 머릿니에 맞서 잘 싸우고 있다고 말씀해주시고요.

수전이 진지한 얼굴로 속삭였다.

"사모님, 머릿니를 상대로 싸운다는 게 무슨 뜻인가요?"

"참호 안에는 머릿니 같은 해충이 득시글거린다고 하네요."

블라이드 부인이 진지하게 대답하자 수전은 소름이 끼친다는 듯 비명을 질렀다. 그러고 나서 고개를 흔들며 입을 굳게 다문 채 방에서 나가더니 젬에게 보낼 소포를 다시 풀고 거기에 참빗을 집어넣었다.

12장

랑에마르크*에서 전해온 소식

릴라는 일기를 썼다.

봄이 왔다. 이렇게 무시무시한 시절에도 봄은 꼬박 찾아온
다는 게 놀랍기만 하다. 게다가 어쩜 이리도 아름다울 수
있단 말인가? 태양은 밝게 빛났고, 시냇물 위로 드리워진
버드나무 가지에서는 솜털 같은 노란 꽃송이가 얼굴을 내
밀었다. 정원은 점점 아름다운 색으로 물들어간다. 그 모습
에 취해 있다 보면 플랑드르**에서 벌어진 끔찍한 사건이
비현실적으로 느껴진다. 하지만 실제로 일어난 일이다!

•   벨기에에 속한 지역으로 제1차 세계대전의 격전지였다.
••   벨기에 서부를 중심으로 네덜란드 서부와 프랑스 북부에 걸쳐 있는 지방

지난 한 주 동안 우리는 무척 괴로웠다. 이프르 부근에서 벌어진 전투를 비롯해 랑에마르크와 생쥘리앵의 전황이 전해졌기 때문이다. 우리 캐나다군은 훌륭하게 임무를 수행하고 있다. 프렌치 장군*도 독일군에게 밀리던 연합군이 캐나다군 덕분에 위기에서 벗어났다고 했다. 하지만 나는 자부심이 들지도 않았고 자랑스럽지도 않았다. 단지 젬과 제리와 그랜트 씨가 걱정되어 마음이 타들어갈 뿐이다. 날마다 신문에는 사상자 명단이 실리고 있다. 아, 어쩌면 이렇게 많을까? 혹시라도 젬의 이름이 있을까 봐 명단을 읽을 수 없다. 전보가 오기도 전에 명단에서 전사한 아들의 이름을 본 경우도 있었기 때문이다. 이틀 동안은 전화도 받지 않았다. "여보세요"라고 말한 뒤 상대방의 용건을 들을 때까지 그 짧은 순간을 견딜 수 없었기 때문이다. 마치 백년처럼 길게 느껴지는 시간을 조마조마한 마음으로 기다리는 게 얼마나 고역인지 모른다. 혹시라도 "블라이드 선생님에게 전보가 도착했습니다"라는 말을 듣게 될까 봐 두렵기도 했다. 그렇게 한동안 전화벨이 울리면 자리를 피했지만 어머니와 수전 아주머니에게만 일을 떠넘기는 것 같아 부끄러웠다. 그래서 이제는 내가 먼저 수화기를 들고 있다. 그럴 때마다 마음이 덜덜 떨리는 것은 어쩔 수 없다.

거트루드 올리버 선생님은 평소처럼 학교에서 수업을 하고, 아이들의 숙제를 읽어주고, 시험지를 나눠 준다. 하

• 이프르 전투에서 영국군 사령관이었던 존 프렌치(1852-1925)

지만 선생님의 시선은 늘 플랑드르에 가 있다는 것을 나는 알 수 있다. 선생님의 눈을 바라볼 때마다 마음이 아프다.

케네스도 결국 카키색 군복을 입었다. 중위로 임관했으며 여름에 해외로 나갈 것 같다는 소식을 내게 전해왔다. 편지에 별다른 내용은 없었다. 지금은 다른 나라로 갈 일만 머릿속에 가득한 모양이다. 떠나기 전에 얼굴을 보기는 힘들 것 같다. 어쩌면 다시는 만나지 못할 수도 있다. 그날 저녁 포윈즈에서 보냈던 시간이 꿈은 아니었는지 가끔씩 자문해본다. 어쩌면 꿈이었을지도 모른다. 여러 해 전 다른 세상에서 일어난 일 같기도 하다. 다들 까맣게 잊어버리고 나만 온전히 기억하는 일 말이다.

어젯밤 월터와 낸과 다이가 레드먼드에서 집으로 돌아왔다. 월터가 기차에서 내렸을 때 먼데이가 신이 나서 달려가 맞이했다. 젬도 함께 왔을 것이라고 생각한 모양이다. 인사를 마친 먼데이는 초조하게 꼬리를 흔들면서 승객들을 바라보았다. 월터가 몸을 쓰다듬었지만 월터 쪽으로는 눈도 돌리지 않았다. 그때 먼데이의 눈을 본 사람은 누구라도 숨이 막혔을 것이다. 어쩌면 먼데이는 젬이 기차에서 내리는 모습을 다시는 못 볼 수도 있다고 생각했을지 모르겠다. 이윽고 기차가 텅 비자 먼데이는 "젬이 오지 않은 건 당신 탓이 아니에요. 그건 저도 잘 알아요. 실망한 기색을 보여서 미안해요"라고 말하듯 월터를 올려다보며 손을 가볍게 핥은 다음 화물 창고로 터덜터덜 돌아갔다. 계속 곁눈질하며 비틀거리는 먼데이의 걸음걸이는 마치 뒷다리와 앞다리가 반대로 걷는 것처럼 보였다.

우리는 먼데이를 달래서 집으로 데려오려고 애썼다. 다이는 먼데이 앞에 앉아 눈 사이에 입맞춤을 하며 "먼데이, 착하지. 오늘 저녁만이라도 우리랑 함께 가지 않을래?"라고 말했다. 그러자 먼데이가 대답했다(다들 그렇게 느꼈다).

"미안하지만 그럴 수 없어요. 여기서 젬을 만나기로 약속했거든요. 8시에 도착하는 기차를 살펴봐야 해요."

월터가 다시 돌아와 정말 기쁘다. 크리스마스 때처럼 말이 없고 슬퍼 보이기는 했지만, 나는 월터를 사랑하고 격려해주면서 예전처럼 웃게 만들 생각이다. 날이 갈수록 월터는 내게 더 소중한 존재가 되어간다.

어느 날 저녁 수전 아주머니는 무지개 골짜기의 산사나무에서 꽃이 피기 시작했다고 말했다. 때마침 나는 어머니를 바라보고 있었다. 그런데 그 순간 어머니의 얼굴빛이 바뀌더니 입에서는 목이 멘 듯한 소리가 흘러나왔다.

"산사꽃이라고요? 작년에도 젬이 그 꽃을 꺾어서 내게 가져다주었어요!"

그러고는 자리에서 일어나 방을 나갔다. 어머니는 늘 명랑하고 씩씩했으며 좀처럼 힘든 기색을 내지 않았지만 가끔은 사소한 일로 자제력을 잃고 속마음을 드러낸다.

당장이라도 무지개 골짜기로 달려가 산사꽃을 한 아름 꺾어 오고 싶었지만 어머니가 원하는 것은 꽃이 아니라는 사실을 알고 있었다. 집으로 돌아온 월터는 어젯밤 무지개 골짜기로 가서 눈에 보이는 산사꽃을 모조리 꺾어다가 어

머니에게 가져다주었다. 월터에게 그런 말을 해준 사람은 아무도 없었다. 다만 평소 젬이 하던 일을 떠올리고 그대로 했을 뿐이었다. 이것만 보아도 월터가 얼마나 세심하고 사려 깊은지 알 수 있다. 그런데도 월터에게 잔인한 내용으로 편지를 보내는 사람들이 있다니!

삶에 중대한 영향을 미칠 사건이 하루가 멀다 하고 일어나며 날마다 섬뜩한 소식이 전해지는 중에도 우리가 평범한 일상을 보낼 수 있다는 사실이 새삼 신기하게 느껴진다. 우리에게는 그럴 능력이 있고 실제로 그렇게 하고 있다. 수전 아주머니는 정원을 가꾸고 어머니와 함께 대청소도 한다. 우리 청소년 적십자단은 벨기에 사람들을 도우려고 음악회를 기획했다. 한 달 동안 연습해왔는데, 까칠한 단원들 때문에 골머리를 앓고 있다. 미란다 프라이어는 대화극에 출연하기로 하고 대사까지 외웠다. 그런데 미란다의 아버지가 극구 반대했다. 미란다를 탓하고 싶진 않지만 아쉬운 건 어쩔 수 없다. 미란다가 용감하게 자기주장을 했으면 어땠을까? 집안일을 도맡아 하는 미란다가 '파업'이라도 강행했다면 아버지도 고집을 꺾을 수밖에 없었을 텐데…. 내가 미란다였다면 채찍을 휘두르든 물어뜯든 구레나룻 달덩이의 고집을 꺾을 방법을 어떻게든 찾았을 것 같다. 하지만 미란다는 얌전하고 순종적인 성격이며 앞으로도 아버지와 같이 살아야 하기에 어쩔 수 없었다는 점도 이해된다.

미란다가 맡은 배역을 자기가 하겠다고 선뜻 나서는 사람이 없었다. 애당초 사람들에게 인기 없는 역할이기도 했다. 그래서 결국 내가 맡았다.

음악회 준비 위원으로 함께 활동하는 올리브 커크는 내 의견에 사사건건 반대했다. 나는 시내에 사는 채닝 부인을 초청해서 노래를 부르게 하자고 건의했지만 올리브는 말끝마다 토를 달고 나섰다. 결국 내가 끝까지 밀어붙여서 그 안건을 통과시켰다. 훌륭한 가수인 그녀는 출연료보다 훨씬 많은 기부금을 우리에게 안겨줄 것이다. 올리브 커크는 이 지역의 인재만으로도 충분하다면서, 만약 채닝 부인이 노래하면 미니 클로가 너무 긴장한 나머지 합창단에서 빠질 거라고 했다. 우리 중에 알토 성부를 잘 소화해낼 만한 사람은 미니밖에 없지 않은가! 어쩌나 화가 나던지, 모든 일에서 아예 손을 떼어버리고 싶은 유혹을 여러 번 느꼈다. 하지만 내 방에 들어가서 빙글빙글 맴돌며 실컷 화를 내다 보면 마음이 가라앉고 기운이 샘솟는다.

요즘은 아이작 리스네 가족 때문에 걱정이다. 하필이면 다들 심한 감기에 걸렸다. 그들 중 다섯이 이번에 중요한 역할을 맡았는데, 혹시라도 감기가 백일해로 악화된다면 어떻게 해야 할까? 딕 리스는 가장 인기 있는 순서로 손꼽히는 바이올린 독주를 맡았고 킷 리스는 활인화에 등장한다. 그 집의 어린 여자아이 셋은 귀여운 깃발 율동을 맡았다. 음악회를 연습하느라 몇 주 동안 무척 고생했는데, 노력이 수포로 돌아갈까 봐 두렵다.

짐스에게 좋은 소식이 있었다. 태어난 지 9개월 만에 드디어 이가 난 것이다. 난 정말 기뻤다. 그동안 메리 밴스는 짐스의 이가 너무 늦게 나는 것 아니냐며 참견해왔는데, 이젠 그런 말을 듣지 않아도 된다. 짐스는 기어다니기 시작했다. 그런데 여느 아기들과 달리 강아지처럼 입에 뭘 물고 네 발로 뛰듯이 다닌다. 어쨌든 평균보다 늦게 긴다는 말을 듣지 않아도 되니까 참 좋다. 도리어 빠른 편이다. 모건식 육아법에 따르면 아기는 보통 10개월쯤에 기기 시작한다고 한다. 짐스는 참 귀엽다. 이런 아들을 보지 못하다니, 아이 아버지도 참 안됐다는 생각이 든다. 머리카락도 제법 많이 자랐다. 아마 곱슬머리가 될 것 같다.

짐스와 음악회에 대한 글을 쓰는 동안 이프르와 독가스와 사상자 명단을 잊고 있었다. 그런데 갑자기 온갖 부정적인 생각들이 떠올라 기운이 빠졌다. 아, 젬이 무사하다는 것만 알 수 있다면 얼마나 좋을까? 전에는 젬이 나를 거미라고 부를 때마다 화가 많이 났다. 하지만 지금은 젬이 예전처럼 복도에서 휘파람을 불며 "어이, 거미야"라고 불러주길 간절히 바라고 있다. 그렇게만 해준다면 '거미'는 세상에서 가장 아름다운 이름이 될 것이다.

릴라는 일기장을 덮고 정원으로 나갔다. 봄날 저녁은 참 아름다웠다. 바다 쪽으로 길게 뻗은 푸른빛 협곡에 황혼이 깃들었고 그 너머로 목초지가 펼쳐져 있었다. 항구 이쪽은 보라색으로, 저쪽은 하늘색으로 물들었고, 나머지는 오팔 같은 보석을 흩뿌려놓은 것처럼 빛났다. 단풍나무 숲은 연한 초록색으로 변해갔다. 릴라는 아쉬운 듯한 눈으로 주위를 바라보았다.

"도대체 누가 '봄은 한 해의 기쁨'이라고 말했지? 도리어 가장 가슴 아픈 시기 아닐까? 연보랏빛 아침과 수선화 같은 별과 오래된 소나무에서 불어오는 바람도 저마다 가슴 찢어지는 듯한 아픔을 가져다주고 있잖아. 언제쯤 두려움에서 벗어날 수 있을까? 아니, 그런 날이 오기는 할까?"

그때 월터가 릴라에게 다가와 말을 걸었다.

"프린스에드워드섬의 황혼을 다시 보니 참 기뻐. 바다가 이처럼 파랗고 길이 이처럼 붉은 것도, 숲속 구석구석이 태곳적 모습을 간직하고 있어서 요정이 출몰한다는 것도 기억하지 못하고 있었어. 그래, 맞아. 이곳에는 아직 요정이 있어. 그들은 무지개 골짜기에 핀 제비꽃 밑에 살고 있을 거야. 틀림없어."

예전의 월터로 돌아온 것 같아서 릴라는 한순간 행복했다. 릴라는 월터가 여러 가지 괴로운 일들을 잊어버렸으면 좋겠다고 생각했다. 그래서 월터의 기분을 맞춰주려고 대꾸했다.

"무지개 골짜기 위쪽 하늘도 정말 푸르잖아. 푸르다, 푸르다, 푸르다 하고 백 번은 말해야 하늘이 얼마나 푸른지 제대로 표현할 수 있을 거야."

수전은 숄로 머리를 단단히 묶고 양손에 정원 손질 도구를 잔뜩 안은 채 두 사람 곁을 지나가고 있었다. 박사가 덤불 속에서 눈을 부릅뜨고 수전의 뒤를 몰래 따라갔다.

수전이 월터에게 말했다.

"하늘이 푸르긴 하지. 그렇지만 저놈의 고양이가 온종일 하이드 씨였으니 오늘 밤에는 비가 올 건가 보다. 내 어깨에 류머티즘이 도진 걸 봐도 알 수 있어."

"비가 올 수도 있겠죠. 하지만 류머티즘 같은 건 잊어버리고 제비꽃을 생각해보세요, 아주머니."

월터가 밝은 얼굴로 말했다. 릴라 눈에는 월터가 너무 들떠 있는 듯 보였다. 월터가 자기에게 공감해주지 않아서 서운한 마음이 들었던 수전은 굳은 얼굴로 말했다.

"세상에나, 월터. 제비꽃을 생각해보라는 게 무슨 뜻인지 난 정말 모르겠구나. 너도 언젠가는 알게 되겠지만, 류머티즘은 우스운 이야깃거리가 아니야. 나도 여기가 아프네 저기가 쑤시네 하면서 만날 불평만 늘어놓는 사람이 되고 싶지는 않단다. 특히 요즘처럼 나쁜 소식이 있을 때는 더더욱 그렇지. 류머티즘도 고통스러운 건 맞지만 독일군에게 독가스 공격을 받는 것과는 비교도 안 될 테니까."

"오, 세상에. 안 돼!"

월터는 목이 터져라 외치며 돌아서서 집으로 가버렸다. 그 모습을 본 수전은 괭이와 갈퀴를 정리하면서 고개를 저었다.

'저렇게 버릇없이 소리치는 걸 사모님이 보시면 안 되는데….'

릴라는 꽃봉오리가 돋아나는 수선화 사이에서 눈물이 그렁그렁한 채로 서 있었다. 모처럼 즐거웠던 저녁 시간이 한순간에 망가져버렸다. 비록 의도하지는 않았지만 월터의 기분을 상하게 만든 수전이 원망스러웠다. 그리고 문득 끔찍한 생각이 떠오르면서 가슴이 덜컥 내려앉았다.

'젬이 독가스를 맞지는 않았을까? 괴로워하다가 죽은 것은 아닐까? 아, 더는 이렇게 마음 졸이며 지낼 수 없을 것 같아.'

감당하기 버거운 감정이 릴라의 마음을 짓눌렀다. 하지만 릴라는 다른 사람들처럼 또 한 주를 잘 견뎌냈다. 그러자 반가운 편지가 도착했다. 젬이었다. 다행히 그는 무사했다.

아버지, 저는 상처 하나 입지 않고 잘 지냅니다. 저도 그렇지만 다른 사람들도 어떻게 무사히 버틸 수 있었는지 모르겠네요. 이곳의 상황이 어떤지는 신문 기사로 읽으셨죠? 여기에 세세히 적을 수는 없네요. 하지만 이것만은 말씀드릴 수 있어요. 독일군은 목적을 이루지 못했고 앞으로도 마찬가지일 겁니다. 얼마 전 포탄이 떨어졌을 때 제리가 기절했던 일이 있었습니다. 다행히도 다치진 않았어요. 가벼운 충격을 받았던 거였죠. 며칠 지나니까 멀쩡해졌습니다. 그랜트 씨도 무사합니다.

낸도 제리 메러디스에게 편지를 받았다.

난 새벽녘에야 의식이 돌아왔어. 무슨 일이 있었는지는 기억할 수 없었지만 내가 당했다는 것만은 분명히 알 수 있었지. 난 끈적끈적한 잿빛 들판에 누워 있었던 거야. 수많은 시신이 나를 에워싸고 있었어. 혼자 남았다고 생각하니 어쩌나 무섭던지, 온몸이 덜덜 떨렸어. 참을 수 없을 만큼 목이 말랐지. 다윗이 간절히 바랐던 베들레헴의 우물물*이 떠

---

* 구약성경의 사무엘하 23장에 나온 사건으로, 다윗이 베들레헴 성문 곁의 우물물을 마시고 싶어 하자 세 용사가 적진을 뚫고 가서 물을 길어다 바쳤다.

오르더군. 무지개 골짜기 단풍나무 아래에 있는 오래된 샘물도 눈앞에 아른거렸어. 그 건너편에는 네가 웃으며 서 있었고…. 이제 모든 게 끝났다는 생각이 들었지만, 그래도 상관없었어. 아무럼 어때. 다만 수많은 시신들 속에서 혼자 살아 있다는 게 두려웠을 뿐이야. 왜 내게 이런 일이 일어났는지 의아하기도 했고. 다행히도 얼마 뒤 사람들이 나를 발견해서 안전한 곳으로 옮겨주었어. 진찰을 받았는데, 몸에는 아무런 이상이 없대. 그래서 난 내일 참호로 돌아갈 예정이야. 움직일 수 있는 사람은 한 명이라도 더 그곳에 있어야 하거든.

자기가 받은 소식을 알려주려고 온 페이스가 말했다.

"세상에서 웃음이 사라져버렸어요. 어렸을 때 내가 테일러 할머니에게 세상은 웃음으로 가득 찬 곳이라고 말했던 일이 기억나요. 하지만 이제는 그렇지 않네요."

거트루드 올리버가 맞장구쳤다.

"고통스러운 비명으로 가득 차버렸지."

블라이드 부인이 말했다.

"아가씨들, 그래도 조금은 웃어야 해요. 진정한 웃음이 기도 못지않게 좋으니까요."

그러고는 나직이 덧붙였다.

"가끔씩이라도 그럴 수만 있다면…."

언제나 활력 있게 웃던 그녀였지만, 지난 석 주를 힘겹게 버텨내면서 웃는 게 얼마나 어려운 일인지 깨달은 것이다.

릴라의 얼굴에서도 웃음기가 사라졌다. 전에는 웃음이 헤프다는 말까지 들었는데, 꽃다운 소녀 시절에 그늘이 드리워졌다. 하지만 그런 악조건 속에서도 릴라는 강하고 총명하게 자라났다. 바느질이며 뜨개질을 끈기 있게 해나갔고 청소년 적십자단도 훌륭하게 이끌었다. 게다가 짐스도 잘 보살피고 있었다.

수전이 엄숙하게 단언했다.

"아이를 열세 명 키운 여자라 해도 짐스를 릴라보다 잘 돌보지는 못할 거예요. 릴라가 수프 그릇을 여기 내려놓던 날이 기억나네요. 그때는 설마 이렇게까지 잘하리라고는 상상조차 못 했어요."

13장

굴욕이라는 이름의 파이 한 조각

"뭔가 무서운 일이 생길 것 같아요, 사모님. 구레나룻 달덩이가 샬럿타운에 다녀왔는데, 기차에서 내릴 때 표정이 아주 밝더라고요. 그가 사람들 앞에서 웃는 걸 한 번도 못 봤거든요. 물론 소를 비싼 값에 팔아서 기분이 좋았을 수도 있겠지만, 저는 독일군이 또 어디를 점령했을까 봐 불안해지네요."

먼데이에게 질 좋은 뼈를 가져다주려고 역에 다녀온 수전이 말했다. 프라이어 씨의 웃음과 루시타니아호사건*을 연결시킨 것은 수전의 터무니없는 추측이라고 볼 수밖에 없다. 하지만 한

---

* 1915년에 아일랜드 남쪽 해상에서 독일 잠수함이 영국 여객선 루시타니아호를 격침했는데, 사망자 1,198명 중 미국인이 128명이었다. 이 사건으로 미국 내 반독 정서가 급격하게 높아졌다.

시간 뒤에 우편물이 배달되자 수전의 말이 온 마을에 퍼졌고, 이 때문에 그날 밤 한바탕 소동이 벌어졌다. 독일 황제의 행동에 분노한 마을 젊은이들이 프라이어 씨의 집으로 우르르 몰려가 창문을 모조리 깨뜨린 것이다.

이야기를 전해들은 수전이 말했다.

"그 청년들이 잘했다는 건 아니에요. 잘못했다고 단정 지어 말할 수도 없지만요. 저도 돌멩이 몇 개쯤은 던지고 싶었으니까요. 한 가지만큼은 분명해요. 구레나룻 달덩이는 그 소식이 전해진 날 우체국에서 사람들이 다 보고 있는데도 이렇게 말했대요. '독일이 경고했는데도 집에 처박혀 있지 않은 사람들은 그런 일을 당해도 싸.' 그 말을 직접 들은 사람들이 있다니까요.

노먼 더글러스는 입에 거품을 물고 으르렁댔어요. '악마는 대체 뭘 하는지 모르겠어. 루시타니아호를 침몰시킨 놈들을 잡아가지 않고서'라고 화를 내더군요. 어젯밤에는 카터 씨 가게에서 소리 지르기도 했고요. 평소 그는 자기랑 의견이 다른 사람을 악마와 한편이라고 몰아붙였잖아요. 그런데 가끔씩은 바른말도 하네요. 브루스 메러디스는 물에 빠져 죽은 아기를 머릿속에 그려보면서 괴로워하고 있어요. 지난 금요일에 뭔가 특별한 기도를 한 것 같은데, 그게 이뤄지지 않아서 볼이 퉁퉁 부어 있었대요. 그런데 루시타니아호 이야기를 듣더니 하느님이 왜 자기 기도를 듣지 않으셨는지 그제야 알겠다고 어머니한테 말했다는 거예요. 루시타니아호에서 빠져 죽은 사람들의 영혼을 돌보느라 너무 바빴을 거라나요? 그 아이의 머리는 몸보다 백 살은 더 먹은 것 같아요. 아무튼 루시타니아호사건은 정말 끔찍해요. 하지만 우드로 윌슨이 이 일에 대한 성명을 낼 테니, 우린 아무 걱정도 할 필요가 없겠네요. 참 대단한 대통령이에요!"

수전은 화가 나서 냄비를 두들겼다. 윌슨 대통령은 수전의 부엌에서 졸지에 아주 나쁜 사람이 되고 있었다.

어느 날 저녁 잉글사이드를 찾아온 메리 밴스는 이제 밀러 더글러스의 입대를 막지 않기로 결심했다면서 퉁명스레 말했다.

"루시타니아호사건은 도저히 참을 수 없어. 독일 황제가 죄 없는 아기들을 물에 빠져 죽게 만든 이상, 누군가가 그를 끌어내려야 해. 이건 끝을 봐야 하는 싸움이거든. 그동안 그런 생각이 마음에 서서히 스며들고 있었는데, 이제는 완전히 동의해. 그래서 밀러한테 나는 괜찮으니까 자원입대하라고 말했어. 물론 데이비스 아주머니는 마음을 바꾸지 않겠지. 아마 온 세상 배가 잠수함에 격침되고 아기들이 모두 물에 빠져 죽어도 눈 하나 깜짝 안 할 거야. 하지만 밀러를 계속 잡아두었던 건 그 아주머니가 아니라 바로 나였어. 내가 잘못 생각한 것일 수도 있지만, 그건 두고 보면 알겠지."

모두가 확실히 알게 되었다. 다음 일요일에 밀러 더글러스는 군복 차림으로 메리 밴스와 교회에 왔다. 밀러가 무척 자랑스러웠는지 메리의 하얀 눈동자가 불타오르는 듯했다. 2층 아래쪽에서 두 사람을 바라보던 조 밀그레이브는 미란다 프라이어 쪽으로 눈길을 돌리더니 땅이 꺼질 듯 한숨을 쉬었다. 그래서 주위 사람들은 그가 얼마나 괴로워하는지 알게 되었다.

월터 블라이드는 한숨을 쉬지 않았다. 하지만 월터의 표정을 본 릴라는 가슴이 찢어지는 것 같았다. 가뜩이나 음악회 준비로 힘들어하던 참이었는데, 월터의 표정까지 머릿속에서 떠나지 않아 릴라는 그다음 주 내내 무척 괴로웠다.

음악회의 큰 장애물이 될 뻔했던 일은 잘 해결되었다. 감기에 걸렸던 리스 가족이 모두 건강을 회복했다. 혹시라도 백일해로 진행될까 봐 조마조마해하던 릴라는 한시름을 덜었다. 그런데 다른 문제가 생겼다. 음악회 바로 전날 채닝 부인의 편지가 도착한 것이다. 그녀는 폐렴을 심하게 앓는 아들을 면회하러 급하게 킹즈포트로 가야 한다면서 음악회에 참석하지 못해 미안하다고 사과했다. 청천벽력 같은 소식에 음악회 준비 위원들은 망연자실한 얼굴로 서로를 바라보았다. 아무리 머리를 굴려봐도 이 일을 수습할 뾰족한 수가 떠오르지 않았다.

올리브 커크가 마뜩잖은 소리를 했다.

"이게 다 외부의 도움에 의존해서 그런 거야."

릴라는 너무 다급한 나머지 올리브의 태도에 신경 쓸 겨를도 없이 말했다.

"당장 뭐라도 해야 해. 우린 온갖 곳에 음악회 광고를 냈어. 관람객이 많을 거야. 시내에서 단체로 온다는 사람들도 있어. 그렇지 않아도 연주자가 많지 않은 상황인데 채닝 부인까지 빠진다니, 정말 큰일이야. 부인 대신 노래 부를 사람을 찾아보자."

올리브가 말했다.

"그럴 만한 사람을 지금 어떻게 찾아? 뭐, 아이린 하워드라면 그럭저럭 해낼 수 있겠지. 하지만 아이린은 우리 모임에서 모욕을 당했잖아. 그러니까 하겠다고 나서지 않을 거야."

"우리가 언제 아이린을 모욕했다는 거니?"

릴라는 자기가 이름 붙인 '차갑고 창백한 말투'로 물었다. 하지만 올리브는 아랑곳하지 않고 싸늘하게 대답했다.

"네가 아이린을 모욕했잖아. 아이린이 다 얘기해줬어. 가슴이 미어지는 것 같았대. 네가 개한테 다시는 말도 걸지 말라고 했다면서? 아이린은 아무리 생각해도 자기가 그런 대접을 받을 만한 말이나 행동을 한 적이 없다는 거야. 그래서 그때부터 우리 모임에 나오지 않고 로브리지 적십자단으로 가버렸지. 그건 아이린 잘못이 아니야. 이런 상황인데 아이린에게 가서, 우리 처지가 곤란해졌으니 그만 마음을 풀고 돌아와 우릴 도와달라고 부탁하겠다는 거야? 난 절대로 말 못 해."

옆에 있던 에이미 매캘리스터가 킥킥거렸다.

"설마 나더러 부탁하라는 건 아니지? 난 아이린과 말을 안 한 지 백 년은 됐다고. '모욕'이라고 했지? 아이린은 늘 누군가에게 그걸 당하고 있어. 그래도 노래는 정말 잘해. 사람들도 걔 노래를 들으면 채닝 부인 못지않다고 생각할 거야."

올리브가 의미심장한 얼굴로 말했다.

"네가 부탁해봤자 씨알도 먹히지 않을 거야. 난 지난 4월에 시내에서 아이린을 만났어. 우리가 음악회를 계획한 지 얼마 안 되었을 때였지. 그런데 내가 도와달라고 부탁하니까 아이린은 무척 난처해했어. 그러고 싶은 마음은 굴뚝같은데 자기를 함부로 대한 릴라 블라이드가 프로그램을 짜고 있으니 어떻게 해야 할지 모르겠다는 거야. 아무리 애써본들 아이린에게 도움을 받을 수는 없을 것 같아. 지금 상황이 이러니 아무래도 음악회는 실패로 끝나겠지?"

혼란스러운 마음을 안고 집으로 돌아간 릴라는 곧장 자기 방에 틀어박혀서 생각에 잠겼다.

'아이린에게 사과라도 해야 한다는 거야? 말도 안 돼. 그렇게 치욕스러운 일은 절대 할 수 없다고! 아이린도 나만큼이나 잘못했잖아. 게다가 아이린은 우리 둘이 싸운 일을 자기에게 유리한 쪽으로 슬쩍 바꿔서 여기저기 떠벌리기까지 했어. 정말 비겁해. 마치 자기가 상처 입은 순교자인 척 굴고 있잖아.'

릴라는 친구들 앞에서 자기를 변호하지 않았다. 자초지종을 이야기하려면 월터를 향한 비난까지 언급해야 하는데, 차마 그럴 수는 없었다. 그런 형편이다 보니 아이린을 싫어했던 몇 명만 빼고는 대부분 릴라의 행동이 심했다고 믿었다.

이렇게 릴라가 열심히 준비했던 음악회는 큰 위기를 맞았다. 채닝 부인이 노래하기로 한 네 곡은 전체 프로그램 중에서 무척 큰 비중을 차지하고 있었는데, 그 공백을 메울 방법이 전혀 떠오르지 않았다. 릴라는 어쩔 줄 몰라 하며 올리버에게 물었다.

"선생님은 이 일에 대해서 어떻게 생각하세요?"

올리버가 말했다.

"사과해야 할 사람은 아이린이야. 하지만 이렇게 말해봤자 별 도움을 줄 수 없으니 안타까울 뿐이지."

릴라는 한숨을 쉬었다.

"제가 찾아가서 정중하게 사과하면 아이린은 노래를 부르겠다고 나설 거예요. 그건 틀림없어요. 걔 사람들 앞에서 노래 부르는 걸 정말 좋아하니까요. 하지만 제 앞에서는 꽤나 고약하게 굴겠죠. 아이린을 찾아가는 것만 빼고는 뭐든지 다 할 수 있을 것 같아요. 하지만 어쩔 수 없잖아요. 젬과 제리가 독일군과 맞서 싸우고 있으니, 저도 이런 일쯤은 기꺼이 감수해야죠. 자존심을 버리고 아이린에게 부탁할 거예요. 벨기에 사람들을 돕기 위한 일이니까요. 제가 저녁 식사 후에 무지개 골짜기를 지나 글렌세인트메리 위쪽 길로 천천히 걸어갈 것이라는 예감이 드네요. 지금 마음 같아서는 그럴 수 없을 듯하지만요."

릴라의 예감은 그대로 들어맞았다. 저녁 식사를 마친 뒤 릴라는 구슬 장식이 달린 파란색 스카프를 정성스럽게 둘렀다. 원래부터 자존심보다 허영심이 강하기도 했고, 아이린에게 흠을 잡히기 싫다는 이유도 있었다. 아이린은 늘 친구의 겉모습에서 결점을 찾아냈기 때문이다. 더군다나 릴라는 아홉 살 때 어머니에게 이렇게 말한 적이 있었다.

"멋진 옷을 입으면 예의를 더 쉽게 지킬 수 있는 것 같아요."

릴라는 머리를 단정하게 빗고 소나기를 대비해 긴 비옷도 챙겼다. 하지만 그러는 동안에도 잠시 후에 맞닥뜨리게 될 불쾌한 만남이 머릿속에서 떠나지 않은 탓에 해야 할 말을 속으로 거듭 되뇌었다. 한시라도 빨리 이 일을 해치우고 싶었다. 한편으로는 벨기에를 돕기 위한 음악회 따위는 시작도 하지 않았더라면 좋았을 것이라는 생각도 들었다. 아이린과 다툰 일도 후회했다. 월터를 모욕하는 말을 들었을 때도 경멸하듯 입을 다물고 있는 편이 훨씬 효과적이었을 것이다.

'유치하게 발끈하기나 하고, 참 어리석었어. 앞으로는 더 현명하게 행동해야지, 뭐.'

이제부터 굴욕이라는 이름의 크고 맛없는 파이 한 조각을 꿀

꺽 삼켜야 한다. 평소 같으면 아무리 몸에 좋다 한들 그런 파이
는 입에 대지도 않겠지만, 지금은 어쩔 수 없는 상황이다.

해가 질 무렵 릴라는 아이린 하워드의 집 앞에 도착했다. 처
마 둘레에는 하얀색 소용돌이 장식이 있고 건물 사방으로 창문
이 튀어나온 모습이 마치 허세를 부리는 듯한 느낌을 주었다.
통통하고 수다스러운 하워드 부인이 호들갑을 떨면서 릴라를
맞이해 응접실로 들인 다음 아이린을 부르러 갔다. 릴라는 비옷
을 벗어놓은 뒤 벽난로 위쪽 거울 앞에 서서 자기 모습을 주의
깊게 살펴보았다. 머리와 모자 그리고 옷차림 모두 나무랄 데
없었다. 아이린이 우습게 볼 만한 구석은 없는 듯했다. 아이린
이 다른 여자아이들의 외모를 신랄하게 평가할 때 그 말을 듣고
재미있어했던 일이 떠올라 릴라는 마음이 아팠다. 그리고 이제
자기 차례가 되었음을 실감했다.

얼마 지나지 않아 우아한 가운을 걸친 아이린이 아래층으로
내려왔다. 옅은 담황색 머리를 최근 유행하는 방식으로 묶었으
며 향수 냄새가 진하게 풍겨왔다.

아이린이 호들갑스럽게 말했다.

"안녕하세요, 블라이드 양? 이렇게 찾아주시니 뜻밖이면서도
한편으로는 영광이네요."

릴라는 자리에서 일어나 아이린의 차가운 손끝을 잡은 뒤 다
시 앉으려다가 무언가를 보고 잠시 멍해졌다. 아이린도 자리에
앉으면서 그것을 보았고, 놀리듯 웃음을 지었다. 대화를 마칠
때까지 아이린의 입가에서 무례한 미소가 떠나지 않았다.

릴라는 한쪽 발에 작고 예쁜 강철 걸쇠가 달린 신발과 속이

비치는 파란색 비단 스타킹을 신고 있었다. 하지만 다른 쪽 발에 신은 것은 튼튼하지만 조금 낡은 구두와 검은색 무명 양말이었다. 딱하게도 이런 사정을 조금 전에야 알아차렸고, 아이린에게도 들켜버린 것이다.

릴라는 집을 나서기 전에 옷을 차려입은 뒤 구두와 스타킹을 갈아 신었다. 아니, "갈아 신기 시작했지만 마무리는 못 했다"라고 말해야 정확할 것이다. 손을 움직이면서 머리로는 딴생각을 한 결과였다.

'아, 이게 무슨 망신이야. 다른 사람도 아니고, 하필이면 아이린 하워드에게 이런 꼴을 보이다니!'

아이린은 이런 광경은 처음 본다는 듯 릴라의 발을 뚫어지게 쳐다보았다. 사이가 좋았을 때만 해도 릴라는 아이린이 예의 바른 친구라고 생각했다. 하지만 지금은 자기에게 사람 보는 눈이 없다는 것을 다시금 깨달았다. 정신이 아득해졌고, 준비해온 말은 하나도 기억나지 않았다. 스타킹에만 온 신경이 가 있던 릴라는 성급히 의자 밑으로 발을 집어넣으면서 아이린의 주의를 돌리려고 입을 열었다. 하지만 너무 허둥지둥한 나머지 큰 실수를 저지르고 말았다.

"네게 부탁이 이쪄서(있어서) 왔어."

무심코 혀 짧은 소리가 나온 것이다. 굴욕을 당할 각오는 했지만 이 정도까지는 아니었다. 사람에게는 지켜야 할 선이라는 게 있는데, 이미 그 선을 넘어버렸다.

"그래?"

아이린은 차갑게 되묻더니 릴라의 새빨개진 얼굴을 도도하게 쳐다보았다. 그러고는 낡은 구두 한 짝과 멋진 신발 한 짝이라는 희한한 조합이 너무나도 매력적이라 도저히 눈을 뗄 수 없다는 듯이 아래쪽으로 눈을 돌렸다.

'혀 짧은 소리는 내지 말고, 침착하게 말하는 거야.'

릴라는 정신을 가다듬고 다시 이야기를 꺼냈다.

"채닝 부인이 음악회에 오지 못하게 됐어. 킹즈포트에 있는 아들이 갑자기 아프대. 나는 위원회를 대표해서 네가 채닝 부인 대신 노래를 불러줄 수 있는지 물어보려고 왔어."

단어 하나하나를 지나칠 정도로 정확하고 주의 깊게 발음한 탓에 마치 교과서를 읽는 것 같은 어조였다.

아이린이 기분 나쁜 미소를 지으며 말했다.

"그러니까 막판에 어쩔 수 없어서 보내는 초대장 같은 거로구나. 그렇지?"

릴라가 말했다.

"우리가 처음 음악회를 계획했을 때 올리브 커크가 도와달라고 부탁했지만 네가 거절했다면서?"

아이린은 짐짓 애절한 표정을 지었다.

"뭐, 그땐 어쩔 수 없었지. 네가 나한테 다시는 말도 걸지 말라고 했으니까. 만약 내가 돕겠다고 나섰더라면 우리 둘 다 무척 어색했을 거야. 안 그래?"

마침내 굴욕이라는 이름의 파이를 입에 넣을 시간이 되었다. 릴라는 또박또박 힘주어 말했다.

"미안해, 아이린. 내가 사과할게. 그런 말을 하는 게 아니었어. 내가 나빴어. 날 용서해주겠니?"

"그리고 음악회에서 노래해달란 말이지?"

아이린의 말투는 상냥했지만 릴라는 왠지 그 말이 모욕적으로 들렸다. 그래서 비참한 심정으로 말했다.

"음악회 일만 아니었으면 내가 네게 사과할 리 없다고 생각하는 것 같은데, 솔직히 그럴지도 몰라. 하지만 그 일이 있은 뒤로 내가 그렇게 말한 걸 후회하면서 겨우내 네게 미안해했던 것도 사실이야. 내가 하고 싶은 말은 이게 전부야. 날 용서해줄 수 없다면, 더는 할 말이 없네."

그러자 아이린이 매달리듯 말했다.

"어머, 릴라. 그런 식으로 딱딱하게 굴진 마. 난 널 용서할 거야. 물론 그 일 때문에 무척 속상하긴 했어. 몇 주 동안 울기만 했지. 얼마나 괴로워했는지 네가 몰랐으면 좋겠다 싶을 정도야. 난 아무 말도 안 했는데 그런 대접을 받았으니 억울할 수밖에 없지 않겠니?"

릴라는 치미는 분노를 목구멍 속으로 꾹꾹 밀어 넣었다. 이 자리에서 아이린과 말다툼을 한다면 지금까지의 노력은 물거품처럼 사라질 것이기 때문이다. 굶주리는 벨기에 사람들을 생각하면 이 정도 수모는 견뎌야 했다.

"아이린, 그러면 음악회를 도와줄 수 있니?"

아이린은 여전히 릴라의 구두를 뚫어지게 바라보고 있었다. 아이린이 올리브 커크에게 구두 이야기를 하면서 비웃는 소리가 릴라의 귀에 들리는 것 같았다.

이윽고 아이린은 릴라를 보면서 투덜거렸다.

"갑자기 이러면 나더러 뭘 어떻게 하라는 거야? 새 노래를 연습할 시간도 없잖아.”

릴라는 이 말이 핑계라는 것을 알았다. 아이린은 겨울 동안 시내에서 음악 수업을 받았기 때문이다.

“넌 글렌세인트메리 마을 사람들이 모르는 멋진 노래를 많이 알고 있잖아. 네가 뭘 불러도 다들 처음 듣는 노래일 거야.”

“하지만 반주해줄 사람도 없는걸.”

“우나 메러디스가 할 수 있어.”

아이린이 한숨을 쉬었다.

“아, 우나에게는 반주를 맡길 수 없어. 작년 가을부터 우린 한 마디도 안 하는걸. 주일학교 음악회에서 우나가 나한테 참 못되게 굴었거든. 그래서 절교해버렸지 뭐야.”

릴라는 기가 막혔다. 우나 메러디스는 누군가에게 미움을 살 만한 사람이 아니다. 아이린은 그 누구와도 결국은 사이가 틀어지는 모양이었다. 릴라는 피식 웃음이 나왔지만 티 내지 않으려고 안간힘을 쓰며 아이린을 달랬다.

“그럼 올리버 선생님은 어때? 그분은 피아노를 아주 잘 치시니까 어떤 곡이라도 반주할 수 있을 거야. 내일 저녁 음악회를 시작하기 전에 잉글사이드에서 같이 연습해보자.”

“입을 옷도 없는걸. 이브닝드레스를 새로 맞추긴 했지만 아직 샬럿타운에서 가져오지 않았어. 전에 입던 옷은 초라하고 촌스러운 것들뿐이야. 그런 걸 입고 무대에 설 수는 없잖아.”

릴라가 천천히 또박또박 말했다.

“우린 굶주리는 벨기에 아이들을 도와주려고 음악회를 연 거야. 그 아이들을 위해서라도 이번만 낡은 드레스를 입을 수는 없겠니?"

"난 왠지 우리가 지나치게 호들갑을 떠는 것 같아. 20세기에 굶주리는 사람들이 있다니, 말도 안 돼. 신문 기사는 원래 작은 일도 큰일처럼 부풀려서 전하잖아."

이쯤이면 굴욕이라는 이름의 파이를 충분히 삼킨 것이라고 릴라는 생각했다.

'누군 자존심도 없는 줄 알아? 음악회 때문이든 아니든 더는 비위를 맞춰줄 필요가 없어!'

릴라는 벌떡 일어났다. 구두 따위는 신경도 쓰이지 않았다.

"넌 우릴 도와줄 수 없다는 거로구나. 그래, 아쉽지만 어쩔 수 없지. 우리끼리 어떻게든 해볼게."

이제 상황은 아이린이 바라던 것과 다른 방향으로 흘러갔다. 아이린은 음악회에서 노래를 부르고 싶은 마음이 간절했다. 하지만 마지못해 승낙하는 것처럼 보여야 더 생색을 낼 수 있기 때문에 일부러 주저하는 척했을 뿐이다. 더구나 아이린은 릴라와 다시 친구가 되고 싶었다. 릴라가 진심으로 자기를 칭찬할때 들었던 달콤한 기분을 아이린은 잊지 못하고 있었다. 잉글사이드에서 함께 놀 수 있다는 점도 참 매력적이었다. 월터처럼 잘생긴 대학생이 집에 있을 때는 특히 더 그랬다.

아이린은 릴라의 발에서 눈을 떼고 다급히 말했다.

"릴라, 그렇게 화내지 마. 할 수만 있다면 나도 너희를 돕고 싶어. 그러니까 일단 앉아서 의논해보자."

"미안하지만 여기 더 있을 순 없어. 얼른 집에 가야 해. 짐스를 재워야 하거든."

"아, 그래. 네가 책에 나와 있는 대로 키우는 아기 말이지? 아이들을 좋아하지 않으면서 그런 일을 하다니, 넌 정말 대단해. 내가 입맞춤 좀 했다고 그렇게나 화를 냈잖아! 그래도 이제 옛일은 다 잊고 다시 친하게 지내자. 응? 그래줄 거지? 자, 음악회 말인데. 내가 아침에 기차를 타고 시내로 가서 옷을 가져올게. 그러면 음악회 때 입을 수 있을 거야. 네가 올리버 선생님한테 반주를 부탁해줄래? 내가 직접 말씀드리기는 부담스러워. 선생님은 지나치게 거만하고 도도한 분이라 나 같은 사람은 그분 앞에서 몸이 움츠러들거든."

릴라는 올리버 선생님을 변호하고 싶었지만 그래봤자 시간 낭비라는 생각이 들어서 마음을 접었다. 그리고 별안간 친한 척하며 살갑게 구는 아이린에게 싸늘한 태도로 고맙다고 인사한 뒤 그 집에서 나왔다. 여러모로 불편했던 만남을 마치자 마음이 무척 홀가분해졌다.

릴라는 이제 아이린과 전처럼 가깝게 지낼 수 없다는 것을 깨달았다. 물론 친근하게 대할 수는 있지만 진정한 친구가 될 수는 없었고, 그러고 싶은 마음도 들지 않았다. 겨우내 릴라는 여러 가지 심각한 일로 걱정이 많았다. 그러면서도 마음 한구석에서는 친구를 잃은 아쉬움이 남아 있었다. 그런데 지금은 그런 감정조차 완전히 사라져버렸다. 아이린은 엘리엇 부인이 말하는 '요셉을 아는 자'가 아니었던 것이다.

릴라는 자기가 아이린보다 어른스럽다고 말한 적도, 그렇게 생각한 적도 없었다. 혹시라도 그런 생각이 들었다면 터무니없다고 여겼을 것이다. 릴라는 아직 열일곱 살도 되지 않았고 아이린은 스무 살이었기 때문이다. 하지만 나이가 아니라 인격으로 따져보면 릴라가 더 성숙한 것이 사실이었다. 아이린은 1년 전과 똑같았고 앞으로도 달라지지 않을 것이다. 반면에 릴라는 지난 1년 동안 몰라보게 성장했으며 속도 깊어졌다.

릴라는 아이린의 본성을 정확하게 꿰뚫어 보았다. 겉으로는 다정하게 굴었지만 속은 악의에 가득 차 있었다. 옹졸하고 위선적이며 천박하기까지 했다. 이번 일로 릴라는 당황했을 뿐이지만 아이린은 훨씬 큰 피해를 보았다. 자기의 충직한 숭배자를 영원히 잃었기 때문이다.

글렌세인트메리 마을 위쪽 길을 가로질러 달빛이 얼룩덜룩하게 비치는 무지개 골짜기에 도착하고 나서야 릴라는 비로소 마음을 추슬렀다. 잠시 후 릴라는 안개처럼 희끄무레하게 꽃을 피운 자두나무 아래에서 걸음을 멈추고 웃으며 말했다.

"지금 중요한 일은 딱 한 가지겠지? 연합군이 전쟁에서 승리하는 거야! 내가 구두와 양말을 짝짝이로 신고 아이린 하워드를 만나러 간 건 아주 하찮은 일이었을 뿐이야. 그렇지만 나 버사 마릴라 블라이드는…."

릴라는 극적인 몸짓으로 달을 향해 한 손을 쳐들었다.

"저 달을 증인으로 엄숙히 맹세하노니, 앞으로 두 발을 잘 살펴보지 않고는 절대 방을 나서지 않겠노라!"

14장

심판의 골짜기*

이탈리아가 전쟁에 뛰어들었다. 이 소식을 듣고 몹시 기뻤던 수전은 다음 날 잉글사이드에 국기를 내걸었다.

"사모님, 러시아의 형편을 고려해보면 지금이 알맞은 때 같아요. 니콜라이 대공 같은 인물이 있긴 하지만 러시아인들은 원체 믿을 수 없는 사람들이잖아요. 이탈리아가 올바른 쪽에 힘을 보태서 다행이에요. 물론 연합군에게 도움이 될 거라고 장담할 순 없어요. 전 아직 이탈리아인에 대해서 잘 모르니까요. 그래도 이탈리아 덕분에 프란츠 요제프**라는 불량배가 골치깨나 앓을 거예요. 참 대단한 황제 납셨네요. 한쪽 발을 무덤에 넣은 채로 대량 학살을 계획하고 있으니까요."

수전은 빵 반죽을 힘껏 두들겼다. 마치 프란츠 요제프가 자기 손에 잡힌다면 뼈도 못 추릴 거라고 말하는 듯했다.

월터는 아침 일찍 기차를 타고 시내에 갔다. 낸이 짐스를 돌봐주겠다고 나선 덕분에 하루 동안 육아에서 해방된 릴라는 마을회관을 꾸미고 그동안 벌여놨던 일을 마무리하느라 무척 바쁘게 지냈다. 프라이어 씨가 미란다의 개를 마구 걷어차면서 "비가 억수같이 쏟아졌으면 좋겠다"라고 말했다는 이야기가 들리긴 했지만, 이날 저녁에는 날씨가 맑았다. 마을회관에서 집으로 급히 뛰어온 릴라는 서둘러 옷을 갈아입었다. 모든 일이 놀랄 만큼 순조롭게 진행되고 있었다. 아래층에서는 아이린이 올리버와 함께 음악회에서 부를 노래를 연습하고 있었다. 릴라는 서부전선의 일까지 잠시 잊어버릴 만큼 마음이 들뜨고 행복했다. 몇 주에 걸친 노력이 마침내 풍성한 결실을 맺게 되었다고 생각하니 뿌듯해지면서 성취감과 승리감을 느꼈다.

릴라 블라이드에게는 음악회 프로그램을 기획할 만한 수완이나 인내력이 없다고 생각한 사람이 많았다. 실제로 그런 기색을 내비친 사람도 한둘이 아니었다. 그들은 이제 자기가 선입관에 사로잡혀 있었음을 깨닫게 될 것이다. 릴라는 노래를 흥얼거리며 옷을 갈아입었다. 거울에 비친 자기 모습이 오늘따라 무척 예뻐 보였다. 동그란 뺨이 발그레해지면서 주근깨를 가렸고 머리카락은 적갈색으로 빛났다.

'머리에 사과꽃을 꽂을까? 아니야, 작은 진주 장식이 예뻐 보

일 수도 있어.'

한참을 고민하다가 사과꽃으로 결정한 뒤 하얀 꽃송이를 왼쪽 귀 뒤에 꽂았다. 그러고는 마지막으로 발을 점검했다.

'음, 양쪽 다 구두를 제대로 신고 있군.'

나갈 채비를 마친 릴라는 곤히 자고 있는 짐스를 물끄러미 바라보았다. 따뜻하고 부드러운 장밋빛 얼굴이 무척 귀여웠다. 릴라는 짐스에게 입맞춤한 뒤 서둘러 마을회관으로 향했다. 벌써부터 사람들이 모여 있었고 머지않아 자리가 꽉 찼다. 릴라의 음악회는 눈부신 성공을 앞두고 있었다.

세 번째 순서까지 순조롭게 진행되었다. 릴라는 무대 뒤쪽의 작은 분장실에서 달빛 비치는 항구를 바라보며 낭송을 연습하고 있었다. 그곳에는 릴라 혼자였고 다른 출연자들은 맞은편의 더 큰 방에서 대기하고 있었다. 그때 누군가의 팔이 허리를 감싸는 게 느껴졌다. 아이린 하워드였다. 아이린은 릴라의 뺨에 가볍게 입을 맞춘 뒤 이렇게 말했다.

"릴라, 너 오늘 정말 예쁘다. 꼭 천사 같네. 그리고 넌 참 용감한 아이야. 월터가 자원입대한 일 때문에 풀이 죽어 있을 거라고 생각했는데, 도리어 침착하게 행동하고 있잖아. 나도 너처럼 배짱이 두둑했으면 좋겠어."

그 순간 릴라는 몸이 굳어서 꼼짝할 수 없었다. 아무 생각도 나지 않았고 아무것도 느끼지 못했다. 감정의 세계가 텅 비어버린 것 같았다.

"월터가, 입대한다고?"

릴라는 자기 목소리가 다른 사람의 말처럼 귓가에 맴도는 것을 느꼈다. 아이린의 꾸민 듯한 웃음소리도 들려왔다.

"어머, 여태 몰랐던 거야? 넌 당연히 알 거라고 생각했지. 내가 괜한 소리를 했네. 아, 난 왜 만날 실수만 할까? 아무튼 내 말이 맞아. 월터는 그 일로 시내에 다녀온 거야. 월터가 아까 기차에서 내릴 때 말해줬어. 아, 그럼 내가 그 소식을 가장 먼저 들은 거네! 아직 군복은 입지 않았어. 군복이 모자라다나? 하루나 이틀 뒤면 받겠지. 월터는 누구 못지않게 용기 있는 사람이라고 내가 누누이 말했잖아. 군에 자원했다는 말을 들었을 때 난 월터가 참 자랑스러웠어. 어머, 릭 매캘리스터의 낭독이 끝났네. 난 얼른 가봐야 해. 다음 순서인 합창 때 함께 나가기로 했어. 앨리스 클로가 두통 때문에 힘들다고 했거든."

아이린은 자리를 떴다. 고맙게도 눈앞에서 사라져버렸다! 다시 혼자가 된 릴라는 달빛이 비치는 포윈즈의 풍경을 바라보았다. 시간이 지나도 여전히 꿈결처럼 아름다웠다. 릴라는 감정이 다시 돌아오는 것을 느꼈다. 너무나 괴로워서 온몸이 갈기갈기 찢어지는 듯 아파왔다.

"도저히 견딜 수 없어."

이렇게 말한 순간, 릴라는 그래도 이 고통을 견딜 수 있을 거라는 생각과 함께 앞으로 몇 년 동안은 힘겨운 세월을 겪어야 할 것 같다는 예감이 들었다.

릴라는 한시라도 빨리 이곳을 벗어나고 싶었다. 집에 가서 혼자 있고 싶었다. 이런 상태로는 무대에 나갈 수 없었다. 낭송도, 연극도 무리였다. 지금 가버리면 음악회가 엉망으로 끝나겠지만 어떻게 되든 무슨 상관이랴. 릴라는 여기 있는 존재가 정말 자기인지, 몇 분 전까지만 해도 그처럼 행복해하던 릴라 블라이드가 맞는지 의심스러웠다. 밖에서는 사중창단이 〈우리는 결코 국기를 내리지 않으리〉를 부르고 있었다. 노랫소리는 아득히 먼 곳에서 들리는 것 같았다. 릴라는 왜 눈물이 안 나는지 궁금했다. 젬이 전쟁터에 간다고 말했을 때는 그렇게나 구슬프게 울지 않았던가? 한바탕 울고 나면 생명을 옥죄는 듯한 무언가를 떨쳐낼 수 있을 것 같았다. 하지만 눈물은 나오지 않았다. 릴라는 두리번거리며 스카프와 외투를 찾았다. 마치 치명상을 입은 동물처럼 이곳을 빠져나가서 어딘가에 숨고 싶었다.

'이렇게 달아나는 건 너무 비겁하지 않아?'

누가 묻기라도 한 듯 이런 의문이 머릿속에 떠올랐다. 릴라는 플랑드르의 격렬한 전투를 생각해보았다. 지금도 그곳에서는 젬과 친구들이 빗발치는 포탄에도 굴하지 않고 용감하게 참호를 지키고 있을 것이다.

'만약 그들이 날 본다면 어떻게 생각할까? 청소년 적십자단의 사소한 일조차 버거워하면서 내팽개친다면, 과연 내가 얼굴을 들 수 있을까?'

그 순간 젬이 떠날 때 어머니가 했던 말이 떠올랐다.

"여자들이 용기를 잃는다면 남자들이 어떻게 두려움을 견뎌낼 수 있겠니?"

그래도 더는 이곳에 머물 수 없었다. 인내할 수 있는 한계를 이미 벗어난 듯했다. 결국 릴라는 문가를 향해서 걸어가기 시작했다. 그때였다. 어디선가 음악소리가 들려왔다. 릴라는 가던 길을 멈추고 몸을 돌려서 창가로 돌아왔다. 아이린이 노래를 부르고 있었다. 청아하고 감미로운 목소리가 건물 전체에 울려 퍼졌다. 아이린이라는 존재 중에서 딱 하나 진실한 부분이 바로 이 아름다운 목소리였다.

다음 순서는 어린 여자아이들의 요정 율동이었다. 나가서 반주를 해야 했지만 릴라는 자신이 없었다. 머리는 지끈지끈 아프고 목은 타들어가는 것 같았다.

'아, 아이린은 왜 하필 이럴 때 그 이야기를 했을까? 지금 말해서 무슨 소용이 있다고…. 정말 못됐어!'

릴라는 이날 어머니가 평소와 다른 표정으로 몇 번이나 자기를 바라보던 일이 떠올랐다. 당시에는 이상하다는 생각이 들었지만 너무 바빠서 이유를 생각해볼 겨를도 없었다. 이제는 어떤 상황이었는지 이해할 수 있었다. 어머니는 월터가 왜 시내로 갔는지 알고 있었지만 음악회가 끝날 때까지는 릴라에게 말하지 않기로 마음먹었던 것이다. 어머니의 강한 의지와 인내심을 생각하니 릴라는 감탄할 수밖에 없었다.

마침내 릴라는 차가운 두 손을 꼭 맞잡고 다짐했다.

"나도 여기 남아서 이 일을 끝까지 해낼 거야!"

릴라는 음악회의 나머지 순서를 열에 들떠 꿈을 꾸는 것처럼 몽롱한 정신으로 치러냈다. 몸은 사람들에게 둘러싸여 있었지만 영혼은 고문실에 홀로 있었다. 그럼에도 꿋꿋이 연주했고 실수 없이 낭독을 마쳤다. 심지어는 대화극에서 아일랜드 노파 역을 맡아 기괴한 의상을 입고 열연하기도 했다. 원래 미란다 프라이어가 하기로 한 배역이었지만 사정이 여의치 않아서 릴라가 그 자리를 메웠다. 그러나 낭송할 때 평소 같은 열정과 호소력을 보여주지 못했고, 연기할 때도 연습 때 완벽하게 구현했던 아일랜드 억양은 쓰지 않았다.

수많은 관객이 무대를 바라보고 있었지만 릴라의 눈에는 오직 한 사람의 얼굴만 보였다. 어머니 옆에 앉아 있는 잘생긴 청년이었다. 순간 그 검은 머리 청년을 둘러싼 풍경이 전쟁터의 참호 속으로 바뀌었다. 그러더니 그는 별빛을 받으며 누워 있는 싸늘한 시신이 되기도 하고 수용소에 갇혀 비통해하는 포로의 모습으로 나타나기도 했다. 그의 눈에서는 총기가 사라져갔다. 전쟁터의 온갖 끔찍한 광경이 눈앞에 파노라마처럼 펼쳐지는 동안, 깃발로 장식된 마을회관 무대에 선 릴라의 얼굴은 우윳빛 사과꽃보다 창백해져갔다. 자기가 출연하지 않을 때 릴라는 작은 탈의실에서 초조하게 서성거렸다.

절대 끝나지 않을 것 같던 음악회도 마침내 막을 내렸다. 올리브 커크가 뛰어 들어오더니 오늘 100달러나 벌었다면서 호들갑을 떨었다.

"그래, 정말 잘됐네."

얼른 혼자 있고 싶었던 릴라는 형식적으로 대답한 뒤 그 자리를 떠났다. 마을회관 입구에서 기다리고 있던 월터가 릴라를 조용히 안아주었다. 두 사람은 달빛이 내리는 길을 함께 걸었다. 개구리들이 습지에서 노래를 불렀고 주위의 들판은 어둑한 은빛으로 반짝거렸다. 봄날의 밤은 확실히 아름답고 독특한 매력이 있었다. 그래서 릴라는 도리어 괴로웠다. 이 아름다움이 자기의 고통스러운 마음을 모욕하는 것 같았다. 어쩌면 앞으로 영원히 달빛을 싫어하게 될지도 몰랐다.

월터가 가만가만 말을 건넸다.

"알고 있니?"

릴라는 목멘 소리로 대답했다.

"응, 아이린이 말해줬어."

"행사가 끝나기 전까지는 네가 모르길 바랐어. 하지만 네가 무대에 나왔을 때 너도 이미 이야기를 들었다는 걸 알아차렸지. 내 동생 릴라, 난 어쩔 수 없었어. 루시타니아호가 침몰한 뒤로 더는 아무렇지도 않게 살 수 없었던 거야. 무서워서 덜덜 떨며 죽어간 여자들과 아이들이 얼음처럼 차가운 바다 위를 떠다니는 모습이 눈에 어른거려서 견딜 수 없었지. 그래, 처음에는 인생에 대한 혐오감을 느꼈어. 그런 어처구니없는 일이 일어날 수 있는 세상에서 벗어나고만 싶었지. 그 저주받은 흙을 내 다리에서 영원히 털어버리고 싶었던 거야. 그때 내가 전쟁터로 가야만 한다는 사실을 깨달았어."

"오빠가 아니어도, 갈 사람은, 얼마든지 있잖아."

"중요한 건 그게 아냐. 릴라, 마이 릴라. 나 자신을 위해서, 내 영혼을 살리려고 가는 거야. 계속 여기 머물러 있다 보면 내 영혼은 점점 쪼그라들어서 비열하고 생명 없는 무언가만 남게 될 것 같아. 눈이 멀거나, 팔다리가 잘리거나, 내가 두려워했던 그 어떤 일을 당하는 것보다 영혼이 망가지는 게 더 두려워."

"하지만, 죽을 수도, 있어…."

릴라는 이렇게 말하는 자신이 미웠다. 그런 말을 입에 담는다는 건 나약하고 비겁하다는 증거였다. 하지만 그날 밤 극도로 긴장했다가 맥이 풀리면서 자포자기하는 심정이 된 터라 속에 담았던 말을 그대로 쏟아냈다.

"늦게 오든 빨리 오든, 마지막에 오는 것은 죽음뿐이니."*

월터는 시 한 구절을 읊은 뒤 차근차근 이야기했다.

"전에도 이야기했던 것처럼, 난 죽는 게 두렵지 않아. 단지 살아가는 것만으로도 비싼 대가를 치러야 할 때가 있는 거야. 릴라, 이 전쟁에서는 혐오스러운 일이 너무 많이 벌어지고 있어. 그런 건 세상에서 쓸어버려야 해. 난 아름다움을 지키기 위해 싸울 거야. 그게 내 의무거든. 세상에는 더 고귀한 의무도 있겠지만, 지금 내 의무는 나가서 싸우는 거야. 난 인생과 내 조국 캐나다에 빚을 졌어. 그러니 그걸 갚아야 해. 릴라, 마이 릴라. 난 젬이 떠나고 난 뒤에 계속 풀이 죽어 있었어. 하지만 오늘 밤에 자존심을 되찾았지. 이제 다시 시를 쓸 수 있을 것 같아. 지난해 8월 이후로 시라곤 한 줄도 못 썼거든. 오늘 밤에는 시로 가득 찬 느낌이야. 내 동생 릴라, 너도 용감해져야 해. 젬이 떠났을 땐 씩씩한 모습을 보여줬잖아."

월터는 미소를 지으며 이야기를 마무리했다. 하지만 릴라는 웃을 수 없었다. 웃기는커녕 터져 나오는 울음을 삼키느라고 한 마디 한 마디 끊어서 말했다.

"이번 일은, 달라. 물론 난, 젬을 사랑했지만, 젬이 떠날 땐, 전쟁이 금세 끝날 줄, 알았어. 그리고, 오빠는 내게, 가장 소중한, 사람이잖아…"

"날 위해서라도 용기를 내야 해. 릴라, 마이 릴라. 오늘 밤 나

---

* 스코틀랜드 작가 월터 스콧(1771-1832)의 시 〈마미온〉의 한 구절

는 이상하게 마음이 들떠 있어. 나 자신을 극복했다는 승리감에 도취되어 있나 봐. 하지만 언제까지나 이렇지는 않겠지? 그땐 네가 날 도와줘야 해."

나쁜 일은 한꺼번에 알아두자는 심정으로 릴라가 물었다.

"언제 떠나는 거야?"

"일주일쯤 남았어. 우선 킹즈포트에서 훈련을 받게 될 거야. 전장으로는 7월 중순쯤 갈 것 같은데, 아직 잘 모르겠어."

일주일! 월터와 함께할 수 있는 시간이 이제 일주일밖에 남지 않았다. 아직 소녀티를 벗지 못한 릴라는 앞으로 어떻게 살아가야 할지 갈피를 잡을 수 없었다.

잉글사이드 대문에 들어서자 월터는 오래된 소나무 그늘에서 걸음을 멈추고 릴라를 와락 끌어안았다.

"릴라, 마이 릴라. 벨기에와 플랑드르에도 너처럼 사랑스럽고 순수한 아가씨들이 있어. 너도… 아니, 너까지도 그들이 어떤 운명을 맞이했는지 알고 있잖아. 다시는 그런 일이 이 세상에서 일어나지 않도록 우리가 나서야 해. 네가 날 도와줄 거지?"

"노력해볼게. 그래, 한번 해보지 뭐."

월터의 어깨에 머리를 기대면서 릴라는 그의 말대로 해야 한다는 사실을 깨달았다. 그 자리에서 현실을 받아들인 것이다. 무엇이 옳은지는 분명해졌다. 빛나는 영혼과 꿈과 이상을 가진 내 아름다운 오빠는 가야만 한다. 언젠가는 이런 일이 있을 줄 알고 있었다. 햇볕이 내리쬐는 들판 위로 먹구름이 컴컴한 그림자를 드리우며 무자비하게 다가오는 것처럼, 릴라는 비극이 서서히 들이닥치는 것을 느끼고 있었다. 말할 수 없이 고통스러웠지만 마음 한구석에서 묘한 안도감이 느껴지기도 했다. 겨우내 희미하게 욱신거리며 릴라를 괴롭혀왔던 통증이 가라앉은 것 같았기 때문이다.

'이제는 그 누구도 월터를 '병역기피자'라고 부를 수 없어!'

그날 릴라는 뜬눈으로 밤을 지새웠다. 짐스 말고는 잉글사이드 사람들 모두 좀처럼 잠들지 못했다. 몸은 시간이 지나면서 서서히 자라지만 영혼은 잠깐 사이에 훌쩍 성장하는 법이다. 단 한 시간 만에 모든 것을 갖춘 어른이 될 수도 있다. 그날 밤 릴라 블라이드의 영혼은 고통을 이겨내는 능력과 강한 인내력을 지닌 여성으로 성장했다.

쓰디쓴 새벽이 밝아오자 릴라는 일어나서 창가로 갔다. 창문 밖 사과나무 가지에 장밋빛 꽃송이들이 거대한 원뿔 모양을 이루며 피어 있었다. 월터가 어린아이였을 때 심은 나무였다. 무지개 골짜기 너머로 아침을 맞이한 구름 해안이 보였다. 태양은 잔물결을 일으키며 떠오르고 있었다. 그 위쪽 하늘에서는 아직 돌아가지 않은 별 하나가 차갑고 아름답게 빛났다. 세상은 봄날의 사랑스러운 풍경으로 그득했다. 그런데 왜 사람들의 가슴은 찢어져야만 하는 것일까?

그때 누군가가 릴라를 사랑스럽게 안아주었다. 어머니였다. 릴라를 보호하듯 감싸 안고 있는 어머니의 얼굴은 무척 파리했고 눈은 유난히 커 보였다.

릴라가 애타게 소리쳤다.

"아, 어머니는 어떻게 견딜 수 있는 거예요?"

"릴라, 나는 월터가 입대할 생각이라는 걸 며칠 전부터 알고 있었어. 내게는 현실에 저항하다가 결과를 받아들일 시간이 있었던 거야. 우린 월터를 보내줘야 해. 우리의 사랑이 외치는 소리보다 더 위대하고 강력한 부르심이 있단다. 월터는 그 소리를 들은 거야. 월터는 자기를 희생하면서 고통받기를 선택했어. 그러니 우리가 고통을 더해서는 안 된단다."

"우리는 더 큰 희생을 치르잖아요. 오빠들은 자기 한 사람을 바치는 거지만 우린 두 사람을 바치는 거니까요."

블라이드 부인이 미처 대답하기도 전에 수전이 노크 같은 예절은 갖출 생각을 하지도 않은 채 문 안쪽으로 머리를 디밀었다. 눈동자가 붉게 충혈되었고 눈두덩은 퉁퉁 부어 있었다. 하지만 입 밖으로 나온 말은 한 마디뿐이었다.

"사모님, 여기로 아침 식사를 가져올까요?"

"괜찮아요, 수전. 곧 아래층으로 내려갈게요. 아, 그리고 월터가 입대한다는 사실은 알고 있죠?"

"네, 사모님. 어젯밤에 선생님께 들었어요. 전능하신 하느님이 그런 일을 허락하신 이유가 있겠죠. 우린 그 뜻에 따르고 밝은 면을 보도록 노력해야 해요. 적어도 시인이 되겠다는 생각만큼은 버릴 수 있겠네요. 그게 어디예요."

수전은 여전히 시인을 부랑자나 다를 바 없이 여기는 듯했다. 그녀가 낮은 어조로 덧붙였다.

"그리고 고맙다는 감사기도를 하고 싶어요. 셜리는 아직 전쟁터에 갈 나이가 아니잖아요."

블라이드 선생이 문 앞에서 걸음을 멈추며 물었다.

"그건 다른 집 아들이 셜리 대신 군대에 가게 되어 고맙다고 기도하는 것과 같은 말 아닌가요?"

"아뇨. 그렇지 않아요, 선생님."

수전은 이렇게 딱 잘라 말한 뒤 짐스를 안아 올렸다. 짐스는 검은 눈을 커다랗게 뜨고 마디마디가 보조개처럼 옴폭 파여 있는 손을 쭉 뻗고 있었다. 수전이 말을 이어갔다.

"제가 꿈에도 생각지 못했던 말을 했다고 뭐라 하시면 안 돼요. 저처럼 평범한 여편네가 설마 선생님과 논쟁을 하겠어요? 하지만 누가 군대를 간다는 사실로 하느님께 감사하는 일 따위는 하지 않아요. 제가 아는 건, 우리가 독일 황제 편에 서고 싶지 않은 이상 우리 청년들이 군대에 가야 한다는 것뿐이죠. 먼로주의°라는 게 뭔지는 모르지만, 우드로 윌슨이 뒤에 버티고 있는 한 결코 믿을 수 없을 테니까요. 각서 같은 종이쪽지로 독일에게 책임을 물을 수는 없잖아요. 이제 저는…."

수전은 여윈 팔로 짐스를 끌어안고 계단을 씩씩하게 내려가면서 덧붙였다.

"울 만큼 울고, 원없이 말했으니 기운을 내야겠죠? 진심으로 즐겁진 않겠지만 즐거운 척이라도 하려고 노력할 거예요."

• 미국의 전통적 외교정책이 된 방침으로, 1823년에 미국의 먼로 대통령(1758-1831)이 처음 제창했다. 미국에 대한 유럽의 간섭이나 재식민지화를 허용하지 않는 대신 미국도 유럽에 간섭하지 않겠다는 내용이다.

15장

날이 밝을 때까지

신문을 읽던 수전이 실망한 표정으로 고개를 들었다.

"독일군이 프셰미실을 점령했어요. 야만스러운 이름으로 부를 곳이 또 늘어났네요. 곁에 있던 소피아가 땅이 꺼질 듯 한숨을 내쉬며 이렇게 말하는 거예요. '아, 그럼 다음번에는 상트페테르부르크를 집어삼킬 게 틀림없어.' 그래서 제가 이렇게 말해줬죠. '내가 지리에 해박하진 않지만, 프셰미실에서 상트페테르부르크까지 가려면 꽤 많이 걸어야 할걸?' 그러자 소피아가 다시 한숨을 쉬면서 말했어요. '니콜라이 대공이 그런 사람인 줄은 몰랐어.' 그래서 이렇게 대꾸했죠. '그런 말이 그 사람 귀에 들어가면 안 돼. 언짢아할 수 있잖아. 그렇지 않아도 가뜩이나 걱정거리가 많은 사람인데.' 하지만 아무리 비꼬아도 소피아는 흥이 나지 않나 보더라고요. 세 번째로 한숨을 쉬면서 웅얼거리는 거예요. '하지만 러시아군은 너무 빨리 퇴각하고 있잖아.' 그래서 저도 가만히 있지 않고 쏘아붙였어요. '그래서 뭐? 러시아는 물러날 곳이 얼마든지 있잖아. 안 그래?' 그런데 사모님, 소피아 앞에서는 절대 인정하지 않았지만, 아무래도 동부전선의 전황이 녹록하지 않은 모양이에요."

녹록하다고 보는 사람은 아무도 없었다. 그럼에도 러시아군의 퇴각 소식이 여름내 들려오자 한숨을 쉬며 밤을 지새우는 날이 갈수록 늘어갔다.

거트루드 올리버가 말했다.

"즐거운 건 둘째 치더라도 아무렇지도 않게 우편물을 기다릴 수 있는 날이 올까요? 독일군이 동부전선에서 러시아를 무너뜨리고 그 여세를 몰아 군대를 서부전선으로 보내지는 않을까 걱정이에요. 이런 생각이 한시도 머릿속에서 떠나지 않아요."

수전이 나서서 예언자 역할을 했다.

"올리버, 그런 일은 없을 거예요. 첫째, 전능하신 하느님께서 그런 일을 허락하실 리 없어요. 둘째, 비록 니콜라이 대공이 우리에게 실망을 주긴 했어도 그는 규율 있고 질서 정연하게 퇴각하는 방법을 알고 있어요. 그러니 독일군에게 쫓겨도 큰 피해는 없을 거예요. 노먼 더글러스는 니콜라이 대공이 독일군을 유인해서 아군 한 명 당 적군 열 명을 죽일 거라고 장담하더군요. 하지만 내가 볼 때는 달리 어쩔 수 없는 상황에서 최선을 다하는 것일 뿐이에요. 누구라도 그렇게 할 수밖에 없겠죠. 그러니 앞일을 쓸데없이 걱정할 필요는 없어요. 이것 말고도 우리 코앞에 닥친 일이 많잖아요."

월터는 6월 1일에 킹즈포트로 떠났다. 낸, 다이, 페이스는 여름방학 동안 적십자 관련 활동을 하러 갔다. 7월 중순이 되자 월터는 일주일 휴가를 받아 집으로 돌아왔다. 휴가를 마치면 전선으로 투입된다고 했다. 월터와 함께할 일주일을 고대해왔던 릴라는 마침내 그 시간이 되자 한시도 낭비하지 않고 매 순간을 만끽했다. 1분 1초가 어찌나 소중한지 잠자는 시간이 아깝게 느껴질 정도였다. 비록 슬픔이 밀려올 때도 있었지만, 무척 인상적이고 잊을 수 없을 만큼 아름다웠던 일주일이었다.

릴라와 월터는 둘이서 오랫동안 산책하고 이야기를 나누었으며, 때로는 침묵을 지키면서 함께 있었다. 월터를 독차지하다시피 했던 릴라는 공감하고 이해해주는 것만으로도 월터에게 큰 힘과 위로를 줄 수 있다는 사실을 배웠다. 또한 자기가 월터에게 중요한 존재라는 걸 깨닫고 무척 기뻐했다. 덕분에 릴라는 어려운 일도 헤쳐나갈 수 있는 힘을 얻었으며, 미소를 짓는 것은 물론 심지어 작은 소리로 웃을 수 있게 되었다. 월터가 떠나고 나면 한동안 눈물이 주는 위안에서 헤어나지 못할 수도 있겠지만, 적어도 그가 집에 있는 동안에는 그러지 않기로 마음먹었다. 밤에도 울지 않으려 애썼다. 아침에 눈물 자국이 또렷한 얼굴로 월터를 볼 수는 없었기 때문이다.

휴가 마지막 날이 되었다. 그날 저녁 월터와 릴라는 무지개 골짜기로 가서 흰옷 입은 귀부인 아래쪽 시냇가에 나란히 앉았다. 구름 한 점 없이 맑았던 오래전의 즐거운 기억이 생생하게 떠올랐다. 그날 밤 어느 때보다 찬란한 저녁놀이 무지개 골짜기를 지붕처럼 덮었고, 별빛 닿은 어스름이 멋지게 그 뒤를 이었다. 이윽고 달이 떠오르더니 슬쩍 모습을 감추고 숨었다가 다시 나타나서는 작은 골짜기와 구덩이를 밝게 비추었다. 어떤 곳에는 시커먼 벨벳 같은 그림자를 남기기도 했다.

월터는 자기가 사랑하는 풍경을 바라보며 말했다.

"프랑스 어딘가에 가더라도 난 이슬이 내리고 달빛에 흠뻑 젖은 이곳의 고즈넉한 모습을 떠올릴 것 같아. 전나무의 나뭇진 내음이며, 웅덩이를 평화롭게 비추는 달빛 그리고 언덕에서 느껴지는 힘까지! 성경 구절처럼 참 아름다운 말이지? 릴라, 저 언덕을 봐. 어렸을 때 난 저곳을 올려다보면서 저 너머의 넓은 세상에는 무엇이 있을지 궁금해했어. 참 차분하고 강인하면서도 참을성 있어 보이지? 변함없이 한 자리를 지키고 있는 훌륭한 여성의 마음 같아. 릴라, 마이 릴라. 지난 1년 동안 네가 내게 어떤 존재였는지 아니? 떠나기 전에 말해주고 싶어. 네가 없었더라면 난 지금 이 상황을 견뎌내지 못했을 거야. 네 사랑과 믿음이 내게 큰 힘을 주었어."

차마 아무 말도 할 수 없었던 릴라는 월터의 손안에 자기 손을 살며시 밀어넣고는 꼭 잡았다.

"난 이제 하느님을 잊은 사람들이 이 땅에 만들어낸 지옥으로 가야 해. 그곳에서 네 생각을 할 때마다 큰 위로를 얻겠지. 지난 1년간 잘해왔듯이 앞으로도 인내하며 씩씩하게 살아갔으면 좋겠어. 넌 그럴 수 있을 거야. 그래서 이제 네 걱정은 하지 않으려고 해. 무슨 일이 일어나더라도 넌 릴라, 마이 릴라니까."

릴라는 머리카락이 쭈뼛 서고 가슴이 두방망이질했다. 눈물과 한숨은 억누를 수 있었지만 몸이 희미하게 떨리는 것만은 참을 수 없었다. 그래서 월터도 입을 다물었다. 침묵이 흐르는 동안 두 사람은 말로 할 수 없는 약속을 주고받았다.

이윽고 월터가 말했다.

"이제 우울한 이야기는 그만두자. 몇 년 뒤의 일을 상상해보는 게 좋겠지? 전쟁이 끝나고 젬과 제리와 내가 당당하게 집으로 돌아와서 우리가 다시 행복해질 그때를 떠올리는 거야."

릴라는 고개를 저었다.

"우린 전처럼 행복하게 지낼 수 없을 것 같아."

"그래, 예전 같을 순 없겠지. 이 전쟁을 겪은 사람이라면 그 누구도 전에 누렸던 행복을 되찾을 수는 없을 거야. 그렇지만 더 나은 행복을 얻을 수 있어. 당당히 쟁취한 행복일 테니까. 우린 전쟁 전에 정말 행복했지? 잉글사이드 같은 집이 있고 아버지와 어머니 같은 부모님이 계신데 행복하지 않을 수 없잖아. 그 행복은 삶이 준 선물일 뿐 우리가 완전히 소유할 수 있는 것은 아니었어. 삶은 언제든 우리에게 행복을 빼앗아갈 수 있으니까. 하지만 우리가 의무를 수행하면서 얻어낸 행복은 절대 빼앗기지 않아. 군복을 입은 뒤에야 난 그걸 깨달았지. 지레 겁을 집어먹고 움츠러들기도 했지만, 5월의 그날 밤 이후로 난 참 행복해. 릴라, 내가 없는 동안 어머니를 잘 부탁해. 전쟁의 소용돌이 속에서 어머니로 살아가는 건 정말 괴로운 일이거든. 지금 병사들의 어머니, 누이, 아내, 연인은 다들 힘든 시간을 보내고 있어. 예쁜 내 동생 릴라, 혹시 네게도 연인이 있니? 그렇다면 내가 떠나기 전에 말해줬음 좋겠다."

"아니, 없어."

릴라는 무의식적으로 부인했다. 하지만 지금이 월터와 함께 하는 마지막 시간일 수 있기에 솔직해져야겠다고 마음먹고 속내를 털어놓았다.

"만약, 케네스 포드도 날 좋아하고 있다면⋯."

릴라의 붉은 얼굴이 달빛을 받아 환하게 빛났다.

"그랬구나. 가엾은 내 동생, 케네스도 군복을 입었으니 네겐 힘든 일뿐이구나. 난 가슴 아파할 연인을 남겨두고 떠나는 게 아니라서 그나마 다행이다 싶어."

릴라는 언덕 위의 목사관을 힐끗 쳐다보았다. 우나 메러디스의 방 창문에 불빛이 어른거렸다. 순간 월터에게 무언가를 말하고 싶다는 충동을 느꼈다. 하지만 그러면 안 된다는 생각이 들어서 목구멍까지 치밀어 오른 말을 꾹꾹 눌러 담았다. 자기의 비밀도 아니었고 아직 짐작만 하고 있을 뿐 명확하게 밝혀진 사실도 아니기 때문이었다.

월터는 애정이 담긴 눈으로 주위를 둘러보았다. 눈빛에 아쉬운 기색이 가득했다. 월터에게는 참 소중한 곳이었다. 어렸을 때부터 여기서 얼마나 재미있게 지냈던가! 정겨운 기억이 형체가 되어 달빛으로 얼룩진 길을 천천히 걷기도 하고 흔들리는 나뭇가지 사이로 즐겁게 엿보기도 했다. 햇볕에 그을리는 것도 아랑곳하지 않고 맨다리를 내놓은 채 개울가에서 송어를 잡아 돌로 만든 화로에 구워 먹는 젬과 제리가 보였다. 보조개가 쏙 들어가고 눈에는 생기가 가득한 낸과 다이와 페이스. 얼마나 순수하고 예쁜 소녀들이었던가! 상냥하고 수줍음 많은 우나, 개미며 작은 곤충을 뚫어지게 관찰하는 칼, 말은 험하게 하지만 마음씨는 고운 메리 밴스 그리고 풀밭에 누워 시를 읽거나 상상 속 궁전을 헤매고 다니는 자신의 모습도 어른거렸다. 모두 월터 주위에 모여 있었다. 지금 눈앞에 있는 릴라처럼 친구들 한 명 한 명의 얼굴이 또렷하게 보였다. 어느 날 해 질 녘에 봤던, 골짜기를 걸어 내려가는 피리 부는 사나이의 모습처럼 선명했다. 그리고 지난날의 흥겨운 유령들은 입을 모아 월터에게 말했다.

"월터, 우리는 어제의 아이들이야. 오늘과 내일의 아이들을 위해 힘껏 싸워줘."

그때 릴라가 가볍게 웃으며 소리쳤다.

"오빠, 지금 어디 가 있는 거야? 돌아와, 정신 좀 차리라고!"

월터는 긴 한숨을 쉬며 현실로 돌아왔다. 그런 다음 자리에서 일어나 달빛이 비치는 아름다운 골짜기를 하나하나 바라보았다. 은빛 하늘을 배경으로 검고 커다란 깃털처럼 솟은 전나무, 위엄 있는 모습의 흰옷 입은 귀부인, 예전 그대로 마법을 부리며 춤을 추고 있는 시냇물, 여전히 충직한 연인의 나무, 얼른 오라고 손짓하는 구불구불 오솔길…. 그렇게 이곳이 지닌 매력을 머리와 가슴에 아로새겼다.

"난 꿈에서라도 이곳을 꼭 볼 거야."

두 사람은 잉글사이드로 돌아왔다. 메러디스 목사 부부가 와 있었고, 거트루드 올리버의 얼굴도 보였다. 모두가 짐짓 쾌활하고 밝은 표정을 지었지만, 젬이 떠났을 때와는 달리 아무도 전쟁이 곧 끝날 것이라는 말을 하지는 않았다. 아예 전쟁 이야기를 꺼내지 않았다. 그러면서도 모두의 머릿속에는 온통 전쟁 생각뿐이었다.

어느덧 헤어질 때가 되자 다들 피아노 주위에 모여 엄숙하게
찬송가를 불렀다.

예부터 도움 되시고 내 소망되신 주
이 세상 풍파 중에도 늘 보호하시리.*

거트루드 올리버가 존 메러디스 목사에게 말했다.

"하느님이 알곡과 쭉정이를 골라내시는 시대인가 봐요. 우리
모두 하느님께로 돌아가야겠죠? 저는 하느님을 의심했던 적이
있었어요. 하느님을 신으로 믿는 게 아니라 과학자들이 말하는
비인격적인 '제1원인'**으로만 여겼던 거죠. 지금은 그분을 믿어
요. 믿지 않을 수가 없어요. 하느님 외에는 의지할 대상이 없으
니까요. 겸손하게, 절대적으로, 무조건 믿고 있어요."

메러디스 목사가 부드럽게 말했다.

"그래요. 하느님은 예부터 우릴 도우셨고 예수 그리스도는 어
제나 오늘이나 영원토록 동일하십니다.*** 우리가 하느님을 잊
을지라도 그분은 한결같이 우리를 기억하십니다."

다음 날 아침 글렌세인트메리역에 월터를 배웅하러 나온 사
람들은 많지 않았다. 군복 차림의 청년이 마지막 휴가를 보내고
이른 아침 기차에 오르는 일은 이제 흔한 풍경이 된 탓이다. 그

---

* 　영국 신학자 아이작 와츠(1674-1748)의 찬송시에 곡을 붙인 노래
** 　자신은 운동하지 않고 다른 것을 움직이는 궁극의 원인으로, 만물의 창조자인
　　신(神)을 이른다.
*** 　신약성경의 히브리서 13장 8절의 내용

자리에는 잉글사이드 사람들과 메러디스 가족, 메리 밴스뿐이었다. 일주일 전에 의연한 미소를 지으며 밀러를 떠나보낸 메리는 본인이 이런 이별의 대처법을 터득한 전문가라 믿고 잉글사이드 사람들에게 조언했다.

"중요한 건 미소를 지으면서 평소와 다름없이 행동하는 거예요. 남자들은 사람들이 우는 걸 무척 싫어하니까요. 만약 세상이 떠나가라 울어댈 거라면 역 근처에도 오지 말라고 밀러가 제게 말했어요. 그래서 전 미리 실컷 울어둔 다음 마지막 순간에 밀러를 보면서 말했죠. '밀러, 잘 다녀와. 내 걱정은 하지 마. 난 변치 않고 당신을 기다릴 거니까. 만약 돌아오지 못한다 해도, 난 당신을 언제까지나 자랑스럽게 생각할 거야. 그러니 무슨 일이 있어도 프랑스 아가씨와 사랑에 빠져서는 안 돼.' 물론 밀러는 그러지 않겠다고 맹세했지만, 그 잘난 외국 여자들이 밀러에게 어떻게 추근거릴지 알 수 없는 노릇이죠. 어쨌든 밀러가 마지막으로 본 건 활짝 웃는 제 모습이었어요. 그날 내내 풀을 먹이고 다림질을 한 것처럼 웃는 표정을 짓느라 힘들었다니까요."

메리의 조언과 좋은 본보기가 있었지만, 젬을 떠나보낼 때 미소를 지어 보였던 블라이드 부인조차 월터를 웃으며 배웅하지는 못했다. 하지만 눈물을 흘린 사람은 없었다. 먼데이는 화물 창고에서 나와 월터에게 바싹 붙어 앉더니 월터가 무언가 이야기할 때마다 꼬리로 승강장 바닥을 힘차게 치면서 확신에 찬 눈으로 올려다보았다. 마치 "당신이 젬을 찾아 제게 데려와줄 거라고 믿어요"라고 말하는 듯했다.

작별할 시간이 되자 칼 메러디스가 밝은 얼굴로 말했다.

"잘 가, 월터. 거기 있는 사람들에게 힘내라고 전해줘. 나도 곧 따라갈게."

"나도."

셜리도 짧게 말하면서 햇볕에 그을린 손을 내밀었다. 그 말을 들은 수전의 얼굴이 새파랗게 질렸다.

우나는 애틋함과 슬픔이 담긴 눈으로 월터를 바라보며 조용히 악수했다. 하지만 우나의 눈은 언제나 애틋해 보였던 터라 월터는 특이점을 알아채지 못했다. 월터는 카키색 군모를 쓴 아름다운 검은 머리를 숙여서 우나에게 따뜻한 입맞춤을 해주었다. 오누이가 정을 나누듯 친밀한 태도였지만 월터가 입맞춤한 것은 이번이 처음이었기에 우나의 얼굴에는 한순간 속마음이 드러났다. 하지만 이를 알아차린 사람은 아무도 없었다.

이윽고 차장이 모두 승차하라고 외쳤다. 다들 밝은 표정을 지으려 애쓰고 있었다. 월터가 자기 쪽으로 돌아서자 릴라는 그의 손을 잡고 올려다보았다. 이제 날이 밝아서 어둠이 사라질 때까지 월터를 볼 수 없을 것이다. 그 새벽을 이 세상에서 맞이할지조차 알 수 없는 일이었다.

"잘 다녀와."

릴라의 입에서 나온 말에는 이별의 괴로움이 아니라 사랑하는 사람을 위해 진심으로 기도해온 여성들이 오랫동안 간직해온 다정한 마음이 담겨 있었다.

"편지 자주 보내줘. 짐스도 잘 기르고. 모건식 육아법을 잘 따르면 건강하게 자랄 거야."

월터가 쾌활하게 말했다. 진지한 이야기는 전날 밤 무지개 골짜기에서 모두 나누었던 터라 이별할 때 그런 모습을 보일 수 있었다. 하지만 마지막 순간에 월터는 릴라의 얼굴을 두 손으로 감싸고 씩씩한 눈을 찬찬히 들여다보았다.

"하느님께서 널 보살펴주실 거야! 릴라, 마이 릴라."

월터는 부드럽고 다정하게 속삭이며 생각했다.

'난 이런 딸을 낳은 나라를 지키러 가는 거야. 그런 싸움이라면 힘겹기만 한 일은 아니겠지!'

월터는 뒤쪽 승강장 계단에 서 있다가 기차가 출발하자 손을 흔들었다. 홀로 서 있는 릴라에게 우나가 다가왔다. 월터를 가장 사랑했던 두 소녀는 기차가 숲이 우거진 언덕 모퉁이를 돌아 자취를 감출 때까지 서로의 차가운 손을 잡고 있었다.

그날 아침 릴라는 무지개 골짜기에 가서 한 시간 동안 머물렀는데, 이에 대해서는 아무에게도 말하지 않았고, 심지어 일기에도 쓰지 않았다. 그리고 집으로 돌아와 짐스의 놀이옷을 만들었다. 저녁에는 청소년 적십자단 회의에 참석했는데, 줄곧 사무적인 태도로 친구들을 대했다.

나중에 아이린 하워드가 올리브 커크에게 말했다.

"저런 모습만 보면 오늘 아침 월터가 전쟁터로 떠났다고 누가 믿을 수 있겠니? 세상에는 감정이 무딘 사람이 있다더니, 그게 사실이었나 봐. 나도 가끔씩은 릴라 블라이드처럼 모든 일을 가볍게 받아들였으면 좋겠어."

16장

현실과 낭만

"결국 바르샤바가 함락됐군."

8월의 어느 무더운 날, 우편물을 가지고 들어온 블라이드 선생이 체념한 듯한 얼굴로 말했다.

거트루드 올리버와 블라이드 부인은 실망한 얼굴로 서로를 쳐다보았다. 모건식 육아법에 따라 조리한 음식을 철저히 소독한 숟가락으로 짐스에게 먹이고 있었던 릴라는, 세균이 묻는 것도 아랑곳하지 않고 숟가락을 쟁반에 내려놓으며 소리쳤다.

"아, 이를 어째요?"

릴라의 반응을 보면 바르샤바 함락이 마른하늘에 날벼락 같은 일로 느껴지겠지만, 지난주 전황을 감안했을 때 이미 정해진 일이나 다름없었다. 다들 체념했으면서도 희망의 불씨를 간직하고 있었던 것이다.

수전이 모두를 위로했다.

"자, 그래도 우리 힘을 내자고요. 생각했던 것만큼 사태가 심각하진 않잖아요. 제가 어제 『몬트리올 헤럴드』에서 3단에 걸쳐 다룬 기사를 읽었는데, 군사적 관점으로 보면 바르샤바는 중요한 곳이 아니래요. 그러니까 우리도 군사적 관점에서 보는 게 좋겠어요. 그렇죠, 선생님?"

거트루드 올리버가 말했다.

"저도 그 기사를 읽고 마음이 한결 놓였어요. 비록 처음부터 끝까지 거짓말이라는 건 읽자마자 알아채긴 했지만요. 그렇다 해도 지금 전 무슨 말에든 위로받고 싶은 심정이에요. 그게 기분 좋은 거짓말이라도 말이죠."

수전이 빈정거렸다.

"그건 독일군의 공식 발표만 믿겠다는 말이잖아요. 난 요즘 그런 건 들여다보지도 않아요. 너무 화가 나서 일이 손에 안 잡히니까요. 지금도 바르샤바 함락 소식을 듣고 나니 일할 의욕이 뚝 떨어졌어요. 오후를 깡그리 망쳐버린 것 같아요. 불행은 겹쳐서 온다는 말이 사실인가 봐요. 오늘 빵도 제대로 못 구웠고, 바르샤바도 함락되었고, 여기 있는 꼬마 키치너도 숨이 넘어갈 지경이잖아요."

짐스는 숟가락을 삼키려 애쓰고 있었다. 세균이든 뭐든 아랑곳하지 않는 듯했다. 릴라는 능숙하게 짐스를 달래면서 다시 음식을 떠먹이려고 했지만, 아버지가 한 말을 듣자 깜짝 놀라서 그 운 나쁜 숟가락을 또다시 떨어뜨리고 말았다.

"케네스 포드가 항구 건너편 마틴 웨스트네 집에 와 있어. 케네스네 부대가 전쟁터로 가는 중이었는데, 무슨 일이 생겼는지 아직 킹즈포트를 떠나지 못하고 있다더군. 케네스는 이번 기회에 휴가를 얻어서 프린스에드워드섬에 왔다는 거야."

블라이드 부인이 소리쳤다.

"여기에도 와줬으면 좋겠네요."

블라이드 선생이 무심하게 말했다.

"하루나 이틀밖에 시간이 없는 것 같더군."

그 순간 릴라는 얼굴이 벌겋게 달아올랐고 손은 덜덜 떨렸다. 하지만 블라이드 선생은 그 사실을 알아차리지 못했다. 아무리 사려 깊게 자녀를 돌보는 부모라 하더라도 눈앞에서 일어나는 일을 다 볼 수는 없는 법이다. 릴라는 아까부터 영 푸대접을 받고 있는 짐스에게 세 번째로 저녁밥을 먹이려고 숟가락을 움직였지만, 생각이 다른 데 가 있어서 도통 집중할 수 없었다.

'케네스는 떠나기 전에 날 만나러 올까? 오랫동안 아무 소식도 듣지 못했어. 혹시 날 완전히 잊어버린 건 아닐까? 만약 이번에도 오지 않는다면, 내게 아무런 마음이 없다는 뜻이겠지? 어쩌면 토론토에서 다른 아가씨를 사귀고 있을지도 몰라. 아마 그럴 거야. 아, 그런 줄도 모르고 케네스를 그리워했다니, 난 정말 바보였어! 이제 그 사람 생각 따윈 하지 않을 거야. 그가 여기 오는 것도 나와 아무런 상관이 없는 게 당연하잖아. 그저 예의상 작별 인사를 하러 들르는 것일 테지. 그가 오지 않더라도 난 상관없어. 내게 별로 중요한 일도 아닌걸. 그 일로 조바심 낼 사람은 아무도 없으니까. 자, 그럼 이제 모든 게 해결된 건가? 난 그가 오든 말든 아무 관심도 없어!'

머릿속으로 이렇게 생각하는 동안 릴라는 조급한 태도로 짐스의 입에 음식을 꾸역꾸역 밀어 넣었다. 육아 전문가 모건이 봤다면 기가 막힐 일이었다. 짐스는 불만을 품고 몸을 뻗대며 칭얼거렸다. 평소 적당한 간격으로 한입씩 먹고 숨을 돌리던 방식에 익숙해져 있었기 때문이다. 릴라는 지금 아기 돌보는 일에 신경 쓸 겨를이 없었고, 의욕도 완전히 잃어버린 상태였다.

그때 전화벨이 울렸다. 특이한 일은 아니었다. 잉글사이드에서는 보통 10분마다 전화가 왔기 때문이다. 하지만 릴라는 또다시 짐스의 숟가락을 떨어뜨리더니(이번에는 카펫 위였다) 전화 쪽으로 날 듯이 달려갔다. 마치 다른 사람보다 먼저 수화기를 들지 않으면 목숨이 위태로워지기라도 할 것 같은 기세였다. 그러자 더는 참을 수 없었던 짐스가 목 놓아 울어대기 시작했다.

"여보세요, 거기 잉글사이드인가요?"

"네."

"혹시 릴라니?"

"응, 맞아."

릴라는 속으로 짐스를 원망했다.

'아, 짐스는 왜 단 1분도 울음을 그치지 않는 걸까? 누가 저 입을 틀어막아주면 좋으련만….'

"나 누군지 알겠어?"

릴라가 모를 리 없었다. 언제 어디서 들어도 또렷하게 알 수 있는 목소리 아니던가!

"케네스잖아. 그렇지?"

"맞아. 여기 잠시 들렀어. 혹시 오늘 밤 만나러 가도 될까?"

"물론이야."

'지금 만나러 온다고 한 거 맞지? 나랑 단둘이 만나고 싶다는 걸까, 아니면 다른 사람들까지 만나러 온다는 걸까?'

릴라는 케네스가 한 말의 속뜻을 정확하게 이해할 수 없었다. 울음소리가 유난히 귀에 거슬려서 당장이라도 짐스의 입을 막아버리고 싶었다.

"릴라, 이따가 사람들이 너무 많이 모여 있지 않게 해줬으면 좋겠어. 내 말 알아들었지? 아, 이렇게 엉망인 시골 전화선으로는 내 마음을 제대로 전할 수 없네. 수화기를 들고 있는 사람이 열 명도 넘을 테니까."

'무슨 말인지 알아들었느냐고? 물론이지.'

"그렇게 할게."

"그럼 8시쯤 갈게. 안녕."

릴라는 수화기를 내려놓자마자 짐스에게 달려갔다. 하지만 기분이 상해 울어대는 아기의 입을 틀어막지는 않았다. 대신 짐스를 의자에서 낚아채듯 안아 올리고는 자기 얼굴에 바짝 붙이면서 우유가 잔뜩 묻은 입에 정신없이 입맞춤을 했다. 그런 뒤에도 짐스를 안은 채 미친 듯이 춤을 추며 돌아다녔다. 한참 후에 정신을 차린 릴라는 짐스를 진정시킨 뒤 남은 음식을 천천히 올바른 방법으로 먹였다. 식사가 끝나자 짐스를 누이고 아이가 가장 좋아하는 자장가를 불러주며 낮잠을 재웠다. 오후의 나머지 시간에는 적십자 물품으로 쓸 셔츠를 바느질하면서 상상 속 나라에 무지개가 아른거리는 수정 궁전을 지어나갔다.

'케네스는 날 만나고 싶어 해. 나랑 단둘이 만나고 싶은 거야.

그건 어렵지 않아. 셜리는 우리를 귀찮게 하지 않을 테고, 아버지와 어머니는 목사관에 가실 거야. 올리버 선생님은 눈치 없이 남의 일에 끼어들 분이 아니지. 짐스는 평소 저녁 7시부터 아침 7시까지 곯아떨어지잖아. 오늘은 달빛도 밝을 테니까 베란다에서 케네스를 맞으면 되겠지? 하얀색 조젯 드레스를 입고 머리를 묶어서 올려야겠어. 그래, 그렇게 하자. 적어도 목덜미 쪽으로는 낮게 틀어 올리는 게 좋겠어. 그 정도면 어머니도 분명 뭐라 하지 않으실 거야. 아, 얼마나 멋지고 낭만적인 시간일까?

케네스는 내게 할 말이 있는 것 같았어. 안 그러면 날 보고 싶다고 꼭 집어 말했을 리 없잖아. 이따가 비가 오면 어쩌지? 오늘 아침 수전 아주머니가 하이드 씨에 대해 불평했던 게 마음에 걸리네. 설마 나서기 좋아하는 청소년 적십자단 단원이 찾아와 벨기에 사람들이나 옷 문제를 의논하자고 하진 않겠지? 만약 프레드 아널드가 여기 들른다면…. 아, 그럼 정말 최악인데….'

마침내 저녁이 되었다. 모든 일이 릴라의 바람대로 되었다. 블라이드 부부는 목사관에 갔고, 셜리와 올리버는 밖으로 나갔다. 수전은 물건을 사러 갔다. 짐스도 꿈나라에 빠져 있었다. 릴라는 조젯 가운으로 갈아입고 머리를 틀어 올린 다음 진주를 두 줄로 감아서 장식했다. 허리띠에는 아주 작은 연분홍색 장미꽃을 달았다.

'케네스가 마음의 정표로 이 꽃을 달라고 하지는 않을까?'

젬은 플랑드르의 참호로 떠날 때 시든 장미꽃 한 송이를 가져갔다. 전날 밤 페이스 메러디스가 입맞춤하고 건네준 꽃이었다.

달빛과 덩굴 그림자가 뒤섞인 넓은 베란다에서 케네스를 맞이한 릴라는 숨이 막힐 정도로 아름다웠다. 하지만 케네스에게 내민 손은 무척 차가웠고, 혀 짧은 소리를 내지 않는 데만 신경 쓴 나머지 말투는 새침하면서 딱딱해지고 말았다. 중위 군복을 입은 케네스는 유난히 잘생기고 키도 커 보였으며 의젓한 어른 같은 느낌이 들었다. 그래서 그런지 릴라는 한없이 위축되었다. 이렇게 멋진 장교가 글렌세인트메리 마을에 사는 철부지 릴라 블라이드에게 특별한 말을 할 것으로 기대했다니, 참으로 터무니없는 노릇이었다.

'결국 난 그가 한 말을 제대로 알아듣지 못한 거로구나. 야단법석을 떨어대는 사람들에게 둘러싸여 유명한 사람처럼 취급받고 싶지 않다는 뜻이었을 거야. 이미 항구 건너편에서 그런 대접을 받으며 시달렸을 테니까. 맞아, 케네스는 그런 뜻으로 말한 게 확실해. 그런데 난 바보같이 그가 나만 보고 싶어 한다고 멋대로 상상했잖아. 어쩌면 케네스는 내가 자기와 단둘이 있을 욕심으로 다른 사람들을 내쫓았다고 생각할지도 몰라. 지금 날 한껏 비웃고 있겠지?'

의자에 등을 기대고 릴라를 바라보던 케네스가 입을 열었다.

"이렇게 운이 좋을 줄은 몰랐어."

표정이 풍부한 눈에서 감탄하는 기색이 또렷하게 드러났다.

"네 곁에는 분명히 누군가 있을 거라고 생각했거든. 하지만 내가 보고 싶은 사람은 너뿐이었어. 릴라, 마이 릴라."

릴라가 상상의 나라에 지은 수정 궁전이 다시금 빛을 내기 시작했다. 지금은 케네스의 말을 오해한 것이 절대 아니었다. 그가 여기 온 이유는 이제 또렷해졌다.

릴라가 조용히 말했다.

"이젠 이 집도 전처럼 사람들이 북적거리진 않아."

케네스가 다정하게 말했다.

"그럴 거야. 젬과 월터가 떠났고, 네 언니들도 없으니까. 집이 텅 빈 느낌이겠지. 그런데…."

케네스는 검은색 곱슬머리가 릴라의 머리에 닿을 정도로 몸을 기울이며 말을 이었다.

"가끔씩 프레드 아널드가 그 빈 공간을 채워주려고 애쓰는 건 아닌지 모르겠네. 누구에겐가 그런 말을 들었거든."

릴라가 대답하려고 입을 열던 바로 그때, 두 사람 바로 위쪽 방에서 짐스의 울음소리가 들려왔다. 짐스가 이처럼 악을 쓴다는 것은 이미 한참 동안 찡얼댔는데 아무도 달래주지 않아서 화가 났다는 뜻임을 릴라는 그간의 경험으로 알고 있었다. 짐스는 한번 울기 시작하면 제풀에 지쳐 그치는 법이 없었다. 이렇게 요란한 소리가 머리 위로 떠다니는데 케네스와 어떤 대화를 할 수 있겠는가. 그리고 아기가 울도록 내버려두었다가 매정한 사람으로 오해받을까 봐 걱정되기도 했다. 케네스는 릴라가 금과 옥조로 여기는 모건식 육아법에 대해선 잘 모를 테니까.

릴라는 자리에서 일어섰다.

"짐스가 악몽을 꾼 모양이네. 가끔 그런 일이 있는데, 그때마다 굉장히 무서워하거든. 잠깐 다녀올게."

릴라는 2층으로 뛰어 올라가면서, 수프 그릇 같은 게 발명되지 않았더라면 얼마나 좋았을까 싶은 마음이 들었다. 릴라를 본 짐스는 애원하듯 작은 팔을 내뻗었다. 눈물을 줄줄 흘리면서도

몇 번인가 흐느낌을 참는 듯했는데, 그 모습을 보자 릴라의 화
도 점점 누그러졌다.

"가엾은 것. 혼자 있어서 무서웠던 거니?"

측은한 마음이 든 릴라는 짐스를 부드럽게 안아서 조용히 얼
렀다. 잠시 후 짐스는 울음을 그치고 눈을 감았다. 그래서 침대
에 눕혔더니 다시 눈을 뜨고 떼를 썼다. 이런 일이 두 번이나 되
풀이되었고, 릴라는 막막하기만 했다. 위층에 올라온 지 벌써
30분이나 지났는데, 케네스를 이대로 계속 혼자 둘 수는 없었
다. 어쩔 수 없이 릴라는 짐스를 안고 아래층으로 내려갔다. 소
중한 남자가 작별 인사를 하러 왔는데 떼쟁이 전쟁고아를 안고
달래는 모습이나 보이게 되어 한숨이 절로 나왔다. 케네스의 눈
에 이런 상황이 얼마나 우스꽝스럽게 보일까 걱정되었지만, 지
금은 뾰족한 수가 없었다.

짐스는 릴라 품에서 기분이 좋아진 듯했다. 흰 잠옷 밑으로
드러난 분홍빛 발바닥을 기쁜 듯이 버둥거렸고, 평소와는 다르
게 소리 내어 웃기까지 했다. 짐스는 갈수록 귀여워지고 있었
다. 곱슬곱슬한 금발이 둥근 머리 전체를 비단처럼 덮었고 눈도
참 예뻤다.

케네스가 말했다.

"정말 예쁜 아기구나."

"예쁘기는 해."

마치 짐스의 장점은 그게 전부라는 듯 릴라가 씁쓸한 얼굴로
말했다. 눈치 빠른 짐스는 분위기가 심상치 않다는 것을 깨닫고
본인이 직접 문제를 해결하려 들었다. 짐스는 릴라 쪽으로 얼굴

을 돌리고 붙임성 있게 미소 지으며 옹알이했다.

"우어, 어어…."

짐스가 말을 한 것도, 말을 하려고 시도한 것도 처음이었다. 릴라는 너무나 기쁜 나머지 짐스를 끌어안고 입맞춤했다. 짐스에게 품었던 원망은 어느덧 눈 녹듯 사라져버렸다. 릴라의 마음이 다시 호의적으로 바뀌었다는 사실을 눈치챈 짐스는 자기의 보호자에게 더 바싹 달라붙었다. 거실 등불에서 뻗어 나온 한줄기 빛이 짐스의 머리를 가로지르면서 릴라의 가슴에 금빛 후광을 만들어냈다.

케네스는 자리에 앉아서 릴라의 섬세하고 소녀다운 몸매, 긴 속눈썹, 오목한 입술, 사랑스러운 턱을 묵묵히 바라보았다. 릴라는 희미한 달빛을 받으며 짐스 위로 고개를 조금 숙이고 앉아 있었는데, 등불이 릴라의 진주 목걸이를 비추면서 주위에 가느다란 빛의 고리가 생겨났다.

'릴라는 우리 어머니의 책상에 걸려 있는 그림 속 성모마리아를 빼닮았어. 아, 저 모습을 가슴에 담고 험하디험한 프랑스 전장으로 가야 한다니….'

케네스는 포윈즈에서 춤추던 날 이후로 릴라 블라이드에게 마음이 끌리고 있었다. 그리고 지금 짐스를 안고 있는 모습을 보면서 자기가 릴라를 사랑한다는 걸 깨달았다. 하지만 릴라는 앞에 있는 남자의 속마음도 모른 채 실망과 굴욕에 싸여서 자기의 처지를 한탄하고 있었다.

'이게 뭐야! 케네스와 보내는 마지막 저녁 시간을 망쳐버리다니…. 왜 현실은 책에서 본 거랑 이다지도 다른 걸까?'

뭐라고 말을 걸고 싶었지만 차마 입이 떨어지지 않았다. 저렇게 한 마디도 하지 않고 앉아 있는 걸 보니 케네스도 넌더리가 난 게 분명하다고 생각했기 때문이다.

어느덧 짐스는 깊이 잠들었다. 아기를 거실 소파에 누이고 돌아서면서 릴라는 다시금 희망을 품었다. 하지만 다시 베란다로 나가 보니 그곳에 새 불청객이 떡하니 앉아 있었다. 수전이었다. 모자 끈을 풀고 있는 것으로 보아 한동안은 그 자리에 머물러 있을 생각인 듯했다.

"네 아기는 잘 재웠니?"

수전이 다정하게 물었지만 그 말에 마음이 불편해진 릴라는 "네" 하고 짧게 대답했다.

'어유, 눈치 없게 네 아기라니….'

수전은 릴라의 속도 모르고 갈대로 만든 탁자에 장바구니를 올려놓으며 생각했다.

'모처럼 케네스 포드가 찾아왔는데 하필 다들 집을 비워서 릴라 혼자 맞이하고 있었던 모양이구나. 애고, 딱해라. 릴라, 이젠 걱정 없어. 이 수전이 널 구해줄 테니까. 아무리 피곤하다 해도 내 소임을 다해야지. 암, 그렇고말고.'

수전은 180센티미터도 넘는 키에 군복 차림인 케네스를 아무런 거리낌 없이 바라보았다. 이제는 군복도 눈에 익었을 뿐만 아니라 예순넷의 나이인 수전이 보기에는 장교복이라 해도 여느 옷과 다르지 않았다.

"이젠 어른이 다 됐구나. 아이들은 눈 깜짝할 새에 커버린다니까. 릴라도 조금 있으면 열다섯 살이 된단다."

"열일곱 살이에요!"

릴라가 흥분해서 소리쳤다. 열여섯 살이 되고 나서 벌써 한 달이 지났는데 그런 소리를 들으니 참을 수 없었던 것이다. 하지만 수전은 릴라의 격한 반응에도 아랑곳하지 않고 넉살 좋게 이야기를 이어나갔다.

"너희 모두 아기였을 때가 엊그제 같구나. 케네스, 넌 내가 본 아기 중에서 가장 예뻤단다. 비록 엄지손가락을 빠는 버릇을 고쳐주려고 네 어머니가 애를 먹긴 했지만. 너 혹시 내게 볼기를 맞았던 것 기억나니?"

"글쎄요."

"그렇겠지. 오래전 일이니까. 네가 네 살쯤 됐을 때였어. 네가 낸에게 너무 짓궂게 굴어서 낸이 그만 울어버렸지 뭐니. 여러 번 주의를 줬지만 막무가내여서 결국 널 잡아다 무릎에 엎어놓고 엉덩이를 때렸단다. 넌 목이 터져라 울었지. 하지만 그 뒤로는 낸을 놀리지 않았어."

릴라는 기가 막혀서 몸을 배배 꼬았다.

'수전 아주머니는 지금 자기가 캐나다 육군 장교와 이야기하고 있다는 사실을 모르는 건가? 그러지 않고서야 이런 말을 천연덕스럽게 할 수 없겠지. 아, 케네스는 뭐라고 생각할까?'

하지만 수전은 눈치 없게도 계속 말을 이어갔다. 오로지 옛 추억을 되살리는 데만 정신이 팔려 있는 듯했다.

"그럼 네 어머니가 널 때린 것도 기억 못 하겠구나. 난 절대, 절대 잊지 못할 거야. 네가 세 살 정도 됐을 때였나? 어느 날 밤 어머니가 널 여기 데려왔는데, 너랑 월터는 부엌 마당에서 새끼 고양이를 데리고 놀았어. 나는 비누를 만들려고 커다란 빗물받이 통을 배수구 옆에 놓아두었지. 그런데 갑자기 너와 월터가 고양이 때문에 싸우더구나. 너희 둘이 빗물받이 통을 사이에 놓고 의자에 올라서서 새끼 고양이를 자기 쪽으로 잡아당기고 있었던 거야. 넌 원래 갖고 싶은 것이 있으면 앞뒤 가리지 않고 빼앗는 걸로 유명했거든. 월터도 놓칠세라 고양이를 꽉 붙들고 있다 보니 가엾은 고양이는 비명을 크게 질렀단다. 그러다가 그만 둘 다 중심을 잃고 고양이까지 다 통 속에 빠져버렸지 뭐냐. 얼른 달려가서 셋을 다 끌어냈지. 내가 그 자리에 있었기에 망정이지, 안 그랬으면 너희 모두 물에 빠져 죽었을 거야. 그런데 2층 창문으로 그걸 다 지켜본 네 어머니가 내려와서는 물을 뚝뚝 흘리는 너를 끌고 가서 무섭게 때렸단다. 아, 그 시절 잉글사이드는 정말 행복한 곳이었어."

수전이 한숨을 쉬며 이야기를 마쳤다.

"맞아요. 정말 그랬어요."

케네스의 목소리가 평소와 달리 딱딱하게 들려서 릴라는 그가 걷잡을 수 없을 만큼 화가 났다고 짐작했다. 하지만 케네스는 웃음을 참느라 말을 편하게 하지 못했을 뿐이었다.

수전은 '가엾은 여인'을 다정하게 바라보며 말했다.

"릴라는 매를 맞은 적이 거의 없었단다. 평소 아주 예의 바르게 행동했으니까. 그런데 선생님이 딱 한 번 때린 적이 있었지. 릴라가 진료실에서 약병 두 개를 가져와서는 엘리스 클로와 무시무시한 일을 저질렀거든. 누가 먼저 알약을 전부 삼키는지 내기한 거야. 그 아슬아슬한 순간에 선생님이 오지 않았더라면 그날 밤에 둘 다 시체가 될 뻔했지. 비록 죽지는 않았지만 한동안 끙끙 앓았을 정도니까. 그래도 그때 무섭게 혼난 뒤로 릴라는 진료실에 있는 물건을 건드리지 않았단다. 요즘은 누군가를 도덕적으로 설득해야 한다는 말을 자주 듣지만, 내 생각에는 실컷 때린 다음 잔소리를 하지 않는 게 훨씬 좋은 방법 같아."

그 말을 듣는 동안 릴라는 마음이 불편했다. 수전이 이대로 누가 매 맞은 이야기를 죄다 늘어놓을까 봐 걱정되기도 했다. 하지만 수전은 그쯤에서 마무리하고 새 주제를 꺼냈다.

"항구 건너편에 살았던 토드 매캘리스터도 그렇게 죽었지. 사탕인 줄 알고 간장약 한 상자를 다 먹어버린 거야. 그 작고 귀여운 꼬마가 시신으로 누워 있는 걸 보니까 가슴이 미어질 것 같더구나. 아이 어머니가 조금만 조심했더라면 비극을 막을 수 있었을 텐데. 아이 손이 닿는 곳에 약병을 놓아뒀다는 게 말이나 되는 소리니? 뭐, 그 여자야 워낙에 조심성 없기로 유명하긴 했지. 한번은 그녀가 새로 장만한 파란색 비단 드레스를 입고 들판을 가로질러 교회로 가다가 새둥주리를 발견했단다. 그녀는 거기 있던 알 다섯 개를 얼른 코트 주머니에 넣었지. 그런데 교회에 도착했을 때 모든 일을 깡그리 잊고 그대로 의자에 주저앉았지 뭐냐. 당연히 옷은 엉망이 되고 말았지. 아, 맞다. 케네스, 넌 토드랑 친척이지? 네 증조할머니가 매캘리스터 집안이잖아. 그녀의 남동생 아모스는 맥도널드*를 추종했지. 듣자 하니 그는

---

* 프린스에드워드섬에서 활동하면서 개신교계에 큰 영향을 주었던 스코틀랜드 출신 도널드 맥도널드 목사(1783-1867)를 가리킨다.

종종 발작을 했다더구나. 하지만 넌 매캘리스터 집안보다는 증조할아버지인 웨스트 씨를 닮았어. 비록 그분은 젊었을 때 뇌졸중으로 돌아가셨지만."

수전의 입에서 유쾌한 이야기는 결코 나올 것 같지 않았다. 릴라는 수전의 관심을 다른 데로 돌리기 위해서 이렇게 물었다.

"아까 가게에서 누굴 만났나요?"

"메리 밴스 말고는 아무도 못 만났어. 그 아이는 아일랜드 벼룩처럼 활기차게 깡충거리면서 걸어가던걸."

'아, 비유를 해도 어쩜 저리 상스럽게 하는 거야? 우리 가족 모두 말버릇이 고약하다고 케네스가 오해하면 어쩌지?'

릴라의 속도 모르고 수전은 계속 이야기했다.

"메리의 이야기를 들으면 이 마을에서 입대한 사람이 밀러 더글러스밖에 없는 것 같더구나. 어렸을 때부터 허세를 부리고 자랑하길 좋아했잖아. 그래도 마음씨는 참 고운 아이야. 물론 메리가 말린 대구를 들고 릴라를 쫓아가서 괴롭혔던 때만큼은 그렇게 생각하지 않았지만. 릴라, 너도 기억하지? 그때 넌 카터 플래그네 가게 앞에 있는 진흙탕에 거꾸로 처박혔잖아."

릴라는 부끄럽고 분해서 온몸이 얼음장처럼 차가워졌다. 그러면서 수전이 들먹거릴 만큼 민망한 사건이 또 있었는지 곰곰이 생각해보았다. 한편 케네스는 수전의 이야기를 듣는 동안 웃음이 터져 나오려 했지만, 그렇게 했다가는 자기의 소중한 여인을 돌봐주는 이 노부인에게 실례가 될 것 같아서 초인적인 힘으로 감정을 꾹꾹 눌렀다. 이처럼 케네스는 진지한 태도를 유지하려고 애썼지만, 릴라는 그가 기분이 상해서 거만한 표정을 지었다고 오해했다.

수전이 다시 입을 열었다. 이번에는 불평이었다.

"글쎄, 잉크 한 병에 11센트나 하지 뭐냐. 작년보다 두 배나 올랐어. 그건 아마 우드로 윌슨이 성명을 너무 많이 내서 그럴 거야. 잉크값만 해도 엄청날 테니까. 내 사촌 소피아는 우드로 윌슨이 그런 사람일 줄 몰랐다고 했지만, 어떤 남자든 마찬가지 아니겠니? 난 노처녀라서 남자에 대해 잘 모르고 아는 척한 적도 없는데, 소피아는 달라. 남자라면 유독 가혹하게 굴지. 두 번이나 결혼했으면 그러지 말아야 하는 것 아닌가? 앨버트 크로퍼드네 굴뚝이 지난주에 강풍으로 무너졌는데 소피아는 그 소리를 듣고 발작을 일으켰어. 체펠린비행선이 공격하는 줄 알았다지 뭐냐. 앨버트의 아내는 그 두 가지 중에 고르라면 차라리 체펠린비행선 공격이 더 낫다고 그랬지."

릴라는 마치 최면이라도 걸린 듯 힘이 빠진 채로 의자에 앉아 있었다. 수전은 스스로 입을 다물기 전까지는 말을 계속할 것이다. 무슨 짓을 해도 수전의 입을 빨리 다물게 할 수가 없다는 사실을 릴라는 알고 있었다. 릴라는 평소 수전을 무척 좋아했지만 지금 이 순간만큼은 죽도록 미웠다. 벌써 10시가 되었다. 머지않아 다른 식구들이 돌아올 것이고 무엇보다 케네스도 이제 곧 가야 한다. 그런데 아직까지 릴라는 프레드 아널드가 삶의 빈 공간을 채우는 게 아니며 앞으로도 그럴 리 없다는 사실을 케네스에게 설명해줄 기회조차 얻지 못했다. 릴라의 무지개 궁전은 폐허가 되어 주위에 잔재가 널브러져 있었다.

마침내 케네스가 일어났다. 자기가 여기 있는 동안 수전도 같이 있을 게 뻔했고, 항구 너머 마틴 웨스트의 집까지 가려면 5킬로미터나 걸어야 했기 때문이다. 케네스는 릴라가 자기와 단둘이 있는 것을 피하기 위해 수전을 끌어들인 것은 아닌지 궁금해졌다. 한편으로는 릴라가 이미 프레드 아널드와 사귀고 있어서 자기가 하는 말을 듣지 않기 위해 일을 벌였을지도 모른다고 생각했다.

릴라도 자리에서 일어나 베란다 끝까지 케네스와 함께 걸었다. 그곳에서 두 사람은 잠시 멈춰 섰다. 케네스는 계단 한 칸 아래에 서 있었다. 땅속에 반쯤 파묻혀 있었고 박하꽃이 가장자리 주위와 위쪽으로 무성하게 자라 있는 계단이었다. 수없이 오가는 사람들의 발에 계속 밟히면서도 박하꽃은 자기의 향기를 마음껏 내뿜었고, 그 알싸한 내음은 소리 없고 보이지 않는 축복처럼 두 사람 주위를 맴돌았다. 케네스는 릴라를 올려다보았다. 머리카락은 달빛을 받아 반짝거렸고 눈동자는 매혹적으로 빛났다. 문득 케네스는 프레드 아널드와 릴라에 대한 소문이 터무니없는 낭설임을 깨달았다.

케네스가 강렬하게 속삭였다.

"릴라, 넌 세상에서 가장 아름다운 사람이야."

릴라는 얼굴을 붉히며 수전 쪽을 돌아보았다. 케네스도 같은 쪽으로 눈을 돌렸다. 수전은 이쪽으로 등을 보이고 있었다. 그때 갑자기 케네스가 릴라를 껴안고 입을 맞췄다. 릴라로서는 처음으로 받은 입맞춤이었다. 화를 내야 한다는 생각이 문득 들었지만 그러지 않았다. 그 대신 릴라는 갈구하는 듯한 케네스의 눈을 수줍게 바라보았다. 그 눈빛 자체가 입맞춤 같았다.

"릴라, 마이 릴라. 내가 돌아올 때까지 그 누구와도 입맞춤하지 않겠다고 약속해줄래?"

"그럴 거야."

릴라가 대답했다. 가슴이 뛰고 온몸이 떨렸다.

수전이 이쪽을 돌아보려 하자 케네스는 릴라를 끌어안았던 손을 얼른 풀고 오솔길로 걸음을 옮겼다.

"안녕."

케네스가 짐짓 아무렇지도 않은 체하며 말했다. 릴라 역시 아무렇지도 않은 듯 같은 말로 인사한 뒤 큰길로 내려가는 케네스의 뒷모습을 지켜보았다. 전나무 숲에 가려 그의 모습이 보이지 않자 릴라는 갑자기 "오!" 하고 숨 막히는 듯한 소리를 내며 대문 쪽으로 뛰어갔다. 달리는 동안 아름다운 꽃송이들이 릴라의 치마에 달라붙었다. 대문 너머로 몸을 내밀자 창살 같은 나무 그림자와 달빛 사이로 힘차게 걸음을 내딛는 케네스가 보였다. 키가 크고 꼿꼿한 그의 모습은 하얀 빛 속에서 회색으로 보였다. 모퉁이에 이르자 케네스는 걸음을 멈추고 뒤를 돌아보았다. 대문 옆 키 큰 백합들 사이에 릴라가 서 있는 모습이 보였다. 케네스가 손을 흔들었다. 릴라도 마주 손을 흔들었다. 이윽고 케네스는 모퉁이를 돌아 자취를 감추었다.

릴라는 잠시 동안 그 자리에 선 채로 안개가 내려 은빛으로 반짝이는 들판을 바라보았다. 릴라는 길모퉁이가 좋다고 했던 어머니의 말을 들은 적이 있었다. 너무나 대담하면서도 매혹적인 표현이었다. 릴라는 길모퉁이가 싫다는 생각이 들었다. 젬과 제리가 길모퉁이를 돌아 사라져버리는 것을 보았고, 그다음에는 월터가 그리고 이제는 케네스가 가버렸다. 오빠들도, 친구도, 연인도 가버렸다. 어쩌면 다시는 돌아오지 못할 수도 있다. 그 럼에도 여전히 피리 부는 사나이는 피리를 불었고 죽음의 무도 는 계속되고 있다.

릴라가 무거운 발걸음으로 집에 돌아와 보니 수전은 아직 베 란다 탁자 옆에 앉아 있었다. 아무래도 울고 있었던 것 같았다.

"난 옛 생각을 하고 있었단다, 릴라. '꿈의 집'에서 케네스의 어머니와 아버지가 열애 중이던 그 시절을 말하는 거야. 젬은 갓난아이였고 넌 아직 태어나지도 않았지. 두 사람이 결혼하는 과정은 정말 낭만적이었어. 케네스 어머니와 너희 어머니는 아 주 좋은 친구였단다. 내가 이 나이까지 살아서 그분들의 아들이 전쟁터에 가는 것까지 보게 됐구나! 케네스의 어머니는 젊었을 때 고생을 많이 했는데 이런 일을 당하다니, 얼마나 애가 탈까? 그래도 우리는 용기를 내서 끝까지 나아가야 해."

수전 때문에 속상했던 마음이 눈 녹듯 사라졌다. 케네스의 입 맞춤이 아직도 입술에서 타오르는 듯했고 그가 간청한 약속에 담긴 놀라운 의미가 머리와 가슴을 설레게 하는 지금, 릴라는 그 누구에게도 화를 낼 수 없었다. 릴라는 가느다랗고 하얀 손 으로 햇볕에 그을리고 마디가 단단해진 수전의 손을 꼭 쥐었다. 수전은 맡은 일을 충실히 해내며 가족을 위해서라면 목숨까지 바칠 수 있는 사람이다.

수전이 릴라의 손을 토닥여주며 말했다.

"릴라, 피곤해 보이는구나. 어서 자렴. 네가 오늘 밤 너무 피곤 해하는 거 알고 있었어. 내가 제때 집에 와서 널 도와줄 수 있어

다행이라고 생각한다. 젊은 남자를 상대하는 건 익숙해지기 전까지는 아주 피곤한 일이니까."

릴라는 짐스를 안고 2층에 눕혔다. 그러고 나서 한참 동안 창가에 앉아 둥근 지붕과 작은 탑을 몇 개 덧붙이며 무지개 궁전을 다시 지었다.

릴라가 혼잣말을 했다.

"난 케네스 포드와 약혼한 걸까, 하지 않은 걸까?"

17장

세월은 속절없이 흐르고

릴라는 무지개 골짜기의 전나무 그늘에 앉아 연애편지를 읽었다. 나이 든 사람들이야 무덤덤하게 여길 수도 있겠지만, 십 대 소녀에게 연애편지란 엄청나게 중요한 사건이 아닐 수 없다. 더구나 난생처음 그런 걸 받았다면 봉투를 여는 순간 얼마나 가슴이 두근거렸을지 충분히 짐작할 수 있다.

케네스의 부대가 킹즈포트를 떠난 뒤로 두 주 동안은 둔탁한 통증 같은 불안감이 마을에 감돌았다. 기독교 신자들은 일요일 저녁마다 교회에 모여 찬송가를 불렀다.

오, 우리가 주께 부르짖나니
우리의 기도를 들으소서.
풍랑에 빠진 이들을 구해주소서!

릴라는 차마 이 찬송가를 부를 수 없었다. 가사를 들을 때마다 침몰하는 배와 물에 빠져 허우적거리며 절규하는 사람들의 모습이 생생하게 떠올랐기 때문이다. 그렇게 마음을 졸이며 하루하루를 보내던 어느 날, 케네스의 부대가 영국에 무사히 도착했다는 소식이 전해졌다. 그리고 드디어 케네스의 편지가 잉글사이드로 날아들었다.

편지의 첫머리를 읽는 순간 릴라는 더없는 행복감에 젖어들었다. 마지막 문장을 읽고 나서는 놀라움과 흥분과 기쁨으로 두 뺨이 붉게 물들었다. 편지의 중간 부분에는 재미있는 이야기가 가득했지만, 누가 읽어도 괜찮을 만큼 평범한 내용이었다. 릴라는 이후로 몇 주 동안 그 편지를 베개 밑에 두고 자면서 한밤중에 깰 때마다 손을 넣어 만져보곤 했다. 오직 첫머리와 끝머리 때문이었다. 연인에게 이처럼 멋진 편지를 받은 사람은 자기밖에 없을 거라고 생각하니 어깨가 으쓱해지면서 또래 소녀들이 딱해 보이기도 했다. 케네스는 유명한 소설가의 아들답게 문장력과 표현력이 뛰어났다. 가슴 저미는 느낌을 주면서 여러 의미를 함축한 단어를 사용해 사물과 상황을 정확하게 묘사했고 자기의 감정을 생생하게 풀어냈다. 그의 글은 곱씹을수록 다양한 의미를 전해주기 때문에 여러 번 읽어도 지루하거나 우스꽝스럽거나 하찮다는 느낌이 들지 않았다. 무지개 골짜기에서 편지를 다 읽고 집으로 돌아가는 릴라의 발걸음은 구름 위를 나는 듯 가벼웠다.

하지만 그해 가을에는 이처럼 가슴 설레는 순간이 손꼽을 만큼 드물었다. 9월 어느 날 연합군이 서부전선에서 크게 이겼다는 소식을 듣고 수전이 밖으로 뛰어가 국기를 게양한 일 정도를 들 수 있을 것이다. 러시아군이 무너진 뒤로 처음 접한 낭보였다(하지만 이날 이후에는 여러 달 동안 우울한 소식만 이어졌다).

수전이 큰 소리로 외쳤다.

"사모님, 마침내 대공세가 시작된 것 같아요. 이제 독일 놈들의 최후가 머지않았다는 뜻이겠죠? 우리 아이들도 크리스마스 때까지는 집에 돌아올 거예요, 만세!"

하지만 수전은 곧바로 얼굴을 붉히며 조신하게 사과했다.

"죄송해요, 제가 참 주책맞았죠? 얼마나 기쁘던지, 어린아이처럼 호들갑을 떨었네요. 하지만 사모님, 러시아군이 지지부진하다거나 연합군이 갈리폴리에서 퇴각한다는 등의 끔찍한 일만 여름내 이어지다 보니, 모처럼 좋은 소식을 듣고 참을 수 없어서 잠깐 흥분했던 거예요."

올리버가 씁쓸한 얼굴로 말했다.

"좋은 소식이라고 하셨지만, 이 일로 연인과 가족을 잃은 여자들에게도 정말 그럴까요? 우리와 가까운 군인들이 없어서 그런지, 우린 이번 싸움에서 희생된 사람들 생각은 하지 않고 그저 승리를 기뻐하고만 있네요."

수전이 반박했다.

"올리버, 그렇게 생각하면 안 돼요. 요즘에는 기뻐할 만한 일이 거의 없었을뿐더러, 군인들이 죽어가는 걸 안타까워한다고 해서 현실이 바뀌는 것도 아니잖아요. 그러니 내 사촌 소피아처럼 낙담해서 모든 일을 부정적으로 바라보진 말아요. 이 소식을 듣고 소피아는 이렇게 말하더군요. '구름에 생긴 틈으로 하늘이 보이는 거나 마찬가지야. 이번 주에는 잠시 좋아할 순 있겠지만 다음 주에는 곧바로 슬픈 소식이 전해질 게 뻔해.' 하지만 사모님, 그런 말에 수긍할 제가 아니잖아요. 전 소피아에게 쏘아붙였어요. '가운데 움푹 들어간 골짜기 없이 언덕 두 개가 이어질 수 있을까? 하느님도 그런 건 못 만드실 거야. 골짜기가 있다고 해서 우리가 언덕에 올랐을 때 누릴 수 있는 즐거움을 포기하는 건 이치에 맞지 않아.'

소피아는 끙 소리를 내더니 이번에는 이렇게 말하더군요. '갈리폴리 전투에서 참패했고, 니콜라이 대공은 항복했어. 러시아 황제가 독일 편을 든다는 건 누구나 아는 사실이야. 연합군은 무기마저 부족한데 설상가상으로 불가리아가 독일 쪽에 붙으려 하고 있어. 이게 끝이 아니야. 영국과 프랑스는 베옷을 입고 재에 앉아 회개*할 때까지 벌을 받아야 해.' 그래서 저도 받아쳤어요. '영국과 프랑스는 군복을 입고 참호 속에 앉아서 회개할 거야. 하지만 독일도 그렇게 회개해야 할 죄를 지었잖아.' 그러자 소피아는 이런 논리를 폈어요. '그들은 전능하신 분이 곡물 창고를 깨끗하게 청소할 때 사용하는 도구야.' 그 말을 듣자마자 화가 치밀어서 한 소리 해줬죠. '어떤 목적이든 전능하신 분이 그렇게 더러운 도구를 쓴다는 건 말이 안 돼! 그리고 거룩한 성경 말씀을 이런 대화에 함부로 들먹거리는 것도 옳지 않아. 목사도 아니고 장로도 아니면서 주제넘게 굴지 말라고!' 이번에는 제

• 　신약성경의 마태복음 11장 21절에서 예수가 '고라신'과 '벳세다'라는 마을을 꾸짖을 때 쓴 표현이다.

말에 꼼짝도 못 하더군요.

소피아는 줏대가 없어요. 항구 건너편에 사는 조카딸과는 영 딴판이에요. 딘 크로퍼드 부부는 아들을 다섯이나 두었는데, 얼마 전에 태어난 아기가 또 아들이었어요. 친척들도 아쉬워했고 특히 딘은 무척 실망했죠. 배 속 아기가 딸이길 간절히 바랐으니까요. 하지만 그의 아내는 웃으면서 이렇게 말했대요. '올여름에는 가는 곳마다 남자를 구한다는 푯말이 있던걸요. 그런 상황인데 여자아이를 어떻게 낳겠어요?' 정말 배짱이 두둑하지 않나요? 하지만 소피아는 그 아이도 결국 총알받이가 될 운명이라고 말하는 거예요."

암울했던 그해 가을, 소피아는 비관주의에 빠져버렸다. 지나치다 싶을 만큼 낙천적인 수전도 달리 손써볼 수 없을 만큼 갈수록 증상이 심해졌다.

결국 불가리아가 독일 편에 가담하자 수전은 "혼쭐이 나고 싶은 나라가 하나 더 늘어났군"이라고 뇌까렸다. 그때까지만 해도 평정심을 유지하는 듯 보였다. 하지만 그리스에서 '국론 분열'* 이 일어나자 인내심의 한계에 도달하고 말았다. 이때만큼은 그녀의 긍정적인 인생철학도 아무런 소용이 없어 보였다.

"사모님, 콘스탄티노스의 아내는 독일 사람이에요. 그러니 희망을 가질 수 없는 게 당연하죠. 세상에, 그리스 국왕의 결혼 문

---

* 제1차 세계대전 때 참전 여부를 두고 그리스에서 국론이 두 편으로 갈라졌던 역사적 사건이다. 친독 성향으로 중립을 고집했던 국왕 콘스탄티노스 1세와 연합국 편을 들었던 베니젤로스 총리 사이에 갈등이 심화되었는데, 결국 총리의 의견이 관철되어 그리스는 연합국으로 참전했다.

제까지 제가 신경 쓰게 될 줄은 몰랐네요. 그 못난 인간은 아내에게 찍소리도 못 하고 쥐여살더군요. 남자로서 정말 꼴사나운 일이죠. 여자도 마찬가지예요. 독신녀라면 모름지기 독립심이 강해야 남에게 휘둘리지 않고 살아갈 수 있지만 결혼한 여자는 달라요. 제가 만약 결혼했다면, 저는 겸손하고 순종적으로 생활했을 거예요. 그런데 그리스 왕비 소피아는 정말 건방지고 깍쟁이 같은 여자예요."

베니젤로스의 해임 소식이 전해지자 수전은 크게 화를 냈다.

"그럴 수만 있다면, 콘스탄티노스의 볼기를 때린 다음 산 채로 가죽을 벗기고 싶네요. 그래야 속이 좀 시원할 것 같아요."

블라이드 선생이 미간을 찌푸리며 말했다.

"수전, 그렇게 말하다니 뜻밖이네요. 그래도 말을 좀 가려서 해야 하지 않을까요? 산 채로 가죽을 벗기는 건 그렇다 치더라도 볼기를 친다는 말은 너무 심하잖아요."

수전이 곧바로 말대꾸했다.

"그 작자가 어렸을 때부터 볼기를 충분히 맞으면서 컸다면 지금보다는 분별력 있는 어른으로 자랐을 거예요. 그런데 왕자라서 그러지 않았을 테니까 안타까울 따름이죠. 연합군이 콘스탄티노스에게 최후통첩을 보냈다고 하네요. 콘스탄티노스처럼 뱀 같은 인간의 껍질을 벗기려면 최후통첩보다 더한 게 필요하다고 일러주고 싶네요. 연합군이 꼼짝 못 하게 만들어버리면 그도 정신을 좀 차릴 거예요. 하지만 그렇게 되기까지는 시간이 필요할 텐데, 그동안 가엾은 세르비아는 어떻게 될까요?"

마지막 질문에 대한 답은 곧 알게 되었다. 그리고 다들 수전의 등쌀에 고생깨나 해야 했다. 화가 몹시 난 수전은 손에 잡히는 모든 물건뿐 아니라 키치너를 제외한 모든 사람에게 분풀이를 해댔다. 그중에서도 가장 심하게 난도질당한 사람은 윌슨 대통령이었다.

수전이 단언했다.

"그가 진즉에 참전했더라면 세르비아가 그런 혼란을 겪지 않았을 거예요. 자기 의무도 내팽개친 한심한 작자 같으니라고."

"수전, 미국처럼 온갖 지역 출신이 섞여 사는 큰 나라가 전쟁에 뛰어든다는 건 쉽지 않아요."

블라이드 선생이 말했다. 그는 가끔씩 윌슨 대통령을 변호하기도 했는데, 윌슨을 신뢰해서가 아니라 단지 수전을 놀려주고 싶어서 그랬을 뿐이었다.

수전은 한 손에 자루 달린 냄비를, 다른 손에는 국자를 들고 힘차게 흔들면서 말했다.

"그럴 수도 있겠네요. 아니, 그럴 테죠! 그런데 선생님 말씀을 들으면서 옛날이야기가 떠올랐어요. 어느 날 한 아가씨가 할머니에게 말했죠. '할머니, 저 결혼할래요.' 할머니는 '결혼이라는 건 중대한 일이다'라고 대답했어요. 그러자 그 아가씨는 '맞아요. 하지만 결혼하지 않는 건 더 중대한 일이죠'라고 답했어요. 제가 경험해봐서 아는데, 그 말은 사실이에요. 그래서 전 양키들이 이 전쟁을 외면하고 있었던 게 더 심각한 문제라고 생각해요. 대통령이 우드로 윌슨이든 아니든 이 전쟁이 통신학교의 수업처럼 유치한 게 아니라는 사실을 깨닫게 된다면, 양키들도 뭔가를 시작하지 않을까요? 그때는 자랑스럽게 싸울 거예요."

바람이 불고 날이 옅은 황색으로 저물어가던 10월 어느 저녁, 칼 메러디스가 집을 떠났다. 열여덟 번째 생일날 입대한 것이다. 존 메러디스 목사는 굳은 얼굴로 칼을 배웅했다. 그의 세 아들 중 둘이 떠났고 이제 브루스만 남았다. 메러디스 목사는 브루스를 무척 아꼈고 아이의 어머니도 진심으로 사랑했다. 하지만 제리와 칼은 젊은 시절 전처 서실리아에게서 얻은 아들이었으며, 그중에서도 칼은 친어머니의 눈을 꼭 빼닮았다. 군복 위로 사랑스럽게 반짝거리는 눈과 마주치자 목사는 문득 과거의 일이 떠올라 얼굴이 창백해졌다. 칼이 뱀장어를 가지고 장난쳤을 때 목사는 처음으로 아이에게 매질을 하려 했다. 하지만 차마 그럴 수 없었다. 그날 칼의 눈이 서실리아와 똑같다는 사실을 깨달았기 때문이다. 그리고 지금 이 순간 메러디스 목사는 다시 한번 칼의 눈을 통해서 서실리아를 보았다. 앞으로는 영영 그럴 기회가 없을지도 모른다는 생각에 탄식이 절로 나왔다. 게다가 멋지고 잘생기기까지 한 아들을 사지로 내보내려니 가슴이 까맣게 타들어가는 듯했다. "열여덟부터 마흔다섯 사이의 건장한 장정"*의 시체로 뒤덮인 들판이 눈에 어른거렸다. 얼마 전까지만 해도 칼은 무지개 골짜기에서 곤충을 채집하고, 도마뱀과 함께 잠을 자고, 주머니에 개구리를 넣은 채로 주일학교에 가서 마을 사람들을 놀라게 하지 않았던가. 그런 장난꾸러기가 '건장한 장정'이 되었다는 사실이 어색하게 느껴졌다. 하지만 메러디스 목사는 칼이 자원입대하겠다고 말했을 때 한 마디도 반

---

* 제1차 세계대전 당시 모병 대상자

대하지 않았다.

릴라는 칼이 떠나는 모습을 보자 가슴이 날붙이에 찔린 듯했다. 나이는 달랐지만 소꿉동무였던 두 사람은 무지개 골짜기에서 어린 시절을 함께 보냈다. 릴라는 예전에 칼과 함께 했던 장난이며 짓궂은 행동을 떠올리면서 무거운 발걸음으로 집에 돌아왔다. 빠르게 지나가는 구름 사이로 돌연 보름달이 나타나서 섬뜩한 빛을 뿜어댔고, 전화선이 바람에 흔들리면서 날카롭고 소름 끼치는 노래를 불렀다. 울타리 구석에서는 끝부분이 잿빛으로 시든 미역취의 높이 솟은 이삭이, 사악한 주문을 외우는 마귀할멈의 무리처럼 릴라를 향해서 거칠게 손짓하고 있었다. 오래전 이런 날 밤이면 칼이 잉글사이드로 와서 휘파람을 부르며 릴라를 불러냈다.

"릴라, 달빛 잔치를 하러 가자."

그때마다 릴라는 칼과 함께 무지개 골짜기로 달려가곤 했다. 릴라는 칼이 딱정벌레나 다른 곤충을 보여줄 때 한 번도 무서워한 적이 없었지만 뱀만큼은 질색해서 엄격히 선을 두었다. 두 사람은 거의 모든 이야기를 함께 나누었다. 그래서 학교 친구들에게 놀림을 당하기도 했다.

릴라가 열 살 때 일이다. 어느 날 저녁, 두 사람은 무지개 골짜기의 오래된 샘가에서 상대방과 절대 결혼하지 않겠다고 맹세했다. 그날 학교에서 있었던 일 때문이었다. 앨리스 클로가 석판에 두 사람의 이름을 나란히 적었는데, 이는 둘이 결혼한다는 뜻이었다. 그래서 둘은 그런 일이 벌어지지 않도록 모종의 의식을 치른 것이다.

릴라는 옛일을 떠올리며 웃음을 터뜨렸다가 곧바로 한숨을 쉬었다. 바로 그날 런던의 어느 신문을 인용한 기사에 따르면, 현재의 전황은 전쟁 발발 이후 최악이라고 했다. 날마다 마을 청년들이 떠나는 모습만 봐왔던 릴라는 이제 집에서 마냥 기다리거나 도움이 필요한 곳에 가서 봉사하는 것 외에 무언가 다른 일을 하고 싶어졌다.

'내가 만약 남자였다면 칼과 함께 군복을 입고 서부전선으로 달려갔을 텐데!'

젬이 떠났을 때도 낭만적인 감정에 빠져들면서 그런 생각을 했지만 지금은 진심이었다. 집에서 안락하게 지내며 좋은 소식을 기다리기만 하는 것이 때로는 견딜 수 없을 만큼 갑갑하게 느껴졌다.

오늘따라 구름은 유난히 어두웠다. 하지만 달이 의기양양하게 얼굴을 내밀자 은색 광채와 그림자가 글렌세인트메리 마을 위로 파도처럼 일렁이면서 서로를 쫓았다. 릴라는 어린 시절 달빛 비치던 어느 날 저녁에 "엄마, 달님은 너무너무 슬픈 얼굴 같아"라고 말했던 기억을 떠올렸다. 지금도 마찬가지였다. 마치 무서운 광경을 내려다보는 것처럼 근심에 지친 표정이었다.

'혹시 서부전선에서 무슨 일이 일어난 건 아닐까? 폐허가 된 세르비아나 폭격을 당한 갈리폴리에서 뭐라도 본 것일까?'

그날 올리버는 평소와는 다르게 조바심을 내며 말했다.

"하루하루를 긴장한 채로 보내는 일도 이젠 지치네요. 날마다 끔찍한 소식이 들려오고 그것 때문에 걱정만 늘어가잖아요. 블라이드 부인, 제발 나무라듯 절 보지 말아주세요. 오늘은 도저히 씩씩한 척을 할 수가 없네요. 인내심이 한계에 이른 것 같아요. 영국이 벨기에를 돕겠다고 나서지 않았더라면, 캐나다가 지원병을 보내지 않았더라면, 우리라도 청년들을 앞치마 끈으로 묶어놓고 한 사람도 가지 못하게 했더라면 좋았을 텐데⋯. 아, 30분만 지나면 이런 말을 한 게 부끄러워지겠죠? 하지만 지금 이 순간만큼은 그게 제 진심이에요. 도대체 연합군은 왜 공격을 하지 않는 걸까요?"

수전이 말했다.

"인내는 비록 지쳤더라도 계속 앞으로 묵묵히 나아가는 말과 같은* 법이죠."

올리버가 쏘아붙였다.

"아마겟돈의 군마가 천둥처럼 우리의 마음을 짓밟고 있잖아요. 뭐라고 말 좀 해보세요. 아주머니는 몹시 괴로워서 도저히 참을 수 없을 때, 비명을 지르거나 욕을 퍼붓거나, 하다못해 뭐라도 부숴버리고 싶은 적이 없었나요?"

수전은 속 시원하게 털어놓기로 마음먹은 듯했다.

"올리버, 난 지금껏 욕을 한 적도 없고 그러고 싶었던 적도 없었어요. 하지만 솔직히 말해서 문을 쾅 닫으면 속이 후련해진 적은 있었죠."

"그것도 일종의 욕 아닐까요? 무슨 차이가 있겠어요. 문을 거칠게 쾅 닫는 것과 입으로 빌어먹⋯."

"올리버, 잠깐만요!"

* 셰익스피어의 희곡 〈헨리 5세〉에 나온 표현

수전은 필사적으로 말을 끊었다. 만약 인간의 힘으로 가능한 일이라면 거트루드의 영혼을 꼭 구해내고 싶었다.

"당신은 너무 지쳐서 자포자기한 거예요. 그럴 만도 하죠. 온종일 학교에서 천방지축 아이들에게 시달리다가 집으로 돌아오면 우울한 전쟁 소식이 기다리고 있으니까요. 자, 이럴 땐 아무 생각 없이 누워서 쉬도록 해요. 내가 따뜻한 차와 토스트를 가져다줄게요. 그러면 문을 쾅 닫거나 욕하고 싶은 기분이 금세 사라질 거예요."

"아주머니는 참 좋은 분이에요. 좋은 분들 중에서도 특별히 좋은 분이죠! 그래도 딱 한 번만 욕을 해보면 기분이 한결 풀릴 거예요. 낮고 작은 소리로 이렇게 말하는 거죠. 빌어먹…."

수전이 단호하게 가로막았다.

"발을 녹일 수 있게 뜨거운 물병도 가져다줄게요. 지금 머릿속에 있는 말을 입 밖에 낸다고 해도 절대 기분이 좋아지진 않을 거예요. 그건 확실해요."

"알겠어요. 일단 뜨거운 물병으로 발을 녹여볼게요."

올리버는 자기가 말을 너무 심하게 한 건 아닌지 후회하면서 2층으로 올라갔다. 수전은 안도의 한숨을 내쉬었지만 병에 뜨거운 물을 채우는 동안 무언가 탐탁지 않다는 듯 혀를 끌끌 차면서 고개를 저었다.

"전쟁 때문에 예의범절이 점점 땅에 떨어지고 있어. 올리버도 불경스러운 말을 하려고 했잖아. 올리버의 화를 좀 가라앉혀야겠어. 이 물병이 효과가 없을 땐 겨자 연고를 써봐야지."

다행히도 거트루드 올리버는 다시 정신을 차리고 평소의 모습으로 돌아갔다.

키치너 경이 그리스로 갔다는 소식을 듣고 수전은 콘스탄티노스도 머지않아 생각을 바꿀 것이라고 예언했다. 앞으로는 연합군의 장비와 무기 문제를 제기한 로이드조지* 이야기를 많이 듣게 될 것이라고 덧붙이기도 했다. 용맹스러운 앤잭 군단**이 갈리폴리에서 철수한 결정에 대해서는 조건부로 동의했다. 쿠트***가 포위되자 수전은 메소포타미아 지도를 열심히 들여다보면서 오스만튀르크에게 저주를 퍼부었다. 헨리 포드****가 유럽으로 갔을 때 수전은 노골적으로 비아냥거렸다. 영국의 해외파견군 사령관이 존 프렌치 경에서 더글러스 헤이그 경으로 교체되자 수전은 자기 견해를 조심스럽게 피력했다.

"강을 건너는 도중 말을 바꾸는 것은 좋지 못한 정책이라고 생각해요. 물론 헤이그는 좋은 이름이고 프렌치는 외국 이름처럼 들리긴 하지만요."

거대한 체스판 위에서 말들이 어떻게 움직이는지, 사소한 것 하나까지도 수전은 놓치지 않았다. 신문을 받으면 글렌세인트메리 마을 소식란만 읽던 수전은 놀랍게 달라졌다.

"한때는 저도 프린스에드워드섬 바깥에서 일어나는 일에 아

- • 제1차 세계대전 때 내각을 이끈 영국 총리 데이비드 로이드조지(1863-1945)
- •• 앤잭(ANZAC)은 Australian and New Zealand Army Corps의 머리글자로, 오스트레일리아와 뉴질랜드의 연합 군단이다.
- ••• 이라크 동부에 있는 도시
- •••• '자동차왕'으로 불리는 미국 기업인(1863-1947)으로 평화 사절단을 유럽에 파견하는 등 제1차 세계대전 동안 반전운동을 펼쳤다.

무런 관심이 없었어요. 그런데 지금은 러시아나 중국의 황제가 치통을 앓는다는 말만 들어도 걱정될 지경이에요. 선생님 말씀처럼 지식은 쌓이는 것 같지만 감정은 무척 고통스럽네요."

시간이 흘러 크리스마스가 다시 찾아왔다. 수전은 입대한 아이들의 자리를 마련하지 않았다. 9월 무렵까지만 해도 올해 크리스마스에는 식탁이 꽉 찰 거로 확신했지만 빈자리가 둘이나 생기자 속상해서 견딜 수 없었던 것이다.

그날 밤 릴라는 일기를 썼다.

월터 없이 크리스마스를 맞이하는 건 이번이 처음이다. 젬은 종종 에이번리에서 크리스마스를 보내곤 했지만 월터는 그런 적이 없었다. 오늘 케네스와 월터에게서 편지가 왔다. 둘 다 아직 영국에 있지만 머지않아 참호 속으로 들어갈 것같다. 그래도 우린 어떻게든 견뎌낼 수 있을 것이다.

1914년부터 특이한 사건이 참 많았지만 그중에서도 가장 이상한 것은, 우리가 꿈에도 생각하지 못했던 일을 아무렇지도 않게 받아들이면서 살아간다는 점이다. 젬과 제리는 이미 참호 속에 있고, 케네스와 월터도 머지않아 거기로 들어갈 것이며, 이들 중 한 명이라도 돌아오지 못한다면 난 회복하기 힘들 만큼 커다란 상처를 받겠지? 하지만 난 지금 계속 일하고 있으며 미래에 대한 계획도 세워나가고 있다. 심지어 인생을 즐기기도 한다. 재미있게 지낼 때는 다른 일들을 잠시 잊어버린다. 그러다가 기억이 되살아나면, 평소보다 훨씬 더 마음이 찢어질 듯 아프다.

오늘 밤은 날이 흐리고 유난히 어둑어둑하다. 거트루드 올리버 선생님의 말처럼, 살인이나 사랑의 도피 이야기가 전개되는 데 적합한 배경을 찾고 있는 소설가라면 쾌재를 부를 만큼 날씨가 사납다. 유리창에 흘러내리는 빗방울은 마치 두 볼을 따라 흐르는 눈물 같고, 바람은 비명을 지르며 단풍나무 숲 사이를 지나가고 있다.

아무튼 올해 크리스마스는 썩 유쾌한 편이 아니었다. 낸은 치통으로 고생했고 수전 아주머니는 얼마나 울었는지 눈이 시뻘게졌다. 그런 사실을 감추려는 듯 도리어 들뜬 척했지만 그 모습이 훨씬 어색해 보였다. 짐스는 감기에 걸려서 온종일 심하게 앓았다. 후두염에 걸린 것은 아닌지 걱정된다. 10월부터 두 번이나 후두염을 앓았기 때문이다. 처음에는 거의 죽을 만큼 무서웠다. 하필 이때 아버지와 어머니가 집에 계시지 않아서 더 그랬다. 아버지는 이 집에서 누가 아플 때마다 늘 자리를 비우시는 것 같다. 수전 아주머니가 침착하고 능숙하게 조처해준 덕분에 가쁜 숨소리가 점점 잦아들었고 아침이 되자 완전히 나았다.

이 아이는 천사와 악마의 피를 반씩 이어받은 것 같다. 이제 16개월에 접어들었는데, 아장아장 돌아다니면서 온갖 곳을 들쑤셔놓았고 말도 꽤 잘한다. 세상에서 가장 귀여운 말투로 나를 "윌라"라고 부를 때면 케네스가 작별 인사를 하러 왔던, 애타고 우스꽝스러우면서도 즐거웠던 날 밤이 생각난다. 그날 난 무척 화가 났지만 한편으로는 더없이 행복했다.

짐스는 피부가 하얗고 뺨은 분홍빛이 돈다. 눈은 커다랗고 머리카락은 곱슬곱슬하다. 가끔씩 보조개도 볼 수 있다. 수프 그릇에 넣어 집으로 데려온, 비쩍 마르고 얼굴이 누렇게 뜬 못생긴 아기가 이렇게 변했다는 걸 누가 믿겠는가?

제임스 앤더슨의 소식을 들었다는 사람은 아무도 없다. 그가 돌아오지 않는다면 난 계속 짐스를 데리고 있을 것이다. 난 사람들이 짐스의 응석을 마냥 받아주는 게 불만이다. 모건과 내가 단호히 막아서지 않았더라면 짐스는 버릇없는 아이로 자랐을 것이다. 수전 아주머니는 지금껏 짐스처럼 똑똑한 아이는 본 적이 없으며, 심지어 짐스는 악마도 알아볼 것 같다고 칭찬했다. 어느 날 짐스가 2층 창문에서 가엾은 박사를 집어 던져서 그런 것 같다. 박사는 떨어지는 도중에 하이드 씨로 변했고 까치밥나무 덤불로 떨어지자 사납게 그르렁거렸다. 나는 하이드 씨 안에 있는 고양이를 위로해주려고 접시에 우유를 담아서 내밀었다. 하지만 그 녀석은 입도 대지 않고 온종일 하이드 씨로 지냈다.

짐스는 최근 대단한 업적을 남겼다. 일광욕실에 있는 커다란 안락의자 쿠션에 당밀을 잔뜩 발라놓은 것이다. 그 사실을 누가 알아차리기도 전에, 적십자 일로 찾아온 프레드 클로 부인이 의자에 앉아버렸다. 부인은 크게 화를 냈다. 새로 맞춘 비단 드레스가 엉망이 되었으니 당연한 반응이었다. 그런데 클로 부인은 짐스를 버릇없이 키웠다며 내게 심한 말을 퍼부었다. 속이 부글부글 끓어오른 나는 꾹 참고 있다가 부인이 뒤뚱거리며 돌아간 뒤에 화를 냈다.

"똥자루 같은 데다 성질도 고약한 할머니 같으니라고."

아, 이렇게 말하고 나니까 얼마나 속이 시원하던지! 하지만 곧바로 어머니가 나무랐다.

"말조심하렴. 저분은 아들 셋을 전쟁터에 보냈단다."

"저렇게 무례한 행동을 해도 그걸로 다 가려지네요."

그렇게 말하면서도 조금 부끄러웠다. 부인은 아들 셋이 입대한 것을 자랑스럽게 여기며 꿋꿋하게 살아가고 있다. 무엇보다 적십자단에서 일할 때 전적으로 의지할 수 있는 어른이다. 하지만 누군가의 훌륭한 점만 기억할 수는 없는 노릇 아닌가? 게다가 부인의 드레스는 지난 1년 동안 두 번째로 맞춘 새 옷이다. 모두가 절약과 봉사에 애쓰고 있는 이 시기에 그렇게 자주, 그것도 비단으로 옷을 해 입다니 가당하기나 한가?

그동안 쓰고 다니던 파란색 밀짚모자가 너무 낡아서 얼마 전부터 초록색 벨벳 모자를 다시 꺼내 썼다. 난 이 모자가 정말 마음에 들지 않는다! 너무 요란해서 눈에 잘 띈다. 내가 왜 이런 걸 그렇게나 좋아했는지 모르겠다. 하지만 계속 쓰겠다고 맹세한 이상 꼭 실천할 생각이다.

오늘 아침 셜리와 나는 먼데이에게 크리스마스 만찬을 주려고 역에 갔다. 먼데이는 여전히 그곳에서 누군가를 기다리고 있었다. 그 어느 때보다 희망과 자신감이 넘쳐 보였다. 때로는 역 근처를 어슬렁거리며 사람들과 어울리기도 했지만, 하루의 대부분은 작은 개집 입구에 앉아서 눈도 깜빡이지 않고 선로를 바라보며 지냈다. 이제 우리도 먼데이를 달래서 집으로 데려오려고 하지 않는다. 아무리 애써봐야 소용없다는 것을 알기 때문이다. 젬이 돌아오는 날 먼데이도 비로소 그곳을 떠날 것이다. 만약 젬이 돌아오지 않는다면, 먼데이는 심장이 멎는 날까지 그곳에서 주인을 기다리고 있을 것이다.

어젯밤에 프레드 아널드가 찾아왔다. 11월로 만 열여덟 살이 된 그는 어머니가 수술을 받는 대로 입대할 예정이라고 한다. 요즘 그는 틈나는 대로 우리 집에 온다. 나도 프레드를 좋아하지만 이렇게 자주 만나는 것은 불편하다. 혹시 내가 자기에게 특별한 감정을 가졌다고 오해할까 봐 염려되기 때문이다. 물론 프레드에게 케네스 이야기를 해줄 수는 없다. 할 이야기도 없긴 하지만, 곧 떠난다는 사람을 쌀쌀맞게 대하는 것도 내키지 않는다. 참 난처한 상황이다. 구애자를 수십 명씩 거느린다면 얼마나 재미있을까 상상했던 적이 있었는데, 그건 터무니없는 망상이라는 걸 깨달았다. 두 명만 돼도 너무 많아서 고민인데 하물며 수십 명을 어떻게 감당할 수 있단 말인가?

요즘은 수전 아주머니에게 요리를 배우고 있다. 전에도 배우려고 한 적이 있었다. 아니, 정확히 말하면 수전 아주머니가 날 가르치려 했던 적이 있었다. 지금은 그때와 다르다. 당시에는 잘할 자신이 없어서 뭘 해도 의욕을 느낄 수 없었다. 그런데 오빠들이 떠난 뒤로는 과자나 다른 먹을거리를 직접 만들어서 보내주고 싶어졌다. 그래서 다시 시작해봤는데, 이번에는 놀랄 만큼 잘되고 있다. 수전 아주머니는 내가 입을 꾹 다물고 집중한 덕분이라고 했으며, 아버지는 배우고 싶다는 잠재의식이 강해서 그렇다고 했는데, 둘 다 일리가 있는 말이다. 어쨌든 난 이제 제법 먹음직스러운 쿠키와 과일케이크를 만들 수 있다. 지난주에는 큰맘 먹고 슈크림빵 만들기에 도전했다가 완전히 실패하고 말았다. 오븐에서 꺼내보니 넙치처럼 납작해져 있었던 것이다. 크림을 채워 넣으면 통통해질 것이라고 생각했지만, 뜻대로 되지는 않았다. 아마도 수전 아주머니는 내심 기뻐했을 것이다. 스스로 슈크림빵의 장인이라고 자부하고 있는데, 우리 집에서 누가 자기만큼 잘 만들면 가슴이 찢어지지 않겠는가? 어쩌면 일부러 내게 잘못 가르쳐줬을 수도 있다. 아니, 그런 의심은 하지 말자.

'해충 셔츠'라는 멋진 이름으로 통하는 적십자 옷의 재단을 도와주러 미란다 프라이어가 며칠 전 우리 집에 왔다. 수전 아주머니는 옷 이름을 듣고 탐탁지 않아 했다.

"이름이 참 경박하구나. 다시 짓는 게 좋겠다."

"아, 그럼 하일랜드 샌디 할아버지가 한 말처럼 '버러지 샤쓰'라고 부르는 게 어떨까요?"

하지만 수전 아주머니는 고개를 절레절레 흔들더니 '버러지'나 '샤쓰'는 젊은 아가씨들이 입에 담을 만한 단어가 아니라고 어머니에게 말했다. 이것뿐만이 아니다. 젬이 어머니에게 보낸 편지에서 "옷에 이가 너무 많네요. 오늘 아침에 이 버러지를 쉰세 마리나 잡았다고 수전 아주머니에게 전해주세요"라는 구절을 보고 얼굴이 파랗게 질리더니 몸을 부르르 떨었다.

"사모님, 제가 젊었을 땐 그런 해충을 잡더라도 남몰래 처리하는 것이 예의였거든요. 속 좁은 사람이 되고 싶지는 않지만, 그래도 그런 이야기를 굳이 언급할 필요는 없다고 생각해요."

미란다는 해충 셔츠를 만들면서 고민을 털어놓았다. 이 아이는 지금 절망의 구렁텅이에 빠진 듯하다. 미란다의 약혼자 조 밀그레이브는 지금 샬럿타운에서 훈련받는 중이다. 지난 10월 조가 입대했을 때 미란다의 아버지는 몹시 화를 내며 그와 인연을 끊으라고 딸에게 엄포를 놓았다. 하지만 조는 해외로 떠나기 전에 미란다와 결혼하고 싶어 한다. 구레나룻 달덩이가 길길이 날뛰며 반대해도 두 사람은 연락의 끈을 놓지 않은 모양이다. 미란다는 조와 결혼하고 싶지만 그럴 수 없어서 가슴이 찢어질 것만 같다고 했다. 그래서 난 이렇게 조언했다.

"그냥 둘이 달아나서 결혼하면 되잖아?"

이렇게 충고하면서도 마음이 무겁거나 양심의 가책을 받지는 않았다. 조 밀그레이브는 훌륭한 청년이고 프라이어 씨도 전쟁이 시작되기 전까지는 그를 마음에 들어 했으니, 일단 둘이 결혼부터 하면 문제가 해결될 것 같았기 때문이다. 프라이어 씨는 살림살이를 도맡았던 딸이 돌아오기를 바랄 것이다. 그러니 두 사람을 용서해주지 않을까? 하지만 미란다는 은빛 머리를 슬프게 저었다.

"조도 내가 그렇게 해주길 바라고 있어. 하지만 난 도저히 못 해! 어머니가 임종하실 때 내게 마지막으로 한 말이 뭔 줄 아니? '미란다, 절대로 사랑의 도피를 하면 안 돼!'였어. 난 그런 일은 없을 거라고 맹세했지."

미란다의 어머니는 2년 전에 돌아가셨다. 미란다 말로는 어머니와 아버지도 결혼하려고 사랑의 도피를 한 것 같다고 했다. 구레나룻 달덩이가 사랑의 도피를 한 주인공이라니! 상상도 못 할 일이다. 하지만 그건 사실이었고, 프라이어 부인은 그 일을 평생 후회한 듯하다. 부인은 자기의 잘못된 선택 때문에 줄곧 힘겹게 사는 것이라고 자책했으니 말이다. 그래서 미란다에게는 하늘이 두 쪽 나더라도 그런 일은 절대 하지 않겠다는 약속을 받은 것 아닐까?

어머니와 한 약속을 깨뜨릴 수는 없으니, 아버지가 집에 없을 때 조를 불러들여 결혼하는 것 외에 다른 방법이 없다고 미란다는 생각했다. 하지만 그건 불가능한 일이다. 딸이 무슨 일을 꾸밀까 봐 걱정되었던 구레나룻 달덩이는 늘 의심의 눈초리로 미란다를 지켜보았다. 심지어 그는 오랫동안 집을 비우지도 않았다. 뿐만 아니라 조가 휴가를 얻으려면 미리 신청해야 했다.

"조를 그대로 떠나보낼 수밖에 없어. 아마 그는 전사하겠지? 조의 목숨이 위태롭다는 건 알지만, 그런 일이 정말 일어나면 내 마음도 찢어질 거야."

미란다가 흐느꼈다. 뚝뚝 흐르는 눈물에 해충 셔츠가 흠뻑 젖었다. 내가 이런 식으로 글을 쓰는 것은 미란다를 동정하지 않아서가 아니다. 젬, 월터, 케네스에게 편지를 쓸 때는 이들을 웃게 만들고자 무슨 내용이든 가능한 한 재미 있게 표현하는 버릇이 생겼을 뿐이다. 난 미란다가 참 안됐 다고 생각한다. 미란다는 조를 진심으로 사랑한다. 아버지 가 독일 편을 드는 것도 부끄러워하고 있다. 미란다도 내 마음을 알고 있는 것 같다. 미란다는 내게 자기 고민을 전 부 털어놓고 싶어졌다는 말을 한 적이 있다. 지난 1년 동안 내 포용력이 커졌기 때문이라는데, 내가 정말 그런지 궁금 하다. 예전에는 이기적이고 생각 없이 굴었다. 당시의 내 생각과 행동을 떠올리면 부끄러워 몸 둘 바를 모르겠다. 그 러고 보면 내 성격도 전처럼 나쁘지만은 않은 것 같다.

미란다를 도와주고 싶다. 전시에 결혼식을 치르다니, 정 말 낭만적인 일이다. 게다가 난 구레나룻 달덩이를 이기고 싶은 마음이 간절하다. 하지만 하느님은 아직 내게 어떤 계 시도 내리지 않으셨다.

18장

전쟁 중에 열린 결혼식

"사모님, 독일 놈들은 정신이 완전히 나간 모양이에요."

화가 머리끝까지 나서 얼굴마저 하얗게 질려버린 수전이 저주를 퍼부었다.

잉글사이드 여인들은 커다란 부엌에 모여 있었다. 수전은 저녁에 먹을 비스킷 재료를 반죽했고 블라이드 부인은 젬에게 보낼 쿠키를 구웠다. 릴라는 케네스와 월터에게 보낼 사탕을 만들고 있었다. 전에는 두 사람을 떠올릴 때 '월터와 케네스'라고 생각했지만, 언제부터인지 슬그머니 자리가 바뀌고 말았다.

수전의 사촌 소피아도 우울한 얼굴로 그곳에 앉아 있었다. 그녀는 청년들이 머지않아 전부 목숨을 잃을 것이라고 비관했지만, 발이 시린 것보다는 따뜻한 채로 죽는 게 낫다고 생각하면서 부지런히 뜨개질을 했다.

이 평화로운 장면 속으로 블라이드 선생이 불쑥 뛰어들었다. 오타와의 의사당 건물이 불에 탄 일로 무척 흥분한 상태였다. 수전도 그 말을 듣자마자 분노를 터뜨렸다.

"훈족이 다음에는 무슨 짓을 저지를까요? 여기까지 와서 의사당 건물에 불을 지르다니, 기가 막혀서 원!"

"수전, 누가 범인인지는 아직 몰라요. 방화인지 아닌지도 확실치 않고요. 화재란 건 이렇다 할 이유 없이 발생하기도 하니까요. 지난주에는 마크 매캘리스터 씨네 헛간에서 불이 났는데, 그것까지 독일군을 탓할 수는 없잖아요."

말은 이렇게 했지만 블라이드 선생은 이번 화재를 독일군의 소행으로 확신하는 듯했다. 수전이 느린 동작이지만 단호하게 고개를 끄덕였다.

"선생님 말씀이 맞아요. 하지만 바로 그날 구레나룻 달덩이가 거기 있었어요. 그 사람이 자리를 뜨고 나서 30분 뒤에 불이 났고요. 그건 부인할 수 없는 사실이에요. 그래도 증거가 나올 때까지는 교회 장로가 남의 헛간에 불을 질렀다고 섣불리 단정할 순 없겠죠? 그런데 무언가 석연치 않은 건 분명해요. 마크 씨의 두 아들이 다 입대했고, 마크 씨도 지원병 모집 행사 때마다 연설을 하고 다니니까요. 그러니 독일 놈들이 그에게 앙심을 품는 건 당연하잖아요."

소피아가 근엄하게 말했다.

"저라면 지원병 모집 행사에서 연설하지 않을 거예요. 다른 여자의 아들더러 전쟁에 나가 사람을 죽이고 자기도 죽으라고 권하는 건 양심이 허락하지 않으니까요."

수전은 밀가루로 범벅이 된 손가락을 소피아의 눈앞에서 흔들어대며 말했다.

"못 한다고? 이봐, 소피아 크로퍼드. 어젯밤 난 폴란드에서 여덟 살 미만 아이가 한 명도 살아남지 못했다는 기사를 읽었어. 어찌나 끔찍하던지, 아무나 붙잡고 입대를 권유하고픈 마음이 절로 들었다고. 생각해봐. 여덟 살도 안 된 아이가 한 명도 없다는 게 말이 돼?"

소피아가 한숨을 쉬었다.

"독일군이 다 잡아먹은 모양이네."

"뭐, 그건 아니야. 그놈들이 식인종으로 변했다는 말은 아직 듣지 못했으니까. 그 가엾은 아이들은 먹을 게 떨어지고 제대로 돌봐주는 사람도 없어서 죽은 거야. 이건 살인이나 다름없어. 소피아 크로퍼드, 난 그 생각만 하면 음식이 목에 걸려서 넘어가지 않는다니까."

수전은 독일군의 책임으로 돌릴 수 없는 죄가 있다는 것이 분하다는 듯 말했다. 그러자 지역신문을 읽고 있던 블라이드 선생이 화제를 돌렸다.

"로브리지의 프레드 카슨이 훈장을 받았다는군요."

수전이 대답했다.

"그 소식은 지난주에 들었어요. 대대의 전령이었던 프레드가 무언가 용감한 일을 해냈다더군요. 프레드는 그 소식을 편지에 적어서 가족에게 보냈는데, 마침 카슨 할머니의 임종 직전에 편지가 도착했어요. 거기 와 있던 성공회 신부가 기도를 드려도 괜찮겠냐고 묻자 할머니는 성가시다는 듯 이렇게 말했대요. '아,

네. 그렇게 하세요. 대신 내가 신경 쓰이지 않게 작은 목소리로 기도하면 좋겠네요. 이 좋은 소식을 음미하고 싶은데, 내겐 남은 시간이 별로 없으니까요.' 정말 앨마이러 카슨 할머니다운 반응이었죠. 그분은 딘 집안 출신인데, 그 사람들은 다들 성미가 괄괄하잖아요. 아마 그들에게는 프레드가 눈에 넣어도 아프지 않을 아이라서 그랬을 거예요. 카슨 할머니는 일흔다섯 살인데도 흰머리 한 올 없었대요."

블라이드 부인이 말했다.

"그 말을 들으니까 생각났는데, 오늘 아침에 처음으로 흰머리를 발견했어요. 머리가 세기 시작했나 봐요."

"사실 저도 얼마 전에 봤어요. 굳이 말씀드리지는 않고 속으로만 생각했죠. '사모님도 그동안 고생이 참 많으셨구나'라고요. 그걸 보셨다니까 이제야 말씀드리는 건데요, 흰머리는 명예로운 거예요."

블라이드 부인이 조금 쓸쓸한 웃음을 지었다.

"길버트, 나도 이젠 나이가 들었나 봐. 사람들에게 젊어 보인다는 말을 듣기 시작했거든. 정말 젊은 사람에게는 그런 말을 하지 않잖아. 하지만 흰머리가 났다고 해서 속상해하지는 않을 거야. 난 원래 빨간 머리를 좋아하지 않았으니까. 혹시 내가 이야기했던가? 어린 시절 초록지붕집에서 살 때 머리를 염색했던 적이 있었어. 마릴라 아주머니랑 나만 아는 일이야."

"아하, 그래서 그랬구나! 당신이 머리를 아주 짧게 잘랐던 적이 있었는데, 그걸 보면서 무척 의아했거든."

"맞아. 독일계 유대인 도붓장수에게 염색약을 샀어. 칠흑 같

은 검은색이 될 거로 기대하고 머리카락에 발랐는데, 어이없게
도 기괴한 초록색으로 물들었지 뭐야. 수습할 방법이 전혀 없었
지. 그래서 뭉텅뭉텅 잘라낸 거야."

수전이 말했다.

"사모님, 정말 큰일 날 뻔했네요. 물론 그땐 어렸으니까 독일
사람들에 대해서 잘 몰랐겠죠. 그게 독약이 아니라 염료였다는
게 천만다행이에요."

블라이드 부인이 한숨을 내쉬었다.

"초록지붕집에서 살았던 시절이 수백 년 전 일로 느껴져요.
그때랑 지금은 완전히 다른 느낌이에요. 전쟁이라는 틈이 생겨
서 인생이 둘로 나뉘어버렸네요. 앞으로 무슨 일이 일어날지는
모르겠지만, 과거와는 완전히 다를 거예요. 우리처럼 반평생을
살았던 사람들이 새 세상에 적응할 수 있을지 모르겠어요."

올리버가 읽고 있던 책에서 눈을 떼며 물었다.

"혹시 느끼셨는지 모르겠네요. 전쟁 전에 나온 글은 죄다 오
늘날과 동떨어진 것처럼 보이지 않나요? 『일리아스』처럼 아득
한 옛날에 쓴 글을 읽는 기분이에요. 지금 상급반 입학시험에
나온 워즈워스의 시를 대충 훑어보고 있었는데, 한 행마다 감도
는 고전적인 편안함과 잔잔함 그리고 아름다움은 마치 별나라
이야기 같아요. 요동치는 이 세계와 상관없이 하늘에 떠 있는
별처럼 아무런 관계가 없어 보이는 거죠."

수전이 비스킷을 오븐에 휙 집어넣으며 말했다.

"요즘에는 성경을 읽을 때만 마음이 편안해지더군요. 독일군
을 콕 집어 가리킨 것 같은 구절이 많아요. 하일랜드 샌디 영감

님은 요한계시록에 나오는 적그리스도가 독일 황제라고 단언하지만, 저는 그렇게 생각하지 않아요. 그런 인간에게는 과분한 대접이니까요."

며칠 뒤 이른 아침에 미란다 프라이어가 조용히 잉글사이드를 찾아왔다. 겉으로는 적십자 활동과 관련된 바느질을 핑계로 댔지만 실제로는 포용력이 뛰어난 릴라에게 고민을 털어놓으려고 온 것이었다. 미란다는 안짱다리에 식탐이 많은 개도 데리고 왔다. 조 밀그레이브에게 선물로 받아서 강아지 때부터 기른 것이라 미란다에게는 무척 소중한 존재였다. 프라이어 씨는 개를 썩 좋아하지 않았지만, 당시만 해도 조를 사윗감으로 여겼기 때문에 딸이 강아지를 기르도록 허락해주었다. 미란다는 은혜에 보답하고자 아버지가 존경하는 정치인 윌프리드 로리에 경의 이름을 강아지에게 붙였다. 그리고 얼마 지나지 않아 윌프리드 경은 '윌피'로 줄여 부르게 되었다.

윌프리드 경은 건강하게 잘 자랐고 살도 많이 올랐다. 하지만 미란다가 응석을 받아주면서 버릇이 나빠진 탓에 주인 말고는 아무도 이 개를 좋아하지 않았다. 특히 릴라는 윌프리드 경을 싫어했는데, 등을 대고 누워서 다리를 흔들며 배를 긁어달라고 재롱부리는 모습이 눈꼴사나웠기 때문이다.

'눈이 퉁퉁 부었잖아. 밤새 운 모양이네.'

릴라는 미란다가 고민을 털어놓고 싶어서 왔다는 사실을 눈치채고 자기 방으로 들였다. 하지만 윌프리드 경은 아래층에서 기다리게 했다. 그러자 미란다는 안타까운 얼굴로 매달렸다.

"얘도 같이 가면 안 될까? 낯선 곳에서 나 없이 있으면 무척 외로워하거든. 우리 윌피는 성가시게 굴지 않을 거야. 집에 들어오기 전에 발도 잘 닦아줬어. 게다가 얼마 뒤면 조를 추억할 만한 게 얘밖에 없을 텐데….”

릴라는 양보할 수밖에 없었다. 윌프리드 경은 얼룩덜룩한 등 쪽으로 꼬리를 말아 올리더니 의기양양하게 앞장서서 계단을 올라갔다.

두 사람이 방에 들어서자마자 미란다가 흐느꼈다.

“아, 릴라. 난 정말 괴로워. 가슴이 미어지는 것같이 아픈데, 말로는 도저히 설명할 수 없어.”

윌프리드 경은 두 사람 앞에 웅크리고 앉아서 분홍색 혀를 건방지게 내민 채로 귀를 기울이고 있었다. 릴라는 미란다 곁에 있는 안락의자에 앉아서 이야기를 재촉했다.

“미란다, 무슨 일이야?”

“토요일에 조가 보낸 편지를 받았어. 마지막 휴가를 받아서 오늘 밤 집에 온대. 그는 내 편지를 밥 크로퍼드 앞으로 보내고 있어. 우리 아버지 때문에 그런다는 건 너도 알지? 아, 릴라. 그가 여기 머무를 수 있는 시간이 나흘밖에 없어. 금요일 아침에는 떠나야 하거든. 그러면 다신 그를 못 만날지도 몰라.”

“조는 여전히 너와 결혼하고 싶어 하니?”

“맞아. 그는 편지를 보낼 때마다 내게 애원하고 있어. 함께 도망쳐서 결혼하자고 졸라대지. 하지만 아무리 그가 원한다고 해도 난 그럴 수 없잖아. 그나마 내일 오후 조를 잠깐 보는 것으로 위로를 삼아야겠지? 아버지는 일이 있어서 샬럿타운에 가실 거야. 그사이에 작별 인사 정도는 찬찬히 나눌 수 있겠지만, 그게 마지막일 것 같아. 아버지는 내가 조를 배웅하러 역에 가는 것마저 허락하지 않으실 테니까."

"그럼 내일 오후에 집에서 조와 결혼식을 올리는 거 어때?"

뜻밖의 질문을 듣고 깜짝 놀란 미란다는 눈물을 삼키다가 목이 멜 뻔했다.

"말도 안 돼! 그건 불가능한 일이야."

"왜?"

릴라가 짧게 물었다. 청소년 적십자단을 조직하고 수프 그릇에 전쟁고아를 담아서 집으로 데려온 사람에게서 나올 법한 자신감이 말투에서 묻어났다.

"왜냐하면, 그게…. 우린 그런 걸 여태껏 한 번도 생각해본 적이 없었고, 조는 아직 결혼 허가증*도 받지 않았어. 게다가 난 입을 옷도 없잖아. 검은색 드레스를 입고 결혼할 순 없지. 아, 나는, 우리는, 너는…."

미란다는 넋이 완전히 나가서 알 수 없는 말을 중얼거렸다. 주인이 괴로워하는 모습을 본 윌프리드 경은 머리를 뒤로 젖히면서 우울한 소리로 짖어댔다.

릴라는 잠시 동안 재빨리 머리를 굴린 다음 이렇게 말했다.

"미란다, 날 믿고 모든 걸 맡겨줄 수 있겠니? 그러면 내일 오후 4시 전에는 조랑 결혼하도록 도와줄게."

"어머, 네가 그런 걸 어떻게 할 수 있어?"

"난 할 수 있어. 그리고 꼭 할 거야! 그러니까 넌 내가 시키는

---

* 캐나다에서 결혼하려면 주정부가 발급한 문서가 필요하다.

대로만 하면 돼.”

“하지만 아, 아버지가 날 죽일지도 몰라.”

“그건 말도 안 돼. 물론 화를 많이 내시긴 할 거야. 그런데 넌 조가 네게로 다시 돌아오지 않는 것보다 아버지가 화내는 게 더 무서운 거니?”

그 말을 듣자 미란다는 갑작스럽게 태도를 바꾸더니 단호한 표정으로 말했다.

“아니, 그건 아니야!”

“그럼 내가 시키는 대로 할 거지?”

“응, 그렇게.”

“지금 당장 조에게 장거리 전화를 걸어서 결혼 허가증과 반지를 가져오라고 말해.”

미란다가 겁에 질려 흐느꼈다.

“아, 그건 못 해. 너무 무례한 부탁이잖아.”

릴라는 작고 하얀 이를 꽉 깨물면서 “하느님, 제게 인내심을 주소서”라고 속삭였다. 그런 다음 큰 소리로 말했다.

“그럼 내가 전화할 테니까 그동안 너는 집에 가서 할 수 있는 준비를 다 해놔. 그리고 내가 네게 전화해서 바느질을 도와달라고 말하면 곧장 여기로 와야 해.”

겁에 질려서 얼굴이 창백해졌지만 가까스로 마음을 굳힌 미란다가 돌아가자마자 릴라는 전화기로 달려가 샬럿타운으로 장거리 전화를 걸었다. 전화는 놀랄 만큼 빠르게 연결되었다. 그래서 릴라는 하느님이 자기를 도와준다고 확신했다. 하지만 훈련소에 있는 조 밀그레이브와 통화하기까지는 한 시간이나 걸렸다. 발을 동동 구르며 기다리는 동안 릴라는 누군가 통화 내용을 듣고 구레나룻 달덩이에게 일러바치지 않기를 기도했다.

"조, 난 릴라 블라이드예요. 릴라, 릴라요. 아, 그런 건 중요하지 않으니까 지금부터 내가 하는 말을 잘 들어요. 오늘 밤에 여기로 돌아오기 전까지 결혼 허가증을 받아요. 결혼 허가증! 네, 그래요. 결혼 허가증이요. 그리고 결혼반지도 준비하세요. 알아들었죠? 그렇게 할 수 있겠어요? 네, 좋아요. 꼭 그렇게 해야 해요. 기회는 한 번밖에 없으니까요."

조와 제때 연락이 닿지 않을까 봐 마음을 졸였던 릴라는 일이 순조롭게 진행되자 한껏 들떠서 곧바로 미란다에게 전화했다. 하지만 이번에는 운이 따르지 않았다. 하필이면 구레나룻 달덩이가 전화를 받은 것이다.

"미란다니? 어머, 프라이어 아저씨 안녕하세요? 죄송하지만 미란다에게 오늘 오후에 바느질을 도와주러 우리 집에 와달라고 전해주시겠어요? 무척 중요한 일이거든요. 그렇지 않으면 미란다를 귀찮게 하지 않았을 거예요. 네, 감사합니다!"

프라이어 씨는 조금 언짢은 듯했지만 순순히 허락해주었다. 거절했다가 혹시라도 블라이드 선생의 기분을 상하게 만든다면 골치 아파질 수도 있으며, 미란다가 적십자 활동을 하지 못하도록 막았다는 소문이 퍼지면 마을 사람들에게 눈총을 받을 게 뻔했기 때문이다.

릴라는 심각한 표정으로 부엌에 들어가서 문이란 문은 전부 닫아버렸다. 그리고 어리둥절해하는 수전을 향해서 엄숙하게 말했다.

"아주머니, 오늘 오후에 웨딩 케이크를 만들어줄 수 있어요?"

"웨딩 케이크라고?"

수전은 어안이 막혀서 릴라를 빤히 쳐다보았다. 이 아이는 예전에 아무런 언질도 없이 전쟁고아를 데려왔었다. 이번에는 갑자기 남편이라도 데려온다는 뜻일까?

"네, 웨딩 케이크요. 모양이 참 예쁘고 맛도 좋은 케이크가 필요해요. 기왕이면 건포도며 달걀이며 시트론이 듬뿍 들어갔으면 좋겠어요. 그리고 다른 것들도 만들어야 해요. 내일 아침에는 제가 음식 준비를 도와드릴게요. 하지만 오늘 오후에는 도저히 시간을 낼 수 없네요. 웨딩드레스도 만들어야 하고, 이것저것 할 일이 많거든요."

수전은 이런 허황된 일에 끌려들기에는 자기가 너무 늙었다는 걸 새삼 느꼈다. 그리고 체념하듯 물었다.

"릴라, 누구랑 결혼할 생각이니?"

"아, 그 행복한 신부는 제가 아니라 미란다 프라이어예요. 내일 오후 프라이어 아저씨가 시내에 가 있는 동안 미란다는 조 밀그레이브와 결혼하기로 했거든요. '전시 결혼'이라고 해야겠네요. 정말 가슴 뛰게 낭만적인 일 아닌가요? 수전 아주머니, 전 이렇게 설렜던 적이 없었던 것 같아요."

설렘은 곧 잉글사이드에 퍼져서 블라이드 부인과 심지어 수전에게까지 옮아갔다. 수전이 시계를 흘끗 보며 말했다.

"당장 케이크를 만들어야겠다. 사모님, 과일을 준비해주시겠어요? 달걀 거품도 내주시면 좋겠네요. 그래야 오늘 저녁까지 케이크를 구울 수 있거든요. 내일 아침에는 샐러드를 만들고 다른 것도 준비할 거예요. 구레나룻 달덩이의 코를 납작하게 만들어준다면야 밤을 새는 게 대수겠어요?"

잠시 뒤 눈물범벅이 된 미란다가 숨을 헐떡이며 도착했다. 릴라가 다정하게 말했다.

"결혼식 때는 내 하얀 드레스를 입으면 돼. 조금만 고치면 네게 아주 잘 어울릴 거야."

두 사람은 곧바로 드레스를 수선하기 시작했다. 몸에 맞춰 자르고, 가봉하고, 부지런히 바느질한 보람이 있어서 저녁 7시쯤에는 웨딩드레스가 완성되었다. 미란다는 릴라의 방에서 드레스를 입어보며 감탄하더니 잠시 뒤 가볍게 한숨을 내쉬었다.

"정말 예뻐. 하지만 베일이 없다는 게 좀 아쉬워. 하얀색 베일을 쓰고 결혼하는 게 내 꿈이었거든."

그때 블라이드 부인이 얇은 천으로 만든 무언가를 한 아름 안고 들어왔다. 마치 전시 신부의 소원을 들어주려고 기다리던 착한 요정 같았다.

"미란다, 이건 내가 결혼할 때 썼던 베일이란다. 내일 이걸 쓰려무나. 초록지붕집에서 결혼식을 올렸던 때가 엊그제 같은데, 벌써 24년이나 지났네. 결혼식 날 난 세상에서 가장 행복한 신부였지. 행복한 신부가 결혼식 때 썼던 베일은 행운을 가져다준다는 말도 있잖니."

그렇지 않아도 촉촉해져 있었던 미란다의 눈에서 눈물이 주르륵 흐르기 시작했다.

"어머, 블라이드 아주머니. 정말 감사합니다!"

미란다는 베일을 써보았다. 잠시 방에 들렀던 수전이 그 모습을 보고는 아름답다고 칭찬했다. 하지만 수전은 그 자리에 오래 머물 수 없었다.

"오븐에 케이크를 넣어뒀다. 앞으로 주의 깊게 살펴보면서 기다려야 해. 저녁에 새로 들어온 소식이 있는데, 니콜라이 대공이 에르주룸*을 무너뜨렸다고 하더구나. 오스만튀르크 입장에서는 혀를 찰 일이지. 니콜라이 대공을 사령관 자리에서 내려오게 한 것이 얼마나 미련한 짓이었는지 러시아 황제에게 말해주고 싶다니까."

수전이 아래층 부엌으로 내려가고 나서 얼마 뒤에 쿵 소리와 날카로운 비명이 들려왔다. 블라이드 선생과 부인, 올리버, 릴라, 베일을 쓴 미란다까지, 다들 부엌으로 달려갔다. 수전은 넋이 나간 채로 부엌 바닥 한가운데에 털썩 주저앉아 있었다. 찬장 위에는 박사가 서 있었는데, 등을 동그랗게 세웠고 눈동자는 이글거렸으며 꼬리는 평소의 세 배나 부풀어 있는 것을 보면 하이드 씨로 변한 것이 분명했다.

블라이드 부인이 놀라서 소리쳤다.

"수전, 무슨 일이에요? 넘어졌어요? 다친 덴 없나요?"

수전이 몸을 일으키며 험상궂은 얼굴로 말했다.

"아뇨. 다치진 않았어요. 별일 아니니까 걱정하지 않으셔도 돼요. 다만 온몸이 덜덜 떨리고 마음이 진정되지 않을 뿐이죠. 무슨 일이 있었느냐면요, 제가 저 빌어먹을 고양이 녀석을 걷어차려고 했다가 이 꼴이 된 거예요."

• 튀르키예 동북부에 있는 도시로 예부터 군사·교통의 요충지였다.

모처럼 웃음꽃이 피었다. 블라이드 선생은 웃음을 참을 수 없어서 끅끅거리며 말했다.

"아, 수전이 욕하는 걸 들을 줄은 꿈에도 몰랐네요."

수전이 진심으로 후회하며 대답했다.

"죄송해요. 어린 아가씨가 둘이나 있는데 말을 함부로 했네요. 하지만 저는 저 짐승을 가리켜 '빌어먹을 고양이 녀석'이라고 했을 뿐이에요. 저건 실제로도 빌어먹을 녀석이 맞아요. 악마가 고양이로 변한 거라고요."

"조금 있으면 저 고양이가 쾅 소리를 내고 유황 냄새를 풍기면서 사라지겠네요?"

"때가 되면 자기가 가야 할 곳을 찾아가겠죠. 그건 확실해요. 아무튼 제가 넘어지는 바람에 케이크가 흔들려서 납덩이처럼 뭉쳤을지도 모르겠네요."

수전은 뚱한 표정으로 몸을 추스르더니 아픈 곳을 문지르면서 오븐 쪽으로 가버렸다.

다행히도 케이크는 무사했다. 게다가 신부의 마음에 쏙 들 만큼 근사한 케이크였다. 수전은 그 위에 설탕 옷을 입히고 아름답게 장식했다.

다음 날 수전과 릴라는 오전 내내 부지런히 피로연 음식을 만들었다. 그리고 프라이어 씨가 예정대로 외출했다는 전화를 받자마자 모든 음식을 커다란 바구니에 담아서 미란다의 집으로 옮겼다. 잠시 후 조 밀그레이브가 들러리를 서줄 맬컴 크로퍼드 중사와 함께 도착했다. 군복 차림의 조는 한껏 흥분한 듯 보였다. 하객도 꽤 많았는데, 목사관과 잉글사이드 사람들, 조의 친척들 십여 명을 비롯해 조의 어머니인 '죽은 앵거스 밀그레이브의 부인'도 있었다. 동명이인인 앵거스 밀그레이브가 아직 살아 있었기 때문에 둘을 구분하기 위해서 이런 별칭으로 불리게 된 것이다. 죽은 앵거스의 부인은 구레나룻 달덩이 집안과 사돈을 맺는 게 달갑잖은지 이맛살을 찌푸리고 있었다.

마침내 미란다 프라이어는 마지막 휴가를 얻은 조 밀그레이브 일병과 결혼했다. 원래 결혼식이란 낭만적이기 마련이고, 낭만적이어야 마땅하다. 하지만 이날 열린 결혼식은 그렇지 않았다. 릴라도 인정했듯이 예식 내내 낭만과 거리가 먼 일이 많았기 때문이다. 첫 번째는 신부의 평범한 외모였다. 미란다는 멋진 드레스와 베일을 걸쳤지만 얼굴이 밋밋하고 평범해서 하객의 눈길을 끌지 못했다. 두 번째는 식이 진행되는 동안 조가 계속 슬프게 울어댄 일이다. 그 모습을 보며 화가 치밀었던 미란다는 훗날 릴라에게 하소연했다.

"그때 난 조를 향해서 이렇게 말해주고 싶었어. '나랑 결혼하는 게 그토록 기분 나쁘다면 이쯤에서 그만둬'라고 말이야. 그런데 조가 울었던 건 이제 곧 나를 두고 떠나야 한다는 생각이 계속 들었기 때문이라고 하더라."

세 번째는 평소 사람들 앞에서 얌전하게 굴던 짐스가 낯을 가리고 목이 터져라 울면서 '윌라'를 불러댄 일이다. 다들 결혼식을 지켜보고 싶어 했기 때문에 짐스를 데리고 나가 어르려는 사람이 아무도 없었다. 그래서 신부의 들러리인 릴라가 예식이 끝날 때까지 짐스를 안고 있어야 했다.

네 번째는 윌프리드 경이 발작을 일으킨 일이다. 방구석의 피아노 뒤쪽에 앉아 있던 그 개는 발작하는 동안 섬뜩하고 이상한 소리를 냈다. 숨이 넘어갈 듯 끙끙거리더니 잇따라 캑캑 소리를 냈고 마지막에는 누가 자기 목을 조르기라도 한다는 듯 짖어댔다. 메러디스 목사의 주례사도 윌프리드 경이 숨을 고르려고 울음을 멈출 때만 몇 마디 들릴 뿐이었다. 다들 개를 쳐다보느라고 신부는 졸지에 찬밥 신세가 되었다. 수전만이 무언가에 매혹된 표정으로 미란다의 얼굴을 뚫어지게 바라봤을 뿐이다. 미란다는 긴장해서 떨고 있었지만 윌프리드 경이 난리를 피우자 지금 자기가 어떤 자리에 서 있는지도 까맣게 잊어버렸다. 머릿속에는 오직 소중한 반려동물이 죽어가고 있는데 가서 돌볼 수 없어 안타깝다는 생각뿐이었다. 그래서 주례사 같은 것은 한 마디도 기억하지 못했다.

비록 짐스를 안고 있었지만 전시 신부의 들러리답게 감격스러우면서 낭만적인 태도를 유지하고자 고군분투하던 릴라는 머지않아 이런 노력을 포기했다. 웃음을 참기에 급급해서 다른 일은 돌아볼 수 없었던 것이다. 릴라는 누구와도 눈을 맞추지 않으려고 애썼다. 특히 꾹꾹 눌러두었던 웃음이 경박스럽게 터져 나올까 봐 걱정되어 죽은 앵거스의 부인 쪽으로는 아예 고개도 돌리지 않았다.

우여곡절 끝에 결혼식은 끝났고 다들 식당으로 가서 피로연에 참석했다. 한 달을 꼬박 준비했다고 해도 믿을 수 있을 만큼 호화롭고 풍성한 음식이 차려져 있었다. 하객들은 빈손으로 오지 않았다. 죽은 앵거스의 부인은 커다란 사과파이를 가지고 와서 식당 의자에 놓아두었는데, 그 사실을 깜빡하고 그 위에 앉아버렸다. 부인의 검은색 비단 예복은 엉망이 되었고 심기마저 불편해졌지만, 그 사건은 피로연에 아무런 지장을 주지 않았다. 결국 부인은 파이를 집으로 다시 가져갔다. 반전론자인 구레나룻 달덩이가 기르는 돼지에게 자기가 만든 파이를 먹일 수는 없었기 때문이다.

그날 저녁 조 부부는 기운을 되찾은 개를 데리고 포윈즈 등대로 떠났다. 두 사람은 조의 삼촌이 관리하는 그곳에서 짧게나마 신혼여행을 보낼 생각이었다. 우나와 릴라와 수전은 남아서 설거지를 하고 집을 정리했다. 그런 다음 프라이어 씨가 돌아오면 먹을 수 있도록 데우지 않아도 되는 음식으로 저녁 식사를 차린 뒤 그 옆에 미란다가 쓴 애절한 쪽지를 올려두었다. 셋이서 집으로 돌아오는 길에는 꿈결 같은 겨울 황혼이 신비로운 베일처럼 글렌세인트메리 마을을 감싸고 있었다.

"전쟁 중에 결혼하는 것도 나쁘지 않은 것 같구나. 만약 내게도 그런 기회가 왔다면 마다하지 않았을 거야."

수전이 감상에 젖어 이야기했지만 릴라는 아무런 감정이 들지 않았다. 지난 36시간 동안 들뜬 상태로 분주하게 움직이다가 모든 일을 마치고 나니 맥이 풀려버렸던 것이다. 솔직히 실망스럽기도 했다. 결혼식 내내 우스꽝스러운 일이 벌어졌으며 주인공이라고 하기에는 미란다와 조가 지극히 평범했다. 심지어 두 사람은 예식이 진행되는 동안 울기까지 했다.

릴라는 화가 나서 불퉁거렸다.

"미란다가 저 꼴사나운 개에게 저녁을 터무니없이 많이 주지만 않았어도, 아까처럼 발작을 일으키진 않았을 거예요. 그러지 말라고 거듭 당부했는데, 미란다는 가엾은 개를 굶겨 죽일 수는 없다는 둥 자기에게 남은 건 저 개뿐이라는 둥 쓸데없는 말만 해댔잖아요. 어찌나 속이 뒤집히던지, 미란다가 정신을 차리도록 몸을 마구 흔들어주고 싶었다니까요."

수전이 말했다.

"신랑 들러리가 조보다 더 흥분하더구나. 이렇게 기쁜 날을 또 맞이하라는 요상한 말까지 미란다에게 했지 뭐냐. 그리고 미란다는 별로 행복한 얼굴이 아니었어. 물론 지금 같은 전쟁 통에 결혼식을 올렸으니 어쩔 수 없었겠지만…."

릴라가 생각했다.

"아무렴 어때요. 이 일을 편지로 알려주면 오빠들이 정말 재미있어할 거예요. 윌프리드 경이 무슨 짓을 했는지 알면 젬은 배꼽을 잡고 웃어대겠죠?"

하지만 금요일 아침 글렌세인트메리역에서 신혼부부가 작별하는 장면을 보자 릴라는 전시 결혼식에서 느꼈던 실망감이 사라져버리는 것을 느꼈다. 그날 새벽 하늘은 진주처럼 하얗고 다이아몬드처럼 투명했다. 나뭇진 내음이 가득한 역 뒤쪽의 어린 전나무 숲에는 서리가 덮여 있었다. 새벽의 차가운 달은 서쪽의 눈 덮인 들판 위에 걸려 있었지만 황금빛 솜털 같은 아침 해는 잉글사이드의 단풍나무 위에서 반짝반짝 빛났다. 조는 하얗게 질린 어린 신부를 끌어안았고 미란다는 신랑의 얼굴을 올려다보았다. 릴라는 문득 숨이 막혔다. 미란다의 얼굴이 납작하고 볼품없다는 사실은 문제가 되지 않았다. 구레나룻 달덩이의 딸이라는 사실도 마찬가지였다. 중요한 것은 미란다의 눈에 담긴 황홀하고 희생적인 표정, 영원히 타오르는 헌신과 충성과 용기의 불꽃이었다. 미란다는 남편이 서부전선을 지키고 있는 동안 계속 이 불꽃을 지키겠다고 약속했다. 미란다뿐 아니라 수천 명의 여인이 지금도 이 소중한 불꽃을 지키고 있을 것이다. 이 순간을 몰래 지켜보면 안 된다는 생각이 들었던 릴라는 서둘러 자리를 떴다. 승강장 끝으로 가보니 윌프리드 경과 먼데이가 마주 보며 앉아 있었다.

윌프리드 경은 상대를 깔보며 이렇게 말하는 듯했다.

"넌 왜 이처럼 낡은 개집에서 서성거리고 있니? 잉글사이드의 난롯가 깔개에 누워서 편하게 지낼 수도 있잖아. 허세를 부리는 거니? 아니면 다른 생각은 못 하고 있는 거니?"

먼데이의 대답은 간결해 보였다.

"만날 사람이 있어."

기차가 떠나자 릴라는 미란다 곁으로 갔다. 미란다는 몸을 덜덜 떨면서 말했다.

"기어코 가버렸네. 그는 다시 돌아오지 못할지도 몰라. 그렇다 해도 난 그 사람 아내니까, 그에 걸맞은 사람이 되어야겠지? 이제 난 집으로 갈 거야."

"지금은 우리 집으로 가는 게 낫지 않겠니?"

릴라가 걱정스러운 얼굴로 물었다. 프라이어 씨가 이 일을 어떻게 받아들였는지 아직 아무도 모르고 있었다. 하지만 미란다는 씩씩하게 말했다.

"아니. 조가 훈족과 맞서 싸우러 갔으니 나도 이제 아버지와 맞서 싸울 수 있을 것 같아. 군인의 아내는 겁쟁이가 되어서는 안 되겠지? 이리 와, 윌피. 어서 가자. 곧장 집으로 가서 최악의 상황에 부딪쳐보는 거야!"

하지만 맞서 싸워야 할 무서운 상대는 없었다. 어쩌면 프라이어 씨는 이제 와서 가정부를 구하기도 힘들고 밀그레이브에게 집이 여러 채 있다는 사실을 생각했을지도 모른다. 또한 군인의 아내에게는 해외파병 수당이 지급된다는 것을 고려했을 수도 있다. 아무튼 프라이어 씨는 미란다가 자기를 바보로 만들었으며 이 일을 두고두고 후회할 거라고 엄포를 놓기는 했지만, 더는 심한 말을 하지 않았다. 미란다, 아니 이제 밀그레이브 부인은 앞치마를 두르고 평소처럼 집안일을 시작했다. 한편 등대는 겨울을 나기에 적합한 곳이 아니라고 생각했던 윌프리드 경은, 전시 결혼식이 드디어 끝나 다행이라고 생각하며 평소 좋아했던 장작 통 뒤쪽 구석 자리에 앉아 잠을 자기 시작했다.

19장

"아무도 지나갈 수 없다!"•

싸늘하고 잿빛처럼 우중충한 2월 어느 날 아침이었다. 몸을 부르르 떨며 자리에서 일어난 거트루드 올리버는 릴라의 방으로 슬며시 들어가 침대 속으로 파고들었다.

"릴라, 나 무서워. 어린아이처럼 왜 그런지 모르겠어. 또 그 이상한 꿈을 꿨거든. 머지않아 끔찍한 일이 일어날 거야. 그런 예감이 강하게 들어."

"무슨 꿈이었는데요?"

"내가 베란다 계단에 서 있었어. 등대에서 댄스파티가 열리기 전날 밤에 꾼 꿈에서도 그랬지. 동쪽 하늘 저편에서 거대하

• "They Shall Not Pass!" 적에게 맞서 진지를 꼭 지키겠다는 의지가 담긴 구호로, 제1차 세계대전 때 프랑스군에서 사용하기 시작했다.

고 무섭게 생긴 먹구름이 천둥과 번개를 가득 싣고 이쪽으로 몰려오고 있었어. 검은 그림자가 순식간에 이곳을 덮쳤고 난 너무 추워서 오들오들 떨었어. 이어서 무시무시한 폭풍이 휘몰아쳤지. 번개가 어찌나 강하게 내리치던지 눈이 멀 것 같았고 땅을 흔드는 천둥소리에 귀청이 떨어질 것 같았어. 겁에 질려서 안전한 곳으로 도망가려 했는데, 그때 한 남자가 계단을 뛰어 올라와 내 옆에 멈춰 섰어. 프랑스 육군 장교복을 입은 군인이었지. 가슴에 상처를 입은 그는 몹시 지쳐 보였어. 얼굴은 초췌했고 군복은 온통 피로 얼룩져 있었는데, 표정만큼은 단호했고 눈동자도 불타고 있었어. 이윽고 그는 작지만 열정적인 어조로 말했어. '아무도 지나갈 수 없다!' 사납게 몰아치는 폭풍우 속에서도 난 그 말을 또렷하게 들을 수 있었어. 그때 잠에서 깬 거야. 릴라, 난 정말 무서워. 봄이 되어도 우리가 기다리던 대공세는 없을 거야. 그러기는커녕 프랑스가 엄청난 피해를 입을지도 몰라. 독일군은 어딘가를 무너뜨리려고 할 테니까.”

“하지만 그 사람은 아무도 지나갈 수 없다고 했다면서요.”

릴라의 목소리는 진지했다. 평소 블라이드 선생은 거트루드 올리버가 꾼 꿈을 대수롭지 않게 여기고 웃어넘겼지만 릴라는 그런 적이 한 번도 없었다.

“내 꿈이 앞날에 대한 예지인지, 아니면 체념한 마음이 그려낸 허상인지는 모르겠어. 어쨌든 그 꿈을 꾸면서 느꼈던 무서운 감정이 아직도 날 꽉 붙잡고 있어. 머지않아 우린 더 큰 용기를 내야 할 거야.”

블라이드 선생은 아침 식탁에서 이 이야기를 듣고 웃었다. 하지만 그 뒤로는 두 번 다시 그녀의 꿈을 무시할 수 없게 되었다. 그날 베르됭전투˙가 시작되었다는 소식이 전해졌기 때문이다. 그 뒤로 몇 주 동안 잉글사이드 사람들은 아름다운 봄기운을 누리지도 못하고 두려움에 떨며 지냈다. 프랑스군이 필사적으로 지키던 방어선으로 독일군이 한 걸음씩 다가가자 다들 절망한 나머지 이 비극이 속히 끝나기만을 애타게 기다렸다.

수전은 이 일을 심각하게 받아들였다. 그녀의 몸은 티끌 하나 없는 부엌에 있었지만 마음은 베르됭의 언덕으로 달려가 있었다. 밤마다 그녀는 의식처럼 블라이드 부인의 방에 머리를 들이밀고 이런 식으로 말하면서 하루를 마무리했다.

"사모님, 오늘도 프랑스군이 베르됭의 까마귀 숲을 잘 지켜줬으면 좋겠네요."

수전은 새벽에 눈을 뜰 때마다 어떤 예언자가 이름을 붙인 게 분명한 '죽은 자의 언덕'을 프랑스 군인들이 잘 지키고 있는지 궁금해했다. 만약 수전에게 베르됭 주변의 지도를 그리라고 종이와 펜을 준다면, 그녀는 참모총장도 감탄할 만큼 정교한 작품을 만들어낼 것이다.

어느 날 올리버가 씁쓸한 얼굴로 말했다.

"베르됭이 점령당하면 프랑스군의 사기가 꺾일 거예요."

그런 일이 일어날까 봐 걱정되어 그날 점심도 제대로 먹지 못

˙ 1916년 2월부터 12월까지 프랑스 북부 베르됭 요새에서 프랑스군과 독일군이 벌인 싸움이다. 제1차 세계대전 서부전선의 최대 전투이자 역사상 가장 참혹한 전투로 손꼽힌다.

했지만, 수전은 일부러 단호하게 말했다.

"하지만 독일군은 결코 베르됭을 손에 넣지 못할 거예요. 올리버도 그렇게 되지 않을 거라는 꿈을 꿨잖아요. '아무도 지나갈 수 없다!' 프랑스군이 할 말을 미리 꿈에서 들은 거라고요. 사실은 베르됭전투에 대한 기사를 읽었을 때 올리버가 꾼 꿈이 떠올라서 간담이 서늘해졌어요. 지금이 꼭 성경에 기록된 시대 같다는 생각을 했죠. 그때는 사람들이 그런 꿈을 자주 꿨으니까요."

올리버는 불안한 듯 서성거렸다.

"알아요, 저도. 하지만 제 꿈을 믿어보려고 안간힘을 쓰다가도 나쁜 소식이 들릴 때마다 저도 모르게 마음이 흔들리고 말아요. 그러면 '우연의 일치'라거나 '잠재의식 속 기억'이라는 말을 되뇌곤 하죠."

"기억이라는 게 누가 하지도 않은 말을 떠올릴 수 있는 건지는 모르겠네요. 물론 내가 올리버나 우리 선생님처럼 제대로 교육을 받은 건 아니지만요. 그렇게 간단한 것조차 못 믿게 만드는 것이 교육이라면, 차라리 배우지 않는 게 나을지도 몰라요. 아무튼 독일 놈들이 베르됭을 점령했다 해도 걱정할 필요는 없어요. 거긴 군사적으로 중요하지 않은 지역이라고 조프르 사령관이 말했으니까요."

올리버가 반박했다.

"전세가 역전될 때마다 그렇게 둘러댔잖아요. 이제 그런 말은 위로가 되지 않네요."

4월 중순 어느 저녁에 메러디스 목사가 말했다.

"과거에도 이런 전쟁이 있었던가요?"

블라이드 선생이 대답했다.

"글쎄요. 규모가 너무 거대해서 제대로 파악할 수조차 없네요. 이 전쟁과 비교한다면 호메로스가 쓴 이야기는 소꿉장난과 다를 바 없을 거예요. 트로이전쟁의 모든 싸움을 합쳐도 베르됭 요새 주변에서 일어나는 전투에 불과하겠죠. 지금 같으면 신문에 고작 한 줄 실릴 만큼 사소한 일일 겁니다. 제가 초자연적인 힘을 믿는 건 아니지만…."

그는 올리버에게 눈을 찡긋한 뒤 말을 이었다.

"하지만 이 전쟁 전체의 운명은 베르됭이 어떻게 되느냐에 달린 것 같다는 예감이 들어요. 수전과 조프르 사령관의 말처럼 군사적 요충지는 아니겠죠. 하지만 이상이나 관념같이 정신적인 측면에서 볼 때 그 지역은 엄청나게 중요한 곳이에요. 독일군이 그곳에서 이긴다면 전쟁에서 이기는 거죠. 만약 진다면 전세는 독일군에게 불리해지는 거고요."

메러디스 목사가 단호하게 말했다.

"독일군은 질 겁니다. 이상(理想)은 정복할 수 없을 테니까요. 프랑스는 대단한 나라예요. 저에게는 프랑스가 야만적인 검은 힘에 대항하는 투명하고 순결한 문명으로 보입니다. 전 세계가 이 진리를 깨달았기에, 우리 모두 이 전투가 어떻게 끝날지를 숨죽이면서 기다리고 있는 거예요. 요새 한두 개의 주인이 바뀌거나 피로 물든 땅 몇 킬로미터를 누가 차지했느냐 같은 단순한 문제가 아닙니다."

거트루드 올리버가 꿈꾸듯 말했다.

"저는 우리가 이런 고통까지 겪었는데, 그동안의 희생을 뛰어

넘는 보상을 받을 수 있을지 궁금해요. 세계를 놀라게 한 이 고통은 경이로운 새 시대를 열기 위한 진통일까요, 아니면 '개미가 1조 개의 햇살 아래에서 몸부림치는 것처럼'* 헛된 일에 불과할까요? 메러디스 목사님, 우린 개밋둑과 그곳에 사는 개미의 절반을 파괴하는 재앙에 대해 아주 가볍게 생각하잖아요. 이 우주를 지배하는 절대자는 우리가 개미를 생각하는 것만큼이나 우리를 중요하게 생각하고 계실까요?"

메러디스 목사가 검은 눈을 반짝이며 말했다.

"하느님은 한없이 클 뿐만 아니라 한없이 작은 분이기도 합니다. 당신은 그 사실을 잊고 있는 것 같네요. 우리는 그 어느 쪽도 아니기 때문에 너무 큰 것도, 너무 작은 것도 이해할 수 없죠. 한없이 작은 입장에서는 개미까지도 매머드만큼이나 거대한 존재입니다. 우리는 새로운 시대의 탄생을 목격하고 있어요. 하지만 이런 시대도 여느 때와 마찬가지로 연약하고 한없이 울어대는 생명으로 태어나겠죠. 어떤 사람들은 이 전쟁이 끝나자마자 새 하늘과 새 땅이 생길 것이라 기대하지만, 난 거기에 동의하지 않습니다. 그건 하느님께서 일하시는 방식이 아니거든요. 하지만 그분이 손을 놓고 계신 건 아닙니다. 언제나 일하고 계세요. 종국에는 그분의 뜻대로 이루어질 겁니다."

부엌에 있던 수전이 만족스러운 얼굴로 중얼거렸다.

"정말 올바른 말씀이야. 암, 그렇고말고."

메러디스 목사는 올리버에게 이따금씩 이런 이야기를 들려주

---

* 　테니슨의 시 〈광활함〉에 나온 표현

었고, 수전은 그때마다 둘의 대화를 귀담아들었다. 수전은 올리버를 좋아했지만, 그녀가 가끔씩 목사님들에게 이교도 같은 말을 하는 것이 마뜩잖았다. 그래서 그녀에게 잘못을 일깨워줄 필요가 있다고 생각했다.

5월에 월터가 보낸 편지에는 공로훈장을 받았다는 소식이 적혀 있었다. 수상 이유가 무엇인지는 뚜렷하게 밝히지 않았다. 하지만 다른 젊은이들은 월터가 했던 용감한 행동을 글렌세인트메리 마을 사람들이 알아야 한다고 생각했다. 제리 메러디스의 편지에는 이렇게 적혀 있었다.

"만약 다른 전투였더라면 월터는 빅토리아 십자훈장*을 받았을 거예요. 하지만 이곳에서는 날마다 용감한 행동을 하는 사람들이 나온 터라 공로훈장에 그친 것 같아요. 당국에서는 빅토리아 십자훈장을 남발할 수 없었던 거죠."

수전은 크게 화를 냈다.

"월터는 빅토리아 십자훈장을 받을 만했어요."

월터에게 그 훈장을 내리지 않은 이유가 누구에게 있는지는 알 수 없었지만, 그 일이 헤이그 장군 탓일 수도 있다는 생각이 들면서 수전은 처음으로 그가 총사령관으로 적합한 사람이 맞는지 의구심을 갖기 시작했다.

소중한 사람인 월터가 그처럼 용감한 행동을 했다니, 릴라는 기뻐서 정신을 차릴 수 없었다. 레드먼드에 있을 때 누군가에게 하얀 깃털이 담긴 봉투를 받으며 겁쟁이라고 욕을 먹던 월터가

---

* 영국 및 영연방 국가의 군인에게 주는 최고 영예의 훈장

안전한 참호에서 용감하게 뛰쳐나가, 부상 입고 아무도 없는 곳에 쓰러져 있는 전우를 데려왔다. 그런 행동을 했을 때 월터의 모습이 어땠을지, 그 허여멀쑥하고 잘생긴 얼굴과 멋진 눈동자가 머릿속에 어른거렸다. 릴라는 자기가 영웅의 누이라는 사실이 참으로 자랑스러웠다. 게다가 월터는 딱히 내세울 만한 일이 아니라고 생각했는지, 편지에는 온통 다른 내용뿐이었다. 한 세기는 지난 것 같은 그 시절, 구름 한 점 없던 그날에 두 사람이 함께 느끼고 나누었던 친숙한 이야기로 가득했던 것이다.

나는 잉글사이드 정원의 수선화를 생각하고 있어. 이 편지를 받을 때쯤이면 그곳에도 꽃이 활짝 피었겠지? 아름다운 장밋빛 하늘 아래에서 바람이 부는 대로 살랑살랑 흔들리고 있을 거야. 수선화의 색깔은 예전처럼 밝은 황금빛이니? 나는 그 꽃들이 피로 붉게 물들어 있다는 생각이 들어. 이곳에서 피는 양비귀꽃이 그렇거든. 봄의 속삭임도 무지개 골짜기의 제비꽃처럼 하나하나 떨어지고 있겠지?

오늘 밤에는 초승달이 떴어. 은빛으로 아름답게 빛나는 달이 이 고통의 구덩이 위에 걸려 있어. 너도 지금 단풍나무 숲 위에 뜬 그 달을 보고 있을까?

짧은 시 한 편을 동봉할게. 어느 날 저녁 참호 안에 켜둔 촛불을 의지해서 쓴 거야. 썼다기보다는 절로 떠올랐다고 하는 게 더 정확할 것 같아. 내 의지로 움직인 게 아니라 누군가가 나를 도구 삼아 써 내려가는 것 같았거든. 전에도 이런 적이 있긴 했지만 아주 드물었고 무엇보다 이번처럼 그런 느낌을 강하게 받은 적은 처음이야. 그래서 내 글을 『런던 스펙테이터』에 보냈지. 그곳에서 이 시를 지면에 실어줬고, 오늘 한 부 받았어. 네 마음에 들었으면 좋겠다. 내가 외국에 나와서 쓴 시는 이것뿐이니까.

월터의 시는 간결하면서도 마음을 울렸다. 이 시는 큰 인기를 끌었고 한 달쯤 지나자 월터의 이름이 세계 곳곳에 알려졌다. 대도시의 일간지나 작은 마을의 주간지, 심층기사와 부고란, 적십자 호소문과 정부의 모병 광고 할 것 없이 다양한 지면에 월터의 시가 게재되었다. 시를 읽은 어머니들과 누이들은 눈물을 흘렸고 젊은이들은 가슴 벅찬 전율을 느꼈다. 거대한 전쟁의 고통과 희망, 연민, 논점을 세 행에 완벽히 담아낸 이 시는 인류의 가슴을 울리는 불멸의 작품으로 인정받았다. 어느 캐나다 청년이 플랑드르의 참호에서 전쟁을 주제로 위대한 시를 쓴 것이다. 월터 블라이드 이병의 〈피리 부는 사나이〉는 처음 인쇄된 순간부터 고전이 되었다.

릴라는 일기장에 월터의 시를 적었다. 그리고 다음 줄부터는 한 주 동안 있었던 괴로운 이야기를 쏟아냈다.

끔찍한 한 주였다. 지난 일이고, 순전히 실수였지만 지금도 상처가 완전히 아물지 않은 듯하다. 어떤 면에서는 아주 멋진 시간이기도 했다. 그토록 끔찍한 고통 속에서도 얼마나 훌륭하고 용감하게 행동할 수 있는지를 조금이나마 깨달았기 때문이다. 난 도저히 올리버 선생님만큼 당당하게 처신

할 수 없을 것 같다.

오늘로부터 정확히 일주일 전, 올리버 선생님은 샬럿타운의 그랜트 씨 어머니에게 편지를 받았다. 며칠 전 로버트 그랜트 소령이 전사했다는 전보를 받았다고 적혀 있었다. 아, 가엾은 선생님! 선생님은 편지에서 그 부분을 읽자마자 그대로 주저앉았다. 하지만 하루 만에 마음을 추스르고 학교에 나갔다. 선생님은 울지 않았다. 심지어 눈물 한 방울조차 흘리지 않았다. 하지만 얼굴과 눈을 보면 속마음을 짐작할 수 있을 것 같았다.

선생님은 이렇게 말했다.

"난 맡은 일을 계속해야 해. 그게 지금 내 의무니까."

난 도저히 그처럼 성숙해질 수 없을 것 같다.

선생님이 비통한 말을 한 적은 지금껏 딱 한 번밖에 없었다. 드디어 이곳에도 봄이 찾아왔다는 수전 아주머니의 말을 듣고 선생님은 이렇게 물었다.

"올해 정말 봄이 올까요?"

그러고는 허탈하게 웃었다. 죽음 앞에 선 사람이 지을 법한 웃음이었다.

"아, 제가 참 이기적으로 굴었네요. 저는, 이 거트루드 올리버는 친구를 잃었어요. 그래서 평소처럼 봄이 찾아온다는 사실을 믿지 못하는 거예요. 백만 명이 고통스러워한다 해도 때가 되면 봄은 찾아오는 법인데, 막상 제가 고통스러운 일을 당하고 나니 세상이 과연 순리대로 돌아갈 수 있을지 의심하게 됐어요."

어머니가 부드러운 말투로 선생님을 위로했다.

"그렇게 자책할 필요는 없어요. 심한 충격을 받아 세상이 변해버렸다고 느끼면 모든 일이 전과 달라질 것 같다는 기분이 들기 마련이니까요. 아주 자연스러운 일이에요. 우리도 마찬가지고요."

그때 수전 아주머니의 사촌인 소피아 아주머니가 뜨개질을 하면서 입을 열었다. 월터는 이 아주머니를 '흉조와 불행을 가져다주는 까마귀'에 비유하곤 했는데, 그런 별명에 맞게 목소리가 무척 우울했다.

"올리버, 너무 속상해하지 말아요. 그래도 다른 사람들보다는 나은 편이잖아요. 전쟁 때문에 남편을 잃은 여인도 있어요. 그건 엄청난 충격이죠. 아들을 잃은 어머니도 있고요. 올리버는 남편이나 아들을 잃은 것도 아니잖아요."

올리버 선생님은 아까보다 쓰디쓴 표정을 지었다.

"네, 그런 것 같네요. 전 남편을 잃은 게 아니라 남편이 될 사람을 잃었을 뿐이에요. 아들을 잃은 것도 아니지만, 태어났을 수도 있는 아들과 딸을 잃었을 뿐이죠. 그러니 앞으로 자식은 절대 낳을 수 없을 거예요."

소피아 아주머니가 충격을 받은 듯한 목소리로 말했다.

"그런 말을 하다니, 숙녀답지 않아요!"

그러자 선생님이 크게 웃었고 소피아 아주머니는 겁에 질려서 얼굴이 새파래졌다. 선생님은 더 이상 견딜 수 없었는지 서둘러 방을 나갔다. 그러자 소피아 아주머니는 올리버 선생님이 충격을 받아 정신이 나간 것은 아니냐고 어머니에게 물었다.

"난 배우자를 둘이나 잃었어요. 하지만 저렇게까지 이상하게 변하지는 않았다고요!"

당연히 그랬을 것이다. 가엾은 두 남편은 숨이 떨어지는 순간 죽을 수 있어 다행이라고 생각했을지도 모르니까.

그날 밤 올리버 선생님의 방에서는 날이 새도록 왔다 갔다 하는 발소리가 들렸다. 전에도 밤마다 그러긴 했지만 그날 선생님은 유독 오랫동안 방 안을 서성거렸다. 칼에 찔리기라도 한 듯 날카로운 비명 소리도 한 차례 들렸다. 홀로 괴로워하는 선생님을 생각하니 나도 잠이 오지 않았다. 그렇다고 해서 선생님을 도와줄 방법도 없었다. 이처럼 괴로운 시간이 영원토록 이어질 것만 같았다. 하지만 밤은 끝났고 "아침에는 기쁨이 오리로다"*라는 성경의 예언도 이루어졌다. 정확하게 말하면 아침이 아니라 꽤 늦은 오후였다. 전화벨이 울려서 내가 받았는데, 샬럿타운의 그랜트 부인이 건 전화였다. 부인은 놀랄 만한 소식을 전해줬다. 로버트 그랜트 씨는 죽지 않았다. 팔에 가벼운 부상을 입었을 뿐, 지금은 병원에서 잘 지내고 있다는 것이다. 이런 일이 일어난 원인은 아직 듣지 못했지만, 아마도 로버트 그랜트 라는 동명이인이 있었을 것으로 추측된다.

나는 전화를 끊자마자 무지개 골짜기로 날아갔다. 발이 땅에 닿은 기억이 없는 걸 보면 날아간 것이 분명하다. 어

• 　구약성경의 시편 30편 5절에 나온 표현

린 시절 즐거운 놀이터였던 가문비나무 숲에 이르렀을 때 수업을 마치고 돌아오던 올리버 선생님과 마주쳤다. 난 다짜고짜로 선생님을 붙잡고 숨을 헐떡이면서 좋은 소식을 전했다. 흥분한 나머지 차분하게 행동할 여유가 없었다. 하지만 내가 너무 성급했다는 것을 곧 깨달았다. 선생님이 내 말을 듣고 나서 총이라도 맞은 것처럼 황금빛 고사리 위로 쓰러진 것이다. 그 순간 선생님의 어머니가 심부전으로 젊은 나이에 세상을 떠났다는 이야기가 떠올랐다. 그래서 선생님의 맥박부터 확인했다. 다행히 심장은 뛰고 있었다. 잠시 정신을 잃은 모양이었다. 그 사실을 확인하기까지 몇 년은 흐른 것 같았다. 선생님이 나 때문에 돌아가시는 줄 알고 얼마나 마음 졸였는지 모른다. 정말 잊지 못할 시간이었다. 이날 충분히 놀랐으니 앞으로 이런 일을 당하면 조금 더 분별력 있게 행동할 수 있겠지….

누가 기절했을 때 어떻게 조처해야 하는지를 배우기는 했지만, 기절한 사람을 본 것은 그때가 처음이었다. 집에 가봐야 도와줄 사람이 없었다. 레드먼드에서 돌아오는 쌍둥이 언니들을 맞이하러 다들 역에 나갔기 때문이다. 다행히 근처에 시냇물이 흐르고 있었다. 나는 정신없이 손으로 물을 떠 날랐다. 선생님이 의식을 되찾고 나서야 비로소 숨을 돌릴 수 있었다.

선생님은 내가 전해준 소식에 대해서 한 마디도 하지 않았다. 나도 그 일을 다시 언급할 엄두를 내지 못했다. 나는 선생님을 부축해서 단풍나무 숲을 지나 집으로 돌아왔다.

방에 도착했을 때 선생님은 갈라진 목소리로 "로버트가 살아 있어!"라고 말하더니 침대에 몸을 던졌다. 그런 다음 밤새도록 울고, 울고, 또 울었다. 나는 사람이 그렇게 울 수 있다는 것을 처음 알았다. 일주일 동안 꾹꾹 눌러왔던 눈물이 비로소 터져 나온 듯했다. 그런데 오늘 아침 선생님을 보고 우리는 깜짝 놀랐다. 환상이라도 본 것처럼 얼굴이 환했기 때문이다. 무척 기쁘기는 했지만 솔직히 무섭다는 생각도 들었다.

다이와 낸은 두 주 정도 집에 머무른 뒤 킹즈포트의 훈련소로 가서 적십자 활동을 할 예정이다. 난 언니들이 부럽다. 아버지는 여기서 짐스를 돌보고 청소년 적십자단을 꾸려나가는 것도 무척 훌륭하다고 말씀하셨지만, 그런 건 언니들이 하는 일처럼 낭만적이지 않다.

쿠트가 함락되었다. 너무 오랫동안 그 문제로 마음 졸이며 지냈기 때문인지, 그곳 소식을 듣고 나니 도리어 마음이 놓였다. 물론 하루 정도는 의기소침해 있었지만, 그런 일은 과거로 돌리고 금세 기운을 차렸다. 소피아 아주머니는 평소처럼 우울해하면서 영국군은 어디서나 판판이 지고 있다며 끙, 앓는 소리를 했다. 그러자 수전 아주머니가 단호하게 말했다.

"그들은 질 때도 참 멋있게 지고 있어. 무언가를 뺏겨도 되찾을 기회를 계속 노리고 있잖아. 어쨌든 조국과 왕은 지금 날 부르고 있어. 뒤뜰에 심을 씨감자를 손질하라고 말이야. 그러니까 칼을 가져와서 날 도와줘, 소피아. 그러면 부정적인 생각을 다른 방향으로 돌릴 수 있을 거야. 지금은 출마해달라고 부탁받지도 않았는데 선거에서 질까 봐 안절부절못하는 꼴이라니까!"

수전 아주머니가 곁에 있어서 참 든든하다. 특히 사촌의 코를 납작하게 만들 때마다 얼마나 속이 시원한지 모른다.

베르됭에서는 전투가 계속되었고, 우리는 시소를 타듯 희망과 두려움 사이를 넘나들고 있다. 하지만 나는 올리버 선생님의 꿈이 프랑스의 승리를 예언한 징표라고 믿는다.

"아무도 지나갈 수 없다!"

20장

———

노먼 더글러스의 독설

"어디를 헤매고 있는 거야, 앤 아가씨?"

블라이드 선생이 물었다. 결혼한 지 24년이 넘었지만 주위에 아무도 없을 때면 그는 아내를 이렇게 부르곤 했다. 블라이드 부인은 베란다 계단에 앉아 넋이 나간 듯 주위 풍경을 바라보고 있었다. 활짝 핀 꽃은 봄날의 신부처럼 아름다웠다. 온통 하얗게 변한 과수원 너머에는 검붉은 전나무와 젖빛 벚나무가 빽빽이 들어차 있었고 울새들이 요란하게 지저귀며 그 사이를 날아다녔다. 어느새 저녁이 되었는지, 컴컴한 단풍나무 숲 위로 별들이 반짝거렸다.

블라이드 부인은 작게 한숨을 쉬며 현실로 돌아왔다.

"꿈속에서 편히 쉬고 있었어. 견디기 힘든 현실을 잠시나마 피하고 싶었거든. 우리 아이들이 모두 집으로 돌아오고, 다시 어린아이가 되어 무지개 골짜기에서 놀고 있는 꿈이었어. 그곳도 지금은 참 조용하잖아. 난 예전처럼 아이들의 맑은 소리가 떠들썩하게 들려오는 걸 상상했어. 젬의 휘파람과 월터의 요들송, 쌍둥이의 웃음소리가 들려왔지. 그 순간만큼은 서부전선의 총소리를 잊고 달콤한 행복을 누릴 수 있었어."

블라이드 선생은 말없이 미소 지으며 고개를 숙여서 사랑하는 아내의 별처럼 빛나는 눈을 내려다보았다. 정신없이 일에만 몰두하다 보면 서부전선을 잠시 잊어버릴 때도 있지만, 그런 일은 아주 드물었다. 지난 2년 동안 그의 모습도 사뭇 달라졌다. 머리숱은 여전히 많았지만 전에는 없던 흰머리가 이제는 제법 눈에 띄었다. 전에는 웃음이 넘치던 눈에도 이제는 마른 눈물이 가득 차 있는 듯 보였다.

그때 손에 괭이를 들고 마당을 지나가던 수전이 걱정스러운 얼굴로 말을 걸었다. 그녀는 자기 모자 중에서 두 번째로 좋은 것을 쓰고 있었다.

"선생님, 『엔터프라이즈』에서 지금 막 읽었는데, 어떤 부부가 비행기에서 결혼식을 올렸대요. 그게 옳은 일일까요?"

블라이드 선생이 진지하게 말했다.

"전 괜찮다고 봅니다."

수전은 미심쩍은 듯 대꾸했다.

"글쎄요. 결혼식은 엄숙한 격식을 따라야 하잖아요. 비행기처럼 어지러운 곳에서 한다는 건 문제가 있어 보여요. 하지만 시대가 달라졌으니 그런 격식도 예전 같을 순 없겠죠. 전 기도회가 시작되기 전까지 뒤뜰에서 잡초나 뽑아야겠어요. 아직 30분

이나 남았으니까요. 잡초를 못살게 괴롭히면서도 트렌티노에서 벌어진 일*을 걱정하겠죠. 전 오스트리아가 하는 짓이 정말 못마땅해요, 사모님."

블라이드 부인은 안타까운 얼굴로 대답했다.

"나도 마찬가지예요. 오전 내내 손으로는 루바브잼을 만들면서도 마음으로는 전쟁 소식을 애타게 기다렸죠. 하지만 막상 소식이 들어오면 불안해서 목덜미가 움츠러들더군요. 자, 나도 기도회에 갈 준비를 해야겠네요."

모든 마을에는 꼭 기록되지 않았더라도 입에서 입으로 전해 내려오는 자기들만의 역사가 있는 법이다. 좋은 일과 슬픈 일을 비롯해 온갖 이야기가 결혼식과 축제에서 사람들의 입에 오르내리며 널리 퍼지고 겨울철 난롯가에서 다시 살아난다. 이날 밤 감리교회의 합동 기도회에서는 글렌세인트메리 마을 사람들 사이에서 두고두고 회자될 엄청난 소동이 벌어졌다.

합동 기도회는 아널드 목사의 제안으로 시작되었다. 글렌세인트마을과 주변 지역 젊은이들로 편성된 부대는 샬럿타운에서 겨우내 훈련받았고 머지않아 전장으로 갈 예정이었다. 군인들은 마지막 휴가를 보내려고 집에 돌아와 있었다. 그래서 아널드 목사는 지금이 합동 기도회를 열기에 적합한 때라고 생각했다. 메러디스 목사가 그 의견에 동의했고, 기도회 장소는 감리교회로 정해졌다. 평소에는 기도회에 참석하는 사람이 적었지만 이

• 1916년 5월 오스트리아·헝가리군이 대대적으로 이탈리아를 공격한 '트렌티노 공세'를 가리킨다.

날은 달랐다. 몰려든 사람들로 미어터질 듯했다. 심지어 코닐리어의 얼굴도 보였다. 그녀는 태어나서 처음으로 감리교회 안에 발을 들여놓았다. 세계대전이 일어나지 않았더라면 그런 일은 결코 없었을 것이다.

남편이 깜짝 놀라자 코닐리어는 차분하게 말했다.

"전에는 감리교회 사람들이 싫었어요. 지금은 마음이 누그러졌죠. 세상에는 독일 황제나 힌덴부르크* 같은 사람들도 존재하는데, 감리교인을 싫어한들 무슨 소용 있겠어요."

이런 이유로 코닐리어가 기도회에 온 것이다. 예배당 안에는 노먼 더글러스 부부도 있었다. 구레나룻 덩덩이는 자리를 빛내주러 왔다는 듯이 거드름을 피우며 통로를 지나 앞자리로 갔다. 사람들은 그를 보고 조금 놀랐다. 그는 전쟁과 조금이라도 관련 있는 모임이라면 얼굴도 내밀지 않았기 때문이다. 하지만 메러디스 목사가 장로교회 사람들도 모두 참석하기를 권하자 그도 차마 거절할 수 없었던 것 같았다.

프라이어 씨는 몸치장에도 신경을 썼다. 가장 좋은 검은색 양복을 입고 흰색 넥타이를 맸으며 숱 많은 회백색 곱슬머리를 단정하게 빗었다. 불그스름하고 넙데데한 그의 얼굴을 보자 수전은 아니꼬운 마음이 들었다.

'쳇, 저런 꼴을 하고 왔으면서 독실한 척하기는!'

나중에 수전은 블라이드 부인에게 말했다.

<hr />

* 제1차 세계대전 때 타넨베르크의 전투에서 러시아군을 크게 물리치고 국민적 영웅이 된 독일의 군인이자 정치가다.

"구레나룻 달덩이가 그런 모습으로 들어오는 걸 보면서 전 '뭔진 몰라도 오늘 무슨 일이 일어나겠구나' 하고 생각했어요, 사모님. 그 사람 얼굴을 보니까 좋지 않은 목적으로 왔다는 걸 똑똑히 알 수 있었죠."

기도회는 관례대로 시작되어 조용히 이어졌다. 메러디스 목사는 평소처럼 열정적으로 설교했다. 뒤에 이어진 아널드 목사의 설교는 코닐리어까지도 감탄했을 만큼 훌륭했다.

이윽고 아널드 목사가 프라이어 씨에게 기도를 부탁했다. 메러디스 목사가 설교를 마무리하면서 감리교회 집사에게 기도를 부탁한 것에 대한 답례였다.

코닐리어는 아널드 목사가 처세술이 부족하다고 누누이 말해왔다. 그녀가 감리교회 목사를 후하게 평가한 적은 거의 없지만, 적어도 이번만큼은 그녀의 판단이 공정했다고 할 수밖에 없었다. 만약 아널드 목사가 처세술이라고 알려진, 정확하게 규정하기 어려운 이 자질을 어느 정도 갖추기만 했어도 군인들을 위한 기도회 자리에서 구레나룻 달덩이에게 기도를 요청하는 부탁 따위는 절대 하지 않았을 것이다.

어떤 사람들은 프라이어 씨가 퉁명스럽게 거절하리라 예상했다. 그것만으로도 한동안 구설수가 있기에 충분했다. 그런데 프라이어 씨는 선뜻 일어서더니 "기도합시다"라고 번지르르하게 말한 뒤 기도를 시작했다. 그는 사람들로 가득 찬 건물 구석구석까지 들릴 만큼 낭랑한 목소리로 유창한 말들을 쏟아냈는데, 기도가 진행되는 동안 사람들은 점점 겁에 질려 망연자실할 수밖에 없었다. 자기들이 반전을 촉구하는 메시지에 귀 기울이고 있다는 사실을 깨달았기 때문이다. 프라이어 씨는 적어도 자기의 신념대로 행동할 용기가 있는 사람이었다. 어쩌면 그는 훗날 사람들이 평가한 것처럼 교회 안에서는 안전하다고 생각했을지도 모른다. 사람들에게 공격받을까 봐 두려워 다른 곳에서는 차마 밝히지 못했던 신념을 드러낼 좋은 기회를 잡았다고 여겼을 수도 있다.

"이 불경스러운 전쟁을 속히 끝내주시고, 속임수에 빠져 서부 전선에서 학살을 자행하는 군대가 자기 죄악에 눈을 뜨고 더 늦기 전에 잘못을 뉘우치도록 해주소서. 무엇보다 여기에 군복 차림으로 앉아 있는 이 가엾은 젊은이들이 살인과 군국주의의 길로 내몰리지 않고 이제라도 빠져나오게 해주소서."

프라이어 씨는 여기까지 아무런 방해도 받지 않았다. 그의 기도를 들은 사람들은 그대로 몸이 굳어버렸다. 그들은 어릴 때부터 교회에서 예상치 못한 일이 벌어지더라도 소란을 피우면 안 된다고 배웠던 터라 프라이어 씨의 기도는 누구의 견제도 받지 않고 이어질 것 같았다.

하지만 그 자리에 있던 사람들 중 적어도 한 명, 노먼 더글러스는 달랐다. 그는 선천적이든 후천적이든, 교회를 경외하는 마음 따위는 가져본 적 없었다. 그는 수전이 종종 단언한 것처럼 '이교도'에 가까웠다. 하지만 애국심만큼은 투철한 이교도이기도 했다. 노먼 더글러스는 프라이어 씨가 말하려는 내용이 무엇인지 깨닫자 길길이 날뛰기 시작했다. 외마디 비명을 지르며 자리에서 벌떡 일어나 우레처럼 소리 지른 것이다.

"그만, 그만! 그 가증스러운 기도를 멈추라고!"

그에게 이목이 집중되었다. 군복 차림의 청년 한 명이 작은 소리로 갈채를 보냈다. 메러디스 목사가 손을 들어 말렸지만 노먼은 그런 것에 신경 쓸 사람이 아니었다. 그는 만류하는 아내의 손을 뿌리치며 미친 듯이 앞으로 뛰쳐나가더니 운 나쁜 구레나룻 달덩이의 옷깃을 움켜잡았다. 프라이어 씨는 노먼이 말할 때 기도를 멈추지 않았지만 이제는 입을 다물 수밖에 없었다. 화가 잔뜩 난 노먼이 붉고 기다란 수염을 말 그대로 '곤두세운' 채 프라이어 씨를 뼈가 덜그럭거릴 정도로 흔들면서 욕설을 퍼부었기 때문이다.

"이 뻔뻔한 짐승! 썩어 문드러질 놈! 돼지 같은 고집불통에다가 더러운 자식 같으니라고!"

그의 손에서 프라이어 씨는 '역병을 일으키는 기생충'이 되기도 했고 '쓰레기 같은 훈족'으로 격하되기도 했다.

"이 추잡한 파충류야! 이, 이…."

노먼은 순간 멈칫했다. 모두들 그가 다음에 하려던 말이 교회뿐 아니라 그 어디에서라도 차마 입에 담지 못할 만큼 험한 욕설이라고 생각했다. 하지만 그 순간 아내와 눈이 마주친 노먼은 가까스로 분노를 삭였다. 그리고 나서는 "이 '회칠한 무덤*' 같은 놈!"이라고 고함을 지르며 구레나룻 달덩이를 내던지듯 밀었다. 그러자 가엾은 반전론자는 성가대석까지 떠밀려갔다. 조금 전까지만 해도 불그스름했던 얼굴은 새파랗게 질려 있었다. 하지만 궁지에 몰린 그는 숨을 헐떡이며 소리쳤다.

• 　신약성경의 마태복음 23장 27절에 나온 표현으로 '위선자'를 뜻한다.

"두고 봐! 당장 고소할 테니까."

"그래, 어디 해봐. 해보라고!"

노먼이 다시 고함을 지르며 돌진했지만 프라이어 씨는 서둘러 자리를 떴다. 복수의 화신으로 변한 군국주의자의 손에 다시는 잡히고 싶지 않았던 것이다. 품위라고는 찾아볼 수 없는 이 승리의 순간을 기념이라도 하려는 듯 노먼은 설교단 쪽을 돌아보며 우렁차게 말했다.

"목사님들, 그렇게 어이없어 할 건 없어요. 목사 옷을 입고서는 차마 할 수 없는 짓이었잖소. 그러니 누가 대신 할 수밖에 없지. 누군가는 꼭 해야 할 일이었소. 내가 그놈을 쫓아내서 당신들도 기뻐한다는 거 알아요. 투덜대고 불평이나 늘어놓으면서 반역과 선동을 조장하는 건 두고 볼 수 없지 않겠소? 누군가는 꼭 막아야지, 암! 난 이 순간을 위해 태어난 거요. 마침내 교회에서도 한몫을 톡톡히 해냈어. 이제 다시 60년은 조용히 앉아 있을 수 있겠군. 기도회를 계속하시죠, 목사님들. 반전론자의 기도로 더는 고생할 일 없을 테니까."

하지만 더는 경건하게 기도할 수 없는 분위기였다. 이 사실을 깨달은 두 목사는 조용히 기도회를 마무리하고 흥분한 사람들을 돌려보내는 것 말고는 다른 방법이 없다고 생각했다. 메러디스 목사는 군복을 입은 청년들에게 몇 마디 진지한 당부를 했다. 그 덕분에 프라이어 씨 집의 유리창이 또다시 깨지는 일을 막을 수 있었다. 그리고 아널드 목사는 본인이 생각하기에도 어색한 축도를 했다. 거구의 노먼 더글러스가 땅딸막한 구레나룻 달덩이를 흔들어대는 모습을 머리에서 지울 수 없었기 때문이다. 마치 거대한 마스티프종 성견이 작고 통통한 강아지를 물고 흔들어대는 것 같았다. 또 참석한 사람들의 머릿속에 그런 모습이 남아 있다는 사실도 알고 있었다.

이날의 합동 기도회는 결코 후한 평가를 받을 수 없었다. 하지만 그동안 열렸던 수많은 기도회, 심지어 감동적이었다고 평가받는 기도회조차 사람들에게 완전히 잊힌 것에 비해, 이날의 기도회는 마을 사람들의 기억 속에 오래도록 남았다.

집에 도착한 뒤 수전이 말했다.

"사모님, 저는 앞으로 노먼 더글러스를 이교도라고 부르지 않을 거예요. 그의 아내 엘런은 콧대가 높은 사람이 아니지만, 오늘 밤만큼은 분명히 우쭐거렸을 것 같아요."

블라이드 선생이 아내에게 말했다.

"노먼 더글러스가 변명의 여지가 없는 일을 저질렀다고 봐. 기도회를 마칠 때까지는 프라이어 씨를 내버려뒀어야 했어. 나중에 당회에서 그 문제를 다루면 되잖아. 그게 올바른 절차라고. 노먼은 오늘 정말 어처구니없고 부적절한 일을 했어. 언어도단도 분수가 있지, 원. 하지만 솔직히 말하자면…."

블라이드 선생은 고개를 뒤로 젖히면서 웃었다.

"앤 아가씨, 난 속이 참 후련했어."

21장

연애는 끔찍해

1916년 6월 20일, 릴라는 일기를 썼다.

눈코 뜰 새 없이 바쁜 데다 좋든 나쁘든 가슴 졸이는 소식
이 날마다 전해졌기 때문에 몇 주간은 일기를 쓸 시간도,
마음의 여유도 없었다. 그런데 아버지의 말씀을 듣고 일기
를 규칙적으로 써야겠다는 생각이 들었다.

"전쟁 기간 동안에 쓴 일기를 후손에게 물려주면 무척
흥미로운 자료가 될 거야."

하지만 오랫동안 남을 일기에다 개인적인 일을 쓰고 싶
다는 게 문제다. 내 아이들에게는 감추고 싶은 내용이기 때
문이다. 아마도 난 자신에게는 관대하고 아이들에게는 엄
격한 부모가 될 것 같다.

6월 첫 주도 끔찍한 날들이 이어졌다. 오스트리아군은 금세라도 이탈리아를 무너뜨릴 기세다. 유틀란트해전°에서는 독일군에게 대패했다고 한다. 다들 낙심했지만 수전 아주머니는 콧방귀를 뀌었다.

"영국 해군이 독일 황제에게 졌다고? 흥, 그건 독일 놈들의 거짓말이 분명해!"

며칠 뒤 수전 아주머니의 말대로 영국이 패한 게 아니라 도리어 승리했다는 소식이 전해졌다. 비록 "내가 뭐랬어"라는 말을 귀가 아프도록 들어야 했지만, 그 정도쯤이야 모두들 기꺼이 참을 수 있었다.

키치너 경의 사망 소식이 전해지자 수전 아주머니도 입을 다물었다. 밤늦게 전화로 그 소식이 전해졌을 때까지만 해도 아주머니는 사실이 아닐 것이라고 장담했다. 그러다가 다음 날 신문을 보고 나서는 절망의 구렁텅이에 빠져버렸다. 울거나 기절하거나 히스테리를 부리진 않았지만 사람이 완전히 달라져버린 것 같았다. 아주머니는 수프에 소금 넣는 것을 잊어버렸다. 내가 기억하는 한 그런 실수는 지금껏 한 번도 없었다. 어머니와 올리버 선생님과 내가 울 때도 돌처럼 차가운 눈길을 보내며 냉소적으로 말했다.

"독일 황제와 여섯 아들은 다들 멀쩡히 잘 지내고 있어요. 그러니까 세상이 완전히 쓸쓸해진 건 아니죠. 그런데 왜 우세요, 사모님?"

° 영국과 독일의 주력 함대가 유틀란트반도 앞바다에서 싸운 대규모의 해전

이런 상태가 꼬박 하루 동안 이어졌다. 그러자 소피아 아주머니가 나서서 위로하기 시작했다.

"정말 끔찍한 소식이야, 그렇지? 우린 최악의 상황에 대비해야 해. 수전 베이커, 전에 내게 말했잖아. 하느님과 키치너를 전적으로 믿는다고. 내가 똑똑히 기억하고 있어. 아, 이제 키치너가 죽었으니 하느님만 남았네."

소피아 아주머니는 세상이 위기에 처했다는 듯한 표정으로 수전 아주머니 앞에 손수건을 가져다놓았다. 그러자 수전 아주머니가 갑자기 정신을 차렸다. 지금 이 순간 그녀에게는 사촌 소피아가 구세주나 다름없었다.

"소피아 크로퍼드, 입 좀 다물어! 바보라는 건 알고 있었지만 이처럼 불경하기까지 한 줄은 몰랐네. 이제 연합군의 편을 들어줄 존재가 전능하신 분밖에 없다고 하면서 울고불고하는 건 온당치 않아. 키치너가 죽은 게 큰 손실이기는 하지. 그러나 이 전쟁은 한 사람이 좌지우지할 수 있는 게 아니라고. 지금 러시아군도 다시 진격하는 중이니까, 앞으로는 전세가 뒤집힐 거야."

이 말을 하는 동안 수전 아주머니도 확신이 생긴 듯 기운을 되찾았다. 하지만 소피아 아주머니는 고개를 저었다.

"앨버트의 아내가 브루실로프*의 이름을 따서 아기의 이름을 짓고 싶어 해. 그런데 난 그 사람이 어떻게 될지 모르

---

* 러시아의 장군(1853-1926)으로 1916년에 '브루실로프 공세'라고 불리는 대규모 군사 작전을 성공적으로 이끌었다.

니까 조금 더 지켜보자고 말해줬지. 러시아 사람들은 뭐든 흐지부지하는 버릇이 있으니까."

그 말과 달리 러시아군은 눈부시게 활약했으며 위기에 처한 이탈리아도 구해냈다. 하지만 러시아군이 파죽지세로 진격한다는 소식에도 전처럼 국기를 게양할 생각은 들지 않았다. 올리버 선생님 말씀처럼 베르됭전투 이후로는 의기소침해졌기 때문이다. 아마 서부전선에서 이런 승전보가 전해졌다면 지금보다는 더 기뻐했을 것 같다. 선생님은 오늘 아침에도 한숨을 쉬었다.

"영국군은 언제 공격하려는 걸까? 우린 너무 오래 기다렸다고."

얼마 전 이 지역의 청년들로 구성된 부대가 파병 전에 거리를 행군했다. 지난 몇 주 동안 열렸던 행사 중에서 규모가 가장 컸다. 그들은 샬럿타운에서 로브리지까지 간 다음 항구 어귀를 돌고 글렌세인트메리 마을 위쪽을 지나 세인트메리역에서 행군을 마무리했다. 모두가 거리로 나와서 이 광경을 지켜보았다. 얼굴을 내밀지 않은 사람은 몸져누운 패니 클로 할머니와 프라이어 씨뿐이었다. 프라이어 씨는 합동 기도회 소동이 있었던 밤 이후 교회에도 발길을 뚝 끊었다.

군인들이 행군하는 모습을 보고 있노라니 멋지다는 느낌이 들면서도 한편으로 가슴이 찢어질 것 같았다. 그중에는 이제 막 소년티를 벗은 젊은이도 있었고 나이 지긋한 중년도 있었다. 항구 건너편에 사는 로리 매캘리스터는 아직 열여섯 살이었지만 열여덟 살이라고 속이고 입대했다. 글렌세인트메리 마을 위쪽의 앵거스 매켄지는 이제 곧 쉰다섯 살이 되지만 마흔 다섯 살이라고 속였다. 로브리지 출신으로 남아프리카전쟁을 경험한 참전 용사 두 사람도 있었고, 항구 어귀에 사는 백스터 씨의 세 쌍둥이도 있었다. 이들은 올해 열여덟 살이 되었다. 사람들은 행렬이 지나갈 때 아낌없는 환호를 보냈다. 특히 스무 살이 된 아들 찰리와 나란히 걸어가는 마흔 살 포스터 부스에게 성원을 보냈다. 아내가 출산 중에 사망해서 홀로 아들을 키워야 했던 포스터는 찰리가 입대하자 본인도 자원했다. 그는 지금껏 자기가 가보지 못한 곳에 아들을 보낸 적은 없었다면서 플랑드르의 참호에도 함께 가겠다고 말했다.

역에서는 먼데이가 군인들 사이를 미친 듯이 헤집고 다녔다. 마치 젬에게 안부를 전해달라고 부탁하는 듯했다. 출발 전에 메러디스 목사님이 인사말을 읽었고 레타 크로퍼드가 〈피리 부는 사나이〉를 낭송했다. 군인들은 레타에게 환호성을 보내면서 "우리도 뒤를 따르자! 우리도 뒤를 따르자! 우린 믿음을 저버리지 않을 것이다!"라고 외쳤다. 사랑하는 오빠가 이렇듯 훌륭하고 감동적인 글을 썼다는 생각에 마음이 뿌듯했다.

난 카키색 대열을 보면서 무언가 어색한 기분을 느꼈다. 군복 차림의 저 훤칠한 청년들이 어렸을 때부터 함께 놀고, 웃고, 춤추고, 때로는 나를 놀리던 남자아이들이 맞나 싶었다. 어떤 존재가 다가와서 이들을 다른 곳으로 데려가는 것 같았다. 다들 피리 부는 사나이의 연주를 들은 것일까?

이 부대에는 프레드 아널드도 끼어 있었다. 그를 보자 마음이 참 아팠다. 지금처럼 슬픈 얼굴로 떠나게 된 것은 다 내 탓이기 때문이다. 나로서는 어쩔 수 없는 일이었지만 그래도 미안한 마음이 들었다.

프레드는 휴가 마지막 날 저녁 잉글사이드로 찾아와서 내게 사랑을 고백했다. 그러고는 만약 자기가 돌아온다면 청혼을 받아주겠냐고 물었다. 그는 정말 간절하고 진지하게 말했지만, 나는 도리어 비참한 기분이 들었다. 케네스 때문이 아니더라도 난 그런 약속을 절대 하지 않았을 것이다. 프레드를 남편감으로 생각한 적은 한 번도 없었고 앞으로도 그럴 것이기 때문이다. 하지만 아무런 희망도 위로도 없이 그를 전쟁터로 보내는 것은 너무나 잔인하고 무자비한 일처럼 느껴졌다. 어쩔 줄 몰랐던 나는 아이처럼 엉엉 울고 말았다.

프레드는 비통한 얼굴로 나를 쳐다보았다. 그런데 이렇게 비극적인 상황에서도 머릿속으로 우스꽝스러운 생각이 떠오른 것을 보면, 난 구제불능이라고 할 만큼 경박한 구석이 있나 보다. 그와 결혼하면 아침마다 식탁 맞은편에서 저 코를 봐야 할 텐데, 그러면 도저히 못 견딜 것 같다는 생각이 들었다. 바로 이것이 이 일기장에서 후손에게 감추고 싶은 내용 중 하나다. 하지만 이런 생각이 떠오른 게 다행인 것 같다. 그렇지 않았더라면 연민과 후회를 이기지 못하고 경솔하게 약속해버렸을지도 모른다. 만약 프레드의 코가 눈이나 입만큼만이라도 잘생겼더라면, 그래서 엉뚱한 일이 벌어졌더라면, 난 엄청난 곤경에 빠져버렸을지도 모른다!

자기가 바라던 일이 이루어질 수 없다는 것을 확실히 깨달은 프레드는 이후 신사적으로 행동했다. 하지만 그런 태도가 날 더 힘들게 했다. 만약 프레드가 기분 나쁜 기색을 보였다면 나는 이토록 마음이 아프거나 양심의 가책을 느끼지 않았을 것이다. 물론 왜 그렇게 미안한 마음이 들었는지는 잘 모르겠다. 나도 그를 좋아한다고 그가 오해할 만한 일은 절대 하지 않았다. 그런데도 계속 미안한 마음이 들었고, 지금도 그렇다. 만약 프레드 아널드가 돌아오지 못하게 된다면 이 일로 평생 괴로울 것 같다.

프레드는 내 사랑을 마음에 품고 참호에 들어갈 수 없다면 우정만이라도 간직하고 싶다면서, 떠나기 전에 작별의 입맞춤을 한 번만 해달라고 부탁했다. 어쩌면 영원히 이별하게 될지도 모르니 그 정도쯤은 해줄 수 있지 않느냐는 것이었다.

예전에 나는 연애가 마냥 즐겁고 재미있는 일이라고 상상했다. 지금은 어떻게 그런 생각을 했는지 이해가 가지 않는다. 연애는 정말 끔찍하다. 나는 그토록 가슴 아파하는 프레드에게 가벼운 입맞춤조차 해줄 수 없었다. 케네스와 약속했기 때문이다. 이런 상황이 무척 잔인하게 느껴졌지만, 어쩔 수 없었다.

"프레드, 우정은 줄 수 있지만 입맞춤은 할 수 없어. 그러지 않겠다고 다른 사람과 약속했거든."

"그 사람이, 약속했다는 사람이, 혹시 케네스 포드니?"

나는 고개를 끄덕였다. 그에게 사실을 말하는 것도 무척 괴로웠다. 나와 케네스만의 작고 신성한 비밀이었기 때문이다.

프레드가 돌아가자 나는 내 방으로 돌아와서 오랫동안 흐느꼈다. 깜짝 놀란 어머니가 올라와서 무슨 일이냐고 물었다. 어머니의 끈질긴 질문에 나는 결국 무슨 일이 있었는지 털어놓았다. 어머니는 '이런 어린애와 결혼하고 싶어 하는 사람이 과연 있을까?'라는 듯한 표정을 지었지만 자상한 태도로 내 말에 귀를 기울였다. 어머니는 늘 나를 이해하고 내 감정을 존중해준다. 그야말로 '요셉을 아는 자'다. 어머니와 이야기를 나누면서 말로 표현할 수 없을 만큼 큰 위로를 받았다.

난 훌쩍거리며 말했다.

"프레드가 저더러 작별의 입맞춤을 해달라고 했어요. 저는 그럴 수 없었죠. 그것 때문에 가슴이 아파요."

어머니가 차분하게 물었다.

"어머, 왜 그러지 않았니? 그런 상황에서는 입맞춤해줘도 괜찮았을 것 같은데."

"하지만 그럴 수 없었어요. 케네스와 약속했거든요. 그가 돌아올 때까지는 누구와도 입맞춤하지 않기로요."

내 고백은 어머니의 잔잔한 마음에 바윗돌을 던진 것처럼 커다란 파문을 일으켰다. 어머니는 목멘 소리로 물었다.

"릴라, 너 케네스 포드와 결혼을 약속한 거니?"

나는 흐느껴 울었다.

"잘, 모르겠어요…."

어머니가 되물었다.

"모르겠다고?"

그래서 나와 케네스 사이에 있었던 일도 전부 털어놓아야 했다. 이야기하다 보니 케네스가 진심이었다고 믿었던 내가 점점 어리석게 느껴졌다. 대화를 마칠 때쯤에는 너무 부끄러웠고 내가 바보 같다는 생각이 들었다. 어머니는 한동안 말없이 있다가 날 안고 다독여주었다.

"울지 마라, 내 사랑스러운 릴라. 프레드 때문에 자책하지 않아도 돼. 넌 스스로를 나무랄 만한 일을 하지 않았단다. 그리고 레슬리 웨스트의 아들이 네게 다른 사람과 입맞춤하지 말아달라고 부탁했다면, 넌 케네스와 결혼을 약속했다고 생각해도 될 것 같아. 하지만…. 아, 내 아기…. 난 마지막 남은 내 아기를 잃고 말았어. 전쟁 때문에 네가 너무 빨리 어른이 된 거야."

어머니 품에 안겨서 위로받을 수 있는 걸 보니, 난 아직 완벽한 어른이 아닌가 보다. 그리고 그럭저럭 진정된 줄 알았는데, 이틀 뒤 프레드가 행군하는 모습을 보자 마음이 찢어질 듯 아팠다. 하지만 기쁜 일도 있다. 이제 어머니는 내가 케네스와 약혼했다는 사실을 알고 계신다!

22장

———

먼데이는 알고 있다

"등대에서 댄스파티가 있었던 날 밤에 잭 엘리엇이 전쟁 발발 소식을 알려줬잖아요. 그날로부터 꼭 2년이 지났네요. 기억나시죠, 올리버 선생님?"

릴라가 묻자 소피아가 올리버 대신 대답했다.

"기억하고말고. 릴라, 그날 저녁에 있었던 일이 눈에 선하구나. 네가 파티에서 입을 옷을 자랑하려고 여기로 뛰어 내려왔지. 앞으로 벌어질 일은 모르는 거라고 그때 내가 주의를 줬잖니. 그날 밤 너는 이런 일이 있을지 상상도 못 해봤을 거야."

수전이 날카롭게 쏘아붙였다.

"그런 걸 예측하면서 사는 사람이 어디 있다고 그래? 앞날을 내다보는 능력이 있는 것도 아닌데. 그리고 그게 죽기 전에 무슨 일이든 벌어진다는 말이랑 뭐가 달라? 그런 게 예언이라면 나도 얼마든지 할 수 있다고."

릴라가 서글픈 얼굴로 말했다.

"그땐 다들 몇 달 안에 전쟁이 끝날 거라고 생각했어요. 왜 그렇게 쉽게 생각했는지, 참 우스울 뿐이죠."

올리버도 어두운 표정으로 맞장구쳤다.

"2년이 지난 지금도 끝이 가까워진 것 같진 않네요."

수전이 뜨개바늘로 딸깍딸깍 소리를 냈다.

"올리버, 그 말은 옳지 않아요. 언제가 끝인지는 모르겠지만, 어쨌든 거기까지 2년 더 가까워진 거예요."

소피아는 대수롭지 않다는 듯한 말투로 한 마디 거들었다.

"앨버트가 오늘 자 『몬트리올』에서 읽었는데, 어떤 군사 전문가가 전쟁이 적어도 5년은 이어질 것이라고 했다더군요."

"그럴 리 없어요."

릴라는 이렇게 소리친 뒤 한숨을 쉬며 덧붙였다.

"2년 전에도 우린 전쟁이 2년이나 지속될 리는 없다고 생각했죠. 그런데 5년을 더 기다려야 한다고요?"

수전이 말했다.

"루마니아가 참전했으면 좋겠구나. 그렇게만 된다면 5년이 아니라 5개월 안에 전쟁이 끝날 거야."

소피아가 다시 한숨을 쉬었다.

"난 외국인이 미덥지가 않아."

수전이 반박했다.

"프랑스인도 외국인이야. 그리고 베르됭을 봐. 연합군은 올여름 솜강에서 벌어진 전투에서도 승리를 거뒀잖아. 대공세도 진행 중이고, 러시아군도 여전히 잘 싸우고 있어. 헤이그 장군 말로는 포로로 잡힌 독일군 장교들도 자기들이 이 전쟁에서 졌다는 사실을 인정했대.”

소피아가 반박했다.

“양치기 소년 같은 독일 사람 말을 어떻게 믿어? 믿고 싶은 대로만 믿는 건 참 어리석은 일이라고. 영국군은 솜강에서 수백만 명을 잃었어. 그런 그들이 뭘 얼마나 잘했다는 거야? 사실을 직시해야 해, 수전 베이커. 사실을 봐야 한다니까.”

수전은 조금 누그러진 듯한 태도로 말했다.

“그렇게 해서 독일군을 지치게 만들었잖아. 그거면 충분하지. 동쪽으로 얼마나 나아갔는지, 서쪽으로 얼마나 물러났는지는 문제가 안 돼. 물론 난 군사 전문가가 아니지만 그쯤은 알고 있지. 모든 걸 비관적으로 보려고 하지만 않는다면 단박에 알 수 있을 거야. 똑똑한 사람이 독일군에만 있는 건 아니니까. 글렌 세인트메리 마을 위쪽에 살았던 앨리스터 맥칼럼의 아들 로더릭 이야기 들었지? 독일군에게 포로로 잡혔는데, 그 청년의 어머니가 지난주에 편지를 받았어. 비록 갇혀 있지만 음식도 충분하고 대우도 만족스럽다는 내용이 적혀 있었대. 편지를 읽은 사람이라면 다들 그런 줄 알 거야. 그런데 이름을 쓸 때 ‘로더릭’과 ‘맥칼럼’ 사이에 게일어로 ‘모두 거짓말이에요’라는 문구가 있었다는 거야. 독일군 검열관이 게일어를 몰랐던 게 틀림없어. 아마 그게 로더릭의 중간 이름이겠거니 하면서 넘어갔겠지. 자기가 속은 줄은 꿈에도 몰랐을걸? 아무튼 난 이제 전쟁은 헤이그에게 맡겨두고 초콜릿케이크에 설탕이나 입혀야겠어. 그걸 다

만들면 맨 위쪽 선반에 올려둘 거야. 지난번에는 아래쪽 선반에 뒀더니 꼬마 키치너가 몰래 들어와 설탕 입힌 부분을 손으로 긁어서 먹어버렸지 뭐야. 그날 밤에 차를 마시러 온 손님이 있어서 케이크를 가지러 갔다가 어이없는 꼴을 보고 말았지.”

소피아가 릴라에게 물었다.

“네 가엾은 고아의 아버지한테서는 아직 소식이 없니?”

릴라가 대답했다.

“7월에 편지가 한 통 오긴 했어요. 아내는 세상을 떠났고 아기는 내가 키운다는 소식을 메러디스 목사님이 편지로 전해주셨거든요. 자기는 곧장 답장을 썼는데 이후로는 아무런 소식이 없어서 중간에 편지가 분실되었거니 생각했대요.”

수전이 비웃었다.

“그걸 생각하는데 2년이나 걸렸다는 거로군. 생각을 참 느긋하게 하는 사람들이 있어. 제임스 앤더슨도 그랬지. 2년이나 참호에 있었는데도 상처 하나 입지 않았어. 옛말에 바보는 운이 좋다고 하잖아.”

릴라가 말했다.

“짐스 이야기를 할 때는 부성애가 느껴졌어요. 아들이 보고 싶다고도 하던걸요? 그래서 전 짐스에 대해 자세히 썼고 사진도 보내줬어요. 짐스는 다음 주면 두 살이 돼요. 세상에 그렇게 예쁜 아기는 없을 거예요.”

소피아가 끼어들었다.

“전에 넌 아기를 별로 좋아하지 않았잖아.”

릴라가 솔직하게 말했다.

"지금도 썩 좋아하는 건 아니에요. 하지만 짐스는 달라요. 전 그 아이를 정말 좋아하거든요. 그래서 앤더슨 씨가 무사하다는 걸 알게 되었을 때 별로 기쁘지 않았어요."

소피아가 겁에 질린 목소리로 소리쳤다.

"설마 너, 그 남자가 죽었으면 좋겠다고 생각한 건 아니지?"

"아, 당연하죠! 그저 앞으로도 전처럼 짐스를 잊고 지내면 좋겠다고 생각한 것뿐이에요."

소피아가 나무라듯 말했다.

"그렇게 되면 짐스를 키우는 비용은 너희 아버지가 부담해야 할 텐데. 젊은 사람들은 생각이 없다니까!"

그때 짐스가 달려 들어왔다. 장밋빛 뺨과 곱슬머리는 누구라도 입맞춤을 하고 싶을 만큼 귀여웠다. 매사에 부정적인 소피아도 짐스를 보면 좋은 말부터 할 정도였다.

"참 튼튼해 보이는구나. 혈색이 지나치게 좋긴 하다만…. 뭐, 폐병쟁이의 얼굴빛이 저렇다고들 하잖니. 네가 수프 그릇을 들고 온 다음 날 내가 이 아이를 봤었지. 그때까지만 해도 네가 키울 거라고는 생각도 못 했어. 넌 그런 일을 절대 할 수 없을 것 같았거든. 집에 돌아가서 앨버트의 아내에게 말했더니, 글쎄 이렇게 대꾸하는 거야. '릴라는 생각하시는 것보다 훨씬 나은 사람이에요.' 그 아이는 전부터 널 좋게 생각했었나 봐."

소피아는 앨버트의 아내가 세상 사람들과 동떨어진 생각을 갖고 있다는 듯이 한숨을 길게 내쉬었다. 하지만 진심으로 그렇게 여긴 것은 아니었다. 특유의 비관적인 방식으로 그러긴 했지만, 소피아는 릴라를 꽤 마음에 들어 했다. 단지 무턱대고 젊은 사람들의 기를 세워줘서는 안 된다고 생각했을 뿐이다. 젊은 사람들이 기고만장해지면 사회가 타락하는 법이니까.

거트루드 올리버가 릴라에게 놀리듯 속삭였다.

"오늘부터 정확히 2년 전 밤에 네가 등대에서 집으로 걸어온 것도 기억나지?"

"물론이죠."

릴라가 미소 지었다. 하지만 모래사장에서 케네스와 함께 있었던 순간이 떠오르자 점점 미소가 옅어지면서 꿈꾸는 듯한 표정으로 바뀌었다.

'케네스는 오늘 밤 어디서 지내고 있을까? 젬과 제리와 월터는 무사할까? 마지막으로 아무런 근심 없이 놀던 그날 저녁, 포윈즈 등대에서 달빛을 받으며 춤추던 남자아이들은 지금 어디 있을까? 솜강의 지저분한 참호에서 네드 버의 바이올린 연주 대신 요란한 포성과 부상자의 신음소리를 들으며, 은빛으로 빛나는 바닷가 대신 번쩍이는 조명탄을 바라보고 있겠지?'

이들 중 두 명은 플랑드르의 양귀비 아래에 잠들어 있다. 글렌세인트메리 마을 위쪽의 앨릭 버와 로브리지의 클라크 맨리다. 부상을 입어 병원에 입원한 사람들도 있었다. 하지만 지금까지 목사관과 잉글사이드의 청년들에게는 아무런 일도 일어나지 않았다. 마치 목숨을 지켜주는 마법의 주문에 걸린 것 같았다. 하지만 전쟁이 난 지 몇 주일, 몇 달이 지나도 불안은 좀처럼 잦아들지 않았다.

릴라가 한숨을 쉬었다.

"그런 불안은 열병과 달라요. 2년 동안 걸리지 않았으니 이제 면역이 생겼다고 장담할 순 없거든요. 도착한 첫날이나 지금이나 참호 속이 위험하기는 매한가지예요. 그런 사실을 잘 알고 있어서 날마다 괴로운 거죠. 하지만 지금껏 다치지 않았으니, 앞으로도 그럴 거라는 희망이 생기기도 해요. 아, 올리버 선생님. 오늘은 어떤 소식이 전해질까 마음 졸이지 않고 아침에 눈을 뜨면 얼마나 좋을까요? 2년 전만 해도 아침마다 새로운 날이 내게 줄 선물을 기대하면서 일어났어요. 그땐 하루하루 즐거운 일만 가득하리라 기대했었죠."

"만약 지난 2년을 즐거운 일로 가득 찬 2년과 바꿀 수 있다면, 넌 어떻게 할 것 같니?"

"전 바꾸지 않을 거예요. 참 이상하네요. 말할 수 없이 끔찍한 2년이었는데, 한편으로는 고맙다는 생각이 드니까요. 고통스럽기는 했지만 참 소중한 것을 얻은 듯해요. 그럴 수 있다고 해도 2년 전의 소녀로 돌아가고 싶진 않아요. 제가 대단히 성숙해졌다고 생각하는 건 아니에요. 하지만 지금은 그때처럼 이기적이고 경박한 아이는 아니라고 자부할 수 있어요. 그 무렵에도 지금 같은 영혼이 있었을 거예요. 하지만 그걸 몰랐던 거죠. 이제는 알아요. 그건 엄청난 가치가, 지난 2년 동안 겪어온 고통만큼의 가치가 있어요. 그래도…."

릴라는 변명하듯 미소를 지으며 덧붙였다.

"이제 더는 고통받고 싶지 않아요. 영혼이 훌쩍 자랄 수 있다고 해도 마찬가지예요. 물론 2년 뒤에는 지나온 시간을 돌아보면서 덕분에 제가 성장했다며 고마워할 순 있겠죠. 하지만 지금은 그러고 싶지 않네요."

올리버가 말했다.

"다들 마찬가지야. 그렇기 때문에 우리를 성장시켜줄 수단이나 방법을 우리 뜻대로 선택하지 못하는 거겠지. 그동안 받아온 교훈이 아무리 소중하다 해도 그 쓰라린 가르침을 계속 받고 싶지는 않을 테니까. 자, 수전 아주머니 말처럼 우리도 희망을 가져보자. 전세가 점점 뒤집어지고 있잖아. 루마니아까지 참전한다면 깜짝 놀랄 만큼 순식간에 전쟁이 끝날 수도 있을 거야."

마침내 루마니아가 전쟁에 뛰어들었다. 수전은 루마니아 왕과 왕비만큼 멋진 왕실 부부 사진은 처음 본다고 칭찬했다. 이렇게 여름이 지나갔고, 9월 초 캐나다군이 솜강에 배치되었다는 소식이 전해지자 사람들은 점점 더 불안해했다. 그동안 씩씩하게 버텼던 블라이드 부인도 기운이 빠진 듯했다. 전황이 전혀나아지지 않자 블라이드 선생은 아내를 걱정스러운 눈으로 바라보면서 적십자 활동 중에서도 힘든 일은 하지 못하게 말렸다. 그러자 블라이드 부인은 남편에게 매달렸다.

"제발 일하게 해줘, 길버트. 정신없이 일해야 잡다한 생각이 들지 않거든. 한가할 때는 온갖 걸 상상하게 돼. 쉬는 건 내게 고문일 뿐이야. 두 아들이 그 험악한 솜강에 가 있어. 게다가 셜리는 밤낮으로 항공 관련 자료만 들여다보고 있어서 말을 붙이기도 힘들다고. 그 아이가 앞으로 뭘 하고 싶은지 빤히 보이니까 더 겁이 나. 그러니 내게 쉬라는 말은 하지 마, 길버트."

하지만 블라이드 선생도 고집을 꺾지 않았다.

"앤 아가씨, 당신 몸이 축나는 걸 가만히 내버려둘 수는 없어. 그러다 큰일 나면 어쩌려고 그래? 아이들도 집에 돌아왔을 때 건강한 어머니가 맞아주기를 바랄 거야. 그런데 당신은 날이 갈수록 핼쑥해지고 있잖아. 수전한테도 한번 물어보라고."

앤은 체념한 듯 중얼거렸다.

"수전과 당신이 짜고 덤비면 어쩔 도리가 없잖아."

어느 날 캐나다군이 쿠르셀레트와 마르탱퓌슈를 점령하고 많은 포로와 총기를 노획했다는 소식이 전해졌다. 수전은 이 어려운 일을 어느 나라 군인에게 맡겨야 하는지 헤이그가 알고 있었던 게 분명하다고 말하면서 국기를 게양했다. 하지만 다른 사람들은 무턱대고 기뻐할 수 없었다. 혹시라도 많은 희생을 치렀을까 봐 염려되었기 때문이다.

릴라는 그날 먼동이 희끄무레 밝아올 무렵에 눈을 떴다. 잠에서 막 깬 탓에 눈꺼풀이 천근만근 무거웠지만, 릴라는 기지개를 켜며 자리에서 일어나 창밖을 내다보았다. 새벽녘의 세상은 여느 때와 전혀 달라 보였다. 이슬 품은 공기는 무척 차가웠고 과수원과 숲과 무지개 골짜기는 신비로운 기운이 서려 있어 경외감이 들었다. 동쪽 언덕 너머에는 황금빛 골짜기와 은빛 어린 분홍색 여울이 있었다. 바람 한 점 없이 잔잔한 날씨였다.

갑자기 역 쪽에서 무슨 소리가 또렷하게 들려왔다. 어떤 개가 구슬프게 짖고 있었다. 그 소리에 어찌나 불길하고 애절한 감정이 담겨 있던지, 릴라는 자기도 모르게 몸을 떨었다.

"혹시 먼데이가 울고 있는 건 아닐까? 무엇 때문에 저리도 슬프게 우는 거지?"

언젠가 컴컴한 밤길을 함께 걸을 때 개 짖는 소리가 들리자 올리버가 했던 말이 생각났다.

"개가 저렇게 울 때는 죽음의 천사가 지나가고 있는 거야."

릴라는 갑작스럽게 소름이 돋았다. 울음소리의 주인공은 먼데이가 확실한 것 같았다.

'혹시 간밤에 누가 세상을 떠난 건 아닐까? 그래서 먼데이가 저토록 비통한 작별 인사를 보내고 있는 건 아닐까?'

릴라는 다시 침대에 누웠지만 좀처럼 잠이 오지 않았다. 자리에서 일어나서도 온종일 초조한 마음으로 지냈다. 실제로 일어날까 봐 두려워서 아무에게도 자기 생각을 말하지 못했다.

먼데이를 보려고 역으로 갔을 때 역장이 말했다.

"아가씨네 개가 한밤중부터 해가 뜰 때까지 기분 나쁘게 울어대더군. 도대체 왜 그랬는지 알 수가 있어야지. 도저히 못 참고 밖에 나가서 버럭 소리를 질러봤지만, 날 거들떠보지도 않았어. 저 불쌍한 녀석은 달빛이 내리는 승강장 끝에 앉아서 몇 분마다 코를 위로 쳐들며 짖어댔지. 가슴이 찢어질 만한 일이라도 생긴 모양이야. 지금껏 한 번도 그런 적이 없었거든. 기차가 오지 않을 때는 조용하고 얌전했던 녀석이라 왠지 기분이 찜찜해."

자기 집에 누워 있던 먼데이는 릴라를 보자 반갑게 꼬리를 흔들며 손을 핥았다. 하지만 건네준 음식은 건드리지도 않았다.

"어딘가 아픈 걸지도 몰라."

릴라는 먼데이를 그대로 두고 돌아오는 것이 마음에 걸렸다. 하지만 그날 나쁜 소식은 없었다. 다음 날도, 그다음 날도 마찬가지였다. 릴라를 둘러싸고 있던 두려움이 점점 옅어졌다. 먼데이는 이제 울지 않았고 예전처럼 기차가 들어올 때마다 누군가를 마중 나갔다. 닷새가 지나자 잉글사이드 사람들은 다시금 일상을 활기차게 보낼 수 있었다. 릴라는 수전을 도와 아침 식사를 준비하면서 부엌 여기저기를 뛰어다니며 아름답고 또렷한 목소리로 노래를 불렀다. 길 건너편에서 그 소리를 들은 소피아는 조카딸에게 투덜댔다.

"왜 저러는지, 원. 옛말에 '먹기 전에 노래하면 자기 전에 울 일이 생긴다'라고 했잖아."

하지만 릴라 블라이드는 자기 전에 눈물을 흘리지 않았다. 그날 오후 블라이드 선생이 반나절 만에 폭삭 늙은 모습으로 집에 들어왔다. 얼굴은 잿빛으로 변해 있었다. 이윽고 그는 월터가 쿠르셀레트에서 전사했다는 말을 릴라에게 전했다. 릴라는 곧장 아버지의 품으로 쓰러졌다. 정신을 잃은 게 차라리 다행이었다. 릴라는 여러 시간 동안 깨어나지 못했고, 그 시간만큼은 고통에서 해방되었기 때문이다.

23장

"그럼, 잘 자!"•

격렬한 고통의 불길은 점점 사그라지다가 완전히 꺼졌고, 잿빛 먼지가 세상을 뒤덮었다. 모녀가 함께 큰 충격을 받아 몸져누웠지만 릴라는 오래 지나지 않아 자리를 털고 일어났다. 젊음이 육체의 회복을 앞당겼기 때문이다. 블라이드 부인은 이후로 몇 주 동안 자리보전을 해야 했다.

이렇게 큰 슬픔을 당했어도 여전히 숨 쉬며 살아갈 수 있다는 것을 릴라는 새삼 느꼈다. 삶은 멈추지 않고 계속 흘러갔다. 해야 할 일도 여전히 남아 있었다. 수전에게 모든 일을 맡겨둘 수는 없었다. 릴라는 낮이면 어머니를 위해 평온함과 인내를 옷처럼 걸치고 있었다. 하지만 밤이 되면 침대에 누워 하염없이 흐

• 영국 작가 조지 듀 모리에(1834-1896)의 소설 『트릴비』에 나온 구절

느꼈다. 월터의 죽음을 도저히 받아들일 수 없었기 때문이다. 이번에는 젊음이 슬픔을 확대하고 지속시켜주었다. 어느덧 눈물이 말라버리자 참고 억누른 아픔이 그 자리를 차지했다. 이 아픔은 평생 가슴속에서 사라지지 않았다.

릴라는 올리버를 더욱 의지했다. 올리버는 해야 할 말과 하지 말아야 할 말을 가릴 줄 아는, 흔치 않은 사람이었다. 친절한 이웃들이 위로하겠다며 잉글사이드를 찾아왔지만, 그들의 섣부른 조언은 릴라에게 생채기만 남겼다.

"시간이 지나면 다 잊을 거예요."

리스 부인이 유쾌하게 말했지만, 그녀의 건장한 세 아들 중에서 전쟁터로 간 사람은 한 명도 없었다.

새러 클로는 이렇게 말했다.

"젬이 아니라 월터가 하늘나라로 가서 다행이에요. 월터는 교회에 등록한 신자였지만 젬은 아니었으니까요. 내가 이 문제를 메러디스 목사님에게 몇 번이나 이야기했는지 몰라요. 젬이 떠나기 전에 이 문제를 진지하게 다루었어야 했다고요."

리스 부인은 한숨을 쉬었다.

"월터가 참 가엾기도 하지…."

그러자 수전이 부엌에서 나오며 소리쳤다.

"이 집에 와서 월터가 가엾다느니 뭐니 하며 떠들어대지 말아요. 월터는 하나도 가엾지 않아요. 당신들보다 훨씬 행복했다고요. 집에 앉아 있으면서 세 아들을 보내지 않은 당신이야말로 가엾은 사람이에요. 초라하고 비열한 데다 밴댕이 소갈머리 같은 당신 아들들도 마찬가지예요. 농장은 나날이 번창하고 소들

은 살이 피둥피둥 쪘지만, 당신 영혼은 벼룩보다도 작아요. 그
것도 아주 후하게 쳐줘서 하는 말이에요."

손님들의 말을 듣고 더는 참을 수 없었던 릴라는 그제야 마음
이 후련해졌다.

"난 고통받는 이웃을 위로하려고 왔어요. 이렇게 심한 모욕을
당하러 온 건 아니라고요!"

리스 부인은 이렇게 말하고 돌아갔지만 아무도 아쉬워하지
않았다. 갑자기 맥이 풀린 듯 보였던 수전은 부엌으로 돌아가
하얗게 센 머리를 식탁에 대고 흐느꼈다. 그러고는 마음을 추스
르고 일어나 다시 일을 시작했다. 부엌으로 들어온 릴라는 짐스
의 놀이옷을 다림질하는 수전을 보고 자기가 할 일을 왜 대신
하고 있느냐며 툴툴댔다. 수전은 고집스럽게 말했다.

"네가 전쟁고아를 돌보려고 애쓰다가 힘들어서 죽는 꼴을 볼
수는 없잖아."

릴라가 소리쳤다.

"난 잠도 자지 않고 쉴 새 없이 일만 하고 싶어요. 잠자는 동
안에는 잠시 잊었다가 다음 날 아침 일어났을 때 모든 슬픔이
새롭게 덮쳐버리는 일은 정말 끔찍하니까요. 아주머니, 이런 일
이 아무렇지도 않게 여겨질 날은 과연 올까요? 그리고 리스 부
인의 말이 머릿속에서 떠나지 않아요. 월터가 많이 아팠을까요?
월터는 어린 시절부터 고통에 아주 민감했거든요. 아, 수전 아
주머니. 월터가 아프지 않았다는 걸 안다면 저도 얼마쯤은 용기
와 힘을 얻을 거예요."

하느님의 자비로운 섭리 덕분에 릴라는 상황을 알게 되었다.

월터의 부대 지휘관에게서 편지가 온 것이다. 월터는 쿠르셀레트 전투 중 총탄에 맞아 즉사했다고 했다. 같은 날 월터가 릴라에게 쓴 편지도 도착했다. 릴라는 그 자리에서 열어보지 않고 무지개 골짜기로 봉투째 가져가서는 월터와 마지막으로 이야기를 나누었던 곳에서 읽었다. 발신인이 죽은 뒤에 받은 편지를 읽으려니 기분이 이상했다. 고통과 위로가 묘하게 섞인 듯 씁쓸한 느낌이 들었다. 그날 엄청난 충격을 받은 뒤로 릴라는 흔들리는 희망이나 믿음과는 다른 기분에 휩싸였다. 월터가 전과 같은 재능과 이상을 그대로 지닌 채 지금도 살아 있다고 느낀 것이다. 그런 느낌은 절대로 파괴될 수 없으며 월터의 재능과 이상이 빛을 잃는 일도 없을 것이다. 쿠르셀레트 공격 전날에 쓴 마지막 편지에 고스란히 담긴 월터의 선한 정신은 독일군의 총탄에도 쓰러지지 않을 것이다. 비록 이 땅에 존재하는 것들과 현세적인 연결이 끊어졌다고 해도, 월터는 그를 기억하는 사람들 곁에 영원히 살아 있을 것이다.

월터는 편지에 이렇게 적었다.

우린 내일 정상으로 돌격할 예정이야. 릴라, 마이 릴라. 어머니와 다이에게는 어제 편지를 썼는데 왠지 오늘 밤에는 네게 편지를 써야 할 것 같은 기분이 들었어. 원래 오늘은 아무것도 쓰지 않으려 했지만, 결국 이렇게 펜을 들고 말았네. 항구 건너편에 사는 톰 크로퍼드 할머니 기억나지? 이런저런 일을 할 때마다 그게 자기한테 '맡겨진 일'이라고 입버릇처럼 말했잖아. 지금 내가 그런 기분이야. 내 여동생이자 나랑 가장 친한 친구인 네게 오늘 밤 편지를 쓰는 건 '내게 맡겨진 일'인 셈이지. 어쩌면 내일이 오기 전에 꼭 말해두고 싶은 게 있어서 그럴지도 몰라.

오늘 밤에는 너도, 잉글사이드도 이상할 정도로 가까이 있는 것 같아. 이런 느낌은 여기 온 뒤로 처음이야. 언제나 우리 집은 아득히 멀리 있는 것 같았거든. 끔찍한 오물과 피로 얼룩진 이곳은 우리 집과 동질감이 전혀 없어서 그런가 봐. 그런데 오늘 밤은 유독 가깝게 느껴지니 참 신기하지? 네 모습이 보이고 네 목소리가 들리는 듯해. 그리운 고향 언덕을 하얗게 비추는 달빛도 눈앞에 어른거려. 여기 온 뒤로는 고요하고 평온한 밤이며 부서지지 않은 달빛이 세상 어딘가에 있다는 걸 상상조차 할 수 없었지. 오늘 밤에는 내가 사랑했던 모든 아름다운 것들을 다시 보게 되어서 참 기뻐. 어쩌나 행복한지, 말로 표현할 수 없을 것 같아.

지금 우리 집에는 가을이 깃들고 있겠지? 꿈에 잠겨 있는 항구와 파란 안개가 자욱하게 낀 글렌세인트메리 마을의 언덕이 눈에 선해. 무지개 골짜기 여기저기에는 명랑한 과꽃이 흐드러지게 피어 있을 거야. 우린 그 꽃을 '여름 안녕'이라고 불렀지. 난 과꽃보다는 그 이름이 더 좋았어. 시적 표현처럼 멋지잖아.

릴라, 너도 알다시피 난 전부터 앞으로 일어날 일을 예감하곤 했어. 내가 피리 부는 사나이에 대해 이야기했던 것 기억하지? 아니, 넌 모를 수도 있겠다. 네가 너무 어렸을 때니까. 오래전 어느 날 저녁, 낸과 다이와 젬 그리고 메러디스네 아이들과 함께 무지개 골짜기에 모여 있었어. 그때 난 환상이라고 해야 할지 예감이라고 해야 할지, 아무튼 특이한 장면이 머릿속에 떠올랐어. 피리 부는 사나이가 수많은 무리를 이끌고 골짜기에서 내려오는 모습이었지. 다들 내가 말을 지어냈다고 생각했지만, 나는 그 사나이를 똑똑히 봤어. 그런데 신기한 일도 다 있지. 어젯밤 보초를 설 때 그를 또 봤거든. 피리 부는 사나이가 우리 참호에서 나오더니 무인지대*를 가로질러 독일군 참호까지 간 거야. 예전에 본 모습과 똑같았어. 껑충한 그림자 같은 모습으로 기분 나쁘게 피리를 불고 있었지. 그의 뒤를 군복 차림의 소년들이 따르고 있었어. 릴라, 난 분명히 그 사나이를 봤어. 공상도 아니고 환상도 아니야. 피리 소리도 들었어. 얼마 뒤 그는 사라져버렸지. 하지만 난 그를 똑똑히 봤고, 그게 뭘 의미하는지 알고 있어. 피리 부는 사나이를 따라가는 사람들 중에 내가 있었던 거야.

릴라, 피리 부는 사나이는 내일 나를 서쪽으로 데려갈 거야. 꼭 그렇게 할 거라는 확신이 들어. 하지만 무섭진 않아. 만약 무슨 소식을 듣게 된다면, 이 사실을 꼭 기억해줘. 난 여기서 자유를 얻었어. 모든 두려움을 벗어버렸지. 죽음이든 삶이든 하나도 두렵지 않아. 만약 내가 목숨을 이어가게 된다면, 다시는 그 무엇도 두려워하지 않을 거야.

지금은 삶과 죽음 중에서 삶을 마주하기가 더 힘든 것

---

* 대치하고 있는 두 군대 사이의 땅을 일컫는 말

같아. 이제 더는 내 삶이 아름다울 것 같지 않거든. 삶을 추하고 고통스럽게 만드는 끔찍한 일들이 불쑥불쑥 떠오를 거야. 난 그런 기억을 절대 잊을 수 없겠지. 하지만 앞서 말했듯이 이제 삶이든 죽음이든 그 무엇도 두렵지 않아. 그리고 여기 온 것도 후회하지 않아. 난 지금 내 처지에 만족하고 있어. 전처럼 시를 쓰진 못할 거야. 하지만 난 그동안 캐나다를 안전한 곳으로 만들려고 애썼어. 미래의 시인을 위해, 미래의 노동자를 위해, 꿈꾸는 모든 사람을 위해! 랑에마르크와 베르됭에 내린 '붉은 비'가 미래의 캐나다뿐 아니라 전 세계에서 황금빛 열매로 무르익었을 때, 꿈꾸는 사람들이 없다면 아무것도 거둘 수 없잖아. 지금 뿌린 씨에서 싹이 트고 자라나려면 한두 해가 아니라 한 세대는 걸리겠지. 그래! 난 여기 오길 잘했어. 내가 사랑하는 이 작은 섬만 위기에 처한 건 아니야. 캐나다와 영국뿐 아니라 인류의 운명이 바람 앞의 등불처럼 위태로운 처지에 놓여 있어. 그래서 우리가 싸우고 있는 거야. 그리고 우린 이길 거야. 한 순간이라도 그걸 의심하지는 마. 살아 있는 사람들만 싸우고 있는 게 아니니까. 과거에 죽은 사람들도 힘을 보태고 있어. 그런 군대를 누가 꺾을 수 있겠니?

릴라, 네 얼굴에 여전히 웃음이 남아 있니? 그랬으면 좋겠어. 앞으로 오게 될 세상에는 그 어느 때보다 웃음과 용기가 필요할 테니까. 난 설교하려는 게 아니야. 지금은 그럴 때가 아니거든. 하지만 내가 '서쪽'으로 갔다는 소식이 전해졌을 때 네가 최악의 상황을 극복하도록 도와줄 말을

하고 싶어. 난 내 일뿐만 아니라 네게 대해서도 어떤 예감이 들어. 릴라, 케네스는 네게 돌아갈 거야. 그리고 머지않아 네게 기나긴 행복의 세월이 찾아오겠지. 너는 아이들에게 우리가 무엇을 위해 싸우고 죽어갔는지 이야기해줄 거야. 이상을 위해 죽어야 했던 것처럼 그것을 위해 살아야 하며, 그러지 않으면 우리의 희생을 헛되게 날려버린다는 사실을 아이들에게 꼭 가르쳐줬으면 좋겠다. 그것이 네가 할 일 중 하나야, 릴라. 너와 조국에 있는 모든 소녀가 그렇게만 해준다면, 다시 돌아가지 못한 우리들은 너희가 우리와 맺은 맹세를 어기지 않았다는 사실을 알게 될 거야.

오늘 밤에 우나한테도 편지를 쓸 생각이었는데 지금은

그럴 시간이 없네. 이 편지를 우나가 읽도록 보여주고, 두 사람 모두에게, 내가 사랑하는 훌륭한 두 소녀에게 쓴 편지라고 말해줘. 내일 정상으로 진격할 때 난 너희 둘을 생각할 거야. 네 웃음과 우나의 파랗고 꿋꿋한 눈동자를! 릴라, 마이 릴라. 왠지 오늘 밤에는 우나의 눈이 선명하게 보여. 그래, 너희 둘 다 맹세를 지키겠지? 난 그럴 거라 믿어. 그럼, 잘 자! 우린 새벽이면 정상에 우뚝 서 있을 거야."

릴라는 월터의 편지를 몇 번이나 읽고 또 읽었다. 마침내 자리에서 일어섰을 때 릴라의 창백하지만 싱그러운 얼굴에는 새로운 빛이 떠올랐다. 주위에는 월터가 사랑했던 과꽃이 피었고 그 위로 가을볕이 내리쬐고 있었다. 적어도 그 순간만큼은 고통

과 외로움을 넘어설 수 있었다.

릴라가 꿋꿋하게 말했다.

"맹세를 지킬게, 월터. 일하고, 가르치고, 배우고, 웃을게. 그래, 정말 웃을 거야. 오빠를 위해서 그리고 오빠가 그 부름을 따라가면서 내게 준 것을 위해서."

릴라는 월터의 편지를 신성한 보물로 간직해둘 생각이었다. 하지만 이 편지를 읽고 돌려주기를 망설이는 우나 메러디스의 얼굴을 보자 고민에 빠졌다.

'내가 갖고 있는 게 과연 옳은 일일까? 하지만 월터가 보내준 마지막 편지를 내줄 수는 없어.'

편지를 간직하고 싶은 건 당연하다. 이기적이라고 비난받을 일이 결코 아니다. 베껴도 되지만 그러면 영혼 없는 물건이 되고 만다. 하지만 우나에게는 월터와 관련된 물건이 거의 없다. 우나의 눈에는 가슴이 찢어질 듯 아픈 데도 울거나 동정을 구할 수 없는 여인의 심정이 담겨 있었다.

릴라가 천천히 물었다.

"우나, 이 편지 갖고 싶어?"

우나가 힘없이 대답했다.

"응. 너만 괜찮다면."

릴라가 서둘러 말했다.

"그럼 줄게. 가지고 있어."

"고마워."

우나가 말했다. 우나가 한 말은 그게 전부였지만 그 목소리에는 릴라의 희생에 대한 감동이 담겨 있었다.

릴라가 떠나자 우나는 쓸쓸한 얼굴로 편지를 입술에 가져다 댔다. 우나는 자기에게 두 번 다시 사랑이 찾아오지 않을 것임을 알고 있었다. 우나의 사랑은 '프랑스 어딘가'의 피로 물든 흙 아래에 영원히 묻혔기 때문이다. 이 사실을 알고 있는 사람은 우나 자신밖에 없다. 릴라는 눈치챘을 수도 있겠지만, 다른 사람에게 속마음을 들킨 적은 없었다. 그렇다 보니 사람들 앞에서 슬퍼할 권리조차 없다. 오래도록 이어질 고통을 애써 숨기며 홀로 견뎌내야만 한다. 하지만 우나도 맹세를 꼭 지킬 것이다.

24장

구세주 메리

1916년 가을은 잉글사이드에서 그 어느 때보다 힘들었던 시기
였다. 충격을 받아 쓰러졌던 블라이드 부인은 회복이 더뎠으며
모든 사람이 슬픔과 외로움에 잠겨 있었다. 하지만 그런 사실을
드러내지 않으려고 일부러 명랑한 척하며 지냈다. 릴라도 일부
러 자주 웃었다. 물론 잉글사이드 사람들은 그 웃음에 속지 않
았다. 입으로만 소리를 냈을 뿐 마음 깊은 곳에서 우러나온 웃
음이 아니었기 때문이다. 하지만 밖에서 바라보던 사람들은 이
들이 슬픔을 너무 쉽게 떨쳐냈다면서 수군거렸다. 아이린 하워
드도 릴라를 제멋대로 오해하고 흉을 봤다.

"릴라 블라이드가 저렇게나 경박한 사람인 줄은 몰랐어. 세상
에서 자기만 월터를 아끼는 듯 굴더니, 월터가 죽은 뒤에는 아
무렇지도 않게 살고 있잖아. 릴라가 우는 걸 보거나 월터를 입

에 담는 걸 들은 사람이 아무도 없어. 벌써 월터를 잊은 게 분명해. 아, 가엾은 월터! 그래도 가족이라면 오래도록 슬퍼해야 하는 것 아니야? 나는 지난번 청소년 적십자단 모임에서 월터가 얼마나 훌륭하고 용감하고 멋있는 사람이었는지 릴라에게 얘기해줬어. 월터가 떠난 지금 내 인생은 절대로 예전 같을 수 없다고도 말해줬고. 너희도 알다시피 우린 각별한 친구였잖아. 월터가 입대한 사실을 가장 먼저 이야기해준 사람도 바로 나야. 그런데 릴라는 내 말에 전혀 관심을 보이지 않으면서 생판 모르는 사람 이야기하듯 쌀쌀맞게 대답하는 거 있지. '월터는 조국을 위해 모든 것을 바친 훌륭하고 멋진 사람 중 하나일 뿐이야!' 글쎄, 나도 그처럼 침착하게 받아들일 수 있었으면 좋겠네. 하지만 난 달라. 그런 일에 참 예민하거든. 그러니 마음이 얼마나 아프겠니? 무엇으로도 달랠 수 없을 거야. 어째서 월터를 위해 상복을 입지 않느냐고 릴라에게 물어봤어. 그랬더니 어머니가 원하지 않는다고 하더라. 다들 그 일로 수군대고 있어."

베티 미드가 반박했다.

"말도 안 돼! 릴라는 요즘 색깔 있는 옷을 입지 않잖아. 하얀 옷만 입는다고."

아이린이 의미심장한 얼굴로 말했다.

"그건 릴라에게 가장 잘 어울리는 색이잖아. 다들 알다시피 검은 옷은 릴라의 피부색과 어울리지 않아. 물론 그래서 릴라가 상복을 안 입는다는 말은 아냐. 뭔가 좀 석연치 않은 점이 있다는 거지. 만약 우리 오빠가 죽었으면 난 날마다 검은 옷만 입었을 거야. 다른 색 옷은 거들떠보지도 않았겠지. 솔직히 난 릴라 블라이드에게 실망했어."

릴라를 여전히 신뢰하는 베티 미드가 소리쳤다.

"난 그렇게 생각하지 않아. 내가 볼 때 릴라는 참 좋은 아이야. 몇 년 전까지만 해도 허영심이 강하고 남을 비웃는 버릇이 있었지만, 지금은 완전히 달라졌어. 글렌세인트메리 마을에서 릴라만큼 남을 잘 돕고 용감한 사람이 있니? 책임감도 강할뿐더러 맡겨진 일을 끈기 있게 해나가고 있잖아. 릴라가 없었더라면 우리 청소년 적십자단은 이미 해체되고도 남았다고 봐. 그 점은 너도 인정할 수밖에 없을 텐데."

아이린이 눈을 동그랗게 뜨며 말했다.

"어머, 네가 오해한 것 같아. 난 릴라를 욕한 게 아냐. 그저 감정이 무디다는 말을 했을 뿐이지. 그건 자기 힘으로 어떻게 할 수 없는 일이잖아. 물론 릴라는 타고난 살림꾼이야. 세상에는 릴라처럼 부지런하고 야무진 사람이 꼭 필요해. 그러니까 내가 마치 친구를 헐뜯었다는 눈으로 쳐다보지는 마. 릴라 블라이드가 우리에게 본보기가 된다는 건 나도 인정하니까. 다른 사람이라면 크게 낙심했을 불행이 닥쳐도 아무렇지도 않게 생활한다는 건 분명 장점이 맞겠지."

아이린이 했던 말 중 일부를 전해 들었지만 릴라는 예전처럼 상처받지 않았다. 잠시 속상했을 뿐 이런 하찮은 일에 흔들리기에는 삶의 무게가 만만치 않았기 때문이다. 릴라에게는 지켜야 할 약속과 해야 할 의무가 있었다. 릴라는 길고 괴로운 가을 동안 맡은 일을 충실하게 해나갔다.

전쟁터에서는 여전히 우울한 소식만 전해졌다. 루마니아군은 독일군과 싸울 때마다 뒤로 물러나고 있었다. 그러자 수전도 불안해할 수밖에 없었다.

"외국인들이란, 참! 러시아 사람도 그렇고 루마니아 사람도 그렇고, 어쩜 그렇게 못 미더운지 모르겠네요. 그래도 전 베르됭에서 전투가 벌어진 뒤로 희망을 버리지 않았어요. 그런데 사모님, 도브로제아*가 강인가요, 산맥인가요? 아니면 특정 상황을 가리키는 용어인가요?"

수전은 11월에 열린 미국 대통령 선거에도 지나치다 싶을 만큼 관심을 보였다. 그리고 자기가 그토록 흥분했던 이유를 열띤 목소리로 변명했다.

"제가 양키들의 선거까지 관심 있게 지켜볼 줄은 몰랐어요. 사람 일은 절대 알 수 없는 법이죠. 그러니 우리 모두 겸손하게 살아야 한다고요."

7일 저녁에는 양말 한 켤레를 다 짜야 한다는 이유를 대면서 밤늦게까지 깨어 있었다. 하지만 틈틈이 카터 플래그 씨의 가게에 전화를 걸었고, 마침내 휴스**가 당선될 것 같다는 소식을 듣자마자 들뜬 마음을 애써 가라앉히며 블라이드 부인의 방으로 들어가 이렇게 보고했다.

"주무시는 게 아니라면, 선거 결과를 궁금해하실 것 같아서 알려드리러 왔어요. 제 생각엔 가장 좋은 결과가 나온 것 같아

---

* 루마니아 동남부의 다뉴브강과 흑해 사이에 있는 지역
** 미국 공화당 정치인 찰스 에번스 휴스(1862-1948)를 말한다. 1916년 대통령 선거에 공화당 후보로 나와서 2위로 낙선했다.

요. 물론 휴스도 앞으로 성명서나 계속 내겠죠. 그래도 전보다는 좋은 내용이 나오지 않을까요? 제가 구레나룻 기른 사람을 별로 좋아하진 않지만, 하나부터 열까지 다 마음에 들 수는 없는 법이니까요."

아침이 밝아왔고 결국에는 윌슨이 재선되었다. 그러자 수전은 다른 낙관론을 펴기 시작했다.

"음, '모르는 바보보다 아는 바보가 낫다'라는 속담도 있잖아요. 그렇다고 윌슨을 가리켜 바보라고 하는 건 절대 아니에요. 가끔씩 분별없게 행동하긴 하지만, 적어도 글은 잘 쓰잖아요. 휴스라는 사람이 그 정도라도 할 수 있는지는 모르겠네요. 모든 걸 고려해봤을 때 저는 양키들을 칭찬하고 싶어요. 분별력을 갖췄다는 건 인정할 수밖에 없으니까요. 루스벨트*를 지지했던 소피아는 양키들이 그에게 기회를 주지 않았다고 하면서 꽤나 언짢아하고 있어요. 저도 루스벨트가 당선되기를 바랐지만, 이런 문제에는 하느님이 개입하신다는 사실을 믿어야겠죠? 감히 말씀드리자면, 루마니아에서 벌어진 일만 봐서는 전능하신 분의 섭리를 도저히 헤아릴 수 없긴 해요."

수전은 영국에서 애스퀴스 내각이 무너지고 로이드조지가 수상이 되자 마침내 '전능하신 분의 섭리'를 헤아리게 되었다. 아니, 그렇다고 굳게 믿었다.

"사모님, 로이드조지가 마침내 실권을 잡았네요. 이렇게 되길

---

* 미국의 제26대 대통령이었던 시어도어 루스벨트(1858-1919)는 1916년 대통령 선거에서도 진보당 후보로 추대되었지만 스스로 거부했다.

오래전부터 기도했어요. 이제는 무언가 달라질 거예요. 루마니아에 재앙이 닥친 덕분이라고 딱 잘라 말할 순 없겠지만, 사실 틀린 말은 아니죠. 아무튼 이제 더는 꾸물거리지 않을 거예요. 전쟁에서 이긴 것이나 다름없으니까요. 부쿠레슈티가 함락되든 말든 그건 확실해요."

결국 부쿠레슈티는 함락되었고 독일은 평화 협상을 제안했다. 수전은 내용을 꼼꼼히 확인해볼 생각도 하지 않으면서 이런 제안을 받아들이면 절대로 안 된다며 핏대를 세웠다. 그리고 윌슨 대통령이 그 유명한 평화원칙*을 내놓자 고개를 절레절레 흔들며 비꼬았다.

"우드로 윌슨이 평화조약을 맺는다면서요? 처음에는 헨리 포드가 그런 짓을 하려고 나서더니 이번에는 윌슨이군요."

수전은 미국 쪽으로 난 부엌 창문에 대고 주변머리 없는 이 대통령을 향해 또박또박 말했다.

"이봐요, 우드로! 평화는 펜으로 얻을 수 있는 게 아니에요. 그건 내가 장담할 수 있어요. 로이드조지의 연설이 독일 황제에게 무엇이 옳고 그른지를 알려줄 테니, 당신은 자기 나라에 콕 들어박혀서 신조를 지키도록 해요. 그래야 우푯값이라도 아낄 수 있지 않겠어요?"

릴라가 놀리듯 말했다.

"윌슨 대통령이 아주머니의 주옥같은 말을 들을 수 없어서 참

* 윌슨 대통령이 1918년 1월에 발표한 14개조 평화원칙을 가리킨다. 제1차 세계대전 전후(戰後) 처리와 관련된 내용이 담겨 있다.

안타까워요."

"아무렴, 그렇고말고. 안타깝게도 윌슨 대통령 곁에는 올바른 조언을 해줄 만한 사람이 없어. 민주당입네 공화당입네 떠들기만 할 뿐 아무도 입바른 말을 하려고 들지 않잖아. 사실 나는 두 당이 뭐가 다른지 모르겠어. 아무리 머리를 굴려봐도 양키들 정치는 도저히 풀 수 없는 수수께끼 같아. 하지만 내가 보기엔 민주당이나 공화당이나 거기서 거기야."

릴라는 눈보라가 몰아치던 12월 마지막 주 일기장에 다음과 같이 썼다.

크리스마스가 지나갔다. 그래서 무척 홀가분하다. 쿠르셀레트에서 끔찍한 비극이 일어난 뒤로 처음 맞이하는 크리스마스다 보니 날짜가 다가올수록 점점 마음이 무거워졌기 때문이다.

우린 그날 메러디스 목사님 가족을 식사에 초대했다. 분위기를 밝게 만들려고 일부러 명랑한 척하는 사람은 없었다. 그저 조용하고 평온하게 식사했는데, 돌이켜 보면 도리어 그런 태도가 서로에게 위로를 주었던 것 같다.

짐스의 병이 나은 것도 정말 고마운 일이다. 어쩌나 고맙던지 거의 기쁜 마음이 들었다. 물론 '거의' 기쁜 것일 뿐 '완전히' 기쁘지는 않다. 내가 어떤 일을 진심으로 기뻐할 수 있는 날이 과연 올까? 잘 모르겠다. 월터의 심장을 관통한 총알이 내게도 박힌 것 같다. 내 마음속에 있던 기쁨이 거의 죽어버린 듯하다. 언젠가는 새로운 종류의 기쁨이 자라나겠지? 하지만 예전과 같은 기쁨은 두 번 다시 느낄 수 없을 것 같다.

올해는 겨울이 유난히 빠르게 찾아왔다. 크리스마스 열흘 전에 눈보라가 거세게 몰아쳤다. 적어도 그때는 '거센 눈보라'라고 생각했다. 사실 그것은 앞으로 닥칠 일의 서곡에 지나지 않았다. 다음 날 날씨가 갠 뒤에 바라본 잉글사이드와 무지개 골짜기는 정말 멋졌다. 나뭇가지마다 눈꽃이 하얗게 피었고 곳곳에 큼직한 눈 더미가 생겨났다. 자연은 북동풍이라는 조각칼을 움직여서 환상적인 풍광을 꾸며 놓았다.

아버지와 어머니는 에이번리에 가셨다. 아버지는 그곳에 다녀오면 어머니의 기분이 나아질 것이라고 했다. 또 다이애나 아주머니를 위로하려는 목적도 있었다. 아주머니의 아들 잭이 얼마 전에 중상을 입었기 때문이다. 두 분은 수전 아주머니와 내게 집을 맡기고 떠났다. 그런데 다음 날 먼저 돌아올 예정이었던 아버지는 에이번리에서 발이 묶였다. 그날 밤부터 눈보라가 다시 몰아치기 시작하더니 나흘이나 쉬지 않고 이어진 탓이다. 근래 몇 년간 프린스에드워드섬에서 보지 못했던 폭설이었다. 모든 것이 순식간에 엉망으로 변했다. 길이 막혀서 오고갈 수 없게 되었으며, 기차도 끊기고 전화선은 불통이 됐다.

하필 이때 짐스가 병에 걸렸다.

아버지와 어머니가 집을 비울 무렵 짐스는 가벼운 감기에 걸렸다. 증세가 점점 심해졌지만 별로 위태로울 것 같지 않아서 열을 재보지도 않았다. 이건 변명할 여지도 없는 내 책임이다. 그처럼 부주의하게 행동한 나를 용서할 수 없다. 사실 그때 난 심한 무기력증에 빠져 있었다. 어머니가 집을 비우자 긴장이 풀린 듯했다. 용감하고 명랑한 척하는 데 질려서 모든 일을 건성으로 했고 깨어 있는 시간 대부분을 침대에 엎드려 울기만 했다. 심지어 짐스도 내버려두었다. 아주 고약한 행동이었다. 월터와 했던 약속을 외면하고 있었던 것이다. 만약 짐스가 세상을 떠나기라도 했다면 나는 스스로를 절대 용서하지 못했으리라.

아버지와 어머니가 에이번리로 떠난 지 사흘째 되던 날 밤에 짐스의 병세가 급격하게 나빠졌다. 갑자기 그런 일을 당하니 마음이 몹시 무거웠다. 집에는 수전 아주머니와 나밖에 없었다. 거트루드 올리버 선생님은 눈발이 날리기 시작했던 날 로브리지에 가서 아직 돌아오지 않았다.

처음에는 별로 놀라지 않았다. 짐스는 그동안 몇 번이나 후두염에 걸렸고, 그때마다 나와 아주머니는 모건식 육아법을 참고해서 큰 어려움 없이 대처했기 때문이다. 하지만 이번만큼은 달랐다. 우리는 머지않아 엄청난 두려움에 사로잡히고 말았다.

수전 아주머니가 말했다.

"이렇게 심한 후두염은 처음 보는구나."

짐스가 걸린 것은 평범한 후두염이 아니었다. 나는 너무 늦게야 병명을 정확히 알 수 있었다. 의사들이 '가성 후두염'이라고 부르는 것이 아닌 '진성 후두염'인데, 자칫하면 목숨을 잃을 수도 있을 만큼 위험한 병이었다. 아버지는 안 계셨고, 로브리지까지 가지 않는 한 다른 의사를 만날 수도 없었다. 전화도 끊겼다. 눈보라가 어쩌나 세차게 몰아치던지, 말을 타든 두 다리로 걷든 그 속을 헤치고 나아갈 수는 없어 보였다.

생명이 위태로운 처지였지만 짐스는 꿋꿋하게 잘 버텼다. 수전 아주머니와 나는 알고 있던 치료법을 죄다 써보고 아버지의 책도 열심히 뒤져보았다. 하지만 전혀 도움이 되지 않았다. 짐스는 금세라도 숨이 넘어갈 것처럼 헐떡거렸다. 핏기 하나 없이 짙푸른 색으로 변한 얼굴을 보고 가냘픈 목소리를 들으니 가슴이 찢어질 것만 같았다. 일그러진 표정에서 고통이 생생하게 느껴졌다. 짐스는 자기를 어떻게든 도와달라고 애원하며 작은 손을 들어 허우적대고 있었다. 문득 전장에서 독가스 공격을 당한 군인들이 바로 이런 모습을 하고 있었을 것이라는 생각이 들었다. 짐스에게 큰일이 날까 봐 두려워하는 동안에도 그 생각은 머릿속에서 떠나지 않았다. 짐스의 목구멍에 자리 잡은 치명적인 막은 계속 커지고 두꺼워졌다. 짐스의 힘으로는 도저히 그것을 처리할 수 없을 듯했다.

아, 나는 거의 미칠 것만 같았다. 짐스가 내게 얼마나 소중한 존재인지 비로소 깨달았지만, 그 순간에 내가 할 수 있는 일은 하나도 없었다. 그러다가 수전 아주머니가 체념하듯 말했다.

"우린 이 아이를 구할 수 없을 거야! 선생님만 여기 계셨어도 아무런 걱정이 없었을 텐데…. 저 가엾은 아이를 봐! 이제 나도 어찌 해야 할지 모르겠구나."

짐스는 머지않아 숨이 끊어질 것만 같았다. 아주머니는 짐스가 조금이라도 숨을 편하게 쉴 수 있도록 침대에 함께 누워서 안아주었다. 하지만 짐스는 호흡하는 것조차 힘들어 보였다. 내 전쟁고아가, 얼굴에는 장난기가 어려 있으며 귀엽고 사랑스러운 저 아이가 숨이 막혀 죽어가는데 나는 아무것도 할 수 없다니! 절망한 나머지 찜질해주려고 가져온 수건을 던져버렸다. 지금 이런 게 다 무슨 소용이란 말인가? 전부 내 잘못이다. 내가 제대로 돌봐주지 않아서 증세가 이렇게까지 악화된 것이다!

어느덧 시계는 밤 11시를 가리키고 있었다. 바로 그때 누군가 초인종을 눌렀다. 종소리는 바람이 내는 소음을 뚫고 온 집에 울려 퍼졌다. 아주머니가 짐스를 내려놓고 자리를 비울 수 없어서 내가 아래층으로 뛰어 내려갔다. 그때 올리버 선생님에게 들었던 터무니없는 이야기가 떠올라 현관 앞에서 잠시 멈춰 섰다. 어느 날 밤 선생님의 이모가 아픈 남편과 단둘이 집에 있었다. 잠시 후 누가 현관문을 두드려서 이모가 문을 열어보았는데, 밖에는 아무것도 없었다. 적어도 눈에 보이는 것은 없었다고 했다. 하지만 문을 열었을 때 갑자기 불어온 찬바람이 이모 옆을 스치며 곧장 계단으로 올라가는 것만 같았다. 밖은 고요하고 따뜻한 여름밤이었는데도 이모는 머리가 쭈뼛 서는 것을 느꼈다. 곧바로 비명소리가 들렸다. 이모는 2층으로 뛰어 올라갔다.

그런데 남편이 죽어 있었다. 이모는 자기가 문을 열어서 죽음을 안으로 들였다고 생각했으며, 지금까지 그렇게 믿는다고 한다.

그 긴박한 순간에 그런 이야기가 떠올랐고 심지어 간담이 서늘해졌다니, 지금 생각하면 우스꽝스럽기만 하다. 하지만 나는 기진맥진하고 정신이 나가 있었기에, 그때는 도저히 문을 열 엄두가 나지 않았다. 밖에서 죽음이 기다리고 있을까 봐 무서웠기 때문이다. 그러면서도 이렇게 꾸물거릴 시간이 없으며, 문을 열지 않는 건 정말 바보 같은 짓임을 자각했다. 나는 마음을 굳게 먹고 앞으로 달려가 문을 열었다. 당연하게도 찬바람과 함께 눈송이가 소용돌이치며 안으로 들어왔다. 다행히도 문가에는 살이 있고 피가 도는 사람이 서 있었다. 머리끝부터 발끝까지 눈을 뒤집어쓴 메리 밴스였다. 그리고 메리는 죽음이 아니라 생명을 가지고 왔다. 물론 그때는 몰랐지만….

내가 물끄러미 쳐다보고만 있자 메리는 안으로 들어와 문을 닫으며 씩 웃었다.

"집에서 쫓겨난 건 아니니까 오해하지 마. 이틀 전 카터 플래그 아저씨네 가게에 갔다가 눈보라가 너무 심해서 꼼짝없이 갇혀 있었던 거야. 그런데 애비 플래그 할머니가 어쩌나 나를 들들 볶던지, 오늘 밤 이곳에 와야겠다고 마음먹었어. 여기까지는 어떻게든 올 수 있을 것 같았거든. 그래도 목숨을 건 도박을 한 셈이야. 오도 가도 못 하게 되는 줄 알았지. 정말 지독하게 궂은 날씨 아니니?"

정신이 돌아온 나는 짐스에게 가봐야 한다는 사실을 깨달았다. 최대한 빠르게 자초지종을 설명한 뒤 눈을 털어내는 메리를 남겨두고 2층으로 뛰듯이 올라갔다. 짐스는 잠시 발작이 멎은 듯했으나 내가 들어가자마자 다시금 자지러지게 울어댔다. 안타까워하며 함께 우는 것 말고는 내가 할 수 있는 일이 없었다. 아, 그때를 생각하면 지금도 쥐구멍을 찾고 싶은 심정이다. 하지만 이미 알고 있는 방법을 다 써봤고 어느 것 하나 효과가 없었는데, 무엇을 더 해볼 수 있었겠는가? 그때 갑자기 등 뒤에서 메리 밴스가 큰 소리로 외쳤다.

"어머, 저 애가 죽어가고 있잖아!"

나는 홱 돌아섰다. 짐스가, 내 소중한 아이가 지금 죽어가고 있다는 걸 누가 모르는 줄 아나? 그 순간 나는 메리 밴스를 번쩍 들어서 밖으로 내던지고 싶었다. 이런 내 마음을 전혀 눈치채지 못했는지, 메리는 하얀 눈을 반짝이며 냉정하고 침착한 태도로 아이를 내려다보고 있었다. 마치 숨이 막혀 바둥거리는 새끼 고양이를 바라보기라도 하는 듯했다. 나는 원래 메리 밴스를 썩 좋아하진 않았지만, 그때는 정말 끔찍이 싫었다.

수전 아주머니가 기운이 쭉 빠진 목소리로 말했다.

"우리도 할 수 있는 건 다 해봤단다. 이건 평범한 후두염이 아닌 게 분명해!"

메리가 자신 있게 말하며 앞치마를 움켜쥐었다.

"맞아요. 이건 디프테리아성 후두염이에요. 꾸물거릴 시간이 없네요. 다행히 전 이럴 때 어떻게 해야 하는지 알아요. 오래전 항구 너머의 와일리 부인 집에서 살았을 때 윌 크로퍼드 아저씨네 아이가 디프테리아성 후두염에 걸려 죽은 적이 있었어요. 의사가 두 명이나 보고 갔는데도 손 쓸 방도가 없었죠. 그런데 크리스티나 매캘리스터 할머니가 그 소식을 듣고 이렇게 말하는 거예요. '저런, 딱하기도 하지! 만약 내가 거기 있었다면 할머니에게 배운 치료법으로 그 아이를 살릴 수 있었을 텐데.' 그러면서 와일리 부인에게 치료법을 줄줄 읊었어요. 그때 한 마디도 놓치지 않고 머릿속에 집어넣었죠. 전 기억력이 아주 좋거든요. 그렇게 잘 간직해두었다가 꼭 필요할 때 끄집어내 써먹는 거예요. 그 할머니 말은 믿어도 돼요. 제가 폐렴에 걸려서 죽을 뻔했을 때 살려주셨거든요. 의사 뺨칠 정도로 용한 분이죠. 요즘 의사들은 그 할머니가 기르는 고양이만도 못할걸요? 아무튼 아주머니, 이 집에 혹시 유황이 있나요?"

"물론이지."

수전 아주머니와 메리가 유황을 가지러 간 동안 나는 짐스를 안고 있었다. 솔직히 전혀 기대하지 않았다. 메리 밴스는 어렸을 때부터 허세를 심하게 부리기로 유명했기 때문이다. 그때 나는 어떤 치료법을 써본들 짐스를 치료할 수 없다고 체념했던 것 같다.

잠시 뒤 메리는 플란넬 천으로 입과 코를 싸매고 나타났다. 손에는 불붙은 석탄을 반쯤 채운 양은 냄비를 들고 있었다. 수전 아주머니가 쓰던 물건이었다.

메리가 자기만 믿으라는 듯 우쭐거리며 말했다.

"그럼 이제부터 잘 지켜보도록 해. 나도 처음 해보는 거라 성공을 장담할 순 없지만, 아이가 죽어가는 걸 지켜만 볼 수는 없잖아. 지푸라기라도 잡아야지. 안 그래?"

메리는 숟가락으로 유황을 떠서 석탄 위에 뿌렸다. 그런 다음 짐스를 안아 올려 몸을 뒤집고 아이의 얼굴을 연기 쪽으로 가져다댔다. 메리를 가만히 내버려두었다가는 병으로 죽기 전에 먼저 숨이 막혀 죽거나 눈이 멀 것만 같았다. 그때 내가 왜 메리의 손에서 짐스를 낚아채지 않았을까? 지금 생각해봐도 잘 모르겠다. 수전 아주머니는 운명으로 정해진 일이라 그렇다고 했는데, 그 말이 맞는 것 같다. 사실 난 기운이 빠져서 움직일 힘조차 없었다. 수전 아주머니도 얼어붙은 채로 문간에 서서 메리가 하는 행동을 바라만 보고 있었다.

졸지에 봉변을 당한 짐스는 온몸을 있는 힘껏 버둥거렸다. 짐스를 꽉 붙잡고 있는 메리의 팔이 유난히 크고 단단해 보였다. 이 순간 메리는 짐스를 자기 마음대로 다룰 수 있는 신과 같았다. 매캐한 연기를 들이마신 짐스는 숨이 막힌 듯 캑캑거렸다. 누가 보면 메리가 짐스를 고문한다고 오해할 만한 장면이었다. 그러다가 마침내 짐스는 목구멍에 자리 잡은 채 생명을 위협하던 치명적인 막을 뱉어냈다. 내게는 한 시간도 더 지난 것처럼 느껴졌지만 실제로는 그리 길지 않은 시간이었다.

메리는 짐스의 몸을 다시 뒤집어 안고 침대로 데려갔다.

짐스의 얼굴은 대리석처럼 하얗게 질렸고 갈색 눈에서는 눈물이 하염없이 흘러내렸지만, 섬뜩할 만큼 짙푸른 얼굴빛은 사라졌으며 숨소리도 고르게 내고 있었다.

메리가 유쾌하게 말했다.

"정말 기막힌 방법이지? 마법을 본 것 같아. 어떻게 될지 장담할 순 없었지만 일단 저질러본 거야. 균을 완전히 죽이려면 아침까지 한두 번 더 연기를 마시게 해야 해. 그래도 이제 큰 고비를 넘었으니 짐스는 별문제 없을 거야."

짐스는 축 늘어져서 움직이지 않았다. 혹시 혼수상태에 빠진 건 아닐까 겁이 더럭 났지만, 다행히도 곤히 잠든 것이었다. 밤사이 메리는 두 번 더 짐스에게, 본인의 표현대로라면 '연기를 마시게' 했다. 날이 밝자 짐스의 목은 깨끗이 나았고 체온도 거의 정상으로 돌아왔다.

나는 짐스의 상태를 확인한 뒤 메리 밴스를 쳐다보았다. 메리는 수전 아주머니와 함께 응접실에 앉아서 어떤 주제를 놓고 아는 척하며 떠들어대고 있었다. 물론 그 주제에 대해서는 아주머니가 수십 배는 더 잘 알고 있었을 것이다. 하지만 메리가 잘난 척을 하든 허풍을 떨든 그게 무슨 상관이겠는가? 메리는 충분히 허세를 부릴 자격이 있다. 나 같으면 절대로 하지 못할 일을 용감하게 해냈고, 무엇보다 짐스를 죽음에서 구해냈다. 어렸을 때 메리가 말린 대구를 휘두르며 글렌세인트메리 마을을 가로질러 날 쫓아왔던 일과 꿈만 같았던 내 로맨스에 거위 기름을 발라댔던 일쯤은 아무렇지도 않게 느껴졌다. 자기가 그 누구보다 많이 안다고 허세를 부리며 우쭐거리는 모습도 전혀 밉지 않았다. 이제 다시는 메리 밴스를 싫어하지 않을 것이다.

나는 메리에게 다가가 입맞춤을 했다. 메리가 깜짝 놀라서 물었다.

"어머나! 릴라, 왜 이러는 거야?"

"아니, 그저 고마워서 그래. 진심이야."

메리가 의기양양해하며 말했다.

"그럼, 당연히 고마워해야지. 그래야 마땅하니까. 내가 우연히 찾아왔으니 망정이지, 하마터면 수전 아주머니와 네가 저 아기를 죽일 뻔했잖아."

메리는 수전 아주머니와 내게 최고로 훌륭한 아침 식사를 차려주고 다 먹게 했다. 그러고 길이 다시 뚫려서 자기 집으로 돌아갈 수 있게 될 때까지 이틀을 더 잉글사이드에 머물렀다. 그 시간 동안 메리는 아주머니의 표현대로 하자면 우리를 마음껏 휘둘렀다.

아버지가 돌아왔을 때쯤 짐스는 거의 다 나았다. 아버지는 우리 이야기를 듣는 동안 가타부타 말하지 않았다. 아버지는 이른바 '할머니의 치료법' 같은 것을 무시하는 편이었다. 자초지종을 알게 된 아버지는 살짝 웃으며 말했다.

"앞으로 메리 밴스는 내가 중환자를 치료할 때마다 자기랑 의논할 거라고 기대할지도 모르겠구나."

이렇게 해서 올해 크리스마스는 예상했던 것만큼 괴롭진 않았다. 이제 새해가 다가온다. 우리는 전쟁을 끝내줄 '대공세'를 계속 기다리는 중이다. 먼데이는 추위 속에서 주인을 기다리느라 몸이 굳고 류머티즘에 걸렸지만, 여전히 자기 임무를 충실히 해나가고 있다. 그리고 셜리는 비행사의 모험담에 푹 빠져 있다.

아, 1917년은 우리에게 어떤 이야기를 들려줄까?

25장

—

셜리마저 떠나다

수전은 신문에 난 윌슨 대통령의 이름을 뜨개바늘로 사정없이 찌르면서 말했다.

"아니에요, 우드로. 승리 없이는 평화도 없어요. 우리 캐나다인들은 평화와 승리를 모두 얻고 싶어 해요. 승리 없는 평화 따위는 당신이나 가져가라고요."

마치 눈앞의 대화 상대에게 충고하는 듯한 투였다. 그렇게 수전은 미국 대통령과 논쟁해서 이겼다고 뿌듯해하며 잠자리에 들었다. 그러나 며칠 뒤에는 잔뜩 흥분한 얼굴로 블라이드 부인에게 뛰어갔다.

"사모님, 글쎄 있잖아요. 샬럿타운에서 전화가 왔는데, 마침내 우드로 윌슨이 독일 대사라는 인간을 추방했대요. 이건 미국이 참전한다는 뜻이라고 하네요. 우드로가 마음은 똑바로 박혀 있나 봐요. 머리는 어디 갔는지 잘 모르겠지만요. 아무튼 저는 설탕을 조금 가져다가 사탕을 만들어서 이 일을 기념할 거예요. 식품위원회가 뭐라고 잔소리하든 상관없어요.* 저는 독일이 잠수함 사건**으로 제 무덤을 팠다고 생각해요. 소피아는 그 일이 연합군의 최후를 맞이할 조짐이라고 했지만, 저는 오히려 그 반대라고 쏘아붙였죠."

블라이드 부인이 웃으며 말했다.

"길버트에게 사탕 이야기는 하지 마세요, 수전. 우리더러 정부의 경제 정책을 따라야 한다고 아주 엄하게 말했거든요."

"물론이죠. 모름지기 여자들은 가장의 말을 따라야 하니까요. 절약이라는 것에 있어서는 저도 이제 꽤나 숙달되었다고 자부할 수 있어요."

수전은 가끔씩 말에 권위를 더하려는 듯 자기 딴에는 어려운 표현을 골라 쓰곤 했다.

"하지만 남들이 보지 않는 곳에서는 가끔씩 임기응변으로 넘길 수도 있잖아요. 얼마 전에도 셜리가 제가 만든 사탕을 먹고 싶어 했어요. 셜리는 그걸 '수전표 사탕'이라고 부르죠. 그래서 제가 이렇게 말했어요. '기념할 만한 승리 소식이 들리면 만들어 줄게.' 저는 이 소식이 승전보와 거의 같다고 생각해요. 선생님

---

* 제1차 세계대전 당시 캐나다 정부는 국민에게 희소 상품의 소비를 줄이고 더 많은 식량을 생산하며 사재기하지 말 것을 권고했다.

** 독일이 썼던 '무제한잠수함전'을 말한다. 영국의 해상봉쇄에 맞서 잠수함으로 연합국과 중립국 선박에 무차별 공격을 가하는 전술이었는데, 이는 미국이 참전하는 계기가 되었다.

께는 굳이 알려드릴 필요가 없을 거예요. 아무튼 제가 전적으로 책임질 테니 양심의 가책을 느끼지는 않아도 돼요, 사모님."

그해 겨울 수전은 셜리의 응석을 죄다 받아주었다. 퀸스 전문학교에서 공부하던 셜리는 주말마다 집으로 돌아왔다. 그러면 수전은 블라이드 선생을 적당히 속이거나 구슬리면서 셜리가 좋아하는 음식을 만들어주었다. 그뿐만 아니라 셜리를 위한 일이라면 무엇이든 나서서 해주었다. 다른 사람에게는 틈날 때마다 전쟁 이야기를 했지만 셜리 앞에서는 전쟁의 '전' 자도 꺼내지 않으면서 고양이가 쥐를 감시하듯 계속 지켜보았다. 그런 가운데 독일군이 바폼에서 물러나기 시작하고 전세가 아군에 유리하게 전개되자 수전은 기뻐서 어쩔 줄 몰라 했다. 이제는 한시름 놓을 수 있다고 생각했기 때문이다. 수전은 그동안 남모르게 속앓이를 해왔다. 자기가 사랑하는 누군가를 사지로 내보내지 않으려면 하루라도 빨리 전쟁이 끝나야 했다. 그래서 그토록 전쟁 소식에 귀를 기울였던 것이다.

수전은 다시금 의기양양하게 말했다.

"마침내 승리의 여신이 우리 쪽으로 돌아섰나 봐요. 드디어 미국도 선전포고를 했잖아요. 우드로가 각서나 끄적거리는 사람이긴 하지만, 전 이렇게 될 줄 알고 있었어요. 이제 미군은 적진을 향해서 용감하게 돌격할 거예요. 미국인들은 일단 무엇을 시작하면 물불 안 가리고 뛰어드는 습성이 있으니까요. 우리 캐나다군이 독일군을 혼비백산하게 만든 것처럼요."

하지만 소피아가 수전의 들뜬 마음에 찬물을 끼얹었다.

"아무리 좋은 의도로 참전했고 세상에서 가장 용맹하다고 하더라도, 이번 봄까지 미군 전부를 전장에 배치할 순 없을 거야. 연합군은 미군이 싸울 준비를 마치기도 전에 무너져버릴 거라고. 지금 다들 독일군에게 속고 있는 것일지도 몰라. 시몬즈*라는 사람 말로는 독일군이 퇴각한 건 연합군을 곤경에 빠뜨리려는 술수였대."

수전이 반박했다.

"그 사람은 아무것도 모르고 지껄인 거야. 로이드조지가 영국의 총리로 있는 한 그런 걸로 걱정할 필요 없어. 로이드조지는 누구에게든 쉽게 속아 넘어갈 사람이 아니야. 내가 장담할 수 있어. 지금 돌아가는 상황을 봐. 앞으로 점점 나아질 거야. 미국이 참전했고, 쿠트와 바그다드도 되찾았으니까. 6월이면 연합군이 베를린에 입성했다는 소식을 들을 수 있을 거야. 그리고 러시아군도 있잖아. 그들이 방해만 해대는 황제를 몰아낸 건 참 탁월한 선택이었어."

"뭐, 그런지 아닌지는 시간이 지나면 알게 되겠지."

소피아는 더 이상 할 말이 없어서 대화를 끝냈다. 만약 어떤 사람이 "당신은 폭정이 무너지는 것이나 연합군이 베를린의 운터덴린덴 거리를 행군하는 것보다 수전이 창피당하는 꼴을 더 보고 싶어 하는 것 아닌가요?"라고 물어봤다면, 소피아는 무척 분개했을 것이다. 하지만 러시아 사람들이 무슨 일을 겪고 있는지 몰랐던 소피아는 자기가 무슨 말을 할 때마다 사사건건 초를 치는 낙관주의자 수전을 곱게 볼 수 없었다.

• 미국 원정군 제2군단 참모총장이었던 조지 시몬즈(1874-1938)

그때 셜리는 거실 탁자 끝에 앉아 다리를 흔들어대고 있었다. 머리끝부터 발끝까지 햇볕에 그을린 피부가 무척 건강해 보였다. 이윽고 셜리가 차분하게 입을 열었다.

"어머니, 아버지. 저도 지난 월요일로 열여덟 살이 됐어요. 이제 입대할 때가 됐다고 생각하지 않으세요?"

어머니가 창백해진 얼굴로 셜리를 바라보았다.

"얘야, 아들 둘이 떠났고 한 명은 돌아오지 못하게 됐단다. 그런데 이제 너까지 가겠다는 거니?"

수천 년이 지났건만 "요셉도 없어졌고 시므온도 없어졌는데 이제 와서 베냐민마저 데려가겠다는 거냐?"라는 늙은 족장의 외침이 전쟁터에 자식을 보내야 하는 어머니들의 입에서 흘러나오고 있었다.

"저를 병역기피자로 만들고 싶은 건 아니시겠죠? 전 항공부대에 자원할 생각이에요. 어떻게 생각하세요, 아버지?"

애비 플래그에게 줄 류머티즘 가루약을 약봉지에 넣어 접고 있던 블라이드 선생의 손이 떨렸다. 언젠가는 이런 순간이 올 거라고 생각했지만 아직 마음의 준비는 하지 못한 상태였다. 블라이드 선생은 천천히 입을 열었다.

"네가 의무라고 믿는 일을 말릴 생각은 없다. 하지만 어머니 허락 없이 가서는 안 돼."

셜리는 입을 다물었다. 본래 말이 많은 편은 아니었다. 블라이드 부인도 그 순간만큼은 침묵을 지키며 머릿속으로 항구 건

_____

• 구약성경(공동번역)의 창세기 42장 36절에 나온 표현

너편 오래된 묘지에 있는 조이스의 무덤을 떠올렸다. 만약 그 아이가 살아 있었더라면 지금쯤 어엿한 성인으로 자랐을 것이다. 프랑스 어딘가에 세워진 하얀 십자가와 그곳에 묻힌 남자아이의 반짝이는 회색 눈동자도 눈앞에 아른거렸다. 그 아이를 무릎 위에 앉히고 의무와 충성을 가르쳐준 사람이 바로 블라이드 부인이었다. 그다음에는 끔찍한 참호에 있는 젬과 오빠를 기다리는 낸, 다이, 릴라를 생각했다. 이 아이들은 계속 기다리기만 하면서 황금 같은 젊은 날을 흘려보내고 있었다. 더는 꿋꿋하게 버틸 수 없을 것 같았다. 견딜 만큼 견뎌서 이제는 한계에 이르지 않았던가.

하지만 그날 밤 블라이드 부인은 셜리에게 가도 좋다고 허락했다. 수전에게는 곧장 말하지 않았다. 그래서 수전은 며칠 뒤 셜리가 군복을 입고 부엌으로 들어왔을 때 비로소 그 사실을 알게 되었다. 그런데도 수전은 젬과 월터가 떠날 때처럼 호들갑을 떨지 않았다. 그저 차갑게 한마디 했을 뿐이었다.

"그래, 너도 결국 끌려가는구나."

"끌려간다고요? 아뇨. 스스로 내린 결정이에요. 수전 아주머니, 저는 가야만 해요."

식탁 옆에 앉아 있던 수전은 그동안 잉글사이드 아이들을 돌보느라 마디가 굵어지고 뒤틀린 손을 힘껏 맞잡으면서 떨리는 몸을 진정시켰다.

"그래, 너도 가야 하겠지. 전에는 왜 그래야 하는지 이해할 수 없었지만, 이제는 알 것 같다."

"아주머니는 참 훌륭한 분이에요."

말을 건넬 때만 해도 셜리는 수전이 충격을 받고 소란을 일으킬까 봐 걱정했다. 그래서 수전이 이 상황을 차분하게 받아들이자 비로소 가슴을 쓸어내렸고, 잠시 후 휘파람을 불며 밖으로 나갔다. 하지만 수전은 이후로도 30분이 넘도록 그 자리에 가만히 앉아 있었다. 이윽고 블라이드 부인이 창백한 얼굴로 부엌에 들어서자 수전은 입을 열었다. 예전 같으면 그 사실을 인정하느니 차라리 죽는 것이 낫다고 여겼던 마음속 이야기를 솔직하게 털어놓은 것이다.

"사모님, 이젠 저도 나이가 든 것 같아요. 젬과 월터는 사모님 아이지만 셜리는 제 아이나 다름없어요. 그 아이가 비행기를 탄다니, 생각만 해도 참을 수 없네요. 만약 비행기가 떨어지고 셜리의 몸이 으스러져 생명이 빠져나간다면, 아기 때부터 안아주고 돌보던 그 작고 사랑스러운 몸이…."

"수전, 제발 그만해요!"

블라이드 부인이 소리쳤다. 수전은 흔들리는 마음을 다잡기 위해 가까스로 씁쓸한 미소를 지으며 말했다.

"아, 죄송해요. 그런 말은 입 밖에 내지 말았어야 했어요. 여장부가 되기로 결심했다는 사실을 가끔씩 잊어버리거든요. 이번 일로 정신이 나갔었나 봐요. 다시는 그런 일 없도록 할게요. 다만 앞으로 며칠 동안은 부엌일을 허술하게 하더라도 너그럽게 봐주세요. 그래도 지저분한 참호 속에서 뒹구는 것보단 비행기를 타는 게 훨씬 나을 수 있어서 그나마 다행이네요. 셜리는 워낙 깔끔한 아이니까요."

이렇게 해서 셜리마저 전쟁터로 떠났다. 젬처럼 신나는 모험을 앞둔 듯 들떠 보이지도 않았고, 월터처럼 희생의 하얀 불꽃을 태우는 모습도 아니었다. 하기 싫은 일을 억지로 받아들인다는 티가 역력할 만큼 냉정하면서도 형식적인 태도였다.

셜리는 다섯 살 이후 처음으로 수전에게 입을 맞추며 말했다.

"다녀올게요, 수전 아주머니. 아니, 수전 엄마."

수전이 넋두리하듯 중얼거렸다.

"갈색 꼬마, 내 갈색 꼬마…."

셜리가 떠난 뒤로 슬픔에 잠겨 있는 블라이드 선생의 얼굴을 보면서 수전은 속으로 곱씹어 생각했다.

'셜리가 어렸을 때 선생님이 아이의 볼기를 때린 적이 있었지. 선생님은 그 일을 기억하는지 모르겠네. 아무튼 난 그런 식으로 양심에 거리끼는 일을 한 적이 없어서 다행이야.'

블라이드 선생은 자기가 셜리를 어떻게 훈육했는지 까맣게 잊어버렸다. 하지만 환자를 돌보러 가려고 모자를 쓰고 나서다가 휑한 거실에 잠시 멈춰 서서 옛일을 떠올렸다. 한때는 아이들의 웃음소리로 가득했던 곳이다. 이윽고 선생이 입을 열었다.

"내 아들, 내 막내아들…. 착하고 야무지고 분별력 있는 아이였는데…. 그 녀석을 볼 때마다 내 아버지가 생각나곤 했어. 셜리는 자원해서 전쟁터로 갔으니 난 그걸 자랑스럽게 여겨야겠지? 젬이 갔을 때도, 심지어 월터가 갔을 때도 난 내 아들을 무척 자랑스러워했어. 하지만 하나 남은 아들마저 떠났으니 이제우리 집은 '버림을 받아서 황폐하게'* 되었구나."

---

* 신약성경(새번역)의 마태복음 23장 38절에 나온 표현

그날 오후 글렌세인트메리 마을 위쪽에 사는 샌디 할아버지가 블라이드 선생에게 말했다.

"이봐요, 의사 선생. 내 생각에는 이제 당신 집이 텅 비어 보일 것 같구려."

에둘러 한 말이었지만 블라이드 선생은 이보다 적합한 표현은 없을 것이라고 생각했다. 실제로 잉글사이드는 그날 밤 너무 넓고 텅 빈 것처럼 보였다. 그동안 셜리는 주말을 제외하면 겨우내 집을 비웠고, 집에 있을 때도 좀처럼 기척을 내지 않았다. 하지만 지금은 그때와 비교할 수 없을 만큼 허전했다. 아들 중에서 마지막으로 남아 있던 셜리가 떠났기 때문일까? 모든 방이 텅 비어 보였고 사람 냄새가 나지 않았다. 잔디밭의 나무들도 자기 밑에서 뛰놀던 남자아이들이 마지막 한 명까지 가버린 사실을 안타까워하는 듯 새싹이 움튼 가지로 서로를 어루만지며 위로하는 것처럼 보였다.

수전은 온종일도 모자라 밤늦게까지 한시도 쉬지 않고 일만 했다. 부엌 시계의 태엽을 감고 지킬 박사를 매정하게 내쫓은 뒤에는 문간에 서서 한동안 글렌세인트메리 마을 쪽을 내려다보았다. 마을은 기울어가는 초승달의 은은한 은빛 속에서 환영처럼 어른거렸고, 낯익은 언덕과 항구는 눈에 들어오지도 않았다. 수전의 시선이 오직 셜리가 있는 킹즈포트의 항공부대를 향하고 있었기 때문이다.

"그 아이가 나를 '수전 엄마'라고 불렀어! 아, 이제 남자아이들이 다 가버렸구나. 젬과 월터와 셜리 그리고 제리와 칼까지…. 그중에 등을 떠밀려서 어쩔 수 없이 간 사람은 없어. 그러니 우린 충분히 자랑스러워해도 돼. 아무렴, 그렇고말고! 하지만 자랑스럽다 해도, 그게 대체 무슨 소용이람….”

수전은 쓰디쓴 한숨을 쉬었다.

달이 서쪽 하늘의 검은 구름 속으로 얼굴을 감추자 마을은 갑자기 컴컴한 어둠에 휩싸였다. 지금 이 시간 수천 킬로미터 떨어진 곳에서는 군복을 입은 캐나다의 젊은이들이 수많은 희생을 치르면서 비미능선을 점령하고 있었다.*

비미는 캐나다 세계대전사에 특별히 진홍색과 황금색으로 강조해서 적어둔 지명이다. 한 독일군 포로는 이렇게 말했다.

“영국군은 이곳을 차지하지 못했고 프랑스군도 마찬가지다. 하지만 바보 같은 캐나다군은 점령할 수 있는 곳인지 아닌지도 분간하지 못한 채 무턱대고 뛰어들었다.”

결국 ‘바보들’이 그곳을 손에 넣었다. 그 과정에서 혹독한 대가를 치렀다. 제리 메러디스가 전투를 치르다가 중상을 입은 것이다. 전보에 따르면 등에 총을 맞았다고 한다. 이 소식을 듣고 블라이드 부인이 한숨을 쉬었다.

“딱하기도 하지. 낸도 참 가엾게 됐구나!”

블라이드 부인은 초록지붕집에서 행복하게 보냈던 자기의 소녀 시절을 떠올렸다. 그때는 이런 비극을 몰랐는데 오늘날의 아가씨들이 얼마나 고통스러울지 생각하니 마음이 저려왔다.

---

* 비미능선(Vimy Ridge)전투는 1917년 4월에 프랑스 파드칼레주에서 발발한 아라스전투의 주요 싸움 중 하나로 캐나다 원정군 4개 사단이 모두 참전했으며, 전쟁이 끝난 뒤에도 국가적 업적과 희생의 상징이 되었다.

두 주 뒤에는 낸이 레드먼드에서 돌아왔다. 낸이 그동안 어떤 시간을 보냈는지 얼굴에 그대로 드러났다. 존 메러디스 목사도 갑자기 늙어버린 것 같았다. 페이스는 집에 돌아오지 않고 구급 간호봉사대에 지원해서 대서양을 건너갔다. 다이는 자기도 가겠다며 아버지에게 간청했지만 어머니 때문에 허락할 수 없다는 대답을 들었다. 그래서 집에 오자마자 킹즈포트로 돌아가 적십자 활동에 매진했다.

무지개 골짜기에서도 사람들의 눈에 띄지 않는 구석 자리에서 산사꽃이 피기 시작했다. 릴라는 이 꽃이 피기를 기다리고 있었다. 전에는 젬이 가장 먼저 핀 산사꽃을 어머니에게 가져다주었다. 젬이 입대한 뒤로는 월터가 그 일을 이어받았고 지난봄에는 셜리가 했다. 릴라는 이제 자기가 오빠들을 대신해 그 일을 해야 한다고 생각한 것이다. 하지만 릴라가 산사꽃을 발견하기 전인 어느 날 해질 무렵, 브루스 메러디스가 화사한 분홍색 산사나무 가지를 한 아름 안고 잉글사이드에 찾아왔다. 브루스는 베란다 계단을 힘차게 올라가 블라이드 부인의 무릎 위에 가지를 올려놓으면서 수줍게 말했다.

"셜리 형이 집에 없으니까 이걸 가져올 사람이 아무도 없을 것 같아서…."

"그래서 네가 가져온 거로구나."

블라이드 부인의 입술이 미세하게 떨렸다. 부인은 주머니에 손을 집어넣은 채로 자기 앞에 서 있는 땅딸막하고 눈썹이 검은 아이를 가만히 바라보았다.

브루스는 진지하게 말했다.

"오늘 젬 형한테 편지를 썼어요. 이제부터 제가 산사꽃을 아줌마한테 가져줄 테니 걱정하지 말라고요. 그리고 저도 곧 전쟁터로 가서 형을 도와줄 거라고도 했어요. 저는 얼마 있으면 열 살이 되니까, 열여덟 살도 금세 될 거잖아요. 제가 대신 싸우면 젬 형이 집에 돌아올 수 있을 거예요. 제리 형한테도 편지를 썼어요. 형은 몸이 많이 나았대요."

"정말? 제리에게 소식이 왔니?"

"네. 오늘 엄마가 편지를 받았는데, 위험한 고비는 넘겼다고 적혀 있었어요."

"하느님, 감사합니다."

블라이드 부인이 반쯤은 속삭이듯 중얼거렸다. 그러자 브루스는 이상하다는 얼굴로 블라이드 부인을 쳐다보았다.

"엄마가 아빠에게 제리 형의 소식을 전해주니까 아빠도 지금 아줌마가 한 거랑 똑같이 말했어요. 그런데 요전 날 제가 그 말을 했다가 아빠한테 야단맞았어요. 미드 아저씨네 개가 제 새끼 고양이를 꽉 물고 흔들어댔는데 고양이가 안 다치고 멀쩡한 거예요. 그래서 '하느님, 감사합니다'라고 했더니 아빠는 무서운 얼굴로 고양이에 대해서 그런 말을 하면 안 된다고 했어요. 그런데 저는 그게 왜 안 되는 건지 모르겠어요. 정말 고마웠거든요. 하느님이 우리 스트라이피를 구해준 거잖아요. 미드 아저씨네 개가 그 큰 턱으로 스트라이피를 어찌나 세게 흔들어대던지, 저는 그 아이가 죽는 줄 알았어요. 그런데 제가 왜 하느님께 감사하다는 말을 하면 안 되는 걸까요? 어쩌면…"

브루스가 짚이는 데가 있다는 듯 덧붙였다.

"제가 너무 크게 말해서 그런 걸지도 몰라요. 스트라이피가 괜찮다는 걸 알고 정말 기뻐서 큰 소리로 외쳤거든요. 아줌마나 우리 아빠처럼 속삭이듯이 말했으면 괜찮았을까요? 그리고 아줌마, 있잖아요….."

브루스는 부인에게 가까이 다가가 속삭였다.

"만약 그렇게 할 수만 있다면 제가 독일 황제에게 뭘 하고 싶은지 아세요?"

"글쎄, 뭘 하고 싶니?"

"노먼 리스가 오늘 학교에서 그랬는데, 자기는 독일 황제를 나무에 묶어놓고 사나운 개를 풀어서 겁을 주고 싶대요. 에밀리 플래그는 독일 황제를 새장에 집어넣고 뾰족한 걸로 찌를 거라고 했어요. 다들 비슷하게 말했어요. 그런데요, 저는요….."

브루스는 네모난 손을 주머니에서 빼고 부인의 무릎 위에 얹더니 진지한 얼굴로 말했다.

"저는 독일 황제를 좋은 사람으로, 아주 좋은 사람으로 바꿔놓고 싶어요. 천천히 바꾸는 게 아니라 단번에 바꿔버리는 거예요. 그게 세상에서 가장 무서운 벌이니까요."

이야기를 듣던 수전이 끼어들었다.

"기특하기도 하지! 하지만 그 악마 같은 사람한테 그런 게 벌이 될 수 있을까?"

브루스가 검푸른 눈으로 수전을 빤히 쳐다보며 말했다.

"독일 황제가 좋은 사람으로 바뀌면 그동안 자기가 얼마나 무서운 일을 저질렀는지 알게 될 거잖아요. 그러면 그 사람도 무척 속상하고 힘들 거예요. 다른 벌을 주는 것보다 훨씬 더 그 사람을 불행하게 만들 수 있을걸요? 영원히 끔찍한 기분으로 살아야 하잖아요."

브루스는 두 손을 꼭 쥐며 단호하게 고개를 끄덕였다.

"저는 독일 황제를 좋은 사람으로 바꿀 거예요! 꼭 그렇게 하고 싶어요. 그게 그 사람이 받아야 할 벌이니까요."

26장

수전이 청혼을 받다

비행기 한 대가 글렌세인트메리 마을 위를 지나가고 있었다. 마치 거대한 새 한 마리가 서쪽을 향해서 날아가는 듯했다. 은빛이 옅게 감도는 노란 하늘은 참으로 맑고 광활했다. 바람이 깨끗이 청소까지 해놓아서 걸림돌이 전혀 없는 공간 같았다.

잉글사이드 잔디밭에서 모여 있던 사람들은 무엇에 홀린 듯 비행기를 올려다보았다. 그해 여름에는 비행기가 공중을 선회하는 모습을 심심치 않게 볼 수 있었지만, 그럴 때마다 수전은 몹시 흥분했다. 구름 위로 날고 있는 저것 안에 셜리가 타고 있으며, 지금 킹즈포트에서 이 섬으로 돌아오는 길일지도 모른다는 기대를 잠깐 동안 품었기 때문이다. 하지만 셜리는 해외에 나가 있었다. 그러니 잉글사이드에서 보이는 비행기와 조종사에 대해 딱히 관심을 가질 필요가 없었지만, 수전은 그래도 경외심을 갖고 비행기를 바라보았다.

수전이 진지하게 말했다.

"사모님, 궁금한 게 있어요. 묘지에 묻힌 사람들이 잠시 밖으로 나와서 저 광경을 보면 뭐라고 말할까요? 우리 아버지는 틀림없이 못마땅해하면서 혀를 끌끌 차실 거예요. 최신식 물건이라면 뭐든 탐탁해하지 않으셨거든요. 돌아가시는 날까지 낫으로 곡식을 거두셨죠. 우리 집에서는 예취기*를 쓰는 건 꿈도 못 꿨어요. 아버지가 늘 '우리 아버지도 그걸로 충분했으니 나도 마찬가지야'라고 하셨거든요. 불효막심한 말로 들릴 순 있어도 한마디 하자면, 전 그런 생각은 잘못됐다고 봐요. 하지만 이런 저도 비행기가 썩 마음에 들지는 않네요. 만약 전능하신 분께서 우리를 날게 할 생각이었으면, 우리 몸에 날개를 달아주셨겠죠. 그런 게 없는 걸 보면 우리더러 땅에 단단히 붙어 있으라고 하신 게 분명해요. 어쨌든 제가 비행기를 타고 하늘을 돌아다니는 건 절대 보실 수 없을 거예요."

"아버지가 곧 자동차를 가져오실 텐데 그걸 타고 돌아다니는 건 거절하지 않으시겠죠?"

릴라가 놀리자 수전이 쏘아붙였다.

"자동차에도 이 늙은 몸을 맡길 생각은 없단다. 하지만 난 누구처럼 속이 좁은 사람은 아니라는 걸 알아두렴. 사모님, 구레나룻 달덩이는 이 섬에서 자동차가 다니게 했다는 이유로 내각이 사퇴해야 한다고 주장했어요. 자동차를 보면 입에 거품을 물

---

* 곡식이나 풀을 베는 기계

고 험한 말을 한다더군요. 요전 날 자기네 밀밭 옆 좁은 길을 따라 자동차 한 대가 지나가자 쇠스랑을 들고 울타리를 뛰어 넘어와서는 길 한복판에 서서 버텼대요. 자동차를 몰고 온 사람은 무슨 중개업자였다고 하던데, 구레나룻 달덩이는 자동차 못지않게 중개업자도 싫어하거든요. 결국 중개업자는 자동차를 세울 수밖에 없었죠. 지나갈 만한 공간도 없고, 사람을 들이받을 수도 없었으니까요. 그때 구레나룻 달덩이가 소리쳤어요. '저 악마 같은 기계를 가지고 꺼져버려. 안 그러면 이 쇠스랑으로 당신을 찔러버릴 거야!' 그러니 방법이 있었겠어요? 앞으로 못 가니 뒤로 빠져나갈 수밖에요. 가엾은 중개업자는 로브리지로 가는 큰길까지 2킬로미터나 차를 뒤로 몰았는데, 구레나룻 달덩이는 한 걸음씩 따라가면서 쇠스랑을 흔들며 욕을 해댔대요. 그런 건 참 몰지각한 행동이잖아요. 그렇긴 해도 비행기니 자동차니 하는 것들이 마구 들어와서 이 섬도 예전 같진 않네요."

수전이 한숨을 쉬며 말을 끝맺었다.

비행기는 높이 떠올랐다가 내려와서 공중을 선회하더니 다시 상승했다. 그러고는 노을 진 언덕 너머 아득히 먼 곳으로 날아갔다. 비행기가 점점 작아져 희미한 점이 되어가는 모습을 보면서 블라이드 부인이 시를 읊었다.

테베의 독수리같이 위풍당당하게 날개를 펴고
드넓은 창공을 지배하며 날아가노라.•

올리버가 말했다.

"비행기 덕분에 인류가 더 행복해졌는지는 잘 모르겠네요. 인간이 누릴 수 있는 행복의 총합은 예나 지금이나 비슷한 것 같아요. 물론 무엇을 했을 때 얼마만큼의 행복을 누리는가는 달라졌겠지만요. 수많은 발명품 때문에 행복 자체가 늘어나거나 줄어든 것은 아니라고 생각해요."

"하느님의 나라는 우리 안에 있지요.* 행복은 성공이나 승리에 달려 있는 것이 아니니까요."

인간이 오랫동안 분투한 끝에 최근에야 승리를 거두었음을 상징하는 하늘의 작은 점을 바라보면서 메러디스 목사가 말했다. 그러자 블라이드 선생이 조금 다른 의견을 냈다.

"그렇기는 하지만 비행기는 매력적인 기계가 분명해요. 오래전부터 인류가 소중하게 간직했던 꿈을 실현해주었으니까요. 하늘을 나는 꿈 말입니다. 인류가 바라온 것들이 하나씩 이루어지고 있네요. 아니, 불굴의 노력으로 실현되는 것이겠죠? 저도 비행기를 타고 하늘을 날고 싶군요."

릴라가 말했다.

"셜리는 첫 비행에서 무척 실망했다고 했어요. 새처럼 대지에서 솟구치는 경험을 할 거로 기대했는데, 자기는 조금도 움직이지 않고 땅이 아래로 멀어지는 느낌만 받았대요. 처음 혼자 비행했을 때는 심한 향수병도 느꼈다던데요. 전에는 그런 적이 한

---

* 신약성경(공동번역) 누가복음 17장 21절 중 "하느님 나라는 바로 너희 가운데 있다"를 응용한 표현

번도 없었는데, 갑자기 우주에서 표류하게 된 느낌이었다고 했어요. 그래서 그리운 이 행성과 인간 동료들이 있는 고향으로 돌아가고만 싶어졌대요. 곧 진정되기는 했지만, 너무 외로워서 첫 비행은 악몽으로 남았다고 편지에 썼어요."

점처럼 작아졌던 비행기가 자취를 감추자 블라이드 선생은 머리를 뒤로 젖히고 한숨을 쉬며 아내를 돌아보며 말했다.

"조종사가 비행기를 타고 새처럼 하늘을 날아 사라져버리니 마치 내가 곤충이 되어 땅을 기는 듯한 느낌이 드는군. 앤, 에이번리에서 내가 처음으로 당신을 마차에 태웠던 날 기억해? 당신이 에이번리 학교에서 가르치기 시작한 뒤 처음 맞는 가을이었어. 난 이마에 하얀 별 무늬가 있는 검은색 망아지에 반짝거리는 새 마차를 준비해서 당신을 태우고 카모디의 음악회에 갔지. 얼마나 자랑스러웠는지 몰라. 세상 그 누구도 부럽지 않았어. 어쩌면 우리 손자는 연인과 함께 비행기를 타고 저녁 산책을 나갈지도 몰라."

블라이드 부인이 대답했다.

"어떤 비행기도 그날 우리를 태우고 갔던 망아지처럼 멋지진 않을 걸? 그래 봤자 기계일 뿐이지만 그 망아지는 살아 있고 '실버스폿'이라는 이름도 있었잖아. 실버스폿 뒤에 앉아 마차를 몰고 가는 기분은 해 질 무렵 구름 사이로 날아가는 것과 비교할 수조차 없을 거야. 길버트, 그러니까 난 우리 손자의 애인이 부럽지 않아. 메러디스 목사님 말씀이 맞아. 하느님의 나라는, 그 사랑과 행복의 나라는, 외적인 조건을 충족해야만 얻을 수 있는 게 아니야."

블라이드 선생이 진지하게 말했다.

"그것뿐만이 아니지. 우리 손자는 비행기 조종에만 온 신경을 써야 할걸? 고삐를 말 등 위에 놓고 애인의 눈을 가만히 바라볼 여유조차 없을 거야. 한 손으로는 비행기를 조종할 수 없다는 것도 참 안타깝네."

선생은 고개를 절레절레 저으며 이야기를 끝맺었다.

"나도 아직은 실버스폿이 더 좋아."

그해 여름 러시아군이 다시 무너졌다. 수전은 케렌스키*가 전장을 떠나 결혼한 뒤로 일이 그렇게 어긋날 줄 알았다면서 쓴웃음을 지었다.

"결혼이라는 신성한 의례를 비난할 생각은 없어요. 그래도 남자가 혁명을 하고 있다면 결혼은 적절한 때로 미뤄야 하는 것 아닌가요? 혁명만으로도 눈코 뜰 새 없이 바쁠 테니까요. 러시아군을 두둔할 필요는 없다고 생각해요. 이번에 박살 나버렸으니 편을 들어봤자 무슨 소용 있겠어요? 그런데 교황님이 제안한 평화협정안에 대해서 우드로 윌슨이 뭐라고 대답했는지 들으셨어요? 정말 굉장하던데요. 저라면 그토록 정확하게 핵심을 잘 짚어낼 수 없었을 거예요. 그것 하나로도 윌슨의 다른 잘못을 너그럽게 용서해줄 마음이 생겼다니까요. 그는 자기가 한 말의 의미를 잘 알고 있어요.

---

* 소련의 정치가 알렉산드르 케렌스키(1881-1970)는 1917년 2월혁명 후 임시정부의 수상 겸 총사령관에 취임해 반혁명 세력의 중심이 되었으나 10월혁명으로 실각해서 1918년 미국으로 망명했다.

아, 그리고 의미 이야기가 나왔으니 말인데요. 구레나룻 달덩이가 요전 날 무슨 일을 했는지 들으셨어요? 글쎄 그 사람이 로브리지 길에 있는 학교를 찾아가서 4학년 학생들에게 철자법 시험을 보게 했대요. 그 학교에는 아직 여름 학기가 있잖아요. 봄가을에 방학도 있고요. 그 동네 사람들은 시대 변화에 뒤처져 있으니까요. 제 조카인 엘러 베이커가 그 학교에 다니고 있어서 자초지종을 들을 수 있었어요. 프라이어 씨가 학생들에게 문제를 내는 동안 선생님은 골치가 아프고 몸도 좋지 않아서 밖에 나가 바람을 쐬고 있었다더군요.

아이들이 철자법 시험은 꽤 잘 봤는데 구레나룻 달덩이가 단어의 뜻을 물어보니까 다들 우물쭈물하면서 제대로 대답하지 못했대요. 아직 배우지 않았으니 당연하죠. 엘러를 비롯해 고학년 아이들은 애가 탔어요. 학생들은 선생님을 무척 좋아했지만 구레나룻 달덩이의 형이자 그 학교 이사인 에이벌 프라이어 씨는 선생님을 눈엣가시로 여겼거든요. 그래서 다른 이사들에게도 신임을 잃게 만들려고 했나 봐요. 이 사실을 알고 있었던 엘러와 아이들은 4학년 학생들이 구레나룻 달덩이에게 단어 뜻을 제대로 말하지 못한다면 그가 자기 형에게 선생님의 실력이 형편없다고 말할까 봐 걱정했던 거예요. 그러면 에이벌이 선생님을 마음대로 해고할 게 뻔하니까요.

그런데 고아원에서 사는 샌디 로건 덕분에 위기에서 벗어났어요. 무척 영리했던 샌디는 구레나룻 달덩이가 어떤 사람인지 금세 알아차렸어요. 그래서 '해부가 무슨 뜻이지?'라고 묻자 망설임 없이 '배가 아픈 겁니다'라고 대답했죠. 구레나룻 달덩이는 정말 무식하잖아요. 본인도 뜻을 몰랐던 거예요. 그래서 '잘했다. 아주 잘했어'라고 말했대요. 그러자 그 반 아이들은 그 사람의 수준을 알아차렸어요. 적어도 똑똑한 서너 명은 분명히 눈치 챘죠. 이후로 아이들은 우스꽝스러운 대답을 계속하면서 그를 놀리기 시작했어요. 진 블레인은 '음향'을 '종교적인 언쟁'이라고 했고, 뮤리엘 베이커는 '불가지론자'를 '소화불량이 생긴 사람'이라고 했어요. 짐 카터는 '신랄하다'를 '채식만 하는 사람'이라고 대답했죠. 시험지에 있는 단어의 뜻을 전부 그런 식으로 대답한 거예요. 구레나룻 달덩이는 침을 꿀꺽 삼키더니 '잘했다. 아주 잘했어'를 반복했고, 그동안 엘러는 시치미를 떼고 있느라 고역이었다더군요. 선생님이 돌아오자 구레나룻 달덩이는 아이들이 수업 내용을 완벽히 이해했다고 칭찬하면서, 선생님이야말로 이 학교의 보배라는 사실을 이사회에 보고하겠다고 말했어요. 그는 또 4학년 학생들이 어려운 단어들의 뜻을 즉시 분명하게 대답하는 건 무척 신기한 일이라고 감탄했어요. 그러면서 환하게 웃으며 돌아갔대요. 그렇지만 사모님, 이 말이 밖으로 새어나가면 안 돼요. 엘러에게 비밀을 지키겠다고 다짐했거든요. 그러니까 우리도 그 선생님을 위해 입을 꼭 다물고 있어야 해요. 자기가 속았다는 걸 구레나룻 달덩이가 알아채기라도 하면 선생님은 학교에 계속 남아 있지 못할 테니까요."

그날 오후 메리 밴스가 잉글사이드에 찾아와서는 캐나다군이 70고지를 점령했을 때 밀러 더글러스가 심하게 다쳐서 한쪽 다리를 절단해야 한다는 소식을 전해주었다. 잉글사이드 사람들은 다 같이 메리를 위로했다. 메리의 열정과 애국심은 불붙기까지 시간이 좀 걸렸지만, 일단 타오르자 그 누구보다도 흔들림 없이 환하게 빛났다. 메리는 당당한 표정으로 말했다.

"다리가 하나밖에 없는 남자와 결혼하게 되었다면서 저를 놀리는 사람들도 있어요. 하지만 전 다리가 열 개 있는 그 누구보다 지금의 밀러가 훨씬 좋아요. 물론….."

메리는 잠시 생각하더니 이렇게 덧붙였다.

"로이드조지라면 또 모르겠지만요. 아, 이제 돌아갈 시간이네요. 가게에 갔다가 돌아오는 길에 여기 들른 거예요. 다들 밀러 소식을 궁금해할 것 같았거든요. 오늘 저녁에는 루크 매캘리스터네 집에 가서 곡식 쌓는 일을 도와주기로 했어요. 남자들이 부족하니까 농사를 제대로 지으려면 여자들이 팔을 걷고 나설 수밖에 없네요. 작업복으로 멜빵바지도 마련했는데, 저랑 정말 잘 어울려요. 데이비스 아주머니는 여자가 어디 경박하게 그런 걸 입느냐고 잔소리했어요. 엘리엇 아주머니도 못마땅하다는 듯 힐끗거리며 쳐다봤고요. 하지만 세상은 전과 달라졌잖아요. 어쨌든 전 데이비스 아주머니를 깜짝 놀라게 만들 때가 제일 재미있어요."

메리가 돌아간 뒤 릴라가 블라이드 선생에게 말했다.

"아버지, 제가 잭 플래그 대신 그 사람 아버지 가게에서 한 달만 일해도 될까요? 아버지가 허락해주신다면 그렇게 하겠다고 약속했거든요. 그러면 잭은 그 시간에 농부들이 수확하는 것을 도울 수 있어요. 제가 농사를 거들겠다고 나서봤자 거치적거리기만 할 거잖아요. 물론 손끝이 야무져서 뭐든 잘하는 여자아이들도 있지만요. 아무튼 제가 가게 일을 대신 해주면 잭은 훨씬 더 가치 있는 일을 할 수 있겠죠? 요즘은 짐스도 낮에 별로 신경 쓸 일이 없는 데다 밤에는 제가 계속 집에 있을 테니 아무런 문제가 없고요."

블라이드 선생이 눈을 껌뻑거리며 말했다.

"설탕과 콩의 무게를 재고 버터와 달걀을 팔아야 하는데, 네가 그런 일을 좋아할 수 있을지 걱정이구나."

"좋아할 순 없겠죠. 하지만 그런 건 중요하지 않다고 생각해요. 전 단지 제 의무를 다하고 싶을 뿐이니까요."

이렇게 해서 릴라는 한 달 동안 플래그 씨네 가게의 판매대에 앉았다. 그리고 수전은 앨버트 크로퍼드의 귀리밭에 가서 수확을 거들었다. 밭에서 돌아온 수전은 잉글사이드 사람들 앞에서 자랑스럽게 말했다.

"아직도 난 누구 못지않게 일을 잘해요. 낟가리 쌓는 일은 남자들도 저를 따라올 수 없더라고요. 제가 도와준다고 하자 앨버트는 너무 힘든 일이라고 하면서 미덥지 못하다는 눈으로 쳐다봤어요. 그래서 전 '일단 하루만 시켜봐요. 끝내주게 잘 해치울 테니까'라고 대답했어요."

그 순간 아무도 입을 열지 않았다. 수전의 봉사 정신과 굳센 의지에 감탄했기 때문이다. 하지만 이를 오해한 수전은 햇볕에 그은 얼굴을 붉히며 변명을 늘어놓았다.

"아차, 요즘은 점잖지 못한 말이 불쑥불쑥 튀어나오네요. 신문을 너무 많이 읽어서 그렇게 됐나 봐요. 요즘 신문에는 비속어가 잔뜩 적혀 있고, 제가 젊었을 때처럼 그런 말을 걸러내지도 않으니까요. 아무튼 젊은 아가씨들에게 본이 되지는 못할망정 이 나이에 비속어나 늘어놓다니, 쥐구멍에라도 들어가고 싶어요. 이 전쟁은 모든 사람을 타락시키고 있나 봐요."

일할 때 거치적거리는 치맛자락을 무릎까지 걷어 올리고(멜빵바지 같은 건 필요하지 않았다), 흰머리를 바람에 날리며 낟가리 위에 서 있는 수전의 모습은 결코 아름답다고 할 수 없었다. 낭만과도 거리가 멀었다. 하지만 가녀린 팔에 넘치는 활력과 의지는 비미능선을 함락시키고 독일군 부대를 베르됭에서 쫓아낸 군인들의 정신과 다르지 않았다. 어느 날 오후 마차를 몰고 가던 프라이어 씨는 밭에서 곡식 더미를 힘차게 던지는 수전을 보고 한눈에 반해버렸다. 하지만 그가 수전에게 매력을 느낀 이유는 따로 있었다.

"정말 대단한 여자야. 젊은 여자 두 사람 몫은 거뜬히 해내겠군. 지금 난 처량한 신세인 데다 앞으로 더 나빠질지도 몰라. 밀그레이브가 전쟁터에서 무사히 돌아온다면 미란다는 집을 나가겠지? 그럼 난 가정부를 둬야 하는데, 그렇게 하려면 돈이 많이 들 뿐만 아니라 언제 일을 그만둘지도 모르는 노릇이잖아. 차라리 마누라를 얻는 게 낫겠어. 곰곰이 생각해봐야겠다."

일주일 뒤 오후 늦게 마을에서 돌아오던 블라이드 부인은 잉글사이드 대문 앞에서 상상조차 못 했던 광경을 보고 깜짝 놀라 얼어붙은 채로 서 있었다. 프라이어 씨가 갑자기 부엌 뒷문에서 뛰쳐나왔기 때문이다. 늘 거만한 표정을 지었던 그의 얼굴은 공포에 질려 있었는데, 그 이유는 잠시 뒤에 드러났다. 김이 모락모락 나는 커다란 냄비를 손에 움켜쥔 수전이 그의 뒤를 쫓아왔던 것이다. 그녀의 눈은 복수의 화신처럼 분노로 활활 타올랐고 얼굴에는 반드시 잡아서 치도곤을 먹이겠다는 의지가 서려 있었다. 쫓는 사람과 쫓기는 사람 모두 무서운 속도로 잔디밭을 가로질러 문 쪽으로 뛰어갔다. 수전보다 두세 걸음 앞서 대문에 도착한 프라이어 씨는 뻣뻣이 굳어 있는 잉글사이드 안주인에 게 눈길도 주지 않은 채 다급히 문을 열고 큰길로 도망쳤다.

"수전!"

블라이드 부인은 숨을 헐떡이며 가까스로 목소리를 냈다. 정신없이 달려온 수전은 냄비를 내려놓은 다음 꽁무니가 빠지게 달아나는 프라이어 씨를 향해 주먹을 휘둘렀다. 그는 수전이 자신을 계속 쫓아오고 있다고 믿는 듯 멈추지 않고 계속 달렸다.

"수전, 도대체 무슨 일이에요?"

부인이 엄하게 묻자 수전은 여전히 씩씩거리면서 대답했다.

"그렇게 물어보시는 것도 당연해요. 제가 이렇게 화를 낸 것도 몇 년 만에 처음이니까요. 저, 저, 저 돼먹지 못한 반전론자가 부엌으로 찾아와서 뭐라고 했는지 아세요? 글쎄, 자기와 결혼해 달라는 거예요! 허 참, 뻔뻔하기도 하지."

부인은 터져 나오는 웃음을 가까스로 참았다.

"아, 수전. 정말 당황했겠네요. 하지만 지금보다는 덜 요란하게 거절할 수도 있지 않았을까요? 누가 지나가다가 그 모습을 보기라도 했다면, 얼토당토않은 소문을 낼 수도 있잖아요."

"그러게요. 사모님 말씀이 맞아요. 이성적으로 생각할 상황이 아니다 보니 거기까지는 신경 쓰지 못했어요. 화가 머리끝까지 나서 앞뒤 가리지 않고 몸이 먼저 움직인 것 같아요. 아무튼 안에 들어가서 말씀드릴게요."

수전은 냄비를 집어 들고 씩씩거리며 부엌으로 들어갔다. 아직도 화가 누그러지지 않아서 몸을 덜덜 떨고 있었다. 수전은 냄비를 화로 위에 쾅 소리 나게 올려놓으며 말했다.

"사모님 잠깐만요. 창문을 열어서 환기를 좀 해야겠어요. 아, 이제 좀 나아진 것 같네요. 그리고 손도 씻을게요. 구레나룻 달덩이랑 악수를 했으니까요. 썩 내키지는 않았지만 그 작자가 통통하고 기름진 손을 내밀었을 때 거절할 핑계가 없더라고요."

수전은 손을 씻고 이야기를 마저 했다.

"오후 청소를 막 끝냈을 때였어요. 곳곳이 반짝거렸고 먼지 하나 없어서 기분이 참 좋았죠. 염료도 다 끓었으니 저녁 식사 전에 깔개를 염색할 생각으로 움직이고 있었는데, 바닥에 그림자가 보였어요. 고개를 들어 보니 구레나룻 달덩이가 문간에 서 있는 거예요. 풀을 먹여 다림질한 옷을 빼입고 왔더군요. 저는 그와 악수했죠. 아까 말씀드린 대로요. 그리고 사모님과 선생님은 지금 집에 안 계신다고 말해줬어요. 그러자 그가 이렇게 말하는 거예요. '당신을 보러 온 겁니다, 베이커 양.' 그래서 일단 앉으라고 했죠. 어쨌거나 예의는 지켜야 했으니까요. 그런 다음 부엌 한가운데 서서 잔뜩 경멸하는 눈으로 쏘아봤어요. 구레나룻 달덩이는 뻔뻔하기로 소문난 사람이었지만, 제가 그러니까 좀 당황한 눈치더군요. 그러면서도 돼지 같은 눈에 감정을 담아서 저를 쳐다보는 거예요. 갑자기 소름이 끼치면서 불길한 예감이 들었어요. '드디어 나도 청혼이라는 걸 받게 되었구나!'라는 생각이 머릿속에 떠오른 거죠. 저는 딱 한 번이라도 청혼을 받고 거절해보는 게 소원이었어요. 그러면 다른 여자들의 얼굴을 당당하게 쳐다볼 수 있으니까요. 하지만 오늘 일은 누구한테 자랑할 수도 없는 거잖아요. 순전히 모욕이니까요. 그래서 수단과 방법을 가리지 않고 막아야 했던 거예요. 아까는 너무 놀라서 제정신이 아니었어요. 어떤 남자들은 청혼하기 전에 적당히 운을 띄운다고 하잖아요. 자기가 무슨 생각을 하고 있는지 미리 알려주려고 말이죠. 그런데 구레나룻 달덩이는 제가 찬밥 더운밥 가릴 처지가 아니니 흔쾌히 승낙할 거로 생각했었나 봐요. 뭐, 그 인간도 이젠 정신 차렸을 거예요. 저는 아직 그가 걸음아 날 살려라 도망치고 있는지 궁금하네요."

"수전, 기분이 정말 나빴을 것 같아요. 하지만 그런 꼴로 쫓아내는 것 말고 좀 더 점잖게 거절할 수는 없었나요?"

"물론 그럴 수 있었어요. 그러려고도 했고요. 그런데 그 사람이 했던 한 마디가 인내심의 한계를 뛰어넘게 만들었다니까요. 그 말만 하지 않았더라면 염료 냄비를 들고 난리를 피우진 않았을 거예요. 그가 무슨 이야기를 했는지 죄다 말씀드릴게요. 구레나룻 달덩이가 자리에 앉은 것까지 말씀드렸죠? 그 옆에 있던 의자에 박사가 늘어져 있었어요. 잠든 게 아니라 자는 척한다는 걸 전 알고 있었죠. 온종일 하이드 씨로 지냈는데, 하이드씨는 절대 잠을 자지 않으니까요. 아, 그러고 보니까 요즘 저 고양이는 지킬 박사일 때보다 하이드 씨일 때가 더 많네요. 사모님도 눈치채셨나요? 독일이 전투에서 이기면 저 고양이는 오랜 시간을 하이드 씨로 지내곤 해요. 고양이에 대해서는 이 정도로만 말씀드릴게요. 아무튼 구레나룻 달덩이는 제 비위를 맞출 생각으로 고양이를 칭찬하기 시작했어요. 제가 저 녀석을 어떻게 생각하는지는 꿈에도 모를 테니까요. 그가 몽땅몽땅한 손으로 하이드 씨의 등을 쓰다듬으면서 '정말 귀여운 고양이군요'라고 말하자 그 귀엽기 짝이 없는 고양이가 그에게 달려들어서 물어버렸어요. 그런 다음 기분 나쁜 울음소리를 내며 밖으로 뛰쳐나간 거죠. 구레나룻 달덩이는 어안이 벙벙해서 한참을 바라보더니 '빌어먹을 놈'이라고 내뱉었어요. 물론 저도 그 점은 동의했지만, 제 생각을 그에게 알리고 싶진 않았어요. 게다가 무슨 권리로 우리 고양이를 빌어먹을 놈이라고 부르는 거죠? 그래서 제가 쏘아붙였어요. '빌어먹을 놈인지는 모르겠지만 적어도 캐나다인과 훈족을 구별할 줄은 알아요!'

사모님, 지금 무슨 생각을 하시는지 알아요. 그렇게 비꼬았으면 아무리 그 사람이라도 충분히 알아들었을 거라고 여기시겠죠? 하지만 그는 아무렇지도 않아 보였어요. 도리어 좋은 이야기라도 하려는 듯이 의자에 등을 편안히 기대앉는 거예요. 마음이 초조해지면서 이런 생각이 들었어요. '어차피 이야기를 들어야 한다면, 빨리 끝내버리는 게 낫지. 저녁 식사 전에 깔개를 전부 염색해야 해. 이렇게 꾸물거릴 시간이 없다고.' 그래서 곧장 말해줬죠. '내게 할 이야기가 있다면, 시간 낭비 하지 말고 얼른 해주세요, 오늘 오후에는 할 일이 참 많거든요.' 그랬더니 그가 붉은 수염이 난 얼굴에 웃음을 띠고 이렇게 말하는 거예요. '당신은 단도직입적으로 말하는 걸 좋아하는 여성이군요. 좋아요. 저도 찬성입니다. 에둘러 말하면서 시간을 흘려보낼 필요는 없으니까요. 저는 오늘 당신에게 청혼하려고 여기 온 겁니다. 저와 결혼해주시겠습니까?' 일이 이렇게 된 거예요, 사모님. 64년을 기다린 끝에 저도 청혼을 받게 된 거라고요.

저는 그 주제넘은 사람을 노려보면서 딱 잘라 말했어요. '이봐요, 조사이아 프라이어 씨. 세상에 남자가 당신 하나밖에 없다 해도 난 절대로 당신과 결혼하지 않을 거예요! 자, 대답을 들었으면 얼른 돌아가세요.' 제 말을 듣고 얼마나 당황했는지 그는 자기도 모르게 속마음을 실토하고 말았어요. 글쎄 이런 말을 한 거예요. '아니, 난 당신이 무척 좋아할 줄 알았는데요. 내가 당신에게 결혼할 기회를 줬으니까요.' 그 말에 눈알이 회까닥 뒤집혀 버렸어요. 훈족 같은 반전론자에게 모욕을 당했으니 당연한 일 아닌가요? 저는 '얼른 나가지 못해요!'라고 우레같이 소리치며 무쇠 냄비를 집어 들었어요. 아마 그 사람은 내가 미쳤다고 생각했을 거예요. 미친 사람이 펄펄 끓는 염료가 가득한 냄비까지 들고 있으니 얼마나 무서웠겠어요. 냄비가 위험한 무기로 보였겠죠. 어쨌든 그는 사모님이 보신 것처럼 줄행랑을 쳤어요. 당분간은 여길 얼씬도 하지 않을 거예요. 다시는 청혼할 엄두도 못 낼 테니까요. 글렌세인트메리 마을에 구레나룻 달덩이의 부인이 되고 싶지 않은 여자가 적어도 한 사람은 있다는 사실을 그 인간도 이제 분명히 알았을 거예요."

27장

기다림

1917년 11월 1일

　이제 11월이다. 어느덧 나뭇잎이 떨어지고 글렌세인트메리 마을은 온통 회색과 갈색으로 덮여 우중충했다. 하지만 롬바디포플러가 서 있는 곳들은 어둠 속에 켠 횃불처럼 황금빛으로 반짝거렸다.

　용기를 내고 싶지만 요즘은 그럴 엄두조차 나지 않는다. 카포레토*에서 참극이 벌어졌고, 현재의 전황도 무척 암울하다. 수전 아주머니조차 위안거리를 찾을 수 없을 정도니 다른 사람들이야 오죽할까? 거트루드 올리버 선생님은

---

* 　슬로베니아의 도시 '코바리드'의 이탈리아어 지명이다. 여기서 '카포레토전투'가 있었는데, 이는 헤밍웨이의 소설 『무기여 잘 있거라』의 배경이기도 하다.

"베네치아를 빼앗기면 안 돼! 베네치아를 빼앗기면 안 된다고!"라는 말을 입버릇처럼 하고 있다. 마치 그 말을 되뇌면 독일군을 막을 수 있다는 듯이. 하지만 어떻게 해야 베네치아를 지킬 수 있는지 나는 도저히 모르겠다. 수전 아주머니는 1914년에 모두의 예상을 깨고 파리가 무너지지 않았던 것처럼 베네치아도 마찬가지일 것이라고 단언했다. 물론 나도 아드리아해의 아름다운 여왕 베네치아를 위해 기도하고 있다. 아직 가본 적은 없지만 난 베네치아를 사랑한다. 바이런이 노래한 것처럼 베네치아는 내게 언제나 '마음속 요정의 도시'*였다. 아마 월터에게 영향을 받았을 것이다. 월터도 베네치아에 가보는 것이 꿈이라고 했다. 전쟁이 일어나기 직전에 월터와 나는 무지개 골짜기에서 이렇게 약속했다.

"언젠가 우리 둘이 베네치아에 가서 곤돌라를 타고 달빛 비치는 거리를 둘러보자."

전쟁이 시작된 뒤로 가을마다 연합군이 엄청난 타격을 입고 있다. 1914년에는 안트베르펜이, 1915년에는 세르비아가, 지난해 가을에는 루마니아가, 지금은 이탈리아가 심각한 위기에 부닥쳤다. 월터가 가장 최근의 편지에서 살아 있는 사람들뿐만 아니라 죽은 사람들도 싸우고 있는 군대는 절대 꺾이지 않는다고 했는데, 그 말을 듣지 못했더라면, 나는 완전히 절망해서 모든 것을 포기했을지도 모른다.

---

*   영국 시인 고든 바이런(1788-1824)의 시 〈차일드 해럴드의 편력〉에 나온 표현

그렇다. 우리가 결국 이긴다는 사실을 한순간도 의심하지 않을 것이다. 의심은 믿음을 저버리게 만들기 때문이다.

요즘 우리는 전쟁채권* 구매 운동을 펼치는 중이다. 청소년 적십자단은 부지런히 다니며 전쟁채권을 사도록 권하고 있다. 물론 완강히 거부하는 사람도 있었다. 그래서 구레나룻 달덩이에게 찾아갈 때는 마음이 조마조마했다. 기분 상할 일이 생기거나 문전 박대를 당할 것 같았기 때문이다. 그런데 놀랍게도 그는 무척 친절하게 나를 맞이했으며 그 자리에서 채권을 천 달러어치나 구입하겠다고 약속했다. 그는 반전론자였지만 한편으로는 눈 밝은 투자자이기도 했다. 아무리 군국주의 정부가 하는 일이라 해도 투자금의 5.5퍼센트에 달하는 수익을 올릴 기회까지 마다할 생각은 없는 것 같았다. 이 일과 관련해 아버지는 수전 아주머니를 놀렸다.

"수전, 전쟁채권 구매를 독려하는 모임에서 했던 연설은 정말 굉장했어요. 당신 덕분에 프라이어 씨가 마음을 돌린 거라고요."

하지만 난 도저히 수긍할 수 없었다. 프라이어 씨는 퇴짜를 맞은 뒤로 수전 아주머니를 대놓고 험담했기 때문이다. 물론 아주머니가 모임에서 일장 연설을 늘어놓은 것은 사실이며 내용도 무척 훌륭했다. 아주머니는 이런 경험이 처음이라고 하면서 다시는 나서지 않겠다고 공언했다.

---

* 세금을 과도하게 올리지 않고 군비를 확장하고자 정부가 발행하는 유가증권

마을 사람들 모두 참석한 그 모임에서 꽤 많은 사람이 자기주장을 펼쳤지만 가슴 뛸 만큼 감동을 준 사람은 없었다. 프린스에드워드섬이 캐나다에서 가장 많은 채권을 구입하길 바랐던 수전 아주머니는 가라앉은 분위기에 실망하면서 올리버 선생님과 내게 작은 소리로 말했다.

"저렇게 패기가 없어서야 원. 하나같이 물에 물 탄 듯 술에 술 탄 듯하잖아."

채권을 사겠다고 앞으로 나서는 사람이 아무도 없자 아주머니는 이성을 잃고(나중에 본인이 직접 해준 이야기다) 벌떡 일어났다. 모자 밑으로 드러난 얼굴(이 마을에서 아직도 모자를 쓰고 다니는 여성은 수전뿐이다)에는 결기가 엿보였다. 이윽고 아주머니는 비꼬는 말투로 크게 외쳤다.

"입으로만 애국을 외치는 게 채권을 구입하는 것보다야 싸게 먹히겠죠. 하지만 막무가내로 돈을 내놓으라는 게 아니라 빌려달라는 거잖아요! 그리고 이런 모임이 열렸다는 소식을 들으면 독일 황제는 틀림없이 낙심할 거예요."

수전 아주머니는 독일의 첩자(아마도 프라이어 씨일 것이다)가 마을에서 일어난 일을 곧바로 황제에게 보고한다고 철석같이 믿었다.

노먼 더글러스 아저씨는 "옳소! 옳소!"라고 소리쳤다.

그때 뒤쪽에 앉은 젊은이 몇 명이 "로이드조지가 채권을 사면 되겠네"라고 하면서 수전의 심기를 상하게 했다. 로이드조지는 키치너 이후로 아주머니가 가장 좋아하는 영웅이었기 때문이다.

수전 아주머니는 곧바로 되받아쳤다.

"나는 무슨 일이 있어도 로이드조지를 지지합니다."

워런 미드가 기분 나쁘게 웃으며 빈정거렸다.

"로이드조지가 그 말을 들으면 기운이 펄펄 나겠네요."

워런은 화약에 불을 붙이고 말았다. 그때부터 수전 아주머니는 하고 싶은 말을 거침없이 퍼부어댔다. 아주머니의 연설은 과감하면서도 나무랄 데 없이 뛰어났다. 말도 조리 있게 했으며 때때로 남자들을 윽박지르거나 재치 있게 몰아세우는 모습은 무척 후련했다. 아주머니는 자기 같은 사람 수백만 명이 로이드조지를 지지하며 격려한다고 말했는데, 그때 얼마나 멋지게 보였는지 모른다. 아주머니는 애국심과 충성심을 강조하면서 자기의 의무를 다하지 않는 사람을 신랄하게 비판했다. 본인은 여성 참정권 운동가가 아니라고 늘 공언해왔지만, 그날 밤만은 여성도 절대 남성에게 뒤지지 않음을 증명하면서 남성들을 움츠러들게 했다. 연설이 끝날 때쯤에는 사람들을 빠짐없이 휘어잡았다.

아주머니는 사람들에게 당장 연단으로 나와 전쟁채권을 구입하라고 지시했다. 그렇다. '권유'가 아니라 '지시'였다. 열광적인 박수갈채가 이어진 뒤 많은 사람이 그 지시에 따랐다. 워런 미드도 예외는 아니었다. 다음 날 샬럿타운 일간지에 실린 채권 구입 액수는 글렌세인트메리 마을이 프린스에드워드섬 전체에서 1등이었다. 수전 아주머니의 역할이 컸다고 생각한다. 하지만 아주머니는 그날 밤 집에 돌아온 뒤로 숙녀답지 못한 일을 했다고 후회하면서 무척 부끄러워했다.

오늘 밤에는 수전 아주머니를 뺀 우리 가족이 아버지의 새 자동차를 시승해보았다. 다들 즐거운 시간을 보냈다. 다만 막판에 까다로운 할머니를 만나지만 않았어도 더없이 좋은 기억으로 남았을 것이다. 글렌세인트메리 마을 위쪽에 사는 엘리자베스 카 할머니가 도로를 막고 서 있는 바람에 길옆의 도랑으로 지나가야만 했던 것이다. 할머니는 우리가 아무리 경적을 울려도 자동차가 지나가도록 비켜주지 않았다. 아버지는 몹시 화를 냈지만 나는 엘리자베스 할머니의 처지에 공감했다. 만약 내가 나이 든 독신녀였고 이런저런 상상을 하면서 늙은 말을 몰아가고 있었다면, 자동차가 뒤에서 요란하게 경적을 울려댄다 해도 비켜주지 않았을 것 같다. 아마도 '지나가고 싶으면 도랑으로 가시죠'라고 말했을 것 같다.

우리는 도랑으로 지나갔다. 자동차 바퀴가 모래 속으로 푹푹 꺼졌다. 그리고 엘리자베스 할머니가 의기양양하게 가버리는 것을 멍하니 바라봐야만 했다.

내가 이 일을 편지로 알려주면 젬은 배를 잡고 웃을 게 틀림없다. 젬은 엘리자베스 할머니가 어떤 분인지 잘 알고 있으니까.

그런데 과연 베네치아를 지킬 수 있을까?"

1917년 11월 19일

베네치아는 아직 위태로운 상황에서 벗어나지 못했다.

하지만 마침내 이탈리아군이 피아베강에서 반격하기 시작했다. 군사평론가들은 이탈리아군이 베네치아를 내준 채 아디제강으로 퇴각할 수밖에 없다고 말한다. 하지만 수전 아주머니와 올리버 선생님과 나는 이탈리아군이 잘 버텨주길 바라고 있다. 베네치아는 반드시 지켜야 했기 때문이다. 평론가들이 뭐라고 생각하든 무슨 상관이랴. 마음대로 떠들라지.

아, 베네치아를 꼭 사수할 거라고 믿을 수만 있다면 얼마나 좋을까?

우리 캐나다군은 또다시 큰 승리를 거두었다. 파스샹달을 급습해서 점령한 뒤로 온갖 반격을 물리치고 있다. 그 전투에 우리 집과 목사관 오빠들은 참전하지 않았다. 하지만 죽거나 다친 사람들은 모두 누군가의 가족이 아닌가?

조 밀그레이브의 이름도 사상자 명단에 실려 있었지만, 다행히 크게 다치지는 않았다고 한다. 조에게 소식이 올 때까지 며칠 동안 미란다가 얼마나 마음 졸이며 기다렸는지 모른다. 그 아이는 결혼한 뒤로 딴사람처럼 변했다. 특히 눈동자가 더 짙고 깊어진 듯하다. 아마도 전보다 격해진 감정이 눈빛에 서려 있어서 그럴 것이다. 미란다가 아버지의 반대를 무릅쓰고 의무를 다하는 모습은 놀랍기만 하다. 서부전선에서 적군의 참호를 한 뼘이라도 차지할 때마다 국기를 게양했다. 청소년 적십자단 모임에도 꾸준히 참석하는데, 그때마다 어쩌나 결혼한 티를 내는지 우스워서 견딜 수 없다. 하지만 미란다는 글렌세인트메리 마을에 하나뿐인 전시 신부 아닌가? 미란다가 유부녀인 척한다고 해서 누구도 이러쿵저러쿵할 수는 없다.

러시아군의 소식도 별로 좋지 않다. 케렌스키 정부가 무너지고 레닌이 독재를 시작했다. 이렇듯 긴장되고 우울한 소식이 쏟아지는 잿빛 가을에 용기를 잃지 않고 지내는 건 여간 어려운 일이 아니다. 게다가 선거가 다가오면서, 하일랜드 샌디 할아버지가 입버릇처럼 말하듯 "기분이 가라앉기" 시작했다. 주요 쟁점인 징병제를 놓고 격렬하게 맞붙을 것이 뻔하기 때문이다. 이번 선거는 아마 역사상 가장 치열한 승부가 될 것이다. 조 포리에이가 그러는데 남편이나 아들 혹은 형제가 전쟁터에 가 있는 성인 여성은 투표를 할 수 있다고 한다.* 아, 나도 스물한 살이었으면 참 좋았을 텐데! 올리버 선생님과 수전 아주머니는 자기들에게 투표권이 없다는 건 말도 안 된다면서 몹시 화를 내고 있다.

"정말 불공평해요! 애그니스 카도 남편이 입대했다는 이유로 투표할 수 있잖아요. 그 여자는 남편을 보내지 않으려고 별짓을 다 했는데 말이죠. 보나마나 연합정부에 반대표를 던질 거예요. 그런데도 제겐 투표권이 없어요. 전쟁터에 가 있는 사람이 남편이 아니라 애인이라서 그렇다니, 이런 얼토당토않은 말이 어디 있어요?"

• 1917년 9월 20일에 통과된 '전시선거법'을 설명하고 있다. 보수당 정부가 추진했으며 캐나다 연합정부를 구성하는 데 자유당이 참여하도록 압력을 가하는 역할을 했다.

수전 아주머니는 구레나룻 달덩이 같은 반전론자도 투표할 수 있고, 반드시 투표할 텐데 왜 자기는 그럴 수 없냐면서 울분을 터뜨렸다.

항구 건너편에 사는 엘리엇 집안, 크로퍼드 집안, 매캘리스터 집안도 안타깝다는 생각이 든다. 이제껏 그들은 자유당과 보수당으로 뚜렷하게 나뉘어 있었다. 하지만 지금은 계류장*에서 깊은 물로 떠내려가 희망 없이 돌아다니고 있다(나도 이런 비유가 썩 마음에 드는 것은 아니지만, 적절한 표현이 생각나지 않는다). 자유당의 골수 지지자들은 로버트 보든 경 쪽에 투표하는 것이 죽기보다 싫겠지만, 징병제가 필요하다고 생각한다면 선택지는 하나뿐이다. 징병제를 반대하는 보수당 지지자들은 가엾게도 그동안 자기들이 저주를 퍼부어댔던 로리에한테 표를 던져야 한다. 이런 처지를 받아들이기 힘들어하는 사람도 있고, 엘리엇 아주머니가 교회 연합 문제를 대하는 것처럼 어쩔 수 없다며 체념하는 사람도 있다.

어젯밤 엘리엇 아주머니가 우리 집에 찾아왔다. 이젠 연세가 있다 보니 자주 들를 수 없다고 했다. 아주머니를 '코닐리어'라고 부르던 때가 그립다. 어렸을 때 우리는 아주머니를 참 좋아했고, 아주머니도 우리에게 정말 잘해주셨다. 나이 들어 기력이 약해진 모습을 볼 때마다 참 속상하다.

교회 연합은 말도 안 된다며 아주머니가 핏대를 세웠다.

• 배를 대고 매어 놓는 장소

하지만 그 일은 결정된 것이나 다름없다는 아버지의 말에 아주머니는 체념한 듯 넋두리했다.

"모든 게 엉망이 되어버렸는데 하나가 더 망가진들 뭐가 문제겠어요? 독일인에 비하면 감리교인들은 양반이죠."

아이린이 우리 청소년 적십자단으로 돌아왔다. 로브리지의 적십자단과 사이가 틀어진 모양이다. 어떤 일이 있었는지는 대충 짐작이 간다. 적십자단 안에서 또다시 분란이 생기면 어쩌나 걱정했는데, 다행히 아직까지는 별문제가 없다. 아이린은 지난번 모임에서 만났을 때 다정한 척하며 내게 말을 걸었다. 하지만 속이 빤히 들여다보였다. 빈정거리면서 날 깎아내리고 싶었던 것이다.

"릴라, 지난번에 샬럿타운 광장 건너편에서 널 봤어. 네 초록색 벨벳 모자가 눈에 확 띄던걸?"

이제는 보기도 싫은 이 모자를 보고 다들 날 알아본다. 이 모자를 쓰기 시작한 뒤로 네 번째 맞는 가을이다. 어머니는 올가을에 새 모자를 사라고 권했지만 나는 그러지 않겠다고 대답했다. 전쟁이 끝날 때까지는 겨울에도 이 모자를 계속 쓸 생각이다.

1917년 11월 23일

연합군은 피아베강을 여전히 잘 지키고 있다. 빙 장군●

● 제1차 세계대전 때 활약했고 1921년부터 1926년까지 캐나다 총독을 지낸 영국 장군 줄리언 빙(1862-1935)

은 캉브레에서 멋지게 이겼다. 나는 승리를 기념하려고 국기를 걸었지만 수전 아주머니는 흥분한 기색도 없이 이렇게 말했을 뿐이었다.

"오늘 밤 부엌 아궁이에 물 주전자를 올려두어야겠구나. 그동안 지켜봤는데, 영국군이 승리할 때마다 꼬마 키치너가 후두염에 걸려서 고생했거든. 설마 혈관에 친독파의 피가 흐르는 건 아니겠지? 사실 저 아이 아버지가 어떤 사람인지 아무도 모르잖아."

올가을에 짐스는 몇 번이나 후두염에 걸렸다. 하지만 작년에 겪었던 것처럼 심각한 상황은 없었다. 아이의 가느다란 혈관에는 맑고 건강한 피가 흐르는 게 분명하다. 짐스는 장밋빛 혈색이 돌고 통통하며 머리카락이 곱슬곱슬한 게 무척 귀엽다. 말을 재미있게 할 뿐만 아니라 때때로 우스운 질문도 한다. 부엌에 특별히 좋아하는 의자가 있어서 늘 거기 있으려 하지만, 역시 그 의자를 좋아하는 수전 아주머니에게는 자리를 양보한다. 지난번에는 아주머니가 짐스를 그 의자에서 내려놓았는데, 짐스는 아주머니를 향해 돌아서더니 진지하게 물었다.

"수전 아줌마가 죽으면 내가 저 의자에 앉아도 돼?"

이 일을 무척 심각하게 받아들인 아주머니는 짐스의 조상을 의심하기 시작했다.

요전 날 밤 나는 짐스를 데리고 가게까지 걸어갔다. 짐스가 밤늦게 밖에 나간 것은 처음이었다. 짐스는 하늘을 올려다보다가 별을 발견하고는 크게 소리쳤다.

"윌라, 저기 큰 달이 있어! 작은 달도 아주 많아!"

지난 수요일 아침 짐스가 일어났을 때 자명종 시계가 멈춰 있었다. 내가 태엽 감는 것을 깜빡 잊었기 때문이다. 시계가 이상하다는 것을 알아차린 짐스는 파란색 플란넬 잠옷 차림으로 내게 달려와서 가쁜 숨을 몰아쉬며 다급하게 말했다.

"윌라, 시계가 죽었어. 시계가 죽었다고!"

어느 날 밤 짐스는 수전과 내게 삐쳐 있었다. 간절히 바라는 것을 우리가 주지 않았기 때문이다. 기도할 때도 부루퉁해 있던 짐스는 "착한 아이가 되게 해주세요"라는 대목에 이르자 "윌라와 수전은 착하지 않으니까 착한 사람이 되게 해주세요"라고 힘차게 덧붙였다.

만나는 사람 모두에게 짐스가 한 말을 들려줄 생각은 없다. 다른 사람들이 그럴 때마다 나도 무척 지겨워했으니까. 그저 소소한 일들을 일기장에 적어놓을 뿐이다.

오늘 밤 짐스를 재울 때도 재미있는 일이 있었다. 짐스는 침대에 누워서 나를 올려다보며 진지하게 물었다.

"어제는 왜 돌아오지 않는 걸까?"

그러게 말이다. 웃음과 꿈이 넘치는 그 아름다운 '어제'는 왜 돌아오지 않는 걸까? 오빠들이 집에 있던 날, 월터와 내가 같이 책을 읽고 산책하고 무지개 골짜기에서 초승달과 저녁 해를 바라보던 날이 다시 온다면 얼마나 좋을까? 하지만 어제는 절대로 돌아오지 않는다. 오늘은 구름에 싸여 어둡고 내일은 감히 생각할 엄두도 나지 않는다.

1917년 12월 11일

놀라운 소식이 전해졌다. 어제 영국군이 예루살렘을 점령했다고 한다! 우리는 국기를 게양했고 올리버 선생님은 기운을 차린 듯했다.

"어쨌든 십자군이 목표를 이룬 셈이네. 내가 사는 시대에 그들의 숙원이 이루어져서 다행이야. 어젯밤에는 십자군 유령들이 사자심왕*을 앞세우고 예루살렘 성벽으로 모여들었을 거야."

수전 아주머니의 표정도 밝아졌다. 그런데 아주머니가 기뻐한 이유는 따로 있었다.

"예루살렘과 헤브론은 제대로 발음할 수 있어서 얼마나 다행인지 몰라요. 그동안 프셰미실이니 브레스트리토프스크**처럼 희한한 지명 때문에 고생깨나 했잖아요. 아무튼 오스만튀르크군을 쫓아냈고, 베네치아는 무사하고, 렌즈다운 경***은 맥을 못 추고 있으니 이제는 낙담하지 않아도 될 것 같아요."

예루살렘! 이제 그곳에서는 초승달이 그려진 깃발이 내려가고 영국의 상선기가 펄럭인다. 이 소식을 들었을 때 월터는 얼마나 기뻤을까?

- 영국 왕 리처드 1세(1157-1199)를 가리킨다. 제3차 십자군에 출정해서 용맹을 떨친 덕분에 '사자심왕'(獅子心王)이라는 별명을 얻었다.
- 벨라루스 서부의 국경도시인 '브레스트'의 옛 이름
- 캐나다 총독을 지낸 영국 정치인 헨리 페티피츠모리스(1845-1927)를 말한다. 그는 독일과 평화 협상을 해야 한다고 주장했다.

1917년 12월 18일

어제 선거가 있었다. 저녁때 아버지는 볼일이 있어서 밖에 나갔고, 어머니, 수전 아주머니, 올리버 선생님 그리고 나는 거실에 모여서 선거 결과를 기다렸다. 다들 어쩌나 긴장했던지 숨이 막힐 것만 같았다.

우리 집과 카터 플래그 아저씨네 가게는 전화선이 달라서 선거 결과를 곧바로 확인할 방법이 없었다. 우리가 그 집에 전화를 걸 때마다 교환국에서는 통화중이라고 안내했다. 당연한 일이다. 이 근처 사람들 모두 우리와 같은 이유로 가게에 전화했을 테니까.

10시쯤 올리버 선생님이 전화기를 들었다. 그때 수화기를 통해 항구 건너편의 누군가가 카터 플래그와 나누는 대화가 흘러나왔다. 선생님은 부끄러운 줄도 모르고 그 대화를 들었고, "엿듣는 사람들은 자기에게 좋은 말을 듣지 못한다"라는 속담처럼 대가를 톡톡히 치렀다. 연방정부가 서부에서 고전하고 있다는 소식을 우연히 들은 것이다. 우리는 잔뜩 실망한 채 서로를 바라보았다. 만약 정부가 서부에서 지지를 얻지 못한다면 이번 선거에서 질 게 뻔했다.

올리버 선생님이 씁쓸하게 말했다.

"전 세계가 캐나다를 한심하게 바라볼 거예요."

수전 아주머니가 신음하듯 말했다.

"사람들이 모두 항구 건너편에 사는 마크 크로퍼드 가족 같기만 했어도 이런 일은 없었을 거라고요. 그 집 사람들은 오늘 아침 삼촌을 헛간에 가두고 연방정부에 투표한다는 약속을 받을 때까지 못 나오게 막았거든요. 사모님, 그건 정말 효과적인 설득 방법 아닌가요?"

그 뒤로 올리버 선생님과 나는 마음이 조마조마해서 방안을 서성거리다가 다리에 힘이 빠지고 나서야 비로소 자리에 앉았다. 어머니는 마치 태엽을 감아둔 기계처럼 뜨개질을 하면서 침착하고 태연한 모습을 보였다. 다들 어머니의 흐트러짐 없는 태도에 감탄했다. 하지만 다음 날 어머니가 양말의 중간 부분을 풀고 있는 모습을 보면서, 그때만큼은 어머니도 뒤꿈치 부분을 건너뛸 만큼 긴장했다는 사실을 알게 되었다.

자정 무렵에 아버지가 돌아왔다. 아버지는 문간에 가만히 서서 우리를 둘러보았다. 우리는 차마 어떻게 됐는지 물어보지도 못하고 아버지의 입만 쳐다봤다. 아버지는 캐나다 서부에서 분루를 삼킨 사람은 다름 아닌 로리였으며, 연합정부가 대다수의 지지를 얻었다고 알려주었다. 그 순간 나는 눈물이 나면서 한편으로는 마음껏 웃고 싶어졌다. 올리버 선생님은 박수를 쳤고 어머니의 눈은 예전처럼 반짝거렸다. 수전 아주머니는 탄성인지 비명인지 분간할 수 없는 소리로 말했다.

"선거 결과를 알면 독일 황제가 속깨나 썩겠군요."

곧바로 잠자리에 들긴 했지만 마음이 들떠서 그런지 잠을 이룰 수가 없었다. 아침에 수전 아주머니가 정색하며 한 말이 뇌리에 떠올랐다.

"사모님, 정치는 여자들에게 참 버거운 일 같아요."

1917년 12월 31일

전쟁이 일어나고 나서 네 번째 크리스마스가 지나갔다. 내년 한 해도 잘 버티려면 마음을 단단히 먹어야 한다. 여름내 있었던 전투에서는 대부분 독일이 이겼다. 독일은 봄에 시작할 대공세를 대비해 러시아 쪽 전선에 있던 군대를 다른 곳으로 배치하고 있다. 봄에 있을 대공세를 대비하고 군대를 모으고 있는 것이다. 우리는 올겨울에도 마음 졸이며 지내야 할 것 같다.

이번 주에는 외국에서 편지가 참 많이 왔다. 그사이 전선에 배치된 셜리는 마치 퀸스 전문학교에서 있었던 축구 경기 이야기를 전하듯 무미건조하게 전쟁터의 상황을 적어 보냈다. 칼이 배치된 곳에서는 몇 주 동안 비가 내렸다고 한다. 참호 속에서 밤을 보낼 때마다 어린 시절 헨리 워런의 유령을 피해 도망친 것 때문에 묘지에서 벌을 받았던 순간이 떠오른다고 했다. 이처럼 칼의 편지는 유쾌한 농담과 재미있는 소식으로 가득 차 있다. 편지를 쓰기 전날 밤에는 대대적으로 쥐잡기를 했는데, 병사들은 각자의 총검을 휘두르면서 쥐 떼를 물리쳤고, 그중에서도 칼이 가장 많이 잡아서 상을 받았다고 했다. 쥐 한 마리를 길들였다는 이야기도 있었다. 그 쥐는 이제 주인을 알아볼 뿐만 아니라 밤에는 칼의 호주머니 속에서 잠을 잔다고 한다. 자기에게만큼은 쥐들이 성가시게 굴지 않는다고 했는데, 칼은 원래 작은 동물과 친하게 지내왔으니 그럴 만도 하다. 요즘은 참호에 사는 쥐의 습성을 연구하는 중이며 언젠가는 이에 대한 논

문을 써서 유명해질 것이라는 포부도 적어놓았다.

케네스에게도 편지를 받았다. 요즘 그가 보내는 편지는 대부분 짧다. 생각지도 못했지만 내 가슴을 설레게 만들었던 그 짧은 글귀는 어쩌다 한 번씩 적혀 있을 뿐이다. 혹시 그는 작별 인사를 하러 여기 들렀던 그날 밤 일을 완전히 잊어버린 건 아닐까? 문득문득 그런 생각이 들다가도 케네스가 그날 일을 앞으로 영원히 기억할 것이라고 짐작하게 만드는 내용이나 단어를 보면 금세 마음이 놓인다. 오늘 편지도 그저 알고 지내는 아가씨에게 쓴 것처럼 무난한 내용이었지만, 마지막 부분은 달랐다. 여느 때처럼 "케네스가"(Yours, Kenneth)로 끝맺은 게 아니라 "당신의 케네스가"(Your Kenneth)라고 적어놓았기 때문이다. 그는 's'를 일부러 뺀 것일까, 아니면 단지 실수였을까? 오늘 밤에는 그 문제로 고민하느라 잠을 설칠 것 같다.

케네스는 대위가 되었다. 기쁘기도 하고 자랑스럽기도 하다. 하지만 '케네스'와 '포드 대위'는 서로 다른 사람처럼 느껴진다. '포드 대위'라고 하니까 지위가 너무 높아서 나와는 거리가 먼 사람 같다. 나는 정말 케네스와 약혼한 것일지도 모른다. 이 문제에 대해서는 어머니의 말씀이 든든한 버팀목처럼 나를 응원해주고 있다. 하지만 아직 확신할 수는 없다.

젬도 중위로 진급했다. 새 군복을 입고 찍은 사진을 내게 보내줬는데, 전보다 여위었고 나이도 들어 보였다. 내 오빠 젬이 이렇게 변했다니! 이 사진을 보고 나서 어머니가 어떤 표정을 지었는지, 어떻게 말했는지 아직도 생생하게 기억난다.

"이 남자가 젬이라고? 정다운 꿈의 집에서 태어난 아기가 정말 이 사람 맞아?"

영국에서 구급간호봉사대로 활동하고 있는 페이스에게서도 편지가 왔다. 명랑하고 희망이 넘치는 내용이었다. 그럭저럭 만족하면서 지내는 듯했다. 젬의 마지막 휴가 때 둘이 만났다고 한다. 지금도 젬이 부상을 당한다면 곧장 달려갈 수 있을 만큼 가까운 곳에 있다. 정말 부럽다. 나도 페이스와 같이 있으면 좋을 텐데…. 하지만 난 이곳에서 할 일이 있다. 무엇보다 월터는 내가 어머니를 두고 떠나길 바라지 않을 것이다.

나는 모든 일에서, 특히 일상의 사소한 일에서도 월터와 했던 '맹세'를 지키려고 노력하는 중이다. 월터는 캐나다를 위해 목숨을 바쳤다. 그러니 나는 캐나다를 위해 살아야만 한다. 이것이 월터가 내게 맡긴 임무다.

1918년 1월 28일

"폭풍우에 흔들리는 마음은 영국 함대에 맡겨두고 밀기울비스킷이나 만들어야겠어."

수전 아주머니가 말했다. 사촌인 소피아 아주머니는 독일이 강력한 잠수함을 새로 만들었다는 우울한 이야기를 늘어놓고 있었다. 하지만 수전 아주머니는 별다른 반응을 보이지 않았다. 식재료를 규제하는 시행령 때문에 신경이

곤두서 있었기 때문이다. 심지어 정부에 대한 충성심까지 흔들리고 있었다. 정부가 이런저런 규제를 시작할 때만 해도 수전 아주머니는 불만 없이 따랐다. 밀가루에 규제를 가했을 때는 밝은 얼굴로 이렇게 말했다.

"새로운 기술을 배우기엔 너무 늦었지만, 독일군을 무찌르는 데 힘을 보탤 수 있다면 '전쟁빵'* 만드는 법쯤은 기꺼이 배울 수 있죠."

하지만 다음번 정책에 대해서는 못마땅해하면서 크게 화를 냈다. 아버지가 말리지만 않았어도 아주머니는 로버트 보든 경에게 손가락질을 했을 것이다.

"버터나 설탕을 쓰지 않고 케이크를 만들라니, 말도 안 돼요. 지푸라기 없이 벽돌을 만들라는 것과 똑같잖아요. 물론 푸석푸석한 빵조각이야 만들 수 있겠죠. 하지만 거기에 설탕 옷을 약간 입힌다고 케이크처럼 보이게 할 수는 없어요. 오타와 정부가 내 부엌까지 쳐들어와 식재료에 간섭하는 날이 올 줄은 몰랐네요!"

수전 아주머니는 '국왕 폐하와 나라'를 위해서라면 마지막 피 한 방울까지 바칠 기세였지만 자기가 사랑하는 조리법을 포기한다는 것은 완전히 다른 일이며, 도리어 훨씬 심각한 문제라고 여기는 듯했다.

낸과 다이에게서도 편지가 왔다. 사실 편지라기보다는 쪽지에 가까웠다. 시험을 앞두고 있어서 편지를 쓸 틈도 없

• 밀가루 소비를 제한하고자 다른 곡물을 일정 비율 이상 섞어서 만든 빵

었던 모양이다. 두 사람은 올봄에 문학사 과정을 마칠 예정이다. 아마도 나는 우리 집에서 가장 멍청한 사람이 될 것 같다. 그런데 어찌 된 일인지 나는 대학 생활을 동경한 적이 없었고, 지금도 마찬가지다. 내게는 포부라는 게 없는 걸까? 내가 정말로 되고 싶은 것은 하나뿐이다. 그렇게 될 수 있을지는 모르겠다. 그것 말고는 되고 싶은 게 없다. 하지만 그것이 무엇인지는 여기 적지 않겠다. 생각하는 거야 괜찮지만 여기 적는 것은, 소피아 아주머니의 말처럼 뻔뻔한 일일 수도 있으니까.

하지만, 아무래도 과감히 펜을 드는 게 좋을 듯하다. 관습 때문에 지레 움츠러들거나 소피아 아주머니에게 겁먹지는 않을 것이다! 나는 케네스 포드의 아내가 되고 싶다! 이렇게 적어놓는 것이 뭐가 나쁜가?

지금 막 거울을 보았다. 얼굴이 빨개진 기색은 전혀 없는 걸 보면, 난 아직 어엿한 숙녀가 아닌 것 같다.

오늘 먼데이를 보러 갔다. 날이 갈수록 몸이 뻣뻣해지고 있으며 류머티즘까지 앓고 있었지만, 여전히 같은 자리에 앉아 기차를 기다리고 있다. 먼데이는 꼬리를 흔들며 내 눈을 애원하듯 바라보았다. 마치 "젬은 언제 돌아오나요?"라고 묻는 듯했다. 아, 먼데이. 그건 아무도 대답할 수가 없어. 그리고 우리 모두 계속 묻고 있는 다른 질문에 대한 답도 아직은 없다. "독일이 서부전선을 다시 공격한다면, 승리를 얻고자 마지막 대공세를 펼친다면 과연 어떤 일이 벌어질까?"

1918년 3월 1일

오늘 올리버 선생님이 말했다.

"올봄에는 무슨 일이 일어날까? 봄이 온다는 게 이처럼 두려운 일일 줄은 몰랐어. 언제쯤 두려움에서 해방될 수 있을까? 두려워하며 잠자리에 들었다가 두려움을 안은 채로 일어나기를 벌써 4년이나 하고 있잖아. 초대받지 않은 식탁과 모임에 두려움이 떡하니 앉아 있었지."

소피아 아주머니가 한숨을 쉬었다.

"4월 1일에는 파리가 무너질 거라고 힌덴부르크가 장담하던데…."

'힌덴부르크'라는 이름을 듣자마자 낯빛이 달라진 수전 아주머니는 경멸을 꾹꾹 눌러 담아 쏘아붙였다.

"그 작자는 4월 1일이 무슨 날인지 잊은 모양이군."[*]

올리버 선생님은 소피아 아주머니 못지않게 침울한 얼굴로 힘없이 말했다.

"지금까지는 그가 말한 대로 되었잖아요."

수전 아주머니가 반박했다.

"러시아군이나 루마니아군과 싸우면 그럴 수 있을 거예요. 영국군과 프랑스군을 상대할 때까지 기다려보세요. 양키군은 말할 것도 없죠. 지금 그들은 전속력으로 달려가고 있어요. 가서도 임무를 제대로 수행해낼 거예요."

---

* 4월 1일이 '만우절'이라고 비꼰 듯하다.

"몽스*에서 전투가 벌어졌을 때도 똑같이 말했잖아요."

내가 수전 아주머니에게 과거 일을 콕 집어서 알려주자 올리버 선생님이 곧바로 말을 이었다.

"힌덴부르크는 병사 백만 명을 잃더라도 연합군 전선을 무너뜨리겠다고 장담했어요. 그만큼의 희생을 치른다면 원하던 것을 얻지 않을까요? 만약 그가 실패한다고 해도 그처럼 대규모 공격을 받았는데 우리 군인들 멀쩡하겠어요? 잔뜩 웅크린 채로 공격이 시작되기만을 기다렸던 지난 두 달은 전쟁이 일어난 날부터 지금까지의 시간을 합친 것만큼이나 길게 느껴지네요. 저는 온종일 바쁘게 일하면서도 새벽 3시에는 눈을 뜰 때가 많아요. 그러면 철의 군단이 공격을 시작했을까 봐 가슴이 덜컥 내려앉죠. 아, 새벽 3시 같은 시간은 아예 없었으면 좋겠어요. 그 저주받은 시간만 되면 힌덴부르크의 독일군이 파리를 무너뜨리는 장면이 떠오르니까요."

올리버 선생님이 말한 '백만'이라는 숫자는 아무래도 과장 같지만, 그래도 수백만이 아니라 백만쯤은 굳이 문제 삼을 필요없다고 수전 아주머니는 결론 내렸다.

초조한 기색을 감추지 못하던 어머니가 입을 열었다.

"마법의 약이라도 먹고 석 달 동안 깊이 잠들었다가 깼을 때 아마겟돈이 끝나 있으면 얼마나 좋을까요?"

어머니는 아무리 힘들어도 그런 말을 입에 담는 경우가

---

* 벨기에의 도시로 브뤼셀과 파리를 연결하는 교통의 요지

거의 없었다. 월터가 이제 돌아올 수 없다는 사실을 알게 된, 9월의 그 끔찍한 날 이후로 어머니는 정말 많이 변했다. 언제나 용감하고 인내심이 강한 모습을 보여주던 어머니였는데, 이제는 한계에 다다른 것 같았다. 수전은 어머니 곁으로 다가가 어깨를 어루만지며 부드럽게 말했다.

"무서워하지 마세요, 사모님. 낙심할 이유도 없어요. 저도 어젯밤 그런 기분이 들었어요. 그래서 자리를 박차고 나와 등불을 켜고 성경을 펼쳤어요. 가장 먼저 눈에 들어온 구절이 뭐였는지 아세요? '그들이 너를 치나 너를 이기지 못하리니 이는 내가 너와 함께하여 너를 구원할 것임이니라. 여호와의 말이니라.'* 저는 올리버처럼 꿈꾸는 능력은 없지만 그 자리에서 깨달았죠. 힌덴부르크는 결코 파리에 발을 들여놓을 수 없을 거예요. 그게 하느님의 뜻이니까요. 그래서 성경책을 덮고 다시 누워 아침까지 푹 잤어요. 새벽 3시든 다른 시각이든 한 번도 깨지 않았죠."

나는 아주머니가 읽은 성경 구절을 몇 번이고 되뇌었다. 그렇다! 만군의 주님이 우리와 함께하시며, 올바른 사람들의 영혼도 곁에 있을 것이다.** 독일이 서부전선에 집결시킨 병사와 무기도 이런 장벽 앞에서는 맥을 못 출 것이다. 그런 확신이 들자 용기가 솟아났다. 하지만 평소에는 올리버 선생님처럼 기분이 축 처지면서 폭풍 전의 고요 같은 이

- 구약성경의 예레미야 1장 19절
- •• 구약성경의 시편 46편 7절과 신약성경의 히브리서 12장 23절 내용

시간을 견딜 수 없을 것 같아 불안하기만 하다.

1918년 3월 23일

마침내 아마겟돈이 시작되었다! 그런데 이것이 정말 '최후의 결전'일까?

어제 나는 우편물을 받으러 우체국에 갔다. 춥고 을씨년스러운 날이었다. 눈은 녹았지만 대지는 꽁꽁 얼어붙어 생기라고는 하나도 없는 잿빛이었고, 매서운 바람이 옷 속을 파고들었다. 글렌세인트메리 마을은 절망에 잠긴 듯 우중충한 기운이 감돌았다.

이윽고 신문을 받아 들었을 때, 검은색 글씨로 커다랗게 적혀 있는 제목이 눈에 띄었다. "독일이 21일에 공격을 단행했다." 독일군은 자기들이 엄청난 무기와 포로를 노획했다고 주장한다. 헤이그 장군은 "격전이 이어지고 있다"라고 한다. 나는 "이어지고 있다"라는 말의 어감이 참 싫다.

우리는 아무 일도 손에 잡히지 않아서 묵묵히 뜨개질만 하고 있다. 기계적으로 손만 놀리면 되기 때문이다. 그동안은 언제 어디서 일이 터질지 몰라 마음 졸이며 살았는데, 그 초조한 기다림은 이제 끝났다. 독일군의 공격이 시작되었다. 하지만 우리는 그들에게 무릎 꿇지 않을 것이다!

아, 오늘 밤 내가 방에 앉아 일기를 쓰고 있는 동안 서부전선에서는 무슨 일이 일어날까? 짐스는 침대에서 곤히 자고 있다. 창밖으로 매서운 바람 소리가 들린다. 내 책상 위에는 월터의 사진이 걸려 있다. 아름답고 깊은 눈으로 나를 바라보는 듯하다. 그 옆에는 월터가 집에서 지낸 마지막 크리스마스에 내게 준 〈모나리자〉 그림이 걸려 있고, 한쪽에는 액자에 넣어둔 그의 시 〈피리 부는 사나이〉의 사본이 걸려 있다. 가만히 시를 읊조리는 월터의 목소리가 들리는 것 같다. 그의 영혼이 고스란히 담긴 이 시는 영원토록 살아 숨 쉬며 월터의 이름을 전해줄 것이다. 주위는 '우리 집답게' 평화롭고 조용하다. 월터가 가까이 있는 것 같다. 우리 사이에 놓인 얇은 베일을 옆으로 살짝 걷기만 하면 월터를 볼 수 있을 것만 같다. 쿠르셀레트 전투 전날 밤 월터가 피리 부는 사나이를 보았던 것처럼….

오늘 밤 저 멀리 프랑스 전선은 무사할 수 있을까?

28장

흑암에 잠긴 일요일

1918년 3월의 어느 한 주 동안 역사상 유례없는 비극이 한꺼번에 들이닥쳤다. 그 일주일 중 하루는 온 인류가 십자가에 못 박힌 것 같은 고통을 당했다. 하늘이 무너지고 땅이 꺼질 것 같은 혼란 속에서 모든 사람이 두려움에 떨며 신음했다.

잉글사이드에서 맞이한 그날 새벽은 우중충하고 쌀쌀하며 무척 고요했다. 블라이드 부인과 릴라와 올리버는 교회에 갈 준비를 하고 있었다. 다들 불안한 마음을 꾹꾹 누르면서 실낱같은 희망과 확신을 붙잡고자 애쓰는 중이었다. 블라이드 선생은 동이 트기도 전에 마을 위쪽 마우드 씨의 집으로 왕진을 갔다. 그곳에서는 애처로운 전시 신부가 죽음의 기운으로 뒤덮인 이 세상에 새 생명을 탄생시키기 위해 자신만의 전장에서 용감하게 싸우고 있었다. 그날 아침 수전은 집에 있겠다고 말했다. 수전답지 않은 결정이었다.

"오늘 아침에는 교회에 가고 싶지 않아요. 구레나룻 달덩이가 흡족한 얼굴로 떡하니 자리에 앉아 거룩한 척하고 있을 게 뻔하니까요. 독일군이 유리해질 때마다 지었던 그 표정을 보면 인내심이나 예의범절 따윈 다 잊고 성경책이며 찬송가를 그 작자에게 집어던질지도 몰라요. 그랬다가는 망신살이 뻗칠 뿐만 아니라 신성한 교회에도 폐를 끼치는 거잖아요. 그러니까 저는 집에 있을게요. 전세가 뒤집힐 때까지는 교회에 가지 않고 집에서 열심히 기도할 거예요."

꽁꽁 얼어붙은 길을 걸어가면서 올리버가 릴라에게 말했다.

"나도 집에 있을걸. 교회에 가서도 멍하니 앉아서 시간만 흘려보낼 것 같아. 지금 내 머릿속에는 '전선이 아직 버티고 있을까?'라는 생각밖에 없는걸."

릴라가 말했다.

"다음 주 일요일은 부활절이에요. 그날이 우리에게 어떤 메시지를 전해줄지 궁금해요. 죽음일까요, 아니면 삶일까요?"

메러디스 목사는 "그러나 끝까지 견디는 자는 구원을 얻으리라"•라는 성경 구절을 본문으로 삼고 설교했다. 신에게 계시라도 받은 듯 그의 말에는 희망과 확신이 가득 담겨 있었다. 릴라는 가족석 위쪽 벽에 "월터 커스버트 블라이드를 추모하며"라고 적힌 위패를 올려다보았다. 그러자 두려움이 사라지고 용기가 샘솟는 기분을 느꼈다.

• 신약성경의 마태복음 24장 13절

'월터는 헛되이 목숨을 버린 게 아니야. 월터에게는 미래를 보는 능력이 있었잖아. 월터가 승리를 예견했으니, 나는 끝까지 그 믿음을 버리지 않을 거야. 전선은 결코 무너지지 않아!'

릴라는 쾌활하다 싶을 만큼 들뜬 마음으로 집에 돌아왔다. 다른 사람들도 희망에 차서 미소를 지으며 잉글사이드로 들어갔다. 거실에는 소파에서 곤히 잠든 짐스와 하이드 씨로 돌변한 듯 오만한 태도로 난롯가 깔개에서 쉬고 있는 박사뿐이었다. 식당에도 사람이 없었다. 게다가 식탁 위에 점심 식사도 차려져 있지 않았고 심지어 요리를 할 준비조차 되어 있지 않았다. 다들 '수전은 어디 있지?' 하면서 고개를 갸웃거릴 때 블라이드 부인이 걱정스레 소리쳤다.

"수전이 어디 아픈 건 아닐까? 오늘 아침에 교회에 가고 싶지 않다고 말하는 것부터가 좀 이상했어."

그때 부엌문이 열리면서 수전이 파랗게 질린 얼굴로 나타나자 블라이드 부인은 소스라치게 놀랐다.

"수전, 무슨 일이에요?"

수전은 우두커니 서서 멍한 얼굴로 말했다.

"영국군이 구축해둔 전선은 끝내 무너졌고, 독일군의 포탄이 파리에 떨어지고 있대요."

세 사람은 충격을 받아 서로를 바라보았다. 릴라는 숨을 헐떡이며 가까스로 입을 열었다.

"그건, 그건 사실이 아닐 거예요. 그럴 리 없어요."

거트루드 올리버는 헛웃음을 지었다.

"그게 사실이라면, 정말 터무니없는 일이야."

블라이드 부인이 물었다.

"수전, 누가 그래요? 언제 들은 이야기죠?"

"30분 전에 샬럿타운에서 장거리 전화가 왔어요. 홀랜드 선생님이었죠. 어젯밤 늦게 이 소식이 전해졌대요. 안타깝게도 사실이라고 말씀하셨어요. 사모님, 점심도 준비하지 못해서 정말 죄송해요. 그 말을 듣고 나니까 아무 일도 할 수 없었어요. 이렇게 무기력해진 건 처음이거든요. 사모님, 조금만 기다리세요. 감자는 다 태워버렸지만, 뭐라도 요기할 만한 걸 만들어볼게요."

감정이 격해진 블라이드 부인이 소리쳤다.

"수전, 그런 건 아무래도 괜찮아요! 이런 상황에서 밥이 넘어가겠어요? 아, 도저히 믿을 수 없어. 이건 악몽이 분명해!"

"파리가 함락되고 나면 프랑스가 무너지겠지? 그럼 우린 이 전쟁에서 진 거야."

릴라는 멍하니 서서 중얼거렸다. 희망과 자신감과 믿음이 폐허 속에 묻혀 사라지는 듯했다.

올리버는 두 손을 꼭 잡고 방 안을 돌아다니며 신음했다.

"오, 하느님! 오, 하느님!"

아득한 옛날부터, 모든 버팀목이 무너졌을 때는 마음 깊은 곳에서부터 고통스럽게 토해내던 탄식 외에는 다들 어떠한 말도 할 수 없었다.

그때 깜짝 놀란 것 같은 귀여운 목소리가 들렸다.

"하느님이 죽었어?"

짐스가 거실 문가에 서 있었다. 잠에서 막 깬 터라 얼굴은 벌겋게 달아올라 있었고 커다란 갈색 눈에는 두려움이 가득했다.

"윌라, 윌라! 하느님이 죽은 거야?"

깜짝 놀란 올리버가 외마디 비명을 지르며 짐스를 쳐다보았다. 짐스의 눈에서 금세라도 눈물이 떨어질 것 같았다. 릴라는 얼른 뛰어가 짐스를 달랬다. 의자에 축 늘어져 있던 수전은 벌떡 일어나더니 여느 때처럼 씩씩하게 말했다.

"아니란다, 얘야. 하느님은 절대로 죽지 않아. 물론 로이드조지도 아직 살아 있고. 그러니 이제 그만 뚝 하렴. 사모님, 우리가 그 사실을 잠시 잊고 있었네요. 전황은 좋지 않게 돌아가지만 아직 최악에 이른 건 아니에요. 영국군이 구축한 전선은 무너졌어도 아직 영국 해군이 진 건 아니잖아요. 그 사실을 마음에 새겨두어야 해요. 저도 다시 기운을 내서 간단한 음식이라도 만들어 올게요. 우리도 힘을 길러야 하니까요."

잠시 후 다들 수전이 만든 '간단한 음식'으로 끼니를 때웠다. 하지만 먹는 척했을 뿐이다. 잉글사이드의 누구도 암담한 그날 오후를 잊지 못할 것이다. 올리버는 방 안을 계속 서성거렸다. 다른 사람들도 안절부절못했다. 하지만 수전만은 뜨갯거리를 꺼내어 군인들에게 보낼 회색 양말을 짜면서 태연하게 말했다.

"사모님, 전 뜨개질을 해야겠어요. 전에는 엄두조차 못 냈었죠. 일요일에 이런 일을 하면 네 번째 계명을 어기는 거라고 생각했거든요.• 하지만 계명을 어기거나 말거나 오늘은 뜨개질을 하지 않을 수 없네요. 지금 이거라도 하지 않으면 미쳐버릴 것

• 하느님이 모세를 통해서 이스라엘 백성에게 내렸다고 하는 열 가지 계율(십계명) 중 네 번째인 "안식일을 기억하여 거룩하게 지키라"에 해당되는 내용이다.

같으니까요."

안절부절못하고 있던 블라이드 부인이 말했다.

"할 수만 있다면 하세요, 수전. 나도 뜨개질을 하고 싶은데, 바늘을 들 수조차 없네요. 지금은 아무것도 못 하겠어요."

릴라가 한숨을 쉬었다.

"일이 어떻게 돌아가고 있는지, 자세히 알고 싶어요. 그러면 용기를 얻을 만한 소식을 들을 수도 있잖아요."

올리버가 쓸쓸하게 말했다.

"우린 이미 알고 있잖아. 독일군이 파리를 폭격했어. 그 말이 맞다면, 독일군이 지금 곳곳에 쳐들어가서 짓밟고 있다는 거야. 그래, 우리는 졌어. 과거 여러 민족이 그랬던 것처럼 우리도 현실을 받아들여야 해. 정의의 편에 서서 최선을 다해 용감히 싸웠지만 아쉽게도 무너진 나라들이 있는걸. 이제껏 패배한 수백만 명에 우리 이름을 더한 거라고."

"저는 그런 식으로 포기하지 않을 거예요! 절망하기에는 이르다고요. 우리는 아직 정복되지 않았잖아요. 맞아요. 독일군이 프랑스 전체를 함락시켰다 해도 우린 정복된 게 아니에요. 잠시나마 절망했다는 사실 때문에 부끄럽네요. 다시는 이렇게 약한 모습을 보이지 않을 거예요. 당장 시내로 전화를 걸어서 자세하게 물어볼게요."

릴라가 소리쳤다. 창백했던 얼굴이 금세 달아올랐다.

하지만 전화는 연결되지 않았다. 시내의 장거리 교환원은 불안해하는 사람들이 여기저기서 걸어대는 전화로 눈코 뜰 새 없이 바빴다. 결국 릴라는 수화기를 내려놓고 조용히 집을 빠져나와 무지개 골짜기로 갔다. 월터와 마지막으로 이야기를 나누었던 작은 구석 자리에 도착한 릴라는 시들어 잿빛으로 변한 풀밭 위에 무릎을 꿇고, 쓰러진 나무의 이끼 긴 기둥에 머리를 기댔다. 검은 구름 사이로 해가 모습을 드러내면서 골짜기가 옅은 황금색으로 빛났다. 연인의 나무에 매달린 방울은 3월의 거센 바람에 흔들리며 요정처럼 반짝거렸다.

릴라는 가만히 속삭였다.

"오, 하느님. 부디 제게 힘과 용기를 주세요."

그러고는 짐스처럼 순수하게 두 손을 모아 쥐고 말했다.

"내일은 더 좋은 소식을 전해주세요."

그곳에서 오랫동안 무릎 꿇고 기도하던 릴라는 한결 침착하고 단호해진 모습으로 잉글사이드의 현관문에 들어섰다. 그사이 블라이드 선생은 집에 돌아와 있었다. 비록 몸은 지쳐 보였지만 승리의 기쁨이 얼굴에 가득했다. '더글러스 헤이그 마우드'라는 새 생명이 세상에 무사히 첫걸음을 내딛었기 때문이다. 올리버는 여전히 조바심을 내며 서성거리고 있었지만, 블라이드 부인과 수전은 어느 정도 진정된 상태였다. 특히 수전은 벌써부터 해협 항구의 새 방어선을 구축하고 있었다.

"우리가 항구를 차지하면 이번 사태는 해결할 수 있어요. 파리는 사실 군사적으로 중요한 곳도 아니지요."

"아주머니, 이제 그만 좀 하시죠!"

올리버는 수전이 자기를 공격하기라도 했다는 듯 날카롭게 말했다. 그녀는 "군사적으로 중요한 곳이 아니다"라는 식상한 말이 귀에 거슬렸다. 조롱하는 것 같기도 했고, 들을 때마다 절망보다 훨씬 고통스러운 감정이 솟아나기도 했다.

블라이드 선생이 말했다.

"전선이 무너졌다는 소식은 마우드 씨에게 들었어요. 그런데 독일군이 파리를 포격하고 있다는 이야기는 아무래도 믿을 수 없군요. 독일군이 전선을 뚫었다고 해도 파리는 그곳에서 꽤 떨어져 있어요. 가장 가까운 길이라 해도 80킬로미터는 가야 한다고요. 그렇게 짧은 시간 동안 포병대가 파리에 접근했다고요? 말도 안 되지…. 너무 걱정들 말아요. 그 소식이 죄다 사실은 아닐 테니까. 내가 직접 시내로 전화를 걸어서 알아보지요."

블라이드 선생도 릴라와 마찬가지로 통화를 하지 못했지만, 그가 한 말 덕분에 모두가 조금은 기운을 차려서 밤까지 그럭저럭 버텨냈다. 이윽고 밤 9시가 되자 장거리 전화가 연결되어 소식을 전해들을 수 있었고, 덕분에 그날 밤 잠을 이룰 수 있었다.

블라이드 선생이 수화기를 내려놓으며 말했다.

"전선은 생캉탱*운하 근처의 한 곳만 무너졌다고 하는군요. 영국군은 질서 정연하게 퇴각하는 중이랍니다. 그렇게 나쁜 상황은 아니라고 하네요. 파리에 쏟아졌다는 포탄은 110킬로미터나 떨어진 곳에서 날아왔답니다. 독일군이 공격을 시작하면서 새로 발명한 장거리포를 쐈다는 거예요. 지금까지 들어온 소식은 이게 전부입니다. 홀랜드 선생이 해준 말이니 믿어도 돼요."

올리버가 애써 미소 지으며 말했다.

"그 소식을 어제 들었다면 두려워서 견딜 수 없었을 거예요.

---

* 　프랑스 북동부 피카르디 지방에 있는 도시

하지만 오늘 아침에 들은 소식에 비하면 고맙다고 할 만하죠. 그래도 전 오늘 밤에는 쉽게 잠들지 못할 것 같아요."

수전이 말했다.

"올리버, 고마운 일이 또 하나 있어요. 오늘은 소피아가 찾아오지 않았다는 거예요. 이런 상황에서 소피아까지 여기 있었다면 나는 도저히 견딜 수 없었을 것 같아요."

29장

———

부상당한 실종자

"피해는 입었으나 무너지지 않았다."

수전은 집안일을 하면서 월요일 신문 제1면의 표제였던 이 문장을 몇 번이고 되뇌었다. 생캉탱의 참극으로 입은 피해는 얼마 뒤 회복했지만, 연합군은 1917년에 50만 명의 목숨을 내주고 얻어낸 영토에서 속수무책으로 밀려나고 있었다. 수요일 신문의 표제는 "영국군과 프랑스군이 독일군을 막아내고 있다"였다. 하지만 연합군은 뒤로, 또 뒤로 후퇴하고 있었다. 이번에 무너진다면 꼼짝없이 괴멸할 위기였다.

토요일 신문의 표제는 "베를린도 공세가 저지된 것을 인정했다"였다. 끔찍했던 한 주를 지낸 뒤 처음으로 잉글사이드 사람들은 안도의 숨을 내쉬었다.

수전이 단호하게 말했다.

"자, 우린 일주일을 잘 버텼어요. 이번 주도 잘 견디자고요."

다음 날은 부활절이었다. 교회까지 함께 걸으면서 올리버가 릴라에게 말했다.

"나는 고문대에 오른 죄수 같아. 지금은 고문이 잠시 중단되었을 뿐, 언제 시작될지 몰라서 불안해하고 있어."

"저는 지난 일요일에 하느님을 의심했어요. 하지만 오늘은 달라요. 악은 결코 승리할 수 없다고 확신해요. 우리에게는 정신이 있고, 정신은 육체보다 강하니까요!"

말은 이렇게 했지만 릴라의 믿음은 우울한 봄날이 이어지는 동안 여러 번이나 흔들렸다. 아마겟돈은 사람들의 바람과 달리 몇 달이 지나도록 계속되었다. 힌덴부르크는 야만적인 기습을 몇 차례 감행했고, 크게 성공하지는 못했어도 상대에게 꽤나 큰 피해를 주었다. 소피아는 지금이 극도로 위태로운 상황이라는 군사평론가들의 경고를 들먹이며 암울한 전망을 늘어놓았다.

"연합군이 5킬로미터만 더 후퇴하면 전쟁에서 질 거야."

수전이 경멸하는 얼굴로 물었다.

"그 5킬로미터 안에 영국 해군이 정박해 있다는 거야?"

소피아가 정색하며 대꾸했다.

"허튼소리 하지 마. 이건 군사 분야에 대해 모르는 것이 없는 전문가들의 의견이라고!"

수전이 쏘아붙였다.

"세상에 그런 사람은 없어. 평론가입네 전문가입네 하는 사람들도 우리나 마찬가지로 아무것도 몰라. 그들이 한 말 중에서 변변히 들어맞은 게 있어? 왜 늘 어두운 면만 보는 거야?"

"그야 밝은 면이 없기 때문이지."

"없긴 왜 없어? 힌덴부르크는 4월 1일까지 파리에 들어가겠다고 호언장담했지만, 오늘은 4월 20일인데 아직 근처에도 못 갔잖아. 이게 밝은 면이 아니면 뭐야?"

"독일군은 머지않아 파리를 점령할 거야. 거기서 멈추지 않을 거라는 게 문제지. 캐나다에도 손을 뻗을 거라고."

"흥! 어림도 없지. 내가 쇠스랑을 들고 떡 버티고 있으면 독일군은 프린스에드워드섬에 발도 들이지 못할 거야."

수전은 큰소리를 땅땅 쳤다. 독일군 전체를 혼자 상대해도 거뜬히 무찌를 것 같은 기세였다. 그러고 나서 진지하게 말했다.

"소피아 크로퍼드, 이제 그런 우울한 이야기 좀 그만해. 솔직히 지긋지긋하다고. 물론 연합군이 그동안 잘못한 것도 있어. 캐나다군이 계속 지키고만 있었어도 독일군에게 파스샹달을 다시 넘겨주지 않았을 거야. 레이어강을 포르투갈군에게 맡긴 것도 뼈아픈 오판이었지. 하지만 그게 이 전쟁에서 졌다고 떠들어댈 이유가 되는 건 아니야. 난 말싸움하고 싶지 않아. 적어도 지금처럼 어려울 땐 사람들의 사기를 꺾지 말아야 해. 계속 그렇게 우는소리나 할 거면 차라리 여기 오지 마."

화가 단단히 난 소피아는 씩씩거리며 집으로 돌아갔고, 몇 주가 지나도록 수전의 부엌에 얼씬도 하지 않았다. 차라리 잘 된 일일 수도 있다. 그사이 전략적으로 중요한 지역들이 독일군의 공격을 받아 무너졌기 때문이다.

어느덧 5월이 되었다. 바람과 햇살은 무지개 골짜기에서 즐겁게 뛰놀고, 단풍나무 숲은 황금빛 도는 녹색으로 변하고, 온통 푸르른 항구 앞바다에서 잔물결이 희끗희끗하게 일던 어느 날, 젬에 대한 소식이 전해졌다.

캐나다군이 지키던 전선에서 참호전이 벌어졌다. 언론이 다루지 않을 만큼 소규모 전투였지만, 잉글사이드 사람들에게는 중요한 사건이었다. 제임스 블라이드 중위가 전투 과정에서 부상을 입고 실종되었기 때문이다.

그날 밤 릴라의 핏기 없는 입술 사이로 신음이 새어나왔다.

"이건 전사 소식보다 훨씬 나빠!"

올리버가 달랬다.

"아니, 아니야. 실종되었다면 아직 희망은 있어."

릴라가 하소연했다.

"그래요. 고통스럽고 괴로운 희망이죠. 차라리 최악의 상황이 닥치면 체념이라도 할 텐데, 지금은 그러지도 못하잖아요. 우린 젬이 살았는지 죽었는지도 모른 채로 몇 주, 심지어 몇 달을 지내야 해요. 어쩌면 영원히 생사를 알 수 없을지도 모르고요. 월터에 이어서 젬도 이런 일을 겪다니, 저는 도저히 견딜 수 없어요. 어머니가 돌아가실까 봐 걱정돼요. 선생님도 어머니 얼굴을 보면 어떤 상태인지 아실 거예요. 페이스는, 가엾은 페이스는 이 엄청난 일을 견뎌낼 수 있을까요?"

올리버도 괴로워하며 몸서리쳤다. 문득 릴라의 책상 위에 걸린 〈모나리자〉가 눈에 들어왔다.

'이런 상황에서도 미소를 거둘 순 없는 모양이지.'

올리버는 화가 치밀어 올랐지만, 곧바로 마음을 가라앉히고 릴라를 부드럽게 위로했다.

"어머니는 돌아가시지 않을 거야. 누구보다 강인한 분인 걸 너도 알잖니. 그리고 어머니는 젬이 살아 있다는 희망을 버리지 않으셨어. 우리도 그래야 해. 페이스도 잘 견뎌낼 거야."

릴라는 고개를 저었다.

"전 그럴 수 없어요. 젬이 다친 몸으로 실종되었는데, 어떻게 살아남을 수 있겠어요? 독일군에게 발견되기라도 하면 꼼짝없이 죽을 거예요. 독일군이 부상당한 포로를 어떻게 다루는지는 우리도 잘 알고 있잖아요. 올리버 선생님, 저도 희망을 가질 수 있었으면 좋겠어요. 그러면 마음이 편해질 테니까요. 하지만 이젠 마음속에서 희망이 완전히 사라져버렸나 봐요. 그럴 만한 이유 없이는 희망을 가질 수 없으니까요."

올리버가 자기 방으로 돌아가자 릴라는 달빛이 내리는 침대에 누워서 간절히 기도했다.

"하느님, 조금이라도 좋으니 희망을 갖게 해주세요."

그때 수전이 스산한 그림자처럼 들어와 릴라 곁에 앉았다.

"릴라, 걱정하지 마라. 꼬마 젬은 죽지 않았어."

"아주머니, 그걸 어떻게 알아요?"

"난 알 수 있단다. 내 말을 잘 들어보렴. 오늘 아침 그 소식을 듣자마자 먼데이가 떠올랐어. 그래서 저녁 설거지를 하고 빵을 구워놓은 다음 역에 가봤지. 먼데이는 여느 때처럼 참을성 있게 기차를 기다리고 있더구나. 릴라, 그 참호전은 나흘 전, 그러니까 지난 월요일에 있었지? 난 역장에게 물어봤어. '혹시 저 개가 지난 월요일 밤에 짖어대거나 소란을 피우지는 않았나요?' 역장은 잠시 생각하다가 대답했어. '아뇨, 그런 일은 없었습니다.' 그

래서 다시 한번 확인했어. '확실한가요? 역장님, 이건 생각보다
훨씬 중요한 문제라서 그래요. 잘 생각해보세요.' 그러자 역장이
대답했어. '틀림없어요. 월요일에는 우리 집 암말이 아파서 저도
밤새도록 깨어 있었는데, 저 개는 아무 소리도 내지 않았습니
다. 작은 소리라도 냈으면 제 귀에 들렸겠죠. 마구간 문은 계속
열려 있었고 개집은 마구간 바로 맞은편에 있으니까요!' 릴라,
그 가엾은 개가 쿠르셀레트 전투가 있었던 날 밤새 어떻게 울
었는지 너도 잘 알지? 더구나 먼데이는 월터보다 젬을 더 사랑
하잖아. 월터가 죽었을 때도 그렇게 슬퍼하던 녀석이 젬이 죽은
날 밤 태평하게 잠을 잤다는 게 말이 되니? 그걸 봐도 꼬마 젬은
죽지 않은 게 확실해. 만약 젬이 죽었다면 먼데이가 알아차렸을
테고, 그 뒤로는 기차를 기다리지 않았을 거야."

터무니없고 이치에 어긋나면서 말도 안 되는 이야기였다. 하
지만 릴라는 그 말을 믿었다. 블라이드 부인도 수전의 이야기에
희망을 걸었다. 블라이드 선생은 어이가 없다는 듯 희미하게 미
소 지었지만, 처음에 느꼈던 절망감이 독특한 안도감으로 바뀌
는 것을 느꼈다.

허황된 이야기든 아니든 상관없었다. 기차역에서 확신을 가
지고 주인을 기다리는 충직한 개를 보면서 사람들은 희망과 용
기를 얻었다. 세상의 상식으로 보면 미신으로 치부할 수도 있겠
지만, 잉글사이드 사람들은 "먼데이는 분명히 알고 있다"라고
굳게 믿었다.

30장

―――

전세가 뒤집히다

수전은 그해 봄 오랫동안 아름답게 가꿔왔던 잉글사이드의 잔디밭을 파헤치고 거기에 감자를 심는 것을 보면서 마음이 무척 서글펐다. 하지만 아끼던 작약꽃 화단이 망가졌을 때는 불평 한마디 하지 않았다. 그런데 정부가 일광절약시간제를 시행했을 때만큼은 버럭 화를 냈다. 수전은 정부보다 더 높은 권위를 가진 대상에게 충성을 맹세하고 있었기 때문이다.

"전능하신 분이 설계해둔 자연의 이치를 거스르는 것이 옳다고 생각하시나요?"

수전이 블라이드 선생에게 따지듯 물었다. 선생은 마땅히 법을 지켜야 한다고 태연하게 대답한 뒤 잉글사이드의 시계를 한시간 앞으로 돌렸다. 하지만 수전의 조그마한 자명종 시계만큼은 손대지 못했다.

수전이 고집을 부리며 말했다.

"사모님, 이건 제 돈으로 샀어요. 이 시계는 보든의 시간이 아니라 하느님의 시간에 맞춰서 갈 거예요."

수전은 '하느님의 시간'에 맞춰 일어났고 잠자리에 들었으며 나가고 들어오는 일도 그 시간에 따라 조절했다. 물론 식사 시간만큼은 어쩔 수 없이 보든의 시간에 따랐다. 특히 교회도 하느님의 시간에 따를 수 없다는 사실 때문에 큰 상처를 받았다. 그러나 기도만큼은 자기가 정한 기준에 따랐고 닭에게 모이를 줄 때도 그렇게 했다. 그렇게 하면서 의기양양한 눈으로 블라이드 선생을 쳐다보았고, 적어도 이 문제에 있어서는 의사보다 자기가 낫다고 생각했다.

어느 날 저녁 수전이 말했다.

"구레나룻 달덩이는 일광절약시간제를 마음에 들어 하는 것 같아요. 물론 그렇겠죠. 독일 사람이 생각해낸 제도라고 하니까요. 최근에 그는 밀 농사를 다 망칠 뻔했대요. 지난주에 워런 미드의 소가 그 사람 밭에 들어갔거든요. 우연의 일치인지 아닌지는 모르겠지만, 하필이면 독일군이 슈맹데담*을 점령한 바로 그날이었죠. 소들이 난장판을 벌이는 걸 딕 클로 부인이 다락방 창문으로 우연히 본 거예요. 처음에는 프라이어 씨에게 알려줄 생각이 없었다고 하네요. 소들이 밀을 뜯어먹는 걸 보면서 쌤통이라고 고소해했으니까요. 뭐, 그런 일을 당해도 싼 사람인 건 맞죠. 하지만 밀은 무척 중요한 곡물이고, 절약과 봉사라는 차

• 프랑스 파리에서 북동쪽으로 약 110킬로미터 떨어져 있는 지역

원에서 생각해보니, 저 소들이 아무리 옳은 일을 하고 있다고 해도 쫓아내야 할 것 같았대요. 그래서 아래층으로 내려가 구레나룻 달덩이에게 전화로 알려준 거예요. 그런데 고맙다는 인사는커녕 이상한 말만 들었다더군요. 물론 그가 욕을 했다고 콕 집어서 말한 건 아니에요. 전화로 들은 말이니까 확신할 수 없겠죠. 하지만 부인이나 저나 그가 무슨 말을 했는지 짐작할 수 있어요. 그게 무엇인지 말하진 않을게요. 메러디스 목사님이 계시니 말조심해야죠. 이러니저러니 해도 구레나룻 달덩이는 교회 장로니까요."

올리버와 릴라가 꽃이 한창 피어나는 감자밭 가운데 서서 하늘을 올려다보고 있을 때 메러디스 목사가 다가와 물었다.

"새로운 별이라도 찾고 계시나요?"

"네, 하나 찾았어요. 저길 좀 보세요. 가장 큰 소나무 위에 있어요. 3천 년 전에 일어난 일을 보고 있다니, 정말 멋져요."

릴라는 한숨을 내쉬며 덧붙였다.

"천문학자들은 무언가가 충돌해서 새로운 별이 탄생했다고 생각해요. 그런 생각을 할 때마다 저라는 존재가 참 작고 보잘것없이 느껴져요."

올리버가 불안한 기색을 내비치며 말했다.

"별들의 세계에서는 그렇게 큰 일도 자연스러운 현상일 뿐이겠죠. 하지만 독일군이 한 걸음만 내딛으면 파리에 닿을 수 있다는 사실은 여전히 사소한 문제로 여길 수 없네요."

메러디스 목사가 별을 바라보며 감상에 젖어 말했다.

"저는 원래 천문학자가 되고 싶었습니다."

올리버가 동의했다.

"천문학이라는 학문에는 독특한 즐거움이 있어요. 여러 가지 의미에서 세상을 초월한 기쁨이죠. 저도 천문학자 친구가 있었으면 좋겠네요."

릴라가 웃었다.

"하늘의 군대*에 대한 험담도 나눌 수 있겠네요."

블라이드 선생이 말했다.

"천문학자들은 세상일에도 관심이 많을까요? 왠지 화성의 운하를 연구하는 사람들은 서부전선에서 몇 미터 전진하거나 후퇴하는 문제로 속을 썩이진 않을 것 같아요."

메러디스 목사가 말했다.

"전에 읽었던 책 내용이 기억나네요. 에르네스트 르낭**은 1870년 파리 포위전*** 때 책 한 권을 썼고, 심지어 책 쓰는 일이 즐거웠다고 했답니다. 그런 사람이야말로 철학자겠죠."

올리버가 말했다.

"저도 그 사람 이야기를 읽었어요. 임종할 때 '아주 흥미로운 젊은이인 독일 황제가 평생 무슨 일을 하는지 못 보고 죽는 것이 아쉬울 따름이군'이라고 말했대요. 르낭이 살아 돌아와서 그 흥미로운 젊은이가 전 세계는 말할 것도 없고 자기가 사랑하는 파리에 무슨 짓을 했는지 보게 된다면, 1870년에 그랬던 것처

---

* 성경에 나오는 표현으로 천사들로 구성된 군대를 의미한다.

** 프랑스의 역사학자·철학자(1823-1892)로 『기독교 기원사』를 남겼다.

*** 프로이센·프랑스 전쟁 때 파리가 포위되었던 사건을 말한다. 르낭이 이때 쓴 책이 『지적·도덕적 개혁』이라고 추정된다.

452 ✄ 453

럼 초연할 수 있었을까요?"

그때 릴라는 갑작스럽게 예전 기억이 떠오르면서 마음이 괴
로워졌다.

'젬은 오늘 밤에 어디서 지낼까?'

젬의 실종 소식이 전해진 지 한 달이 지났다. 온갖 노력을 해
보았지만 젬의 흔적은 그 무엇도 발견되지 않았다. 참호가 습격
당하기 전에 쓴 편지가 두세 통 도착했고 그 뒤로는 계속 침묵
뿐이었다. 지금 독일군은 다시 마른강에 와 있었고, 점점 전진
하면서 파리를 압박했다. 오스트리아군이 피아베강 지역을 다
시 공격하기 시작했다는 소문도 돌고 있었다. 별을 바라보던 릴
라는 마음이 찢어질 듯 아파서 얼굴을 돌렸다. 희망과 용기가
완전히 사라져버리는 것 같았다. 하루도 더 살아갈 수 없을 것
만 같았다.

젬에게 무슨 일이 일어났는지 알기만 한다면 대처 방법을 찾
을 수 있을 것이다. 하지만 두려움과 의심과 불안에 휩싸이면
사기를 북돋기 어렵다.

'젬이 살아 있다면 무슨 소식이라도 왔을 거야. 그러니 죽은
게 틀림없어. 다만 부대에서 그 사실을 확인하지 못했을 뿐이
겠지. 앞으로도 정확하게 알 수 없을 것 같아. 이제 먼데이는 늙
어 죽을 때까지 기차를 기다리겠구나. 가엾고 충직하면서 류머
티즘에 걸린 개가 주인의 운명을 우리보다 먼저 안다는 건 사실
말도 안 돼.'

릴라는 밤을 하얗게 지새우다가 밤늦게야 겨우 눈을 감았다.
문득 문득 잠에서 깼을 때 주위를 둘러보니 거트루드 올리버가

창가에 몸을 기댄 채 신비로운 은빛 새벽을 바라보고 있었다. 단아하고 빼어난 옆모습과 탐스러운 검은 머리가 동쪽 하늘의 창백한 금빛을 받아 또렷하게 보였다. 릴라는 젬이 올리버의 이마와 턱선을 보면서 감탄했던 일이 떠올라 몸서리를 쳤다. 젬을 떠올릴 때마다 릴라는 참을 수 없을 만큼 고통스러웠다. 월터의 죽음은 릴라의 마음에 끔찍한 상처를 입혔다. 하지만 상처 부위는 깨끗했으며, 서서히 아물었고 이제 흉터만 남았다. 그런데 젬이 실종된 후에 겪는 괴로움은 또 다른 문제였다. 그 안에는 상처가 아물지 못하게 막는 독이 들어 있었다. 희망과 절망이 번갈아 찾아오고, 아마도 오지 않을 편지를 매일같이 기다리고, 포로 학대를 고발한 신문 기사를 읽으며 안타까워하고, 젬의 부상이 악화될까 봐 걱정되어 마음이 타들어갔다. 게다가 이 모든 일을 견디기가 갈수록 힘들어졌다.

올리버가 고개를 돌렸다. 눈동자가 유독 빛났다.

"릴라, 나 또다시 꿈을 꿨어."

릴라가 몸을 움츠리며 소리쳤다. 올리버가 꾼 특이한 꿈은 그동안 재앙을 암시했기 때문이다.

"아, 안 돼요. 말하지 마세요."

"릴라, 좋은 꿈이었어. 일단 들어봐. 4년 전에 꾸었던 꿈과 똑같아. 나는 베란다 계단에 서서 글렌세인트메리 마을을 내려다보고 있었어. 여전히 마을은 내 발밑에서 넘실대는 파도에 잠겨 있었지. 하지만 내가 보고 있는 사이에 파도가 밀려가기 시작했어. 4년 전에 밀려왔을 때처럼 빠르게 움직였던 거야. 조금씩 뒤로 물러서더니 만이 있는 곳까지 가버렸어. 그러고는 글렌세인트메리 마을이 아름답고 푸르른 모습으로 내 앞에 떡 나타났단다. 무지개 골짜기에는 무지개가 걸려 있었어. 눈이 부실 만큼 찬란한 색이었지. 그러다가 잠에서 깬 거야. 릴라, 이제 전세가 바뀐 거라고!"

릴라가 한숨을 쉬었다.

"그 말을 믿을 수 있으면 좋겠네요."

올리버는 들뜬 목소리로 시를 읊으며 다짐하듯 말했다.

"'두려움을 예언한 나의 말이 사실이었으니, 기쁨의 예언도 믿으라.'* 난 분명히 믿고 있어."

며칠 뒤 피아베강에서 이탈리아군이 큰 승리를 거두었다. 하지만 올리버는 그 뒤로도 약 한 달 동안 여러 번 자기가 꾼 꿈을 의심했다. 그러다가 7월 중순에 독일군이 다시 마른강을 건너자 끔찍한 절망감에 시달렸다. 다들 마른강의 기적이 다시 일어나는 건 불가능하다고 생각했다. 하지만 얼마 뒤 1914년에 있었던 기적이 재현되었다. 마른강에서 전세가 역전된 것이다. 프랑스군과 미군이 적의 허술한 측면을 급습하자 꿈에도 상상할 수 없을 만큼 빠른 속도로 전쟁의 양상이 바뀌었다.

7월 20일에 블라이드 선생이 말했다.

"연합군이 두 번이나 대승을 거뒀어."

블라이드 부인의 목소리도 들떠 있었다.

"이제 끝이 시작된 거야. 왠지 그런 생각이 들었거든. 분명 그럴 거라고 믿어."

● 　스콧의 시 〈호수의 여인〉에 나온 구절

수전은 쭈글쭈글한 두 손을 맞잡으며 말했다.

"하느님 감사합니다! 하지만 우리 아이들이 지금 당장 돌아오지는 않을 거예요."

그럼에도 수전은 밖에 나가 국기를 걸었다. 예루살렘을 점령한 뒤로 처음이었다. 국기가 바람에 나부끼자 수전은 셜리가 했던 대로 한 손을 들고 경례한 다음 이렇게 말했다.

"이 깃발이 펄럭이게 만들려고 우리 모두는 무언가를 바쳐왔어요. 40만 명이나 되는 젊은이가 나라 밖으로 떠났고, 그중 5만 명이 전사했죠. 그래도, 그럴 만한 가치가 있어요!"

바람이 불면서 수전의 흰머리가 얼굴과 체크무늬 앞치마를 휘감았다. 온몸을 감싼 이 앞치마는 예뻐 보이려는 게 아니라 자원을 절약하려고 만든 것이었다. 그럼에도 그 순간 수전의 모습은 참 인상적이었다. 불굴의 의지로 용감하고 참을성 있게 살아가는 수전은 우리에게 영웅적인 승리를 가져다준 여성이었다. 수전이 경례를 하자 모두가 마음속으로 동참했다. 블라이드 선생은 수전을 지켜보며 속으로 이렇게 생각했다.

'우리가 사랑하는 젊은이들은 바로 이 국가의 상징을 위해 싸운 거야.'

수전이 집 안으로 들어가려고 몸을 돌리자 블라이드 선생이 말했다.

"수전, 이 전쟁이 시작되었을 때부터 지금에 이르기까지 수전은 참 훌륭하게 행동했어요. 아마 전쟁이 끝나도 그럴 겁니다."

31장

마틸다 피트먼 부인

기차가 밀워드의 작은 대피선*에 멈춰 섰을 때 릴라와 짐스는 객차 뒤쪽 탑승 계단에 서 있었다. 8월 저녁인지라 봄비는 기차 안은 숨이 막힐 정도로 후덥지근했다. 기차가 대피선에 정차한 이유는 아무도 몰랐다. 타거나 내리는 사람도 없었고, 사방 6킬로미터 안에 집이라고는 한 채뿐이었다. 그 집도 널따란 블루베리 들판과 가문비나무 숲으로 둘러싸여 있었다.

릴라는 샬럿타운의 친구네 집에 가는 중이었다. 그곳에서 하룻밤을 묵은 뒤 다음 날에는 적십자 활동에 쓸 물품을 사러 갈 예정이었다. 굳이 짐스를 데려온 이유는 수전이나 어머니에게 수고를 끼치지 않으려는 생각 때문이기도 했고, 헤어지는 날이

---

* 열차가 지나가는 동안 다른 열차가 피할 수 있도록 따로 만든 철길

오기 전에 짐스와 되도록 함께 있고 싶다는 간절한 바람 때문이기도 했다. 릴라는 얼마 전 제임스 앤더슨에게서 편지를 받았다. 부상을 입고 병원에 입원했는데 전선으로 돌아갈 수는 없으니 형편이 닿는 대로 짐스를 데려가겠다고 적혀 있었다.

릴라는 편지를 읽고 나서 마음이 무거워졌다. 사랑하는 짐스와 떨어진다고 생각하니 몹시 괴로웠기 때문이다. 만약 제임스 앤더슨이 지금과 다른 사람이라면, 즉 건실한 가정을 꾸리고 있으며 아이를 바르게 키울 만한 자격이 충분하다면 그나마 안심했을 것이다. 하지만 방랑벽이 있는 데다 의지도 약하고 무책임한 아버지라면 사랑을 쏟으며 정성을 다해 키워온 아이를 선뜻 내줄 수 없는 게 당연하다. 게다가 앤더슨이 글렌세인트메리 마을에 남아 있으리라는 보장도 없었다. 이곳에 연고가 없는 그는 영국으로 돌아갈지도 모른다. 그러면 소중한 짐스와 영영 이별할 수밖에 없다.

앤더슨은 착하고 친절했지만 좋은 아버지가 될 것 같지는 않았다. 그의 손에서 자라면 짐스는 어떻게 될까? 짐스를 계속 데리고 있게 해달라고 앤더슨에게 부탁할 생각도 해봤지만, 편지 내용을 보면 아무래도 헛된 희망인 듯했다.

릴라는 근심에 잠겼다.

'내가 잘 지켜볼 수 있고 종종 날 찾아올 수도 있도록 짐스가 이 마을에서 산다면 참 좋을 텐데. 하지만 앤더슨 씨는 그렇게 하지 않을 거야. 이곳을 떠나면 짐스는 바르게 성장할 기회조차 얻지 못할 수 있어. 정말 밝은 아이인데…. 누구에게 배웠는지 제법 포부도 크고 부지런하잖아. 그런데 아버지라는 사람은 짐스의 뒷바라지는커녕 교육비조차 마련하지 못할 거야. 짐스, 내 귀엽고 소중한 전쟁고아. 넌 앞으로 어떻게 될까?'

짐스는 자기의 앞날 같은 것에는 아무런 관심이 없는 듯, 승강장 지붕을 뛰어다니는 줄무늬다람쥐만 뚫어지게 바라보고 있었다. 이윽고 기차가 움직이기 시작하자 짐스는 다람쥐를 마지막으로 한 번 더 보기 위해 릴라의 손을 놓고 몸을 앞으로 내밀었다. 릴라는 짐스의 장래를 걱정하느라 아이가 지금 위태로운 상황에 처했다는 것을 알아차리지 못했다. 잠시 후 짐스는 균형을 잃고 계단에서 굴러떨어지더니 선로 건너편 고사리 덤불에 처박혀버렸다.

릴라는 비명을 지르며 정신없이 기차에서 뛰어내렸다. 다행히 기차는 아직 느린 속도로 움직이고 있었다. 또한 기차가 달리는 방향으로 몸을 던져야 한다는 것쯤은 릴라도 알고 있었다. 그런데 하필이면 철도 경사면에 떨어져서 미역취와 잡초가 우거진 도랑으로 고꾸라지고 말았다.

두 사람에게 일어난 일을 아무도 보지 못했기에 기차는 황량한 들판에 곡선을 그리며 다급히 사라졌다. 릴라는 재빨리 몸을 추슬렀다. 머리가 어질어질했지만 다행히 다친 곳은 없었다. 도랑에서 기어 올라온 릴라는 짐스가 죽지는 않았을까, 뼈가 산산조각 나지는 않았을까 걱정하면서 승강장으로 미친 듯이 달려갔다. 짐스는 몸에 가벼운 상처가 났을 뿐 크게 다친 곳이 없었다. 너무 놀라서 울음도 나오지 않는 듯했다. 하지만, 릴라는 짐스가 무사하다는 사실을 확인하자마자 울음을 터뜨렸다.

짐스는 기분이 상했는지 퉁명스럽게 말했다.

"참 나쁜 기차야!"

그리고 하늘을 노려보면서 이렇게 덧붙였다.

"하느님도 참 나빠!"

흐느끼던 릴라는 그만 웃음을 터뜨렸다. 평소 아버지가 '히스테리'라고 불렀던 상태가 되고 말았다. 하지만 곧 몸과 마음을 다잡고 스스로를 나무랐다.

"릴라 블라이드, 정신 차려. 이게 무슨 망신이니? 그리고 짐스, 너도 그런 말을 함부로 해서는 안 돼!"

짐스가 화를 내며 대들었다.

"하느님이 날 기차에서 떨어뜨렸잖아. 누가 날 떨어뜨렸는데, 월라가 그런 건 아니니까 하느님이 그랬겠지."

"그렇지 않아. 네가 내 손을 놓고 몸을 위험하게 내밀어서 그런 거야. 내가 그러지 말라고 했잖아. 그러니 네 잘못이야."

짐스는 릴라의 눈치를 보다가 진심으로 하는 말임을 깨닫고 다시 하늘을 올려다보며 명랑하게 사과했다.

"잘못했어요, 하느님."

릴라도 위를 올려다보았다. 하늘빛이 심상치 않았다. 북서쪽에서 번개를 머금은 무거운 구름이 몰려오고 있었다.

'어떻게 하지? 오늘은 기차가 이미 끊겼어. 오전 9시 임시 열차는 토요일에만 다니잖아. 지금은 한나 브루스터네 집에 가는 게 좋겠어. 하지만 그 집은 여기서 3킬로미터나 떨어져 있는데, 폭풍우가 몰아치기 전에 거기까지 갈 수 있을까? 나 혼자라면 거뜬하겠지만 짐스가 문제야. 이 어린아이가 거기까지 걸을 수 있을까?'

잠시 고민하던 릴라는 마음을 단단히 먹었다.

"그래도 얼른 가봐야겠다. 폭풍이 멎을 때까지 역에 있어도 되지만 밤새도록 비가 올 수도 있고, 밤이 되면 너무 깜깜해질 거야. 한나네 집에 가면 하룻밤은 재워주겠지."

한나 브루스터는 한나 크로퍼드였던 시절 글렌세인트메리 마을에서 살았고 릴라와 같이 학교를 다녔다. 한나가 세 살 많았지만 학창 시절에 두 사람은 좋은 친구였다. 한나는 어린 나이에 결혼해서 밀워드에 살았다. 날마다 고된 집안일과 육아에 시달렸으며, 아무짝에도 쓸모없는 남편 때문에 힘든 생활을 했다. 친정에도 거의 오지 못했다. 릴라는 결혼식 직후 한나의 집을 딱 한 번 방문했었지만, 이후로 몇 년 동안 만나기는커녕 소식조차 듣지 못했다. 하지만 릴라는 장밋빛 얼굴에 마음이 넉넉한 한나라면 형편이 어떻든 간에 자신과 짐스를 반갑게 맞이하고 쉴 곳도 기꺼이 내줄 것이라고 믿었다.

절반쯤 갔을 때까지는 두 사람 모두 별문제 없이 걸었지만 갈수록 다리가 무거워졌다. 인적이 드문 길은 울퉁불퉁한 데다 마차 바퀏자국도 깊이 패여 있어서 걷기 힘들었다. 짐스가 더는 못 걷겠다고 떼를 썼기 때문에 목적지까지 4분의 1 정도 남았을 때부터 릴라는 짐스를 안고 갔다.

마침내 한나의 집에 도착하자 완전히 지쳐버린 릴라는 안도의 숨을 내쉬며 짐스를 산책로에 내려놓았다. 먹구름이 끼어 어두컴컴해진 하늘에서 굵은 빗방울이 떨어지기 시작했고 천둥소리도 점점 크게 울렸다. 하지만 릴라는 또다시 난관에 부딪혔다. 문이 잠겨 있었고 모든 창문에 블라인드가 내려져 있었던 것이다. 브루스터 가족은 집을 비운 것 같았다. 작은 헛간으로 가봤지만 그곳도 굳게 잠겨 있었다. 그 외에 등을 붙이고 쉴 만한 곳은 눈 씻고 찾아봐도 보이지 않았다. 벽을 새하얗게 칠한 이 작은 집에는 베란다나 현관조차 없었다. 날은 점점 어두워졌고, 더는 밖에서 버틸 수 없을 것 같았다.

"어쩔 수 없지. 창문을 깨고 집 안으로 들어가자. 친구가 폭풍우를 피하러 왔다가 집에 들어가지도 못했다는 말을 들으면 한나도 무척 서운해할 거야."

다행히 무언가를 부술 필요까지는 없었다. 부엌 창문이 쉽게 열렸던 것이다. 릴라가 짐스를 안아서 집 안으로 들여놓은 뒤 자기도 기어 들어간 순간 폭풍우가 몰아치기 시작했다.

"와, 천둥 조각 좀 봐!"

두 사람 뒤에서 우박이 춤추듯 쏟아지자 짐스가 천진난만하게 소리쳤다. 릴라는 창문을 닫고 이곳저곳을 더듬어서 등을 찾았다. 불을 켜자 작고 아늑한 부엌이 눈에 들어왔다. 한쪽 문은 깔끔하고 가구가 잘 갖춰진 응접실로 통했다. 다른 쪽 문을 열어보니 식재료를 넉넉하게 쌓아둔 식료품 저장실이 있었다.

릴라는 스스로 다짐하듯 말했다.

"여기서 편히 쉬어야겠다. 한나도 내가 그러기를 바랄 거야. 우선 짐스와 내가 요기할 만한 게 있나 찾아보자. 만약 비가 계속 내리고 밤까지 아무도 돌아오지 않으면 2층 손님방에 가서 자야겠어. 위기를 만났을 땐 현명하게 처신해야 해. 아, 짐스가 굴러떨어지는 걸 봤을 때 얼른 기관실로 뛰어가 기차를 멈춰달라고 부탁할 걸 그랬어. 그랬더라면 이렇게 난처한 일은 겪지 않았을 텐데. 뭐, 별수 없지. 이왕 이렇게 됐으니 이 난관을 잘 극복하기 위해서 최선을 다할 수밖에."

릴라는 주위를 둘러보며 덧붙였다.

"전에 왔을 때보다 멋지게 꾸며놓았네. 물론 그때는 한나와 시어도어가 막 살림을 시작할 때였지. 시어도어가 돈을 많이 벌 것 같진 않았는데, 이런 가구를 들여놓은 걸 보면 내가 생각했던 것보다 훨씬 성공한 모양이야. 한나에게는 잘된 일이지."

얼마 뒤 천둥은 그쳤지만 비는 여전히 억수로 쏟아졌다. 시곗바늘이 11시를 가리켰다. 오늘 밤에는 아무도 돌아오지 않을 것 같았다. 릴라는 소파에서 자고 있던 짐스를 안고 손님방으로 가서 침대에 뉘였다. 그런 다음 자기도 세면대 서랍장에서 찾은 잠옷으로 갈아입고 라벤더 향기가 풍기는 이불 속으로 들어갔다. 낯선 환경이었지만 여러 가지 일을 겪느라 지쳐 있다 보니 침대에 눕자마자 온몸이 나른해졌다. 릴라는 몇 분 지나지 않아 깊은 잠에 빠져들었다.

릴라는 다음 날 아침 8시까지 곤히 자다가 깜짝 놀라 잠에서 깼다. 누군가가 언짢은 목소리로 험악하게 말했던 것이다.

"이봐요, 거기 둘! 얼른 일어나요. 도대체 어찌 된 일인지 들어나 봅시다."

릴라는 곧바로 정신을 차렸다. 이렇게 잠이 확 달아나버린 일은 난생처음이었다. 방에는 세 사람이 서 있었다. 모두 릴라가 처음 보는 얼굴들이었다. 그중 한 명은 덩치가 크고 턱수염을 덥수룩하게 기른 남자였다. 그는 몹시 화가 난 듯 얼굴을 찌푸리고 있었다. 그 옆에는 키가 크고 빼빼 마른 여자가 있었는데,

불타는 듯한 빨간 머리에 뭐라고 설명하기 어려울 만큼 이상한 모자를 쓰고 있었다. 날카로운 인상의 그녀는 남자보다 더 화가 난 듯 보였다. 두 사람 뒤쪽에는 적어도 여든 살은 되어 보이는 노부인이 서 있었다. 체격은 왜소했지만 외모에서 풍겨나는 분위기가 눈길을 잡아끌었다. 그녀는 검은색 옷을 갖춰 입었고 머리카락은 눈처럼 희었으며, 피부는 핏기 없이 창백했지만 새까만 눈동자에는 총기와 활력이 넘쳐흘렀다. 다른 두 사람 못지않게 놀란 얼굴이었지만 화가 난 것 같지는 않았다.

릴라는 무언가 일이 잘못되었다는 것을 깨달았다. 그때 남자가 아까보다 더 화를 내면서 말했다.

"이봐요. 당신은 대체 누구요? 이 집엔 왜 온 거요?"

릴라는 뜻밖의 상황에 어쩔 줄 몰라 허둥거리며 한쪽 팔꿈치를 침대에 딛고 몸을 일으켰다. 그 모습을 본 흑백 노부인이 쿡쿡 웃었다. 웃음소리를 듣고 릴라는 자기의 처지를 자각했다.

'저 노부인은 진짜 사람이야. 이건 꿈이 아니라고!'

릴라는 숨을 몰아쉬며 큰 소리로 말했다.

"여기가 시어도어 브루스터 씨 댁 아닌가요?"

키 큰 여자가 처음으로 입을 열었다.

"아닌데요. 여긴 우리 집이에요. 작년 가을에 이 집을 샀죠. 브루스터 씨 가족은 여길 팔고 그린베일로 이사했어요. 우리 성은 채플리예요."

릴라는 당황한 나머지 다시금 베개에 머리를 묻었다.

"정말 죄송합니다. 저, 저는 브루스터 씨 가족이 아직 여기 산다고 생각했어요. 브루스터 부인이 제 친구거든요. 아, 전 릴라 블라이드예요. 혹시 글렌세인트메리 마을 의사인 블라이드 선생님을 아시나요? 전 그분 딸이에요. 저, 저는 이 아이를 데리고 마을로 가던 중이었어요. 그런데 얘가 기차에서 떨어지는 바람에 제가 뒤따라 뛰어내렸는데, 아무도 그걸 알아차리지 못했죠. 어젯밤에는 집에 갈 수 없었고, 폭풍우도 몰아칠 것 같아서 여기로 왔어요. 하지만 집에 아무도 없었어요. 고민 끝에 열린 창문으로 들어와서 쉬고 있었던 거예요."

여자가 빈정거리며 말했다.

"뭐, 그런 것 같네요."

남자도 맞장구쳤다.

"그럴 법한 이야기군."

여자가 덧붙였다.

"우리가 어제 태어난 애송이도 아니고, 그쯤은 알지."

흑백 노부인은 잠자코 있다가 두 사람이 어처구니없는 대화를 나누자 머리와 손을 마구 흔들며 배를 움켜쥐고 웃었다.

채플리 부부의 불쾌한 태도에 화가 치밀어 오른 릴라는 일어나 앉아서 짐짓 도도하게 말했다.

"두 분이 언제 어디서 태어났는지는 모르겠지만, 아주 특이한 예의범절을 배우셨나 봐요. 제가 일어나서 옷을 갈아입을 수 있도록 제 방에서, 아니 이 방에서 나가주시겠어요? 그 정도의 예의를 갖추셨다면 저도 더는 폐를 끼치지 않을 거예요."

릴라는 냉소적이고 날카로운 말투로 덧붙였다.

"그리고 저희가 먹은 음식값과 하룻밤 묵은 숙박비도 충분히 지불하겠습니다."

유령처럼 보이는 흑백 노부인은 손뼉을 치듯 손을 움직였지만 아무 소리도 내지 않았다. 채플리 씨는 릴라의 차가운 말투에 겁을 먹었는지, 아니면 돈을 준다는 말에 기분이 좋아졌는지, 조금 전보다 예의 바르게 말했다.

"뭐, 그렇게 한다면야 문제될 게 하나도 없죠."

그때 흑백 노부인이 깜짝 놀랄 만큼 맑고 위엄 있는 목소리로 단호하게 말했다.

"저 아가씨에게 돈을 받을 셈인가? 이 사람아, 부끄러운 줄 알게. 사위가 변변치 않으니 장모가 경우를 따질 수밖에 없군그래. 명심하게. 나 마틸다 피트먼이 사는 집에서는 어떤 손님에게도 숙박비를 받지 않을 거야. 아무리 형편이 예전만 못하더라도 예의범절까지 내팽개칠 수는 없지. 완전히 잊어버린 건 아니니까. 어밀리아를 시집보낼 때 자네가 인색하다는 건 알고 있었지만, 내 딸까지 이토록 형편없게 만들 줄은 몰랐어. 난 오랫동안 이 집안을 이끌어왔고 앞으로도 그렇게 할 거야. 자, 로버트 채플리. 이 아가씨가 옷을 갈아입도록 여기서 나가게. 어밀리아, 넌 아래층으로 내려가서 아침 식사를 준비해라."

두 사람은 불평은커녕 기분 나쁜 기색조차 없이 방을 나갔다. 덩치 큰 사람 둘이 저렇게 작은 노부인의 말에 비굴할 정도로 순순히 따르는 모습을 보고 릴라는 신선한 충격을 받았다. 문이 닫히자 마틸다 피트먼 부인은 즐거운 듯 몸을 좌우로 흔들며 조용히 웃었다.

"어때, 재미있지? 평소에는 자기들이 하고 싶은 대로 내버려두지만 가끔씩은 고삐를 조여야 해. 그럴 땐 아주 세게 잡아당

기지. 저 두 사람은 내 심기를 거스르지 못해. 난 돈이 꽤 많은데, 그걸 자기들한테 물려주지 않을까 봐 전전긍긍하고 있거든. 그래봤자 소용없지. 재산 전부를 주지는 않을 테니까. 두 사람을 골려주고 싶거든. 얼마쯤은 남겨주겠지만, 일부는 다른 곳에 줄 거야. 아직 어디에 주겠다고 마음먹은 건 아닌데, 되도록 빨리 정해야겠지? 여든 살을 넘기면 언제 죽어도 이상하지 않으니까. 자, 그럼 천천히 옷을 갈아입고 내려와요. 나는 내려가서 저 못된 놈들이 일을 제대로 하는지 지켜봐야겠어. 아, 데려온 아이가 참 잘생겼던데. 아가씨 동생인가?"

릴라는 차분하게 대답했다.

"아뇨, 제가 돌보고 있는 전쟁고아예요. 아이 엄마는 세상을 떠났고 아빠는 외국에 나가 있죠."

"전쟁고아라고! 아이고, 아이가 깨기 전에 나가야겠군. 날 보면 울어댈 게 뻔하니까. 아이들은 날 좋아하지 않더라고. 지금껏 스스로 내게 다가온 아이는 한 명도 없었어. 사실 어밀리아는 의붓딸이야. 덕분에 귀찮은 일을 많이 덜었지. 아이들이 날 좋아하지 않고 나도 아이들을 좋아하지 않으니, 피장파장인 셈인가? 아무튼 아이가 참 잘생기긴 했어."

짐스는 그 말을 기다리기라도 한 듯 잠에서 깨어났다. 눈도 깜빡이지 않고 커다란 갈색 눈으로 마틸다 피트먼 부인을 바라보던 아이는 일어나 앉아서 살포시 보조개를 짓더니 손가락으로 부인을 가리키며 말했다.

"예쁜 할머니다! 윌라, 예쁜 할머니야."

마틸다 피트먼 부인은 미소를 지었다. 여든 살 노인이라도 들기 좋은 말 앞에서는 마음이 누그러질 수밖에 없었다.

"아이들과 바보는 진실만을 말한다고 했던가? 나도 젊었을 때 예쁘다는 칭찬을 자주 들었지만, 나이가 들어갈수록 그런 건 점점 줄어들게 마련이지. 요 몇 년 동안에는 한 번도 못 들어본 말이야. 모처럼 기분이 참 좋군. 아가야, 혹시 이 할미한테 뽀뽀 해줄 수 있니?"

그러자 놀라운 일이 벌어졌다. 짐스는 평소 감정을 잘 드러내지도 않을뿐더러 잉글사이드 사람들과 입맞춤하는 것도 꺼리던 아이였다. 그런데 아무 말도 없이 침대에서 벌떡 일어나더니 통통한 몸에 속옷만 걸친 채로 발판 있는 곳까지 달려가 부인을 꼭 끌어안고 서너 번이나 입을 맞춘 것이다.

"짐스!"

아이의 스스럼없는 행동이 버릇없게 느껴질까 봐 걱정된 릴라가 짐스를 나무랐다. 그러자 마틸다 피트먼 부인이 모자를 똑바로 고쳐 쓰면서 말했다.

"그냥 놔둬. 날 무서워하지 않는 사람을 보니 기분이 좋은걸? 다들 날 무서워하지. 아가씨도 마찬가지인 것 같군. 비록 내색하지 않으려 노력하긴 하지만 내 눈엔 속마음이 훤히 보인다니까. 다들 왜 그러는 걸까? 물론 로버트와 어밀리아는 날 무서워하는 게 당연해. 내가 일부러 겁을 주고 있거든. 하지만 아무리 정중하게 대해도 사람들은 날 무서워하지. 아무튼 아가씨는 이 아이를 계속 키울 생각인가?"

"그럴 순 없을 것 같아요. 아이 아빠가 곧 돌아올 테니까요."

"좋은 사람인가? 그러니까, 그 아빠라는 사람 말이야."

릴라가 머뭇거리며 말했다.

"글쎄요? 친절하고 좋은 사람이긴 하죠. 하지만 가난해요. 앞으로도 계속 가난하게 살 것 같아서 걱정이에요."

"그렇군. 별 의욕도 없고, 가정을 꾸려나갈 능력도 없는 사람인가 보네. 그래, 알았어. 두고 보면 알게 되겠지. 내게 좋은 생각이 있어. 아주 좋은 생각이야. 게다가 로버트와 어밀리아를 골려줄 수 있는 일이지. 난 그게 가장 중요하니까. 아, 물론 저 아이가 좋아서 한 생각이야. 날 무서워하지 않으니까 나도 신경을 쏟을 만한 가치가 충분하다고 봐. 아무튼 조금 전에도 말했지만, 옷을 갈아입고 준비가 다 되면 내려오도록 해."

릴라는 전날 오래 걷고 심지어 넘어지기도 한 터라 다리 근육이 딴딴하게 뭉쳤고 몸 이곳저곳이 결렸다. 하지만 서둘러 옷을 갈아입고 짐스에게 옷을 입힌 다음 아래층으로 내려갔다. 식탁 위에는 김이 모락모락 나는 아침 식사가 차려져 있었다. 채플리 씨는 보이지 않았고 그의 아내가 부루퉁한 얼굴로 빵을 자르고 있었다. 마틸다 피트먼 부인은 안락의자에 앉아 군용 회색 양말을 뜨개질하고 있었다. 모자는 여전히 쓰고 있었으며 의기양양한 표정도 그대로였다.

노부인이 릴라에게 말했다.

"자, 얼른 앉아서 마음껏 들어요."

릴라가 거의 울먹이듯 말했다.

"죄송하지만, 배고프지 않아요. 지금은 뭔가를 삼킬 수 없을 것 같네요. 역으로 출발할 시간이기도 하고요. 머지않아 아침 열차가 도착할 거예요. 저희는 이만 실례해야 할 것 같습니다.

버터 바른 빵 한 쪽만 부탁드릴게요. 짐스에게 먹이려고요."

마틸다 피트먼 부인은 장난스럽게 뜨개바늘을 흔들었다.

"앉아서 아침을 먹도록 해요. 이건 마틸다 피트먼의 명령이니까. 이 집에서는 모두 내 말을 따라야 해. 로버트와 어밀리아도 그래야 하고, 아가씨도 마찬가지야."

릴라는 어쩔 수 없이 자리에 앉았다. 부인이 부리는 마법에 걸리기라도 했는지, 음식도 꽤 많이 먹었다. 어머니 앞에서 유순해진 어밀리아는 식사 시간 내내 한 마디도 하지 않았다. 마틸다 피트먼 부인도 입을 다물고 부지런히 뜨개질을 했지만 이따금씩 킥킥대며 웃었다. 릴라가 식사를 마치자 부인이 뜨갯거리를 내려놓고 이야기했다.

"이제 가고 싶으면 가도 돼. 하지만 꼭 지금 갈 필요는 없어. 여기 있고 싶으면 얼마든지 있어도 되니까. 식사는 어밀리아한테 준비하라고 하면 되거든."

청소년 적십자단의 몇몇 단원에게 잘난 척하면서 우두머리 노릇만 한다고 비난받을 만큼 독립심이 강한 릴라 블라이드도 부인 앞에서는 주눅이 들 수밖에 없었다.

릴라는 얌전하게 말했다.

"말씀은 고맙지만, 정말 가야 해요."

마틸다 피트먼 부인이 문을 열어주며 말했다.

"그럼 할 수 없지. 로버트에게 아가씨를 역까지 데려다주라고 이야기해두었어. 난 사위를 부려먹는 게 좋아. 내 유일한 즐거움이라고 할까? 여든 살 넘게 살다 보니 웬만한 일은 시들하거든. 그래도 로버트를 쥐고 흔드는 건 아직 재미있어."

집 앞에는 고무바퀴가 달려 있고 좌석이 두 개 있는 마차가 서 있었다. 로버트는 마부석에 앉아 고삐를 잡고 있었다. 장모가 릴라에게 한 말을 한 마디도 빠짐없이 들었을 테지만 불쾌한 기색은 전혀 없었다.

"아, 저기. 그러니까 제가 드려야 할 돈이…."

릴라는 얼마 남지 않은 용기를 가까스로 끌어모아 말을 건넸지만 부인과 눈이 마주치자 겁이 나서 말꼬리를 흐렸다.

"이 마틸다 피트먼이 아까 말했잖아. 그건 허튼소리가 아니야. 나는 손님을 대접하고 대가를 받는 일 따윈 하지 않아. 같이 사는 사람들이야 원래부터 욕심 많은 놈들이라 돈을 받고 싶어 했지만, 내 집에서 그런 일을 하도록 허락할 순 없지. 자, 그럼 잘 가요. 다음번에 이쪽으로 올 땐 꼭 전화를 해줘. 무서워할 것 없어. 아, 별로 무서워하는 것 같진 않네. 오늘 아침 로버트에게 제대로 쏘아붙인 걸 보면 아가씨도 참 기가 센 것 같아. 그래서 난 아가씨가 마음에 들어. 요즘 젊은 여자들은 왜 그리 소심하고 겁이 많은지 모르겠다니까. 난 젊었을 때 무서운 게 하나도 없었지. 그리고 그 아이를 잘 보살펴주도록 해. 내가 볼 때 보통 아이가 아니야. 가는 동안에는 로버트에게 웅덩이를 잘 피해서 마차를 몰라고 말해줘. 새 마차에 흙탕물이 튀는 건 싫거든."

마차가 움직이기 시작하자 짐스는 마틸다 피트먼 부인이 보이지 않을 때까지 손으로 입맞춤을 날렸다. 마틸다 피트먼 부인은 양말을 흔들며 화답했다. 로버트는 역으로 가는 동안 좋은 말이든 나쁜 말이든 한 마디도 하지 않았지만, 장모의 말을 잊지 않고 웅덩이를 피해서 갔다. 릴라는 역에 도착하자 로버트에게 고맙다고 정중히 인사했다. 로버트는 뭐라고 꿍얼거리더니 곧장 마차를 돌려서 가버렸다.

릴라는 비로소 마음 놓고 길게 숨을 내쉬었다.

"후유, 이제야 릴라 블라이드로 돌아갈 수 있겠네. 지난 몇 시간 동안 다른 사람이 되었던 것 같아. 정확히 누구라고 말할 순 없는데, 마치 그 별난 할머니가 만들어낸 사람이 된 기분이었어. 할머니가 내게 최면을 걸었던 건 아닐까? 편지에 적어서 오빠들에게 보낼 만큼 흥미로운 모험이었어."

그러다 릴라는 한숨을 쉬었다. 지금 편지를 쓸 사람이 제리, 케네스, 칼, 셜리밖에 없었기 때문이다. 젬이라면 마틸다 피트먼 부인이 어떤 사람인지 단번에 알아봤을 것이다.

"젬은 지금 어디 있을까?"

32장

젬의 편지

1918년 8월 4일

등대에서 댄스파티를 한 지 4년째 되는 날이다. 전쟁이
4년이나 계속되고 있다는 뜻이기도 하다. 난 그동안 4년이
세 번은 지난 것 같은 느낌이 든다. 열다섯 살이었던 내가
어느덧 열아홉 살이 되었다. 예전에 나는 이때가 인생에서
가장 즐거운 시간이 될 것으로 기대했다. 하지만 전쟁이 계
속되는 동안 그 시간은 두려움과 슬픔과 걱정으로 얼룩져
버렸다. 단지 인격이 성숙해지고 할 수 있는 일도 많아졌기
를 겸허하게 바랄 뿐이다.

오늘 복도를 지나가다가 부모님의 대화를 들었다. 어머
니가 나에 대한 이야기를 아버지에게 하고 있었다. 일부러
들은 건 아니었다. 복도를 지나 2층으로 올라가다가 우연

히 말소리가 들렸을 뿐이다. 엿듣는 사람은 자기에 대해 좋은 말을 듣지 못한다고들 하지만, 다행히 어머니는 날 칭찬하고 있었다. 어머니가 한 말이니 난 그 내용을 일기장에 적어두고 낙심하거나 무기력해질 때마다 꺼내 보면서 힘을 낼 것이다.

"릴라는 지난 4년 동안 훌륭하게 성장했어. 전에는 참 무책임한 아이였는데, 지금은 재능도 많고 성숙한 숙녀가 되었지. 릴라에게 얼마나 큰 위로를 받고 있는지 몰라. 낸과 다이는 자라면서 조금씩 내게 멀어졌어. 아마 집에 거의 없어서 그럴 거야. 그런데 릴라는 점점 더 나와 가까워지는 것 같아. 이제는 친한 친구처럼 느껴질 정도야. 릴라가 없었더라면 이 끔찍한 세월을 견뎌내지 못했겠지?"

어머니의 말을 그대로 옮긴 것이다. 이 말을 들었을 때 나는 참 기쁘고 자랑스러웠다. 한편으로는 죄송하면서 부끄럽기도 했다. 어머니가 날 인정해준 것은 감사하지만, 내겐 그만한 자격이 없다. 난 그렇게 좋은 사람도 아니고 강하지도 않다. 화를 내고, 조급하게 굴고, 슬퍼하고, 절망에 빠질 때도 참 많았다. 우리 집을 튼튼하게 지켜온 사람은 뭐니 뭐니 해도 어머니와 수전 아주머니다. 다만 나도 조금은 도움이 된 것 같아서 다행이라고 생각한다.

전장에서는 좋은 소식이 들려오고 있다. 프랑스군과 미군은 독일군을 계속 몰아붙이는 중이다. 하지만 머지않아 전세가 뒤집힐까 봐 불안하기도 하다. 거의 4년 동안 재앙이 이어지다 보니 연이은 승전보에도 쉽게 마음을 놓지 못

하는 것 같다. 사람들은 이제 떠들썩하게 기뻐하지도 않는다. 수전 아주머니는 여전히 국기를 내걸고 있지만, 우리는 그 모습을 가만히 지켜보고만 있다. 즐거움을 누리기에는 그 대가가 너무나 컸기 때문이다. 누군가의 희생이 헛되지 않았음을 그저 고마워할 뿐이다.

젬에게서는 아직도 소식이 없다. 하지만 우리는 여전히 희망을 품고 기다리는 중이다. 그것 외에는 달리 어떻게 할 엄두가 나지 않기 때문이다. 물론 헛된 희망이 아닌지 불안한 마음을 차마 겉으로 드러내지는 못하고 속으로만 생각할 때도 있다. 몇 주가 지나면서 그런 생각을 점점 자주 하게 된다. 어쩌면 영원히 젬의 소식을 듣지 못할 수도 있다. 그런 생각이 들 때마다 마음이 찢어지는 것처럼 아프다. 페이스는 어떻게 견디고 있는지 모르겠다. 페이스가 보내준 편지를 보면, 한순간도 희망의 끈을 놓지 않는 듯하다. 하지만 페이스도 우리처럼 절망에 빠져 우울한 시간을 보낼 때가 있을 것이다.

1918년 8월 20일

캐나다군이 다시 작전을 개시했다. 오늘 메러디스 목사님에게 전보가 왔는데, 칼이 가벼운 부상을 입어서 병원에 입원했다고 한다. 보통은 다친 데를 알려주기 마련인데 그런 언급은 전혀 없었다. 그래서 다들 걱정하고 있다. 요즘은 날마다 승전 소식이 전해지고 있다.

1918년 8월 30일

오늘 메러디스 목사님 댁으로 칼의 편지가 도착했다. "경미한 부상"이라고 적혀 있었지만, 다친 부위가 하필 오른쪽 눈이었다. 이제 그 눈으로는 영원히 앞을 볼 수 없게 된 것이다!

"한쪽 눈으로도 곤충은 얼마든지 관찰할 수 있어요."

칼의 편지는 유쾌했다. 이만하기 천만다행이라는 것쯤은 우리도 안다. 두 눈을 모두 다쳤으면 어쩔 뻔했는가! 하지만 나는 칼의 편지를 읽고 오후 내내 울었다. 그 아름답고 두려움을 모르는 파란 눈이 그렇게 되다니!

그나마 위로가 되는 소식이 있다. 칼은 다시 전쟁터로 가지 않아도 된다. 병원에서 퇴원하자마자 집에 돌아올 거라고 한다. 오빠들 중에서 첫 번째다. 다른 사람들은 언제쯤 돌아올 수 있을까?

영원히 돌아오지 못하는 오빠도 한 사람 있다. 혹시 돌아온다고 해도 우리 눈에는 보이지 않을 것이다. 하지만…. 아, 틀림없이 돌아올 것이다. 캐나다 군인들이 돌아올 때 그림자 군대, 즉 전사한 사람들도 함께 돌아올 것이다. 비록 우리는 그들을 볼 수 없겠지만, 그들도 귀환자 무리와 함께 있을 것이다!

1918년 9월 1일

어제 어머니와 나는 샬럿타운의 극장에서 《세계의 심장》이라는 영화를 봤다. 그런데 난 극장에서 바보 같은 짓을

하고 말았다. 아마 아버지는 이 일로 평생 나를 놀려댈 것
이다. 난 영화에 깊이 빠진 나머지 눈앞에 펼쳐진 장면을
현실과 구분하지 못하게 되었다. 내가 극장 안에 있다는 사
실조차 잊어버렸다. 그러다가 영화가 거의 끝나갈 때쯤 일
이 벌어지고야 말았다. 여주인공이 독일군 병사에게서 벗
어나고자 필사적으로 저항하는 모습을 보면서 나는 그녀가
칼을 가지고 있다는 사실을 떠올렸다. 그 칼을 숨기는 장면
이 앞에 나왔기 때문이다. 나는 왜 여주인공이 칼을 꺼내서
짐승 같은 놈을 해치우지 않는 것인지 이해할 수가 없었다.
칼이 있다는 사실을 잊어버린 것이 분명하다고 생각한 나
는, 긴박한 장면에 이르자 이성을 완전히 잃어버렸다. 사람
들로 가득 찬 극장에서 벌떡 일어나 목이 찢어지도록 소리
친 것이다.

"당신 양말 속에 칼이 있어요. 칼이 있다니까요!"

그 순간 주위가 소란해지면서 내게로 시선이 쏠렸다. 그
리고 내 말이 끝나자마자 여주인공은 양말에서 칼을 꺼내
그 병사를 찔렀다! 극장 안에 있던 사람들은 모두 웃음을
터뜨렸다. 제정신이 돌아온 나는 부끄러워서 빨개진 얼굴
로 자리에 앉았다. 어머니도 웃음을 참지 못하고 어깨를 들
썩거렸다. 왜 그렇게 어처구니없는 짓을 하도록 날 내버려
두었냐고 어머니에게 따지고 싶었다. 내가 그러기 전에 날
자리에 앉히고 입을 막아주었다면 좋았을 텐데. 하지만 어
머니는 그럴 겨를도 없었다고 말했다.

다행히 극장 안은 어두웠고 나를 아는 사람은 그곳에 아

무도 없었던 것 같다. 나는 분별력과 자제력이 있으며 어엿한 숙녀가 되었다고 생각했는데, "간절히 바라던 삶의 완성"*에 이르기까지는 갈 길이 까마득해 보인다.

1918년 9월 20일

동쪽에서는 불가리아가 평화협상을 제의했고 서쪽에서는 영국군이 힌덴부르크 전선을 무너뜨렸다. 그리고 바로여기 글렌세인트메리 마을에서는 브루스 메러디스가 내게감동을 주었다. 사랑에서 비롯된 행동이기에 무척 훌륭했다고 생각한다. 메러디스 아주머니가 오늘 밤 여기 오셔서그 이야기를 해주었다. 어머니와 나는 눈물을 흘렸고 수전아주머니는 자리에서 일어나 화로 주위를 돌아다니며 괜스레 이것저것을 만지작거렸다.

브루스는 전부터 젬을 무척 좋아했고 잘 따랐다. 젬이전쟁터에 나가 있는 동안 한순간도 젬을 잊은 적이 없었다. 먼데이가 자기 방식대로 주인에게 충성하고 있었다면, 브루스도 그에 못지않게 의리를 지키고 있었다.

평소 우리는 젬이 꼭 돌아올 거라고 브루스에게 말해줬다. 그런데 어젯밤 브루스가 플래그 아저씨네 가게에 갔을때 일이 벌어지고야 말았다. 노먼 더글러스 아저씨가 떠들어대는 소리를 들은 것이다.

"젬 블라이드는 돌아오지 못할 거야. 잉글사이드 사람들

• 셰익스피어의 희곡 〈햄릿〉에 나온 대사

도 이젠 포기하고 현실을 받아들여야 해."

집에 돌아온 브루스는 내내 울다가 잠들었다.

오늘 아침 메러디스 아주머니는 브루스가 몹시 슬퍼하면서도 무언가 굳게 마음먹은 듯 결연한 표정으로 마당에 나가는 모습을 보았다. 품에는 애지중지하는 새끼 고양이를 안고 있었다. 아주머니는 대수롭지 않게 여겼다. 그런데 얼마 뒤 브루스는 얼굴이 하얗게 질린 채로 돌아와서 작은 몸을 벌벌 떨며 말했다.

"엄마, 내가 스트라이피를 물에 빠뜨렸어요."

메러디스 아주머니는 깜짝 놀라서 소리쳤다.

"뭐라고? 왜 그런 짓을 한 거야?"

브루스는 흐느껴 울었다.

"젬 형이 돌아오게 하려고요. 내가 스트라이피를 드리면 하느님이 젬 형을 돌려보낼 것 같았거든요. 그래서 스트라이피를 물에 던진 거예요. 정말 힘들었어요. 스트라이피는 내게 가장 소중한 것이니까요. 난 스트라이피와 젬 형을 바꾸자고 하느님께 기도했어요. 그러니까 젬 형은 꼭 돌아올 거예요. 그렇죠, 엄마?"

메러디스 아주머니는 브루스가 가엾어서 뭐라고 말해야 할지 몰랐다고 했다. 그렇게 무언가를 바쳐도 젬이 꼭 돌아오는 건 아니며, 하느님은 그런 식으로 일하지 않는다는 말을 도저히 할 수 없었던 것이다. 아주머니는 브루스에게, 네가 바라는 일이 당장 일어나는 건 아니며 젬이 돌아올 때까지 오랫동안 기다려야 할지도 모른다고 타일렀다. 하지만 브루스는 이렇게 말했다.

"일주일만 기다리면 될까요? 그것보다 오래 걸릴 리는 없어요. 엄마, 스트라이피는 참 예쁜 고양이예요. 가르랑대는 소리도 멋있잖아요. 젬 형을 당장 보내줄 정도로 하느님이 스트라이피를 마음에 들어 하셨을 거예요."

메러디스 목사님은 이 일로 브루스가 잘못된 신앙을 갖게 될까 봐 걱정했고, 아주머니는 소원이 이루어지지 않았을 때 브루스가 큰 상처를 받을까 봐 걱정했다. 나는 이 일을 떠올릴 때마다 눈물이 고이면서 코끝이 시큰해지곤 한다. 정말 훌륭하고 애잔하면서 아름다운 이야기다. 젬에게는 이토록 귀엽고 헌신적인 꼬마 친구가 있다. 브루스가 새끼 고양이를 얼마나 좋아했는지 알고 있다. 지금껏 수많은 희생이 아무런 결실을 맺지 못했던 것처럼 이 일도 헛된 희생으로 끝난다면, 브루스의 마음은 갈기갈기 찢어질 것이다. 하느님은 우리가 기도한 대로 무조건 들어주시는 분이 아니며, 우리가 사랑하는 것을 바칠 테니 대신 무엇을 달라는 거래에 응하지도 않으신다는 것을 이해하기에는 브루스가 너무 어리기 때문이다.

1918년 9월 24일

달빛이 내리는 창가에 무릎을 꿇고 앉아 몇 번이나 감사기도를 드렸다. 어젯밤과 오늘의 기쁨이 어쩌나 큰지, 마음속에 다 담을 수 없어 아프기까지 하다.

나는 어젯밤 11시쯤 내 방에서 셜리에게 편지를 쓰고 있었다. 외출한 아버지 외에는 다들 잠자리에 들었다. 그때 전화벨 소리가 울렸다. 나는 어머니가 깨기 전에 전화를 받으려고 거실로 달려갔다. 장거리 전화였다. 수화기를 들자마자 이런 말소리가 들렸다.

"여기는 샬럿타운 전신국입니다. 해외에서 블라이드 선생님께 전보가 왔습니다."

혹시라도 셜리가 무슨 일을 당한 것은 아닌가 싶어서 심장이 그대로 멎어버렸다. 내가 정신을 차리지 못하고 있을 때 전화를 건 사람이 이렇게 말했다.

"네덜란드에서 온 전보입니다."

전보의 내용은 아래와 같았다.

"방금 도착. 독일군에 잡혔다가 탈출함. 몸은 건강함. 다시 연락하겠음. 제임스 블라이드."

나는 기절하지도, 쓰러지지도, 비명을 지르지도 않았다. 기뻐하거나 놀라지도 않았다. 신기하게도 아무런 느낌이 없었다. 월터가 입대한다는 말을 들었을 때처럼 몸과 정신이 마비된 것 같았다. 나는 수화기를 내려놓고 돌아섰다. 어머니가 문간에 서 있었다. 장미꽃 무늬가 새겨진 실내복을 입고 머리는 하나로 굵게 땋아 등 뒤로 길게 늘어뜨린 채 눈을 반짝이는 모습이 어린 소녀 같았다.

"젬 소식이니?"

어떻게 아셨을까? 내가 수화기에 대고 한 말은 "네, 네, 네"뿐이었는데. 어머니도 이유는 모르겠다고 했다. 잠에서 깨어나 전화벨 소리를 듣는 순간 젬과 관련된 소식이라는 느낌이 들었다는 것이다.

"젬이 살아 있어요! 몸도 건강하고요. 지금 네덜란드에 있대요."

어머니가 거실로 나오면서 말했다.

"아버지에게 전화로 이 소식을 알려드려야겠구나. 지금 위쪽 마을에 계시거든."

예상과 달리 어머니는 아주 차분하고 조용했다. 하지만 나도 예상과 다르게 반응한 건 마찬가지였다. 올리버 선생님과 수전 아주머니를 깨워서 이 소식을 전해주었다. 아주머니가 첫 번째로 한 말은 "하느님, 감사합니다"였고, 두 번째는 "그것 보렴. 먼데이는 알고 있다고 내가 말했잖니"였다. 그런 다음 이렇게 말하면서 잠옷 차림으로 성큼성큼 방을 나섰다.

"아래층으로 내려가서 차를 끓여야겠다."

수전 아주머니는 어머니와 올리버 선생님에게 따뜻한 차를 가져다주었다. 나는 내 방으로 돌아와 문을 꼭 걸어 잠근 뒤 창가로 가서 무릎을 꿇고 울었다. 올리버 선생님이 약혼자의 소식을 들었을 때와 똑같았다.

부활의 아침을 맞이한 기분이 어떠했을지, 이제 나도 분명히 알게 된 것 같다.

1918년 10월 4일

오늘 젬에게서 편지가 왔다. 받은 지 여섯 시간 지났을 뿐인데 편지지가 벌써 너덜너덜해졌다. 우체국장이 글렌세인트메리 마을 전체에 이 소식을 알렸고, 다들 젬의 안부가 궁금해서 우리 집으로 찾아왔다.

젬은 허벅지에 중상을 입었고 적군에게 붙잡혀 포로가 되었다. 열이 너무 심하게 나서 자기에게 무슨 일이 일어났는지, 자기가 어디에 있는지조차 분간하지 못했다고 한다. 몇 주가 지나서야 의식을 되찾고 편지를 썼는데, 그 편지는 집에 도착하지 않았다.

포로수용소에서는 그럭저럭 견딜 만했다고 한다. 다만 음식이 형편없었을 뿐이다. 먹은 것이라고는 검은 빵 조금과 삶은 순무 정도였고 가끔씩 검은콩이 들어간 수프가 나왔다. 젬이 그렇게 굶주리는 동안 우리는 식탁에 앉아 세 끼를 호화롭게 먹고 있었다니, 민망해서 쥐구멍에라도 숨고 싶었다. 젬은 몸이 회복되자마자 탈출했지만 붙잡혀서 다시 끌려갔다. 한 달 뒤 동료와 함께 다시 탈주를 감행했고, 이번에는 성공해서 네덜란드까지 가게 된 것이다.

젬은 집에 곧바로 돌아올 수 없었다. 전보에 쓴 것과 달리 몸 상태가 좋지 않았기 때문이다. 부상에서 완전히 낫지 않아 영국 병원에서 치료를 받아야 한다. 하지만 언젠가는 멀쩡한 몸으로 집에 돌아갈 것이라고 적혀 있었다. 아, 소식만으로도 모든 게 얼마나 달라졌는지 모른다!

오늘 제임스 앤더슨에게서도 편지가 왔다. 그사이 영국 아가씨와 결혼했고, 제대 절차를 밟았으며, 지금 신부와 함께 캐나다로 돌아오는 중이라고 했다. 솔직히 기뻐해야 할지 슬퍼해야 할지 잘 모르겠다. 그의 아내가 어떤 사람이냐에 달린 문제니까.

편지 한 통을 더 받았다. 샬럿타운의 변호사가 보낸 것
이었는데, 내용이 조금 이상했다. 고(故) 마틸다 피트먼 부
인의 재산과 관련해 논의할 일이 있으니 가급적 빨리 만나
자는 것이다. 나는 몇 주 전 『엔터프라이즈』에서 피트먼 부
인의 부고를 읽었다. 사인은 심장마비였다고 한다. 변호사
가 날 만나자고 한 이유는 짐스 때문이 아닐까 싶다.

1918년 10월 5일

오늘 아침에 시내로 가서 피트먼 부인의 변호사를 만나
고 왔다. 체구가 작고 야윈 사람이었는데, 세상을 떠난 의
뢰인을 깊이 존경하는 듯했다. 이 사람도 로버트와 어밀리
아처럼 피트먼 부인의 손아귀 안에 있었던 것이 분명해 보
였다. 피트먼 부인은 세상을 떠나기 얼마 전에 새 유언장
을 작성했다고 한다. 부인이 남긴 돈은 3만 달러였는데 대
부분은 어밀리아 채플리에게 물려주었다. 그런데 5천 달러
는 짐스 몫으로 내게 맡겼다. 이 돈의 이자는 내가 판단해
짐스의 양육비로 쓰고, 원금은 짐스가 20세 생일을 맞았을
때 본인에게 주도록 되어 있었다. 짐스는 행운을 타고난 아
이가 분명하다. 코노버 부인의 손에서 서서히 죽어갈 때 내
가 구해주었고, 디프테리아성 후두염으로 숨이 넘어갈 뻔
했을 때는 메리 밴스가 살려주었다. 기차에서 떨어졌을 때
는 운이 좋아 목숨을 건졌다. 짐스는 고사리 덤불 위로 떨
어진 것이 아니라 이 멋진 유산 속으로 떨어진 셈이다. 마

틸다 피트먼 부인의 말처럼 짐스는 보통 아이가 아니며 앞으로 비범한 인생을 살아갈 것이다. 물론 나도 그 말에 전적으로 동의한다.

어쨌든 짐스에게는 재산이 생겼다. 제임스 앤더슨 씨도 이 돈에 함부로 손댈 수 없다. 돈 문제는 한시름 놓았으니 이제는 영국인 새엄마가 좋은 사람이기를 바랄 뿐이다. 그러면 내 전쟁고아의 앞날에 대해서는 마음을 놓을 수 있을 것이다.

로버트와 어밀리아는 이 일을 어떻게 생각할지 궁금하다. 앞으로 집을 비울 때면, 창문에 못질을 해두겠지?

33장

———

승리의 여신은 우리에게

"오늘은 '차가운 바람과 우울한 하늘'*이군요. 10월이라기보다
는 11월에 가까운 것 같아요. 11월 날씨는 정말 흉측하잖아요."

어느 일요일 오후, 정확히는 10월 6일 오후에 릴라가 시구절
을 인용하며 말했다. 거실 벽난로에서는 장작불이 활활 타오르
고 있었다. 활기차게 이글거리는 불꽃은 매서운 추위에 맞서 집
안을 아늑하게 만들어주었다.

마틴 클로 부인과 '또다시 수전을 용서한' 소피아도 잉글사이
드에 있었다. 클로 부인은 일요일에 남의 집을 방문하는 법이
없었지만, 이날은 수전에게 류머티즘 치료제를 꾸리려고 잠시 들
렀다. 그렇게 하면 블라이드 선생에게 구입하는 것보다 싸게 먹

~~~~~~

•   미국 시인 낸시 웨이크필드(1836-1870)의 시 〈천국〉의 한 구절

히기 때문이다.

소피아가 한숨을 쉬며 말했다.

"올겨울에는 추위가 일찍 찾아올 것 같아 걱정이야. 사향쥐들이 연못 가장자리에다 집을 아주 크게 만들었더라고. 그게 바로 날씨가 좋지 않을 거라는 징조거든. 애고머니나, 저 아이는 정말 많이 컸네!"

소피아는 아이가 무럭무럭 자라는 게 불행한 일이라도 된다는 듯 또다시 한숨을 쉬었다.

"아이 아버지는 언제 온다고 했지?"

릴라가 대답했다.

"다음 주에 여기로 찾아올 거예요."

소피아는 연거푸 한숨을 쉬며 말했다.

"음, 저 가엾은 아이가 새엄마에게 구박이나 당하지 않았으면 좋겠군. 하지만 세상일이 어디 우리 뜻대로 되던가? 난 왠지 불안해. 아무튼 저 아이는 여기랑 다른 대접을 받게 될 거야. 본인도 그걸 확실히 느끼겠지. 릴라, 네가 저 아이 버릇을 망쳐놨어. 하나부터 열까지 챙겨주면서 응석받이로 키웠잖아."

릴라는 미소를 지으며 짐스의 곱슬머리에 뺨을 가져다댔다. 짐스는 착하고 명랑할 뿐 제멋대로 구는 아이가 아니었다. 하지만 얼굴은 웃고 있으면서도 마음은 불안했다. 릴라도 앤더슨 씨의 새 아내가 어떤 사람인지 몰라서 걱정하고 있었기 때문이다. 릴라는 속으로 굳게 다짐했다.

'사랑받지 못할 곳으로 짐스를 보낼 순 없어!'

소피아가 다시 입을 열었다.

"비가 올 것 같네. 올가을에는 이미 지겹게 쏟아졌지. 밭농사를 짓는 사람들이 엄청나게 힘들 거야. 내가 젊었을 땐 이러지 않았어. 10월에는 날씨가 참 좋았거든. 하지만 지금은 같은 계절이라고 해도 예전과 완전히 달라. 그리고…."

때마침 소피아의 우울한 목소리를 뚝 자르며 전화벨이 울렸다. 거트루드 올리버가 수화기를 들었다.

"네. 뭐라고요? 정말인가요? 공식적으로 발표가 난 건가요? 아, 감사합니다! 정말 감사합니다!"

올리버는 극적인 몸짓으로 거실을 향해 몸을 돌렸다. 검은 눈동자가 반짝거렸고 그늘이 져 있던 얼굴도 북받치는 감정으로 붉게 물들어 있었다. 갑자기 태양이 두꺼운 구름 사이로 얼굴을 내밀었고, 창밖의 진홍색 단풍나무 사이로 햇살이 쏟아졌다. 거실 안으로 비껴든 빛이 불꽃처럼 올리버를 감쌌다. 신비로운 기운에 휩싸인 올리버는 화려하고 환상적인 의식을 치르는 여사제처럼 보였다.

"독일과 오스트리아가 평화조약을 맺자고 제안했어요."

올리버가 말을 마치자마자 릴라는 정신이 나간 듯 손뼉을 치고 펄쩍펄쩍 뛰었다. 울고불고하면서 춤을 추며 거실을 돌아다니기도 했다. 릴라는 잠시 동안 거의 미쳐 있는 듯했다.

"애고, 아가씨야. 정신 사나우니까 이제 그만 앉으렴."

클로 부인이 릴라를 진정시켰다. 그녀는 어떤 일이 닥쳐도 좀처럼 흥분하지 않았다. 그래서 지금껏 인생의 희로애락을 제대로 느낀 적이 없었다.

릴라가 큰 소리로 외쳤다.

"지난 4년 동안 저는 하루에도 몇 시간씩 절망하고 불안해하면서 방 안을 서성거렸어요. 그러니 이제 기뻐서 뛰어다니게 그냥 내버려두세요. 지금 이 순간을 맞이하기 위해서 그 길고 괴로운 세월을 견뎌온 것 같아요. 그 시간을 되돌아볼 때마다 삶의 가치를 새삼 느낄 수 있겠죠? 수전 아주머니, 우리 얼른 국기를 걸어요. 그리고 글렌세인트메리 마을 사람들에게도 이 소식을 알려줘야죠."

짐스가 간절한 얼굴로 물었다.

"그럼 이제 설탕을 마음껏 먹어도 되는 거야?"

평생 잊을 수 없는 오후였다. 이 소식이 퍼지자 흥분한 사람들이 온 마을을 뛰어다니다가 잉글사이드로 몰려왔다. 메러디스 가족도 찾아와서 저녁 식사를 함께 했다. 모두가 저마다 떠들어댔지만 남의 이야기를 귀 기울여 듣는 사람은 아무도 없었다. 독일과 오스트리아는 당최 믿을 수 없는 나라일 뿐만 아니라 그 조약이라는 것도 전부 속임수라고 소피아가 애써 주장했지만, 아무도 그 말에 관심을 보이지 않았다.

수전이 말했다.

"이번 일요일 덕분에 3월의 그 끔찍했던 일요일을 잊어버릴 수 있겠네요."

올리버가 꿈꾸는 듯한 얼굴로 릴라에게 속삭였다.

"난 진정한 평화가 찾아왔을 때 모든 일이 밋밋하고 지루해 보일 것 같다는 생각을 했던 적이 있어. 4년간이나 공포, 두려움, 끔찍한 패배, 놀라운 승리를 맛보았으니 앞으로 무슨 일이 일어난다 해도 덤덤하게 받아들일 것 같았거든. 이제 우편물이

와도 가슴이 철렁 내려앉을 일이 없다니, 고맙긴 하지만 이상한 기분이 들어. 왠지 따분할 것 같기도 하고."

"당분간은 두려워해야 할 것 같아요. 아직 완전한 평화가 온 건 아니니까요. 그리고 그 몇 주 동안 끔찍한 일이 벌어질 수도 있잖아요. 저는 벌써 들떴던 마음이 가라앉아버렸네요. 우리는 마침내 이겼어요. 하지만 정말 값비싼 대가를 치렀죠."

거트루드 올리버가 조용히 말했다.

"자유를 얻은 대가라면, 그렇게 비싼 건 아니라고 생각해. 네 생각은 어떠니?"

릴라는 프랑스의 전쟁터에 서 있는 작고 하얀 십자가를 떠올리며 속삭이듯 말했다.

"저도 그렇게 생각해요. 이 땅에 남아 있는 우리들이 가치 있게 살아간다면, 희생당한 이들과 했던 맹세를 잊지 않고 지켜나간다면, 비싼 대가는 아니라고 봐요."

"우리는 맹세를 지킬 거야!"

올리버는 이렇게 말한 뒤 자리에서 일어났다. 그러자 식탁에 둘러앉은 사람들이 한순간 입을 다물었다. 올리버는 흐르는 침묵 속에서 월터의 유명한 시 〈피리 부는 사나이〉를 암송했다. 암송이 끝나자 메러디스 목사가 일어나 잔을 높이 들었다.

"건배합시다. 묵묵히 희생한 병사들을 위해, 피리 부는 사나이의 부름을 따른 젊은이들을 위해! '우리의 내일을 위해 그들은 오늘을 바쳤습니다.'* 이 승리는 그들의 것입니다!"

* 영국 시인 존 맥스웰 에드먼즈(1875-1958)가 쓴 비문 중 한 구절

34장

하이드 씨는 "본래 있던 곳으로"[*],
수전은 신혼여행지로

짐스는 11월 초에 잉글사이드를 떠났다. 릴라는 눈물을 쏟으며
짐스의 뒷모습을 바라보았지만 마음은 가벼웠다. 제임스 앤더
슨의 두 번째 부인을 만나고 나서 안심했기 때문이다. 그가 어
떻게 이런 행운을 얻었는지 다들 궁금해할 만큼 앤더슨 부인은
착하고 현명한 여인이었다. 장밋빛 얼굴에 파란 눈동자, 제라늄
잎처럼 둥글둥글하고 말끔한 그녀는 첫인상부터 호감을 주었
다. 릴라는 앤더슨 부인을 만나자마자 짐스를 맡겨도 될 사람임
을 한눈에 알아보았다.

앤더슨 부인이 진심 어린 목소리로 말했다.

"난 아이들을 좋아해요. 많이 키워보기도 했고요. 내 밑으로

~~~~~~

[*] 구약성경(공동번역)의 사무엘상 5장 11절에 나온 표현

동생이 여섯 명이나 있었거든요. 짐스는 참 귀엽고 튼튼한 아이예요. 이렇듯 멋지게 키우다니, 젊은 아가씨가 참 대견하네요. 나도 짐스를 친자식처럼 키울게요. 내조도 잘할 거고요. 내 남편은 일을 아주 잘하니까, 게을러지지 않도록 격려하고 살림을 똑 부러지게 할 사람만 곁에 있으면 돼요. 우린 마을에서 조금 떨어진 곳에 작은 농장을 빌렸어요. 거기 정착할 생각이에요. 제임스는 영국에 가고 싶어 했지만 내가 말렸어요. 난 늘 새로운 나라에서 살아보고 싶었거든요. 특히 캐나다가 나와 잘 맞는 곳이라고 생각해왔죠."

"가까운 곳에서 사신다니, 참 기뻐요. 짐스가 자주 놀러 오게 해주실 거죠? 저는 짐스를 정말 사랑하거든요."

"두말하면 잔소리죠. 이렇게 사랑스러운 아이는 나도 처음 봐요. 아가씨가 이 아이를 얼마나 지극정성으로 돌봤는지, 우리 부부는 잘 알고 있어요. 앞으로도 그 은혜를 절대로 잊지 않을 거예요. 아가씨가 보고 싶어 할 때면 언제든 짐스를 여기 보낼게요. 육아에 대한 조언도 듣고 싶어요. 짐스는 아가씨 아이나 다름없으니, 아가씨를 부모처럼 여기는 게 마땅하다고 봐요."

이렇게 해서 짐스는 떠났다. 수프 그릇도 가져갔지만, 이번에는 아이가 그 속에 들어가지 않았다.

이윽고 휴전 소식이 전해졌다. 마을이 온통 흥겨운 분위기로 들썩거렸다. 사람들은 그날 밤 모닥불을 피우고 독일 황제 인형을 태웠다. 어촌 마을 남자아이들은 10킬로미터 넘는 모래언덕의 풀을 태워 장엄한 장관을 연출했다.

잉글사이드에서도 흥겨운 분위기가 넘쳐흘렀다. 릴라는 자기 방으로 뛰어 올라가더니 상자에서 초록색 벨벳 모자를 꺼냈다.

"이제부터 저는 가장 숙녀답지 않고 용서받지 못할 일을 할 거예요. 이 모자가 흔적도 없이 사라질 때까지 걷어차면서 다닐 거라고요. 그리고 살아 있는 한 이런 초록색 모자는 두 번 다시 쓰지 않을 거예요."

올리버가 웃으며 말했다.

"넌 용감하게 맹세를 지켜온 거야."

릴라가 웃는 얼굴로 모자를 걷어차며 말했다.

"용감한 건 아니에요. 다만 고집을 좀 부린 거죠. 그런 말씀을 들으니 오히려 부끄럽네요. 그저 어머니한테 뭔가 보여주고 싶었어요. 정말 불효막심한 딸이죠? 그래도 계획한 대로 하긴 했어요. 어머니뿐 아니라 나 자신에게도 새로운 모습을 보여주었으니까요. 아주 잠시 동안이지만, 전 다시 어려진 기분이에요. 어리고 섣부른 바보가 된 것 같아요. 제가 11월을 흉측한 달이라고 말한 적이 있었죠? 그건 사실이 아니에요. 11월은 1년 중에서 가장 아름다운 달이니까요. 무지개 골짜기에서 울리는 방울 소리를 들어보세요! 어쩜 저렇게 맑고 아름다운 소리가 날까요? 저 방울은 평화를, 새로운 행복을, 우리가 손에 다시 쥔 사랑스럽고 달콤하고 올바르고 평안한 것들을 노래하는 거예요. 선생님, 제가 지금 제정신이 아닌 것처럼 보이나요? 맞아요. 제가 봐도 그래요. 하지만 정상인 척할 생각은 없어요. 아마 오늘은 전 세계가 마법에 걸려 있을 테니까요. 머지않아 다들 정신을 차리고, 맹세를 지켜나가면서 새로운 세상을 건설하기 시작하겠죠? 그래도 오늘만큼은 정신없이 기뻐하고 싶어요."

햇살이 내리쬐는 밖에 나갔다가 만족스러운 얼굴로 집에 돌아온 수전은 곧바로 블라이드 부인에게 보고했다.

"사모님, 하이드 씨가 사라졌어요."

"사라졌다고요? 죽었다는 말인가요?"

"아니에요. 그 짐승은 죽지 않았어요. 하지만 다시는 볼 수 없을 거예요. 틀림없어요."

"수전, 그렇게 수수께끼 같은 말은 그만둬요. 대체 무슨 일이 생긴 거죠?"

"오늘 오후 그 고양이가 뒤쪽 계단에 앉아 있었어요. 휴전협정 체결 소식이 들어온 직후였죠. 그때 그 녀석은 이제껏 본 모습 중에서 가장 하이드 씨처럼 생겼더군요. 아주 무시무시했어요. 그런데요, 사모님. 갑자기 브루스 메러디스가 죽마를 타고 부엌 모퉁이를 돌아서 이쪽으로 다가왔어요. 브루스는 요즘 죽마 타는 법을 배우고 있었는데, 자기가 얼마나 잘하는지 제게 자랑하려고 온 거였죠. 하이드 씨는 브루스를 보자마자 뒤뜰 울타리를 뛰어넘어 도망갔어요. 그런 다음 귀를 뒤로 젖힌 채 단풍나무 숲으로 쏜살같이 달아난 거예요. 그렇게 겁에 질린 모습은 처음 봐요. 그 뒤로 여태껏 돌아오지 않았어요."

"놀라서 그랬을 거예요. 진정되면 돌아오겠죠."

"돌아올 것인지 영영 떠난 것인지는 두고 보면 알겠죠. 생각해보세요. 휴전협정을 체결했잖아요! 아, 그러니까 생각났는데 구레나룻 달덩이가 어젯밤에 중풍으로 쓰러졌대요. 심판이 내렸다는 말을 입에 담고 싶진 않네요. 제가 전능하신 분과 그런 일로 논의한 적은 없으니까요. 하지만 저도 나름의 생각은 가질 수 있는 법이죠. 구레나룻 달덩이도 그렇고 하이드 씨도 그렇고, 앞으로 글렌세인트메리 마을에서 더는 그 둘이 사람들의 입에 오르내리지 않을 거예요. 그건 확실해요."

수전의 말대로 하이드 씨는 두 번 다시 나타나지 않았다. 무서워서 돌아오지 못할 가능성은 거의 없었기 때문에, 잉글사이드 사람들은 하이드 씨가 총에 맞았거나 독을 먹었을 것이라고 짐작했다. 하지만 수전만은 하이드 씨가 본래 있던 곳으로 돌아갔다고 주장했다. 한편 릴라는 무척 서운했다. 황금빛 털을 뽐내며 위엄 있는 척하던 이 고양이를 무척 귀여워했기 때문이다. 릴라는 이 고양이가 얌전한 지킬 박사일 때만큼 섬뜩한 하이드 씨였을 때도 좋아했다.

잠시 후 수전이 조심스럽게 말했다.

"사모님, 드릴 말씀이 있어요. 가을 대청소도 끝났고 정원용 손수레도 이제 다 써서 창고에 보관해두었으니, 평화를 맞이한 기념으로 저는 신혼여행을 다녀올까 해요."

"수전, 지금 뭐라고 했어요? 신혼여행이라고요?"

"네, 사모님. '신혼여행'이요."

수전은 '신혼여행'을 또렷하게 발음하면서 이유를 설명했다.

"제가 남편을 맞이할 순 없을 것 같지만, 그렇다 하더라도 모든 걸 손해 볼 순 없잖아요. 그래서 신혼여행 삼아 샬럿타운의 남동생 집에 다녀오려고요. 올케가 가을 내내 아팠는데, 어쩌면 영영 못 일어날 수도 있대요. 올케는 무슨 일이든 끝날 때가 되어서야 겨우 입을 여는 사람이거든요. 그렇다 보니 우리 집안에서는 올케를 별로 좋아하지 않았어요. 하지만 사람 일은 어찌

될지 모르니 병문안을 가기로 했죠. 저는 지난 20년 동안 시내에 하루 이상 머무른 적이 없었네요. 영화라는 것도 한 편 보려고요. 시대에 뒤떨어지고 싶진 않으니까요. 사람들이 그렇게 많이들 이야기하던데, 저는 아직 구경도 못 해봤네요. 그래도 신식 문물에 빠져버리진 않을 테니 너무 걱정하지 않으셔도 돼요. 허락해주신다면 두 주만 휴가를 내고 싶어요."

"당연하죠. 수전은 푹 쉴 자격이 있어요. 그러지 말고 한 달 동안 쉬었다 오세요. 신혼여행으로는 그 정도가 적당해요."

"아니에요, 사모님. 두 주면 충분해요. 더구나 크리스마스 되기 석 주 전에는 집에 돌아와야 하잖아요. 올해는 크리스마스다운 크리스마스를 보내게 될 테니 제대로 준비해야죠. 그때까지는 우리 아이들이 집에 돌아올 수 있겠죠?"

"아쉽지만, 그러지 못할 거예요. 아이들에게 편지가 왔는데, 젬은 봄이 되기 전까지 집에 돌아올 수 없고 셜리는 한여름에나 올 것 같다고 했거든요. 하지만 칼 메러디스는 돌아와 있을 거예요. 낸과 다이도 올 거고요. 그러니까 우리 다시 한 번 성대한 잔치를 열어봐요. 전쟁이 시작되고 처음 맞은 크리스마스 때 수전이 했던 것처럼, 모두의 자리를 마련해두자고요. 앞으로 영원히 비어 있을 소중한 아이의 자리도 다른 아이들과 똑같이 준비했으면 좋겠어요."

"제가 어떻게 그 아이의 자리를 잊어버릴 수 있겠어요."

수전은 신혼여행에 가져갈 짐을 꾸리기 위해 눈물을 닦으며 그 자리를 떠났다.

35장

———

"릴라, 마이 릴라!"

칼 메러디스와 밀러 더글러스는 크리스마스가 되기 바로 전에 집으로 돌아왔다. 글렌세인트메리 마을 사람들은 로브리지에서 고적대를 부르고 기차역에 현수막까지 내걸며 두 사람을 맞이했다. 밀러는 비록 의족을 달고 있었지만 얼굴에 희색이 돌고 무척 활기차 보였다. 어깨는 떡 벌어졌으며 떠나기 전과 비교할 수 없을 만큼 늠름해져 있었다. 밀러의 가슴에서 반짝거리는 공로훈장을 본 코닐리어는 밀러와 메리의 약혼을 묵인하기로 마음먹었다. 비록 집안은 변변치 않지만 메리의 짝으로 손색없는 젊은이라고 인정한 것이다.

밀러가 돌아오자 메리는 세상이 제 것인 양 우쭐거렸다. 특히 카터 플래그가 밀러를 가게의 관리인으로 채용했을 때는 콧대가 하늘을 찌를 것 같았다. 하지만 아무도 그런 메리를 탓하거나 수군거리지 않았다.

메리가 릴라에게 말했다.

"이제 우린 농사를 지을 수 없어. 하지만 밀러는 곧 조용한 생활에 익숙해질 테고, 가게 운영에도 재미를 붙이기 시작할 거야. 데이비스 아주머니보다는 카터 플래그 아저씨 밑에서 일하는 게 나을 테니까. 우린 올가을에 결혼할 생각이야. 미드네 집에서 신혼살림을 꾸리기로 했어. 여닫이창과 망사르드지붕이 있는 그 집 말이야. 난 그 집이 글렌세인트메리 마을에서 가장 멋지다고 생각했는데, 내가 거기서 살게 될 줄은 꿈에도 몰랐어. 물론 우린 그 집에 세를 들었을 뿐이지만, 혹시 아니? 모든 일이 우리 뜻대로 되고 플래그 아저씨가 밀러를 동업자로 받아준다면, 언젠가는 그 집을 살 수도 있을 거야. 이만하면 나도 꽤나 성공한 편이지? 어렸을 때 내가 어떻게 살았는지는 너도 알잖아. 비록 가게 주인의 아내가 되고 싶었던 적은 한 번도 없었지만, 사람 일은 모르는 거라고. 밀러는 성공하겠다는 야망을 품고 있어. 남편이 꿈을 이루도록 난 내조를 잘할 거야. 밀러가 그러는데 프랑스 아가씨 중에서는 눈길을 줄 만한 사람이 없었대. 그곳에 있는 동안 내 생각만 했다지 뭐니."

제리 메러디스와 조 밀그레이브는 1월에 돌아왔다. 다른 젊은 이들도 겨울 동안 두세 명씩 짝을 지어 돌아왔다. 떠날 때와 똑같은 모습으로 나타난 사람은 아무도 없었다. 운이 좋아서 다치지 않고 돌아온 젊은이들도 무언가 달라져 있었다.

어느덧 잉글사이드의 잔디밭에 수선화가 가득 피었고, 무지개 골짜기에서는 무리 지어 핀 제비꽃이 개울둑을 흰색과 보라색으로 물들였다. 어느 봄날의 한가로운 오후, 완행열차 한 대가 글렌세인트메리역으로 들어섰다. 평소 이 시간에 마을로 오는 승객은 거의 없었던 터라 완행열차를 맞이한 사람은 새로 부임한 역장과 작고 검누런 개 한 마리뿐이었다.

먼데이는 4년 6개월 동안 증기를 내뿜으며 역으로 들어오는 모든 기차를 맞이했다. 수천 대의 기차가 지나가고 수많은 사람이 내렸지만 먼데이가 기다리던 사람은 오지 않았다. 그래도 먼데이는 늘 희망에 찬 눈으로 기차를 바라보았다. 짐승이라고 해서 마음이 무너질 때가 왜 없겠는가? 더구나 먼데이는 이제 나이를 꽤 먹었고 류머티즘도 걸려 있었다. 기차가 지나간 뒤 집으로 돌아가는 먼데이의 걸음걸이는 갈수록 기운이 빠져 보였다. 전처럼 껑충껑충 뛰는 법 없이 고개를 떨구고 천천히 걸었다. 빳빳이 치켜들었던 꼬리도 축 늘어져 있었다.

잠시 후 키가 크고 빛바랜 장교복을 입은 승객 한 명이 기차에서 내렸다. 자세히 보면 조금 절뚝거리며 걷는다는 것을 알아챌 수 있었다. 얼굴은 햇볕에 그을려 거무튀튀했고, 이마 주위에 뭉쳐 있는 붉은 곱슬머리 사이로 흰머리가 보였다. 신임 역장은 걱정스러운 듯 그를 바라보았다. 그동안 군복 입은 사람들이 기차에서 내리는 모습은 많이 보았다. 많은 사람이 떠들썩하게 마중 나온 적도 있었고, 미리 소식을 전하지 않은 탓에 지금처럼 홀로 조용히 기차에서 내린 적도 있었다. 그런데 이 군인의 표정과 태도에서는 무언가 독특한 분위기가 흘렀다. 역장은 그가 대체 누구인지 궁금해졌다.

그때 검누런 개가 역장 옆을 휙 지나갔다. 늙어서 몸이 뻣뻣하게 굳고 류머티즘까지 걸린 개라고는 믿을 수 없을 만큼 재빠른 동작이었다. 흥분해서 날뛰는 모습이 마치 강아지 때로 돌아간 것 같았다.

먼데이는 큰 소리로 짖으며 키 큰 군인에게 매달렸다. 나중에는 목이 멘 듯한 소리도 냈다. 다리에 기어오르다가 미끄러졌을 때는 작은 몸을 미친 듯이 바닥에 문댔다. 이리저리 뒹굴고 몸부림치기도 했다. 입가에 미소를 띠고 눈물을 글썽이며 그 모습을 바라보던 군인은, 군화를 정신없이 핥고 있던 먼데이를 들어서 품에 꼭 안았다. 먼데이는 군인의 어깨에 머리를 기대고 햇볕에 그을린 목을 핥으며 짖는 것인지 흐느끼는 것인지 알 수 없는 소리를 냈다.

먼데이의 사연을 알고 있었던 역장은 이 귀환병이 누구인지 곧바로 알아차렸다. 이제야 비로소 먼데이의 오랜 불침번 근무가 끝났다. 젬 블라이드가 집에 돌아온 것이다.

일주일 뒤 릴라는 일기장에 이렇게 적었다.

> 우리는 모두 행복해하고 있다. 한편으로는 슬프기도 하고 고마운 마음도 든다.
>
> 수전 아주머니는 아직 충격에서 벗어나지 못했다. 힘든 하루를 보낸 뒤 남은 음식으로 적당히 저녁을 때우려던 참에 젬이 나타났으니 얼마나 놀랐겠는가? 그날 일은 꽤나 오랫동안 아주머니를 괴롭힐 것 같다. 물론 식료품 저장실에서 지하실까지 미친 듯 뛰어다니며 좋은 식재료를 찾아 헤매던 아주머니의 모습을 나도 절대 잊지 못할 것이다.

그날 저녁 식탁에 무엇이 놓여 있는지 신경 쓰는 사람은 아무도 없었다. 다들 먹는 둥 마는 둥 하면서 젬을 바라보았다. 그것만으로도 고기를 먹은 듯 배가 불렀고 술을 마신 듯 취했기 때문이다. 어머니는 마치 젬이 눈앞에서 사라지기라도 할 것처럼 한시도 눈을 떼지 않았다.

젬이 돌아와서 참 기쁘다. 먼데이도 함께 돌아와서 다행이다. 먼데이는 잠깐 동안도 젬 곁을 떠나려 하지 않는다. 늘 젬의 침대 발치에서 잤고 식사 시간 때 젬 곁에 앉아 있었다. 일요일에는 젬을 따라 교회에 갔는데, 예배당 안까지 들어와서 가족석에 있겠다고 고집을 부렸다. 예배가 진행되는 동안 젬의 발밑에서 웅크리고 잠을 자던 먼데이는 설교 중간에 깨어나더니 젬을 다시 만나기라도 한 듯 벌떡 일어나 계속 짖어댔다. 그러다가 젬이 안아주자 금세 조용해졌다. 하지만 이 일로 눈총을 보내는 사람은 없었다.

예배가 끝난 뒤 메러디스 목사님이 다가와 먼데이의 머리를 쓰다듬으면서 말했다.

"믿음과 사랑과 충성은 영원토록 가치 있는 거다. 젬, 이 작은 개는 보석 같은 사랑을 보여줬어."

어느 날 밤 젬과 무지개 골짜기에서 이런저런 이야기를 나누다가 전쟁터에서 무서웠던 적이 있었느냐고 물어보았다. 젬은 웃으며 대답했다.

"무서웠지. 수십 번도 더! 무서워서 토할 뻔한 적도 있었어. 어렸을 때 월터가 무섭다고 하면 그처럼 비웃었던 내가 그랬다니까! 하지만 월터는 전쟁터에 온 뒤로 한 번도 무서워하지 않았어. 월터는 현실을 겁내지 않았던 거야. 월터를 겁먹게 하는 건 오직 자기 상상뿐이었으니까. 그 부대의 연대장이 해준 말인데, 월터는 연대에서 가장 용감한 군인이었대. 릴라, 난 집에 돌아올 때까지 월터가 죽었다는 사실을 실감할 수 없었어. 내가 얼마나 월터를 그리워하는지 넌 모를 거야. 집에서 기다리던 가족들은 월터가 없는 생활에 어느 정도 익숙해졌지만, 나는 이제 시작이잖아. 월터와 난 함께 자랐어. 우린 형제요 가장 친한 친구였지. 우리가 어렸을 때 즐겨 놀던 무지개 골짜기에 앉아 있으니, 다시는 월터를 볼 수 없다는 생각에 마음이 찢어질 것 같아."

젬은 가을에 대학으로 돌아갈 것이다. 제리와 칼, 셜리도 그럴 것 같다. 셜리는 7월쯤 집으로 돌아오겠다고 했다. 낸과 다이는 계속 아이들을 가르칠 것이다. 페이스는 9월에나 올 것 같다. 아마도 페이스는 교사로 일할 것이다. 젬이 의학 과정을 마칠 때까지는 결혼할 수 없기 때문이다. 우나 메러디스는 킹즈포트에서 가정학을 전공하기로 결심한 듯하다. 거트루드 올리버 선생님은 소령님과 결혼할 예정이다. "뻔뻔하다고 생각될 만큼 행복해"라고 이야기했는데, 얼굴만 봐도 사실이라는 것을 알 수 있다. 나는 선생님의 그런 태도가 참 아름답다고 생각한다. 이렇듯 다들 자기의 포부와 계획을 이야기하고 있다. 비록 청춘 시절에서 몇 해를 잃어버리긴 했지만, 진지한 자세로 최선을 다해 살아가려는 열의가 엿보인다.

젬이 말했다.

"우린 지금 신세계에 와 있는 거야. 여기를 구세계보다 더 나은 곳으로 만들어야 해. 아직은 완성되지 않았으니까. 이미 모든 걸 마쳤다고 생각하는 사람들도 있지만, 사실은 아직 시작도 못 했다고 봐야 해. 무너진 구세계 위에 신세계를 세워나가려면 시간이 오래 걸리거든. 우린 전쟁이 일어날 수 없는 세계를 만들어야 한다는 걸 깨달을 만큼 오랫동안 전쟁을 겪었어. 군국주의에 치명상을 입혔지만 그들의 망령이 아직 남아 있지. 이는 독일에 국한된 일도 아니야. 낡은 정신을 몰아내는 것만으로는 충분하지 않아. 우린 새로운 정신을 가져야 해."

내가 젬의 말을 일기장에 적어둔 이유는 '맹세를 지키는 일'이 쉽지 않다고 느껴질 때마다 꺼내 읽으며 용기를 얻기 위해서다.

릴라는 작게 한숨 쉬며 일기장을 덮었다. 요즘 릴라는 맹세를 지키는 일이 쉽지 않다는 사실을 실감하고 있었다. 다들 삶의 목표를 이루고 싶다는 야망과 계획을 가진 듯 보였다. 하지만 릴라에게는 아무것도 없었다. 그래서 끔찍하게 외로웠다. 젬은 돌아왔지만 1914년 전쟁터로 나갈 무렵의 잘 웃던 오빠가 아니었다. 더구나 이제는 페이스의 사람이기도 하다. 월터는 영원히 돌아오지 않을 것이다. 짐스마저 떠나버렸다. 릴라는 문득 자기의 세계가 텅 비고 막막하게 느껴졌다. 어제 자 『몬트리올』에서 두 주 전 귀환한 군인들의 명단을 보다가 케네스 포드 대위의 이름을 발견한 뒤로 더욱 그런 생각이 들었다.

'케네스가 벌써 돌아왔나 봐. 오기 전에 편지도 보내지 않았고, 돌아온 지 두 주나 지났는데 전화 한 통 없는 걸 보면 케네스는 날 잊어버린 모양이야. 아, 잊어버리고 말고 할 게 없을지도 몰라. 우리 둘 사이에는 악수, 입맞춤, 눈빛, 일시적인 감정에 빠져서 했던 약속밖에 없었으니까. 꼴이 이게 뭐람. 아, 난 그저 잠시 낭만에 빠졌던 순진하고 어리숙한 바보였어. 좋아, 앞으로는 더 현명해져야지. 똑똑하고 신중하게 처신할 거야. 그래서 남자들도, 그들의 수작도 힘껏 비웃어줘야겠어. 나도 우나와 함께 가정학 공부를 하는 게 좋을 것 같아.'

릴라는 이렇게 생각하며 자기 방 창가에 서서 밖을 내다보았다. 에메랄드빛 덩굴 사이로 라일락빛 석양이 멋지게 내린 무지개 골짜기가 내려다보였다. 릴라는 가정학에 매력을 느끼지 못했지만, 신세계를 건설하는 데 이바지하려면 자기도 무엇인가를 해야만 한다고 생각했다.

그때 초인종이 울렸고 릴라는 마지못해 계단 쪽으로 갔다. 다른 가족은 모두 집을 비웠기 때문에 문을 열어줄 수 있는 사람이 릴라밖에 없었다. 하지만 릴라는 이렇듯 우울할 때 누가 찾아오는 것이 싫었다. 그래서 일부러 천천히 아래층에 내려가 현관문을 열었다.

계단 밑에는 군복을 입은 남자가 서 있었다. 키가 크고 눈과 머리는 검은색이었으며 햇볕에 그을린 뺨에는 가늘고 하얀 흉터가 나 있었다. 릴라는 멍하니 그 사람을 바라보며 생각했다.

'누구지? 낯이 익은데…. 왠지 친근한 느낌이야.'

이윽고 그가 입을 열었다.

"릴라, 마이 릴라."

"케네스!"

릴라가 숨을 몰아쉬었다. 앞에 서 있는 남자는 케네스였다. 눈가와 입꼬리에 주름이 져서 나이가 들어 보였고, 흉터 때문인지 얼굴에서 풍기는 분위기도 너무 많이 달라져 있었다. 릴라는 걷잡을 수 없이 혼란스러웠다.

릴라는 떨리는 손을 내밀었다. 케네스는 그 손을 잡고 릴라를 가만히 바라보았다. 4년 전 가냘프고 밋밋했던 몸매는 이제 균형이 잡히고 성숙해졌다. 철부지 여학생은 어느덧 어엿한 여인이 되었다. 멋진 눈과 움푹 팬 입술과 장밋빛 두 볼…. 릴라는 케네스가 꿈에 그리던 아름다운 여인의 모습으로 서 있었다.

케네스가 특별한 의미를 담아 진심으로 물었다.

"릴라, 마이 릴라 맞지?"

그 말을 듣는 순간 릴라는 머리끝부터 발끝까지 몸이 떨려왔다. 기쁨, 행복, 슬픔, 두려움…. 길고 길었던 4년 동안 마음을 애타게 했던 모든 감정이 깊은 곳에서 휘몰아치며 영혼을 박차고 솟아오르는 것 같았다. 릴라는 무어라 대답하려고 했지만 이 순간에는 어떤 말도 할 수 없었다.

이윽고 릴라는 입을 열었다. 자기도 모르게 혀 짧은 소리가 흘러나왔다.

"마자(맞아)."

최초의 대규모 국제분쟁, 제1차 세계대전

✱ 바다 건너의 불길한 조짐

1914년 여름, 릴라는 포윈즈 등대에서 열린 댄스파티에 참석했다. 한창 흥이 무르익어갈 무렵 글렌세인트메리 마을 젊은이들은 영국이 독일에 선전포고했다는 소식을 듣게 되었다. 그토록 가슴 설레며 기다렸던 릴라의 첫 번째 파티도 엉망이 되고 말았다(8권).

앤과 길버트의 아이들이 어느덧 청년으로 성장해서 꿈을 향해 한 걸음씩 내딛는 동안 바다 건너에서는 열강이 힘겨루기를 하고 있었다. 산업혁명으로 생산력이 증가한 유럽 각국은 원료를 안정적으로 공급하고 잉여생산물을 판매할 시장을 얻고자 식민지 건설에 뛰어들었다. 산업혁명이 가장 먼저 일어났던 영국과 그 흐름을 이어받은 프랑스는 세계 곳곳의 식민지에서 엄청난 부를 거둬들였다. 하지만 두 나라보다 산업화가 늦었던 독일은 식민지 쟁탈전에서도 한 걸음 뒤처질 수밖에 없었다. 그래서 다른 나라의 식민지에 눈독을 들이며 군비 증강에 힘을 기울였다. 독일의 제2대 황제인 빌헬름 2세는 팽창정책을 펼치면서 해군을 육성했는데, 이 문제로 당시 세계 최강의 해군력을 자랑하던 영국과 갈등을 겪

LA DOMENICA DEL CORRIERE

NEL REGNO ESTERO	Si pubblica a Milano ogni Domenica	Uffici del giornale :
Anno . . . . . . L. 5 — L. 10 —	Supplemento illustrato del " Corriere della Sera ,,	Via Solferino, N. 28
Semestra . . . . . 2,50 - 5 —		MILANO

Per tutti gli articoli e illustrazioni è riservata la proprietà letteraria e artistica, secondo le leggi e i trattati internazionali.

Anno XVI. — Num. 27.　　　　5 - 12 Luglio 1914.　　　　Centesimi 10 il numero.

L'assassinio a Serajevo dell'arciduca Francesco Ferdinando erede del trono d'Austria, e di sua moglie.

(Disegno di A. Beltrame).

사라예보사건을 보도한 이탈리아 신문『도메니카 델 코리에레』의 제1면

잉글사이드의 릴라　✄　작품의 시대적 배경

게 되었다. 또한 여러 국가가 적의 위협에 공동 대응할 목적으로 결성한 군사동맹끼리 충돌하면서 전쟁의 불씨를 키워나갔다. 독일은 프랑스를 견제하고자 1882년에 오스트리아·이탈리아와 비밀 군사조약인 '삼국동맹'을 맺었다. 프랑스는 삼국동맹에 대항하기 위해서 1904년에 영국과 '영불협상'을 맺었고, 1907년에는 러시아를 끌어들여 '삼국협상'을 맺었다. 이후 두 세력이 서로 대립하면서 유럽 전역에는 일촉즉발의 긴장감이 감돌았다.

이런 상황에서 불에 기름을 끼얹는 듯한 일이 벌어지고 말았다. 1914년 6월 28일에 일어난 '사라예보사건'이었다. 오스트리아의 황태자 프란츠 페르디난트는 아내와 함께 군사훈련을 지켜보려고 보스니아의 수도인 사라예보를 방문하기로 했다. 이 소식을 듣고 세르비아계 민족주의자들로 구성된 비밀결사 조직 '청년 보스니아'와 '검은 손'(흑수단)은 황태자 암살 계획을 세웠다. 오랫동안 오스만제국의 지배를 받았던 발칸반도의 슬라브족 국가들에서는 하나의 거대한 민족국가를 세우려는 움직임이 활발하게 일어났다. 그러나 1878년에 열린 '베를린회의'의 결과에 따라 세르비아가 독립하고 보스니아는 오스트리아의 영토가 되자 두 나라에서는 민족주의 열풍이 거세게 불었다. 이런 상황에서 페르디난트의 사라예보 방문은 세르비아의 민족주의자들이 자기들의 뜻을 세계에 알릴 수 있는 절호의 기회였다. 결국 황태자 부부는 이날 세르비아계 청년 가브릴로 프린치프가 쏜 총에 맞아 숨을 거두었다.

글렌세인트메리 마을 사람들은 이 사건을 저 멀리 유럽에서 일어난 하찮은 소동으로 여겼다. 하지만 이 일은 민족 사이에 수십 년간 쌓여왔던 긴장과 갈등이 폭발하는 계기가 되었다. 오스트리아는 이 사건을 빌미로 세르비아를 압박했으며 7월 23일에는 10개 사항을 이행하라는 최후통첩을 보냈다. 하지만 세르비아가 이에 응하지 않자 7월 28일에 선전포고했다. 이후 여러 나라가 저마다 다른 셈법으로 참전하면서 이 싸움은 최초의 대규모 국제분쟁인 제1차 세계대전으로 확대되었다.

유네스코 세계기록유산으로 지정된
〈1914년 7월 28일 오스트리아·헝가리제국의 대 세르비아 선전포고 전보〉

✱ 들불처럼 번지는 전쟁의 불길

오스트리아가 세르비아에 선전포고를 하자 같은 슬라브족 국가인 러시아는 총동원령을 내렸다. 오스트리아를 지원하기로 한 독일은 러시아에게 총동원령 해제를 요구하고 프랑스에게는 입장을 분명히 정하라는 최후통첩을 보냈다. 두 나라가 여기에 응하지 않자 독일은 8월 1일 러시아에, 8월 3일에는 프랑스에 각각 선전포고를 했다. 영국은 8월 4일에 참전을 선언했는데, 이에 따라 캐나다도 같은 영연방 국가인 오스트레일리아, 뉴질랜드 등과 함께 전쟁의 소용돌이 속으로 뛰어들었다.

전쟁의 규모가 커지면서 영국, 프랑스, 러시아는 기존의 삼국협상을 토대로 '연합국' 또는 '협상국'이라 불리는 세력을 구축했다. 일본도 영국과 맺은 영일동맹을 근거로 8월 23일 독일에 선전포고했는데, 이는 국력을 신장하고 아시아·태평양 지역에서 영향력을 넓히려는 목적이 컸

프랑스 세인트폴 근교의 참호에서 훈련하는 캐나다 병사들의 모습을 캐나다 사진작가 윌리엄 이보르 캐슬이 촬영했다(1916년 10월). 솜강 유역의 전투를 상징하는 사진이며 한때는 영국군이 진격하는 모습으로 잘못 알려지기도 했다.

독일 전투기 알바트로스 D.Ⅲ가 프랑스 북부 도시 두에 근교에 줄지어 대기하고 있다.
전쟁 초기에만 해도 적을 정찰하는 용도로 쓰이던 비행기는 점점 공격용 무기의
성격을 띠게 되었다.

다. 1915년 5월에는 이탈리아가, 1917년 4월에는 미국이 연합국에 가담
했다. 한편 독일과 오스트리아는 오스만제국과 불가리아를 끌어들여 '동
맹국'을 형성하고 연합국에 맞섰다.

전쟁 초기 독일은 '슐리펜계획'에 따라 서부전선으로 진격했다.
1905년 독일의 육군참모총장 슐리펜이 세우고 이듬해 후임 참모총장 몰
트케가 수정한 이 전략의 주요 내용은, 서부전선에서 프랑스를 신속하

게 점령하고 자국의 우수한 열차를 이용해 병력을 동부전선으로 이동시킨 뒤 러시아와 맞선다는 것이었다. 영토가 넓고 철도 수송 능력이 떨어지는 러시아가 동부전선으로 군대를 보내려면 시간이 많이 소요될 것임을 감안한 계획이었다. 프랑스를 공격할 때도 중립국인 벨기에를 통과해서 신속하게 파리를 점령하겠다는 작전을 세웠다. 하지만 전황은 독일의 뜻대로 전개되지 않았다. 예상 외로 벨기에군의 저항이 거셌고, 마른강의 전투에서 프랑스군에 패했으며, 러시아가 예상보다 빨리 동부전선으로 병력을 집결했기 때문이다. 이후 독일군과 연합군이 팽팽하게 맞서면서 전선이 확대되었고, 전쟁은 장기전에 돌입했다.

바다에서는 영국과 독일이 충돌했다. 전쟁 초기 영국은 막강한 함대로 해상봉쇄 작전을 펼쳐서 독일의 무역로를 끊었다. 식량과 자원을 조달하지 못해 어려움을 겪던 독일은 수전이 '잠수함 사건'이라고 불렀던(8권) '무제한잠수함전'을 펼쳤다. 영국과 아일랜드 주변 해역을 지나가는 배라면 전함, 여객선, 화물선 가릴 것 없이 잠수함으로 공격한 것이다. 독일군 잠수함 U보트는 매월 수십 척의 배를 파괴해서 연합국에 큰 피해를 주었다. 그러던 중 1915년 5월에 영국 여객선 루시타니아호가 어뢰를 맞고 침몰되었는데, 이때 사망한 승객 1,198명 중에 미국인은 128명이었다. 이 소식이 전해지자 미국에서는 독일을 응징해야 한다는 여론이 들끓었다. 미국을 적으로 돌리고 싶지 않았던 독일은 곧바로 사과하고 배상했으며, 잠시 동안 무제한잠수함전을 중단했다.

육지에서는 갈수록 격렬하고 참혹한 전투가 이어졌다. 특히 작품에 자주 등장하는 것처럼 1915년부터 1917년까지 서부전선에서는 참호전이 지루하게 이어졌다. 이곳에서 전투를 치르다가 270만여 명이 죽거나 다쳤고 병에 걸려 쓰러진 병사는 353만여 명에 달했다. 앤의 두 아들 월터와 젬이 속한 캐나다군도 솜강 유역에서 치열한 전투를 벌여 몇몇 지역을 탈환했다. 월터는 이 전투를 치르면서 후대에 길이 남을 명시(名詩) 〈피리 부는 사나이〉를 썼지만, 쿠르셀레트를 공격하다가 총탄에 맞아 숨

적십자 소속 간호사가 병사들에게 위문품을 나눠 주고 있다. 작품 속 등장인물들처럼
당시 많은 여성이 필요한 물건을 만들어 전장으로 보내거나 간호사로 활동했다.

을 거두고 말았다. 젬은 1917년 비미능선에서 부상을 당하고 적에게 붙
들렸다가 구사일생으로 탈출해서 집에 돌아왔다(8권).

　양측 모두 뚜렷한 성과 없이 사상자만 내면서 소모전을 길게 이어가
던 중 1917년 1월 독일 외무장관 치머만은 멕시코 주재 독일 대사에게
비밀 전문을 보냈다. 무제한잠수함전을 다시 시작하겠다는 것과, 만약
미국이 참전했을 때 멕시코가 자기들과 동맹을 맺는다면 그동안 미국에
게 빼앗긴 영토를 되찾도록 지원하겠다는 제안이 담겨 있었다. '치머만
전보'라고 불리는 이 문건이 공개되자 미국이 발칵 뒤집혔다. 또한 얼마

뒤 독일군 잠수함이 미국 선박을 격침하자 결국 미국은 중립을 깨고 4월에 참전을 선언했다.

한편 러시아에서는 1917년 3월(러시아력으로 2월)에 혁명이 일어나 황제가 퇴위하고, 11월(러시아력으로 10월)에는 최초의 사회주의 정부가 세워졌다. 내부의 혼란을 수습하느라 전쟁을 이어갈 수 없었던 러시아는 1918년 3월에 독일과 평화조약을 맺었다. 부담을 한결 덜어낸 독일은 동부전선의 병력 일부를 서부전선에 배치하고 모든 자원을 동원해서 대공세를 벌였다. 하지만 연합군이 거세게 반격했고, 미군이 대규모 병력을 투입하기 시작했으며, 동맹국들이 하나씩 백기를 들자 독일도 더는 버틸 수 없었다. 게다가 오랜 전쟁으로 경제가 피폐해지다 보니 국민의 불만은 점점 쌓여갔고, 이를 반영하듯 각지에서 노동자들의 파업이 이어졌다. 결국 1918년 11월 11일 독일과 연합국이 휴전협정을 맺으면서 4년 넘게 지속된 전쟁은 끝났다. 출처에 따라 통계수치가 다르긴 하지만, 이 기간 동안 대략 1천만 명이 전사했고 부상자는 2천만 명에 달했다. 민간인의 피해도 커서 약 700만 명이 목숨을 잃었다.

✱ 전쟁이 바꾼 캐나다 사람들의 삶

『잉글사이드의 릴라』에는 제1차 세계대전 당시 캐나다의 상황이 잘 드러나 있다. 앤의 아들 젬과 메러디스 목사의 아들 제리는 지원병 모집 소식을 듣자마자 자원입대했고, 릴라의 연인 케네스는 다친 발목 때문에 곧바로 참전할 수 없는 처지를 안타까워했다. 이처럼 전쟁 초기에 수많은 캐나다 젊은이가 대영제국을 향한 애국심에 불타서 스스로 군복을 입었다. 당시 캐나다는 영국연방에 속한 국가였으며, 국민의 상당수가 영국을 자기의 조국으로 여겼다. 젬의 말을 통해 이런 분위기를 엿볼 수 있다. "백발의 늙은 어머니가 북해에서 홀로 싸우도록 내버려둘 수는 없잖아"(8권). 이를 증명하듯 캐나다가 파견한 첫 번째 부대의 병사 중 약 70퍼센트가 영국 태생이었다. 하지만 시간이 지날수록 앤의 아들들 같

캐나다군 207대대의 신병 모집 포스터(1917년)

은 캐나다 태생 병사들의 비율이 높아졌고, 1918년에는 파병군 전체의 절반에 이르렀다.

한편 여러 사정으로 입대하지 못한 남자들은 주위의 눈총을 받았다. 장티푸스를 앓았다는 이유로 징병 대상에서 제외된 월터도 마찬가지였다. 노골적인 비난이 담긴 편지를 받고, 사람들의 싸늘한 시선에 시달리던 월터는 결국 가족의 애원을 뿌리치고 자원입대했다(8권). 하지만 치열한 전투가 이어지면서 사상자들은 점점 늘어갔고, 날마다 비극적인 소식이 쏟아지면서 자원자의 수는 갈수록 줄어들었다. 결국 모병제만으로는 병력을 충원할 수 없게 되자 캐나다 정부는 1917년에 징병제를 시행했다. 하지만 이 정책은 극심한 반대에 부딪쳤다. 곳곳에서 시위가 벌어졌고, 특히 프랑스계 주민이 다수인 퀘벡에서는 1918년에 폭동이 일어났다. 전부터 프랑스계 캐나다인들은 영국계에 비해 차별 대우를 받는다

캐나다 온타리오주 베를린(현 키치너) 시내를 행진하는 병사들(1914년)

고 여겨왔는데, 이 일을 계기로 두 집단의 갈등이 더욱 커졌다.

전쟁 초기 약 3천 명이었던 캐나다 파병 부대의 병력은 전쟁이 끝날 무렵 약 62만 명으로 불어나 있었다. 당시 캐나다 인구가 약 720만 명이었다는 점을 고려하면, 캐나다 성인 남성 셋 중 하나가 참전한 셈이다. 전쟁의 피해도 커서 전사자가 6만 5천 명, 민간인 사망자가 2천 명에 이르렀으며 부상당한 군인의 수도 15만 명이나 되었다. 경제활동을 활발하게 해야 할 나이대의 남성 상당수가 전쟁터로 가다 보니 캐나다인은 열악한 생활을 할 수밖에 없었다. 물가는 천정부지로 치솟았고 생필품도 부족해졌다. 높은 임금을 주는 도시의 공장으로 사람들이 몰려들자 농촌에서는 일손이 부족해서 어려움을 겪었다. 게다가 정부는 전쟁 자금을 마련하기 위해서 더 많은 세금을 매겼으며, 노동자의 단체행동을 강하게 억압하고 언론을 검열했다. 길어지는 전쟁과 생활고, 정부의 통제에 국민의 불만은 점점 쌓여갔다.

캐나다 작가 스탠리 터너의 작품 〈전쟁 기록〉(1919년경)이다.
부상당한 참전군인들이 토론토의 정형외과 앞에서 쉬고 있는 모습이 보인다.

전쟁이 끝나고 참전한 젊은이들이 돌아오자 산업현장은 한동안 혼란을 겪었다. 제대군인들은 직업을 찾아 헤맸으며, 갑작스럽게 대규모 인력이 유입되면서 임금이 낮아지고 취업 경쟁도 심각해졌다. 게다가 전쟁 때 호황을 누리던 군수산업이 하향세를 보이면서 일자리도 줄어들었다. 갈수록 고용이 불안정해지고 생활이 어려워지자 노동자들은 노동조합을 결성해 자기들의 요구를 주장했고, 결국 1919년 5월에 위니펙에서 3만 명이 참여한 대규모 파업을 일으켰다. 6주간 이어지던 시위는 정부의 강제 진압으로 막을 내렸지만, 이 사건은 이후 노동자의 처우와 노동환경을 개선하는 데 큰 영향을 끼쳤다.

이렇듯 제1차 세계대전은 캐나다에 큰 고통을 안겨주었다. 그렇지만 한편으로는 영국의 영향력에서 벗어나는 계기를 마련해주기도 했다. 캐나다는 영연방 국가임에도 영국군에 배속되지 않고 독립부대로 참전했다. 전쟁을 치르는 동안 국민들은 자기들이 캐나다인이라는 정체성을 뚜렷하게 확립했고, 영국의 영향에서 벗어나 자주국을 세워야 한다고 목소리를 높였다. 결국 1919년 제1차 세계대전의 전후 처리를 위해 연합국과 독일이 베르사유조약을 체결할 때 캐나다는 독립국가 자격으로 서명했다. 이후 1931년 영국과 영국자치령의 상호 관계를 규정한 웨스트민스터조령에 따라 캐나다는 실질적인 자치국가가 되었다.

✱ 전쟁 이후 달라진 세계

이 책의 저자인 몽고메리는 젬의 입을 통해서 전쟁 이후의 세상을 '신세계'로, 전쟁 이전을 '구세계'로 묘사했다(8권). 영국 역사학자 에릭 홉스봄도 "20세기는 1914년에 시작되었다"라고 논평했다. 이처럼 제1차 세계대전은 인류 역사에 한 획을 그은 사건이었다.

전쟁은 잉글사이드 사람들의 삶과 생각을 바꾸어놓았다. 설레는 마음으로 입대한 젬은 전쟁의 참상을 직접 겪은 뒤 다시는 이런 일이 없도록 노력하자고 역설한다. 허영심이 있고 낭만적인 연애만 꿈꾸던 릴라는 여

파리강화회의에 참석한 제1차 세계대전 주요 승전국 정상들이다. 왼쪽부터 영국의
데이비드 로이드조지 총리, 이탈리아의 비토리오 에마누엘레 오를란도 총리,
프랑스의 조르주 클레망소 총리, 미국의 우드로 윌슨 대통령이다.

러 일을 경험하면서 성숙한 어른으로 자랐다(8권).

제1차 세계대전을 통해 인간이 얼마만큼 잔인해질 수 있는지 목격한 사람들은 대규모 전쟁을 막아야 한다는 공감대를 이루었다. 전쟁이 막바지에 이르렀던 1918년 1월, 미국 대통령 토머스 우드로 윌슨은 '14개조 평화원칙'을 제안했다. 비밀 외교 폐지, 경제 장벽 철폐, 군비 축소, 민족자결주의, 모든 국가의 정치적 독립과 영토 보전을 보장하기 위한 연맹체 결성 등이 주요 내용이었다. 1919년 전후 처리를 위해 열린 '파리강화회의'에서는 윌슨이 제안한 조약을 바탕으로 승전국과 패전국 사이의 협상이 이루어졌다. 이에 따라 패전국의 지배를 받던 여러 민족이 독립국가를 세웠고, 1920년에는 국제 평화 유지와 협력을 목적으로 한 '국제연맹'이 창설되었다. 하지만 승전국의 식민지는 대부분 예속에서 벗어

스위스 제네바에서 열린 국제연맹 제4차 총회 개회식(1923년 9월 3일)

나지 못했다. 또한 국제연맹은 국가 간의 분쟁을 조정하거나 침략을 억제할 군사적 힘이 없어서 제2차 세계대전이라는 비극을 막지 못했다. 제2차 세계대전 중에도 무기력한 모습을 보이던 국제연맹은 1945년에 창설된 '국제연합'에 모든 기능을 넘기고 1946년에 해체되었다.

제1차 세계대전은 사람들의 정서에도 큰 영향을 끼쳤다. 스스로를 문명인이라 자부하던 유럽인들은 자기들이 벌인 끔찍한 짓에 충격을 받았다. 산업혁명 이후 유럽에 팽배했던 기술만능주의는 쇠퇴했으며 문화 전반에 염세적인 분위기가 흘렀다. 또한 전쟁을 소재로 한 문학작품들이 쏟아졌는데, 대표적인 작품으로 헤밍웨이의 『무기여 잘 있거라』와 레마르크의 『서부전선 이상 없다』를 들 수 있다.

정치적·사회적으로도 많은 변화가 있었다. 무엇보다 유럽에서 민주주의가 더욱 발전하게 되었다. 독일과 오스트리아를 비롯한 유럽 여러 나

미국 의회에 청원서를 제출하러 가는 여성 참정권 특사들(1915년)

라에서 왕정이 무너지고 공화정이 수립되었으며, 동유럽의 신생 국가들은 민주적인 헌법을 채택했다.

한편 전쟁이 총력전으로 전개되면서 많은 여성이 자기의 힘을 자각하고 그동안 남성이 주도했던 사회·경제활동에 적극적으로 뛰어들었다. "여자들도 나서야 한다"라는 수전의 말처럼 잉글사이드의 여성들은 군인들을 위한 물품을 만들어 전장으로 보냈고, 막내인 릴라도 청소년 적십자단을 조직해서 열심히 활동했다(8권). 이런 움직임은 여성 참정권 운동으로 이어졌다. 그 결과 캐나다 매니토바주는 1916년 여성의 투표를 허용했고, 1918년에는 21세 이상의 모든 캐나다 여성이 참정권을 얻었다. 영국은 1918년 30세 이상 여성에게, 1928년에는 21세 이상 여성에게 참정권을 부여했다. 1919년에는 독일과 네덜란드, 1920년에는 미국 여성이 투표장으로 갈 수 있게 되었다.

그린이 유보라

대학에서 애니메이션과 만화를 공부했다. 현재 일러스트레이터이자 문구 디자이너로 바쁘게 활동하고 있다. 특히 어릴 적 누군가 찍어 주었던 사진 속 아이처럼 마냥 행복했던 그 순간을 사람들에게 전하고 있다.

옮긴이 오수원

대학과 대학원에서 영어영문학을 공부하고 현재 파주 출판도시에서 동료 번역가들과 '번역인'이라는 작업실을 꾸려 활동하고 있다. 철학, 역사, 예술, 문화 관련 양서를 우리말로 맛깔나게 옮기는 것이 꿈이다. 총 8권에 이르는 빨간 머리 앤 전집을 번역하면서 작가 몽고메리가 펼쳐놓은 인간의 우정과 신의, 자연과 영성에 대한 섬세한 감성, 상실에 대한 쓰라린 통찰을 독자에게 전하려 했다.

빨간 머리 앤 전집 8

잉글사이드의 릴라

1판 1쇄 발행 2023년 6월 14일
1판 2쇄 발행 2024년 3월 11일

지은이 루시 모드 몽고메리
그린이 유보라
옮긴이 오수원
발행인 박명곤 **CEO** 박지성 **CFO** 김영은
기획편집1팀 채대광, 김준원, 이승미, 이상지
기획편집2팀 박일귀, 이은빈, 강민형, 이지은
디자인팀 구경표, 구혜민, 임지선
마케팅팀 임우열, 김은지, 이호, 최고은

펴낸곳 (주)현대지성
출판등록 제406-2014-000124호
전화 070-7791-2136 **팩스** 0303-3444-2136
주소 서울시 강서구 마곡중앙6로 40, 장흥빌딩 10층
홈페이지 www.hdjisung.com **이메일** support@hdjisung.com
제작처 영신사

ⓒ 현대지성 2023

"Curious and Creative people make Inspiring Contents"
현대지성은 여러분의 의견 하나하나를 소중히 받고 있습니다.
원고 투고, 오탈자 제보, 제휴 제안은 support@hdjisung.com으로 보내 주세요.

현대지성 홈페이지

이 책을 만든 사람들
편집 김준원 **디자인** 구경표